dtv

Baden, Segeln, Surfen, Wein trinken: All das lässt sich bei einem Urlaub am Neusiedler See genießen. Carl Breitenbach, verheiratet mit der begeisterten Windsurferin Johanna, will jedoch vor allem Maria Sandhofer treffen, in die er sich wenige Wochen zuvor bei einer Weinverkostung verliebt hat. Unmittelbar nach dem Wiedersehen kommt es allerdings zu einem tragischen Unglück: Die Winzerin stürzt in ihrer Kellerei zu Tode. Für den Übersetzer ist es Mord: Er hat einen verdächtigen Mann vom Weingut verschwinden sehen. Breitenbach setzt alles daran, den Mord auf eigene Faust aufzuklären. Er ist dabei ganz auf sich gestellt, denn nachdem Johanna von seinen amourösen Absichten erfahren hat, widmet sie sich ausschließlich ihrem Surflehrer, und ein Ehekrach jagt den nächsten. Unterstützung findet Breitenbach einzig und allein bei der Winzerinnenvereinigung DIE SIEBEN. Von ihnen erfährt Breitenbach von Marias entschiedenem Kampf gegen die Pläne, mitten durch die burgenländischen Weinberge eine Autobahn zu bauen ...

Paul Grote, geboren 1946 in Celle, arbeitete 15 Jahre lang für Presse und Rundfunk in Südamerika. Dort lernte er die professionelle Seite des Weins kennen und machte den Weinbau bald zum Thema seiner Veröffentlichungen. Seit 2003 lebt Grote wieder in Berlin und widmet sich der schriftstellerischen Arbeit und der Ausrichtung von Weinseminaren. ›Verschwörung beim Heurigen‹ ist der vierte Roman seiner europäischen Wein-Krimi-Reihe. Weitere Informationen: www.paul-grote.de

Paul Grote

Verschwörung beim Heurigen

Kriminalroman

*Für Ingeborg
und Kärnten*

Paul Grote

Deutscher Taschenbuch Verlag

Von Paul Grote
sind im Deutschen Taschenbuch Verlag erschienen:
Rioja für den Matador (20930)
Der Portwein-Erbe (21082)
Der Wein des KGB (21160)

**Ausführliche Informationen über
unsere Autoren und Bücher
finden Sie auf unserer Website
www.dtv.de**

Originalausgabe 2007
5. Auflage 2010
© 2007 Deutscher Taschenbuch Verlag GmbH & Co. KG,
München
Umschlagkonzept: Balk & Brumshagen
Umschlagfotos: Bilderberg/Hans-Joachim Ellerbrock (oben);
mauritius images/Pixtal Grapes (unten)
Gesetzt aus der Minion 10/11,75·
Gesamtherstellung: Druckerei C. H. Beck, Nördlingen
Gedruckt auf säurefreiem, chlorfrei gebleichtem Papier
Printed in Germany · ISBN 978-3-423-21018-8

Man gewährt sich Vertrauen,
bis zu einem gewissen Grade;
man versteht sich,
vermittels Nachsicht;
man ist eins,
unter Vorbehalt.

Heinrich Mann

1

»Er ist ein Blender!«

»Wer? Wen meinen Sie?« Carl Breitenbach blickte sein Gegenüber bestürzt an, dann begriff er. »Ach so«, sagte er gedehnt, »ich dachte, Sie meinen ...«, er zögerte wieder unentschlossen.

Der Fremde kicherte vor sich hin. »Den Winzer?« Er neigte abwägend den Kopf. »Nein ... ich meinte natürlich den Wein.«

Carl blickte den Fremden an, dann in sein halbvolles Glas, er war sich nicht sicher, was er von ihm zu halten hatte. Ton und Gesichtsausdruck des Mannes ließen ihn zweifeln, besonders sein süffisantes Lächeln. Man hätte es als überheblich deuten können, oder als eine Art Abgeklärtheit, ein solches Urteil mit so viel Selbstverständlichkeit auszusprechen. Da war er viel vorsichtiger, schon aus Unsicherheit. In seinem Beruf konnte er sich zwar nicht um Entscheidungen drücken, aber beim Wein war er nur zu schnell bereit, sein Urteil zu revidieren. Verlegen wich er dem Blick des Fremden aus, hob das Glas an die Nase und nahm so viel wie möglich von dem fruchtigen Duft des Weins in sich auf.

Er kostete, bewegte den Wein im Mund, kaute ihn, wie er es gelernt hatte, ließ sich auf den Geschmack ein, auf Süße und Säure, die man nur schmecken konnte – und kam zum selben Ergebnis. Dieser Chardonnay war ein Blender. Und Carl sagte, ohne sich anbiedern zu wollen: »Gewiss, ein Blen-

7

der. Nur komisch«, er hielt kurz inne, »dass ich nicht gleich darauf gekommen bin.«

»Wäre ein schlechter Blender, wenn man ihm sofort auf die Schliche käme«, erklärte ihm der Fremde, »so ein Wein hätte den Namen nicht verdient. Auch ein negatives Prädikat muss man sich erarbeiten. Blender muss man machen können. Das schafft nur ein fähiger Winzer – oder Önologe.« Jetzt schnüffelte der Fremde seinerseits am Glas, zuerst mit dem linken und dann mit dem rechten Nasenloch.

Carl nickte mehrmals, als müsse er seinen eigenen Eindruck bestätigen, er runzelte die Stirn. »Sie meinten doch den Winzer, ist es nicht so?«

Sein Gegenüber lachte. »Beantwortet sich diese Frage nicht von selbst?«

Da war wieder diese Sicherheit in der Stimme des anderen, die Carl zuvor bereits verunsichert hatte, die aber nicht aufgesetzt schien. Es verwirrte ihn immer aufs Neue, mit welcher Selbstverständlichkeit, ja, Nonchalance war als Begriff eigentlich besser, mit welcher Lässigkeit andere Leute, ob vom Fach oder nicht, Urteile über Wein abgaben. Carls Neugier dem Mann gegenüber war geweckt.

Er mochte Anfang vierzig sein, im dunklen, lockigen Haar zeigten sich erste graue Strähnen. Er hatte ein schmales, sympathisches Gesicht und blaue Augen, die er hinter einer kleinen, kreisrunden Brille verbarg. Er trug Jeans, ein helles Hemd und ein zerknittertes Leinensakko. Wie der Einkäufer eines Weinimporteurs sah er nicht aus, beileibe nicht wie ein Sommelier, schon eher wie ein Weinhändler; unter denen traf man die merkwürdigsten Typen. Viele waren Quereinsteiger, hatten weder eine Lehre im Weinbau noch ein Studium als Agronom hinter sich. Es waren ehemalige Ingenieure, Lehrer und Polizisten – sogar einen Mathematiker hatten sie zu Hause unter den Weinhändlern in Stuttgart.

Der Unbekannte unterbrach Carls Überlegungen. »Glauben Sie, dass ein korrekter Winzer, einer, dem seine Weine wichtig sind, einen Blender produziert?«, fragte er leise, um nicht die Aufmerksamkeit der Herren vom Nebentisch zu erregen.

Klar, die Frage war rhetorisch gemeint: Wem an seinem Beruf etwas lag, und das sollte man bei den Winzern, die heute im Schloss versammelt waren, voraussetzen, der übte seinen Beruf mit Hingabe aus. So jemand wollte ernst genommen werden, war stolz auf das, was er tat. Carl erinnerte sich an einen aufgeschnappten Satz: Es bedarf schon eines Dichters, um einen großen Wein zu machen! Bauern waren das, Bauern-Dichter.

»Hinter einem Blender steht eine Absicht«, fuhr der Fremde fort und schien nicht im Geringsten verstimmt. »So ein Wein gelingt einem nicht durch Zufall. Da will einer seine Kunden sozusagen an der Nase herumführen, im wahrsten Sinne des Wortes.«

Das war eine harte Unterstellung, die Carl als ziemlich gewagt empfand. Das mochte auf jemanden zutreffen, dem lediglich etwas an Verkaufszahlen lag, am Einkommen, am Prestige – aber nichts am Wein, weder an den Stöcken noch am Weinberg selbst, nichts an der Arbeit, die er lieber andere machen ließ, auf jemanden, der es nicht genoss, durch die Rebzeilen zu gehen und sich zu freuen, dass im Mai wie immer der Austrieb begann – diese Selbstverständlichkeit und gleichzeitig ein Wunder. So jemandem lag auch nichts an den Menschen, denen er mit seinem Wein Freude machte.

Carl schaute verlegen ins Glas, er schwenkte es, damit der Wein sein Aroma entfalten konnte, und hielt die Nase darüber. »Dazu muss man erst einmal die Fähigkeit haben zu unterscheiden, ob man einen Blender vor sich hat oder nicht.«

»Und was sagt Ihnen Ihr Gefühl, beziehungsweise Ihre Nase? Ist das nun ein Blender?«, fragte der Fremde provozierend. »Glauben Sie, dass ein korrekter Winzer auf einer Verkostung wie dieser einen Blender vorstellt?«

»Nein, eher unwahrscheinlich, Sie haben Recht«, Carl

stöhnte. Er wunderte sich über sein radikales Urteil, betrachtete die vielen Tische im Saal, das Gewimmel der Besucher davor und die geschäftigen Winzer hinter ihren aufgereihten Flaschen. »Woran haben Sie's bemerkt, das mit dem Blender?«

»Das sagt mir meine Nase, beim Wein wie bei den Menschen. Geht Ihnen das nicht auch so? Sie treffen jemanden, stehen ihm gegenüber – und auf einmal haben Sie ein komisches Gefühl. Das ist beim Wein nicht anders. Nennen Sie es Erfahrung, nennen Sie es Intuition, Instinkt, jeder hat ihn, ich glaube, man wird damit geboren, aber Intellekt und Wissenschaft gewöhnen es uns ab, darauf zu vertrauen.« Jetzt steckte der Unbekannte seine Nase tief ins Glas, atmete ein und lächelte versonnen. »Der Winzer versteht sein Geschäft, er ist so gut, dass er eigentlich niemanden verarschen müsste. Der Wein ist hervorragend gemacht, der Mann ist ein ausgezeichneter Handwerker, aber der Wein ist und bleibt ein Blender. Es wäre interessant zu wissen, warum der Mann lügt, weshalb er andere hinters Licht führt.«

»Möglicherweise bleibt ihm nichts anderes übrig«, entgegnete Carl und wunderte sich, wieso er ein derart persönliches Gespräch, und als solches betrachtete er diese Unterhaltung, mit einem Fremden führte. Mit wem sprach man schon über Ehrlichkeit, über Lüge, Wahrheit und Charakter? Carl hatte den Mann vor fünf Minuten zum ersten Mal gesehen, ihn beobachtet, wie er sich diskret durch die Menschenmenge im Barocksaal geschoben hatte, ohne irgendwen anzustoßen, was fatale Folgen gehabt hätte, denn fast alle, die sich im Haydn-Saal des Schlosses Esterházy drängten, hielten ein zumindest halb gefülltes Weinglas in der Hand. Weißweinflecken ließen sich noch rauswaschen, aber Rotwein hinterließ dramatische Spuren auf der Garderobe – dem Gewand – wie die Österreicher sagten.

War es das, was ihm an dem Fremden aufgefallen war, die legere Kleidung? Das zerknautschte Sakko, die verwaschenen

Jeans? Und als sie nebeneinander vor dem Tisch desselben Winzers gestanden hatten und sich nacheinander den Chardonnay hatten einschenken lassen, waren ihm die feinen, gepflegten Hände aufgefallen, der Ehering. Schon interessant, was man alles an einem Menschen entdecken konnte, wenn man nur sein Äußeres genau betrachtete. Raum für unendlich viele Spekulationen ...

»Aufdringlich ist er. Mit Chardonnay kann man vieles machen. Tropische Früchte, Birne, Honigmelone, vielleicht – es könnte Himbeere sein, ganz unterschiedliche Aromen, der reine Obstladen, sogar Zimt. Alles so deutlich, dass es manchmal aufdringlich wirkt. Dieser hier überdeckt etwas, er ist in eine bestimmte Richtung gezogen, fast parfümiert; er will was sein, was er nicht ist, verstehen Sie? Ich glaube, es liegt an der Hefe, Reinzuchthefe. Überbetonung, die Eigenschaften stehen für sich allein, sind nicht verbunden, kein einheitliches Ganzes. Gleich beim ersten Eindruck ist er opulent, zu wuchtig, aber der Eindruck täuscht, er vergeht schnell und macht – tja, wie soll ich sagen – einer gewissen Leere Platz. Der ist spätestens in zwei Jahren hin.«

Jetzt war es an Carl, den Fremden lachend zu fragen: »Wen meinen Sie denn jetzt wieder – den Wein oder den Winzer, der ihn gemacht hat?« Ihm gefiel das Gespräch, die Andeutungen, das Vage und zugleich Eindeutige.

»Ich spreche vom Wein, aber für den Winzer wird das auch gelten. Natürlich nicht das mit den Düften. Möglicherweise nimmt er ein zu starkes Rasierwasser und riecht seinen eigenen Wein nicht mehr richtig.«

»Man müsste wissen, welcher Winzer dafür verantwortlich ist. Dieser Wein hat all das, was einer Harmonie im Wege steht«, pflichtete Carl ihm bei – und hatte das Gefühl, sich anzubiedern, ein derartiges Urteil stand ihm noch lange nicht zu, altklug war es. Er war aus sich herausgegangen, was er sonst möglichst vermied, zumal auf einem so unsicheren Parkett wie der Beurteilung von Wein – und Menschen. Sich in den Vordergrund zu drängen, dabei aufdringlich zu wirken oder gar mit seinem Wissen zu protzen, war ihm ein Gräuel. Es hätte nicht zu seinem Wesen gepasst. Er hielt sich lieber im Hintergrund, das entsprach auch seinem Beruf. Und bei der nächsten Frage des Fremden hatte er den Eindruck, als wären seine Selbstzweifel berechtigt.

»Sind Sie Lehrer?«

»Um Himmels willen, nein! Ich verstehe ein wenig von Wein, nicht viel, ich liebe ihn, aber ich bin kein, äh, Experte oder Kenner. Ich bin nur …«, Carl zögerte, war sich unsicher, ob er es sagen sollte, konnte nicht einschätzen, wie es ankommen würde, mochte sich aber auch nicht mit falschen Federn schmücken, rang sich dann schließlich doch mit einem Seufzer durch. »Ich bin Mitglied in einem Weinclub, bei uns in Stuttgart, nur so aus Spaß, lange kein Profi, aber deshalb bin ich nicht hier.«

»Ist das ein Verein, dieser Weinclub?«

Dem ironischen Blick nach zu urteilen, der Carl jetzt traf (oder war es ein skeptisches Lächeln?), war sein Gegenüber genauso wenig ein Freund von Vereinsmeierei wie er selbst. Der Übersetzerverband war unerlässlich, eine berufliche Notwendigkeit, dem Weinclub hingegen war Carl aus Freude am Probieren beigetreten, auch um dem täglichen Einerlei vor dem Computer zu entfliehen und der Welt der Worte zu entkommen.

»Es ist im Grunde ein Freundeskreis, mit mehr oder weniger regelmäßigen Treffen. Wer von einer Reise besondere Weine mitbringt, stellt sie vor, wer bei einem Händler was Besonderes entdeckt, bringt es mit und lässt die anderen probieren – oder wir legen zusammen und leisten uns was Besonderes, was man sich allein nie kaufen würde … Hier, heute, das ist eine gute Gelegenheit, so viele Burgenländische Winzer trifft man sonst nirgendwo auf einem Haufen. Es ist gut für den Gesamteindruck, auch um Kontakte zu knüpfen, wenn man später die Kellereien besuchen will …«

Es war, als hätte er sich selbst das Stichwort gegeben, und zum zwanzigsten Mal an diesem Nachmittag suchten seine Augen nach dem Tisch von Maria Sandhofer. Die junge Winzerin hatte ihn auf die Idee gebracht, hier nach Eisenstadt zu kommen. Er hatte es als eine Einladung aufgefasst, und sie hatte ihm versprochen, ihn mit einigen Kollegen und besonders mit ihren Kolleginnen von der Gruppe DIE SIEBEN bekannt zu machen, um deren Weingüter zu besichtigen. Doch wenn er ehrlich war, dann war er ausschließlich Marias wegen hier, einzig und allein ihretwegen. Sie hatte es ihm angetan, letzten Herbst, als im Hotel »Le Méridien« am Schlossgarten Burgenländische Weine vorgestellt wurden. Er hatte sie angesehen, sie waren ins Gespräch gekommen, und nach der Veranstaltung, auf der sie sich ein wenig verloren gefühlt hatte, waren sie essen gegangen: Sympathie auf den ersten Blick, wenn nicht mehr, bei ihm jedenfalls ...

Carl konnte sie nirgends entdecken, Maria Sandhofer war nicht besonders groß, er wusste zwar, wo ihr Tisch stand, aber der war so dicht umlagert, dass sie hinter den Gästen verschwand, die ihre Weine probieren wollten. Maria hatte mit ihrem Weißburgunder, an dem Carl besonders das dezente Fruchtaroma und seine Trockenheit schätzte, erinnerte er ihn doch an die Weine des Burgund, die meisten Preise gewonnen. Mit dem Blaufränkischen, dem fürs Burgenland typischen Rotwein, kam sie bestens zurecht, wie sie es ausgedrückt hatte. Sein Favorit allerdings war Marias Pinot Noir, mit dem sie auch international gepunktet hatte.

Trotz dieser Erfolge war Maria Sandhofer bescheiden, das war zumindest sein Eindruck, erhascht in flüchtigen Momenten eines ersten zaghaften Zusammentreffens, das nicht länger als drei Stunden gedauert hatte und bei dem beide versucht hatten, sich so viel wie möglich voneinander mitzuteilen, nachdem die anfängliche Scheu überwunden war. Bescheiden, ja, so hatte er sie in Erinnerung, aber engagiert, fasziniert von ihrer eigenen Arbeit, umtriebig und aufmerksam, mit dem Herzen dabei. Sie war vollständig von dem überzeugt, was sie tat, zeigte nicht den geringsten Zweifel. Sie wirkte so jung dabei, voller Tatendrang. Dieses altmodische Wort traf es am besten. Und sie wirkte verletzlich.

Sie hatte an jenem Abend erzählt und erklärt, er hatte ihr gebannt zugehört, zwar nicht sehr viel verstanden, aber sich jedes Wort gemerkt und ihr in die grün-braunen Augen geschaut. Er hatte gewollt, dass sie weiter redete, hätte dieser leisen und dabei entschiedenen Stimme noch Stunden zuhören können. Dabei hatte er sich vor dem gefürchtet, was unweigerlich kommen musste: der Abschied. Um Mitternacht waren ihr fast die Augen zugefallen, und er hatte sie zurück ins Hotel begleitet. Am nächsten Tag war der gesamte Tross österreichischer Winzer zur nächsten Präsentation nach Frankfurt gefahren. Beim Abschied hatte er ihr versprechen müssen, sie unbedingt am Neusiedler See zu besuchen.

Auf leichten Sohlen war er in jener Nacht nach Hause gegangen, fröhlich und beschwingt, verwirrt, ein bisschen wie in Trance. Nur gut, dass Johanna auf Geschäftsreise war. So hatte er sich in einen Sessel fallen lassen und die Wände angestarrt und im Geist Marias Stimme gehört. Was sollte er davon halten, was denken? Dabei war er sich nicht einmal sicher, was er fühlte. Er war sozusagen völlig durch den Wind. Erst als er am nächsten Morgen aufwachte und Maria der erste Gedanke in seinem Kopf war, sie vor ihm stand, ob er die Augen nun geschlossen hielt oder aus dem Fenster starrte, war ihm klar, dass er sich verliebt hatte.

Maria wiederzusehen war unmöglich. Keine Chance. Sie war unterwegs, *on the road again,* mit ihrem Winzer-Tross. Von Frankfurt sollte es nach Hamburg gehen. Einen Moment lang hatte er erwogen, ihr nachzufahren, aber auf dem Schreibtisch lag zu viel Arbeit ...

Das war Vergangenheit, seit damals war ein Dreivierteljahr vergangen, das Gefühl der Verliebtheit war glücklicherweise (oder leider?) verblasst, nur die Erinnerung daran war geblieben, eine schöne Erinnerung wie an einen Sommertag, an dem man morgens bei strahlendem Licht zu einem Ausflug aufbricht. Dann und wann hatten Maria und er einen Gruß ausgetauscht, mehr vorsichtig als enthusiastisch, via Telefon und Brief, sie per E-Mail. Aber jetzt war er hier, mit ziemlich viel Herzklopfen. Kaum hatte er sie gesehen, war das Gefühl wieder aufgeflammt. Er ging einige Schritte in die Richtung, wo er ihren Tisch hinter einer Wand aus Menschen mit Weingläsern in den Händen vermutete, und zögerte – sie wird beschäftigt sein, fürchtete er, und für mich heute genauso wenig Zeit haben wie in Stuttgart.

Da fiel der Blick auf das Glas in seiner Hand, er hielt es so schräg, dass er beinahe etwas verschüttete, obwohl nicht mehr viel drin war. Mit gesenktem Kopf kam er zum Stehtisch zurück. »Wenn dieser Chardonnay ein Blender ist, sind dann die anderen Weine dieses Winzers nicht genauso ...?«

Aber die Antwort blieb aus, der Fremde war gegangen. Carl sah sich um – sein Gesprächspartner war wie vom Erdboden verschluckt. Dabei hätte er den Mann sehen müssen, er war nicht klein gewesen, aber weder tauchte der ungekämmt wirkende Schopf auf, noch sah er das Gesicht mit der runden Brille. Meine Güte, wie unhöflich von mir, fuhr es Carl durch den Kopf. Er hatte ihn einfach stehen lassen, sie hatten sich nicht einmal vorgestellt. Er wusste gar nicht, in welcher Eigenschaft der andere hier gewesen war – aber vielleicht traf er ihn wieder? Der Typ war interessant gewesen, besonders das, was er über Aromen und Reinzuchthefe gesagt hatte. Im Gegensatz zu ihm selbst verstand er was davon.

Vielleicht war der Fremde zu dem Tisch zurückgegangen, wo man ihnen den Blender eingeschenkt hatte? Wo war das gewesen? In dem Gewusel, wo man sich nach allen Seiten entschuldigend durchdrängeln musste, hatte er jegliche Orientierung verloren.

Das Licht, die vielen Menschen, ihre Stimmen, der Saal mit dieser traumhaften Akustik – eine der weltbesten für

Kammermusik wie Orchester – das Klirren der Gläser, Rufe, das Lachen – und irgendwo dazwischen Maria – verwirrt hielt Carl sich an der Tischplatte fest. Wie konnte jemand so schnell verschwinden? War der Fremde beleidigt, weil Carl sich weggedreht hatte? Wieso störte es ihn, dass der Mann gegangen war? Bei Verkostungen waren kurze, beiläufige Begegnungen an der Tagesordnung. Man wechselte ein paar Worte, tauschte sich über diesen oder jenen Wein aus, bemerkte etwas zu dem einen oder anderen Winzer, tastete sich dabei diskret mit Fachbegriffen ab, um einen Eindruck seines Gegenübers zu gewinnen, und danach ging jeder seiner Wege. Der Fremde konnte ihm also gleichgültig sein. Aber er war es nicht. Eben noch hatte er ihm den Rücken gekehrt, im wahrsten Sinne des Wortes, jetzt suchte er ihn. Carl empfand das Verschwinden als Verlust, es war so plötzlich erfolgt, als hätte er das Gespräch nie geführt, aber der Beweis dafür stand auf dem Tisch: das halb geleerte Glas. Verdammt, wo hatte man ihnen diesen Wein eingeschenkt?

Säulen flankierten den Haupteingang, durch den Carl den Saal betreten hatte. Fasziniert war er unter der Balustrade stehen geblieben. In der zweiten Hälfte des 17. Jahrhunderts war die ehemals gotische Burg unter Paul I. Fürst Esterházy zu einem Barockschloss umgebaut worden und hatte dem Adelsgeschlecht in den folgenden Jahrhunderten als Residenz gedient. Wenn man nach oben schaute, öffnete sich unweigerlich der Mund – jemand rempelte ihn von hinten an und entschuldigte sich tausendmal. Das holte Carl auf den Boden zurück, und er suchte sich eine Ecke, wo er ungestört die Deckenmalerei betrachten konnte. Im langen Tonnengewölbe reihten sich drei riesige Gemälde aneinander, typisch fürs 17. Jahrhundert, monumental, leidenschaftlich und dramatisch bewegte Figuren, alles sich konzentrierend auf das Göttliche, von dem die weltlichen Herrscher ihre Macht ableiteten. Für Monarchen und dergleichen Despoten verspürte Carl nicht die geringste Sympathie, aber die

Festlichkeit des Saals in Licht, Gold und Rot war überzeugend und ein idealer Rahmen für den Anlass. Die Fenster in der langen Seite des Saals führten auf den Innenhof, die der gegenüberliegenden Wand waren blind, sodass sich der Eindruck ergab, als handelte es sich um ein freistehendes Gebäude.

Der angenehme Klang der vielen Stimmen war überraschend gewesen. Es war laut, eindringlich statt aufdringlich, man hörte gut und genau, jedes harte Zischeln wie sonst in großen Menschenmengen fehlte, die Stimmen aller verschmolzen in einem Bogen, aber der einzelne Sprecher war nah. Hier hatte Josef Haydn 1761 als Vizekapellmeister im Dienste des Fürsten begonnen und eigens für diesen Saal komponiert. Haydn hatte dafür gesorgt, dass bei seinen Konzerten der Marmorboden mit Holzdielen abgedeckt wurde, um die Akustik zu verbessern. Der Saal, in Schuhschachtelform, so der Begriff, war aus dem rechten Winkel, er wies keine parallelen Flächen auf, die ein Flatterecho hätten entstehen lassen, und die Nischen in den Wänden unterstützten diese Wirkung.

Bis ins hohe Alter hinein hatte Haydn hier seine Kompositionen vorgestellt, und Carl nahm sich vor, auf jeden Fall eines der Konzerte zu besuchen, die hier im Rahmen der Haydn-Festspiele veranstaltet wurden. In den drei Wochen Urlaub würde sich sicher eine Gelegenheit finden.

Er drängte in Richtung Eingang, wo er seine Einladung hatte vorlegen müssen und sein Name auf der Gästeliste abgehakt worden war, denn diese Veranstaltung war dem Fachpublikum aus dem In- und Ausland vorbehalten. Weinliebhaber wie er gehörten eigentlich nicht dazu, aber er hatte einen Weg gefunden, trotzdem hinzukommen. Außerdem war er felsenfest davon überzeugt, dass ein Drittel der Anwesenden weder einen Weinladen besaß noch für eine Supermarktkette einkaufte. Weine, die dort angeboten wurden, stellte man hier sowieso nicht vor, dazu waren sie zu gut und zu teuer.

Am Eingang hatte er ein Glas in Empfang genommen und die Runde entlang der Tische der Winzer im Uhrzeigersinn genommen. Er hatte mit Weißwein begonnen, um nicht durch das Tannin der Rotweine die Mundschleimhaut zu strapazieren. Und vielleicht am Ende des ersten Drittels hatte er bei einem Winzer seinen Arm mit dem Glas vorgestreckt, hatte es drei Finger hoch gefüllt bekommen, den Arm vorsichtig zurückgezogen und war dabei mit jemandem zusammengestoßen. Dieser Jemand und er hatten sich aus dem Gewühl herausgewunden und ihr Gespräch begonnen.

Vergebens suchte Carl nach dem Winzer, bei dem die Begegnung stattgefunden hatte. Er war so viel herumgestoßen worden, hatte manchen Tisch wegen des Gedränges ausgelassen und dabei die Übersicht verloren. Aber den Tisch von Maria Sandhofer hätte er mit verbundenen Augen gefunden.

Sie empfing ihn mit einem Lächeln, bei dem ihm nicht ganz klar war, ob es das für gute Freunde war oder ob es vielleicht doch etwas mehr bedeutete, was ihm viel lieber gewesen wäre. »Womit willst du beginnen, mit dem Welschriesling? Du kennst meine Weine zwar, aber die neuen sind anders. Bei den Weißen habe ich jetzt die neuen Jahrgänge hier. Die Roten sind ausgereifter, der St. Laurent und der Blaufränkische sind neu, die habe ich zwar letztes Frühjahr abgefüllt, aber die brauchten noch Zeit auf der Flasche. Noch ein Jahr, und sie sind besser, in drei Jahren sind sie richtig klass.«

Klass? Ein derartiges Urteil hätte Carl niemals abgeben können. Nicht dass es ihm an Mut mangelte, seine Meinung zu sagen, aber ihm fehlte die Erfahrung, Wein war nicht sein Metier, er war hier zum Lernen. Außerdem mochte er die Winzer, ihre Art war ihm angenehm – es waren Bauern und Künstler, Handwerker und Visionäre, sie waren grob und hatten ein feines Gespür, sie verfügten über Weitblick, wenn er daran dachte, was Maria gerade über den Blaufränkischen gesagt hatte, und sie waren präsent, anwesend, genau hier, in diesem Moment. Und solche, die der Erfolg arrogant und reich gemacht hatte, waren ihm bislang nicht begegnet. Unangenehm waren eher jene Besucher, die alle wichtigen Winzer kannten, jedes Weinbaugebiet bereist hatten und mit Fachbegriffen um sich warfen. Angeber gab es auch in seinen Kreisen, nur dass Übersetzer eher stille Leute waren, Eigenbrötler, die ihre Arbeit im Verborgenen taten, Kellerasseln und Grottenolme, die aber trotzdem auch ganz gerne mal ins Licht traten, wenn er an sich selbst dachte ...

Maria Sandhofer stand allein hinter ihrem umlagerten Tisch. Sie schenkte ein, beantwortete Fragen, stellte richtig, setzte sich auseinander, erklärte, und das alles mit einer Selbstverständlichkeit, die Carl bei dieser jungen Frau erstaunte. Sie vertröstete ihn auf den nächsten Tag.

»Du kommst am Nachmittag zu uns, ich nehme mir Zeit, wir fahren durch die Weinberge, ich zeige dir ... Ja bitte schön? Den Sauvignon blanc möchtn 'S probieren?«

Wieder unterbrach jemand ihr Gespräch, und sie griff nach dem Sauvignon, suchte den Korkenzieher, Carl fand ihn unter einer Preisliste, nahm ihr die Flasche ab und öffnete sie. Dann trat er ungefragt hinter den Tisch und räumte leere Flaschen in Kartons, ordnete die Prospekte, besorgte neue Gläser und erhielt dafür ein sehr dankbares Lächeln.

»Mein Vater wollte eigentlich mitkommen. Er kennt alle Einkäufer und Weinhändler, alle kennen ihn, aber er fühlt sich heute nicht wohl, das Herz, verstehst du?« Hinter dem Präsentierlächeln tauchte ein sorgenvolles Gesicht auf. »Er sollte überhaupt nicht mehr arbeiten ...« Für einen Moment irrten Marias Augen fahrig durch den Saal, sie reckte den Kopf, als suche sie jemanden, dessen Begegnung sie allerdings fürchtete. Etwas schien ihr Angst zu machen. Carl folgte ihrem Blick, aber in der Menschenmasse um ihn herum war nicht ein bekanntes Gesicht. Und um sie zu fragen, was ihr Angst machte, kannten sie sich zu kurz. Aber er konnte hier bleiben, bei ihr.

Die Runde durch den Saal war vergessen, Carl half ihr, schüttete den Restweinkübel aus, entkorkte den nächsten Weißwein, trieb irgendwo neues Eis auf, kannte nach zehn Minuten alle Rebsorten des Weingutes Sandhofer und schenkte ein. Maria und er arbeiteten Hand in Hand, als hätten sie es ein Leben lang getan. Und er lernte schnell. Auf dem Weingut bewirtschafteten sie 21 Hektar, bauten vier Weißweintrauben an, bei den Roten waren es sechs, auch Pinot Noir, zu Deutsch Blauburgunder, eine schwierige Rebsorte, aber die Weine gehörten zu denen, die Carl am liebsten trank. Er las vor, was er auf den Informationsblättern zu den einzelnen Weinen fand, und kaum jemand bemerkte, dass er nicht vom Fach war. Bei komplizierten Fragen oder Bestellungen verwies Carl auf Maria: »Fragen Sie die Chefin ...«, was sie mit einem verlegenen Grinsen quittierte. Der Fremde, mit dem er über den »Blender« gesprochen hatte, blieb verschwunden.

Die Zeit verging schnell, Carl hatte vergessen, weshalb er hergekommen war, seine neue Aufgabe hielt ihn gefangen. Andere Winzer kamen vorbei, Maria stellte ihn überall vor als »einen Freund aus Deutschland«. Interessierter zeigten sich ihre Freundinnen, die rings um den Neusiedler See Weingüter betrieben und sich zur Gruppe SIEBEN zusammengeschlossen hatten.

»Du lernst sie sowieso alle noch kennen«, beruhigte ihn Maria, als Carl klagte, er habe sämtliche Namen bereits wieder vergessen. »Wie lange bleibt ihr am See?«

»Drei Wochen«, antwortete Carl und wandte sich rasch einem Besucher zu, um das Thema nicht weiter zu vertiefen. Sie hatte einen heiklen Punkt berührt.

Mittlerweile war es draußen schummrig geworden, Ende Juli waren die Tage zwar noch lang, aber die Sonne ging früher unter, außerdem war man hier weit im Osten, zwanzig Kilometer von Eisenstadt entfernt begann Ungarn. Gerade war die Wandbeleuchtung aufgeflammt, als Carl eine

Bewegung unter den Anwesenden bemerkte. Es zog sie zu den Fenstern, einige standen bereits dort und schauten hinunter in den Hof. Maria murmelte etwas von »die blöde Landeshauptfrau« und schloss sich eher unwillig den anderen an.

Der Schlosshof war erleuchtet. Rechts und links vom Portal an der Treppe hatten sich mehrere Personen versammelt, eine dunkle Limousine hielt, ein weiteres Fahrzeug folgte und stoppte direkt daneben. Drei Männer sprangen heraus und gingen drohend auf Frauen und Männer zu, die mit Plakaten in den Händen durchs Tor gelaufen kamen. Die beiden Polizisten im Hof zogen sich unentschlossen zurück.

»Keine Autobahn im Burgenland! Keine Autobahn im Burgenland!«, skandierten die Demonstranten und warfen mit Flugblättern um sich. »Schützt das Burgenland! Schützt das Burgenland!« Mehr Polizei erschien auf der Bildfläche, es wurde gejohlt: »Das Welterbe ist unser Erbe! Das Welterbe ist unser Erbe!« Der Fahrer öffnete den Schlag der Limousine, eine nicht gerade schlanke und kurzbeinige Frau stieg aus, den dunkelblonden Kopf stolz im Nacken, und sie machte abgeschirmt von einem Sicherheitsbeamten eine wegwerfende Geste in Richtung der Demonstranten.

Die Blitzlichter der Fotografen flackerten, Carl meinte für eine Sekunde, unter ihnen seinen Gesprächspartner von vorhin gesehen zu haben, aber er war zu weit weg, um das mit Sicherheit sagen zu können. Die Frau schritt jetzt auf die Treppe zu, einige Umstehende klatschten Beifall, sie nickte huldvoll und hob dabei grüßend die Hand. Der Polizeiwagen hatte inzwischen die Durchfahrt blockiert, um weiteren Demonstranten den Zugang zum Schlosshof zu verwehren.

»Die fehlt uns gerade noch«, knurrte Maria genervt, die so dicht vor Carl am Fenster stand, dass er ihre Wärme spürte. »Die Kuh kommt tatsächlich rauf. Das wird ja ein schöner Abend. Eigentlich war sie für 18 Uhr angesagt. Ich glaube, ich

packe zusammen, oder besser wir ...«, sie blitzte Carl vertraulich an.

Die Schaulustigen strömten diskutierend von den Fenstern zurück und verteilten sich wieder vor den Tischen, das
Gemurmel wurde lauter, der Vorfall im Schlosshof war rasch
vergessen, und ohne viel Aufsehen zu verursachen, betrat die
Landeshauptfrau, »in Deutschland heißt so was Ministerprä-
sidentin«, wie Maria abfällig sagte, den Haydn-Saal.

Die Landeshauptfrau mischte sich mit ihren Begleitern
leutselig unters Publikum, begrüßte hier einen Winzer wie
einen alten Bekannten, schüttelte dort einem anderen die
Hand und ließ sich von einem Dritten eine Probe einschenken, an der sie vorsichtig nippte.

»Von Wein keinen blassen Schimmer«, murmelte Maria,
und ihre Stimme, die Carl bisher als ausnehmend angenehm
empfunden hatte, klang gar nicht mehr freundlich. »Sie
versteht es bestens, jedem genau das zu sagen, was er hören
will. Alle fallen darauf rein. Früher Lehrerin, dann Direkto-
rin in einer Nachbargemeinde von Eisenstadt, sie ist über die
Gewerkschaft in die Politik gekommen. Schon da, so heißt
es, hat sie jeden weggebissen, der ihr in die Quere kam. Und
sie kann Leute benutzen, dafür hat sie ein Gespür ...«

»Sie ist eine Frau, das ist in dieser Männerwelt der Politik
immerhin ein Fortschritt«, wandte Carl vorsichtig ein, der
sich über die Person – mit kaltem Lächeln bahnte sie sich
den Weg zum nächsten Winzer – keinerlei Urteil erlauben
konnte. Die »Lehrerin« immerhin hätte er ihr angesehen, er
hätte sie sich gut dabei vorstellen können, wie sie auf dem
Schulhof die Kinder nach dem Klingeln wieder in die Klas-
senzimmer trieb.

»Eine Frau?«, fragte Maria spitz. »Kaum abzustreiten, ja,
aber das ist der einzige Unterschied zu den Männern, die
sonst bei uns Politik machen. Die hier versteht es besser als
jeder andere, dich in Sicherheit zu wiegen und dir dann in
den Rücken zu fallen, wenn du dich abwendest. Ich halte sie

22

für eine Meisterin der Intrige. Glaubst du, jemand, der anders ist, schafft es bis in so eine Position? Und bleibt dabei sauber? Politik bei uns auf dem Lande, und das sind wir hier, ist ganz direkt, persönlich, alles läuft über Beziehungen. Bei uns sind die Politiker nicht so abgeschottet vom Volk, Eisenstadt ist mit zwölftausend Einwohnern winzig; man trifft sich auf der Straße oder hier zum Beispiel. Aber man tut sich nichts. Da wird kein Porzellan zerschlagen, was man hinterher nicht kleben könnte, dazu ist Österreich zu klein, man kann sich schlecht aus dem Weg gehen. Und wir sind nicht so rabiat wie ihr Deutschen. Manchmal bedauere ich das. Aber die Wahrheit sagt keiner – da wird gemauschelt und gedreht, eine endlose Packlerei, jeder mit und gegen jeden ...

»... Packlerei?«

»Na, sie paktieren, mal mit diesem, mal mit jenem, Freindl- oder Vetternwirtschaft eben. Man sorgt halt für seine Leute. Und die sorgen für einen.«

»Das macht doch jeder«, wiegelte Carl ab und sah, wie die Landeshauptfrau mit einem ihrer Berater einige Worte wechselte und der Mann daraufhin einen Block aus der Jackentasche zog und etwas notierte.

»Nein, das macht nicht jeder, und vor allem nicht mit unserem Geld und nicht auf unsere Kosten!«, erwiderte Maria mit einer Härte und Entschiedenheit, die Carl überhaupt nicht bei ihr vermutet hätte. Jetzt bekam er den wütenden Blick ab, der für die Landeshauptfrau bestimmt war.

»Dieses Autobahnprojekt, das sie realisieren will, ist der größte Blödsinn, den man sich vorstellen kann – besonders für uns Winzer wäre es eine Katastrophe. Die Demonstranten vorhin haben völlig Recht, diese Frau ist Gift!«

Auf der Bühne am Kopf des Saals rollte ein Bühnenarbeiter Kabel aus, stellte ein Mikrofon auf und machte den ersten Soundcheck: »... eins ... eins ... eins ...« Die Aufmerksamkeit des Publikums wandte sich vom Wein ab und der Landeshauptfrau zu, die mit einigen Offiziellen recht ungelenk die wenigen Stufen zur Bühne hinaufstakste und sofort den Arm nach dem Mikrofon ausstreckte, als wäre ausschließlich ihr das Rederecht vorbehalten. Einer der Offiziellen kam ihr zuvor, zog das Mikrofon aus der Halterung und hielt eine kurze Begrüßungsrede, wobei er die Bedeutung der Anwesenheit der Landeshauptfrau herausstellte und ihre Verdienste um den lokalen Weinbau würdigte.

Der Beifall war spärlich, ein großer Teil der Anwesenden war fremd hier, wollte Weine probieren und nicht Politikerreden lauschen, die überall ähnlich klangen. Dann ergriff die Landeshauptfrau das Wort, jegliches Gemurmel erstarb.

»Liebe Gäste aus dem Ausland, liebe Weinfreunde und nicht zuletzt liebe Winzerinnen und Winzer! Ich begrüße Sie alle ganz herzlich und grüße natürlich vor allem unsere Winzerinnen und Winzer, denen wir diese wunderbaren Kreszenzen verdanken, die wir hier heute zur Freude aller ...«

Bis jetzt war die Landeshauptfrau Carl völlig gleichgültig gewesen, doch nach den wenigen Worten wuchs seine Ablehnung ihr gegenüber. Es war die Stimme. Eine Zumutung, ihr konnte selbst die Akustik eines Josef Haydn weder Schmelz noch Esprit verleihen. Machte nicht der Ton die Musik? Vielleicht lag hier das Geheimnis ihres Erfolges, dass die Widersacher ihr zustimmten, damit sie möglichst rasch den Mund hielt und man zur Abstimmung kam ...

»... finden wir uns heute hier in dieser wunderbaren Kulisse des Schlosses Esterházy zusammen. Wein hat man bei uns zur Zeit Haydns genauso geliebt und getrunken wie heute. Und immer waren es besondere Weine, die unsere Heimaterde und unsere Winzer hervorgebracht haben. Das Burgenland, eines der kleinsten Bundesländer Österreichs, aber auch mit das erfolgreichste, ein Bundesland der Aufsteiger, denn wir haben vieles gemeinsam auf den Weg gebracht, haben uns bis in die Weltspitze vorgearbeitet ...«

»... wir?«, hörte Carl jemanden fragen, und einige zaghafte Lacher waren zu hören.

»... Erfolg ist etwas, das mit dem Burgenland einher-schreitet. Doch wenn der Erfolg allzu selbstverständlich er-scheint, dann besteht die Gefahr, dass er nicht richtig wahr-genommen und geschätzt wird. Gerade deshalb sollten wir uns immer wieder vor Augen führen, wie viel Mühe, An-strengung und nicht zuletzt Kapital in dieser Arbeit steckt.«

Carl erinnerte sich daran, kurz vor der Abreise in einer Broschüre gelesen zu haben, dass die Europäische Union dem Burgenland die meisten Mittel zur Modernisierung des Weinbaus zugeteilt hatte.

»... habe es zu Beginn meiner Amtszeit gesagt und wieder-hole es heute: Der Wein ist ein wesentlicher Motor unserer Wirtschaft und bedarf der besonderen Förderung, wenn wir Arbeitsplätze schaffen wollen und das Wachstum im Blick haben und nur dem Wohl der Bevölkerung verpflichtet ...«

»Die hat nur ihr eigenes im Blick«, grummelte Maria, und er konnte sich das Grinsen nicht verbeißen. Wahrscheinlich hatte sie nicht Unrecht. »Politiker sollten die Zeit bezahlen müssen, in der sie uns mit ihren Werbesendungen vollquat-schen ...«, schob sie leise nach.

»... Das ist der Rückhalt, den Sie, meine lieben Winze-rinnen und Winzer, von meiner Regierung brauchen, und darauf müssen Sie sich verlassen können – grade wo immer neue Anbieter auf umkämpfte Märkte drängen, nicht zuletzt Australien und Südafrika. Die Welt ist vernetzt, wir alle rücken näher. Der Fall des Eisernen Vorhangs hat unserem Burgenland eine Schlüsselstellung gegeben, als Vermittler zwischen dem Osten und dem Westen Europas. Wir sind zur Drehscheibe geworden, zwischen dem Süden und dem Os-ten, zwischen dem Balkan und dem Westen, eine Drehschei-be zwischen Italien und Polen sowie der Slowakei ...«

»Oh, also darauf will sie hinaus«, rutschte es Maria he-raus. »Wir sollen Transitland werden, den gesamten Verkehr wollen sie hier durchleiten ...«

»Können Sie denn nicht mal die Goschn halten!«, schimpfte jemand hinter ihnen, und Maria war still, aber das grimmige Gesicht blieb.

»… selbstbewusst für unsere Ansichten ein, allerdings werden wir die vorgebrachten Bedenken entsprechend berücksichtigen. Ich habe einen engen und vertrauensvollen Kontakt auch zu den Gegnern, und das wird so bleiben, da bin ich ganz zuversichtlich – bei gegenseitigem Respekt. Wir müssen lernen, unsere Ansichten und Gefühle wechselseitig zu respektieren, wir müssen uns ernsthaft bemühen …«

»Damit meint sie bestimmt nicht sich selbst!«, fuhr Maria dazwischen.

»Gehen 'S doch raus, wenn 'S das nicht hören wollen«, kam jetzt von links. »Aber bitte stören 'S net weiter.«

»… bei einer kreativen Politik muss der Staat zwar an den richtigen Stellen eingreifen, aber auch an den richtigen Stellen wieder loslassen. Ich bin der festen Überzeugung, dass wir nur so gemeinsam die Ziele erreichen …«

»Fragt sich nur, wessen Ziele«, grollte Maria weiter, diesmal leiser, sodass sich kein Protest mehr erhob.

»… würde ich mich im Namen der Landesregierung freuen, nachher beim Empfang unsere ausländischen Gäste auf ein Glas Wein und einen Imbiss begrüßen zu dürfen, und wünsche besonders unseren ausländischen Gästen im Burgenland noch einen angenehmen Aufenthalt, gute Geschäfte und allen anderen einen guten und sicheren Heimweg …«

Der Beifall ebbte rasch ab. Maria drehte sich um und kehrte schnurstracks zu ihrem Tisch zurück. »Den Wein liefern wir, kostenlos, aber die Frau tut, als wäre er ein Geschenk der Landesregierung. Gehst du zu dem Empfang?«, fragte sie.

Bevor Carl antworten konnte, kam eine stattliche Frau auf sie zu, die Maria ihm als Karola vorstellte. Sie war Marias beste Freundin, Winzerin, und gehörte selbstverständlich zum Kreis der SIEBEN. Sie betrieb ihre Kellerei in Mörbisch, einem kleinen Ort am Neusiedler See, kurz vor der ungarischen Grenze.

26

Die rothaarige Frau, etwas älter als Carl, konnte mit Traktor und Pflug sicher zehnmal besser umgehen als er mit seinem Wagen. Und genauso war ihr Händedruck. Apropos Wagen – Carl sah auf die Uhr. Wieso hatte Johanna nicht angerufen? Es war ihm zwar recht, aber ihm wurde mulmig. Sie hätte ihn längst abholen sollen. Er nahm sein Mobiltelefon aus der Tasche und stellte fest, dass es eingeschaltet war.

»Du gehst sicher nicht zu dem Empfang«, sagte Karola zu Maria, die sich daran machte, den Tisch abzuräumen und Flaschen wie Prospekte für den Heimweg zu verpacken.

»Nein, mir tut der Rücken weh, die ganze Zeit stehen, seit 14 Uhr sind wir hier, nein, ich muss morgen früh raus ...«

»Wie immer«, stöhnte Karola. »Und wann kommen Sie zu mir?«, wandte sie sich an Carl. »Maria hat mir von Ihren Plänen erzählt. Mal sehen, was wir Ihnen beibringen können. Wahrscheinlich werden Sie schneller zum Winzer, als dass ich eine von Ihren Sprachen lerne – was war das noch mal? Russisch und ...«

»Nein, nein, kein Russisch.« Er lachte. »Das ist mir zu fremd – und zu schwierig. Nur Englisch und Portugiesisch.«

»Portugiesisch stelle ich mir kompliziert vor. Aber Englisch sprechen wir mittlerweile alle ganz leidlich. Die vielen Messen im Ausland, wissen Sie? Dann haben Sie sicher länger in England und Portugal gelebt?«

»Ich habe in London eine Weile studiert, auch in Oxford und in Coimbra.«

»Kenne ich nicht. Ist ja spannend. Davon müssen Sie mir erzählen. Wann kommen Sie zu uns nach ...?«

Die Veranstaltung löste sich auf, die Tische wurden abgeräumt, Flaschen und Informationsmaterial verpackt und nach unten in die Autos verfrachtet. Auf dem Platz vor der majestätischen Front des angestrahlten Schlosses wählte Carl erneut Johannas Nummer. Sie meldete sich noch immer nicht, ihr Mobiltelefon war ausgeschaltet. Er hatte einen Bärenhunger, und das Restaurant, für das er nebst Begleitung eine Einladung besaß, sollte zu den besten des Burgenlandes gehören.

»Schau an, in den Taubenkobel. Dann gehören Sie sozusagen zu den VIPs«, lachte Karola. »Da können wir nicht mithalten.«

»Gehen Sie denn nicht noch irgendwo essen?«, fragte Carl.

»Ich würde lieber mit euch gehen, ich warte nur auf ...«

»Nein, wir sind nicht in den Ferien, für uns ist das alles unheimlich anstrengend. Ich bin ganz früh wieder im Weinberg. Wir müssen ausdünnen, das heißt, alle überflüssigen Trauben rausschneiden, dann die Laubwände entblättern, die Geiztriebe entfernen. Jetzt im Juli beginnt die Umfärbung, die Trauben nehmen Farbe an, das ist der Zeitpunkt dafür ...«

Ein großer schwarzer Wagen kroch die Hauptstraße herauf, Carl sah den Dachgepäckträger, die Scheinwerfer, er erkannte sie von weitem.

2

Sie war noch immer ziemlich weit vom Ufer entfernt, als sich die Sonne in einem fahlen Rot über dem Leithagebirge senkte, stechend, unangenehm, künstlich. Johanna kannte sich in diesem Revier nicht aus. Überall änderte sich das Wetter. Es konnte ein Rot sein, das vor Unwetter warnte, vor Gewitter, Sturzregen und Sturm, genauso gut konnte es einen neuen, wunderschönen Tag ankündigen. Keine Wolke am Himmel, nur verwehte Schleier. Und darunter das Leithagebirge!

Was für ein Name. Gebirge! Dramatisch hörte es sich an, mächtiger jedenfalls als Schwäbische Alb oder Weserbergland. Als Carl den Namen zum ersten Mal genannt hatte, war ihr dazu ein Alpenpanorama in den Sinn gekommen. Schroff, steil und felsig, zumal man bei Österreich an nichts anderes dachte. Aber es war lediglich ein langer bewaldeter Höhenzug. Also lagen auch hier mal wieder Wirklichkeit und Vorstellung weit auseinander, wie so oft. Stuttgarts Hügel waren steiler. Saß man immer wieder seinen eigenen Vorstellungen auf, bis man – durch die Umstände oder Prügel gezwungen, endlich richtig hinsah? Johanna wäre das Alpenpanorama lieber gewesen, wenn sie am Segel vorbeischaute, doch als Surfrevier war der Neusiedler See großartig.

Der Höhenzug begleitete den See auf seiner ganzen Länge. Der attraktive Surflehrer, der sie am Vormittag ins Revier eingewiesen hatte, nannte es »... den letzten Ausläufer des Alpenbogens, aber keine 500 Meter hoch. Von dort kommt der Wind. Gib gut Obacht, er treibt dich raus auf den See, der Wind kann heftig werden ...«

So war es gewesen, den ganzen Tag über, dann zogen weiße Schönwetterwolken über den tiefblauen Himmel und brachten Böen mit. Erst am späten Nachmittag verschwanden die Wolken und mit ihnen der Wind, der nun fast gänzlich einschlief. Johannas Surfbrett bewegte sich kriechend über die sich beruhigende Wasserfläche. Sie war grau statt blau, hier ein Glitzern, dort ein Reflex, und sacht legte sich der rosa Schimmer aufs Wasser.

Johannas Beine zitterten, ihre Arme schmerzten, der Nacken war verspannt. Sie war total ausgepowert, müde wie ewig nicht mehr, und hielt sich mühsam aufrecht. Das Plätschern des Surfbrettes auf den gekräuselten Wellen lullte ein. Glücklicherweise musste sie sich nicht mehr anstrengen, so wie am Nachmittag. Da hatte sie das Trapez gebraucht, hatte den Gurt einhaken und sich mit ihrem gesamten Gewicht, das in Kummer-Zeiten 65 Kilo betrug, ins Segel hängen müssen. Dabei waren ihre Arme seit Monaten nichts anderes gewohnt, als Aktenkoffer zu tragen und ihren Wagen zu steuern. Jetzt erforderte es die letzten Kraftreserven, das Segel senkrecht zu halten, damit der Wind eine Angriffsfläche hatte und sie ans Ufer brachte. Zu ihrem Pech hatte der Wind gedreht, sodass sie noch einige Schläge benötigen würde, um Mörbisch zu erreichen.

Sie hatte mal wieder den alten Fehler begangen und sich übernommen, sich zu viel zugetraut, den Wind und den See unterschätzt, obwohl der Surflehrer davor gewarnt hatte, besonders vor der kurzen, harten und die Kräfte zehrenden Welle des flachen Steppensees. Sie war längst keine dreißig mehr, sie hatte keine Kondition, die alte Spannkraft von damals, Ausdauer und Training, fehlten. Aber sie konnte sich verzeihen, denn es war nach vielen Wochen endlich wieder ein Tag auf dem Wasser, der erste von vielen, die sie herbeigesehnt hatte, mit nichts anderem beschäftigt sein als dem

Wind, den Wellen und mit sich selbst. Keiner wollte etwas von ihr, niemand belastete sie mit Dingen, die sie normalerweise tat, um ihr Geld zu verdienen und nicht unbedingt, weil sie getan werden mussten und die (allerdings nur bei ehrlicher Betrachtung) ihre Kräfte überstiegen. Aber wer konnte sich schon Ehrlichkeit leisten? Wer Schwäche eingestand, war verloren. Die Welt bestand aus Siegern – mittlerweile auch aus Siegerinnen, dachte sie, und die Anstrengung war für diesen Augenblick vergessen.

Sie sah einen dunstigen Himmel, fühlte die leichte, frische Brise im Gesicht, die sie ein wenig vorwärts brachte und all den Muff, den Gestank und die überflüssigen Gedanken aus ihrem Kopf trieb, die sich in langen Monaten äußerster Anspannung angesammelt hatten. Das Schlimmste daran war das Gefühl der Leere.

Und obwohl sie alles tat, diese Gedanken nicht an die Oberfläche gelangen zu lassen, die sie nach außen abschirmte, drückten sie doch von unten gegen die Kruste. Immer wieder nahm sie sich zu viel vor, überschätzte ihre Kräfte. Wann würde sie das kapieren? Außerdem war sie völlig aus der Übung. Sie hatte nicht einmal mehr Zeit und absolut keinen Nerv fürs Fitness-Studio, nur Arbeit. Yoga wäre vielleicht hilfreich gewesen, aber das war was für esoterische Weiber, und außerdem fühlte Johanna sich dafür zu jung. Ihre einzige körperliche Anstrengung bestand darin, morgens die Beine aus dem Bett zu schwingen, den Müll mit runterzunehmen und auf Geschäftsreisen den Koffer durch Hotelhallen hinter sich herzuziehen. Und dann am ersten Tag gleich mitten auf den See – eigentlich Wahnsinn, was sie hier tat.

Es war unverantwortlich. Jeden anderen, der sich so verhalten hätte, hätte sie zusammengestaucht: Stunde um Stunde auf dem Wasser, die Zeit vergessend, die Sonne vergessend, die Kraft des Windes unterschätzend. Weit hinauszufahren, ohne sich langsam an das unbekannte Revier zu gewöhnen, sich erst einmal eine Stunde hinauszubegeben, den See zu testen, die Welle, das Brett, sich selbst auszuprobieren. Nein. Bloß weg, weg von den nervenaufreibenden Anforderungen, weg von den Zweifeln, die über ihr zusammenschlugen, die Magenschmerzen und Sodbrennen verursachten, wovon sie besser niemandem etwas sagte.

Luft holen, Dampf ablassen, der Deckel war kaum noch draufzuhalten, so groß war zuletzt der Druck gewesen. Einfach in den Wind und die Wellen eintauchen, sich mitnehmen und reinigen lassen – geradezu sehnsüchtig hatte sie den Kitern nachgeschaut, die von ihren Schirmen mitgerissen durch die Luft segelten, mit dem kleinen Brett an den Füßen wieder aufsetzten und eine Gischtfahne hinter sich herziehend weiterrasten. Das war sicher noch packender als mit ihrem Sturmsegel bei sechs Windstärken übers Wasser zu gleiten, die Welle fast im Nacken. Sie würde das Kiten lernen, hundertprozentig. Es sollte nicht schwierig sein, aber anders als Windsurfen, eher wie Snowboarden, das hatte zumindest der Surflehrer vorhin am Hafen gesagt. Aber Snowboard fahren war was für junge Leute. In der Szene war sie nie gewesen.

Ihre Arme waren schwer wie Blei, die Hände schmerzten, sie krampften sich um den Gabelbaum, da half Ausschütteln nicht viel. Die Beine zitterten wieder vor Anspannung. Sie fühlte sich heiß, hin und wieder fröstelte sie leicht, in ihren neuen Neopren-Anzug eingezwängt, den sie extra für die Reise gekauft hatte. Viel zu warm, sie brauchte einen ohne Arme und Beine. Aber so waren glücklicherweise nur Hals und Wangen verbrannt, die Hände glühten, vom Zupacken und von der Sonne. Sogar auf den Fußrücken fühlte sie den Sonnenbrand. Ihre Nase würde aussehen wie eine Tomate und sich pellen, obwohl sie sich mit Schutzfaktor 25 eingerieben hatte. Ihr Haar, im Nacken zusammengebunden, war so dicht, dass die Strahlen nicht bis auf die Kopfhaut durchkamen. Und die Stirn ließ sich mit Wasser benetzen, es roch komisch, etwas brackig, und schmeckte leicht salzig.

Sie hatte sich vorhin zum Ausruhen aufs Brett gesetzt und das Segel auf dem Wasser liegen lassen. Gleich waren Surfer gekommen und auch ein Segler hatte Hilfe angeboten. Hilfe? Sich helfen lassen? In diesem See konnte man sogar in der Mitte stehen, er sollte nirgends tiefer als einen Meter sechzig oder siebzig sein. Der Surflehrer – oder war er der Besitzer der Surfschule? – hatte von einer so genannten Seedurchquerung zu Fuß gesprochen. Außerdem hätte sie ihre Schwäche niemals eingestanden. Sie hatte sich wieder aufgerafft.

Zumindest hatte sie einen Fehler nicht begangen – einfach drauflos zu fahren. Mehrmals hatte sie sich die Silhouette des Ufers eingeprägt, die Namen der Orte am Ufer runtergeleiert, von Süden nach Norden: Mörbisch, Rust, Oggau, Breitenbrunn – die anderen Dörfer lagen weiter vom See entfernt … sie musste die richtige Zufahrt finden, denn das Ufer war überall mit Schilf bewachsen, ein Gürtel, an vielen Stellen bis fünf Kilometer breit, aber es gab Orientierungspunkte, die Kirchtürme und die Routen der Ausflugsdampfer, die den See kreuzten. Denen brauchte sie nur zu folgen. Der Süden war tabu, er gehörte zu Ungarn, und das Ufer hinter ihr im Osten gehörte zum Nationalpark Neusiedler See-Seewinkel. Zu allem Unglück drehte der Wind noch weiter nach Süden, Johanna musste abfallen, was sie mindestens zwei weitere Schläge kosten würde.

Müdigkeit und Erschöpfung zusammen mit dem Glücksgefühl, endlich mal wieder einen ganzen Tag für sich gehabt zu haben, versetzten Johanna in einen angenehmen Dämmerzustand, ein bisschen wie ein wohliger Schwips. Wäre sie nicht zum Umfallen müde gewesen, sie hätte ewig weiterfahren mögen, in die Abendsonne hinein, sich um nichts kümmern, alles vergessen, irgendwann an ein Ufer kommen, sich fallen lassen und schlafen …

Sie verlor plötzlich den Halt auf dem Brett, ihr Fuß rutschte, sie glitt aus, hielt sich am Gabelbaum fest, riss ihn an sich und fiel rückwärts ins Wasser, über sich das Segel. Sie

33

geriet unter Wasser, schlagartig war sie wach, hielt die Luft an, mit drei Schwimmstößen hatte sie sich vom Segel befreit und tauchte prustend auf. Der Schreck brachte sie zurück in die Wirklichkeit. Nein, sie war nicht eingeschlafen, sie war nur ausgerutscht. Igitt, was war das Schleimige an den Füßen? Erschrocken zog sie die Beine an, streckte sie vorsichtig wieder aus, tastete, tatsächlich, sie hatte Grund unter den Füßen, sie konnte stehen.

Der Hafen von Mörbisch, wo sie vor drei Stunden gestartet war, ließ sich an den Kulissen und Beleuchtungstürmen der Seebühne ausmachen. Den ›Graf von Luxemburg‹, den sie dort im Juli und August über spielten, würde sie sich ersparen, Lehárs Operetten waren ihr zu seicht und anspruchslos, lieber hätte sie ein Schauspiel gesehen, aber in Österreich zogen Operetten die meisten Besucher an. Das Land war ihr fremd, früher mal, in ihrer alten Zeit, da hatte sie den düsteren Dramatiker Thomas Bernhard gelesen, auf Carls Empfehlung hin, sie kannte das erschreckende Weltbild der Elfriede Jelinek, eines von Ernst Jandls wunderbaren Gedichten hingegen konnte sie noch immer hersagen.

manche meinen
lechts und rinks
kann man nicht velwechsern
werch ein illtum!

Aber Operetten? Doch als Ansteuerungspunkt war die Seebühne ideal.

Sie schaute auf die wasserdichte Uhr und dachte mit Schrecken, dass die Zuschauer für den ›Grafen‹ im Anmarsch waren. Hoffentlich kam sie nachher mit dem Wagen gut durch. Sie erreichte die schilffreie Bucht vor dem Hafen, es war noch einmal ein kurzer Schlag nach Norden erforderlich, und dann stieg sie fünf Meter vor dem Ufer vom Brett, schob es durch seichtes Wasser zum Strand, schälte sich bis zur

Hüfte aus ihrem schwarz-roten Neopren-Anzug, ließ sich ins Gras fallen und schloss die Augen.

»Ich habe mir schon Sorgen um dich gemacht«, hörte sie jemanden sagen und sah zwischen zusammengekniffenen Lidern, wie sich ein gut gewachsener Dreißigjähriger mit langem, blonden Haar neben sie hockte. »Ich habe schon mit dem Fernglas nach dir Ausschau gehalten. Hätte sein können, dass etwas an deinem Rigg gebrochen ist. Ist ja nicht das beste Material, mit dem du gekommen bist. Und auskennen tust du dich auch nicht. Andererseits – ich habe gedacht, so eine Frau wie du, die weiß, was sie tut, nicht wahr?«

Meine Güte, was für ein Schleimer. Oder war er nur charmant? Hatte man nirgendwo seine Ruhe? Konnten einen die Kerle nie in Ruhe lassen? Im ersten Unwillen wollte Johanna sich zur Seite drehen, aufstehen, ihr Brett aufs Auto laden und verschwinden, mit dem letzten Quäntchen Kraft, aber als sie sein strahlendes Lachen sah und seine schönen blauen Augen, ließ sie sich zurücksinken. Der Typ sah verflucht gut aus, ziemlich stattlich, die Erscheinung, gut proportioniert, ausgesprochen sportlich, kein Anabolikababy, aber durchtrainiert, sogar die Stimme war sympathisch – nur etwas jung. Jetzt dämmerte es ihr: Da neben ihr hockte der Surflehrer, dem das kleine Areal neben dem Schilfgürtel gehörte, wo er seine Surfschule betrieb, Bretter und Segel verlieh und einen Campingwagen stehen hatte, der ihm anscheinend als Aufenthaltsraum diente. Das Büro war weiter vorn in einem rechteckigen Pavillon mit großen Fenstern untergebracht. Das alles hatte er ihr längst erzählt, Hans Petkovic, von allen Hansi genannt.

»Du bist viel zu lange draußen gewesen«, sagte er nachsichtig. »Lass es ruhig angehen. Da hat man mehr von. Ich kenn das. Da ist der Wunsch, alles hinter sich zu lassen. Nur der See, der Wind und du, dein Board – was will man mehr, nicht wahr? Hier ...«, er hielt ihr einen Kraftdrink hin, Red Bull, von dem sich viele Leute seines Schlags ernährten, wenn sie dazugehören wollten. Johanna nahm die Dose und trank begierig.

Der Surflehrer sprach mit breitestem österreichischem Akzent. Es hört sich charmant an, beinahe zu charmant, und dieses Lächeln ist überzeugend, fast zu überzeugend, dachte Johanna und wünschte sich gleichzeitig, dass er weiter redete, sie hier liegen bleiben konnte und nichts machen müsste, nicht einmal auf ihn eingehen.

»Du bist aus Stuttgart, nicht wahr? Ich hab's an der Autonummer gesehen, als du das Board und das Segel gebracht hast. Kannst es gern hier bei mir lassen. Da kommt nichts weg. Es ist nie etwas gestohlen worden. Die Menschen hier sind anständig, sind von Grund auf ehrlich. Ja allerdings, deine Geldbörse lass besser nicht herumliegen. Es kommen reichlich Fremde her. Aber die Surfer sind okay.« Er tätschelte ihre Schulter, lachte gut gelaunt und zeigte weiße Zähne. »Aber so lange solltest du nicht in die Sonne gehen, und setz morgen besser ein Basecap auf!«

Ratschläge, so gut sie auch gemeint sein mochten, gingen Johanna momentan total auf den Wecker. Konnte man sie nicht in Ruhe lassen? Unbeabsichtigt fiel ihr Blick auf ihren Handrücken. Sie hatte vor dem Losfahren den Ehering abgezogen. Er störte sie beim Surfen wie jeder Ring, die Hände mussten frei sein. Nur jetzt war es ihr aus einem ganz anderen Grund lieb, dass sie ihn abgezogen hatte. Es verbaute nicht von vornherein ... Meine Güte, was denke ich für dummes Zeug, sagte sie sich und sah den Surflehrer an. Er war bestimmt zehn Jahre jünger als sie. Wie kam sie nur auf eine solche Idee, dass er ... Aber er lächelte, nahm ihr die Dose aus der Hand und stellte sie in Gras.

»Der See ist ein geiles Revier, einfach Spitze, klass – wie wir Wiener sagen. Der Wind ist stetig, meistens jedenfalls. Er kommt fast immer vom Gebirge. Aber Sturm kann schnell aufkommen, besonders bei einem Gewitter. Dann komm schleunigst ans Ufer. Eine Viertelstunde – und du bist mitten im Inferno, Wellen von anderthalb Metern Höhe, ja wirklich«, sagte er eindringlich und riss, um es zu unterstreichen, die Augen auf. »Ist nicht übertrieben. Ich habe dir hier eine Broschüre mitgebracht, wasserdicht, mit den Notsignalen. Kannst ja mal durchlesen, bei Gelegenheit, oder aufs Board kleben. Du machst Ferien hier, nicht wahr? Wie lange bleibst du? Bist allein, nicht wahr?«

Aha, die Testfrage. Johanna dachte wieder an den Ring und wie sie ihn bei solchen Gelegenheiten ins Spiel brachte. Sie legte die rechte Hand auf den Konferenztisch, streckte wie zufällig die Finger aus, und zwar immer dann, wenn ein Mann zu borniert war, um Abstand zu halten, oder andere Signale nicht erkennen wollte. »Ich bin verheiratet«, sagte sie, und es klang wie eine Entschuldigung.

»Macht nichts«, meinte Hans, als würde ihn der Umstand keinesfalls veranlassen, seine Annäherungsversuche einzustellen. »Verheiratet ist ja nicht gestorben.«

Es war das erste Mal, dass er Johanna zum Lachen brachte. »Ihr macht getrennt Urlaub? Oder hat dein Mann dich hier abgesetzt, damit er freie Bahn ...«

»Mich setzt niemand ab«, sagte Johanna schärfer, als sie beabsichtigt hatte. Mochte der Surflehrer es als Hinweis, als Klarstellung oder als Drohung auffassen.

Hansi zögerte eine Sekunde, zog dann erstaunt, gespielt oder nicht, die Augenbrauen hoch. »Das glaube ich auch«, lenkte er ein. »Was macht er, dein Mann? Holt er dich ab? Ach nein, du bist ja mit dem Wagen gekommen.«

»Er ist in Eisenstadt. Wasser hätte keine Balken, sagt er immer, er schwimmt zwar gern, er badet, aber Wassersport? Nein. Kein Sportler, er ist mehr – ein – Intellektueller.« Es klang ein wenig abfällig, so wie sie es gesagt hatte. Es war ihr rausgerutscht wie das mit dem ›Absetzen‹. Was war los mit ihr? Weshalb betonte sie diesem Mann gegenüber ihre Eigenständigkeit so sehr? Hatte sie es nötig, sich zu distanzieren? Schob sie Carl von sich weg, um dem Mann an ihrer Seite ihre Freiheit deutlich zu machen? Erwartete sie von ihm, in die lokale Surferszene eingeführt zu werden? Sie war gut, und eigentlich hatte sie sich früher stets ihren Platz erobern können. Aber sie hatte mittlerweile die Verbindung verloren, die Leute waren ihr zu jung, zu grün, zu unprofessionell, nicht gut genug. Doch sie drängte die Fragen und Zweifel rasch beiseite, darin hatte sie inzwischen Übung. Was sie nicht weiterbrachte, war bedeutungslos. Wozu sich Gedanken machen? Sie war genau da, wo sie sein wollte, und das war nicht da, wo Carl sich gern aufhielt.

»Spielt er Golf?«, bohrte Hans weiter, »oder ist er einer von den Weinfreaks? Rotwein ist für alte Knaben eine von den besten Gaben – so heißt es doch, bei Wilhelm Busch? Von alten Knaben wimmelt es hier. Die kommen wegen unserer wunderbaren Weine. Sonst ist nichts mehr los mit ihnen. Schau«, er zeigte in Richtung Leithagebirge, »das ganze Grün, bis oben zum Wald, der ganze Berghang ist voll damit, rund um den See nichts als Weinstöcke. Die Weine muss man einfach probieren, ich kenne da einen sehr schönen Heurigen. Da lad ich dich mal ein ...«

Jetzt fängt der auch mit Wein an, dachte Johanna entsetzt, das kann heiter werden. Glücklicherweise kamen zwei junge Mädchen, etwa halb so alt wie sie, und zerrten den Surflehrer weg. Anscheinend kannten sie ihn.

Hansi hier, Hansi dort, hieß es, Hansi, kannst du mal ... sie glucksten, scherzten, und Johanna merkte verblüfft, dass es ihr gegen den Strich ging, wie die Mädchen um Hansi herumflatterten und ihn zum Pavillon zogen. Was wollten die jungen Dinger, denen die blonden Pferdeschwänze kokett um die Ohren flogen? Wieso drängten sie sich dazwischen?

Mach dich nicht lächerlich, Johanna, sagte sie sich, stand auf, streifte den Neopren-Anzug vollständig ab und zupfte ihren Bikini zurecht. Es kostete sie viel Mühe, sich die schmerzenden Glieder nicht anmerken zu lassen, als sie steif zum Pavillon ging, um Hans nach der Dusche zu fragen.

Er musterte sie von oben bis unten, verzog anerkennend den Mund und schickte sie zu dem Schuppen, wo er die Surfbretter und Segel aufbewahrte, drinnen sei die Dusche und eine Umkleidekabine, sie möge bitte nur biologisch abbaubare Seife benutzen, »wir sind hier sehr bewusst, was den Umweltschutz angeht.«

Sie brauchte eine halbe Stunde, bis sie sich wieder als einigermaßen menschlich empfand. Sie trug ein rotes Trägertop und eine enge geblümte Baumwollhose, zog aber wegen der Mücken, die in blutdürstigen Schwärmen aus dem Schilf aufstiegen, eine langärmelige Bluse über.

Hans Petkovic pfiff anerkennend, als sie geschminkt, frisiert und parfümiert auf ihn zukam. »Eben noch Sportlerin, jetzt ganz Dame«, meinte er begeistert, »was spielst du lieber?«

Johanna merkte, wie sie es genoss, dass sie ihm gefiel. »Beides«, antwortete sie beiläufig. »Zeig mir bitte, wo ich die Sachen hinbringen soll.« Gemeinsam rollten sie das Segel auf und verstauten es zusammen mit dem Surfbrett im Schuppen. Damit war klar, morgen würde sie wieder kommen, und Hansi versprach, ihr Material auf den neuesten Stand der Technik zu bringen. Aber das Kiten könne sie besser auf der anderen Seite des Sees lernen, sie müsse nach Podersdorf, da gebe es richtigen Strand. »Ich komme mit und gebe dir die ersten Stunden. Bei dir reichen drei oder vier, dann kannst du das. Und zum Üben brauchst du keinen Lehrer.« Er müsse allerdings eine Vertretung für seine Schule auftreiben, was in der Hochsaison jedoch einfach sei. Die Freaks rissen sich um Jobs, bei denen sie mit ihrem Hobby Geld verdienen könnten. »Auch gute Leute kriegt man billig. Man muss den Jungs nur alles Mögliche versprechen. Aber du musst sie kontrollieren, sonst hängen sie nur cool ab und bandeln mit den Mädels an …«

Der Besucherstrom in Richtung Seebühne war versiegt, Johanna fand auf dem riesigen Parkplatz schnell ihren Wagen wieder, ließ sich in den Sitz fallen und schlug die Tür zu, um nicht noch länger die Melodien des »Grafen« hören zu müssen. Ihr schauderte bei dem Kitsch.

Der Weg nach Eisenstadt war auch ohne Navigationssystem zu finden: die Dammstraße zurück nach Mörbisch, durch den Ort, dann nach rechts, in Rust nach links, durch St. Margarethen hindurch, immer geradeaus nach Eisenstadt, dann käme ein Kreisverkehr, dahinter Baumärkte, Supermärkte, Gartenmärkte und welche für Tiernahrung ...

Der Weg zum Schloss Esterházy sei ausgeschildert, hatte Carl morgens erklärt. Auf einmal empfand sie den Gedanken, ihn zu treffen, bedrückend. Nichts von dem, was sie den Tag über erlebt hatte, interessierte ihn. Sie konnte es ihm erzählen, er hörte zu, aber ihre Begeisterung teilte er nicht. Und über Hans oder Hansi hielt sie besser den Mund. Allerdings waren Carls Weinverkostungen für sie ähnlich langweilig. Während des Urlaubs würden sie tagsüber getrennte Wege gehen, niemand vermisste den anderen – dann blieben nur die Abende, und sie dachte an Hansi – wieso hatte sie sich eigentlich auf Carls Vorschlag eingelassen, im Burgenland Urlaub zu machen? Ein ungutes Gefühl beschlich sie. Aber glücklicherweise gab es den See; und wieder kam ihr der Surflehrer in den Sinn.

Scheinwerfer strahlten die Front des Schlosses an, in dunklem Gelb leuchtete die breite Fassade, von zwei Fensterreihen aufgelockert. Der Einfall des Lichts betonte die Rund- und Spitzbögen darüber auf dramatische Weise. Zwischen den beiden Fensterreihen zog sich eine Reihe kleiner dunkler Nischen mit Büsten undefinierbarer Personen, sicher die Vorfahren der Esterházys aus der Zeit, als aus den kriegerischen Reitern der Magyaren sesshafte Fürsten hervorgegangen waren, denn einige trugen eine Art Turban, was bei der Dunkelheit nur undeutlich zu erkennen war. Sie verlieh dem mächtigen Bau eine Aura von Einsamkeit und herrschaftlicher Größe. Nach rechts hin fiel der Schlosshügel leicht ab. Dort begann die Fußgängerzone, wo sich die Feriengäste tummelten. Auch vor dem Schloss und an der Zufahrt zur Tiefgarage herrschte reger Betrieb. Autos stauten sich, wurden beladen, man stieg ein und wieder aus, gestikulierend kamen Menschen vom Schloss und gesellten sich zu den Gruppen, die ausgelassen debattierten.

Johanna hörte laute und heitere Stimmen, hörte das Lachen und sah die lebhaften Bewegungen der festlich gekleideten Menschen, was die aufgekratzte Stimmung unterstrich. Feindselig, fast mit einem Gefühl von Herablassung, betrachtete sie die nächtliche Szenerie. Insgeheim ärgerte sie sich, fühlte sich ausgeschlossen, nicht eingeladen, nicht dazugehörig, auch wenn sie gar nichts mit dieser alkoholisierten Menge verband, denn dass es sich hier um Winzer oder ihre Gäste handelte, war klar. Mit alledem hatte sie nichts zu tun. Aber Carl. Gleichzeitig beschlich sie eine diffuse Angst, sie hatte eine Ahnung, ein flaues Gefühl im Magen. Ihr verging der Hunger, den sie bis jetzt gehabt hatte, sie schluckte.

Und im Halbschatten an den Pfeilern vor der Einfahrt stand er, der Mann, mit dem sie seit zehn Jahren verheiratet war, den sie seit fünfzehn Jahren kannte – eingerahmt von zwei Frauen. Gut sah er aus, die beiden Frauen auch, die eine jung, die andere stattlich, und Johanna spürte Groll in sich aufsteigen, als sie bemerkte, dass die drei in bester Laune waren und sich anscheinend eine Menge zu erzählen hatten. Wahrscheinlich hatten sie getrunken.

»Hallo«, sagte sie kurz angebunden, als sie am Straßenrand hielt und er zum Wagen kam. »Bitte, steig ein ...«

»Johanna, ich möchte dir zwei reizende Damen vorstellen«, sagte er mit einer Stimme, die sie von ihm kannte, wenn er besonders gut aufgelegt war, ausgelassen geradezu, sprühend, witzig, so wie sie ihn mochte, und das machte sie in diesem Moment besonders wütend.

Er winkte seine Begleitung heran. »Das sind Maria und Karola, zwei hervorragende Winzerinnen. Sie gehören zu der Gruppe der SIEBEN, von der ich dir ...«

»Sehr schön. Guten Abend. Aber Carl – bitte! Ich will nach Hause, bin todmüde. Ich habe einen anstrengenden Tag hinter mir.« Sie merkte, dass es derselbe Satz war, den sie normalerweise verwandte, wenn sie nach einem quälenden Bürotag nach Hause kam und Carl sie mit seinen Übersetzerproblemen behelligte. Sie wandte sich an die Winzerinnen. »Wir haben's noch weit, wissen Sie? Unser Quartier ist in Purbach.« Sie gab ihrer Stimme dabei den Klang – in vielen Konferenzen erprobt –, der Gesprächspartnern klarmachte, dass dieses Thema für sie beendet sei. Johanna wollte nicht verbindlich sein, es war ihr egal, ob sie Carl brüskierte, es war ihr gleichgültig, was die Frauen von ihr dachten, Geschäfte verdarb sie Carl ja nicht damit. Das war sowieso nicht seine Sache. Hier und jetzt ging es um sie, und sie war hundemüde, der Appetit war ihr vergangen, sie wollte nicht mehr reden, keine höflichen Floskeln, kein Smalltalk, mochte da auch die Winzerkönigin des Burgenlandes persönlich vor ihr stehen. Ihr fehlte einfach die Kraft. Und da war noch was anderes: Die schlanke Blonde, jünger als sie, war ihr viel zu selbstgefällig – und wie sie Carl ansah ...

Die beiden Frauen verständigten sich mit Carl durch einen kurzen, verstehenden Blick, der Johanna nicht entging, was ihre Wut noch verstärkte. Was lief zwischen Carl und dieser Blonden? Die kannten sich doch nicht erst seit heute? Hatte er ihr was verheimlicht? Ach, sollen sie mich doch ..., dachte sie wütend.

»Einen Moment!« Carl entfernte sich wieder vom Wagen. Was er mit den Frauen besprach, verstand Johanna nicht, die Winzerinnen jedenfalls kehrten zum Schloss zurück, Carl stieg ein.

»Ich habe eine Einladung in ein Restaurant. ›Taubenkobel‹ oder so«, er hielt Johanna die Karte hin, »für die ausländischen Gäste. Soll das beste in der Gegend sein. Da findet ein Empfang statt, nein, nicht was du denkst«, fügte er hinzu, als er merkte, wie Johanna protestierend auffuhr. »Ein Essen,

42

für ausländische Einkäufer, Weinhändler, mit der Landeshauptfrau, nur halb offiziell, nun reg dich doch nicht gleich wieder auf.« Er seufzte. »Das Restaurant ist in Schützen, das liegt auf dem Nachhauseweg. Ich habe den ganzen Tag nichts zwischen die Zähne bekommen außer Wein und Weißbrot.«

Johanna fuhr ihn barsch an: »Ich kann dich da absetzen. Ich jedenfalls fahre nach Hause, oder du bringst mich hin und fährst dann zu deinen Winzerinnen. So habe ich mir den ersten Abend unseres Urlaubs vorgestellt!«

Carl ging nicht darauf ein und blieb freundlich. »Nein, die kommen nicht. Hast du was gegessen?«

»Ich will nichts essen, auch nicht in irgendeinem Gourmet- oder Sternerestaurant. Das ist mir egal. Ein Stück Vollkornbrot und etwas Quark, das reicht mir«, sagte Johanna und dachte an die beiden schlanken Mädchen, die um den Surflehrer herumgeflattert waren. Sie musste abnehmen, dringend, sie hatte sich zu viel Speck angefressen, die Geschäftsreisen, immer im Restaurant, sie war unsportlich geworden, heute hatte sie es gemerkt. Sie stöhnte. Je älter man wurde, desto mehr musste man für sich tun. Gleichzeitig wurde es anstrengender. Sie war vierzig. Wie sollte das erst in zehn Jahren werden?

Dass Carl mit ihr schmollte, war egal. Sollte er doch. Er hatte sein Vergnügen gehabt, außerdem hatte er gestern, nachdem sie ihr Ferienapartment bezogen hatten, eingekauft, so viel, dass sich die Kühlschranktür kaum hatte schließen lassen. Er kochte sogar nachts noch, »die Portugiesen essen auch spät, genau wie die Spanier«, pflegte er zu sagen. Als ob das eine Rolle spielte. Ob sie nun mitaß oder nicht, er würde trotzdem irgendetwas brutzeln. Er hatte die Zeit dazu, er nahm sie sich, statt sich um lukrativere Übersetzungsaufträge zu kümmern, was sie ihm verübelte.

»Wieso hast du so schlechte Laune? War dein Tag nicht gut? Zu wenig Wind? Falsche Richtung? Oder warst du nicht in Form? Das ist es wohl.«

Johanna verpasste am Kreisverkehr die Ausfahrt und musste noch einmal herum, um die B 50 in Richtung Neusiedel zu nehmen. Zehn Jahre Ehe, man kannte sich in- und auswendig, Geheimnisse gab es kaum noch. Sie dachte kurz an Hansi – das Geheimnis würde sie für sich behalten, wenn es denn eines werden würde. Oder gab es doch welche, wenn sie an die junge Winzerin vor dem Schloss dachte? Das war genau Carls Typ, die gefiel ihm bestimmt, so war sie auch mal gewesen, nicht genauso, aber ähnlich, vor vielen Jahren.

Er legte ihr die Hand auf die Schulter. »Ich habe dich was gefragt, Johanna«, sagte er vorsichtig, er wusste genau, wann sie bissig wurde. In letzter Zeit war das immer schneller der Fall, sie war unleidlich, fühlte, wie ihre Haut dünn wurde. »Nein, ich habe keine schlechte Laune, und der Tag war gut und der Wind bestens. Aber bitte, nimm deine Hand da weg, ich habe entsetzlichen Sonnenbrand.«

»Oh«, sagt er nur und schwieg, bis sie durch Schützen kamen, ein Straßendorf, mit dem Hinweisschild auf das Restaurant Tauenkobel am Ortseingang. »Sollen wir nicht doch . . .?«

Johanna rang sich etwas Verbindlichkeit ab. »Wenn ich nicht so müde wäre und richtig angezogen, gern, Carl, das weißt du. Aber in diesen Sachen fühle ich mich nicht wohl, bei einem Empfang. Ich müsste mich erst zurechtmachen.«

»Ach, die anderen waren auch leger. Da zieht sich keiner extra um.«

»Was andere machen, ist mir ziemlich egal.« Es klang schon wieder scharf, und Johanna merkte, dass Carl sich versteifte, den Kopf in den Nacken legte und den Mund schloss. Einerseits tat er ihr leid, andererseits war ihr nicht nach Restaurant zumute, nach Essen, nach spritzigen Weinhändlern, die sie für die mitreisende Ehefrau hielten.

Sie fuhren an einem einsamen Nachtclub mit pinkfarbenen Neonleuchten vorbei, wo einige Mittelklassewagen vor zugeklebten Fenstern parkten, dann tauchte rechts ein ver-

44

lorener Supermarkt aus dem Dunkel auf, wie ein mit bunten Packungen vollgestelltes Aquarium, unter einer Neonschrift dahinter der rechteckige Kasten eines Hotels, eine einfallslose Schlafstation. Die Tankstelle daneben wirkte genau so »hingestellt«, aus einem unerfindlichen Grund mitten in die Weingärten, als wäre vergessen worden, den dazu passenden Industrie-»Park« anzulegen. Kaum sichtbar unter den Sternen begann der See – ein Lächeln huschte Johanna übers Gesicht, als sie sich an den Nachmittag und den Abend erinnerte, an Hans Petkovic, an Hans oder Hansi, wie er neben ihr gekniet hatte. Wieso hatte er sie nicht geküsst? Der Feigling. Seine Augen hatten es getan.

»Wo sind dein Surfbrett und das Segel?«, fragte Carl ins Schweigen hinein.

Johanna kam sich ertappt vor und ging auf Abwehr. »Bei der Surfschule in Mörbisch, dem letzten Ort vor der ungarischen Grenze. Da kommt nichts weg! Ich bin mir sicher, die Leute da passen auf. Ich fahre morgen wieder hin. Ein guter Trainer, ich kann Stunden nehmen, es gibt ein Restaurant, man kann duschen, ganz sauber, und passable Leute, gute Stimmung.«

»Schön. Aber ich wollte morgen mit meiner Tour durch die Kellereien anfangen. Ohne Wagen geht das schlecht ...«

»... oder zu den Winzerinnen?«, unterbrach ihn Johanna provokativ. »Den Wagen kannst du haben, wenn du mich hinbringst und wieder abholst.«

»Mache ich doch gern.« Carl schien erleichtert.

Johanna war froh, dass sie endlich ihrem Feriendomizil in einem umgebauten Bauernhof näher kamen. »Kanntest du die beiden?«, fragte Johanna, als sie von der Hauptstraße abbog.

»Welche beiden?«, fragte Carl.

Was für ein Theater. Es war doch klar, wen sie meinte. »Na, die beiden, die du mir unbedingt vorstellen wolltest, die Frauen vom Schloss.«

Er zögerte zu lange mit der Antwort, als dass sie ihm geglaubt hätte. Sein »Nein« klang abgestanden. Die drei hatten sich viel zu vertraut verhalten, eine solche Intimität stellte man nicht an einem einzigen Nachmittag oder Abend her. Aber Johanna fehlte die Kraft, weiter zu insistieren. Sie war vollkommen erledigt. Ein Anflug von Verzweiflung packte sie, sie schluckte – waren das etwa aufsteigende Tränen? Nein, niemals. Sie parkte den Wagen. Carl schloss das Hoftor auf, im lang gestreckten Innenhof flammten kleine Laternen auf und wiesen ihnen den Weg unter duftenden Rosenbüschen und Oleander zu ihrem Apartment. Eigentlich ein traumhafter Ort für einen traumhaften Urlaub. Ist denn alles verkehrt in meinem Leben, dachte Johanna resignierend und verzog sich ins Badezimmer, um sich ihrer verbrannten Haut zu widmen, während Carl sich in der Küche ums Essen kümmerte.

Der nächste Morgen begann harmonischer. Ob es daran lag, dass sie sich Zeit zum Ausschlafen nahmen? Johanna hörte sich geduldig an, was Carl von der Verkostung im Schloss zu berichten hatte, vom Auftritt der Landeshauptfrau, vom Zusammentreffen mit einem Unbekannten, mit dem er über einen »Blender« gesprochen hatte, und sie erzählte ihm eher zurückhaltend vom ersten Tag auf dem See, dass sie bis ans Limit gegangen war, was sie als äußert unvernünftig erachtete, und dass sie unbedingt das Kiten lernen wollte. Es war unklug, auf ihrer negativen Stimmung zu beharren, sie verdrängte bewusst ihre Eifersucht, fragte nicht einmal, ob er heute diese Maria treffen würde, und tat die romantische Erinnerung an Hansi Petkovic als alberne Kinderei ab. Was hatte dieser Mann zu bieten? Aber ihre Gedanken entwickelten sich ungewollt weiter. Man sollte Menschen keinesfalls unterschätzen, vielleicht hatte er ja doch einiges drauf, was immer das sein mochte; möglicherweise gab es einen interessanten persönlichen Hintergrund, denn dumm war er nicht. Auf jeden Fall verband sie ein starkes gemeinsames Interesse, auch er konnte sich allem Anschein nach den Elementen hingeben. Das waren immer besondere Menschen, die Glück dabei empfanden, wenn sie mit den Wellen spielen und sich dem Wind anvertrauen konnten. Ihr gefiel sein Lachen, die blauen Augen, wie er das Haar in den Nacken warf.

Sie seufzte und bemerkte, wie Carl sie über den Frühstückstisch hinweg musterte. Rasch setzte sie ein Lächeln auf. »Es ist gut zu wissen, dass uns drei lange Wochen beschieden sind, nur uns ...«, aber es fiel ihr partout nichts ein, was sie jetzt gern mit Carl zusammen gemacht hätte. Sie wollte zum See.

Eine Stunde später ließ sie sich in Mörbisch absetzen, sie wollte bereits an der Schranke vor dem Parkplatz aussteigen, aber Carl bestand darauf, sie bis zur Surfschule zu bringen, die ersten zehn Minuten auf dem Parkplatz waren gratis. Und da passierte genau das, was Johanna unbedingt hatte vermeiden wollen: Kaum war sie ausgestiegen, kam Hansi freudestrahlend auf sie zu – fehlte noch, dass er die Arme ausgebreitet hätte – und küsste sie auf die Wangen. Sie drehte sich um und sah, wie Carl durchs offene Wagenfenster herüberstarrte.

3

»Dein Vater ist ein sehr sympathischer Mensch«, sage Carl und zwängte sich hinter den schweren Tisch im Verkostungsraum. »Neben seiner Untätigkeit machen ihm wohl die Sorgen um dich am meisten zu schaffen?«

Maria war damit beschäftigt, die Zusammenstellung der Weine für die Probe vorzunehmen. Sie antwortete nicht, und Carl war sich nicht sicher, ob sie es nicht gehört hatte oder nicht antworten wollte. Der Rundgang durch die Kellerei lag hinter ihnen, sie hatten ihn eben mit einem Besuch bei Bruno Sandhofer abgeschlossen. Marias Vater und er waren sich auf Anhieb zugetan, obwohl der Altersunterschied ziemlich groß war. Und nach vielen Worten und Erklärungen, die Carl fast mehr verwirrt als aufgeklärt hatten, war es Zeit für den Wein. Gestern im Schloss hatte er nach dem Blender nur noch Wasser getrunken und sich stattdessen die teils intelligenten, teils von grober Unkenntnis geprägten Kommentare der Besucher angehört. Für Maria hatte sich der Tag gelohnt, sie hatte eine Reihe von Kunden gewonnen. »Du bringst mir Glück«, hatte sie gesagt und ihn angelacht. Aber heute hielt sie sich sehr zurück, oder hatte sie Ärger gehabt? Um das zu beurteilen, kannte er sie zu wenig.

Die Sandhofers bewohnten einen für das Burgenland typischen Streckhof: Wohnhaus und Wirtschaftsgebäude sowie Stallungen waren in einer Linie angeordnet und verbanden so zwei parallel verlaufende Straßen. Alles war mehrmals umgebaut und den Erfordernissen einer modernen Kellerei angepasst worden. Maria hatte Carl vorn am großen Tor empfangen und ihm das angrenzende Wohnhaus gezeigt. An das zweigeschossige Gebäude, auf Grundmauern aus dem 15. Jahrhundert, schloss sich das Flaschenlager an, hier wurden die Weinkartons gepackt, und nebenan stand eine kleine Abfüllmaschine, ausreichend für die Erfordernisse des Familienbetriebs. In der hinteren Scheune wurden die Trauben angeliefert und nach dem Entrappen und Aufbrechen in Gärtanks gepumpt. Sie standen auf einer fünf Meter hohen Galerie, gestützt von Eisenträgern. Neben dieser Scheune führte ein Torweg zur hinteren Gasse. Man konnte also den Hof von einer Straße her betreten und ihn über eine andere wieder verlassen. Da auch die Nachbargebäude ähnlich angelegt waren, galt die Seite mit den Wohnhäusern als die »gute«, während die Anlieferung der Trauben über die Stallgasse geschah, wo früher das Vieh hereingetrieben und Getreide gebracht worden war. Bis in die achtziger Jahre hatte fast jeder Bauer in Breitenbrunn Weinbau betrieben, wie Maria erzählte, wenn nicht zum Verkauf, dann zumindest für den Eigenbedarf. Wer die Zeichen der Zeit und ihre Anforderungen nach Qualität nicht verstanden hatte und daraus kein sich tragendes Geschäft machen konnte, hatte es längst aufgegeben und sein Land an andere Winzer oder Häuslebauer aus Wien verkauft.

»Wir sind schon lange keine Weinbauern mehr«, meinte Maria, als sie von der Tour durch die Weinberge zurückkamen und in den Verkostungsraum gingen. Sie holte drei Flaschen aus dem Klimaschrank und stellte sie auf die glänzende Holzplatte des großen Tisches. »Wir sind Betriebswirte, Agronomen, Chemiker, Wetterkundler, Marketingexperten – und auch Unterhaltungskünstler, denn ein bisschen Show gehört dazu. Von Arbeit wird sowieso niemand reich, das ist in unserer Branche nicht anders als bei dir. Aber es ernährt uns, wir erhalten Haus und Hof, ich komme viel rum, da ich die Verkostungen mache, und wenn was über ist, modernisieren wir die Kellereinrichtung oder kaufen ein paar Rebzeilen hinzu. Vierzehn Hektar haben wir selbst, sieben haben wir sozusagen geliehen, vier von einer Tante – und drei von meinem Cousin Richard«, fügte sie nach einer kurzen, nachdenklichen Pause hinzu. »Ein etwas schwieriger Mensch, er taucht oft ungebeten auf, aber er hilft manchmal. Einundzwanzig Hektar machen eine Menge Arbeit, es kommt darauf an, was du daraus machst. Ein Betrieb muss eine gewisse Größe haben, um rentabel zu sein.«

»Lernt man das auf der Weinbauschule?«

»Ja, aber nicht umfassend. Ich habe Betriebswirtschaft studiert und Psychologie, das hat mich interessiert, die psychologischen Prozesse in der Wirtschaft. Manager meinen immer, sie handelten rational, dabei ist alles von Trieben bestimmt. Wofür nutzen die Männer die Firmen? Als Spielwiese, sie setzen den Sandkasten von früher fort, nur richten sie damit fürchterlich viel Schaden an.«

Maria hatte nie Winzerin werden wollen, sie hatte die Eltern schuften sehen, »schau dir meinen Vater an«, den Herzschrittmacher und den Bypass mit fünfundfünfzig wollte sie sich ersparen. Dabei war sie sich nicht sicher, ob ihm das Unglück ihrer Familie nicht mehr zugesetzt hatte.

Maria deutete Carls Blick offenbar falsch. Er sah sie an, weil sie ihm gefiel, weil sie ihn zum Lächeln brachte, er ihre Bewegungen mochte, den leichten Gang, die Art, wie sie die Gläser vorsichtig auf den Tisch stellte – nicht eines hätte dabei jemals einen Sprung bekommen. Er hatte sie nicht angesehen, weil er mehr über das Unglück der Familie wissen wollte. Er wusste sowieso nicht, was er wollte. Die Nähe dieser Frau reichte ihm. Worauf ließ er sich da ein?

Etwas fahrig schaute Maria sich um, zog einen Stuhl heran und setzte sich. Sie baute die Weißweine auf, entkorkte sie und schob sie einen Zentimeter nach rechts, dann wieder nach links.

50

»Meine Eltern hatten nie Zeit. Der Wein hatte Vorrang, der Weinberg, der Keller, es war immer was zu tun ... Auch meine Brüder haben mitgearbeitet. Es war nicht wie heute.« Sie strich sich das Haar aus der Stirn, lehnte sich über den Tisch und blinzelte Carl an, skeptisch, vorsichtig oder unsicher, so als ob sie sich fragte, wie weit sie ihm vertrauen konnte. Als sie ihm so nah war, bemerkte er zum ersten Mal den traurigen Zug um ihre Augen.

»Meine Mutter starb an Nierenversagen, nachdem sie viele Jahre lang die Dialyse erduldet hatte. Und dann das Unglück mit meinem ältesten Bruder. Ich bin das Nesthäkchen, sozusagen die letzte Hoffnung, nachdem mein anderer Bruder das Handtuch geworfen hat. Er ist leitender Angestellter, hat ein festes Einkommen, macht mit seiner Frau und den Kindern Ferien auf Lanzarote, na ja, wie so viele eben. Er hat immer gesagt, er rieche nichts, das geht natürlich nicht als Weinbauer. Die Ärzte haben nichts gefunden, aber ich glaube«, sie schmunzelte, »das war die Ausrede seines Lebens.«

Plötzlich hob sie den Kopf, lauschte, auch Carl meinte, Schritte gehört zu haben. Sie stand auf und schaute in den Hof. Einige Touristen kamen durchs Tor, zwei Ehepaare aus Karlsruhe, Feriengäste aus dem Nachbarhaus, um einige Kartons Wein mitzunehmen, die Maria aus dem Flaschenlager holte. Das eigentliche Lager war ein Stockwerk tiefer im Gewölbekeller, der noch vor den Türkenkriegen gebaut worden war und den die Gäste unbedingt sehen wollten.

Während Maria ihnen den Wunsch erfüllte, betrachtete Carl die Flaschen, sah das Kondenswasser daran herunterlaufen. Er konnte sich kaum vorstellen, etwas zu tun, was ihm keinen Spaß machte, und noch dazu mit jener Hingabe, wie sie Maria an den Tag legte. Klar, auch er erledigte Jobs ausschließlich des Geldes wegen, die Übersetzungen für die Chemiefirma. Doch als das Unternehmen in einen Umweltskandal verwickelt worden war, Johanna hatte davon berichtet, hatte er sofort gekündigt. Heute hätte sie fürs Gegenteil plädiert (»Wenn du's nicht machst, dann tut es eben ein anderer«) und ihm vorgeworfen, sich auf ihre Kosten auszuruhen. Eine Woche später hatte er einen neuen Job – eine Firma mit Interessen in Großbritannien brauchte jemanden für die technische Korrespondenz. Freude? Nein, aber die Arbeit wurde wesentlich besser bezahlt als Literaturübersetzungen. Und sie war viel einfacher. Bei Geschäftsbriefen wusste er, was der Unterzeichner wollte, bei den Schriftstellern war es komplizierter.

Kompliziert – genau das war es. Er schenkte sich ein Glas Wein ein und stürzte es herunter. Maria erinnerte ihn fatal an Johanna, als sie sich noch leidenschaftlich für ihren Beruf engagiert hatte, Umweltingenieurin aus Überzeugung und dazu radikal: Bei den Castor-Transporten hatte sie auf den Schienen gesessen, Widerstand gegen die Staatsgewalt ... als er sie kennen gelernt hatte, war sie gerade von der Umweltkonferenz in Rio de Janeiro zurück. Und was war davon geblieben? Sie hatte abgeschworen, war aufgestiegen, hatte ihre Vergangenheit verleugnet, hatte Karriere gemacht und verdiente einen Haufen Geld, bestimmt das Vierfache von dem, was seine Arbeit einbrachte. Das war nicht das Schlimmste, verletzender war die Art, wie sie es betonte, auch in Anwesenheit ihrer Freunde, die nach und nach wegblieben.

»Du bildest dir tatsächlich ein, dass da noch was zu retten ist?«, hatte sie kopfschüttelnd gesagt, als zweifle sie an seiner Intelligenz. »Die Gegenseite hat längst gewonnen! Der größte Witz von allen ist der Handel mit Emissionsrechten. Da wird nicht ein Schornstein zugemauert, nicht eine Stammzelle geschont, keine Straße und kein Auto weniger gebaut, da wird sich nach jedem genmanipulierten Maiskorn gebückt.« Und ihren wachsenden Frust tobte sie jetzt auf dem See aus ... Aber kaum stieg sie vom Surfbrett, war er wieder da. Wie sollte das weitergehen? Mit ihr? Oder – Carl wagte es kaum zu denken, vielleicht mit der Frau, die jetzt zur Tür hereinkam und lächelnd eine Rechnung schrieb?

»Was war mit deinem anderen Bruder?«, fragte Carl, als die Feriengäste gezahlt hatten und sie wieder allein waren.

»Ach, er war ein Träumer. Er hat immer von der Serengeti geschwärmt, von der Etoshapfanne, vom Krüger National-park in Südafrika. Wilde Tiere, das war sein Thema. Deshalb hat er ein Praktikum bei einem Weinbaubetrieb in Südafrika gemacht. Er sollte Vaters Nachfolger werden. Eines Tages ging er auf Safari, mit zwei anderen. Keiner ist wiederge-kommen. Was passiert ist, wissen wir nicht. Es ist fünfzehn Jahre her, ich war damals gerade fünfzehn. Da war Krieg in Südafrika, da herrschte Apartheid, es gab Überfälle, es gab Wilderei, Räuberbanden, vielleicht eine Mine, wir wissen es nicht, alle drei sind spurlos verschwunden, zwei seiner Be-gleiter waren Südafrikaner, Arbeitskollegen, ein Weißer und ein Schwarzer. Wir haben nie wieder von ihnen gehört.«

Carl stellte keine weiteren Fragen. Er erinnerte sich an den Roman ›Der Judaskuss‹ des Portugiesen António Lobo An-tunes, der in Angola gekämpft hatte. »Vor fünfzehn Jahren?«, fragte Carl. »Da war aus dem Unabhängigkeitskampf längst Bürgerkrieg geworden. Zwischen Frelimo und Renamo. Vielleicht . . .«

Maria winkte ab. »Namen, nur Namen. Lass es, lass es dahingestellt. Es war fürchterlich für meine Eltern, diese Ungewissheit. Ewig haben wir gehofft, dass er wieder kom-men würde – Ja, dann die Krankheit meiner Mutter.« Maria stieß heftig die Luft aus und ihre Lippen wurden schmal, sie lächelte zwar, aber mit feuchten Augen. »Als dann noch mein anderer Bruder wegging, auf den mein Vater gesetzt hatte, als Nachfolger und Erben, kam sein Herz aus dem Rhythmus. Versteh mich bitte nicht falsch.« Ihre Stimme wurde ein-dringlich. »Es ist nicht so, dass ich das hier nicht gern mache. Sonst hätten wir nicht diesen Erfolg. Aber manchmal ist es mir zu viel, mir ist der Druck zu stark, die Belastung, die Verantwortung, die Sorgen, alle Leute zu bezahlen, und das nimmt mir den Sinn für anderes . . .«

»Hast du keine Hilfe, ich meine außerhalb der Familie?«

»Doch, sicher, unseren Kellermeister, er ist mir eine große Stütze, dann biedert sich Richard ständig an, geradezu lästig wird er, am liebsten würde er sofort das Weingut übernehmen. Der will hoch hinaus, will berühmt werden – hat aber keine Ahnung. Wenn ich mir das vorstelle«, Maria schien ernstlich besorgt, »er ist ein so grober Mensch. Wie so jemand mit Pinot Noir umgehen würde, sie ist die Königin der Reben. Daher kein Wunder, dass die schönsten Pinots auch aus dem Burgund kommen. Die Rebe ist kompliziert, kapriziös, mal reift sie früh, mal spät, mal ist sie dickschalig, mal hat sie viel Tannin, ein andermal keins. Richard? Dem fehlt jedes Gespür. Am ausgeprägtesten ist sein Ehrgeiz, aber Schluss damit, sieh her!«

Maria zeigte auf die Weine vor ihnen. »Wir machen einen Welschriesling, einen Pinot Blanc oder auch Weißburgunder, natürlich einen Chardonnay und einen Traminer. Bei den Roten sind es sechs Rebsorten. Alle werden einzeln ausgebaut, denn zum Teil stammen sie aus drei verschiedenen Lagen. Der Blaufränkische, ich glaube, bei euch nennt man ihn Lemberger, der liebt schwerere Böden, die haben wir unten, in Seenähe. Zweigelt und Cabernet Sauvignon habe ich höher stehen, auf mageren Böden, sandig mit Kies und Kalk, diese besondere Lage, oben am Waldrand, wo wir zuletzt waren, ich habe es dir vorhin auf unserer Tour gezeigt. Also müssen wir alle einzeln ausbauen.«

Carl hatte sich über die Zerstückelung der Weingärten gewundert. Vielen Weinbauern, auch den Sandhofers, gehörten oft nicht mehr als vier oder fünf Rebzeilen, was Maria auf die überholte Erbteilung zurückführte, bei der jeder Sohn von jedem Stück Land seinen Teil bekommen hatte. Dem Zustand versuchte man durch Pacht und Zukauf entgegenzuwirken. Aber die Lage ganz oben, und darauf war Maria besonders stolz, gehörte nur ihr allein.

Er blickte zum See hinunter, sah die winzigen Segel in der

Ferne, da irgendwo war Johanna unterwegs, womöglich mit dem Mann, der sie am Morgen im Hafen von Mörbisch geküsst hatte, und er schaute Maria sehnsüchtig an: Weshalb habe ich dich getroffen?, fragte er sich beklommen. Ich könnte froh sein, dass ich mich endlich wieder verliebt habe, aber ich bin es nicht. Ich hadere mit allem, mit mir, mit meiner Scheißmoral, mit der Vergangenheit, und trotzdem nimmt der Gedanke, mich von Johanna zu trennen, Gestalt an. Es wird Chaos geben, Ärger, Streit ... wozu das alles?

»... und für die vielen Rebsorten und die Einzellagen brauchen wir entsprechend viele Gärtanks, von denen der größte gerade mal zehntausend Liter fasst. Du erinnerst dich? Ich habe sie dir gezeigt, in der Halle auf dem Zwischenboden, für jede Rebsorte und jede Lage einen.«

»Das ist ja entsetzlich viel Arbeit«, murmelte er und versuchte, den Anschluss zu finden und zu begreifen, was ein Winzer eigentlich tat.

»Das muss alles koordiniert und protokolliert werden, und dann irgendwann assemblieren wir unsere Cuvées, da wird wie wahnsinnig probiert, in den verschiedensten Mischungsverhältnissen. Vieles weiß man, aus Erfahrung, wie Cabernet und Merlot zusammenpassen oder beide mit Zweigelt, aber die Sicherheit kommt nur über die Nase. Und ob du es richtig gemacht hast, erfährst du erst ein oder zwei Jahre später. Jetzt probier endlich, sonst werden wir nie fertig.«

Mir soll es recht sein, dachte Carl. So kann ich nicht nur Marias Anwesenheit länger genießen, sondern auch Johanna und ihrer Gereiztheit aus dem Wege gehen. Was habe ich mir da eingebrockt?

Der Welschriesling mit seinem Aroma von frischem Apfel gefiel ihm gut, beim Pinot Blanc meinte er, einen Mandelton wahrzunehmen, und Marias Chardonnay war ganz anders als der Blender, über den sich der Fremde gestern im Schloss ereifert hatte. Dieser Chardonnay hier duftete nach reifen

Früchten, hatte eine feine Säure, nicht zu spitz, nicht zu nervig, und der Geschmack blieb lange im Mund.

»Unser Traminer ist auch sehr schön«, sagte Maria und probierte ihn selbst. »Ich finde, er hat ein Rosenaroma. Oh, entschuldige, ich habe deinem Eindruck vorgegriffen.«

Das stimmte leider. Carl hasste es, wenn ihm jemand beim Probieren sagte, was er da gerade trank. Kaum war die Rede von Erdbeeren, schmeckte man Erdbeere, bei Pflaume war es nicht anders, genauso bei Cassis oder Kirsche. Er wollte selbst darauf kommen. Wenn in dem Zusammenhang von einer ominösen »Weichselkirsche« gesprochen wurde – woher sollte man den Geschmack von Weichselkirsche kennen und das auch noch im Duft oder Geschmack feststellen? Er war nicht so geübt im Probieren, dass er auf Anhieb die Aromen hätte beschreiben oder besser dechiffrieren können. Einen guten von einem sehr guten Wein zu unterscheiden, das war ihm möglich, einen schlechten von einem sehr schlechten auch, aber zusätzlich Aussagen zur Säure zu treffen, sich über Wechselspiele auszulassen, ob die Säure geschmeidig war, sauer, beißend oder flach? Nein, lieber nicht. Man machte sich schnell lächerlich, und beim Wein war er mit dem Bluff noch nicht vertraut.

»Wie kommst du als Übersetzer eigentlich zum Wein?« Marias Gesicht fand wieder zu ihrem gelassenen Ausdruck zurück und ihr Atem ging ruhiger.

»Eine Zufallsgeschichte.« Carl war froh, das Thema zu wechseln. »Ich übersetzte ein portugiesisches Familiendrama, die Geschichte zog sich über Generationen, ein Spross dieser Familie versuchte das Weingut zurückzubekommen, das sein Vater in die Pleite getrieben hatte. Das gelang ihm auch, er wurde Winzer. In dem Zusammenhang tauchten Begriffe auf, die ich zwar wörtlich übersetzen konnte, aber nicht verstand, ich wusste nicht, was gemeint war, die Worte schienen mir Hülsen zu sein, ich verband damit nichts, kein Gefühl, keine Erfahrung ...«

»Und was war ...«

»Ausgezehrt, das war eins, *enfraquecido,* kann aber auch geschwächt bedeuten, aber da stand *macilento,* wenn ich mich recht erinnere, das wieder heißt abgezehrt – ein abgezehrter Wein? Gibt's das?«

Maria nickte und lächelte endlich wieder.

»Dann der Unterschied zwischen *paladar* und *sabor,* wobei das eine der Gaumen ist und das andere der Geschmack, auch die blöden Eigenschaftswörter wie holzig, künstlich oder oxidiert. Da denkst du unwillkürlich an Metall ... und Vergleiche kamen vor, bei denen ich nicht wusste, wie damit umzugehen war, ob Wein nach Hefe schmecken kann ...«

»... wenn er schlecht gemacht ist, oder wenn es gewollt ist ...«

»Aha, heute bin ich auch schlauer. Der nächste Zufall: Ich bekam eine Einladung zu einer Verkostung in die Hand, in einer Weinhandlung bei uns in der Nähe. Heute sind der Weinhändler und ich so etwas wie Freunde. Wann immer er eine Einladung nicht wahrnehmen kann oder will, oder wenn man zu zweit kommen kann, ruft er mich an. Dadurch habe ich das Fachchinesisch gelernt, probiert, viel über Wein gelesen und bin in den Weinclub eingetreten; das Buch war schnell übersetzt, aber beim Wein bin ich geblieben. Ein großartiger Stoff.«

»Bist du über diesen Weinhändler auch ins ›Le Méridien‹ gekommen?«

»Ja, er hat mich auch als seinen Mitarbeiter bei der Verkostung im Schloss Esterházy angemeldet.«

»So nimmt jeder auf seine Weise mit der Welt Kontakt auf. Bei mir ist es der Wein, bei dir sind es die Bücher«, bemerkte Maria, ohne zu ahnen, dass sie damit einen wunden Punkt berührte.

Er hätte diesen unbefriedigenden Zustand liebend gern beendet, denn auch Johanna warf ihm das immer häufiger vor, sein Leben aus zweiter Hand, nichts Eigenes zu schaffen, zu entwerfen. Dabei war eine Übersetzung viel mehr … aber gestern, Maria zur Hand zu gehen, das hatte ihm gefallen. Und was er hier auf dem Weingut sah, gefiel ihm noch viel besser.

»Früher habe ich simultan übersetzt, doch das habe ich gelassen«, erklärte Carl und bemühte sich, seinen aufkeimenden Missmut zu überspielen. »Du wirst wahnsinnig, wenn du Politikerreden übersetzt, die sagen rein gar nichts – du erinnerst dich an eure Landeshauptfrau? Sie bezog sich nur auf das, was andere gesagt hatten, verlor sich in Allgemeinplätzen und stellte Forderungen auf, denen jeder zustimmen kann. Mir ist da ein Satz in Erinnerung: ›Es kann doch nicht jeder eine Goldmedaille gewinnen.‹ Natürlich nicht! Aber das nimmt auch niemand an. Und ich hatte irgendwann die Schnau …, die Nase voll, mich mit diesen Autisten zu befassen, obwohl – sie haben mich gut bezahlt, außerdem bin ich viel herumgekommen.«

»Das tun wir auch«, sagte Maria. »Mir gehen allerdings die Reisen von der Zeit ab, die ich für den Wein brauche. Man muss sich ihm ganz widmen, sonst wird es nichts.«

Danach probierten sie den Rotwein. Sie begannen mit dem St. Laurent, einem frischen, saftigen Wein, der sogar ein wenig samtig wirkte. Ob er besser oder schlechter als andere war, konnte Carl nicht sagen, er hätte dazu noch zwei oder drei andere daneben probieren müssen.

»Den St. Laurent erkennst du im Weinberg leicht, das Blatt ist wenig gebuchtet und nicht so gezackt wie der Zweigelt. Das ist eine Kreuzung aus St. Laurent und Blaufränkisch. Die Rebsorte hat auch wenig Tannin, deshalb verschneide ich ihn mit ein wenig Cabernet Sauvignon, um ihm ein kräftigeres Gerüst und Stabilität zu geben.«

Als sie den Zweigelt probierten, einen farbintensiven kräftigen Wein, fiel Carls Blick zufällig auf seine Armbanduhr und er sprang erschrocken auf. »Mensch, Johanna, ich muss los, sie abholen, hab total die Zeit vergessen … Wann sehen wir uns wieder?«

»Und was wird deine Frau dazu sagen?«, fragte Maria schüchtern und so zurückgenommen, wie sie war, wenn es nicht um Wein ging.

»Ich werde ihr nichts davon sagen.«

»Hältst du das für richtig?«

Carl bekannte seine Ratlosigkeit. »Woher soll ich das wissen? Ob richtig oder falsch – das Einzige, was ich weiß, ist, dass es so ist!«

Sie standen auf, er trat zu ihr, wollte sie auf die Wangen küssen, doch der Mund kam dazwischen, und er küsste sie zaghaft, sie erwiderte den Kuss scheu, dann heftiger, schließlich umarmte sie ihn zum Abschied.

»Weißt du immer, was du tust?«, fragte er.

»Nein, überhaupt nicht.« Sie verkorkte den Zweigelt und reichte ihm die fast volle Flasche. »Für heute Abend. Denk an mich«, sagte sie fröhlich.

»Ich rufe dich an?« Erst als sie genickt hatte, ging er versonnen lächelnd über den Hof zur Einfahrt. Dort drehte er sich noch einmal um und winkte. Aber sie war gegangen.

Wie im Schwebezustand stieg er in den Wagen, lächelte noch immer, fuhr zur Hauptstraße, wartete ganz im Gegensatz zu sonst geduldig, bis er einbiegen konnte, und schwebte auf der Landstraße weiter durch die Weingärten in Richtung Purbach. Die Sonne stand über dem Leithagebirge, die rötlichen Strahlen beleuchteten die barocken Fassaden der Häuser und tauchten den Kirchturm oberhalb von Donnerskirchen in ein warmes Orange. Carl hatte gerade die Gleise hinter der Bahnstation von Oggau überquert, als er das Fehlen seiner Mappe bemerkte. Auch das Mobiltelefon hatte er liegen lassen. Wie sollte er Johanna ohne das Ding in der Hafenanlage von Mörbisch ausfindig machen? Er war bereits eine Viertelstunde zu spät, er hatte ihr versprochen, sie um sieben Uhr abzuholen. Er wendete und fuhr zurück.

Sicher hatte Johanna längst angerufen und war wütend geworden, dass sich nur die Mailbox meldete. Nein, nicht nur das Mobiltelefon, auch die Mappe war wichtig, sie enthielt die Adressen der SIEBEN. Mit dreien ihrer Winzer-Freundinnen hatte Maria bereits Besuche vereinbart. Er musste die Mappe jetzt holen, denn mit Johanna im Auto würde er lieber nicht bei Sandhofer vorbeifahren.

Das Tor der Scheunengasse war angelehnt, das Schloss nicht eingeschnappt, und er trat ein. In der Durchfahrt zur Scheune war niemand, aber in der Scheune hörte er Schritte. Doch der Hof war leer, nur die Oleanderbüsche raschelten. »Maria?«

Carl erhielt keine Antwort. Als er fast das Ende der Durchfahrt erreicht hatte, hörte er vor sich feste, harte Schritte, Schritte, die er nie wieder vergessen sollte. Es waren nicht die von Maria. Er sah die Beine eines Mannes, den Rücken im Rahmen der vorderen Tür, die Gestalt verschwand zur »guten« Seite hin. Hinter ihr knallte die Tür zu, laut hallte es durch den Hof.

»Maria! Hallo, ich bin's, Carl ...« Die Worte klangen hohl. »Maria?«

Er wandte sich nach links der Scheune zu, das Tor stand offen, drinnen war es dunkel – hatte er nicht eben Licht gesehen? Da lag was, er schaute genauer, seine Augen mussten sich erst ans Dunkel gewöhnen. Ja, etwas Längliches, weiter hinten, zwischen einem Eisenträger und einer Maschine. O Gott – da lag – ein Mensch?

Es war Maria. Sie lag auf dem Rücken. Die Augen aufgerissen, schreckgeweitet, die Arme ausgestreckt, die Hände verkrampft, Halt suchend, das blonde Haar, der Kopf in einer Blutlache ... Nein, das konnte nicht sein. Carl schloss die Augen und schlug sich die Hände vors Gesicht. Er wagte kaum zu atmen, trotzdem ging er auf sie zu, wollte sich niederbeugen, wollte, wie er es im Film gesehen hatte, an der Halsschlagader fühlen, ob noch Leben in ihr war, stattdessen legte er die Fingerspitzen an den eigenen Hals und fühlte nichts. War Maria abgestürzt, oben von der Balustrade, oder vom Zwischenboden gefallen? Er sah hinauf. Mein Gott, was stehe ich hier rum, ich muss was tun, aber was? Der Mann, der eben losgerannt war, holte der den Arzt? Oder war der – weggerannt?

So allein, wie hier im Angesicht der Toten, war Carl nur in dem Moment gewesen, als er vom Tod seiner Eltern erfahren hatte. Vielleicht ist man sonst nur im Tod so allein, schoss es ihm durch den Kopf. Er sah Marias lebloses, entsetztes Gesicht, das Gesicht von vor einer Viertelstunde, dazwischen lag ein ganzes Leben, vielmehr der Tod. Carl fühlte sich, als wäre er der einzige Mensch auf der Welt, als gäbe es alle anderen acht Milliarden nicht. Er blickte auf, sah die Schatten, die kleinen Lichter der Kellerbeleuchtung, den Sicherungskasten, hörte ein Summen, ein Schimmer fiel durch die Fenster oben in der Wand, ein Reflex lag auf dem glänzenden Edelstahl. Sonst war es dunkel. Stand dort jemand? Ihm wurde kalt, seine Haare sträubten sich, die Gänsehaut erfasste den gesamten Körper. Er meinte, einen Schemen zu sehen, es war ein Schatten, nur wovon?

Carl schauderte. So nah war er dem Tod noch nie gewesen. Grauen packte ihn, er war gelähmt, er hatte Angst. Zögernd kniete er nieder, streckte den Arm nach Maria aus, berührte ihr Gesicht, es war warm – es war warm? Er sprang auf: »Hilfe, Hilfe ...«, schrie er und rannte in den Hof, »... Hilfe! Hilfe! Maria ist ... ein Arzt ...«

Jemand eilte aus dem Barriquekeller herauf, es war der junge Kroate, der als Gehilfe beschäftigt wurde, Carl hatte ihn unten zwischen den Fässern hantieren sehen. Im ersten Stock des Wohnhauses öffnete sich ein Fenster, eine Frau schaute heraus, stieß einen Blumentopf von der Fensterbank, der im Hof krachend zerschellte und Carl zurückspringen ließ. »Einen Arzt, schnell, Maria ... in der Halle ...«

Marias Vater kam keuchend herbeigerannt, kniete neben seiner Tochter nieder, der Kellermeister kam, hockte sich auf die andere Seite, sah das Blut an Marias Kopf und Mund

und schrak zurück, er sah den Vater an, als würde der sagen, was zu tun sei. Die Hausangestellte brachte das Telefon. »Ich habe gerufen, die Rettung, Jesus, Maria ...« Die Ungarin mit der kehligen Stimme hielt den Apparat weit von sich gestreckt, als wären die Worte im Apparat stecken geblieben. In anderen Zeiten, erinnerte sich Carl, waren die Überbringer schlechter Nachrichten erschlagen worden.

Weiß wie eine Wand, noch immer keuchend und mit aufgerissenen Augen nahm Bruno Sandhofer ihr das Telefon ab. Dann blickte er auf seine Tochter herab, fühlte nach dem Puls, ergriff ihre Hand und führte sie an die Stirn. Carl sah ihm mit schreckgeweiteten Augen zu.

Kurz darauf kam der Arzt, der schräg gegenüber praktizierte, außer Atem – zehn Minuten später traf der Rettungswagen mit dem Notarzt ein, und nach einer Weile hörten alle das Motorengeräusch eines Hubschraubers, dessen Pilot einen Landeplatz suchte. Schnell waren sie, das musste man ihnen lassen, eine derartige Geschwindigkeit hätte er den gemütlichen Österreichern nicht zugetraut.

Was kommt mir für abstruses Zeug in den Kopf, wunderte sich Carl und betrachtete die Tote. Wie lieb sie gewesen war, ein Mensch, der niemandem etwas zuleide hätte tun können. Er hatte sie ein einziges Mal gesehen, letztes Jahr in Stuttgart, und in den neun Monaten, die zwischen dem ersten und dem zweiten Treffen lagen, hatte er sie nicht vergessen, ein paar Telefonate, hin und her ... Er hatte das Gefühl, sie schon viel länger zu kennen. War das immer so, wenn man sich verliebte? Er glaubte sich daran zu erinnern, wie es bei Johanna gewesen war, fünfzehn Jahre war das her. Sie hatte sich verändert, sie sah nicht nur anders aus, so vieles hatte Spuren hinterlassen, besonders seit sie für Environment Consult & Partners arbeitete. Sein Freund Bob meinte immer, Menschen würden sich nicht verändern, sie würden nur schlimmer – böser.

Lächerlich, was da in seinem Gehirn tobte. Vor ihm lag –

ja, sein Traum – und er sah auf die Uhr? Er tat es zum wiederholten Mal, seit er vorhin auf der Landstraße gewendet hatte. Es war kurz nach halb acht – vor einer halben Stunde hätte er Johanna abholen sollen. Hätte er sie nicht abholen müssen, wäre er geblieben, und Maria wäre nicht ... Nein! So durfte man nicht denken. Wieso nicht?

Nach einer kurzen Untersuchung waren sich die Ärzte einig: Ihr war nicht mehr zu helfen. »Der Sturz war tödlich«, erklärte der Notarzt, »obwohl sie nicht sehr tief gestürzt ist, von dort oben.« Er sah hinauf zur Zwischendecke. Es waren keine fünf Meter. Auch Carl schaute hinauf. Kalt und hart schimmerten die Tanks aus Edelstahl. Bei einem von ihnen stand die untere Klappe offen, durch die der Trester entfernt wurde: wie ein aufgerissener Mund, der etwas zu sagen hatte. Etwas war anders als vorhin, aber Carl verstand zu wenig von der Materie, um das genau beantworten zu können. Der Tank hat alles mitangesehen, dachte er, er hat ihren Todessturz gesehen, und er hat auch gesehen ... jetzt erinnerte er sich an den Mann, der vorhin losgerannt war, um den Arzt zu holen. Es gab niemanden auf dem Hof, der ihm ähnlich sah.

Nachbarn traten still und ängstlich näher. Mit Scheu blickten sie auf die Gestalt am Boden, die Umrisse des leblosen Körpers unter der Decke, und dann schaute jeder, aber auch jeder, unwillkürlich nach oben. Es war klar, dass sie abgestürzt war. Einige bekreuzigten sich, jemand stellte eine Kerze neben den Kopf der Leiche. Marias Vater saß totenbleich in einer Ecke auf einer Lesekiste, von Nachbarn umringt, der Arzt maß den Blutdruck.

In dem Augenblick, als die beiden Polizisten eintrafen, wurde das Zinnglöckl geläutet, damit wusste ganz Breitenbrunn, dass der Tod wieder einen aus ihrer Gemeinschaft geholt hatte. Wen es diesmal getroffen hatte, wurde von Haus zu Haus weitergegeben.

Der Vater bekam ein Kreislaufmittel gespritzt, als jemand, Carl wusste später nicht mehr zu sagen, wer es gewesen war, die Polizisten auf ihn aufmerksam machte. Einer kam herüber, ein junger Mann, dem die blaue Uniform um den dürren Leib schlotterte. Die weiße Mütze, die mehr an Freizeitkapitäne erinnerte als an die von Schillers Tell verspotteten Insignien der Macht, klemmte unter dem Arm.

»Grüß Gott, Herr …«

Carl nannte seinen Namen, und der Polizist drückte ihm mitfühlend die Hand, als wolle er kondolieren. »Ist es richtig, dass Sie die Maria Sandhofer gefunden haben, hier in der Halle?«

»Ja.«

»Und Sie haben gleich …?«

»… ja, ich habe gleich …«

»Gut«, der Polizist seufzte verlegen, derartige Fragen waren nichts für ihn. Aber es fiel ihm noch eine ein, und er zückte seinen Block. »Um wie viel Uhr war das?«

»Genau um –« Carl schaute wieder auf die Uhr, ihm war, als wären vorhin die Zeiger stehen geblieben. »Es war genau neunzehn Uhr fünfzehn.«

Der Polizist schaute erstaunt auf. »Wieso wissen Sie das so genau?«

»Weil ich auf die Uhr gesehen habe, bevor ich um die Ecke gekommen bin und – Maria – die Tote, dort liegen sah.«

»Und was haben Sie dann gemacht?«

»Na, um Hilfe gerufen, in den Hof bin ich gerannt …«

»Gut, das ist alles. Vorerst. Recht herzlichen Dank.« Der Polizist kritzelte etwas auf den Block, notierte Carls Anschrift sowie seine Mobilnummer und ging weg.

»Ach – wer hat vorhin eigentlich den Arzt gerufen?«, rief Carl hinter ihm her.

Der Polizist zögerte und drehte sich um. »Die Haushälterin, meine ich. Ich kann ja meinen Kollegen fragen. Wieso?«

»Nein, ich meine nicht, wer Sie angerufen hat, ich meine, wer dem Arzt Bescheid gesagt hat.«

»Na, die Haushälterin, sage ich doch!«

64

»Ich glaube, Sie verstehen mich nicht ...«

»Ich verstehe Sie ganz gut, Herr ...«, er schaute auf seinen Block, »Breitenbach«, sagte er gedehnt und nicht mehr ganz so freundlich.

»... oder ich drücke mich falsch aus«, fügte Carl vermittelnd hinzu. »Da war vorhin jemand, als ich kam.«

Der Polizist hob den Kopf, horchte auf, blickte Carl durchdringend an und kam langsam zurück.

»Ja, es war ein Mann. Zuerst habe ich nur Schritte gehört, ich glaube in der Halle, dann habe ich ihn weglaufen sehen, er rannte da raus.« Carl zeigte auf das Tor zur »guten« Seite. »Ich dachte, er hätte den Arzt alarmiert.«

Der Polizist stand einen Moment lang stocksteif mitten im Hof, starrte vor sich hin und ging rasch zu seinem Kollegen. Dann sprach er mit der Haushälterin, sie schüttelte nur den Kopf, sagte aber nichts. Mit dem Kollegen an der Seite war er kurz darauf wieder da. »Bitte erzählen Sie noch mal, was Sie mir eben gesagt haben, das von dem Mann, den Sie angeblich haben weglaufen sehen. Kannten Sie ihn?«

Carl verneinte und wiederholte das zuvor Gesagte. Die Polizisten gingen auf Abstand, besprachen sich flüsternd, und der Dünne kehrte zurück. »Wenn es so ist, wie Sie sagen, können wir Fremdeinwirkung nicht unbedingt ausschließen. Ist Ihnen bewusst, dass dadurch die ganze Angelegenheit ...«, er blickte zur Toten hin, »... dass sie in ein ganz anderes Licht gerät? Wir müssen die Kollegen von der Kriminalpolizei benachrichtigen. Und Sie werden sich zur Verfügung halten.«

»Ich rufe Eisenstadt!«, rief der zweite Polizist und lief zum Streifenwagen.

»Spurensicherung nicht vergessen!«, rief ihm der Dünne hinterher. »Und Sie, Herr ..., Sie bleiben hier!«, befahl er energisch. Dann drängte er alle Leute aus der Halle, die sich um den leblosen Körper und den Vater versammelt hatten. Auch die laut schluchzende Haushälterin wurde nach draußen bugsiert. Es protestierte nur ein Mann, den Carl als aufgeblasen und ziemlich unsympathisch empfand. Er war vielleicht in Marias Alter, eine gewisse Ähnlichkeit war vorhanden, aber vom Gesichtsausdruck her und der Blässe wegen hätte er besser in eine Bankfiliale gepasst als in die Kellerei. Er trug einen blauen Blazer mit goldenen Knöpfen, viel zu aufgesetzt für Carls Geschmack, und eine beige Hose mit Bügelfalte; das »Gewand« wäre auf einem Seglerball angebracht gewesen.

»Das ist Cousin Richard«, meinte Karola, die nach einer langen Umarmung von Marias Vater und einem fassungslosen Blick auf die zugedeckte Leiche zu Carl trat, den sie von ihrem Treffen im Schloss wiedererkannt hatte. Wer Marias beste Freundin von dem Unglück benachrichtigt hatte, entzog sich Carls Wissen. Jedenfalls war sie da und hatte die anderen Frauen der Sieben vom Unglück längst in Kenntnis gesetzt. Einige waren auf dem Weg hierher.

Ihr seid nur noch sechs, dachte Carl, aber er sprach es nicht aus, es hätte zynisch oder gar kaltherzig klingen können. Sein Traum lag da unter der grauen Plane. Oder war das mit Maria ein Hirngespinst gewesen? Weshalb liefen ihm denn jetzt die Tränen übers Gesicht? Selbstmitleid? Verdammte Scheiße, sie war tot ...

Nachdem Karola sich einigermaßen gefangen hatte, konnte sie wieder sprechen, zumindest stockend. »Ich kann Richard genauso wenig leiden wie sie.« Karola holte das dritte oder vierte Taschentuch aus ihrer Handtasche, der Lidstrich war völlig verschmiert. »Er kann alles, weiß alles besser, er wollte Maria immer wegdrängen ...« Der Art nach, wie sie ihn anschaute, musste sie ihn zutiefst verabscheuen. Dann sah sie Carl an und blickte kopfschüttelnd in die Halle. »Wie Maria da nur runterfallen konnte? Ich fasse es nicht. Sie haben sie gefunden?«

Jemand tippte Carl leicht von hinten an. »Sie sind der Deutsche, der die Tote gefunden hat?«, fragte ihn eine freundliche Stimme.

Erschrocken fuhr Carl herum und ahnte, dass man ihn soeben »getauft« hatte: »Der Deutsche, der die Tote gefunden hat.« Das würde an ihm kleben, solange er im Burgenland blieb, ein Stigma, ein Makel – und das am zweiten Ferientag. Er war zu benommen, um sich auszumalen, was noch alles daraus erwachsen könnte.

Sein Namensgeber war kleiner als er, wirkte unscheinbar, fast ein wenig grau, ein schmales Gesicht mit einer höckerigen Nase und einem Mund, als wolle er jeden Moment weitersprechen, was er auch tat. »Ich bin von der Kriminalpolizei – in Eisenstadt – die Kollegen haben uns informiert, dass möglicherweise Fremdverschulden vorliegt. Sie sagten … ach, entschuldigen Sie, ich sollte mich vorstellen, mein Name ist Fechter, Alois, Kriminalinspektor. Und mein Kollege, da drüben«, Carl sah einen stämmigen kurzhaarigen Mittvierziger im Gespräch mit zwei weiteren Männern, die Koffer in den Händen hielten. Sie gehörten zur Spurensicherung, wie sich später zeigte. »Das ist mein Kollege, wir ermitteln in so einem Fall immer zusammen.«

»In was für einem Fall?«, fragte Carl verwirrt und schaute über den Hof. Die Halle war jetzt abgesperrt, Cousin Raimund, Roland oder Richard, debattierte bereits lautstark mit dem Kollegen von diesem Fechter, Alois. Es ging um den Zugang zur Halle, man sei kurz vor der Lese, als wenn ein Polizist aus dem Burgenland das nicht selbst wüsste. Die Lese interessierte diesen Raimund, Roland oder Richard weitaus mehr als Marias Schicksal oder der Kreislaufzusammenbruch des Onkels. Geschmacklos. Er sprach so laut, dass man einfach hinhören musste.

»Ich werde mein Handy holen«, sagte Carl zu dem Kommissar, der ihn verständnislos ansah, und schob ihn beiseite.

»Wo wollen Sie hin? Wo ist Ihr Mobiltelefon?«

»Ich bin zurückgekommen, weil ich es drüben im Verkostungsraum habe liegen lassen.«

Der Kommissar hielt Carl mit einem energischen Griff am Arm fest. »Sie waren vorher schon hier? Wann genau?«

Unwillig machte Carl sich los. »Ich war den Nachmittag mit Maria zusammen, dann bin ich um kurz nach sieben los, um meine Frau in Mörbisch abzuholen. Unterwegs habe ich bemerkt, dass ich das Mobiltelefon und meine Mappe vergessen hatte, da bin ich umgekehrt und dann habe ich Maria …«

»Das erklären Sie mir mal ganz in Ruhe. Sie waren also der Letzte, der sie lebend gesehen hat?«

4

Johanna wusste, wo im Schuppen ihr Surfbrett stand, Hans
Petkovic hatte ihr einen Platz für das aufgerollte Segel zugewiesen, und ihr Neopren-Anzug hing zum Trocknen auf
einem Plastikbügel im Wind. Galant hatte er ihr eine gepolsterte Liege neben den Pavillon gestellt, den flachen, rechteckigen Holzbau, wo er »die Bürokratie« erledigte und seine
»Gäste« empfing, die bei ihm das Windsurfen lernten. Auf
dem Schreibtisch stand ein Bildschirm, der Rechner darunter, an den Wänden hingen Schautafeln mit Vorfahrtsregeln
und Fotos der Cracks, und vor das Panoramafenster mit
Blick auf die Bucht hatte er einen Tisch mit drei bequemen
Stühlen gestellt. Vom Schreibtisch aus überblickte er den
Betrieb an seinem Strand und hatte die jungen Hilfslehrer
unter Kontrolle, die mit nach hinten gedrehten Basecaps,
Ohrringen, Dreadlocks und um den Kopf gewickelten Tü-
chern alle irgendwie der Rapper-Szene entsprungen schienen.

»Kein schlechter Arbeitsplatz«, bemerkte Johanna.

Besonders wichtig war Hans Petkovic die Espressomaschine auf dem Kühlschrank. »Bei mir gibt's nur Italienischen,
den Schlechten gibt's woanders.«

Von ihrer Liege aus genoss Johanna den Blick auf die
schilfbewachsene Bucht, beobachtete Fähren und Ausflugs-
schiffe beim Ein- und Auslaufen, sah die Segelyachten zurückkehren und amüsierte sich darüber, wie Ausflügler in

Tretbooten das Durcheinander komplettierten. Vorhin, auf dem Brett, hatte sie sich noch über die Enge geärgert, der See erreichte während der Sommerferien bezüglich der Aufnahme von Wasserfahrzeugen seine Kapazitätsgrenze. Jetzt hörte sie mit halbem Ohr dem Theorieunterricht für Fortgeschrittene zu und frischte dabei ihre Kenntnisse auf. Die Liege stand allen im Weg – der Umstand, dass Hansi sie eigenhändig dort hingestellt hatte, machte jedem ihre Sonderstellung deutlich. Heute fühlte sie sich bedeutend wohler. Sie hatte sich ihre Fahrten gut eingeteilt, eine Kopfbedeckung getragen, war trotz des Muskelkaters nach Gymnastik und einer gewissen Gewöhnungszeit wieder gut mit Wind und Wellen zurechtgekommen. Eigentlich hätte sie zufrieden sein müssen, zumal Hansi (warum sollte sie ihn nicht so nennen?) jetzt mit Weißwein und Mineralwasser sowie zwei Gläsern erschien und sich an ihrer Seite niederließ.

Er trug ein T-Shirt mit dem Bild eines Windsurfers, der über eine sich brechende Riesenwelle flog. »Hansi's Surfschule, Neusiedler See« stand auf dem Rücken.

»Ist das nicht ein bisschen zu übertrieben?«, sagte sie schmunzelnd mit Blick auf die sich kräuselnden Wellen der Bucht und nahm ein Glas entgegen.

»Grauburgunder, Pinot Grigio, wie die Italiener sagen, nur ein Gespritzter. Sonst wird man bei der Hitze schnell betrunken«, meinte Hansi, als er Johannas verwunderten Blick sah. »Hältst mich wohl für an Geizkragen? Na, das mit dem T-Shirt – den Kids gefällt's, die finden's cool. Sie kaufen es, ich krieg's für vier Euro. Ich verkaufe es für fünfzehn. Jeder, der einen Kurs bei mir macht, kauft es – aber dir werd ich eins schenken. Mit Autogramm. Medium?«

Er ging in den Schuppen und kam mit einem Shirt zurück. »Hier ist Large, kannst es gut wie ein Minikleid tragen, bei deinen Beinen ...« Er verdrehte die Augen und ließ sich ins Gras fallen, während sie die Verpackung aufriss. »Bei

500 Schülern im Jahr, jeder kauft ein Shirt, dann sind das 5500 Euro extra. Oder soll ich ein Foto von dir machen und es aufs Shirt drucken lassen? Das würde ich dann anziehen.«

»Übertreib es nicht«, meinte Johanna, aber sie fühlte sich geschmeichelt. Während sie aufstand und das Shirt über ihren Bikini streifte, füllte Hansi die Gläser mit Mineralwasser.

Johanna erinnerte sich, dass Carl niemals Wein und Wasser mischte. »Entweder das eine oder das andere«, darauf bestand er, »richtig oder gar nicht«. Hatte das auch eine Bedeutung in Bezug auf den Mann, der neben ihr saß und sie verwöhnte – oder einwickeln wollte?

»Überschüttest du alle deine Schüler mit so viel Aufmerksamkeit? Sicher nur die Frauen ...«

»Du hast's erfasst. Genauso mach ich's«, er grinste schleimig. »Nur mit Charme kriegt man die Mädels rum.«

»Und die Frauen?«

»Solche wie dich? Die gehen einem nicht so schnell auf den Leim«, sagte er gedehnt. »Denen muss man zuhören, auf die muss man eingehen – oder sie kommen gleich zur Sache. Auf jeden Fall lohnt es sich. Eine Frau mit Erfahrung – nicht zu verachten. Die jungen Dinger werden immer so schnell langweilig.«

Er wird sie ständig wechseln, dachte Johanna und erinnerte sich an die Mädchen von gestern, die heute auch wieder vorbeigeflattert waren, und wie Hansi sich um sie bemüht hatte. Aber was ging sie das an? Sie lag hier, um sich zu erholen, sie spannte aus, genoss den wunderbaren Sommer und den See – und überbrückte die Zeit, bis Carl sie abholen würde. Sie hatte Hunger, heute würde sie mit ihm essen gehen, aber die Einladung galt wahrscheinlich nicht mehr. Wo blieb der Kerl? War sein Ausbleiben der Grund für ihre Anspannung, oder rannte sie noch immer durch die Geschäftsmühle wie der Hamster im Rad? Ungeduldig schaute sie auf die Uhr. Bestimmt ist er mit dieser Frau zusammen, mit der sie ihn vor dem Schloss gesehen hatte, dachte sie, und schon verflüchtigte sich der Wunsch nach dem Restaurant.

»Was ist los?«, fragte Hansi, »Stress? Ist dir der Tag nicht bekommen, oder schmeckt der Wein nicht?«

»Nein, der ist gut, es ist nur – mein Mann lässt mich immer warten. Wir waren um sieben verabredet, spätestens. Er zieht durch die Kellereien, wahrscheinlich hat er sich festgequatscht. Das macht er immer, er findet kein Ende ...« Sie bemerkte an Hansis Augen, dass er ihr kaum zuhörte, seit ein Mann im Anzug und mit einer Papprolle unter dem Arm suchend am Ufer entlangkam und jetzt auf sie zusteuerte. Hansi erhob sich eilig, bedeutete dem Mann mit einer Kopfbewegung, zum Wohnwagen zu gehen, und murmelte eine Entschuldigung. Er passte den Besucher an der Tür des Wohnwagens ab, schob ihn hinein und machte trotz der Hitze die Tür hinter sich zu. Johanna wunderte sich, dass er sogar die Vorhänge zuzog.

Was fiel ihm ein, sie sitzen zu lassen? Empört über Hansi wie über Carl zog sie sich in der Umkleidekabine eine Bluse und eine leichte weite Hose über; am Abend, wenn der Wind nachließ, kamen die Mücken aus dem Schilf. Erneut traktierte sie ihr Handy, nur um frustriert festzustellen, dass sie lediglich auf Carls Mailbox sprechen durfte. »Verdammt noch mal, ich rufe jetzt zum dritten oder vierten Mal an. In welchem Keller bist du versackt? Wir waren um sieben Uhr verabredet, und jetzt ist es gleich halb acht!«

Sie sah Carl vor dem Schloss, eingerahmt von den beiden Winzerinnen. Die Ältere von beiden war ihr egal, aber die Jüngere nicht. Es war der Typ von Frau, der Carl gefiel; sie wusste genau, wo er hinschaute, er tat es diskret, aber er tat es, wie alle Männer. Augen gingen immer fremd, der Geist wahrscheinlich auch, aber die Gedanken waren frei, auch ihre eigenen. Sie ging zurück zur Liege und versuchte, an etwas anderes zu denken. Weshalb hatte Hansi die Vorhänge zugezogen? Was gab es so Geheimnisvolles zu besprechen? Hoffentlich ließ er sie nicht lange warten, sie langweilte sich.

Wieder wanderten ihre Gedanken zu Carl. Erzähl mir, was du willst, dachte sie grimmig, ich glaube dir nicht, dass mit der Winzerin nichts läuft. Ich kenne dich lange genug. Eine Affäre hatte er nie gehabt oder sie geschickt vor ihr verheimlicht; doch im Grunde genommen war er kein Mann für heimliche Liebschaften, dazu war er zu einfach gestrickt. Meistens sagte er klar heraus, was er dachte, und gab auch zu, wenn er etwas nicht wusste, was sie allerdings für einen Fehler hielt. Früher hatte es ihr gefallen, aber das war lange her. Unter Freunden durfte man es sich erlauben, aber wo gab es die noch? Alle anderen nutzten das gnadenlos aus, eine Gelegenheit bot sich immer, das war in ihrer Firma nicht anders. Wie oft hatte sie ihm geraten, sein Herz nicht auf der Zunge zu tragen! Wenn er mit der Blonden doch was hatte ...? Was bekam sie eigentlich noch von ihm mit? Was nahm er denn überhaupt noch von ihr wahr?

Sie hatte viel zu viel um die Ohren, das Unternehmen nahm sie total gefangen. Sich durchzusetzen und aufzusteigen erforderte weit mehr als Aufmerksamkeit und Kraft. Die Leitungsebene war das Ziel, und das verlangte von ihr als Frau fast den doppelten Einsatz. Also blieb für Carls Problemchen und die damit verbundenen Fragen keine Zeit: Ob man anderen das Werk eines Ausländers überhaupt verständlich machen könne, ob das, was man sagte oder schrieb, in der gewünschten Weise beim Leser ankomme oder wie Phänomene eines Landes, die es im anderen nicht gab, zu übersetzen waren. War eine Übersetzung die Re-Produktion eines Artefakts, war eine Übersetzung die Interpretation eines Werkes statt ihrer Spiegelung in einer anderen Sprache? Seine Probleme hätte sie haben mögen. Sie lachte vor sich hin. Kaum zu glauben, mit was für Honoraren er sich zufrieden gab oder abgespeist wurde. Seit Jahren machte er das. Wenn sie nicht wäre, müsste er seinen Lebensstandard drastisch einschränken; dann säße er heute noch wie zu Studentenzeiten in irgendeiner billigen Bude und wäre froh, wenn ihm ein Bekannter mal das Ferienhaus im Schwarzwald zur Verfügung stellte. Und hier gab er den Weinfachmann!

Dabei könnte er richtig Geld verdienen, nur müsste er dazu wieder als Simultandolmetscher und für die Industrie arbeiten. Aber dazu war er sich zu fein. Nur weil es mich gibt, ärgerte sich Johanna, kann er sich die Literatur leisten, sogar die Verlage profitieren von mir. Sechzehn Euro für die Seite Taschenbuch, ein Witz. Aber das musste er allein klären, jeder musste sehen, wo er blieb. Zumindest waren seine sonstigen Aktivitäten billig, sein Rennrad hatte er selbst bezahlt, und die Weine bekam er geschenkt oder zum Einkaufspreis. Seine kleinen Ausflüge in die Weinwelt kosteten sie so gut wie gar nichts. Für Auslagen kam sowieso dieser Weinhändler in Stuttgart auf. Übersetzerkongresse waren selten, da wohnte er dann bei Freunden, und Reisen zu Autoren zahlten die Verlage. Wenn sie das Apartment in Purbach nicht bezahlen würde, hätte er zu Hause bleiben müssen. Na ja, es war der erste gemeinsame Urlaub, seit sie bei Environment angefangen hatte.

Momentan stand Karriere ganz oben auf ihrer Agenda, darauf hatte sie sich zu konzentrieren. Die nächsten Schritte wollten mit äußerster Umsicht geplant sein; sie sah Wenders vor sich, den Vorsitzenden, nicht älter als Carl, aber um Lichtjahre voraus, verschlagen, abgebrüht, ein Taktierer, wie er in den Konferenzraum trat, seine Unterlagen vor sich auf den langen lackierten Tisch legte. »Ihr seid die Firma, ihr seid Environment Consult & Partners. Nicht ich. Wenn ihr euch als meine Angestellten betrachtet, habt ihr längst verloren, dann haben alle verloren, auch du, Johanna ...« Wenders wurde immer größer.

»Hey, bist du eingeschlafen?«

Johanna schreckte auf und brauchte einen Moment, bis

sie in die Wirklichkeit zurückfand. Wohlig stöhnend sackte sie zurück ins Polster und gähnte, Wenders war nur ein Albtraum gewesen. Sie nahm einen Schluck von dem Gespritzten, verzog angeekelt das Gesicht und spuckte aus. »Warm!«

Hansi schüttete den Rest aus ihrem Glas in die Büsche und schenkte neu ein. Sie trank alles in einem Zug.

»Schlecht geträumt?«

»Ich habe seit langem kaum ein Wochenende mehr gehabt. Unheimlich viel zu tun. Dagegen ist dein Job der reine Urlaub. Weißt du, Hansi«, der verniedlichte Name kam ihr schwer über die Lippen, »am schönsten ist es auf dem Wasser. Ich vergesse alles, da ist die Welt in Ordnung, da nervt niemand, keiner will was von mir. Je härter der Wind, desto besser kann ich mich entspannen – und erholen.«

»Unterschätze den See nicht. Wenn Sturm aufkommt, du weit vom Ufer bist und der Mast rutscht aus dem Fuß, einen Kilometer vom Ufer. Oder als Profi, wenn man gesponsert wird und davon lebt, so wie ich, eine Schule betreibt. Wir ersticken in Regeln, dieses darfst du nicht, jenes ist auch verboten, Unfallversicherung, Haftung und Aufsichtspflicht, Steuern, Auflagen, die Schüler stürzen sich ins Wasser wie die Lemminge, stell dir vor, einer ertrinkt ... Die Behörden verfolgen uns auf Schritt und Tritt. Was man für die Marie nicht alles tut.«

»Für Marie – deine Frau?«, fragte Johanna, es gelang ihr, sich den Schreck nicht anmerken zu lassen.

Hansi lachte aus vollem Halse. »Der war gut, ja, mit der Marie wäre ich gern verheiratet. Aber die krieg ich noch.«

Johanna schaute verlegen auf ihre Taucheruhr, Carl hatte sie ihr vor einigen Jahren geschenkt, da sie auf dem Wasser die Zeit vergaß und ihn hatte warten lassen. Mittlerweile gab es sogar wasserdichte Handys, aber sie weigerte sich konsequent, ein solches Gerät mit sich zu führen. Doch über die Uhr hatte sie sich damals gefreut, jetzt war sie alt.

»Du hast mich falsch verstanden«, setzte Hansi nach. »Du weißt nicht, wer Marie ist?«

Von Johanna kam ein verständnisloses Achselzucken.

»Geld, mein Schatz, bei uns in Wien ist das Geld die Marie.«

Erleichterung war das, was Johanna fühlte, aber sie wehrte sich dagegen, es so zu sehen, und sie überspielte ihre Verwirrung mit einem Lächeln. Was hatte sie befürchtet, wer Marie sei? Wieso hatte sie das befürchtet?

»Jetzt verrate mir mal, welcher Job dich so stresst. Ich meine, womit verdienst du dein Geld? Muss ja heftig sein, wenn es dich bis an die ungarische Grenze verfolgt. Karrierefrau? Anlageberatung?«

»Ich bin Umweltingenieurin.«

Hansi schien erschrocken, was Johanna stutzig machte. »Da sind wir ja sozusagen Partner.«

»Wie das?« Sie runzelte die Stirn.

Hans erzählte, dass er als Betreiber der Surfschule am Erhalt der Umwelt, des Sees und des gesamten Feriengebiets interessiert sei, deshalb sei er einer Umweltinitiative beigetreten, die Region Neusiedler See sei schließlich Weltkulturerbe. »Drüben auf der anderen Seite liegt ein Nationalpark, der reicht bis nach Ungarn hinüber. Zusätzlich ist das hier alles Naturschutzgebiet.« Das sei eine Verpflichtung, der auch er sich stellen müsse, zumal er vom See als seiner Lebensgrundlage ganz direkt profitiere.

»Dann kannst du mir sagen, weshalb das Wasser grau ist und so komisch schmeckt.«

»Die Farbe entsteht zum einen durch aufgewirbeltes tonhaltiges Sediment«, sagte Hansi mit einem Lehrergesicht. »Es ist ein Steppensee, stell ihn dir vor wie eine riesige flache Schüssel, in der sich Regenwasser sammelt, dadurch entstehen die katastrophalen Schwankungen des Wasserstandes, der ist auch schon mehrmals ausgetrocknet. 320 Quadratkilometer groß, 180 Quadratkilometer davon sind Schilf.«

Das war also die dünne Schlammschicht, die Johanna an den Füßen gespürt hatte, als sie neben dem Brett gestanden hatte. »Nirgends kann man den Grund sehen.«

»Zum anderen sind Soda und Kochsalz im Wasser und noch andere Stoffe. Ich kann dir Unterlagen darüber besorgen, aber du fährst besser rüber nach Illmitz, ins Informationszentrum für Besucher, die wissen alles, wenn es dich interessiert. Da sind auch die Lacken, so was wie dieser See in klein. In manchen Sommern trocknen die aus.«

Ein konstanter Wasserstand war wichtig, damit der Wassersportbetrieb aufrechterhalten werden konnte. Zu viel Wasser war kein Problem, es floss durch den Einser Kanal nach Ungarn ab. »Aber bei zu wenig sind wir genäht. Es verdunstet viel zu viel, und es wird immer wärmer. Also verdunstet mehr. Die Wulka, das ist so ein Flüsschen, die reicht nicht. Deshalb will man den See mit Donauwasser auffüllen. Ob das eine gute Lösung ist, eine nachhaltige, wie alle sagen, wird sich zeigen. Aber dieses Frühjahr hat es viel geregnet. Schlägst du dich auch mit so was rum?«

Johanna überlegte, wie sie Hansi ihre Tätigkeit beschreiben sollte, schließlich war er Umweltschützer. »Ich prüfe Pläne für Industrieanlagen auf ihre Umweltverträglichkeit hin, so viel in kurzen Worten. Es geht um Lärm, um Wasser, um Emissionen und Grenzwerte ...« Puh, das klang verhältnismäßig neutral. Dass sie das alles im Auftrag der Industrie erledigte und dabei jede Gesetzeslücke geschickt ausnutzte, jede Verordnung bis zum Limit ausreizte und unklare Formulierungen zugunsten der Interessen der Auftraggeber hin uminterpretierte, verschwieg sie besser.

Mittlerweile hatte sie mehr mit Anwälten und Ingenieuren zu tun als mit Wissenschaftlern, ihre Gutachten, das hieß die Industrieanlagen, mussten den Gesetzen entsprechen und auch vor Gericht Bestand haben, wenn die Gegenseite, also die Umweltschützer, dagegen prozessierte. Alle Einwände vorauszusehen, gehörte mit zu ihren Aufgaben. Dabei war es von unschätzbarem Wert, dass sie die Gegenseite aus eigener Erfahrung bestens kannte.

»Dann stehst du auf Seiten der Umweltschützer?« Hansi zog sich millimeterweise zurück.

»Nein, ich stehe auf keiner Seite«, sagte Johanna ausweichend. »Ich bin neutral, versuche zu vermitteln, zwischen dem Nötigen und dem Machbaren, zwischen dem Gewollten und Gewünschten, zwischen widerstreitenden Interessen. Umweltschutz sollte dem Fortschritt und einer nachhaltigen Entwicklung nicht im Wege stehen.« Konnte Hansi mit dieser schwammigen Formulierung etwas anfangen? Ein Rückzieher war immer möglich. Wieso, verflixt noch mal, wollte sie diesem Mann gefallen?

»Ganz deiner Meinung«, sagte er zu ihrem Erstaunen. »Es liegen so viele Projekte auf Eis, weil die eine oder andere Wollsocke meint, es würde den Radieschen schaden. Andererseits muss man schon nachhaltig mit dem umgehen, was man hat. Wir haben die Erde nur geerbt«, womit sich Hansi genauso unangreifbar aus der Affäre gezogen hatte. Aber beide hatten in diesen Codes die Übereinstimmung erkannt.

»So eine Arbeit, ich meine als Umweltingenieurin, wird das gut bezahlt?«

»Wer bekommt schon, was er verdient? Es könnte mehr sein. Carl verdient ja auch dazu.« Kaum hatte sie es ausgesprochen, bereute sie es, aber entsprach es nicht der Realität? Sie brachte den größten Teil ihres Einkommens nach Hause, aber er gab mehr aus, als er verdiente. Genau das ging ihr gegen den Strich, diese Ungerechtigkeit war ein ständiger Anlass zum Streit.

»Was macht denn nun dein Mann? Gestern hast du es mir verschwiegen. Wieso holt er dich nicht ab?«

»Er übersetzt – er übersetzt Bücher, vom Englischen und Portugiesischen ins Deutsche.«

»Na, da wird er wohl ›sandln‹, der Herr Gemahl, wie wir das sagen, nichts tun«, ergänzte er auf Johannas fragenden

Blick hin. »Brotlose Kunst. Liest denn überhaupt noch jemand?«

»Er hat früher als Dolmetscher gearbeitet, er ist viel gereist, hat auf Konferenzen übersetzt, hauptsächlich Brüssel, aber seit neuestem fühlt er sich zur Literatur berufen. Als wenn das die Welt verändern könnte. Das haben inzwischen sogar die Schriftsteller begriffen.« Sie verzog das Gesicht, es wurde ein mitleidiges Grinsen. »Liest du Bücher?«

»Mir reicht die Kronenzeitung. Da steht alles drin, was man braucht, das Horoskop und der Wetterbericht. Ja, Reisen, das täte mir auch gefallen. Traumreviere gibt es viele, Thailand, die Seychellen, auf dem Meer vor Teneriffa surfen, auch das wäre megageil. Du und ich, nur wir zwei? Wäre das was?«

Johanna sah ihn an und versuchte, es sich vorzustellen. Der Gedanke war vielleicht sogar verlockend. Nein, nicht mit Hans oder Hansi – oder doch? Warum eigentlich nicht? Sie lächelte, begann nicht alles Neue mit Zweifeln? Nur Surfen, das Meer und dieser Mann? Mit dem Gedanken würde sie sich anfreunden können – ein Partner, mit dem sie ihr größtes Vergnügen teilen könnte? Versonnen schüttelte sie den Kopf. Carl hatte sich nie auf ein Surfbrett gestellt.

Sie sah wieder auf die Uhr. »Wie lange bleibst du heute«, fragte sie unvermittelt, »ich meine, wann – wann fährst du nach Hause?« Inzwischen war es ihr recht, dass Carl auf sich warten ließ, gleichzeitig ärgerte sie sich darüber, wie schwer es ihr fiel, sich gehen zu lassen.

»Was hat das mit den Seychellen zu tun?«, fragte Hansi verblüfft. Er hatte eine andere Antwort erwartet. »Ach, wann wir hier zumachen? Wenn ich es will, ich bin der Chef. Manchmal bleibe ich über Nacht, das heißt, ich fahre zu … also ich bleibe am See, wenn ich meine Ruhe haben will. Soll ich dich heimbringen? Dein Mann hat bestimmt die schöne Winzerin getroffen, oder der ist im Öl – wie wir sagen – versackt. Aber bevor wir fahren«, Hansi beugte sich zu Johanna, nachdem er sich verstohlen umgeschaut hatte – es war kaum noch jemand auf dem Gelände – »vorher möchte ich dir gern was zeigen. Komm in den Wohnwagen. Du wirst staunen. Ich glaube, das ist was für dich.«

Für plump hielt sie Hansi nicht, und er war's auch nicht. Als sie sich gesetzt hatten, rollte er zu ihrem Erstaunen vor ihr eine Blaupause aus. Johanna brauchte eine Weile, bis sie begriff. Es war ein Bauplan für ein Trainingszentrum, eine Surf- und Eissegelschule mit Unterrichtsräumen, Restaurant, Bar, Büro, Bootshaus und Anleger, Hansi Petkovics großes Projekt.

»HP – Surfen & Siegen«

stand oben drüber. »Du bist die Erste, der ich das zeige«, sagte er stolz und hielt die Rolle auseinander. »Ist erst heute fertig geworden, sozusagen druckfrisch.«

Stolz erklärte er die Anlage. Das zweistöckige Haupt-gebäude sollte rechts vom Parkplatz gebaut werden, gegen-über den Pfahlbauten und Bootshäusern. Als Baumaterial waren Beton, Glas und Holz vorgesehen, die große über-dachte Terrasse sollte bis ins Wasser ragen, »... um Erde, Wasser und Luft auf harmonische Weise zu verbinden. Fehlt als Element nur das Feuer. Das sind wir!« Er sah sie an, begeistert von den eigenen Worten.

»Das Ganze wird super elegant aufgezogen«, erklärte er weiter. »Wir engagieren einen Spitzenkoch, denn ins Restau-rant gehören die wichtigsten Wein-Events, die internationa-len Verkostungen. So kriege ich die Winzer her. Die kommen sonst nie freiwillig ans Wasser, die können ja nicht mal schwimmen. Und alles, was zu dieser Weinwelt gehört, den ganzen Anhang, den bringen sie mit zu uns. Von der Terrasse aus beobachtet die Presse den Surfbetrieb«, Hansi umschrieb es mit der Hand. »Für Olympiamannschaften das ideale Trainingsgebiet und für internationale Wettfahrten. Und für die Zeiten, in denen keine Profis zum Trainieren kommen, treffen wir ein Abkommen mit den Jugendherbergen und Schulen, die schicken uns ihre Kinder. Es muss sich rechnen, verstehst du? Na?« Hansi richtete sich auf und wartete auf Zustimmung.

Johanna war tatsächlich beeindruckt. Insgeheim hatte sie ihn für einen – na ja, jetzt schämte sie sich fast – für einen unverschämt gut aussehenden Mann gehalten, und bei denen war es wie bei schönen Frauen, die Schönheit war äußerlich, schöne Menschen brauchten sich nicht zu bemühen, aber dieses Projekt – nein, das hätte sie ihm nicht zugetraut.

»Großartig, wirklich toll«, platzte sie heraus. »Wunderbar.« Fasziniert starrte sie auf die Blaupause und witterte ihre Chance. Das wäre was für sie, und sofort brachte sie Bedenken vor, die ihre Mitarbeit erforderten.

»Ist es nicht ein wenig überdimensioniert? Es könnte den See belasten. Man müsste natürlich die Kapazitäten ermitteln und die Gesetzeslage klären. Dann die Technologie und sicher sehr komplizierte Bauvorschriften, Naturschutzgebiet, wie du sagst ...« Der innere Rechner war angesprungen, ein Antippen der Taste hatte genügt. Sie prüfte, schätzte ab, erwog blitzschnell und kalkulierte. »Wie willst du das finanzieren? Ein gewagtes Projekt, wesentlich kleiner zwar als das, was ich sonst betreue (etwas angeben schadet nie), aber für einen Einzelnen ziemlich groß.«

»Finanzierung über Teilhaber, so was wie eine kleine Aktiengesellschaft. Und mit EU-Mitteln. Die Seebühne nebenan wurde auch von Brüssel mitfinanziert. Außerdem hat das Burgenland Interesse am Tourismus. Die Landesregierung hat auch die Segelweltmeisterschaft gefördert, ist zwar ein finanzieller Reinfall, aber der Steuerzahler hat's geschluckt. Ich kenne einflussreiche Leute, direkter Draht zu höchsten Stellen«, ergänzte er großspurig, »die entscheiden über Fördermittel. Und ich habe Freunde. Die helfen auf die eine oder andere Weise. Wer investiert, verdient am Ende mit.

Also …«, er ließ den Rand der Blaupause los, die sich sofort zusammenrollte, »Lust hättest du schon, nicht wahr? Ich merk's dir an.«

Über ein derartiges Projekt lohnte sich das Nachdenken auf jeden Fall, aber sich binden? Johanna fühlte sich geschmeichelt, sie ließ ihn zappeln. »Bist du immer so schnell – und so vertrauensselig?«

»Nein«, sagte Hansi treuherzig, »aber bei dir weiß ich, wen ich vor mir habe.«

Kurz darauf holte Hansi seinen alten Renault, lange nicht so bequem und sauber wie Johannas eleganter Audi, und hielt ihr den Schlag auf. Es war mittlerweile einundzwanzig Uhr und dämmerte, aber die Straßen waren belebt, und bis Donnerskirchen, auf halbem Weg nach Purbach, hatte Johanna sich überreden lassen, »auf ein Viertel« mit zum Heurigen zu kommen. Sie schob das Treffen mit Carl vor sich her, ihr gruselte vor dem Apartment, den ausrangierten Möbeln und den Bildern an den Wänden: der Neusiedler See in Abendstimmung, in Morgenstimmung, eine barocke Kirche im Abendrot, der Leuchtturm von Podersdorf im Morgennebel, Männer beim Schilfschneiden …

»Buschenschank heißt der Heurige bei uns«, korrigierte der Wirt gnädig und ließ seine Hand dabei auf Hansis Schulter liegen. »Aus Deutschland?«

Hansi nickte, und der Wirt sorgte unter dem Erker zwischen wuchernden Glyzinien an einem langen groben Tisch für zwei freie Plätze. Johannas Magen knurrte hörbar. Wenn Carl doch gekocht hatte? Egal, sie ließ sich davon nicht unter Druck setzen, wieder spürte sie diesen Unwillen. Sie war niemandem Rechenschaft schuldig. Ein Salat wäre ihr, obwohl sie abnehmen wollte, nach diesem Tag nicht handfest genug. Außerdem hatte sie einen ziemlichen Schwips, die Weißweinflasche war leer geworden.

Die Idee mit der Surfschule hatte sie gepackt. Beim Essen

löcherte sie Hansi mit Fragen. Vieles ließ er offen, er fühlte sich offenbar in die Ecke gedrängt. Er könne sich nicht um alles kümmern, und wozu gäbe es schließlich Experten. »Außerdem bist du jetzt da. Du kannst mir helfen. Das ist doch nach deinem Geschmack. Ich bin mehr der Praktiker.« Er sah sie eindringlich an. »Dich schickt der Himmel.«

»Wer sonst?«, antwortete sie kokett. Als er seine Hand auf ihre legte, ließ sie es geschehen, erst als er sich nach einigen Geschäftsleuten umwandte, die sich aufgekratzt durch die Tischreihen zwängten, zog sie die Hand wie unbeabsichtigt weg, er sollte sich bloß nicht zu sicher fühlen. Hansi stand auf und vertrat den Männern den Weg, begrüßte jeden einzelnen mit Handschlag, was den Herren irgendwie lästig war. Johanna fiel auf, dass sie ihn etwas von oben herab behandelten und er es sich gefallen ließ. Als er zu ihr zurückkam, starrten die Männer neugierig herüber, als ob sie sehen wollten, welche Flamme er denn heute mitgebracht hatte.

Johanna vergaß die Episode schnell, und als sie gegen elf den Heurigen verließen, waren beide bester Laune, hatten sich in Rage geredet, zwar keine gemeinsamen Pläne gemacht, aber sie doch zumindest erwogen. Er wollte sie mit allen wichtigen Leuten bekannt machen, und derweil hatte er ihr gut eingeschenkt. Johanna fühlte sich so wohl und beschwingt wie lange nicht mehr. Vor dem Tor zum Haus ihrer Gastgeber ließ sie sich sogar küssen, was er erstaunlicherweise gut konnte, aber die gute Laune brach schlagartig zusammen, als sie Carl auf der Terrasse vor dem Apartment sitzen sah.

Auf dem Tischchen neben ihm standen eine leere Flasche und ein halbvolles Glas, und eine Kerze flackerte, ihr Licht warf tanzende, groteske Schatten in sein Gesicht. Es wirkte gespenstisch und düster, gefährlich und gleichzeitig böse. In diesem Zustand hatte sie ihn in all den gemeinsamen Jahren noch nie erlebt.

Er stierte vor sich hin, presste die Lippen zusammen, die

Wangenknochen traten bei der gespenstischen Beleuchtung deutlich hervor, das Haar hing ihm strähnig und verschwitzt ins Gesicht, die hohe Stirn zerfurcht. Eine Hand umklammerte die Armlehne des Korbstuhls, die andere lag, zur Faust geballt, in seinem Schoß, eine unwillkürliche Reaktion bei Anspannung und Sorge. Auf ihr kurzes »Hallo« bekam sie ein Knurren zurück, dann einen Seitenblick, der sie auf Abstand hielt. Er stöhnte, rieb sich den Nacken, streckte die Beine von sich und streifte die Schuhe ab, ohne die Schnürbänder zu lösen, was er sonst nie tat. Johanna bekam es mit der Angst, es musste etwas Fürchterliches geschehen sein, das ihn so aufgewühlt hatte.

»Setz dich! Setz dich her zu mir«, sagte er tonlos, und räusperte sich, machte aber keine Anstalten, den zweiten Korbstuhl heranzuziehen.

Hatte er sie womöglich mit Hansi gesehen? War etwas mit dem Wagen? Nein, der stand ohne jede Schramme draußen vor dem Tor. Doch nach dem anfänglichen Schreck und der Besorgnis stieg bei Johanna der Ärger hoch, die Wut darüber, dass er ihr mit irgendeiner Scheiße, die sie wahrscheinlich kaum interessierte oder nichts anging, den wunderbaren Abend und die gute Laune oder vielleicht sogar den morgigen Tag verderben würde.

»Mord? Du bist ja von allen guten Geistern verlassen. Mord?« Johanna schrie beinahe, nachdem Carl ihr kalt und stichwortartig von den Vorfällen des Abends berichtet hatte.

Johannas Augen wurden schmal, ihre Stimme scharf. »Mein Lieber, du verwechselst die Wirklichkeit mit deinen Büchern, du sitzt zu viel am Schreibtisch. Hattest du nicht kürzlich eine Übersetzung, wo es um was Ähnliches ging – ein Drama zwischen Vater und Sohn? Vielleicht gehst du mal ein wenig raus, vor die Tür, siehst dir mal an, wie das wirkliche Leben spielt.«

»Das war nicht Vater und Sohn, sondern Vater und Tochter«, korrigierte er tonlos. »Kürzlich war das auch nicht, sondern vor zwei Jahren. Ich weiß sehr genau, was ich sage, Johanna, das kannst du mir glauben – oder du lässt es sein, ist mir auch recht.«

Für einen Moment lang hatte sie den Eindruck, dass er sie hasste, und sie fürchtete sich wieder.

»Ja, Johanna, vielleicht ist es sogar besser, du lässt es bleiben. Aber du hängst sowieso mit drin, egal wie du es siehst.«

»Du willst mich da mit reinziehen? Was fällt dir ein? Willst du mir den Urlaub verderben? Erst schleppst du mich ins Burgenland, machst mir den See schmackhaft, und dann verdirbst du mir das alles?

»Ich will dich nicht mit reinziehen, du verstehst mich nicht richtig, Johanna. Du bist längst drin, bereits aktenkundig! Das erste Verhör habe ich hinter mir, Befragung haben sie es genannt oder Einvernahme, was weiß ich. Ich bin nämlich der Letzte, der Maria Sandhofer lebend gesehen hat, musst du wissen!« Carl machte eine längere Pause, Johanna stand neben ihm und sah fassungslos zugleich auf ihn herab. Er blickte zu ihr auf. »Also bin ich tatverdächtig.«

»Ich wusste gleich, dass was nicht stimmt, als ich dich mit dieser Frau vor dem Schloss gesehen habe.«

»Aha, die weibliche Intuition? Dann sag mir mal, wer der Mörder ist.«

»Mörder! Wie kommst du auf solchen Unsinn. Weil jemand den Halt verliert, von einer Empore oder sonst was stürzt, sich das Genick bricht und irgendwo im Haus eine Tür zufällt? Sonst noch die eine oder andere Theorie gefällig?«

Trotz der dramatischen Situation und der mehr gezischten als gesprochenen Worte, die so viel eindringlicher wirkten, musste Johanna grinsen. Carls Gesicht sah von den Schatten zerfurcht wirklich »angefressen« aus. Hansi hatte den Begriff vorhin in irgendeinem Zusammenhang benutzt. »Angefressen« oder so ähnlich hatte er gesagt, wütend, ärgerlich, sauer, eine Mischung aus allem.

Letztlich setzte sich in ihr wieder die pragmatische Seite durch. »Wieso mischst du dich da ein? Was geht dich diese Winzerin überhaupt an? Musstest du unbedingt alle deine Beobachtungen zum Besten geben? Hättest den Mund halten und verschwinden sollen. Das ist Sache von diesen ... Österreichern. Was haben wir, vielmehr was hast du damit zu tun? Nichts!«

»Maria Sandhofer ist eine erfahrene Winzerin, die kennt sich blind in ihrer Kellerei aus, die rutscht nicht einfach so aus. Mir geht ihr Tod nahe, ich habe sie da liegen sehen, Blut, überall Blut, der Vater, die Freunde ...«

»... ach, den Vater kennst du auch schon ...«

»... die Nachbarn, der Rettungshubschrauber kam, verflucht, das geht mir nahe.« Carl quälte sich mühsam aus dem knarrenden Korbsessel und baute sich vor Johanna auf, er war nicht ganz einen Kopf größer als sie. »Wieso bist du eigentlich so kalt geworden?«, fragte er eisig.

»Was war mit dieser Maria und dir?«, konterte Johanna sofort. »Du verheimlichst mir was. Ihr kanntet euch. Seit wann? Du hattest was mit ihr!«

»Ach, lass mich doch in Ruhe.«

»Warum hast du die ganze Zeit nicht angerufen? Ich hänge in dieser Surfschule rum, warte auf dich, die Mücken fressen mich auf, und du erzählst der Polizei was von Mord.« Johanna kam in den Sinn, dass es jetzt an der Zeit war, offen zu sagen, was sie wirklich von seiner Arbeit als Übersetzer hielt. »Jetzt hast du Stoff, schreib doch zur Abwechslung mal selbst ein Buch.«

Carl rang um Fassung. »Zum Ersten: Ich hatte meine Unterlagen mit dem Handy liegen lassen. Ich war auf dem Weg zu dir, als es mir aufgefallen ist. Deshalb bin ich schnell zurück ...«

»Im Wohnhaus? Nicht im Schlafzimmer?«

»Nein«, seufzte Carl, die Erschöpfung hinderte ihn wohl an einer unverschämten Antwort, »nicht im Schlafzimmer.

Aber vielleicht wäre es ja eine gute Idee gewesen. Tja, leider ist es jetzt dazu zu spät.« Er wandte sich ab, ließ Johanna mit offenem Mund zurück und stieß die Tür zum Apartment auf. Im kleinen Flur blieb er noch einmal stehen. »Sie werden auch dich vorladen. Kannst dir ja schon mal überlegen, was du sagen willst.«

Jetzt sank Johanna in den Korbstuhl, schenkte sich den Rest Wein aus der Flasche ein und trank das Glas leer. Der Wein war schön, überraschend gut, viel besser als das, was sie beim Heurigen vorgesetzt bekommen hatten. Sie betrachtete das Etikett – Maria Sandhofer stand da. Pfui Teufel dachte sie und hörte, wie Carl im Wohnraum die Schlafcouch zurechtmachte.

Durch die Jalousien fiel ein Sonnenstrahl ins Zimmer, draußen brummte eine Hummel am Fenster vorbei. Vorbei? Johanna starrte an die Decke und wusste nicht, was sie denken sollte. Chaos – und das bereits am zweiten Urlaubstag. Das Chaos in ihrem Leben, das in ihrer Ehe war gestern auf brutale Weise aufgebrochen, dazu ein neuer Mann mit einer großartigen Idee. Bei dem Mann war sie sich nicht sicher, ein wenig Animateur, ein wenig von einem Schönling, aber nicht dumm, und ein Macher. Blauäugig zwar, wenn er sich im Umweltschutz engagierte, aber das war bei seinem Beruf verständlich. Und sein Projekt? Insgeheim hatte sie sich immer gewünscht, aus dem Hobby ihren Beruf zu machen, ihre Lieblingsbeschäftigung mit dem Geldverdienen zu verbinden. Ob die Idee realisierbar war, würde sie herausfinden. Sie könnte, wenn sie sich in die Problematik des Sees und der hiesigen Gesetze einarbeiten würde, durchaus einen Platz darin finden. Oh je, sie vergaloppierte sich, raste bereits, die Fantasie war nicht aufzuhalten, da war ja noch – Carl.

Mit ihrer guten Laune war es vorbei. Er war dabei, alles bereits im Ansatz zu verderben. Wieso musste der sich mit den Leuten hier einlassen? Und dazu noch auf diese Weise? Verdächtiger in einem Mordfall? Wahrscheinlich übertrieb er das Ganze, er hatte getrunken. Und er hatte noch immer nicht gesagt, ob er diese Maria bereits vor der Reise gekannt hatte, oder? Im vergangenen Jahr hatte er mal was von einer Österreicherin erzählt. Hatte er sie auf hinterhältige Weise betrogen, sie mitgeschleppt, sozusagen als Alibi, ihr den See schmackhaft gemacht, damit er in Ruhe seinen Amouren nachgehen konnte? So ein mieser Lump, was für eine Gemeinheit. Das hätte sie ihm nicht zugetraut. Nein, enttäuscht war sie nicht, wütend war sie, und das war gut so, das brachte sie immer zum Handeln. Mord! So ein Quatsch.

Und sie dachte etwas ganz Böses, es war – ja, vielleicht genauso niederträchtig wie Carls Verhalten. Sie musste die Nähe zu ihm meiden, sich von ihm fern halten, der Tod dieser Maria konnte ihr als Vorwand dienen, sich vielleicht endgültig von ihm zu lösen.

Sie schlug das Laken zurück, stand auf und betrachtete sich im Spiegel, nackt – und für ihre vierzig Jahre noch verdammt gut aussehend. Vielleicht zu viele Falten? Daran ließ sich was ändern, es gab gute Ärzte. Das knallige Rot des Sonnenbrandes ging in einen Braunton über. Es war deutlich zu sehen, wo der Bikini gesessen hatte. Sie drehte sich um, betrachtete ihren Rücken, den Po, vielleicht war sie ein wenig zu dick an den Oberschenkeln. Die Geschäftsessen mussten aufhören. Wenn sie erst hier am See ... Gefiel sie Hansi wirklich? Wenn sie sich so mit den jungen Dingern verglich, bestimmt. Aber wenn er sie verglich? Sie betrachtete sich im Profil; klar, in ihrem Alter konnte sie ihren Busen nicht mehr mit dem von jungen Frauen vergleichen. Ihre Freundin Sofie hatte ihr erzählt, dass es gar nicht so kompliziert war, sich operieren zu lassen, sie hatte es hinter sich, füllen, heben, straffen ...

Als Carl aus dem Bad kam, ein Badelaken um die Hüften geschlungen, braun im Gesicht, an den Armen und bis über die Knie, soweit die albernen Radlerhosen reichten, fühlte sie einen Stich in der Brust. Er war doch der Mann, den sie ... nein! Sie musste sich von dem Gedanken verabschieden. Er war es nicht mehr.

»Ich brauche den Wagen, Carl. Ich will nach Eisenstadt, ich muss Einkäufe machen. Du wirst heute mal dein Rennrad nehmen, dann bleibst du in Form.« Es klang sogar für sie fremd und zynisch.

Als sie gegen Mittag in Hansis Surfschule eintraf, wusste er bereits alles aus der ›Krone‹. Nein, nicht alles, die Zeitung hatte nichts von Mord und einem möglichen Verdacht gegenüber Carl Breitenbach erwähnt. Noch nicht. Es war nur eine Frage der Zeit.

5

Donnernd raste ein polnischer Sattelzug vorbei, dahinter, in
einer Staubwolke, ein Lastwagen mit Anhänger aus der Slowakei. Es folgte eine Kette von Personenwagen, die Fahrer
setzten nervös zum Überholen an, scherten aus und brachen
das Manöver wegen des Gegenverkehrs ab. Dann wieder
Lastwagen: Polen, Tschechen, Ungarn ... Auf der nur zwei-
spurigen B 50, die am Westufer des Sees Eisenstadt mit
Neusiedl verband, war das Überholen lebensgefährlich. Carl
war heilfroh, dass die Bundesstraße von asphaltierten Wirt-
schaftswegen flankiert war und er sich aus dem Verkehr
heraushalten konnte. Seit der Öffnung des Eisernen Vorhangs diente diese Strecke als Verbindung zwischen den
Autobahnen 3 und 4, ein Transitweg aus dem Osten in den
Mittelmeerraum und umgekehrt. Das war er eintausend
Jahre vor der christlichen Zeitrechnung bereits gewesen,
damals als »Bernsteinstraße« die wichtigste Verbindung zwischen Ost und West. Und noch bevor die Römer die ungarische Tiefebene ihrem Imperium als Provinz Pannonien ein-
verleibten, war hier Wein angebaut worden.

Kaum etwas anderes wuchs rechts und links der Straße,
auf der Carl nach Breitenbrunn unterwegs war, um sich noch
einmal in der Halle umzusehen, in der Maria umgekommen
war. Er musste wissen, was die Polizei dachte. Wieso hatte
Johanna sich sofort deren Auffassung zu eigen gemacht,
wonach er der Hauptverdächtige sei? Ein anderer hatte Maria

als Letzter lebend gesehen – nur wer? Oder hatte sich derjenige gemeldet, der durch die Tür verschwunden war?

Wie immer auf glatter Strecke wollte Carl freihändig fahren, richtete sich auf und genoss den Fahrtwind, aber er schlingerte und griff schnell wieder nach dem Lenker. Alles war aus dem Gleichgewicht, auch er selbst. Doch der Anblick der Weingärten, die vom See her in einer weiten, geschwungenen Linie zum Leithagebirge anstiegen, ihre Farbe und die weite, weiche Landschaft beruhigten seine Sinne. Was ihm besonders zusetzte war, dass Marias Tod die alten Bilder wieder heraufbeschworen hatte, Bilder vom Tag, als seine Eltern verunglückt waren. Das lag ein halbes Leben zurück und war so präsent wie das, was er gestern gesehen hatte. So würde es bleiben. Und die Bilder von Maria kämen dazu. Wie sollte er das verkraften? Er brauchte Ruhe. Sein Magen revoltierte, bis auf Toast und Tee hatte er am Morgen nichts zu sich nehmen können. Geräuschlos, nur den Fahrtwind in den Ohren, rollte er vor sich hin. Auf Radlerhose, Trikot und Rennschuhe hatte er verzichtet. Bei seinem heutigen Vorhaben erschien er besser in Zivil; nur der Helm war wichtig. Er trug ihn seit dem Sturz an dem Tag, nachdem er Maria kennen gelernt hatte. Er hatte an sie gedacht und den Gully übersehen.

Ein kräftiger Seitenwind kam den Hang herunter. Der Wind roch warm, nach Erde, nach Holz und Wald, er wehte den Dieselgestank der Lastwagen von ihm weg, über die Weingärten hinunter bis zum See. Gehörte eines der winzigen Segel dort vielleicht Johanna? Ein Bauer auf seinem Traktor grüßte, entgegenkommende Radler lächelten, Spaziergänger winkten, und ein Hund lief bellend neben ihm her. Eigentlich ein wunderschöner Tag ... doch die grausamen Erinnerungen an Maria und den Streit mit Johanna machten das alles zunichte.

Was war in sie gefahren? Weshalb hatte sie ihn angegriffen, so scharf und so – Carl grübelte, welches Wort es am besten träfe. Es kam ihm merkwürdigerweise auf Portugiesisch in den Sinn, *sem cleméncia* – gnadenlos. Oder war *irreconcilable* auf Englisch besser, unversöhnlich? Wieso tauchten die Worte seiner beiden anderen Sprachen vor dem deutschen Wort auf? Stahl er sich neuerdings nicht nur vor sich selbst, sondern auch vor seiner Sprache davon? Oder war der Umstand zu erschreckend, dass Hanna und er gestern zu weit gegangen waren, viel zu weit, um zurückkehren zu können?

Unversöhnlich – unumkehrbar wie der Sprung in einem Glas, nie mehr zu kitten; am Klang ließ sich erkennen, ob ein Gefäß einen Sprung hatte, am Geruch stellte man den Verfall fest. Er hatte Johanna nicht gerochen, hatte die Nase in das zwar frische Bettzeug gesteckt, aber das muffige Sofa darunter war nach einer Weile durchgedrungen. Und geschlafen hatte er kaum, sich hin- und hergewälzt, eine oder zwei Mücken, ekelhaftes Viehzeug, war um seine Ohren geschwirrt, ihr Sirren hatte ihm den Schlaf geraubt.

Johanna hatte den Tag mit einer Schimpfkanonade begonnen, »Sperrfeuer hingelegt«, wie sie es nannte, wenn sie diese Taktik bei Konferenzen anwandte. Da kam niemand ohne Verletzung durch, wenn überhaupt. Sie war zu viel mit Männern zusammen, eigentlich ausschließlich, und übernahm deren Brutalität. Brunner, er dachte an Brunner, den Meister der Intrige, Johannas früheren Kollegen, von dem sie entsetzlich viel gelernt hatte, ihr großes Vorbild bei Environment Consult. »Partners«, wie im Firmennamen genannt, waren das nicht, wenn jeder auf seinen Vorteil bedacht war, dafür glatt und hinterhältig, ». . . aus den ehemaligen Umweltschützern machen wir die besten Projektgestalter . . .«, hatte dieser Brunner gesagt, als Johanna ihn mal eingeladen hatte, und dann überheblich gelacht. Carl hatte sich daraufhin weitere Besuche dieser Art verbeten. Johanna verwechselte anscheinend Brutalität und Macht mit Emanzipation; Frauen beim Militär oder bei der Polizei waren genauso hirnrissig. Töten, um gleichberechtigt zu sein? Frauen in der

Politik waren nicht weniger demagogisch, wortbrüchig und heimtückisch als ihre Kollegen, bei Letzterem sicher sogar überlegen. Und den Quotenbonus nutzten sie schamlos.

Wer hatte eigentlich angefangen, sie oder er? Wer hatte sich von wem entfernt? Er hatte Johanna verlassen, aber hatte sie ihn nicht längst verlassen? – Im Grunde hatte sie nicht ihn verlassen, sondern sich selbst aufgegeben. Schon vor langer Zeit. Und er hatte sich in die Wörter verbissen. Was war zuerst, oder war es müßig, der Frage nach Voraussetzung und Resultat weiter nachzugehen? Mit Hegel durfte er ihr nicht mehr kommen. Sie war aus ihrer Haut geschlüpft, in eine andere, oder hatte sich eine neue zugelegt oder sich gehäutet? Wie sollte er sie dann erkennen? Oder war das, was er jetzt sah und erlebte, war das, was sie lebte, ihr wahres Ich? Hatte er diese Haut oder das andere Selbst nie bemerkt? Möglich, dass er die Augen verschlossen, den Kopf in den Sand gesteckt hatte, aber mehr als zehn Jahre lang? Und Maria? Was hatte er gesehen, was hatte er sehen wollen? War sie in etwas verstrickt, wovon er nichts wusste, und war sie deshalb von der Empore gestürzt worden?

Die Frage, wer wen verlassen hatte, war nur von Belang, wenn die Antwort Johanna und ihn wieder aufeinander zugehen lassen würde. Wollte er das? War er schuld am Zerwürfnis, weil er sich in Maria verliebt hatte? Aber man verliebt sich nicht willentlich – es passiert, es bricht über einen herein, es ist ein Sog. Die innere Bereitschaft muss vorhanden sein, sonst geht es nicht, wo ein Baum steht, kann kein zweiter wachsen. Das galt für die Liebe genauso. War er seinen Gefühlen hilflos ausgeliefert, nichts als ein Opfer? »Freier Wille, das sind fünf Prozent unserer selbst«, erinnerte er sich an eine Vorlesung, »der Rest ist Manipulation!«

Es kam eine Kurve, die ihn aus den Gedanken riss, er war zu schnell, dann ging es hinauf nach Breitenbrunn, die Steigung war endlos, er musste in einen kleinen Gang umschalten und wie wild treten, um nicht absteigen zu müssen. Er hielt an, wollte nicht schweißüberströmt in der Kellerei erscheinen, und schaute über das weite, offene Land hinter sich.

Er suchte nach einer Entschuldigung für sein Verhalten. Und sofort kamen Zweifel auf: Suchte man sein ganzes Leben lang nicht nach Entschuldigungen für irgendwas, um sich vor der Verantwortung für sein »Gesicht«, seine Art und seine Taten zu drücken? Immer waren es die Umstände, die Zeiten, die Finanzen oder die Leute, die einen hinderten – er dachte daran, dass es lediglich Synonyme waren, sinngleiche Begriffe für die eigene Schwäche.

Auf der Anhöhe hielt Carl wieder, vor ihm lag Breitenbrunn, seine Neubauten und die Wochenendvillen der Wiener Häuslebauer befanden sich zur Linken, der ursprüngliche Dorfkern mit dem klobigen Wehrturm unten rechts. Breitenbrunn war ein Kuddelmuddel von Baustilen, Elementen und Materialien. Es waren die Zeit, der Geschmack und die Fähigkeiten der Bewohner und Zugereisten, die das Dorf verändert hatten. Alles falsch. Unlogisch. Geschmack wurde gemacht, Veränderungen hingen von wirtschaftlichen Möglichkeiten ab. Alles wurde von Menschen bestimmt. Letztlich auch die Zeit. Man konnte sich beeilen oder sich treiben lassen, Carl hatte das Gefühl, überhaupt nichts mehr zu bestimmen. Zwischen allen Stühlen zu sitzen, wäre untertrieben.

Seine Augen folgten der langen Dammstraße durchs Schilf bis ans offene Wasser. Von dort sollte es eine Fahrradfähre auf die andere Seeseite nach Podersdorf geben. In den nächsten Tagen würde er es ausprobieren. Er ließ sich die Hauptstraße hinabrollen, hielt vor der Post und erfuhr, dass er hier ein Mobiltelefon bekäme, falls die Polizei sein Handy nicht herausrücken würde. Jedenfalls sollte er mit der Polizei kooperieren. Der Kriminalbeamte Fechter, war er nun Kriminalbeamter oder bei der Mordkommission?, wirkte recht umgänglich. Er hatte möglicherweise genauso viel Interesse an der Aufklärung von Marias Tod wie er selbst. Andererseits empfand Carl dieser Behörde und ihren Vertretern gegenüber ein fundamentales Misstrauen wie allen gegenüber, die mit Waffen umherstolzierten und meinten, sie hätten ein Monopol darauf. War sein Misstrauen angeboren oder hatte er es sich angeeignet bei der Übersetzung von Texten über die brasilianische Militärdiktatur und das portugiesische Salazar-Regime?

Das Hoftor war verschlossen. Carl läutete, und einen Moment später musste er der Gegensprechanlage lang und breit erörtern, wer er war und weshalb er zu Bruno Sandhofer wollte. Als er das Hoftor öffnete, erinnerte er sich an den gestrigen Nachmittag – und dann an den zweiten Besuch am frühen Abend. Gestern? Das hat in kürzester Zeit mein Leben auf den Kopf gestellt, dachte er, hat ihm eine unbekannte Richtung gegeben. Was habe ich erwartet, habe ich überhaupt etwas erwartet? Ja, Veränderungen schon, besonders durch Maria, aber keinen Mord. Dann schon eher die Trennung von Johanna. Dabei war er sich längst darüber im Klaren, dass er die Trennung vor sich herschob. Sie rückten täglich weiter auseinander. Da blieben Auseinandersetzungen unausweichlich. Oder hatte er sich nur etwas gewünscht, von etwas geträumt – ja wovon eigentlich? Etwa von einer Zukunft mit Maria? Ein Traum vom Weinberg, vom schlichten Landleben? Ja, endlich mal selbst etwas in die Hand nehmen und nicht die Arbeit anderer bearbeiten.

Nein, nicht alles stand Kopf. Vieles stand möglicherweise zur Disposition, sein Beruf jedoch nicht. Aber war das für ihn als Deutschen nicht typisch? Wie alle definierte er sich über Arbeit und den daraus gewonnenen Nutzen. Freundschaften wurden am Arbeitsplatz geschlossen, wenn überhaupt. Andernorts herrschte Schweigen, lähmend, wortlos saß man im ICE nebeneinander, schweigend von Stuttgart bis Hamburg. Wann hatten sich die ersten Anzeichen für

Veränderungen bemerkbar gemacht? Große Ereignisse warfen normalerweise Schatten voraus – wie hatte er den Winter hinter sich gebracht? Mit dem Kopf zwischen Buchseiten ... Konnte er eigentlich nichts anderes als träumen?

Aus der Traum. Er blickte in den mit Plastikband abgesperrten Raum. Dort auf dem harten Beton der Halle war Maria aufgeschlagen. Auf der Empore bewegten sich zwischen den Gärtanks Gestalten in weißen Anzügen, einer der Männer kroch über die klappernden Bodenbleche, ein anderer pinselte an einem Edelstahltank herum, die Spurensicherung? Was dachten sie von ihm, die Männer dort? Er war der Letzte gewesen, der ... sie schauten herunter. Dachten sie, dass der Mörder zum Tatort zurückgekehrt war? War das ein Gesetz? Sicherlich hatte es mit Moral zu tun, mit der Überzeugung des Täters, im Grunde genommen etwas zutiefst Verwerfliches getan zu haben. Aber es gab Täter ohne Moral, die würden nicht zum Tatort zurückkehren, außer um Beweise verschwinden zu lassen, oder sie wollten die Polizei bei ihrer Arbeit beobachten. Ob der Inspektor Ähnliches vermutete?

»Was wollen Sie hier«, fuhr ihn jemand an.

O nein, bitte nicht der! Marias Cousin Richard stand plötzlich vor ihm. Im Bruchteil einer Sekunde war klar, dass sie nicht miteinander auskommen würden. Dieser Mensch musste mit ihr heftig aneinandergerasselt sein. Sie, fein, diskret, freundlich bemüht, dem Wein und den Menschen zugewandt. Er, hochfahrend, fordernd, laut, die Mitmenschen als lästig empfindend, und das zeigte er ohne Umschweife. »Sie stören den Betrieb, sehen Sie das nicht?« Als der Inspektor erschien, wurde er zahmer. »Ist der auch von der Kripo?«

»Nein!« Fechter wandte sich provokativ an Carl: »Möglicherweise ist der Täter zum Tatort zurückgekehrt!«

»Tun Sie mir das nicht an.« Carl brachte schleunigst einige Meter zwischen sich und den Cousin. Dessen Gang ähnelte bereits dem eines Großgrundbesitzers, vornübergebeugt, breitbeinig, und auf das, was dazwischen war, musste er ziemlich stolz sein. In seiner Selbstsicherheit würde er niemand anderen respektieren. Aber sein Schritt glich nicht jenem, den Carl am Tag zuvor gehört hatte.

Fechter war ihm gefolgt. »Es soll Ermittler geben, die dieser Theorie anhängen. Ich jedenfalls nicht«, beruhigte er ihn. »Doch gibt es was Schöneres, als eine unhaltbare Theorie zu verfolgen? Wer zustimmt, macht sich verdächtig, wer sie ablehnt ...«

»Sie tun wohl bewusst das Falsche, um zu beobachten, wie kopflos andere darauf reagieren. Lust am Untergang?«

»Ich merke, wir verstehen uns«, sagte Fechter freundlich und gab Carl seine Visitenkarte mit dem Wort Polizei in einem blauen Feld, darüber ein dünner roter Strich. Der Name Alois Fechter war ebenfalls in Rot gedruckt.

»Es ist immens wichtig«, fügte er hinzu, »dass wir zusammenarbeiten. Auf Sie stützt sich unsere Annahme der Fremdeinwirkung, neutral ausgedrückt. Bislang gibt es jedoch keine Anzeichen dafür. Die Autopsie ist allerdings nicht abgeschlossen. Wir halten es für möglich, dass Sie selbst Maria Sandhofer von dort oben«, er zeigte auf die Stelle der Empore, wo ein Mitglied der Spurensicherung den Gärtank einpuderte, »... nein, greifen wir den Dingen nicht vor. Entwickeln wir keine Theorie, bevor wir nicht eine einzige Frage gestellt haben. Ich möchte Sie am Nachmittag in Eisenstadt sehen, die Polizei-Direktion ist am Ortseingang links; für Urlauber dürfte es leicht sein, den Termin einzuhalten.«

Carl hatte es registriert, doch was ihn wirklich interessierte, war der Gärtank. Da war etwas anders als gestern. Hatte die Klappe offen gestanden, als er mit Maria oben gewesen war? Er suchte die Stelle, wo er sie gefunden hatte. »Selbstverständlich«, sagte er abwesend, »um wie viel Uhr?«

»Geht Ihnen ziemlich nahe, der Tod der jungen Frau? Wie war Ihre Be... nein, ich bin natürlich neugierig, lassen wir das besser.« Der Inspektor zog Carl am Arm in den Schatten der Halle.

»Da wir gerade hier sind, sozusagen beim Lokaltermin – Sie haben gestern was von Schritten gesagt. Können wir das mal exerzieren, das heißt Sie sagen mir, was Sie gehört haben, und wir versuchen herauszufinden, wo jemand gelaufen ist, vielleicht wissen wir dann, von wo er kam und wohin er ging? Wieso eigentlich sprechen Sie von *er*? Kann es keine Frau gewesen sein?«

»Männer gehen anders, die innere Haltung drückt sich in der Bewegung aus. Marschieren hört sich anders an als Schleichen, Kriechen anders als Humpeln, ein gebrochener Mensch macht andere Schritte als jemand, der ein Ziel verfolgt, und so weiter.«

»Nicht schlecht. Und wie war der Schritt, den Sie gehört haben?«, fragte Inspektor Fechter.

»Entschlossen, umsichtig, aber der Mann war kein Feigling, trotzdem wollte er schleunigst weg!«

Der Inspektor runzelte ungläubig die Stirn. »Das können Sie hören? Wieso?«

»Simultandolmetscher haben gute Ohren.«

Der Inspektor verstand nicht, was das eine mit dem anderen zu tun hatte.

»Ich übersetze Sprachen, in diesem Fall die der Schritte. Übersetzen bedeutet nicht nur, dass man für das englische Wort das entsprechende auf Deutsch oder auf Österreichisch findet, sondern dass man begreift oder spürt, was dahintersteht, was damit gemeint ist. Ich traue mir zu, vom Englischen ins Deutsche zu übersetzen, aber nicht ins Österreichische. Ein Wort ist eine kollektive Erfahrung, ein Bild, eine gemeinschaftliche Erinnerung, eine spezifische Art zu denken … ein *Ausländer* ist einer, der nicht besonders beliebt ist, der hier nicht hergehört, ich zum Beispiel. Ein *Fremder* hingegen kennt sich nicht aus und braucht Hilfe, um den Bahnhof zu finden, das meine ich. Ein schwedischer Tourist in Deutschland wird nicht Ausländer genannt, er ist *Tourist,* er verschwindet bald wieder … und wenn Sie viel und genau zuhören müssen und – immer bei demselben Politikerquatsch – immer wieder anders zusammengesetzte Sätze übersetzen, versuchen Sie, um sich nicht zu langweilen, zu hören, wer tatsächlich hinter den Worten steht, was der Mann oder die Frau wirklich wollen, womit sie rascheln, ob sie zwei Kinder haben oder eine Geliebte in Brüssel oder beides. Die Winzer schließen vom Geschmack des Rieslings auf den Boden, auf dem er gewachsen ist. Ob Muschelkalk oder Schiefer, es gibt Blau- oder Rotschiefer und Lehm …«

»… Erstaunlich, worüber man nachdenken kann«, unterbrach ihn der Inspektor. »Jetzt probieren wir das mal«, und er rief seinen Kollegen herbei, der sich kurz als Inspektor Pfeiffer vorstellte. Er stieg über die schmale Treppe auf die Empore, wartete auf das Zeichen seines Kollegen und kam dann herunter.

»Der Mann, dessen Schritte ich gehört habe, hatte einen leichteren Körperbau, war etwas jünger vielleicht, außerdem trug er andere Schuhe.«

»Das hören Sie?«

»Soll ich es Ihnen vormachen?«

»Nein, schon gut.«

»Der Mann ging schneller, und er ging leise. Kann Ihr Kollege mal da an der Wand entlanglaufen? Da hallt es.«

Der Kriminalbeamte folgte widerwillig, während Carl Feuer und Flamme war und ihn so lange herumschickte, bis die Schritte denen ähnelten, die er gehört hatte. Es war die akustische Rekonstruktion des Weges, den der Mörder nach der Tat genommen hatte, von der Treppe durch den Hof bis zur vorderen Tür. Carl war zufrieden.

»Die Sache hat nur einen Haken«, meinte Pfeiffer und zog Fechter mit sich, sodass Carl den Einwand nicht mitbekam.

»Kann ich mein Telefon wiederbekommen?«, rief Carl ihnen nach.

»Haben Sie es eilig? Wir überprüfen die Verbindungen der letzten Tage. Ihre Mappe ist auch in der Direktion, gedulden Sie sich bis zum Nachmittag.«

Das Telefonat vom Nachmittag mit Maria würde ihnen nicht weiterhelfen. Allerdings würden alle gespeicherten Namen und Nummern vor ihnen liegen – das machte Carl ziemlich fuchsig. Was ging es den Staat an, wen er kannte? Bei jedem Telefongespräch erfuhr die Telefongesellschaft, mit wem er sprach, wie lange und wo er sich aufhielt. In Österreich war das sicher nicht anders als in Deutschland, das in Funkzellen unterteilt war. Sie stellten die Verbindungen her und orteten gleichzeitig die Handys. Er beschloss, sich eines zu kaufen, von dem sie nichts wussten.

Dass Marias Vater ihn zum Mittagessen einlud, versöhnte Carl ein wenig mit der Welt, der Appetit war das Letzte, was ihm normalerweise verging, doch Bruno Sandhofer beim Essen zuzusehen, war mehr als traurig. Verzweifelt stocherte er im Rehgulasch herum, das Carl hingegen zu wahren Huldigungen der Haushälterin hinriss, die mit ihnen aß – sonst wäre es im Esszimmer allzu traurig gewesen. Den St. Laurent jedoch, einen reifen, kräftigen Rotwein aus eigenem Keller, trank Marias Vater wie Wasser. Carl bemerkte, dass er sich heute zum ersten Mal bewusst an den Geschmack dieser Rebsorte erinnerte, ein sehr würziger Wein, in seiner Leichtigkeit gut vom Blaufränkischen zu unterscheiden, den er gestern getrunken hatte, in der Frische wohl dem Pinot Noir näher, den Maria ihm eingeschenkt hatte.

Gestern? Sie war noch immer gegenwärtig; er erwartete, sie eintreten zu sehen, dann sah er wieder die dunkle Halle vor sich ... Wie lebhaft mochte es früher hier zugegangen sein, als die Familie komplett gewesen war?

»Zumindest hat mein ältester Sohn seinen Urlaub auf Teneriffa abgebrochen und ist auf dem Weg hierher, zusammen mit Anneliese, meiner Enkelin, ein kleiner Trost für mich«, erklärte Marias Vater. »Sie will so lange wie möglich bleiben.«

Immerhin ein Lichtblick, dass die übrig gebliebenen Familienmitglieder zusammenhielten. Es war selten genug. Nachdem die Haushälterin abgeräumt hatte, fragte Bruno Sandhofer, wie sie und Carl sich kennen gelernt und zueinander gestanden hatten. Es war das erste Mal, dass Carl überhaupt mit jemandem freimütig darüber sprach. Es tat ihm gut.

»Wenn ich Sie richtig verstanden habe«, sagte Bruno Sandhofer nach einer langen, nachdenklichen Pause und starrte in seine Melange, »dann sind Sie verheiratet, haben einen Beruf, den Sie gern ausüben, der mit Wein nicht das Geringste zu tun hat«, er lehnte sich zurück und sah Carl aus grauen, gealterten Augen an. »Davon hat Maria nichts erzählt, sie hat nur gesagt, sie hätte einen interessanten Mann kennen gelernt. Das waren wohl Sie. Haben Sie ihr das mit Ihrer Ehe verheimlicht?«

Als Carl verneinte, fragte er weiter: »Was wollten Sie dann hier? Sollte das ein ... Fluchtversuch werden? Wollen Sie weg, aus der Ehe, sich hier umsehen? Wollten Sie tatsächlich bei uns die Hände in die Erde stecken?«

»Ehrlich gesagt, ich weiß es nicht mehr«, sagte Carl peinlich berührt und zögerte, sein Verhältnis zu Johanna offen zu legen. So gut kannte er sein Gegenüber nun auch nicht. Über Maria zu sprechen war etwas anderes, das verband, aber Eheprobleme vor Fremden auszubreiten war nicht seine Art. Bekannte schimpften, kotzten sich aus, machten den anderen nieder, und anschließend lief alles wie gewohnt weiter. »Ich glaube, ich bin gekommen um zu sehen, was geschieht, was geschehen könnte. Maria ist – war eine Frau, wie ich sie mir ...« vorgestellt habe, wie ein Traum, hatte er sagen wollen, aber die grauen Augen des Vaters ließen es nicht zu. Es war einfacher, über Wein zu sprechen. »Wein ist für mich etwas Konkretes, etwas Festes, Landwirtschaft und

Kunst, Geschichte und Gegenwart, Arbeit und Genuss, Ackergeräte und zerbrechliche Gläser, Technik und Natur. Man ist Bauer und Geschäftsmann, wie Maria sagte, Chef und sein eigener Knecht.«

»Sie sollten Bücher schreiben, statt sie zu übersetzen, so wie Sie das sagen. Ich glaube, man wird zu allem geboren, man muss es nur begreifen und dann akzeptieren. Ich habe mich nie dagegen gewehrt, dass Maria studierte. Ich wusste, dass sie wiederkommt. Aber wie es hier weitergeht, in Bezug auf unser Weingut? Zumindest bleibt es in der Familie.«

Das klang ziemlich kleinlaut, aber Carl schien der geeignete Zeitpunkt für einen Vorstoß gekommen zu sein. »Maria hat mir von ihrem Cousin erzählt, er ist Ihr Neffe?«

»Nicht direkt, er ist der Sohn vom Bruder meiner verstorbenen Frau. Weshalb fragen Sie?«

»Es interessiert mich, wer die Arbeit hier weiterführt. In einem Monat beginnt die Lese.«

Die Melange war kalt geworden, Bruno Sandhofer hatte nur umgerührt und nichts getrunken. »Richard ist schwierig. Er ist kein Winzer, er ist kein – wie soll ich sagen ... «, Sandhofers Augen suchten nach Worten, »... Landmensch. Er ist ein Städter, der Geschäftsmann sein möchte. Er orientiert sich an Mode, liest die Fachpresse, er sieht, dass viele von uns berühmt geworden sind, der Kracher, die Braunstein, der Lang, die Schröck und der Kollwentz. So will er sein, der gute Richard. Nur vergisst er, wie viel Wissen, wie viel Arbeit und Hingabe da drinsteckt. Ich bin der Weinberg, und der Weinberg ist in mir. Der Weingarten öffnet sich mir nur, wenn ich mich ihm öffne. Dass mein Herz nicht mehr Schritt hält – ich habe mit dreizehn Jahren angefangen zu arbeiten, hart zu arbeiten. In den sechziger Jahren sah das Burgenland anders aus, da waren viele Häuser mit Schilf gedeckt, und an den Wänden hingen Maiskolben zum Trocknen. Wollen Sie die alten Fotos sehen? Ich lasse sie gern holen – aber Oleander hatten wir immer. Ja, und der Richard? Wenn so jemand in den Betrieb kommt und ihn überfordert, etwas aus dem Weinberg holen will, was er nicht geben kann, dann ist das wie bei einem schlechten Reiter, der sein Pferd ins Ziel prügelt, und nach dem Rennen bricht das arme Tier zusammen.« Erschöpft holte Sandhofer Luft.

»Haben Sie mit Pferden zu tun?«

Endlich zeigte Bruno Sandhofer mal wieder ein Lächeln, zumindest einen Anflug davon. »Ein wenig.«

»Reiten Sie etwa?«

»In meinem Alter? Nein. Früher, früher haben wir mit Pferden gepflügt, sie sind viel besser als jeder Traktor, der Boden bleibt locker. Seit damals liebe ich den Galoppsport, ich wette auf Pferde.«

Das hätte Carl ihm nie zugetraut. »Und – haben Sie mal gewonnen? Die meisten verlieren – alles.« Der Gedanke brach sich Bahn, dass womöglich Schuldeneintreiber auf den Hof gekommen waren und Maria ...

Aber da lachte der Alte. »Glauben Sie, ich bin ein Spieler? Wenn Sie es nicht weitersagen: dreimal so viel wie ich eingesetzt habe, habe ich gewonnen.« Er stand langsam auf und holte ein zerfleddertes Heftchen. »Das habe ich noch nie jemandem gezeigt.«

Die erste Eintragung datierte von 1966. In akribischer Handschrift hatte er notiert, wann er auf welches Pferd bei welchem Rennen gesetzt hatte, den Einsatz und was er gewonnen und verloren hatte. Die Beträge hielten sich ziemlich in Grenzen.

»Es ist wie beim Wein«, sagte er, »es kommt darauf an, das Maß nicht zu verlieren, sich nicht zu besaufen. Diese Angst habe ich bei Richard. Aber das bleibt unter uns! Das Geld war immer für Geschenke für meine Kinder, für alles, was außer der Reihe ging. Jetzt werde ich die Beerdigung davon bezahlen.« Seine Augen wurden feucht, Tränen liefen über die Nasenspitze, tropften herunter, auf der Tischplatte bildete sich ein nasser Fleck. Er wandte sich ab, verbarg das

Gesicht in einer Hand und suchte in den Taschen der abge-
tragenen Jacke nach einem Taschentuch.

»Richard war es nicht. Ich traue ihm viel zu, in Geldsa-
chen ist er krumm, aber das? Nein! Entweder ist sie gestürzt,
oder es war ein anderer«, sagte er mit erstickter Stimme.
»Aber – warum nur? Warum?«

Carl schluckte. Er kannte das Gefühl der Verzweiflung,
der Hilflosigkeit und Ohnmacht angesichts der Gesetze
menschlicher Existenz. Seit gestern war es wieder da, nachdem es lange Zeit im Verborgenen geblieben war. »Mit der
Frage nach dem Warum kommt man nicht weiter, Herr
Sandhofer. Das ist eine, entschuldigen Sie, kindliche Frage,
genauso naiv wie die Frage nach dem Sinn des Lebens oder
warum es uns gibt.«

Verletzt fuhr Marias Vater auf – doch Carl kam ihm zuvor:
»Ich habe das auch gefragt, Herr Sandhofer, als meine Eltern
auf der Autobahn bei Kassel ums Leben kamen. Ich habe erst
später davon erfahren, ich bin damals in den Semesterferien
durch Portugal getrampt. Ich konnte nur noch auf den
Friedhof gehen und zwei Grabhügel anstarren.«

Bruno Sandhofer senkte den Kopf und legte Carl die Hand
auf den Arm, Hilfe suchend und gleichzeitig voller Mitgefühl.
Er begleitete ihn zu seinem Fahrrad, hob es spielerisch mit
einer Hand in die Höhe und staunte darüber, wie leicht es
war. »Darf ich . . .?«

Er drehte eine Runde im Hof, unsicher zuerst, wacklig,
fand rasch sein Gleichgewicht und schien Freude daran zu
gewinnen. Die beiden Kriminalbeamten schauten befremdet
herüber. »Das fühlt man gar nicht, das Rad, als wenn man
durch die Luft fährt.«

»Das ist der Sinn der Sache. Man kommt gut vorwärts.«

»Wo wollen Sie hin?«, fragte er und stieg umständlich ab.

»Wenn ich das wüsste«, seufzte Carl und fragte sich, wie
Marias Vater das gemeint haben mochte. »Heute Nachmittag
jedenfalls nach Mörbisch, zu Karola und den anderen . . .«

»Ach, Marias Frauen! Ja, ein schöner Kreis. Zuerst habe ich mich gefragt, was das soll; so einen Frauenclub hatten wir noch nicht. Aber sie sind alle gut, sehr gute Winzerinnen. Ich fand es immer schön, wenn sie sich bei uns trafen. Mich haben sie dann zwar rausgeworfen, aber ich habe mich gefreut, wenn sie kamen. Sie kommen doch wieder?«

»Sicher, die Sache ist längst nicht ausgestanden.«

»Das meine ich nicht. Wir könnten uns unterhalten, ich kann Ihnen einiges über Wein erzählen, wenn Sie wollen.«

Auf das Angebot würde Carl gerne zurückkommen.

»Kann man Sie erreichen«?, fragte Sandhofer.

»Mein Telefon hat die Polizei beschlagnahmt. Sie müssten bei unseren Wirtsleuten anrufen.«

»Warten Sie«, meinte Sandhofer und kam nach zwei Minuten mit einem Handy wieder. »Maria braucht es nicht mehr. Bei Ihnen ist es in guten Händen.« Er schluckte seine Tränen herunter. »Und ich gebe Ihnen noch was mit.« Langsam ging er zum Verkostungsraum und kam mit einem Sechserkarton Wein wieder.

Cousin Richard rannte mit dem Quittungsblock aufgeregt hinterher. »Das muss abgerechnet werden.«

»Das ist ein Geschenk, Richard! Nur wenn er probiert, lernt er unsere Weine kennen.«

»Wenn wir das Wenige vom letzten Jahr auch noch verschenken, können wir zumachen.«

»Hast du jetzt hier das Sagen, Richard? Maria ist noch nicht unter der Erde und du ...«

»Wenn du meine Hilfe brauchst, musst du auch meine Regeln akzeptieren ...«

Carl fragte sich, wie Cousin Richard wohl von hinten aussah, wenn er durch eine Tür ging. Er würde verflucht genau hinsehen, griff aber dann doch vermittelnd ein. »Ich weiß es zu schätzen, Herr Sandhofer, aber ohne Gepäckträger ...«

»Kommen Sie nächstes Mal mit dem Wagen«, sagte er leise

und sah seinem Neffen mit einer Mischung aus Hilflosigkeit und Missmut hinterher.

Inspektor Fechter drehte sich halb zu Carl um, als er das Fahrrad an der Halle vorbeischob. »Haben Sie ihm was getan?« Es hörte sich an, als wäre die Frage freundlich gemeint.

Leider wusste Carl nicht, wie er sie nehmen sollte. Ein Polizist war nicht freundlich, er hatte seine Arbeit zu machen. Er hielt Polizisten nicht für normale Menschen – wer hatte schon einen Sinn dafür, andere ständig zur Ordnung zu rufen? – aber es gab sicher gute und schlechte, unsympathische oder angenehme und interessante wie diesen hier. Doch innerlich wehrte sich alles in Carl dagegen, etwas wie Vertrauen aufzubauen. Sie hatten die Macht, ihn zum Täter zu erklären, ihn zu zerstören. »Siebzehn Uhr!«, rief ihm Inspektor Fechter nach.

Carl ging noch einmal zurück, denn er hatte seinen Helm im Wohnhaus vergessen, und als er an der offen stehenden Bürotür vorbeikam, hörte er Wortfetzen, die ihn stutzen ließen: »... werde den Alten schon zum Unterschreiben kriegen. Der ist fertig ...«. Es war Richards Stimme. Von innen wurde die Bürotür zugezogen. Carl hätte sonst was dafür gegeben, Richard von hinten durch eine Tür gehen zu sehen.

Der Wind hatte zugenommen und nach Westen gedreht, er traf Carl schräg von der Seite. Er schaute hinüber zum See, aber die milchige Fläche war so weit entfernt, dass die weißen Segel kaum als Dreiecke auszumachen waren. Wie ging es mit Johanna weiter? Konnte es überhaupt weitergehen? Wieder kam ihm die Möglichkeit einer Trennung in den Sinn, zumindest für eine gewisse Zeit. Sollten sie sich besser eine Weile nicht sehen? – Ach, sie würden sich lediglich weiter auseinanderleben. Und bei ihrem Umgang mit den erfolgreichen Männern würde sich ihr Eindruck von ihm als Versager nur verstärken.

In Purbach wechselte Carl zurück auf die Landstraße, die

Lastwagen kamen bedrohlich nahe. Er musste Wege um die Ortschaften herum suchen, sonst würde er bald zermalmt unter einem dieser kroatischen Sattelschlepper liegen, die im Zentimeterabstand an ihm vorbeidonnerten. Österreicher hielten Abstand, aber die Osteuropäer hatten die neuen Regeln noch nicht kapiert. Nur wie sollte jemand, der gerade vom Kapitalismus überrollt wurde, andere respektieren? Hinter Purbach setzten sich die Wirtschaftswege fort und endeten wieder vor Donnerskirchen, wo er auf dem Fußweg weiterfuhr. Das letzte Stück bis nach Mörbisch legte er auf der Straße zurück.

Die Versammlung der Sieben in Karolas Kellerei war die traurigste Zusammenkunft, an der Carl jemals teilgenommen hatte. Der Verlust ihrer Freundin war den übrig gebliebenen sechs Winzerinnen ins Gesicht geschrieben, es war Entsetzen und Fassungslosigkeit, Bestürzung und Schreck darin zu lesen – und er als einziger Mann dazwischen. Aber Karola machte es ihm leicht, sie stellte ihn vor, berichtete gefasst vom Vortag – und dann kam der Satz, vor dem er sich am meisten fürchtete:

»Er war es, der Maria gefunden hat.«

Sechs Augenpaare durchbohrten ihn, drangen in die geheimsten Winkel vor, sechs Frauen stellten im selben Moment dieselben Fragen, Gesichter, die er nie zuvor gesehen hatte. Carl wurde heiß, wahrscheinlich bekam er rote Ohren, er schluckte und fragte sich ernsthaft, ob es irgendetwas in seinem Leben gäbe, das sich geheim halten ließ, das er vor diesen Geschworenen verbergen könnte. Oder fürchtete er, erkannt zu werden, in seiner Begeisterung und Ausdauer sowohl wie in seiner Schwäche und Jämmerlichkeit? Klagten sie ihn an, machten sie ihn verantwortlich? Sahen sie einen Zusammenhang zwischen ihm und dem Tod ihrer Freundin, Kollegin oder Schwester? Waren nicht Frauen den Männern gegenüber alle Schwestern? Und wenn es so war, was dann? Erkannt, durchschaut und verurteilt ...

Ich sollte mich mit leichteren Stoffen beschäftigen, dachte Carl, mehr Engländer übersetzen statt Portugiesen, deren Leben einem schwermütigen Fado ähnelte, und wenn das Leben tatsächlich nur aus Oberfläche bestand, sich nur zwischen Burger King und Microsoft erstreckte, und genauso langweilig war wie ...

»Ist es wahr, dass Sie jemanden haben weglaufen sehen?«, fragte eine der Frauen; es war Ellen aus Illmitz, die Süßweinspezialistin der Gruppe von der anderen Seite des Sees. Ihre Frage befreite ihn vom Grübeln.

»Als ich kam – ja! Wir haben das mit der Polizei vorhin nachgestellt.«

»Sagen Sie uns was, erzählen Sie bitte, Sie können sich denken, dass wir alles wissen wollen. Was in der Zeitung steht«, sie wies auf ein Blatt, das auf dem Tisch lag, »damit kann man nichts anfangen.«

»Wir wollen wissen, was geschehen ist, so genau wie möglich«, drängte eine andere, sie hatte ein Taschentuch um den Finger gewickelt und tupfte sich die Nase. »Es ist so fürchterlich, ein Verbrechen in unserer Mitte. Das kann es eigentlich nicht geben. Wer tut so etwas? Wer ist da weggelaufen?«

Carl war es fürchterlich peinlich, im Mittelpunkt zu stehen. Es fiel ihm schwer, vor Menschen zu sprechen, außer in der Dolmetscherkabine. Er fand hier nur schlecht Worte, die ihm am Schreibtisch, wenn vor ihm das zu übersetzende Buch lag, in Massen einfielen – zu viele, als dass er sie bewältigen könnte, und so rasten seine Hände normalerweise über die Tastatur. Schon wieder flüchte ich mich, dachte er. Und er begann zu sprechen. Langsam zuerst, Wort für Wort überlegend, sich an jede Einzelheit erinnernd, wie er den Inspektor immer wieder die Treppe hatte rauf- und runterlaufen lassen, wie der an der Hauswand vorbeigehuscht war, bis dann die Tür zur »guten« Seite zugefallen war. »Mehr kann ich Ihnen beim besten Willen nicht erzählen.«

»Sie sind der Einzige, der ... der ...«, die Frau mit dem kurz geschnittenen schwarzen Haar, schwer vorzustellen, dass sie auf einem Traktor bei Sonne und Regen im Weingarten herumfuhr, suchte nach Worten.

»... du meinst, Rita, der Einzige, der den Mörder gesehen hat?«, kam Karola ihr zu Hilfe.

»Ja, das meine ich. Wenn es nur einen Zeugen gibt, dann hängt alles von ihm ab. Eine ziemliche Belastung, nicht wahr? Man ist darauf angewiesen, dass einem die anderen glauben. Und wer will das schon, noch dazu einem, der nicht von hier ist.«

Die anderen Frauen nickten, Carl hatte ihre Namen längst wieder vergessen. Maria hatte ihm gesagt, dass er sie alle kennen lernen würde, ihre Weingüter und Kellereien, dass sie sich auf jeden Fall Zeit für ihn nehmen würden, soweit das vor der Lese möglich war.

»Pech, dass Sie ihn nur von hinten gesehen haben«, sagte die mit dem kurzen schwarzen Haar, Rita war es wohl, und schüttelte den Kopf. »Das reicht der Polizei niemals.«

Es erhob sich zustimmendes Gemurmel.

»Und es ist ausgeschlossen, ist es amtlich, dass es kein Unfall war?« Karola war die Älteste in der Runde, Carl schätzte sie auf knapp über Fünfzig, eine tatkräftige Person, entschlossen und zielsicher.

»Über die Autopsie weiß ich nichts. Mir ist ziemlich unwohl bei dem Gedanken, dass alles von mir abhängt«, sagte er und sah sich nach einem leeren Glas um. Er brauchte dringend einen Schluck Wasser. Es wäre falsch für ihn, in dieser Situation Wein zu trinken, wie es die Frauen taten. Er würde die Übersicht verlieren, wenn er sie überhaupt hatte.

»Wovon die Polizei ausgeht, weiß ich nicht. Die Spurensicherung war noch bei der Arbeit, ich muss nachher zum Verhör, sie wollen auch meine Fingerabdrücke.«

»Ihre?«, fragte aufgebracht eine Frau, die unruhig auf ihrem Stuhl hin- und herrutschte. Es war Hermine aus Frauenkirchen, deren Sauvignon Blanc vor wenigen Tagen auf der VieVinum den 3. Platz unter den 50 besten des letzten Jahres gewonnen hatte, wie Carl einem Schreiben auf dem Tisch entnahm. »Die sollten sie besser Richard abnehmen. Ich glaube, ja, ich bin felsenfest davon überzeugt: der Einzige, der Maria was antun konnte, ist er – so scharf, wie der auf das Weingut ist. Jahrelang hat er ihrem Vater in den Ohren gelegen, hat Maria verfolgt und sich in Sachen eingemischt, die ihn nichts angehen. Wir sind für ihn sowieso ein rotes Tuch«, das war jetzt an Carl gerichtet. »Frauen seien zu blöd, um vernünftigen Wein zu machen, hat er gesagt. Wenn eine von uns ausgezeichnet wurde, hat er es immer auf den Frauenbonus zurückgeführt, auf die Quotenregelung.«

Karola stimmte ihr auf ganzer Linie zu. »Außerdem wollte er stets die Stelle des vermissten Sohnes einnehmen – du weißt von der Geschichte? – Na, das wird ihm jetzt wohl gelingen. Er hält nichts von Frauen, ich glaube, er hat Angst vor uns, schwierige Mutter oder so. Angeblich sind ja immer wir Frauen schuld.«

»Kennen Sie Richard?«, fragte eine der anderen. »Die Hexenbande nennt er uns.« Sie lachte spitz. »Glück für ihn, dass wir's nicht sind. Ich würde ihn in ein Schwein verwandeln. Den Bruno Sandhofer drückt er leicht an die Wand, besonders jetzt, und die Kellerei reißt er sich unter den Nagel. Wenn Bruno nicht Acht gibt, ist er bald sein Weingut los und verkümmert im Altenheim. Also, für mich ist Richard der Mörder.«

Der Sturm der Entrüstung wegen dieser Vorverurteilung ging über Carl hinweg. Karola wirkte beschwichtigend auf ihre Freundinnen ein. »Wenn sich herausstellt, dass es kein Unfall war – und es sieht ganz so aus ...«, sie zog die Pause bedeutsam in die Länge und sah Carl dabei eindringlich an, »dann sind auch Sie verdächtig. Also hat es niemand so nötig wie Sie, dass der wirkliche Täter gefasst wird. Wenn Sie Hilfe brauchen, Carl, dann können Sie mit uns rechnen.«

Er meldete sich, fühlte sich wie damals in der Schule, wenn man eine Frage stellte, die zu ungeahnten Reaktionen des Lehrers führen konnte. »Weiß jemand von Ihnen, ob Maria in, äh ... etwas verstrickt war, das der Grund für einen ... äh, Mord hätte sein können?«

6

»Kanntest du diese ...?« Johanna griff Hansi über die Schultern und blätterte in der Zeitung zurück. Sie tat, als suche sie nach den Namen der Winzerin. »Verunglückte?« – so jedenfalls stand es in der Überschrift, mit einem Fragezeichen versehen.

»Maria Sandhofer? Ja, sie war ziemlich bekannt.«

»Was anderes gibt es bei euch ja auch nicht«, murmelte Johanna beleidigt. »Ach, die Surflehrer hätte ich fast vergessen.« Sie stützte sich auf Hansis Schulter, seine Nähe war ihr angenehm, der Mann roch nach gebräunter Haut, nach Sonne und Wind. Sie streifte sein Ohr mit ihrer Wange.

»Kennen wäre zu viel gesagt«, Hansi lehnte sich zurück, sodass Johanna sich seiner Bewegung anpassen musste. »Mal gesehen, man kennt sich halt, zumindest die Berühmten, die was vorzuweisen haben. Das Burgenland ist winzig. Knappe 80 000 Einwohner.«

»Und – hatte sie das?« Johanna bemerkte ihren Unwillen. Dass diese Maria berühmt gewesen sein soll, gefiel ihr nicht, es passte nicht in ihre Vorstellung von Carl, dass sich eine berühmte Frau in ihn verlieben könnte. Was war denn schon an ihm? Gleichzeitig fragte sie sich, weshalb sie ihn innerlich runtermachte. Wieso war er ihr dann nicht gleichgültig?

Johanna betrachtete Marias Foto: jung, Anfang dreißig, blond, sicher getönt, denn der Haaransatz war dunkler. Oder lag das am Foto? Das kurze, strähnig geschnittene Haar fiel ihr in die Stirn, bedeckte knapp die Ohren und reichte im Nacken bis über den Kragen. Braune Augen, freundlich, versonnen, ein leichtes Lächeln. Johanna hielt mit der Hand die linke Gesichtshälfte zu, da wirkte diese Maria offen, froh und aufgeschlossen. Tat sie dasselbe mit der anderen Gesichtshälfte, wirkte sie nicht gerade ängstlich, aber doch zurückhaltend und in sich gekehrt. Johanna wehrte sich zornig dagegen, dass ihr diese Frau sympathisch sein konnte, und gegen jede Art von Mitleid. Es war Marias Schuld, dass sie jetzt am Neusiedler See war, dass Carl sie hierher gelotst hatte und ihre Ehe zerstörte (dass sie selbst längst dabei war, es zu tun, verdrängte sie schnell). Aber eine Befriedigung über den Tod der Frau wollte sich auch nicht einstellen. Es war ihr egal, so gleichgültig wie ein Bombenanschlag irgendwo auf der Welt.

Jünger war diese Maria, mindestens zehn Jahre, eine einzige Falte am rechten Mundwinkel hatte sie, aber nur, weil sie beim Lächeln den Mund verzog. Auch der Hals war glatt, und unwillkürlich strich sich Johanna mit der Hand über Kinn und Hals. Die Sonne tat ihrer Haut gut, sie musste darauf achten, dass sie nicht austrocknete.

Ihre gute Laune bröckelte, sie löste sich von Hansi, zog die Seiten mit dem Bericht aus dem Papierwust des Boulevardblattes und verzog sich damit an den Tisch. »Mach mir einen Cappuccino. Ich kenne die Maschine nicht.«

»Dann lern das«, antwortete Hansi, der den Sportteil ohne aufzublicken sortierte, dann aber quälte er sich doch hoch, nahm die Zeitung mit und las neben der Maschine im Stehen weiter. Carl hatte niemals in den Sportteil geschaut.

»Geht einfach. Einschalten, das Sieb mit dem Griff mit Kaffee füllen, der ist hier rechts in der Dose ...«

Johanna hörte nicht zu, sie starrte auf das sich wiegende Schilf. Kam Carl ins Alter, in dem er sich für jüngere Frauen interessierte? War sie nicht mehr attraktiv? Ging es um nichts anderes? Wäre er fünfzig gewesen, hätte sie es sich vorstellen können, doch er hatte ihr niemals Anlass zu einer derartigen Vermutung gegeben. Aber schliffen sich nicht alle Beziehungen ab? Der Reiz der ersten Jahre war lange dahin, der Rausch seit Ewigkeiten vorbei. Diese jungen Dinger ohne Lebenserfahrung ließen sich von älteren Männern einwickeln, die glaubten dem Geschwätz, oder sie taten so; wahrscheinlich war das Geld der entscheidende Faktor. Aber nicht bei Carl, dachte sie gehässig, der hat nichts. Oder diese Maria hatte einen Vaterkomplex gehabt, aber dafür war Carl nicht der Typ. Die schwierigen Jahre, die des Aufbaus, der gemeinsam gelösten Probleme, die harte Zeit, in der man wenig hatte und sich viel verkniff, immer mit Blick in die Zukunft, diese Jahre ließen sich auf diese Weise umgehen.

Wer weiß, was Carl ihr aufgetischt hatte. Er könnte nie eine Frau ernähren – wahrscheinlich hatte ihn die Winzerin deshalb gereizt, sie hatte Geld. Eigentlich muss ich dieser Maria dankbar sein, dachte Johanna, denn ohne sie und Carls Umtriebe hätte ich Hansi nicht getroffen. Er kam auf sie zu, nur in Bermudashorts, verbeugte sich und reichte ihr lächelnd den Cappuccino. »Küss die Hand, gnädige Frau.«

Ob er genauso hinter jungen Dingern her war? Sie waren bestimmt acht bis zehn Jahre auseinander. Sie erinnerte sich an die »Schmetterlinge« gestern und sein Gockelgehabe. Sie starrte aus dem Fenster und sah die Segel in der Bucht. Verdammt, sie musste schleunigst in den Wind.

»Was war das für eine Person, diese Sandhofer?«, fragte sie stattdessen.

Er blieb in die Lektüre vertieft. »Weshalb willst du das wissen?«, brummte er unwillig.

»Wenn bei euch alles so überschaubar ist und du sie kanntest, dann wirst du wohl wissen, was das für eine war.«

»Ach, Johanna«, antwortete Hansi gequält, »man trifft sich, bei Veranstaltungen, bei einem Empfang und wird sich vorgestellt. Das hier interessiert mich wenig, ich bin lieber in Wien, da geht mehr ab. Für die Hinterwäldler habe ich nicht viel übrig. Außerdem kommt von denen niemand an den

See. Die bleiben in ihren Gewölben. Die Sandhofer? Die gehörte zu so 'ner Gruppe, die SIEBEN, Burgenländische Winzerinnen oder Wein-Feminismus. Die dürfen wahrscheinlich, wenn sie ihre Regel haben, den Weinkeller nicht betreten oder lesen nur bei Mondschein. Ja, was weiß denn ich? Marketing, heute ist alles Marketing. Sicherlich gibt's schon einen Verein ›Surfen für Frauen‹ oder so.«

Um Vorurteile war Hansi also nicht verlegen, der Chauvi, dachte Johanna. Die Tour würde sie ihm abgewöhnen, aber dachte sie mittlerweile nicht ähnlich? Wozu schufen Frauen Schutzzonen? Weil sie dem normalen Leben nicht gewachsen waren. Entweder ging man auf das Spiel ein, mit allen Konsequenzen, oder man zog sich in Freiräume zurück. Ein Verein von Umweltingenieurinnen? Blödsinn, absolut überflüssig. Womöglich noch Quotenregelung im Management. Sie war die einzige Frau unter den Leitenden Mitarbeitern von Environment Consult & Partners, und eine andere Frau hätte sie genauso in Schach halten müssen wie die Männer. Es ging um Karriere und nicht um Geschlechter. Weshalb sollte ein Mann freiwillig seinen Platz räumen?

»Du hast mir aber trotzdem nicht gesagt, wie diese Sandhofer war ...«

»Bist du immer so hartnäckig?« Hansi faltete die Zeitung zusammen, trat an den Tisch und fuhr mit seinem nackten Fuß über ihren Spann am Schienbein hinauf bis zum Knie. »Sie gehörte zu den Stars, war berühmt für ihre Weine, hat mit fünfundzwanzig den Betrieb übernommen und mit sechsundzwanzig den ersten Preis bekommen. Wir hatten damals ein Meeting mit einem Segelmacher im selben Hotel, wo sie den Preis empfangen hat, daher weiß ich das. Zufrieden? Und sie steht alle sechs Monate in der Zeitung. Reicht das?« Er trat an die Tür und ließ den Blick über sein Areal schweifen. »So, wie ich sehe, sind alle Kurse voll, die Jungs haben gut zu tun, dann können wir aufs Wasser, und ich werde dir mal zeigen, wie es geht, Schatzi.«

Hansis Erklärungen hatten Johanna endgültig die Laune verdorben. »Ich trainiere lieber noch ein wenig allein, ich will mich vor dir nicht blamieren.«

Hansi zuckte lediglich mit den Achseln. »Wie du meinst.« Ein junges Pärchen, das den Pavillon auf der Suche nach einem Surflehrer betrat, machte weitere Diskussionen überflüssig – siebzig Euro für die Trainerstunde waren nicht zu verachten, und so gingen Johanna und Hansi zum Schuppen, sie, um sich ihr Brett und das Rigg zu holen, er das für seine neuen Schüler.

Der Schuppen für Ausrüstung, Ersatzteile sowie die Neopren-Anzüge mit einem kleinen Warenlager für Surfartikel machte mit seinen verwitterten Bretterwänden einen verwahrlosten Eindruck. Innen jedoch war alles gemauert und gut gesichert.

»Hast du eine Holzbude über den Neubau gestülpt?«, meinte Johanna und griff sich ihre Ausrüstung.

»Sie haben mir letztes Jahr die Bude ausgeräumt. Angeblich waren es Albaner. Die meisten Diebe sind Ausländer, Kroaten, Tschechen, Rumänen, die verdienen bei uns im Knast mehr als bei sich zuhause. Was liegt näher, als mal eben über die Grenze zu schleichen? Die ist gleich nebenan. Bei St. Margarethen sind 1989 auch deine Landsleute aus der DDR rübergekommen ... bis später dann, guten Flug. Es hat aufgebriest, fünf Windstärken. Nimm mein Sturmsegel, das in der Nische, deins ist zu groß, der Wind reißt dich weg ...«

Hansis Rat war goldrichtig gewesen. Der Wind nahm zu, starke Böen kräuselten die Wasseroberfläche, Johanna vergaß schnell, dass er am Tag zuvor erst gesagt hatte, es sei nie bei ihm eingebrochen worden, und kaum hatte sie die Abdeckung des Landes verlassen und freies Wasser erreicht, begann der Flug. Rasend schnitt sie durch die Wellen, dann glitt sie darüber hinweg, nur noch das hintere Drittel des Brettes im Wasser, darunter schoss die Gischt pladdernd zu den Seiten weg. Es war ein Rausch, der alle Sinne gefangen nahm und von ihr das Maximum an Kraft und Konzentration sowie Körperbeherrschung erforderte. So liebte sie es, im Trapez hängend mitgerissen zu werden, nahe daran, jede Haftung zur Oberfläche zu verlieren und sich in die Luft zu erheben, eins werden mit dem Wind und den Kopf verlieren, nur der Instinkt zählte, da war auch ein Sturz ein Erlebnis. Sie hätte schreien können vor Begeisterung, wie beim ... War Brandungssurfen noch schöner, noch mitreißender, wenn Brett, Segel und Mensch sich über den Wellenkamm hoben, so wie auf Hansis T-Shirts? Sie stellte es sich noch packender vor. Und auch das Kiten, hochgerissen von Schirmen, von denen heute viele um sie waren, die rasend schnell über den See zogen, an ihr vorbeipreschten und ab und zu jemanden aus den Fluten hoch über die Wellen hoben. Was für ein Kick ...

So raste sie bei halbem Wind über den See nach Norden, quer zu den Wellen auf Neusiedl zu. Ewig hätte sie weiterfahren können. Aber heute dachte sie rechtzeitig an den Rückweg, und als sie keuchend an Land ging, Brett und Rigg achtlos liegen ließ und sich Hansi in die Arme werfen wollte, war sie glücklich, alles vergessen zu haben, was sie belastete, und es weit hinter sich gelassen zu haben, da draußen auf dem See, sauber, befreit ... Sollte das graue Wasser mit dem Müll zurechtkommen, der sich in ihr angesammelt und den sie eben abgelassen hatte. Es war ihr egal, wichtiger war, sich gehen zu lassen und ihre Wünsche zu zeigen, jede Vorsicht außer Acht lassend.

»Grandios«, schwärmte sie, als sie jemanden auf sich zukommen sah, während sie ihr Haar frottierte, aber es war nicht Hansi.

»Der ist im Wohnwagen«, sagte der Hilfslehrer, »mit den Ungarn, glaube ich jedenfalls, der kommt gleich wieder.« Den abfälligen Blick, mit dem er sie bedachte, interpretierte Johanna als Neugier und nicht als Mitleid. Sie fühlte sich großartig.

Zugezogene Vorhänge? Demnach wieder eine geschäftliche Besprechung wegen des Surfzentrums. Sie zerrte sich den Anzug von den Schultern und ließ ihn über die Hüfte baumeln, doch als ein anderer Surfer in gleicher Weise an ihr vorüberging, das Neoprenteil wie eine Wurstpelle um sich baumelnd, zog sie sich schleunigst um. Als sie aus der Kabine kam, verabschiedete Hansi sich gerade von den beiden Gesprächspartnern. Unangenehme Männer, sie mochte keine Glatzköpfe. Als er sie sah, winkte er ihr zu.

»Wie war's?«

»Saugut, fantastisch, ein Mal dachte ich, dass ich mich überschlagen würde, die Spitze hat in einer ziemlich hohen Welle unterschnitten.«

»Habe ich dir gesagt. Ist ein wundervolles Revier«, meinte Hansi leutselig. »Komm rein, ich brauche deinen Rat.«

Es tat ihr gut, das zu hören, sie hatte es sich gewünscht. In der niedrigen Tür des Wohnwagens zog sie den Kopf ein, aber sie betrat ihn wie den Konferenzsaal eines Energiekonzerns, der ein neues Kohlekraftwerk plante. Kaum angekommen, war sie wichtig, wurde gebraucht, auch hier war ihr Rat gefragt, und möglicherweise wurde daraus ein neues Projekt, vielleicht ihr eigenes? Sie war auf dem richtigen Weg. Vorher gab es jedoch mehr als eine Frage zu beantworten, und dieser billige Wohnwagen musste schleunigst verschwinden, der machte einen miserablen Eindruck.

Hansi guckte ernst. »Du musst mir was versprechen.« Er stützte das Kinn auf die Faust und kniff die Augen zusammen. »Du musst mir versprechen, dass nichts von dem, was wir beide bereden, nach außen dringt. Absolut nichts!«

Johanna wollte etwas erwidern, aber er winkte ab. »Kein Wort, zu niemandem. Verstanden? Wenn nicht – ich nehm's dir nicht übel. Aber dann bist' draußen.«

Für Johanna war Stillschweigen eine Selbstverständlichkeit. Carl hatte gemeint, sie würde ihre beruflichen Aktivitäten vor ihm verstecken, weil er ihre »Machenschaften«, wie er ihre Arbeit nannte, ablehnte, sie würde sich verstecken, um Kritik aus dem Wege zu gehen. So simpel, wie sich das ein kleiner Übersetzer vorstellte, war das Leben eben nicht. »Diskretion ist in meiner Branche ein Gesetz, Hansi, anders kämen wir gar nicht voran.«

»Ich meine das ernst. Auch deinem Mann gegenüber kein Wort.« Er strich sich nervös das Haar aus der Stirn, stand auf, ging zum Kühlschrank und holte zwei Flaschen Bier.

Johanna nickte. ». . . für mich ein Glas. Ich trinke nie aus der Flasche. Und mach dir keinen Kopf, Hansi, Geheimhaltung gehört zu den Grundlagen meiner Arbeit.«

»Wenn von meinem Projekt was durchsickert, wenn ein Konkurrent davon Wind bekommt, bin ich erledigt. Die Leute halten zusammen, und du weißt, ich bin nicht von hier. Das ist hier nicht nur Vetternwirtschaft. Die sind zusammen zur Kommunion gegangen. Die haben einen Bruder bei der Baubehörde, der Nachbar von der Schulbank arbeitet beim Umweltamt, und der Sachbearbeiter der Kreditvergabe ist ein Cousin von irgendwem – und natürlich ein Parteifreund, oder beim Gewerkschaftsbund.«

»Das weiß ich alles, Hansi«, Johanna fühlte sich bevormundet, »das ist in Deutschland nicht anders. Weder die Konkurrenz noch die Gegner, die unsere Projekte vor Gericht bringen, dürfen das Geringste erfahren. Sie könnten ihre Verhinderungs-Strategie darauf abstellen. Wir müssen irreversible Fakten schaffen.«

»Was für . . . äh . . . Fakten?«

»Sachverhalte, die nicht mehr umzukehren sind, also etwas erreichen, bei Behörden zum Beispiel, wodurch sie im Falle eines anders lautenden Urteils bei gerichtlichen Einsprüchen Ärger bekommen und was bei Ablehnung hohe Kosten verursacht. Davor haben sie mehr Angst als vor Bürgerprotesten, weil es ihrer Karriere schadet. Da muss man es hindrehen.«

»Bist du doch Anwältin?«

»Nein, aber man lernt. Meine Evaluierungen, meine Gutachten, müssen justitiabel sein, das heißt: vor Gericht standhalten. Man muss die Toleranzen der Vorschriften und Normen bis ans Limit ausnutzen, das ist bei Bauvorschriften nicht anders als im Umweltrecht oder bei Steuern. Es ist wie ein Gummiband, es darf nur nicht reißen.«

»Mein Projekt ist deshalb heikel, weil wir in einem ›sensiblen Gebiet‹ liegen, wie sie's nennen. Es gibt Vorschriften, das kannst du dir gar nicht vorstellen. Da wird einem sogar vorgeschrieben, mit welchen Mitteln das Holz der Pfahlbauten im Schilfrand imprägniert wird.«

»Vorschriften sind dazu da, sie zu umgehen«, meinte Johanna lakonisch. »Die Behörden überschlagen sich beim Erfinden von Verordnungen, dadurch beweisen sie den Sinn ihrer Existenz. Inzwischen kommt europäisches Recht dazu. Aber die Harmonisierung, wie sie es nennen, ist glücklicherweise die Senkung des Standards nach unten, die neuen Gesetze sind durchweg nicht so hart wie nationales Recht.«

»Ich weiß«, sagte Hansi, »beim Wein habe ich das mitbekommen, eine riesige Debatte. Aber das gefällt mir nicht. Europa importiert US-Weine, die bis zu 17 Prozent gezuckertes Wasser aufweisen. Die Amis brauchen das nicht einmal aufs Etikett zu schreiben. Da bleibe ich bei unserem Wein.«

»Brauchst ihn ja nicht zu kaufen«, sagte Johanna barsch und merkte, dass er dort, wo es nicht um seine Interessen ging, radikale Töne anschlug. Aber schließlich war er Österreicher und damit stolz auf die Weine seines Landes.

»Beim Wein finde ich es eine Sauerei. Da wird auch Säure zugesetzt oder Zucker hineingegeben, wie in Frankreich. Neuerdings brauchst du den Wein auch nicht mehr in Barrique zu geben, schmeißt einfach ein Pulver rein, schmeckt dann so, na – wem's gefällt . . .«

»Die Brüsseler Beamten sorgen sich glücklicherweise mehr um die Wirtschaft als um die Protestler, Hansi. Um die großen Unternehmen geht es, Konzerne, für die wird Europa eingerichtet, Handelskonzerne sind wichtig, die verdienen Geld, darauf kommt es an, nicht auf die kleinen Winzer; die verschwinden bald alle.«

War das bereits zu viel für Hansi, oder hatte ihm das Gesagte nicht gefallen? Jedenfalls schaute er böse. Sie erinnerte sich auch an Carls lächerliche Einwände bei ihrem ersten grenzüberschreitenden Industrieprojekt. Seine Worte hatte sie nicht vergessen: »Die Betreiber scheren sich einen Dreck um die Bevölkerung. Und deine Europapolitiker legen nicht den geringsten Wert auf Rückhalt bei den Wählern; keiner kennt sie mehr, keiner wählt sie. Die zu Hause Ausgemusterten werden nach Brüssel geschickt, da sind sie unter sich.« Politischen Autismus hatte er das genannt und hatte den hoch bezahlten Job als Dolmetscher in Brüssel hingeworfen, der Dummkopf.

Hansi zappelte, bis er wieder an der Reihe war. »Mein Trainingszentrum wird eine große Anlage werden, mit Unterrichtsräumen, ganzjähriger Betrieb, ein Geschäft für Zubehör, das ich vermieten werde, eine Bar – nur, was den Bau schwierig macht – im Naturschutzgebiet gelten andere Regeln. Dann kann der Status als Weltkulturerbe von der UNESCO wieder aberkannt werden. Davor haben sie Angst.« Entschiedenes Kopfnicken sollte seinen Worten mehr Gewicht verleihen.

Johanna seufzte. »Alles schwierig heutzutage. Wenn du allerdings die richtigen Leute kennst ...«

»... das Netzwerk steht. Auch die Finanzierung – über die Bank Burgenland. Was meinst du, wie die Winzer ihre Kellereien modernisiert haben? Ich stelle dir die Leute vor.«

»Das will ich hoffen«, sagte sie und erinnerte sich in Zusammenhang mit dieser Bank an geplatzte Kredite. »Hat es bei denen nicht vor einigen Jahren einen Skandal gegeben?«

»Skandale haben wir hier pausenlos, das rührt keinen mehr an. Lange her, fünf Jahre oder so, da war die Bank

wegen gefälschter Bilanzen und vorgetäuschter Wirtschafts-
prüfungen in die Schlagzeilen geraten. Politiker haben da
rumgemauschelt. Das Land hat sie vor der Pleite gerettet ...«

»Und mit denen willst du arbeiten? Was zahlst du mir
dafür, wenn ich dir helfe?«

»Ich, zahlen?« Hansi fiel das Kinn herunter. »Ich, ich
dachte, du steigst vielleicht mit ein, in die AG, als Teilhaberin
auch mit Geld ... dann investierst du in deine Arbeit.«

»Das muss ich mir überlegen. Dann rück mal alles raus,
was du über das Projekt hast.«

Aber Hansi erklärte, dass die Unterlagen nicht komplett
seien, manches sei beim Anwalt, anderes bei der Bank, wieder andere Vorlagen hätte ein Freund, der alles überarbeite,
aber er würde ihr das Nötige zusammenstellen. »Dann
kannst du dich nach Herzenslust damit vergnügen.«

Wäre es nicht Hansi gewesen, der das gesagt hätte, ihr
Argwohn wäre geweckt. So aber ließ sie es dabei bewenden.
»Lass dir Zeit. Besser alles zusammen, aber denk dran, ich
habe nur drei Wochen Urlaub.«

»Sollten wir dann nicht schnell eine Runde surfen? Ich
könnte das gebrauchen.«

Aus der Runde wurde ihre härteste Trainingsstunde seit
langem. Hansi korrigierte permanent ihre Haltung, die Griff-
position am Gabelbaum und ihre Steifheit in den Bewegungen. Er ließ sie hart an den Wind gehen, hetzte sie von einer
Wende in die nächste, dann folgte eine Reihe von Halsen, bei
denen sie häufig das Gleichgewicht verlor und ins Wasser
fiel, was sie am meisten ärgerte. Demonstrierte er Über-
legenheit? Auf dem Wasser war er stärker und zeigte ihr
eiskalt ihre Grenzen. Dass sie ungelenk war, völlig aus der
Übung und viele Manöver schlecht ausführte, konnte sie
nicht akzeptieren. Er dagegen surfte souverän im Bogen um
sie herum, spielte im starken Wind mit Brett und Segel und
kommandierte. Sie hatte es so haben wollen, doch zuletzt
war sie heilfroh, als sie endlich in die Bucht einliefen, und sie

122

kroch demoralisiert an Land. Hansi ließ sie auch noch Brett und Segel selbst saubermachen und zum Schuppen bringen.

»Siebzig Euro«, sagte er, als sie angezogen und geschminkt den Pavillon betrat und sich am Tisch mit der aufgeschlagenen Zeitung vom Vormittag niederließ.

»Wofür?«, fragte Johanna, ohne sich umzudrehen, und betrachtete wieder Maria Sandhofers Foto. Ob Carl etwas mit ihrem Tod zu tun hatte? Ob er sie ...?

»So viel kostet meine Trainerstunde«, meinte Hansi trocken.

»Das können wir mit meinem Honorar verrechnen.«

»Dein Honorar? Wofür?«

»Ich soll doch wohl die Umweltverträglichkeitsprüfung vornehmen und alles so aufbereiten, dass die Realisierungschancen groß sind – oder? Sonst kriegst du keine Finanzierung. Wir rechnen nur halbtagsweise ab – 1500 Euro sind es dann. Zwei bis drei Tage würde ich brauchen, vorher muss ich mich einarbeiten, zu den Behörden gehen, die entsprechenden Gesetze und Verordnungen beschaffen, also Spesen, außer du bringst mir alles. Vieles findet man im Internet, das macht's einfacher, na ja, wenn du das machen würdest ...«

Hansi starrte sie verblüfft an. »So viel Geld verdienst du?« Es hatte den Anschein, dass er mit Frauen dieses Schlages wenig Erfahrung hatte, offenbar hatte er noch nie von derartig hohen Beraterhonoraren gehört.

Johanna hielt ihr Lachen zurück. Wozu ihn verärgern? Bei selbstbewussten Frauen strichen viele Männer kleinlaut die Segel, und das war keinesfalls ihr Ziel, im Gegenteil, dazu waren er und sein Surfcenter viel zu attraktiv. Ein wenig Gewöhnungszeit musste sie ihm lassen, außerdem wurde ihr immer flau, wenn er ihr nahe kam; das nervte und machte sie unsicher, und sie reagierte aggressiv. Diese verdammten Gefühle – nichts als Aminosäuren – brachten sie durcheinander. »So krass war das nicht gemeint«, sagte sie diplo-

123

matisch, »du hilfst mir, und ich helfe dir, und dann sehen wir, was dabei herauskommt. Einverstanden?«

Hansi überspielte seine Verwirrung und schaltete die Espressomaschine ein.

Die Zeitung mit Maria Sandhofers Foto ließ Johanna nicht los. »Weshalb wird eine so junge Frau ermordet?« Sie schaute auf die Uhr und dachte an Carls Verhör bei der Polizei. Sollte er doch zusehen, wie er da rauskäme, sie beschloss, keinen Finger für ihn zu rühren.

»Beschäftigt dich wohl sehr, was? Aber wieso redest du immer von Mord? Hier wird so schnell niemand umgebracht, nicht umsonst nennen wir unser Österreich ›die Insel der Seligen‹, da haben wir charmantere Methoden ...«

Für eine Sekunde horchte Johanna auf. Es waren nicht seine Worte, die sie hellhörig gemacht hatten, es war das Selbstgefällige darin.

»... nicht wahr? So wie ich dich verstanden habe, geht es in eurem Werkl auch knallhart zu. Aber man muss ja nicht gleich jemanden faschieren, wenn er nicht spurt.«

»Faschieren?«

»Hackfleisch draus machen. Diese Winzerin – es ist gar nicht klar, dass sie ermordet wurde, das hat nur ein deutscher Feriengast behauptet, wie die ›Krone‹ schreibt. Der muss man nicht alles glauben, und dann ist es noch die Frage, was dieser Urlauber damit zu tun hat.« Hansi rümpfte die Nase.

Dieser Urlauber war ihr Ehemann! Johanna schluckte. Um sich die Tragweite dieser Worte nicht plastisch vor Augen führen zu müssen, griff sie nach dem Braunen, dem Mokka mit drei Tropfen Milch, den Hansi ihr vor die Nase stellte, nur unglücklicherweise verbrannte sie sich die Zunge.

»A schöne Leich wird sie allemal abgeben«, sagte er in breitestem Wienerisch und betrachtete das Foto. »Was weiß denn ich, in was für Geschäfte die verstrickt war. Aber Mord? Und wenn, dann fassen ihn die Kibara bald. Na, allerdings, bei den Krautwochtan hier, den Bauerntölpeln, kann es schon eine Weile dauern, außer es waren welche aus dem Osten. Die kriegen sie nie.« Wieder lachte er selbstgefällig. »Zack, über die Grenze. Die meisten Kellereien sind Familienbetriebe und beschäftigen billige Arbeiter aus Tschechien oder Kroaten, Serben weniger, aber Ungarn, und Albaner so gut wie nie. Die k. u. k. Monarchie lebt halt wieder auf, mit unserem Bundeskanzler als König. Schlepperbanden sind jede Nacht unterwegs. Doch dass es mit denen was zu tun hat, glaube ich eher nicht. In was wird so ein fesches Mädel schon verstrickt sein? Ein Mord aus Leidenschaft höchstens, ein Techtelmechtel!«

Während Johanna um Fassung rang und sich die Erkenntnis vom Leib halten wollte, wie tief Carl tatsächlich in die Sache verwickelt war, räumte Hansi den Schreibtisch auf, bezahlte Hilfslehrer und verschloss den Pavillon, nachdem er die Fensterläden zugeklappt und von innen verriegelt hatte. Die Tageseinnahmen steckte er in die Brieftasche.

»Wir sollten besser gehen«, schlug Johanna vor. Bald würden die ersten Operettenklänge von der Seebühne herüberschallen. »Wie kannst du bei dem Lärm schlafen?«

»Erstens mag ich das, und wenn ich mal zum Schlafen herkomme, ist hier alles still. Probieren wir es aus?«

»Vorher lade ich meinen armen Lehrer zum Essen ein, als Vergeltung für den Unterricht …«

In ihrem Ferienapartment roch es bedeutend besser als aus der Küche des Heurigen, wo sie mit Hansi eine Brettljause genossen hatte. Selchfleisch und Selchwürstl mit Kren waren auf einem Holzbrett gebracht worden, dazu verschiedene Käsesorten und Aufstriche. Das frische, selbst gebackene Brot allerdings war köstlich gewesen. Aber bei Carl roch es nun mal besser. Er hatte also gekocht, was er meistens tat, und sei es nur, um sich nach einem langen Tag mit der Nase am Bildschirm zu entspannen. Jetzt lag er gekrümmt auf der

Couch im Wohnzimmer und schlief, auf dem Tisch daneben eine fast geleerte Flasche Wein. Johanna nahm sie in die Hand. War es wieder eine von dieser Maria? Erleichtert las sie den Namen eines Mannes auf dem Etikett: Martin Pasler. Leise stellte sie die Flasche zurück, hielt inne und nahm sie mit in die Küche, um sich ein Glas zu holen, und drehte sich noch einmal nach Carl um.

Schutzlos wirkte er, nackt wie er war – merkwürdig vertraut und fremd zugleich. Deshalb war es ihr lieb, dass sie sich nicht zu ihm legen musste. Sie musste an den Mann denken, mit dem sie den Abend verbracht hatte. Er nahm ihre Sinne gefangen, daran wollte sie sich erinnern, diesen Eindruck mit in den Schlaf nehmen. Sie ging zu Carl und zog das Laken über ihn, in einer Mischung aus Gewohnheit und Mitleid. Oder war es Selbstmitleid?

In der Küche herrschte Chaos. Ganz im Gegensatz zu sonst hatte Carl nicht aufgeräumt. Er musste ziemlich durcheinander sein. Ob er etwas ahnte? Oder hatte der Tod dieser Winzerin ihn derart mitgenommen? Was hatte sie ihm bedeutet? Kein Wort verlor er darüber und gab auch nicht zu, dass er ihretwegen hergekommen war. Aber es war so gewesen, und das war der eigentliche Betrug. Den würde sie ihm heimzahlen.

Trotz der Unordnung bemerkte sie, dass er Küchengeräte gekauft hatte. Ein neues Schneidebrett, einen Schneebesen für seine Soßen, ein kleines Küchenmesser, einen Sparschäler und eine Pfanne, weil er sich gleich bei der Ankunft über den miserablen Zustand des vorhandenen Exemplars ereifert hatte. »Egal wo du hinkommst, die Küchen der Ferienwohnungen sind immer mit dem Schrott ausgerüstet, den die Vermieter in der eigenen Küche nicht mehr brauchen.« Also hatte Carl auch hier von der Küche Besitz ergriffen – auf der Anrichte lag sogar ein aufgeschlagenes Kochbuch der Burgenländischen Küche. Rindsfilet auf Pfefferrahmkraut mit Erdäpfel-Speck-Roulade. Nicht schlecht. Dafür gab er Geld aus, zum größten Teil das Geld, das sie verdiente, und ihr Ärger steigerte sich. Zu dem Gefühl, betrogen worden zu sein, kam das Gefühl, ausgenutzt zu werden. Was spielte das für eine Rolle, ob der Boden der Pfanne flach auf der Heizplatte auflag?

Sie duschte lange, rieb sich mit einer After-Sun-Lotion ein, massierte sich einen Sonnenschutz ins Haar und überlegte, welchen Lippenstift sie morgen benutzen würde. Als sie wieder in die Küche kam, sah sie den Zettel, den Carl ihr hingelegt hatte: Johanna! Du sollst morgen um zehn Uhr bei der Polizei in Eisenstadt sein. Man will dich »einvernehmen«. Gute Nacht.

Dann stimmte es also doch, was er gestern gesagt hatte, sie hing auch mit drin. Es war ihm tatsächlich gelungen, sie in seinen Schlamm hineinzuziehen. Ängstlich und wütend zugleich wollte sie ihn wecken, ihn zur Rede stellen, aber als sie ihn dort zusammengerollt liegen sah, schlafend wie ein kleiner Junge, wandte sie sich mit nassen Augen ab, sie schluckte. Verletzt hatte er sie, zutiefst verletzt. Oder weinte sie um das, was sie gerade verlor?

»Es ist wichtig, dass Sie uns alles sagen, was Sie wissen, Frau Breitenbach!« Der Mann, den sie für den Chefinspektor hielt, schenkte Kaffee ein und schob ihn Johanna über den Tisch. Sie dankte es ihm mit einem Verhandlungslächeln.

»Worüber soll ich Ihnen alles sagen, Herr ...?«

»Chefinspektor, Chefinspektor Herrndorff, Wien«, fügte er wichtigtuerisch hinzu, als ob es von besonderer Bedeutung wäre. »Das dort ist Inspektor Fechter.« Er wies auf den jüngeren Mann neben der Tür, der Johanna eingangs begrüßt hatte. »Ich ermittle jetzt im Fall Sandhofer. Inspektor Fechter arbeitet mit mir!«

Zu viel Essen, zu viel Wein, ein bisschen schwabbelig, keine Bewegung, dachte Johanna, blasiertes Grinsen und überzogen in seinen Gesten wie ein abgehalfterter Schauspieler. Das Gesicht des Chefinspektors wirkte geleckt, parfümiert, er lehnte sich im Schreibtischsessel zurück und breitete die Arme aus. Johanna brauchte nicht viel Fantasie, um sich vorzustellen, wieso die Nazis hier so freudig aufgenommen worden waren. Der Anstreicher war einer von ihnen gewesen. Wenn die Zeiten schlechter wurden, dann würden all die kleinen Speichellecker ihr *coming out* haben und es genießen. Wieso hatte Carl gemeint, er sei von zwei jüngeren Männern verhört worden? Auf den an der Tür passte die Beschreibung, ein mickriger Stiesel, aber nicht auf ihr Gegenüber. Der war älter.

In der ersten Viertelstunde der Einvernahme, wie der Chefinspektor das Verhör nannte, wurden Personalien aufgenommen und die Frage des augenblicklichen Wohnorts und der Erreichbarkeit geklärt. Er hatte sie nicht darauf hingewiesen, dass sie nicht aussagen müsste, falls ihr Mann beschuldigt würde, das hatte dieser Fechter getan und von Herrndorff dafür einen bösen Blick geerntet. Der nutzte jede Gelegenheit, Johanna Komplimente zu machen, und bezog sich dabei ständig auf ihr Alter, was natürlich auch in dem Sinne »für Vierzig noch recht passabel« interpretiert werden konnte. Besonderes Interesse rief ihr Beruf hervor. Umweltingenieurin, das war für den Chefinspektor Neuland, und er ließ sich ausführlich erklären, was es damit auf sich hatte und ob eine Beziehung zum Weinbau bestand. Johanna erklärte klar und frostig, dass der Wein das Thema ihres Mannes sei, und schloss mit den Worten: »Jetzt sind Sie an der Reihe, Herr Herrndorff. Was soll das hier? Weshalb bin ich vorgeladen?«

»Gnädige Frau, wir haben Sie nicht vorgeladen, sondern Ihren Gatten gestern gebeten, Ihnen auszurichten, doch bitte bei uns vorbeizuschauen.«

»Läuft das nicht aufs selbe hinaus?«

»Keineswegs. Schauen Sie, Ihr Mann hat die Tote gefunden. Er hat die Polizei alarmiert. Und erst viel später hat er –

als Einziger übrigens – davon gesprochen, dass es sich im Fall des Ablebens von Frau Maria Sandhofer, davon wird er Ihnen ja sicherlich erzählt haben, möglicherweise um ein gewaltsames Ende, also ein von außen – von einem Dritten – verursachtes Einwirken gehandelt haben könnte.«

»Weiß ich, er war vollkommen aufgelöst in jener Nacht, ich bin erst spät gekommen. Es hat ihn schockiert, er hat noch nie eine Leiche gesehen. Er erzählte, er hätte jemanden weglaufen sehen, einen Mann.«

»Machen Sie nicht gemeinsam Urlaub?«

Johanna stutzte. Hatte sie etwas überhört? »Wieso?«

»Na, weil Sie erst spät in Ihr Apartment zurückgekommen sind. Soweit wir wissen ...«, der Chefinspektor blätterte in Papieren, die Johanna für Protokolle hielt, »... sind Sie erst zwei Tage vorher eingetroffen.«

»Ich war Surfen, in Mörbisch am See ...«

»Bis tief in die Nacht? Sie sind um 22.30 Uhr im Apartment eingetroffen, Ihr Mann eine Dreiviertelstunde vorher.«

»Woher wissen Sie das?« Johanna war perplex. Die Polizei hatte anscheinend schnell gearbeitet, oder wusste sie das von Carl? Sie würde sich mit ihm wohl oder übel absprechen müssen, obwohl ihr das nicht passte.

»Es hat eine Auseinandersetzung gegeben, auf der Terrasse Ihrer Ferienwohnung. Worum ging es da?«

»Sagen Sie mal, Herr ... werde *ich* hier verdächtigt oder Carl?«

»Weder noch. So leid es mir tut, gnädige Frau, einigen Routinefragen müssen wir uns ...«

»Was geht Sie das an?«, unterbrach sie ihn. » Ich sehe das als was völlig Normales, dass man mal Meinungsverschiedenheiten hat.« Es kam zu heftig, als dass der Chefinspektor ihre Erregung überhören konnte.

»Das ist es, durchaus, nur in diesem Fall geht es möglicherweise um ein Gewaltverbrechen. Sie können uns helfen, so wie Ihr Mann uns geholfen hat ...«

Johanna sah rasch zu dem Beamten an der Tür hin, um an seinen Reaktionen zu erkennen, ob es sich tatsächlich so verhielt, aber der betrachtete stoisch seine Fingernägel. Eigentlich konnte sie es sich nicht vorstellen, dass Carl ihm geholfen hatte, bei seinem gespannten Verhältnis zu jeder Art von Autoritäten. Bei ihr war es früher nicht anders gewesen, und die Erinnerungen an die Festnahmen nach Sitzblockaden in Mutlangen und Gorleben kamen wieder in ihr hoch. Hier ein Schlag, dort ein diskreter Fußtritt, einer der Bullen hatte ihr ein Bein gestellt, und sie war »auf Grund von Selbstverschulden« zufällig aus einem VW-Bus gefallen.

»Sie brauchen natürlich nichts zu sagen, falls Sie sich belasten sollten oder Ihren Mann ...«

Johanna zuckte lediglich mit den Achseln. »Belasten? Womit?«

»Also? Worum ging es bei Ihrem Streit – oder möchten Sie nichts weiter dazu sagen?«

»Mein Mann hat sich aufgeregt, dass ich so spät kam.« Unwillig warf Johanna ihr Haar zurück.

»Da haben wir was anderes gehört. Sie, gnädige Frau, Sie sollen laut geworden sein.«

»Wer hat das gesagt?«, fuhr Johanna auf. »Carl?«

»Das spielt keine Rolle. Wir gleichen lediglich Aussagen miteinander ab.«

»Bespitzeln Sie Feriengäste?«, zischte sie böse.

»Durchaus nicht, gnädige Frau. Weshalb sind Sie so aggressiv? Wir machen lediglich unsere Arbeit wie jeder andere. Außerdem müssen wir klären, ob Maria Sandhofer verunglückt ist oder ob sie jemand ... Es geht möglicherweise um ein Kapitalverbrechen.«

»Sie drängen mich in eine Ecke.«

»Wenn Sie den Eindruck haben, verstehen Sie mich falsch. Es tut mir leid. Kannten Sie Maria Sandhofer?«

Johanna überlegte jetzt genau, was sie sagte. »Ja und nein.«

»Wie soll ich das verstehen?« Der Kommissar sah verunsichert zu seinem Kollegen hin, als wollte er sehen, wie er darauf reagierte.

»Ich habe diese Frau am Abend der Weinprobe vor dem Esterházy-Schloss gesehen, mit Carl und noch anderen Damen.«

»Woher wussten Sie, dass sie es war?«

»Das wusste ich da nicht, ich habe es erst an jenem Abend erfahren, als ich meinen Mann gefragt habe, wer das gewesen ist, und gestern sah ich ihr Foto in der Zeitung.«

»Kannte Ihr Mann die Winzerin vorher, ich meine vor dem Urlaub?«

Das hätte Johanna auch gern gewusst. Die Frage war eigentlich nicht überraschend, aber Johannas Antwort kam ein wenig zu spät. »Das kann ich Ihnen leider nicht sagen, er hat sie mal erwähnt. Aber sie war offensichtlich bedeutungslos für ihn.« Hoffentlich hatte sie sich nicht verrannt.

»Das muss ja nicht heißen, dass er sie nicht gekannt hat«, erwiderte Herrndorff.

»Das ist lediglich eine Annahme, Herr ...«

»Chefinspektor, Chefinspektor Herrndorff ...«

»... aus Wien, ja, ich weiß, entschuldigen Sie.« Johanna bemerkte aus den Augenwinkeln, wie der Inspektor an der Tür sich das Schmunzeln verbiss. War er der Klügere von beiden? Möglich, dass er sich deshalb im Hintergrund hielt. Dann musste sie sich vor ihm mehr in Acht nehmen. Der Chefinspektor war allerdings in seiner Eitelkeit sicher gefährlicher. Der Art nach, wie er insistierte, schien er sich auf Carl einzuschießen. Der wäre den beiden nie gewachsen. Die nächste Frage bestätigte ihren Verdacht, dass sie Carl im Visier hatten.

»Wie ist es eigentlich um Ihre Ehe bestellt, Frau Breitenbach?«

Johanna hatte Erfahrung darin, in kritischen Momenten ruhig zu bleiben, auch wenn sie ihrem Gegenüber am liebsten den Hals umgedreht hätte. Und diese Frage provozierte derartige Impulse.

»Wie es in meiner Ehe aussieht, geht niemanden etwas an. Das ist Privatsache, das verstehen Sie bestimmt, Herr ...«, sagte sie mit dem charmantesten Lächeln auf den Lippen. »Aber ich kann Sie beruhigen, in unserer Ehe ist alles wunderbar. Wir verstehen uns bestens.«

Langsam hob der Inspektor an der Tür den Kopf und sah sie an. »Das war gelogen«, sagte sein Blick.

7

Karola Angermann in Mörbisch war die einzige erklärte Bio-Winzerin in der Gruppe der SIEBEN, und als Marias beste Freundin stand sie als Erste auf Carls Besuchsliste. Er wusste, wie er nach Mörbisch kam, seit er Johanna zum Yachthafen gefahren hatte. Das war an jenem Tag gewesen, als das mit Maria passiert war.

Wann hatten sie eigentlich zuletzt miteinander geschlafen? Nicht einmal mehr zu flüchtigen Berührungen war es gekommen, obwohl die so wichtig waren. Ihr mit dem Finger eine Locke aus dem Gesicht zu streifen, wann hatte er das in der letzten Zeit getan? Verdammt, er merkte, dass er Sehnsucht hatte, nach Maria – oder nach der »alten« Johanna, nach der lebendigen, die sich immer quergelegt hatte? Er hatte alles in bester Erinnerung, die schönen Momente, die tiefen, die wahnsinnigen, ihre Reisen, das Tanzen, Augenblicke der Nähe, der Sorge, wenn sie unterwegs war, sich irgendwo querlegte, auf Straßen oder Eisenbahnschienen, und er Angst um sie gehabt hatte. Auch jetzt hatte er Angst um sie, aber es war eine andere Angst, wie die um einen lungenkranken Raucher, unheilbar ... Aber meine Wirklichkeit ist anders geworden, dachte er, als er tief über den Lenker gebeugt an den Rebzeilen vorbeihuschte und den Rhythmus verlor, weil er zu viel nachdachte.

Es war Maria gewesen, die ihn bei Karola angemeldet hatte, damit er Einblick in den biologischen Weinbau gewann. Dem fühlten sich die Sieben mehr oder minder verpflichtet, die eine mit mehr, die andere mit weniger Elan, aber in der Tendenz waren sich alle einig. »So wenig chemischsynthetische Dünger und Spritzmittel wie nötig!« Doch da begann die Debatte, die Frage nach dem Maß: Wie viel ist nötig? Was bleibt davon als Rückstand im Wein? Wie verträgt es der Mensch, wie der Boden? Hier ging es nicht mehr nur um Technik und Methode, hier ging es auch um Zeit. Es dauerte Jahre, bis chemische Rückstände, die mit Massenproduktion einhergingen, abgebaut waren. Abgebaut? Wohin? Umgewandelt? In was? Auf dieser Welt ging nichts verloren, so lautete eines von Johannas Dogmen. Zumindest kam Abwärme dabei heraus. Für die Physik mochte das zutreffen – aber was war mit der Liebe? In was verwandelte sich emotionale Wärme, wenn nichts verloren ging? In Gleichgültigkeit und Verachtung?

Von Purbach bis nach Mörbisch waren es zwanzig Kilometer, das reichte zum Aufwärmen. Kaum wurde Carl der stetige Rückenwind bewusst, schweifte sein Blick zum See. Würde er Johanna in Mörbisch sehen? Er fürchtete sich vor einer weiteren Situation, mit der er nicht umgehen konnte. Wer war dieser Mann, der Blonde, der sie morgens begrüßt hatte? Was war zwischen den beiden, wovon er nicht wusste? Fünfzehn Jahre kannten sie sich, und in den letzten beiden Jahren waren sie sich zunehmend fremd geworden, seit sie bei dieser verfluchten Firma arbeitete. Damit hatte alles angefangen. Sie hatten sie ihm weggenommen – und sich selbst.

Die Landstraße führte zwischen dem See und einem mit Wein bewachsenen Hang auf Mörbisch zu. Der Kirchturm war das höchste Gebäude, Hotels und Gästehäuser hielten sich zurück, niemand wollte zu hoch hinaus, aber alles wirkte ein wenig bieder und geharkt. Lag es an den vielen Geranien und am Oleander? – in der Masse wirkten sie erstickend. Außerdem haftete dem Ort etwas Zurückgebliebenes an, als wäre er vergessen worden. Carl schrieb es der nahen ungarischen Grenze zu, da war bis vor einigen Jahren die westliche Welt zu Ende gewesen, inzwischen durften Radfahrer und Fußgänger von Frühjahr bis zum Herbst hinüber. Wenn die europäischen Grenzen endgültig fielen, würde Mörbisch einen großen Impuls erhalten – zumindest mehr Durchgangsverkehr.

An der ersten Kreuzung ging es nach links zum Wasser, aber wenn er Marias Beschreibung richtig im Ohr hatte, musste er an der dritten Kreuzung rechts abbiegen, den Hang hinauf und am Ende der Straße an einem schwarz und weiß gestrichenen Tor klingeln. Er hörte den Summer und betrat den Hof, das Fahrrad neben sich herschiebend.

Karola Angermann pfiff die beiden Hunde zurück. »Ganz friedlich, die freuen sich über jeden. Bissige Hunde passen nicht zum Image als Bio-Winzerin. Ein Paar Klischees braucht man, wenn ich schon nicht in der Latzhose rumlaufe. Dass Sie bei der Hitze nicht tot vom Rad fallen, Carl – eine tolle Maschine«, sagte sie, neugierig das Rennrad bewundernd. »Gibt es was Neues, wegen Maria? Sie brauchen bestimmt was zu trinken.«

Kurz darauf kam sie mit einer Flasche Wasser zurück. »Wir sollten uns zuerst meine Weingärten ansehen, es heißt, der Wein entsteht im Weinberg, eigentlich entsteht er im Kopf, verstehen Sie? Als Vorstellung, als Idee – aber da lasse ich niemanden reinsehen«, meinte sie lächelnd. »Ich muss nicht mein Fahrrad nehmen?«

»Jetzt haben Sie Vorurteile.« Das unkomplizierte Wesen von Marias Freundin war für Carl eine wahre Erholung in der Tristesse, die sich mit Johannas Auftauchen nach der Verkostung vor dem Schloss Esterházy angekündigt hatte und mittlerweile zu einer Katastrophe angewachsen war.

»Wir fahren sofort. Ein Fotograf aus Italien hat sich angekündigt – keine Sorge«, beschwichtigte sie ihn, »ich nehme mir Zeit für Sie. Signor Gatow will Haus und Keller fotografieren, ein paar Aufnahmen von mir, ich müsste mich vorher allerdings ein wenig zurechtmachen ...« Sie lächelte Verständnis heischend.

Carl wunderte sich, dass sie die Kellerei allein ließ und nicht einmal das Hoftor abschloss, als er zu ihr in den Geländewagen stieg.

»Sie vergessen die Hunde, außerdem habe ich zwei erwachsene Söhne. Einer arbeitet momentan im Keller, der andere ist in Deutschland unterwegs und besucht Weinhändler, so wie Maria das gemacht hat. Mal schauen, ob auch *er* jemanden mitbringt.« Sie lachte. »Maria haben Sie, soweit ich weiß, bei einer Präsentation kennen gelernt.«

Eine Frage oder eine Feststellung? Was hatte Maria ihr erzählt? Während die Winzerin durch den Ort fuhr, betrachtete er sie von der Seite. Sie war bestimmt fünfzig, kleine Falten spielten um ihre Augen, das dunkel gelockte Haar machte sie jung, was mit ihrem einnehmenden Wesen übereinstimmte. Handfest war sie, ein Mensch ohne Bosheit und ohne Misstrauen, dabei distanzlos, das war gefährlich, wenn sie unangenehme Wahrheiten aussprach. Haltung und Körperfülle zeigten, dass sie sich durchzusetzen verstand.

»Mein älterer Sohn ist bei dieser Hitze am besten im Keller aufgehoben. Er bereitet die Lese vor, Anfang September geht's los – St. Laurent ist als Erster reif, dann Pinot Noir. Aber damit habe ich kein Glück, das war Marias Rebsorte, mir ist sie zu zart.«

Die Winzerin machte eine Pause, und Carl sah keine Veranlassung, irgendetwas zu sagen. »Es ist grauenhaft für mich, für uns alle. Maria ist weg, nur noch als Erinnerung vorhanden. Man heult, danach fassungsloses Achselzucken, später die Gewöhnung. So ist das mit dem Leben. Sie war viel auf Reisen, wir Frauen treffen uns ja nicht jede Woche, alle haben Familie oder Kinder, alle haben Sorgen und zu viel Arbeit. Maria hatte ihren alten Vater, der ist gar nicht alt, der wirkt nur so. Sie kennen ihn? Selten, dass wir alle zusammen waren.« Sie starrte geradeaus. »Unvorstellbar, dass sie nicht wiederkommt. Gestern ertappte ich mich dabei, dass ich sie anrufen wollte, um sie etwas zu fragen.«

Es tat Karola gut, über Maria zu sprechen, und Carl erfuhr auf diese Weise mehr aus ihrem Leben. Konnte es ihn auf die Spur des Mannes bringen, den er hatte wegrennen sehen?

Am Ortsausgang bogen sie ab und stiegen oberhalb der Weingärten aus, deren Rebzeilen wie mit dem Lineal gezogen von hier über mehrere hundert Meter hinab zum Schilfgürtel führten. Karola nahm ein Weinblatt in die Hand. »Erkennen Sie die Rebsorte?«

Carl hatte derartige Fragen befürchtet. Für ihn glich eins dem anderen. »Ich bin noch in dem Stadium, in dem mich die diversen Geschmäcker genug verwirren. Sogar bei derselben Rebsorte, einem Cabernet Sauvignon zum Beispiel, einem aus Frankreich oder Italien oder Übersee, Australien vielleicht – könnte ich nicht sagen, dass es Cabernet ist.«

»Das ist eine Sache der Erfahrung, und ich weiß nicht, ob es besonders wichtig ist. Viel wichtiger ist doch, ob der Wein in Ordnung ist.« Sie hielt Carl das Blatt wieder hin. »Welschriesling, das Blatt ist tief gebuchtet, das heißt, die Einschnitte zwischen den Lappen sind tief, außerdem sind sie scharf gezähnt. Die Trauben«, sie hob vorsichtig eine an, »sind walzenförmig, manchmal geteilt, die Beeren sind klein, liegen dicht beieinander und haben Punkte. Auch das sieht man mit der Zeit. Ich war mit meinen Söhnen mal auf Bali. Zuerst dachten wir, die Leute sähen alle gleich aus, erst nach einigen Tagen haben wir die Unterschiede gesehen.«

Karola holte ein Blatt von der anderen Seite des Weges und kam damit zu Carl zurück. »Pinot blanc, Weißer Burgunder, der sollte hier nicht stehen, ist auch nicht meiner, der Boden ist ungeeignet. Aber sehen Sie das Blatt? Überhaupt nicht gebuchtet, sieht aus wie ein gleichseitiges Fünfeck.«

Carl fragte sich, ob jemand, der nicht im Weinberg geboren war, das jemals würde lernen können, Karola sah ihm seine Zweifel an, sie schien ihm mit ihrem durchdringenden Blick überhaupt vieles anzusehen.

»Keine Sorge. Das sieht man irgendwann. Welschriesling steht hier richtig, er braucht Wärme – die Rebsorte reift spät – dazu mittelschweren, sandigen Boden und höhere Luftfeuchtigkeit, genau das finden wir am See. Da liegt aber auch die Crux – Feuchtigkeit heißt Mehltau, Oidium und Peronospora. Ob wir Befall bekommen, hängt vom Vorjahr ab, von der Anfälligkeit der Sorte, dann von der Witterung. Lange Trockenperioden begünstigen die Entwicklung von Pilzen. Licht und Luft mögen sie gar nicht, deshalb dünnen wir die Blätterwand aus. Dann kommt es darauf an, ob der Nachbar seinen Weingarten pflegt. Pilze verbreiten sich durch Sporen, vom Winde verweht ist ihre Devise. Ich spritze, und der Nachbar tut es nicht, und schon gibt's Ärger.«

»Ich habe gehört, Bio-Winzer spritzen nicht.«

»Wir nehmen Kupfer und Schwefel und spritzen manchmal im Abstand von zehn bis zwölf Tagen. Leider haben wir noch nichts Biologisches. Kupfer ist giftig, ein Schwermetall, es kommt auf die Konzentration an. Auf Schwefel kann man auch nicht völlig verzichten, es stabilisiert den Wein, damit desinfizieren wir die Fässer von innen. Am wichtigsten ist für mich die konsequente Laubarbeit, Licht und Luft ranlassen.«

»Und wenn nicht gespritzt wird?«

»Dann verliert man die Ernte und damit alles.«

Sie fuhren weiter. »Öko-Weinbau bedeutet weniger Schädlingsbekämpfung als vielmehr Stärkung der Pflanze und des gesamten Umfeldes. Der Weingarten ist ein Ökosystem wie eine Gesellschaft, alles wirkt zusammen, jede Senke darin hat ihre Besonderheiten und ihr Mikroklima. Es kommt auf den Boden an; viele Steine speichern die Hitze tagsüber und geben sie nachts ab, was den Weinberg insgesamt wärmer macht und für gleichmäßigere Temperaturen sorgt – manche Rebsorten bevorzugen das, andere wieder den großen Tag- und Nacht-Unterschied. Ein oder zwei Grad machen viel aus. Rund um den See haben wir sogar dreifache Sonne: von oben, vom See und vom Stein.«

Sie waren inzwischen oberhalb der Landstraße angelangt. Hier war der Boden mal hell, mal dunkel, mal mit Muschelkalk durchsetzt, dann war es gelblicher Schiefer oder schwerer Ton. Carl sah es erst, nachdem die Winzerin ihn darauf aufmerksam gemacht hatte.

»Unsere Kunst besteht darin, die Rebe auf den richtigen Bodentyp zu bringen. Sauvignon Blanc braucht zum Beispiel warme Lagen mit nicht zu trockenem Boden, also keinen Sand, dafür etwas Lehm, der die Feuchtigkeit hält, so wie hier. Chardonnay wiederum braucht mehr Kalk.«

Hatte Carl bislang die Erklärungen mehr oder weniger über sich ergehen lassen, so horchte er bei »Chardonnay« auf. Er erinnerte sie an den Abend. Wäre interessant, was diese Frau daraus machte, denn für eine Blenderin hielt er sie keineswegs.

»Den hat jeder hier, wir probieren ihn nachher. Der Chardonnay, zum Beispiel, wird vom Traubenwickler angegangen. Im Frühstadium schädigt er das Geschein, also die Traube im Stadium der Blüte, später die Beeren, in denen sich Pilze festsetzen. Um die Art des Wicklers zu bestimmen, stellen wir Fallen mit Sexuallockstoffen auf, die Männchen fallen darauf rein.«

Wie beim Menschen, kam Carl in den Sinn, und er dachte an Johanna, die sich heute Morgen entsetzlich parfümiert hatte, geradezu abschreckend.

»Von der Art und der Zahl des Wicklers schließen wir auf den Befall der gesamten Lage und ergreifen Maßnahmen. Gegen Botrytis, den Schimmelpilz, ist Chardonnay weniger anfällig. Am besten, wie gesagt, ist konsequente Laubarbeit, das heißt Ausbrechen von Seitentrieben und Blättern, besonders dort, wo die Trauben wachsen.«

Wieder hielten sie an, und Karola erklärte anhand einer Lage mit Gewürztraminer die Gründe für die Begrünung zwischen den Rebzeilen.

»Maria sagte mir, dass ihr alle, also alle Sieben in dieser Richtung unterwegs wart.«

»Sie wollte als Nächste auf Bioanbau umstellen, sie hat es bei mir gesehen, aber die Umstellung dauert Jahre. Nun wird der liebe Richard wohl das Rad der Geschichte zurückdrehen, der Schwachkopf. Er hat die falschen Vorbilder.«

»Könnte Bruno Sandhofer nicht verkaufen?«

»Den Familienbetrieb? Nein, Carl, das wäre sein Ende – nicht nach allem, was passiert ist.«

Nachdenklich gingen sie weiter, und Karola klärte Carl über die Vorteile der biologischen Produktion auf: »Wir verzichten auf Stickstoff; das bringt bis zu 60 Prozent weniger Kohlendioxid, also CO_2 in die Atmosphäre, es vermindert den Treibhauseffekt. Wir verwenden keine Pestizide, Boden und Grundwasser bleiben sauberer. Und wir sorgen für Artenvielfalt, denn im Grunde genommen ist ein Weinberg eine Monokultur. Unser Wein ist gesünder. Aber der Kunde entscheidet nach dem Geschmack. Wir Frauen lernen viel voneinander. Der Austausch von Erfahrung, sich gegenseitig helfen – ohne Absicht dahinter, das Wichtigste jedoch ist unsere Freundschaft, letztlich verbindet uns alle die Sympathie. Dadurch sind wir überhaupt auf die Idee gekommen, gemeinsam aufzutreten.«

Wie immer, dachte Carl, die Gefühle entscheiden, und Karola, als hätte sie erraten, dass er sich in diesem Zusammenhang an Maria erinnerte. Unvermittelt begann sie ihn zu duzen: »Wieso bist du dir so sicher, dass jemand sie von oben heruntergestoßen hat?«

Carl zögerte lange. »Sicher? Was heißt schon sicher? Ich frage mich manchmal, ob nicht alles Einbildung ist, da läuft ein Film, und andere führen Regie. Ich kam zurück, Maria lag am Boden, und ein Mann rannte weg. Den Arzt hat er nicht geholt, das hat die Haushälterin getan. Jeder normale Mensch würde doch helfen, oder?«

»Vielleicht hat er Angst gehabt?«

Beide blickten sich an und glaubten nicht daran. Carl schaute hinunter zum See, und erst nach einer Weile wurde ihm bewusst, dass er an Johanna dachte.

»Sie kann ausgerutscht sein und ist dann gestürzt.«

Es dauerte einen Moment, bis Carl begriff, dass Karola wieder von Maria sprach.

»Ich kenne ihre Kellerei fast wie meine eigene. Oben liegen Metallroste, vielleicht waren sie verrutscht. Was trug sie für Schuhe? Gummistiefel?«

»Nein, dazu war es zu warm und trocken. Keine Ahnung, sie trug so eine Art Armeehose mit Taschen auf den Oberschenkeln und ein rotes Hemd, das weiß ich noch. Als wir in den Keller gingen, hat sie sich eine Jeansjacke übergezogen. Aber ihre Schuhe? Die Polizei wird es wissen. Ich war gestern vorgeladen. Die Ermittlungen werden von zwei Inspektoren durchgeführt, scheinen ganz vernünftig zu sein. Sie schließen Mord zumindest nicht aus.«

»Sie sind vorsichtig geworden.«

»Wer? Wieso?«

»Im letzten Jahr ist ein Bursche aus Oberschützen vom Baugerüst gestürzt, er ist acht Meter tief gefallen, als er im Internat nachts in sein Zimmer einsteigen wollte. Beim Röntgen hat man Schädelbrüche festgestellt und ihn dann eingeäschert. Die Mutter hat protestiert, und jetzt rätseln die Experten über den Röntgenaufnahmen, vielleicht wurde er gestoßen ...«

Karola drehte den Stil eines Blattes zwischen Zeigefinger und Daumen. »Du bist der Einzige, der den Mörder gesehen hat. Macht dir das Angst? Es könnte gefährlich werden. Du hast die Polizei aufgescheucht, von allein wären sie nicht darauf gekommen.« Karola bedeutete Carl, ihr zu folgen, und ging zwischen die Rebzeilen, betrachtete hier eine Traube, dort ein Blatt, riss einen Trieb ab, flocht einen anderen, der weit in die Rebzeile ragte, senkrecht zwischen die Drähte.

Ich habe vor ganz anderen Dingen Angst, dachte Carl, die Tage mit Johanna vor Augen, den Anfang vom Ende? Einen Neuanfang gab es nicht, man konnte nie von vorne anfangen. Vor allem wusste er nicht, was er wollte. Auf dieser Grundlage eine Entscheidung treffen? Wie war es dann mit seiner Aussage? Die Polizei nahm es als Basis für ihre Ermittlungen. War alles eine Frage der Glaubwürdigkeit?

Karola ging schweigend weiter, Carl folgte ihr. Weshalb mischte er sich ein? Was wollte er sich beweisen? Beharrte er auf Mord, damit es einen Mörder gab, den er zur Strecke bringen konnte, weil der seinen Traum vernichtet hatte? War es wirklich so plump – oder archaisch wie Rache? Er war nie nachtragend oder gar rachsüchtig gewesen. Aber er vermutete etwas ganz anderes. Dieser Unfall oder Mord war real – das hier, das Drama, war verdammt wirklich, war hautnah, kein Papier, keine Literatur zwischen ihm und der Welt. Marias Tod schmerzte ihn, jemand hatte in sein Leben eingegriffen und das eines anderen zerstört. Er musste herausfinden, wer das gewesen war, der den Hof just in dem Moment verlassen hatte, als er zurückgekommen war. Und als es nichts mehr zu zweifeln gab, zweifelte er an sich. Hatte jemand sterben müssen, damit er sich beweisen konnte? Es ging ihm schon wieder durch den Kopf, und ihm graute vor sich selbst. Wenn sogar ich so bin, dann gnade uns Gott, dachte er.

»Je fetter der Boden, desto länger brauchen die Trauben zur Reife«, sagte Karola und holte Carl in die Wirklichkeit zurück. »Wein auf Schiefer und Sand wird früher reif. Aber hier haben wir Muschelkalk, das liebt der Chardonnay, nicht zu feucht, aber noch genügend Lehm, um Wasser zu halten. Nur muss man ihn im Zaum halten, also alles Überflüssige rausschneiden, neun bis elf Blatt bleiben pro Traube.«

»Gehst du durch und zählst?«

»Ja, wenn du es nicht selbst machst, brauchst du eine gute Mannschaft, aber man kriegt immer seltener gute Leute. Unsere Hilfskräfte kommen alle aus dem Osten. Beim Chardonnay muss man sehr sorgfältig spritzen, die Beerenhaut ist dünn und platzt leicht auf. Bei edelsüßen Weinen ist das gewollt, aber da kann dir Ellen drüben in Illmitz mehr erzählen.«

Karola fuhr weiter mit ihm zum St. Laurent. Auch hier begann sie mit der Erklärung zum Blatt, ging über zu den Trauben mit vielen Farbpigmenten in der Beerenhaut. Diese Lage ließ die Bodenpflege besonders deutlich erkennen. Wildkräuter, Gräser und andere Einsaatpflanzen wuchsen zwischen den Reben, Insekten krabbelten und summten durch Wicken, Senf und Klee.

»Wir hatten dieses Jahr zwar Ende Mai genug Wasser, aber wenn es trocken wird, konkurriert der Weinstock mit allen anderen Pflanzen ums Wasser, und das bedeutet Stress für die Rebe, die sich dann die Feuchtigkeit aus den Trauben zurückholt. Um das zu vermeiden, pflügen wir die Begrünung um, bevor es richtig heiß wird, und halten jede zweite Rebgasse frei von Bewuchs.«

»Wenn das so viel Arbeit macht, weshalb ...«

»Wozu das alles?«, vervollständigte Karola Carls Frage. »Wir schaffen optimale Lebensbedingungen für Nützlinge. Wir brauchen Raubmilben gegen Rote Spinne, gegen Kräusel- und Pockenmilbe. Ohrwürmer sind wichtig, Tausendfüßler auch und Weberknechte. Schlupfwespen halten Erdraupen in Schach, und Marienkäfer fressen Spinnmilben ...«

»Es klingt fantastisch, wie alles verzahnt ist«, meinte Carl bewundernd, »alles steht in Beziehung zueinander. Was ist für dich das Faszinierendste am Weinbau?«

»Genau das. Alles greift ineinander, alles ist von allem abhängig, steht miteinander in einer natürlichen Verbindung, das eine baut auf dem anderen auf, eine wunderbare

Logik. Das Licht, der Wind, der Boden, das Wasser, die Temperatur, die Zahl der Blätter. Das ist nur der Teil im Weinberg, im Keller geht es weiter ...« Karola sah auf die Uhr und wandte sich abrupt um. »Meine Güte, wir müssen los, der Fotograf ...«, sagte sie und schlug eilig den Rückweg ein, dabei ließ sie ihre Hand über die Blätter gleiten. »Ich muss die Weinstöcke anfassen, so sagen sie mir, was sie brauchen.«

Vor dem Hoftor stand ein silberner Lancia mit italienischem Kennzeichen. Karolas Sohn meinte enttäuscht, dass es ein Deutscher sei und kein italienischer Fotograf, und warf einen skeptischen Blick auf Carl. »Ich wollte ihm den Keller zeigen, aber er wartet lieber im Probierzimmer.«

Karola disponierte blitzschnell um. »Dann probieren wir jetzt den Chardonnay und machen danach die Führung.«

Sie ging voraus über den engen Hof der Kellerei, eingerahmt von ein- und zweistöckigen Gebäuden. Rechts lag das Wohnhaus, sie steuerte daneben auf eine von Weinlaub eingerahmte Tür zu, als ein Mann heraustrat.

»Sie?«, entfuhr es Carl überrascht, und erfreut ging er auf den Fremden vom Esterházy-Schloss zu. »Sie sind der Fotograf? Man hat einen Italiener angekündigt.« Herzlich schüttelte er ihm die Hand, als hätte er einen guten Bekannten vor sich – wenn es sich auch eher um eine mysteriöse Begegnung gehandelt hatte. »Sie waren so plötzlich verschwunden.«

»Durch eine Falltür. Früher lagen im Saal unter dem Holzboden Marmorplatten, die hat man herausgebrochen ...«

»Sie kennen sich«, stellte Karola erstaunt fest.

»Von der Verkostung neulich, wir hatten ein interessantes Gespräch, über einen Chardonnay. Haben Sie auch an der Präsentation teilgenommen?«, fragte der Fotograf. »Wir hatten nicht das Vergnügen.«

»Ich war später gekommen, außerdem stelle ich meine Weine lieber bei mir zu Hause vor. Wieso Chardonnay? Wir haben eben über meinen gesprochen. Ich mache zwei, einen im Stahltank und einen baue ich im Barrique aus, das ist mein erster biologischer.«

»Trifft sich gut«, meinte Carl und erzählte Karola von dem Blender und ihren Mutmaßungen über den Winzer.

»Und von wem der war, wissen Sie nicht mehr?«

Der Fotograf schüttelte den Kopf und sah auf die Uhr. »Keine Ahnung, es hat mich auch nicht weiter beschäftigt. Allerdings sollte man sich auch die Namen der Scharlatane merken. Den Wein erkenne ich bestimmt wieder.« Der Fotograf griff in die Brieftasche und reichte seine Karte weiter. »Frank Gatow«.

Carl streckte die Hand danach aus. »In Florenz leben Sie? Zu beneiden ...«

Der Fotograf murmelte etwas Unverständliches, Carl verstand nur noch den Rest des Satzes »... gefährlich, außer im Urlaub. Siena ist näher«, fuhr er lauter fort. »Meine Frau betreibt bei Brolio ein Weingut, die Tenuta Vanzetti.«

»Dann gehören Sie sozusagen zur Familie.« Karola war erleichtert, sie würde sich viele Erklärungen sparen können, und während der Fotograf in seinem Koffer kramte und dabei die für ihn wichtigen Motive aufzählte, baute Karola die Probiergläser auf, für Carl bereits ein vertrauter Anblick.

Zuerst probierten sie den einfachen Chardonnay. Ihr Ziel, einen fruchtigen, aromatischen und auch spritzigen Wein zu erzeugen, hatte Karola erreicht. Auch seine vielfältigen Aromen ließen sich eindeutig definieren: Am stärksten fiel Carl Honigmelone auf, dann Birne, Banane und auch Apfel. Es war ein klarer und geradliniger Wein, interessant in seiner Vielseitigkeit.

»Was anderes als unser Blender, nicht, Herr Breitenbach?« Fotograf Gatow war begeistert. »Er kommt langsam, ist elegant statt wuchtig, fein und saftig statt voluminös – und lang im Mund. Hervorragend.«

Karola freute sich über das Lob, während Carl feststellte,

dass er mit derartigen Beschreibungen wenig anfangen konnte. Er ahnte, was mit wuchtig gemeint war, der hier war es nicht, aber es würde eine ganze Weile dauern, bis er begriff, wie Weinsprache funktionierte, wie man Begriffe fand. Es würde ihm jedenfalls Spaß machen, darüber zu reden.

Der zweite Chardonnay war im Barrique vergoren und einige Monate auf der Hefe belassen worden. Karola erklärte den Männern die Machart: »Ich habe zur Hälfte gebrauchte Fässer verwendet, damit der Holzgeschmack nicht zu stark wird und die Frucht verdeckt. Die absinkenden Hefen und Bakterien geben dem Wein seinen eigenartigen Geschmack. Er ist haltbarer, die Lagerung macht ihn komplexer, runder, ganz anders als der erste. Die darf man nicht vergleichen. Es sind Weine für verschiedene Gelegenheiten.«

Carl spürte die Weichheit, ein dezentes Nelkenaroma, und doch waren die Fruchtaromen erhalten geblieben, wenn auch die einzelnen Obstsorten nicht mehr so klar voneinander abzugrenzen waren. Der erste Wein entsprach eher seinem Geschmack.

Der zweite Chardonnay gefiel dem Fotografen besser. Er fuhr mit der Nase über das Glas und schien dabei mit offenen Augen in sich hineinzusehen. War es der gleiche Blick, mit dem Carl Wörter aus seinem Innersten an die Oberfläche holte? Hier war der leere Blick ein Ausdruck äußerster Konzentration auf den Geschmack hin, auf die Wahrnehmung der eigenen Sinne.

»Das ist ein richtiger Wein«, sagte Gatow trocken. »Einer mit Tiefe und Eleganz, ein Wein, der im Munde bleibt.« Der Fotograf war hingerissen. »Kein Wunder, dass Chablis oder ein Meursault von der Côte d'Or aus dieser Traube gekeltert werden. Meine Frau Antonia macht einen ähnlichen Wein, eine Cuvée aus Chardonnay und Pinot blanc«, er zeigte auf das Glas, »auch im Eichenfass ausgebaut.«

»Dazu gehört ein Zander aus dem Neusiedler See«, fügte Karola hinzu.

Gatow verzog genüsslich das Gesicht. »Den werde ich Antonia mitbringen. Verkaufen Sie mir ...«

Karola empfahl, erst ihre anderen Weine zu probieren und sich dann zu entscheiden. »Wer weiß, was Ihnen sonst noch gefällt. Herr Breitenbach«, sie grinste, »kann leider nichts mitnehmen, er wird es bedauern, dass er mit dem Radl da ist.« Es klang irgendwie schadenfroh.

»Aus Deutschland?«, entfuhr es Gatow entsetzt.

»Nein, auf dem Dachgepäckträger. Meine Frau fährt den Wagen.« Es wäre besser gewesen, wenn Carl geschwiegen hätte, und nur der Welschriesling bewahrte ihn vor dem Absturz seiner Laune. Welschriesling, noch so ein Wort, das langsam Hintergrund gewann.

»Das ist der vom See unten, von der Lage, die ich dir vorhin gezeigt habe.« Karola beobachtete aufmerksam die Reaktion ihrer Gäste.

Carl empfand diesen Wein als aromatischer als andere Rieslinge, die er in Erinnerung hatte. Lag es am Klima, an der Sonne, lag es am Boden? Er sollte sich nicht so viele Gedanken machen, er würde es nie begreifen.

»Es liegt an der Rebsorte. Ganz was anderes als ein Riesling aus Rheinhessen oder von der Mosel. Sie heißt in Ungarn Olasz Rizling, in Slowenien nennt man sie Laski Rizling, der bulgarische Name Welschrizling kommt unserer Bezeichnung am nächsten. Ursprünglich stammt sie aus Rumänien, ist also eine mitteleuropäische Traube.«

»Eine k. u. k. Traube, wie mir scheint«, bemerkte Gatow, und Carl hörte Ablehnung heraus. Für ihn war es ein Wein, den man am Sommerabend beim Heurigen trank, mit seinem frischen Duft nach Äpfeln und sonst noch irgendetwas ...

Auf den Süßwein, die Trockenbeerenauslese, verzichteten beide Männer, denn keiner hatte zu Mittag gegessen. Stattdessen stiegen sie in die Kühle eines gemauerten Gewölbes aus dem 17. Jahrhundert hinab. Die Stufen waren ausgetreten, Karolas Hinweis, vorsichtig zu sein, kam für Frank Gatow zu spät, er stolperte, die linke Hand erreichte gerade noch das Geländer, er fing sich, stöhnte aber laut auf, was ihm sichtlich peinlich war, und ging in die Knie. Auf die Blicke seiner Begleiter hin murmelte er etwas von einer schlecht verheilten Verletzung, die sich immer dann melde, wenn er eine falsche Bewegung machte, und verbiss sich die Schmerzen.

Die Holzfässer im Barriquekeller ruhten auf Balken in einem Kiesbett. Das hielt sie feucht und gab ein ausbalanciertes Fundament ab – ähnlich wie bei Eisenbahngleisen. Im angrenzenden Keller standen die großen Fässer mit 500 und 2000 Litern, für den St. Laurent und den Zweigelt.

Nach dem Rundgang ließ Karola den Fotografen seine Arbeit machen und zog Carl ins Büro, ein Chaos voller Akten, Büchern und Karten. Auf dem Schreibtisch war kaum Platz für die Tastatur des PC, und damit Carl sitzen konnte, schichtete Karola einen Stapel Fachzeitschriften um.

»Mir lässt da etwas keine Ruhe. Du bist dir sicher, dass diese Person, dieser Mann, den Hof verlassen hat, als du kamst, und dass sein Verschwinden mit deinem Auftauchen in Verbindung stand?«

Carl konnte diese Frage nicht beantworten. Er hatte gesagt, was er gesehen hatte und was er dachte. Zweifel blieben immer. Was ich auch sage, es kommt darauf an, ob sie mir glaubt, dachte er. Maria hatte am Boden gelegen – und fertig! Es würde sich nicht beweisen lassen, ob sie gefallen oder gestoßen worden war. Oben am Gärtank würden sich seine Fingerabdrücke finden, er hatte sich beim Hinunterschauen festgehalten, das war sicher. Also würden sie ihn verdächtigen – das sagte er Karola.

»Jetzt noch eines«, sagte sie, »nimm mir die Frage nicht übel. Es ist vielleicht persönlich, aber ihr Tod ist bereits viel zu persönlich.« Carl wusste nicht, ob sie ihm ansah, wie sehr ihn das alles berührte.

»Was war zwischen dir und Maria?«

Das kam klar und ohne jede Umschweife. Auf die Frage, wie er sie kennen gelernt hatte, hatte er der Polizei lediglich vom ersten Treffen erzählt und dass man sich nach dem Motto verabredet hätte, »wenn du mal im Burgenland bist, komm vorbei.« Aber niemand fährt *nur so* ins Burgenland. Hier aber sollte er über sich reden, das war ungewohnt, vor allem Fremden gegenüber. Ob Karola mit den Frauen darüber sprechen würde?

»Meine Ehe läuft nicht besonders, wenn du weißt, was ich meine.« Karola winkte ab. »Sie ist Biologin und überzeugte Umweltschützerin; deshalb ist sie auf Umwelttechnik umgestiegen, nur um zu lernen, auf welche Weise Industrieanlagen umgerüstet werden könnten, damit weniger Dreck entsteht. Erneuerbare Energien, nachhaltige Entwicklung, das war ihr Credo, sie nahm das ernst. Sie hat auch mit Greenpeace gearbeitet, spektakuläre Sachen, hat sich angekettet, du kennst die Bilder aus den Zeitungen, man hat sie mehrmals festgenommen, Greenpeace war ihr bereits damals zu kommerziell. Auch ihr erster Job war ein Fiasko. Sie war als Umweltbeauftragte in einer Kleinstadt tätig – nur Ärger, nicht mit der CDU, sondern mit der SPD und den Grünen! Das ging so weiter, bei jeder Anstellung. Ich fand sie damals großartig, und sie mochte meine Arbeit. Anfangs war ich als Simultandolmetscher viel unterwegs, dann weniger, dafür reiste sie mehr. Doch mit den Jahren verlor sie den Elan, dann den Mut, zuletzt die Hoffnung. Wenn du ständig aneckst, wirst du müde. ›Die Welt ist im Eimer‹, sagte sie, ›da hilft kein Umweltschutz mehr‹. Sie hält den Menschen für dumm, für zu feige, um sich zu wehren – und für zu faul. Vor zwei Jahren lernte sie ihren heutigen Chef kennen, und der hat ihr eine Karriere versprochen. Wir waren knapp bei Kasse, konnten das Geld gebrauchen. Ich hätte wieder gedolmetscht, damit wir finanziell klarkommen, aber im Grunde genommen war sie ausgebrannt, hatte weder Hoffnung noch

Illusionen, und wenn man seine Ideale aufgibt, bleibt eigentlich nur die Kohle.«

»Das ist bei uns nicht anders«, warf Karola ein. »Wenn wir nur ans Geld denken, wird der Wein schlecht; man könnte meinen, er bestraft uns. Auch der Weinberg merkt das. Wer sich aufs Geldmachen konzentriert, vernachlässigt seine Arbeit. Wenn die gut ist, kommt das Geld von allein.«

»Schon möglich. Aber sie ist von einem Extrem ins andere gefallen, so entschlossen, wie sie immer war, arbeitet sie heute für die Gegenseite, und zwar perfekt, jedoch ausschließlich unter dem Gesichtspunkt, was für sie dabei rausspringt. Ja – dann ein großes Auto, so aggressiv wie der Job, die Klamotten wurden teuer, dafür blieben unsere Freunde weg, Johanna hingegen fand, dass sie geistig stehen geblieben wären.« Er tippte sich an die Schläfe. »Dafür gingen wir häufiger essen, natürlich in die Nobelschuppen, wo Leute hingehen, um gesehen zu werden. Genießen können die alle nicht ...«

»... oder sie haben keine Zeit«, warf Karola ein. »Aber darunter sind viele, die unsere Weine kaufen, Carl. Die sind nicht billig. Meine Weine kriegst du im Restaurant nicht unter sechzig Euro – wer zahlt das für eine Flasche?«

»Mag sein«, antwortete er kleinlaut, »aber siehst du das als Lebensziel an?« Und in einem Anfall von Mitteilungswut erzählte er, wie Johanna auf ihm herumhackte, weil er zu wenig verdiente, und ihm in den Ohren lag, ehrgeiziger zu sein, einen Übersetzerpreis zu gewinnen oder selbst zu schreiben. Er verschränkte die Arme vor der Brust, als wolle er sich dahinter verschanzen, und starrte auf den Tisch. »So ist sie zur Gegenseite – nein, nicht übergelaufen, mehr hinübergeglitten. Ich glaube, es trafen sich ihre Schwäche und jemand, ihr heutiger Chef, der ihr eine Perspektive wies, sie hält es zumindest dafür. Heute macht sie Industrieanlagen unangreifbar und schult Lobbyisten. Und Maria – ich glaube, sie war da, wo Johanna mal gewesen ist. Maria hat ihre

Weine mit Begeisterung gemacht, so hat sie auf mich gewirkt, Johanna hingegen erledigt alles mit Zynismus. Im
Grunde verachtet sie Auftraggeber wie Kollegen. Ich glaube,
dass sie überhaupt niemanden mehr leiden kann. Sie fühlt
sich nur auf dem Surfbrett wohl.«

»Kinder habt ihr keine?«

Carl schüttelte ausdruckslos den Kopf, er wusste es selbst
nicht, ob er es bedauerte. »Es hat nie gepasst ...« Sollte er
sagen, dass Johanna immer nervös reagierte, wenn er sie
fragte? Kinder würden ihr beruflich im Wege stehen, Arbeitgeber sie nicht einstellen, und ab fünfunddreißig war ihr
Alter zum Argument geworden.

Karolas Kommentar beschränkte sich auf ein knappes
»Verstehe«, doch dann brachte sie es auf den Punkt: »Und
mit unserer Maria hast du dir ein neues Leben vorgestellt,
wieder zurück dahin, wo du mal gewesen bist?«

»Das sieht ihr Vater ähnlich, es ist mir aber erst hier
bewusst geworden, an dem Abend im Schloss, als ich ihr
geholfen habe, es hat Spaß gemacht, sie ...«

»Du bist ein Träumer.«

»Was ist daran falsch?«

»Eigentlich nichts. Hast du es mal mit Surfen probiert?«

Sie debattierten über Beziehungen, über Ehe und wie man
Konflikte lösen könnte, auch in ausweglosen Situationen,
aber Erfolg war mit dem Willen dazu verknüpft. Karola
erzählte, wie sie nach dem Tod ihres Mannes das Weingut
hatte weiterführen müssen, da sie für Kredite gebürgt hatte.
Mittlerweile war es ihr Lebensinhalt geworden, die Söhne
waren erwachsen, und in diesem Frühjahr hatte sie sich in
London bei einer Weinmesse verliebt.

»Das ist ja wunderbar«, sagte Carl und sah ihre Augen
aufblitzen.

»Wunderbar? Der Kerl ist verheiratet! Ich habe nicht den
geringsten Schimmer, wie das weitergehen soll.«

Dann ging sie, um sich zurechtzumachen, damit der Fotograf zu seinem Porträt kam. Carl schlich derweil durch die Kellerei. Als sie sich mit dem Fotografen im Verkostungsraum trafen, stellte er Karola eine Frage:

»Was ist bitte ein Blender – wie macht man so was?«

Gatow verstand, Karola bemerkte es und schaute verwirrt von einem zum anderen.

»Ein Blender, was das ist? Wenn du mir gleich sagst, weshalb du fragst – du wirst doch einen Grund haben –, dann erkläre ich es dir. Ein Blender? Einer, der so hell strahlt, dass du die Augen schließt und nichts anderes mehr sehen oder in unserem Fall schmecken kannst. Einer, der vorgibt, was zu sein, was er nicht ist, der einen in die Irre führt, der dich zu etwas veranlasst, was du sonst nicht tun würdest ... Und wie man den macht? Das hängt von der Rebsorte ab, doch im Grunde gelten gleiche Regeln: viel Sonne, moderate Erträge am Weinstock, Eichenspäne in den Gärtank, amerikanische Eiche natürlich, auch Tanninzusätze, chemische. Dann muss man den Säurewert absenken, denn mit Zucker erhöht man den runden, weichen Anteil des Weins. Man sollte den Restzucker erhalten, also die Gärung nicht ganz zu Ende führen oder bei einer Teilmenge vorzeitig abbrechen und dann mischen. Und weshalb das Ganze?«

Gatow antwortete für Carl. »Wir haben vor einigen Tagen einen Wein probiert und waren uns einig, dass es ein Blender war. Wir haben uns gefragt, ob der dazugehörige Winzer auch ein Blender ist.«

»Na klar, was glaubt ihr denn? Davon gibt es überall welche. So, gehen wir fotografieren, Signor Gatow? Oben auf der Veranda, vor der Bruchsteinwand, da haben Sie einen malerischen Hintergrund mit sinkender Sonne.«

Die Männer verabredeten, sich in Donnerskirchen in einem Lokal zu treffen, wo Buschenschank an der Hauswand stand. Der Grüne Veltliner schmeckte auch dementsprechend, man kam zum Essen her und weniger zum Trinken, deshalb musste der Wein billig sein, und Frank Gatow vermutete dahinter etwas aus der Literflasche für die Gastronomie. Carl war natürlich neugierig zu erfahren, wie es ihn in die Toskana verschlagen hatte, und der Fotograf erzählte von einem Foto-Auftrag, bei dem er eine Winzerin getroffen hatte.

»Letzten Herbst haben Antonia und ich geheiratet, meine erwachsene Tochter lebt bei uns, beziehungsweise in Florenz. Sie wollte Fotografin werden, aber jetzt haben es ihr die Gemälde angetan, Michelangelo, Botticelli und Cranach. Sie lernt, wie man die restauriert. Fotografie ist abgemeldet, sie wissen ja, wie junge Leute sind, eben sprunghaft ...«

Carl erinnerte sich an die Episode auf der Kellertreppe; Gatow war gestolpert, hatte sich am Geländer festhalten wollen und war mit schmerzverzerrtem Gesicht eingeknickt. Carl hatte auch bemerkt, dass der Fotograf mit dem linken Arm ungewöhnliche Bewegungen machte, und er sprach ihn darauf an.

Zuerst zierte er sich, aber nach einigen Gläsern, sie waren längst beim Du angekommen und einer Cuvée aus Blaufränkisch und Merlot, erzählte er eine völlig abstruse Geschichte, in die er hineingestolpert war. Es hatte sich um eine Art feindlicher Übernahme von Weingütern gehandelt, bei der zuletzt jemand auf ihn geschossen und ihm dabei den Oberarm fast zerfetzt hatte.

»Drei Operationen habe ich hinter mir, ich kann ihn zwar ganz gut bewegen, aber die Muskeln sind etwas zu kurz. Jetzt aber mal was ganz anderes, Carl!« Gatow senkte die Stimme und starrte auf den Tisch. »Nicht aufblicken! Sieh dich jetzt nicht um. Schau auf die Gläser oder meinetwegen auf meine Hände. Hinter dir, an dem langen Tisch, sitzen zwei Typen nebeneinander, sehen aus wie Bullen – oder Gangster. Die beobachten uns beide, seit wir hier sind. Meinen die dich oder mich?«

8

Die Hitze war bereits am Morgen unerträglich. Johanna hielt am Ende der Schlange vor der Schranke und blickte hinüber zu den Bootshäusern, wo heute nur wenige ihre Elektroboote klarmachten, um zu den Pfahlbauten zu fahren. Gestern hatte Hansi ihr damit den Mund wässrig gemacht. Sie müssten da unbedingt mal den Sonnenaufgang erleben, es sei ein Wunder von Farbe, Geräusch und Bewegung, wenn Tausende von Vögeln kreischend aus dem Morgennebel auftauchten und durch die aufgehende Sonne flögen. Er hätte so ein Haus, einen Pfahlbau, und würde sich drum kümmern. »Und du lässt dir wegen deines Mannes eine Ausrede einfallen. Sag ihm, du bist in eine Surferclique geraten. Alles Besessene, mit denen er nicht das Geringste anfangen kann. Ich bringe dir zur Not einen Verrückten fürs Theater.« Um Ausreden war der Kerl nicht verlegen.

Und während Johanna an die Schranke heranrollte, dachte sie an die Nacht mit ihm vor dem Sonnenaufgang. Dann war sie an der Reihe, zog ein Ticket, die Schranke öffnete sich. Zuerst suchte sie in der Nähe der Surfschule nach einem Parkplatz, aber alles war besetzt. Weiter rechts war die Suche auch vergeblich, dort legten die Fähren ab, die Familien mit Kindern zum Seebad auf die andere Seite des Neusiedler Sees brachten. Sie kehrte zum Eingang zurück, wo sie meinte, vorhin freie Plätze gesehen zu haben, aber da war inzwischen alles besetzt. Wütend drehte sie zwei weitere Runden, bis sie einen freien Platz fand. Ein Schmarren, in der Hauptsaison herzukommen. Es war überhaupt dumm. Das alles hatte Carl ihr eingebrockt. Und so unerträglich wie die Hitze war der Morgen mit ihm gewesen.

Er hatte sie spät nachts mit seinem Gepolter geweckt; sein unsicherer Schritt war ein untrügliches Zeichen, dass er getrunken hatte, denn viel vertrug er nicht. Lange hatte sie wach gelegen, sich von einer Seite auf die andere gewälzt und gegrübelt. Wie sollte sie sich verhalten? Wie weit durfte sie Hansi an sich heranlassen? Weshalb hatte er sie so rasch ins Vertrauen gezogen? War er lediglich ein Abenteuer, oder war die Surfschule mit ihm als Kompagnon vielleicht der Sprung in die Selbstständigkeit? Da standen dann wieder knappe Jahre ins Haus – wollte sie das? In Bezug auf Carl fiel ihr nichts ein; Leere oder Ablehnung. Er hatte sie betrogen – vielleicht nicht wirklich, aber gedanklich, und das wog genauso schwer. Allerdings war ihr in der vergangenen Nacht auch zum ersten Mal bewusst geworden, wie herablassend sie ihn in letzter Zeit behandelte, aber den Gedanken hatte sie sofort wieder beiseite geschoben. Sie sollte sich von ihm lösen, er passte nicht mehr zu ihrem neuen Leben, er war ihr fremd geworden. Was sträubte sich nur in ihr davor, sich endgültig zu trennen?

Im Morgengrauen erst hatte sie einschlafen können, war total übernächtigt zu sich gekommen und schob seitdem ihre schlechte Laune vor sich her. Natürlich hatten sie sich beim Frühstück gestritten, nicht nur darüber, dass sie kaum etwas gegessen hatte, sondern er hatte sogar behauptet, dass zwei junge, umgängliche Kriminalbeamte mit der Aufklärung der Todesumstände dieser Maria Sandhofer befasst seien. Unsinn, ihr hatte jemand völlig anderes gegenübergesessen.

»Weder jung noch umgänglich, ein eingebildeter Fatzke, ein Chefinspektor aus Wien, Herrndorff heißt er, er hat das sogar ein paar Mal wiederholt und nicht einmal gemerkt, wie ich ihn damit aufgezogen habe. Der andere hat daneben-

gesessen wie ein Schuljunge, hat den Mund nicht auf-
gekriegt, hat sich nicht einmal vorgestellt, hat mich nur
beobachtet. Nicht eine Sekunde hat er mich aus den Augen
gelassen, widerlich. Außerdem war der mehr dümmlich als
freundlich.«

Carl hatte weiterhin darauf bestanden, dass es zwei junge
Kriminalbeamte aus Eisenstadt gewesen waren, die ihn verhört hatten.

»Und sie interessieren sich speziell für unsere Ehe«, das
hatte Johanna besonders empört, »wenn man das überhaupt
noch so nennen kann. Anscheinend haben sie im Garten ein
Mikrofon installiert, sie wussten, wie wir gestritten haben.
Du stellst mich bloß, ich habe mich vor anderen zu rechtfertigen. Weißt du, was ich glaube?«, hatte sie provozierend
gefragt. Dabei war klar, dass er auf diese Frage nur mit nein
antworten konnte. »Zumindest dieser Widerling hält dich
für den Mörder. Wenn der Neusiedler See nicht so faszinierend wäre, als Revier, meine ich« – dabei dachte sie mehr an
Hansi – »würde ich auf der Stelle abreisen!«

Carls »Problem«, wie sie den Mord an Maria Sandhofer
mittlerweile nannte, ging Johanna entsetzlich auf die Nerven. Er sollte verdammt noch mal zusehen, dass er aus der
Sache rauskam. Das Wie war seine Sache. Ihm helfen? Wozu?
Er würde ja sehen, wer ihm beim nächsten Verhör gegen-
übersitzen würde. Sie hatte ihn vorhin mitsamt Fahrrad vor
der Polizeidirektion abgesetzt, mehr konnte sie nicht für ihn
tun, und war ins Zentrum von Eisenstadt gefahren, um sich
einen neuen Neopren-Anzug zu kaufen, einen mit kurzem
Arm, ansonsten geschnitten wie ein einteiliger Badeanzug.
In dem alten hielt sie es vor Hitze kaum aus.

Hansi hatte ihr seine Visitenkarte mitgegeben. »Damit
bekommst du 20 Prozent auf den Preis.« Zehn hatten sie ihr
zugebilligt. Und sie hatte bemerkt, wie die Verkäuferin auf
eine Karte mit seinem Namen den Preis ihres Anzugs notiert
hatte. Das waren sicherlich *seine* zwanzig Prozent. Sie zahlte,

und er bezog die Provision. Das würde sie abstellen. Nicht mit ihr. Aber der neue Neo saß hervorragend und betonte ihre Figur äußerst vorteilhaft.

Kein Lufthauch regte sich über dem See. Er lag ermattet in der Hitze, selbst das Wasser wartete auf Abkühlung von oben. Keine Welle, nicht einmal ein leichtes Kräuseln. Die Bucht eine graue stumpfe Masse, hart gewordener Gips, das Schilf hineingesteckt, die Boote darin festgefahren, leblos hingen die Segel von den Masten, jemand bewegte einen Jollenkreuzer mit Paddelschlägen vorwärts, gab es aber bald wieder auf. Hier und da brummte ein Elektromotor, ein Fetzen Musik drang müde an ihr Ohr, Kindergeschrei von der nahen Badeanstalt, aber auch die Luft schien zu dick und zu faul, den Schall weit zu tragen. Hansi war zu ihrem Ärger noch nicht eingetroffen. Junglehrer und Schüler lungerten schlaff unter den Bäumen und hörten dösend die lustlos vorgetragenen Erklärungen, ein Hund schnappte zum Zeitvertreib nach Fliegen.

Am Strand lagen die Surfbretter mit angeschlagenen Segeln wie tote Fische zum Trocknen in der Sonne. Nur die Teilnehmer des Anfängerkurses hatten ihren Spaß wie Kleinkinder im Planschbecken. Sie hatten ihre Surfbretter zum Kreis zusammengeschoben und lernten, auf den schwankenden Brettern ihr Gleichgewicht zu finden, wobei jeder Sturz ins Wasser von lautem Gejohle begleitet wurde. Wer die wenigsten Bretter schaffte, musste für alle Eis holen.

Ihre gepolsterte Liege war belegt, Johanna begnügte sich mit einem klapprigen Liegestuhl, den sie neben den Eingang des Pavillons stellte, und breitete ihr grün-blaues Pareo-Tuch über den unansehnlichen Stoff. Gelangweilt blätterte sie in einer alten ›Vogue‹, und sehr zu ihrem Ärger kehrten ihre Gedanken zu Carl zurück. Der Gedanke, dass er sie hierher gelotst hatte, um mit dieser Maria was anzufangen, saß wie ein Stachel in ihrem Fleisch. Wie lange ging das schon mit den beiden? Aber er hatte sich getäuscht, sein Plan war nicht aufgegangen. Dass sie den Spieß umdrehte, geschah ihm recht. Und wenn sich mit Hansi eine Perspektive abzeichnete und mit seinem Projekt Surfen & Siegen? Den ganzen Tag sich mit dem beschäftigen, was sie am liebsten tat? Im Winter sollte das ein europäisches Trainingszentrum für Eissegler werden, maximale Auslastung, das war nicht nur sportlich, sondern auch wirtschaftlich gedacht. Wer käme da als Sponsor in Betracht?

Hatte sich diese Winzerin gegen Carls Zudringlichkeiten gewehrt, und er hatte sie ...? Das war einer dieser Gedanken, der sein grausames Eigenleben begann, sofern er sich erst einmal eingenistet hatte. Ein Ei, das eine Schlupfwespe in ihr Opfer gelegt hatte, das sich von ihm ernährte und es von innen auffraß. Wie dumm, dass sie selbst das Opfer war. Sie durfte sich nicht auffressen lassen. Dieser Chefinspektor aus Wien war die Schlupfwespe gewesen, er hatte die Möglichkeit erwogen, dass Carl diese Maria aus genau dem Grund ... Hatte er das bewusst getan? Und wenn Herrndorffs Annahme zutraf? Er hielt es gleichfalls für möglich, dass Carl sich die Sache mit dem weglaufenden Mann ausgedacht hatte, um den Verdacht von sich abzulenken.

Dass der Chefinspektor derartigen Vermutungen nachging, war verständlich, aber er war trotzdem impertinent, ein Aufsteiger, ein Intrigant. Johanna kannte diese Typen, sicher war ihm jedes Mittel recht, seinen Fall aufzuklären. Wenn Carl der Täter war – wieso ist er nicht einfach verschwunden? Hatte ihn jemand gesehen? Ach, die Polizei hatte sein Handy gefunden und beschlagnahmt. War denn überhaupt geklärt, ob es nun Mord oder ein Unfall gewesen war? Johanna erschrak. Das, was in dem Ei der Wespe war, begann sie anzufressen.

Was war das für eine Frau, in die Carl sich verguckt hatte, deretwegen er seine Ehe aufs Spiel setzte und sich zu diesem langfristig eingefädelten Betrug hatte hinreißen lassen. War das ihre Idee gewesen? Wollte er dieses Mädchen gegen sie,

Johanna, eintauschen? Alle Männer waren gleich, diese Maria war bedeutend jünger als sie. Aber so ganz traute Johanna ihren stillen Vorwürfen selbst nicht, da blieb ein Zweifel, ein Gefühl der Unsicherheit, das sie nicht ergründen konnte. Sie würgte diesen Zweifel ab, sie durfte sich nicht beirren lassen, Carl war nicht der Mann, der nach jüngeren Frauen schielte. Weder fand sie sich alt noch hässlich, sie war sportlich, hatte eine gute Figur. Sicherlich nicht wie eine der jungen Surferinnen, die um Hansi herumscharwenzelten. Außerdem besaß sie Energie, im Gegensatz zu dieser Maria, die sich mit Frauen zusammentun musste, um sich zu behaupten. Da war was anderes im Spiel.

Was waren das für Frauen, diese SIEBEN? Sicher als Einzelne kaum stark genug, um sich durchzusetzen. Sie versteckten ihre Unsicherheit hinter vermeintlicher Frauensolidarität, mit dem lila Etikett wurde vieles überklebt, Überbleibsel eines längst überholten Feminismus. Genauso gut war es möglich, dass sie nicht qualifiziert genug waren, um sich als einzelne Winzerinnen einen Namen zu machen.

Dieser Mann war dazu zweifellos in der Lage: Hansi Petkovic! Sie erkannte ihn von weitem an seiner Art zu gehen, geschmeidig, durchtrainiert wie er war, die Schultern zurückgenommen, aufrecht, braun gebrannt. Sein blondes Haar machte ihn verwegen, er wirkte souverän, sympathisch, war charmant, ein Mann, an dem man nicht vorbeikam und an den sie sich gern stärker anlehnen würde.

Auch im Anzug machte er eine gute Figur, ein offenes weißes Hemd, eine dunkle Hose, die Jacke hatte er über die Schulter geworfen. Wo mochte er gewesen sein? Er hatte ihr gestern gar nichts von einem wichtigen Termin gesagt. Seltsam. So geschäftlich gefiel er ihr auch gut, das elegante Auftreten passte zu ihm. Aber seine Lässigkeit war ihr lieber, das Wilde, Ungestüme, er war fordernd, wohl nicht sehr rücksichtsvoll, das war auch nicht mehr gefragt, dafür bahnte er sich seinen Weg. Genau das hatte sie bei Carl immer vermisst. Aber war sie nicht viel zu intellektuell für diesen – Naturmenschen? Außerdem war er pausenlos den Verlockungen des jungen Gemüses ausgesetzt, das den ganzen Tag im Bikini oder Tanga um ihn war. Hätte sie da noch eine ruhige Minute? Den letzten Gedanken tat sie schnell beiseite und fiel ihm um den Hals.

Sich übertrieben Luft zufächelnd machte er sich los. »Sogar dafür ist es heute zu warm, kaum zum Aushalten, findest du nicht? Verschieben wir es auf den Abend.« Er sah ihr tief in die Augen, doch als er sich umschaute, wurde er schnell missmutig. Was er sah, behagte ihm nicht, er rümpfte die Nase. »Absolute Flaute, beschissen fürs Geschäft.«

Er warf das Sakko über einen Stuhl, riss sich das Hemd auf und lümmelte sich hinter seinen Schreibtisch im Pavillon, wo er sich mit einem der Junglehrer besprach. Johanna ein Lächeln und ein Augenzwinkern hinwerfend ging er zum Wohnwagen, kam in der Badehose zurück, rannte – sich der Bewunderung der Frauen bewusst – über den Rasenplatz, stürzte sich ins Wasser und kraulte quer über die Bucht. Keuchend und triefend kam er zurück.

»Kennst du dich mit Wein oder den Winzern aus?«, fragte Johanna. Diesmal war sie es, die ihm einen Großen Braunen holte, als er sich tropfnass neben sie kauerte.

»Man schnappt was auf. Außerdem kenne ich einen Winzer, er ist ein Star, der macht super Weine. Wir besuchen ihn mal, demnächst, und probieren. Du wirst ihn mögen, starker Typ …«

»Darum geht es nicht«, unterbrach ihn Johanna, »kennst du diese Winzerinnenvereinigung von den Frauen, die Sieben?«

»Wo diese Sandhofer mitgemacht hat? Fängst du schon wieder an? Bist du sensationsgeil? Schau in die ›Krone‹, da steht jeden Tag was dazu drin.«

»Was ist das für ein Verein?«

»Die Sieben?« Hansi zuckte ratlos mit den Achseln.

»Schau, das sind halt Frauen, die machen auf sich aufmerksam, wie alle, wie die anderen Winzer, ist halt 'ne Winzervereinigung. Wahrscheinlich Kaffeeklatsch. Vielleicht wollte sie keiner bei den anderen Clubs.«

»Welchen anderen? Gibt es noch andere Frauen ...«

»Nicht für Frauen, für alle, gemischt. Ich weiß nicht, wer damit angefangen hat. Den Verband Renommierte Weingüter Burgenland gibt's seit zehn Jahren. Dann ist da noch 'n Verein, Ganz in Weiß, denen geht's um Weißweine, nicht ums Heiraten.« Hansi gluckste, schlürfte seinen Kaffee und dachte nach. »Den Cercle Ruster Ausbruch haben wir noch. Auch gemischt, Frauen und Männer, da sind nur Winzer aus Rust dabei, die machen Süßwein. Der entsteht irgendwie durch Schimmelpilze, aber frag mich nicht, wie das funktioniert. Die müssen alle zusehen, wie sie ihre Weine loswerden. Es gibt unendlich viele Winzer, und man muss hoch springen, damit man auffällt. Da hilft nur cleveres Marketing, um sich zu unterscheiden.«

»Sonst weißt du nichts über die SIEBEN?«

»Emanzen eben. Da war diese Maria Sandhofer drin, wie ich gehört habe, eine ziemlich verbiesterte Ziege, die soll den Verein mit gegründet haben, mit einer hier aus Mörbisch, nicht? Die Frauen haben ihre Weingüter geerbt, glaube ich. Oder der Vater ist gestorben, der Ehemann, oder sie mussten dem Papa helfen, wer weiß. Dann haben sie die Betriebe übernommen, und die ganze Familie arbeitet wie bescheuert. Die leben von der Selbstausbeutung.« Nach einer kurzen Pause blickte er auf. »Sag mal, Johanna. Du hast mich gestern schon damit genervt. Was interessiert dich das? Was ist da am laufen? Heute habe ich gelesen, dass sie zwei Spuren verfolgen.«

»Und welche?« Johanna beschäftigte sich intensiv mit einem ihrer Zehen, um den Eindruck zu erwecken, als würden sie die Schlammspuren an der Fußsohle weitaus mehr interessieren.

»Keine Ahnung. Die Zeitung liegt auf dem Schreibtisch.«
Hansi streckte sich im Gras aus und schloss die Augen. »Bei
den Winzern ist es lange nicht so cool wie bei uns, auf dem
Rasen rumlungern, wenn kein Wind ist. Aber das hört auf,
das sag ich dir, wenn wir das neue Zentrum haben.«

War er nun überzeugt oder selbstgefällig? Johanna entschied sich für die freundlichere Einschätzung. Sie ließ sich
ebenso zurückfallen, starrte in den dunstigen Himmel und
fand ein anderes Thema. Sie seufzte. »Wieso ist das heute so
entsetzlich heiß?«

»Klimaänderung. Wird von Jahr zu Jahr wärmer – das
sagen nicht nur die Alten, auch die Winzer, schlecht für die
Trauben«, fügte er rasch hinzu, um seinen Worten mehr
Gewicht zu geben. »Ich bin seit fünf Jahren am See. So warm
wie heuer war es noch nie. In den vergangenen Wintern gab's
auch keinen Schnee mehr, aber letzten Winter hatten wir
welchen, sogar ziemlich lange, wohl in ganz Europa, oder?
Da braut sich was zusammen.«

»Das behaupten sie seit Jahrzehnten, bisher sind die Ka-
tastrophen ausgeblieben, aber die kommen noch«, murmelte
sie.

»Das glaube ich auch, aber ich meine hier am See, heute,
ich spüre das, sieh dir den Himmel an, die Farbe, bleigrau,
schwer, spürst du, wie die Sonne sticht? Man bräuchte einen
Barometer, Hygrometer, eine Wetterstation, werden wir alles
haben ... Es wird nicht ganz hell, nicht klar, und dann diese
Stille ... gefällt mir nicht. Wart's ab, heute Mittag ziehen die
Wolken auf, Türme werden das, gewaltige Türme. Dann
kommt die Sturmwarnung, alle fahren raus, jeder ist nach
dem langen Warten irre geil auf Wind, und dann geht die
Post ab, super wird das. Vielleicht ist heute Abend schon
einer ersoffen.«

»Übertreibst du nicht?«, fragte Johanna, »wie kann man
ertrinken, wenn der See nur einssechzig tief ist.«

»Wenn der Wind von Süden oder Norden kommt, kann

er hohe Wellen aufbauen, die schmeißen sogar große Boote um, ein Surfer hält sich nicht, du wirst nur herumgeschleudert. Er briest irrsinnig schnell auf, von null auf sieben Windstärken in fünfzehn Minuten, in Böen bis auf acht!«

Das war Musik in Johannas Ohren. Sturm war genau das, was sie brauchte, sich durchpusten lassen, sie würde sich schon in Acht nehmen. Jetzt aber wollte sie wissen, wie es mit seinem Trainingszentrum weitergehen sollte. Sie wollte mitreden, ihre Zeit war nicht unbegrenzt, es gab jede Menge Fragen, doch Hansi hielt sich bedeckt. Das Treffen am Vormittag habe damit nichts zu tun gehabt, sagte er, es sei vielmehr um die Bürgerinitiative gegangen, das monatliche Routinetreffen, um einiges zu besprechen, Verkehrsplanung, ziemlich langweilig, aber wichtig, da jetzt die Grenzen nach allen Seiten offen seien. Außerdem sei es zu kompliziert, ihr das bei der Hitze alles »en detail« zu erklären.

Johanna drängte sich der Verdacht auf, dass er sich in Ausflüchten erging, dass er ihr etwas verheimlichte, aber die Zweifel waren schnell wieder vergessen, es war ihr auch lieber, nicht immer in allem rumzustochern. Das hatte sie jahrelang getan. Sie wollte nicht immer alles so ernst nehmen, allerdings blieb eine Frage offen: Wieso engagierte sich jemand in einer Umweltinitiative und arbeitete gleichzeitig an einem Projekt, das mit Sicherheit nicht im Einklang mit den Gesetzen für Naturschutzgebiete stand? Beugte er so wie sie etwaigen Beschränkungen vor? Das würde sie auch nicht an die große Glocke hängen. Wie man sich hier zu bewegen hatte, würde er sicher besser wissen, er machte nicht den Eindruck eines Mannes, der ins Blaue hinein plante, sondern mit seinen schönen kräftigen Beinen fest auf dem Strand oder dem Surfbrett stand, wie sie gesehen hatte.

Er machte die Liege für sie frei, brachte ihr einen Cappuccino und ließ sich neben ihr fallen. »Ein Tag wie heute kostet mich bares Geld. Die Leute sind angefressen, dass sie nicht surfen können. Niemand leiht sich eine Ausrüstung.

Es kommt auch keiner auf die Idee, sich zum Kurs anzumelden. Pass auf, nachher werden sie sich alle wie die Bekloppten ins Wasser stürzen. Eine halbe Stunde später kommen sie zähneklappernd zurück. Dann sind sie froh, nicht draußen sein zu müssen.« Er reckte den Hals und blickte in Richtung Leithagebirge. »Schau, was ich gesagt habe.«

Die ersten Quellwolken drängten über den Höhenzug, dicke Wolkentürme, die langsam, aber stetig in den Himmel wuchsen. Sie waren von einem strahlenden, blendenden Weiß, das an einigen Stellen in ein helles Grau mit einem gefährlichen Blaustich überging.

»Alles redet vom Treibhauseffekt. Du weißt garantiert, was damit gemeint ist.«

Johanna ließ die Zeitschrift sinken. »Muss das sein?« Die Debatte hatte sie viel zu sehr beschäftigt, als dass sie darüber noch viele Worte verlieren wollte. Ja, alle Welt redete über den »Treibhauseffekt«, doch er interessierte kaum jemanden wirklich, niemand änderte deshalb sein Verhalten.

»Es ist ein Schlagwort für Umweltpolitiker, Hansi, ein Kampfbegriff, mit dem man sich profilieren will, um Forschungsgelder abzukassieren, aber nicht, um was zu ändern. Es ist auch längst zu spät.« Johanna betrachtete sich mittlerweile als Zuschauerin einer sich anbahnenden Katastrophe. Sie hatte sich den Mund fusselig geredet, protestiert, polemisiert, laut, klar und eindeutig, aber zuhören wollte niemand. Auch sie würde eines Tages zu den Leidtragenden gehören – na und?

Weltweit wurden Umweltschutzmaßnahmen zurückgefahren, stattdessen war Wachstum angesagt. Auch in der Europäischen Union fand ein *Roll-back* statt, ein Rückschritt hin zu den Interessen der großen Konzerne und Finanzgruppen. Jeden Tag mehr Autos, dicke Kisten mit hohem Spritverbrauch, und das Billigfliegen boomte.

»Ihr in Österreich habt in drei Jahren eure Emissionen verdoppelt«, sagte sie und beklagte, dass sogar neue Atomkraftwerke gebaut werden sollten. Als ob die Preise für Uran sich in den letzten beiden Jahren nicht vervierfacht hätten. Angst vor Stromknappheit und vor den Arabern würde zur Massensuggestion geschürt. Diese Rückentwicklung war die große Chance für ihre Karriere. Sie sollte auf das Angebot zurückkommen, für Environment Consult eine Zweigstelle in Berlin zu eröffnen, aber war Lobbyismus nicht längst überholt, seit die Industrie sich in Form von Politikern selbst vertrat?

»Ich kann mir auch ein Buch besorgen, wenn du es mir nicht erklären willst«, nörgelte Hansi.

»Sei nicht gleich beleidigt, ich muss überlegen, wie ich das erkläre. Ich war mit meinen Gedanken woanders – Treibhauseffekt? Das weißt du nicht?«

Hansi blickte sie mit einer Mischung aus Unsicherheit und Herablassung an. Es war die Haltung schlichter Gemüter, die unter einem Bildungskomplex litten. Hinzukam, dass Johanna den Eindruck gewann, dass er sie belauerte, aber seine Gedanken und möglichen Schlussfolgerungen behielt er für sich. Wie konnte jemand, der ein ganzes Jahr am See verbrachte und eine Sportschule betrieb, keine Ahnung vom Treibhauseffekt haben? Und was hatte es mit dieser Bürgerinitiative auf sich?

Widerwillig ging Johanna auf seine Frage ein. »Normalerweise gibt die Erde nachts die am Tag aufgefangene Sonnenstrahlung in den Weltraum ab. Jetzt gibt es aber Gase, die bei der industriellen Produktion anfallen. Die legen sich um den Planeten wie eine gläserne Blase, und die Wärme kann nicht weiter aufsteigen, wir sitzen praktisch in einem Treibhaus und heizen und produzieren Stoffe, die eine Abkühlung weiter erschweren. Die Welt wird zum überhitzten Treibhaus, bei dem sich die Fenster nicht mehr aufmachen lassen.«

»Was ist das, was sind das für Stoffe?«, fragte Hansi argwöhnisch.

»Eines dieser Gase ist Fluorchlorkohlenwasserstoff, als

165

FCKW bekannt. Das ist in der Luft enthalten, aber in hoher Konzentration als Treibmittel für Spraydosen, als Kältemittel für Kühlschränke und Klimaanlagen oder als Lösungsmittel in der chemischen Reinigung. Methan ist ein anderes Treibhausgas, es entsteht in der Landwirtschaft und besonders bei der Massentierhaltung, aber am schlimmsten ist Kohlendioxid, das bei Verbrennung frei wird, jedes Auto produziert CO_2, allerdings leben die Pflanzen davon, nur nicht in dem Maß, wie wir es produzieren. Und wenn wir die Wälder weiter abholzen, sieht es für uns immer schlechter aus.«

Hansis Blick war noch misstrauischer geworden. »Du übertreibst. Und was folgt daraus?«

»Na ja, du hast es selbst gesagt, dass es immer wärmer wird, und was daraus folgt?« Johanna rümpfte die Nase. »Schwer zu sagen. Vieles weiß man nicht, und alles wirkt zusammen.«

»Was denn nun genau?«, fragte Hansi gereizt. Zum einen wollte er es wissen, zum anderen ärgerte ihn offenbar Johannas Wissensvorsprung. Er wollte mitreden, aber er schien sich auch vor der Antwort zu fürchten, vermutete Johanna.

»Es wird wärmer, die Gletscher und Polkappen schmelzen«, sagte sie. »Also steigt der Wasserspiegel. Aber nicht der ist entscheidend. Wenn sich durch Abschmelzen die Süßwassermenge erhöht, vermindert sich der Salzgehalt der Meere, und damit steigt die Wassertemperatur. Mehr Wasser verdunstet, es entstehen mehr Stürme ...

»Wie in New Orleans?« Hansi war weit davon entfernt, überzeugt zu sein. Sicher hielt er alles für pure Ideologie.

»So sieht der Anfang aus. Dann ändern Meeresströmungen die Richtung, sie verändern unser Klima in großem Umfang weiter. Das alles wirkt sich auf uns aus, auf die Erträge in der Landwirtschaft, den Weinbau und die Fischerei, auf Fischbestände, die brauchen kaltes Wasser ...«

»Neulich habe ich gelesen, dass letztes Jahr das wärmste seit Beginn der Wetteraufzeichnung war.«

»Seit knapp zehn Jahren wird jedes Jahr wärmer als das vorhergehende. Wir brauchen aber vier bis fünf Prozent Verringerung an Kohlendioxid, nur um die Temperatur zu halten. Der größte Wahnsinn – aber das ist von langer Hand geplant – ist der Bau von 19 Kohlekraftwerken in Deutschland. Man kann den Eindruck gewinnen, als wollten Wirtschaftsbosse und Politiker wissentlich die Erde vernichten, (mit einer zynischen Befriedigung dachte sie an ihre eigene Arbeit). Die Gesetze zur Nutzung erneuerbarer Energie werden auf die lange Bank geschoben – nach dem Motto: Hauptsache Kohle – und nach mir die Sintflut, im wahrsten Sinne des Wortes.« Sie hatte sich in Rage geredet und lachte gehässig.

Hansi rückte ein Stückchen von ihr ab, so sehr hatte Johanna sich ereifert. »Wir Österreicher haben in einer Volksabstimmung gegen das Atomkraftwerk Zwentendorf gestimmt ...« Er schien etwas von der nationalen Ehre retten zu müssen und betrachtete Johanna wie eine Fremde.

»Da haben wir im Gegensatz zu euch vorgesorgt, bei uns gibt es vorsichtshalber keine Volksabstimmung.«

»Solche Vorträge – hältst du die auch vor deinen Kunden?«, fragte Hansi ungläubig.

Erst jetzt begriff Johanna, dass sie erheblich übers Ziel hinausgeschossen war. »Vor Kunden? Niemals, wir halten uns ans Faktische, an europäisches Recht und an nationale Gesetze. Man kann alles sehr weit und sehr unterschiedlich auslegen, alles lässt sich interpretieren, je nach dem, wie es einem nutzt. Der richtige Standpunkt ist immer der eigene. Außerdem gibt es gegenteilige Theorien. Das Weltklima schwankt zwischen zyklischer Erwärmung und Abkühlung. Das ist ganz normal. Wir mit unserem bisschen CO_2 haben da überhaupt keinen Einfluss.«

Der Surflehrer verstand nichts mehr. »Widersprichst du dir nicht? Eben lamentierst du, alles ginge kaputt, gleich darauf sagst du, wir hätten keinen Einfluss. Du beklagst den

Zustand und machst dabei mit. Was stimmt denn nun? Das wäre so, als wenn ich Surfen für gesundheitsschädlich hielte.« Endlich der Vergleich, nach dem er gesucht hatte.

»Verstehe mich bitte richtig, Hansi«, sagte sie eindringlich. »Es ist nicht meine Einstellung, ich zitiere lediglich Fakten, ich zeige ein Szenario auf. Das ist nicht mehr rückgängig zu machen. Soll ich mich gegen einen Gegner stellen, der viel stärker ist als ich, den ich nicht besiegen kann? Ich habe mir früher gehörig die Finger verbrannt – dann profitiere ich heute doch lieber.«

Der Surflehrer schien versöhnt, diese Haltung konnte er teilen, sie waren wieder auf einem gemeinsamen Nenner. Jemand rief ihn ans Telefon, er stand auf und hob den Blick zum Leithagebirge. Die Wolken waren weiter gestiegen, die Säulen hatten sich bedrohlich zusammengeballt, darüber ein aufgequollener Pilzkopf.

»Typische Cumulonimbuswolken. Daraus entstehen die heftigsten Gewitter«, bemerkte Johanna erregt, »es wird Wind geben, und wir können endlich raus. Ich nehme das Sturmsegel von neulich.«

»Du bist wohl ganz versessen darauf.« Johanna war Hansi offenbar unheimlich, er betrachtete sie mit demselben Ausdruck wie die Wolkenmasse in den zusammengekniffenen Augen. Die Front rückte auf der ganzen Breite zwischen Eisenstadt und Parndorf vor, ein gefährliches Weiß, darüber ein stahlblauer, ungesunder Himmel. Aber noch herrschte Totenstille, und eine dumpfe Schwüle lastete über dem See.

Das Wasser war bestimmt zehn Grad kälter als die aufgeheizte Luft. Johanna wollte sich abkühlen, Hansi kam nicht mit ins Wasser. Sie merkte, wie er ihr nachschaute, sie hatte ihn verwirrt, er wurde nicht ganz schlau aus ihr, und das war gut so, andererseits spürte sie auch seine Bewunderung. Er bewunderte ihren Intellekt, ihr Wissen und die Sicherheit, mit der sie sprach und sich bewegte. Dabei wäre es ihr lieber gewesen, als Frau von ihm bewundert zu werden. Gleichzeitig schien er sich vor ihr zu fürchten. Vor dem Gewitter noch rauszufahren war eine Provokation, doch ein Mann wie er konnte sich dem nicht verweigern.

Sie hockte sich ins Wasser, setzte sich, nur ihr Kopf schaute heraus. Sonnenbrille und Basecap hatte sie aufbehalten und nahm beides nur kurz ab, als sie untertauchte. Sie musste Hansi dazu bringen, mehr über seine Aktivitäten und die Aufgabe der Bürgerinitiative zu erzählen, denn das Projekt und diese Initiative, was immer ihre Zielsetzung war, vertrugen sich möglicherweise nicht. Er sollte da austreten. Sie würde auch zu gern den Bauplan des Surfzentrums noch einmal sehen. Im Wohnwagen war die Zeit viel zu kurz gewesen. Zweifelte er an ihr? Hatte er das, was sie über den Treibhauseffekt gesagt hatte, in den falschen Hals bekommen und sie in eine falsche Ecke gestellt? Komisch, dass sie so heftig geworden war – wie früher. Vielleicht hatte sie sich auch nur unglücklich ausgedrückt. Ihre Erklärungen hatten sehr nach Opposition geklungen, viel zu sehr. Aber sie wusste schon, wie sie sein Vertrauen zurückgewinnen konnte.

Aufreizend langsam kam sie aus dem Wasser. Als sie bemerkte, dass er zu ihr herüberschaute, strich sie sich langsam das Wasser vom Körper, wrang ihr Haar aus und wartete, bis Hansi ihr das Badehandtuch brachte. Sie drehte ihm den Rücken zu, beugte den Nacken, sodass er gar nicht umhin konnte, als sie abzutrocknen. »Jetzt werde ich sehen, wie der neue Anzug passt«, sagte sie und ging zur Umkleidekabine. Ob die roten Streifen an den Seiten den Sitz und die Beweglichkeit verbesserten, wie die Verkäuferin gesagt hatte, würde Johanna gleich feststellen, jedenfalls betonten sie die Figur, und Hansis Aufmerksamkeit war ihr sicher.

»Unsere Surfbretter liegen am Ufer. Bei der ersten Böe geht's los, der Wind nimmt schnell zu, aber wenn das Gewitter da ist, sind wir nicht mehr auf dem See!« Sein Ton ließ keine Widerrede zu.

Hansi scheuchte die Mitarbeiter übers Gelände, um alles wetterfest zu machen. Gegenüber im Yachtclub verfuhr man ähnlich. Johanna setzte sich ans Ufer und starrte auf das leblose Wasser, betrachtete eingegipste Segelboote und Schwimmer, eine Fahrradfähre glitt vorbei. War Carl auf dem Schiff? Wie war das Verhör verlaufen? Mit diesem Chefinspektor würde er aneinanderrasseln, das war bombensicher. Carl war alles andere als diplomatisch, dadurch war er unterlegen. Sollte sie sich Sorgen machen? Quatsch. Was musste passieren, damit er durchdrehte? Er war geduldig, er ließ sich viel gefallen, aber Johanna wusste, dass er den Kopf verlor, wenn er sich betrogen fühlte. Unvorstellbar, dass Carl in eine Mordsache – und doch ... man konnte dem anderen immer nur bis vor die Stirn sehen. Hoffentlich setzten ihm die Kriminalbeamten nicht zu heftig zu. Ihr aufkommendes Mitgefühl drängte sie beiseite, er hatte es nicht verdient.

»Woran denkst du?«, fragte Hansi und umarmte sie von hinten.

Sie lehnte sich an ihn. »An dich«, sagte sie, ohne zu zögern.

»Sieht gut aus, sitzt fantastisch, dein neuer Anzug. Warst du in dem Geschäft, das ich dir empfohlen habe – und hast du meine Karte abgegeben beim Bezahlen?«

Johanna wunderte sich, dass er nachfragte, und bejahte.

»Einen solchen Laden will ich auch aufmachen. Da setze ich einen Pächter rein. Sportartikel und Sportmode, mehr Mode, damit ist Geld zu machen. Wir nehmen alles nur auf Kommission, damit bindet man kein Kapital im Lager.«

Und er fabulierte weiter von Franchisenehmern, von Pächtern und von Surflehrern, an deren Umsatz er beteiligt werden wollte. Je länger er redete, desto stärker geriet er ins Wienerische. »Je mehr Geld die machen, desto mehr werden wir verdienen. Die Kunden kommen von ganz allein, die werden froh sein, wenn sie ihr Geld hier lassen dürfen, das garantiere ich dir. Exklusiv muss die Schule werden, wir müssen auch irgendwann zum nationalen Trainingslager werden. Wer hier lernt und trainiert, muss Erfolg haben, ich persönlich trainiere nur die Besten. Das spricht sich herum. Mit den Sportverbänden muss man sich verbandeln. Die haben Geld, das ist wie beim Fußball oder in den Olympischen Komitees. Da muss man ran ...« Er rieb sich die Hände. »Ich glaube, du kannst mit solchen Leuten besser umgehen. Das überlasse ich dir. Wer nicht reich geboren ist, braucht gute Ideen oder muss hackln. Mein Freund Thomas, der hat Glück gehabt, der ist reich geboren, hat 'ne Kellerei geerbt. Der muss nur Obacht geben, dass ihn seine Leute nicht betackeln. Aber unsereins reißt sich das ganze Leben lang die Haxn aus, und wenn man es zu was gebracht hat, bekommt man einen Herzkasper, während die anderen in Ruhe ihr Geld verprassen.«

Er sah sich nach dem Pavillon und dem Schuppen um. »Die Bude ist mir über, weißt du? Fünf Jahre sind's jetzt. Ich will eine neue Anlage haben, schön, modern, ein exklusives Publikum.« Verächtlich betrachtete er die Jugendlichen, die auf den Stufen des Pavillons auf Wind warteten.

»Ein Redakteur vom ORF war letzte Woche hier, er will einen Film über mich und die Schule hier drehen. Das bringt mich nach vorn, macht mich bekannt, das öffnet Türen.«

»Hast du einen Businessplan aufgestellt, wie das Ganze funktionieren soll? Wie willst du die Marina finanzieren?«

»Ich habe Leute an der Hand, die wissen, wie man an den Brüsseler Geldhahn kommt, die haben an der Finanzierung der gesamten Anlage inklusive Seebühne mitgewirkt. Von den Brüsseler Milliarden hat das Burgenland am meisten abgekriegt. Sieh dir die vielen modernen Kellereien an. Brandneu, hochmodern, technisch auf dem höchsten Stand. Beziehungen zur Politik, das ist das Geheimrezept.«

»Dafür musst du zahlen, die machen nichts umsonst.«

»Auch das findet sich«, sagte Hansi überzeugt. »Ich habe Betriebswirtschaft studiert – aber nicht abgeschlossen. War mir zu langweilig, viel zu theoretisch. Aber einer von den Professoren berät mich, weil ich ihm mal einen Gefallen getan habe.«

Johanna sah hinauf zum Himmel, Hansi folgte ihren Augen. Die Wolken hatten sich weiter verdichtet, waren dunkler geworden, an einigen Stellen zeigte sich ein häßliches Blau, giftig wie Blei oder Cyanid.

»Da kommt Hagel. Wenn du so viel übers Wetter weißt, wie entsteht dann der Hagel?«

Johanna hatte gerade fragen wollen, um welche Art Gefallen es sich dabei gehandelt hatte, sah sich aber nun zu einer Antwort genötigt. Seine Unkenntnis war erstaunlich.

»Die Wolkentürme reichen bis in die Stratosphäre, bis in zwölf Kilometer Höhe und mehr. Da oben ist es eiskalt, da bilden sich Eiskristalle, die fallen und werden vom Aufwind wieder in die Höhe gerissen, denn in diesen Wolken dort steigt die Luft rasend schnell, bis zu dreißig Meter pro Sekunde. Die Eiskristalle werden dicker, sie fallen wieder, sausen wieder hoch, bis ihr Gewicht größer ist als die Kraft, die sie nach oben treibt.«

Hansi schüttelte bewundernd den Kopf. »Woher hast du das?«

»Ist Wetterkunde nicht eigentlich dein Gebiet? Bei uns in der Nähe hatten wir im Juni zehn Zentimeter dicke Hagelkörner, 150 Millionen Euro Schaden in einer Stunde. Wenn wir Industrieanlagen bauen, müssen wir uns auf veränderte Wetterbedingungen und Windgeschwindigkeiten einstellen, allein wegen der Versicherung.« Sie griff nach seinem Haar und zog ihn daran zu sich herunter. »Heute beschäftige ich mich lieber mit dir und mit deinem Projekt. Ich würde gern einsteigen. Ich glaube, das wäre was für mich.«

Der erste Windstoß fuhr in die Bäume. Mit einem Satz waren beide auf den Beinen, auch Hansi zwängte sich in einen Neopren-Anzug. Wie viele andere liefen sie zu den Surfbrettern, schoben sie ins Wasser und wateten in die

Bucht. Es wurde dunkler, die Wolken drohten zu platzen, die Hitze war sogar im Wasser unangenehm, doch der starke Wind blieb aus. Auf ihren Brettern nebeneinander herfahrend beobachteten die beiden, wie die Wolken weiter nördlich über den See zogen, weiter nach Ungarn, in die Pannonische Ebene, wo sich das Gewitter entlud und ein fernes Grollen herüberschickte.

Kurz vor der Einfahrt zur Mörbischer Bucht verlor Hansi das Gleichgewicht und fiel ins Wasser. Er schwamm mit wenigen Stößen zu Johanna, packte ihren Fuß und zog sie vom Brett. Sie wehrte sich nicht, sie wartete geradezu darauf. Das Wasser reichte ihr bis zur Brust. Hansi nahm sie in die Arme, sie verschränkte die Hände in seinem Nacken, schlang die Beine um seine Hüften, ließ sich von ihm und dem Wasser tragen und küsste ihn. Er öffnete den Reißverschluss auf ihrem Rückten, sie tat das Gleiche bei ihm, sie pellten sich gegenseitig aus ihren Häuten, rissen sie sich fast vom Leib, sie waren gierig aufeinander ... Sie spürte ihn, er fühlte sich ungeheuer wild und fordernd an. Es war nicht das erste Mal in ihrer Ehe, dass sie mit einem anderen Mann zusammen war. Doch bei diesem hier verlor sie total den Kopf, wie bei sieben Windstärken.

9

Zwei helle Betonblöcke, Erdgeschoss plus zwei Etagen, verbunden durch einen Trakt, Antennen auf dem Dach, wahrscheinlich Keller, ein massives Bauwerk, eine Festung. Da brauchte man einen riesigen Nussknacker, um reinzukommen, Handschellen an den Handgelenken oder eine Vorladung. Carl atmete auf und betrachtete die Polizei-Direktion von der gegenüberliegenden Straßenseite. Er konnte heilfroh sein, dass er wieder als freier Mann rausgekommen war.

Herrndorff hätte ihn am liebsten dabehalten. »Sie bleiben zu unserer Verfügung«, hatte der Inspektor nach dem Verhör befohlen und ihn hinauskomplimentiert. Abreisen, verschwinden, alles hinter sich lassen kam also nicht in Frage.

Erleichtert, obwohl die Hitze drückend war, löste Carl das Schloss, mit dem er sein Rad vor dem Supermarkt an ein Verkehrsschild geschlossen hatte, und blickte erneut zurück. Die Bäume auf dem Parkplatz vor der Polizeidirektion milderten den martialischen Eindruck des Komplexes kaum. Architektur der Einschüchterung? Doch moderne Funkanlagen, Abhöreinrichtungen und Kabelschächte für Computer mit wer weiß wie vielen vorhandenen und noch geplanten gesamteuropäischen Überwachungsdateien ließen sich kaum in einem barocken Verwaltungsgebäude aus der k. u. k. Monarchie unterbringen. »Der neue Faschismus«, hatte der französische Philosoph Michel Foucault geschrieben, »zeigt sich nicht mehr mit Braunhemden auf der Straße, sondern durch die Übernahme der Macht durch das Innenministerium.« Diente Al Qaida lediglich als Vorwand zur Aufrüstung für kommende Auseinandersetzungen in den europäischen Banlieues, oder war die Grenze nach Osten tatsächlich heiß? Das waren zwar auch seine Gedanken, aber Johanna hatte den Mut gehabt, so was auszusprechen – früher.

Man konnte es auch anders sehen: Das Burgenland war schon immer ein Grenzland gewesen, heute mit einer halb offenen Grenze, die überwacht werden musste. Schlepperbanden waren unterwegs, ob hier eine Drogenroute verlief, entzog sich Carls Wissen, möglich war es. Dann die Verkehrsverbindungen zwischen Osteuropa und dem Balkan, zu den neuen EU-Mitgliedern. Außerdem war das soziale Gefälle zwischen Österreich und den Nachbarn erschreckend, der Anreiz, sich das Fehlende zu holen, war groß, und im Osten fehlte viel. War »holen« nicht längst ein Synonym für kaufen? Wozu dann bezahlen?

Einschüchterung, Angst machen: Das war Herrndorffs Taktik. Es hatte nicht gewirkt, allerdings war es dem Chefinspektor gelungen, ihn zu verunsichern, kein Wunder bei einem Mordvorwurf. Johannas Eindruck war richtig gewesen, obwohl ihrer beider Einschätzungen in Bezug auf Menschen immer weiter auseinander drifteten. Ihre Geschäftspartner tatsächlich für Partner zu halten war noch ihr kleinster Irrtum, Feinde für Freunde zu halten war schon schlimmer.

Herrndorff war alles andere als ein Freund. Er war eitel und besserwisserisch, hatte eine gepresste Stimme und war aufgeblasen, sein Aftershave war penetrant. Und er benahm sich, als träte er vor Publikum auf. Wieso hatte der zweite Mann im Raum, den Carl am Tag des Mordes gesprochen hatte, dieser Alois Fechter, kein Wort gesagt und nur auf seinem Stuhl neben der Tür gekippelt? Carl hatte fast den Eindruck gewonnen, dass er Herrndorff intensiver beobachtet hatte als ihn. Oder waren das die Wunschvorstellungen des Schwächsten in der Runde? Wo war der Inspektor geblieben, der die Schritte des Mörders in der Kellerei nachgeahmt hatte? Herrndorff hatte sich, seinen unsinnigen Fragen nach zu urteilen, dort nicht einmal umgesehen. Er war auf einen schnellen Abschluss des Falles aus. Um sich mit den Federn des Erfolgs zu schmücken? Nicht mit meinen, dachte Carl, er würde nicht als Jagdtrophäe an der Wand enden, ausgestopft, präpariert ... Waidmanns Heil. Niemals! Glaubte dieser Inspektor tatsächlich, dass er es gewesen war? Carl hatte den Eindruck, dass Herrndorff gar nicht an der Aufklärung des Falls interessiert war. Das beunruhigte ihn.

Irgendwann während des Verhörs, als er mit Vorwürfen bombardiert worden war, hatte Carl doch an sich gezweifelt. Sein Gegenüber hatte versucht, Vermutungen als Tatsachen hinzustellen: »Sie hatten genügend Zeit, die Tote entsprechend hinzulegen und sich die Hände zu waschen.« Der Inspektor unterstellte ihm ein Mordmotiv – »sie hat Sie zurückgewiesen« – und versuchte, eine lückenlose Kette von Beweisen zu konstruieren – »Ihr Mobiltelefon haben Sie absichtlich liegen lassen« –, an deren Ende nur er, Carl Breitenbach, als Mörder von Maria Sandhofer infrage kam. Und dieser dümmliche Fechter hatte weiter gekippelt und sich mit seinen Fingernägeln beschäftigt.

Im Supermarkt schritt Carl durch die Regalreihen, blickte auf die Packungen, die sich alle ähnelten, und hatte vergessen, was er kaufen wollte. Das Verhör lastete auf ihm. Es war ein unbekanntes Gefühl, wenn mit einem Schlag das Private ans Licht gezerrt wurde, man meinte ja fälschlicherweise immer, dass es einem selbst gehörte und niemanden etwas angehe. Und das vor anderen auszubreiten, der Schock, dass die Polizei von Intimitäten wusste, die nur ihn selbst oder Johanna betrafen.

»Ein Mann wie Sie, mit internationalen Erfahrungen und Beziehungen bis nach Brüssel.« Diesen Satz Herrndorffs hatte er im Ohr. Woher wusste der das? Ihn beschlich eine Ahnung, wie sich viele Deutsche nach dem Mauerfall gefühlt haben mochten, als sie feststellten, dass sie von Nachbarn, Sportsfreunden oder sogar vom eigenen Partner jahrelang bespitzelt worden waren. Genauso ausgeliefert würden sich viele im Westen vorkommen, wenn der Verfassungsschutz seine Dateien öffnete – Computer hatten weitaus höhere Speicherkapazität als die Stasi-Zettelkästchen. Vielen würden die Augen aufgehen, vor allem wenn sie sahen, aus welchen Gründen sie verdächtig geworden waren und wie leicht sich Denunzianten hatten finden lassen. Andererseits – war seinen Wirtsleuten ein Vorwurf zu machen? Bei Mord hätte er auch gesagt, was er wusste. Außerdem mochte es für viele ein prickelndes Gefühl sein, sich mit der Macht ins Bett zu legen.

Carl starrte die Wasserflaschen im Supermarktregal an und kam zu sich. Es gab die Kleinen mit dem Schnuller, aus denen er beim Fahren trinken konnte. Wozu? Er fuhr nicht auf Zeit, er konnte anhalten, er hatte Ferien, aber das berühmte Urlaubsgefühl wollte sich partout nicht einstellen, nicht der geringste Anflug davon. Den Sommer im Burgenland hatte er sich anders vorgestellt. Er hatte sich in etwas hineingeträumt, aus dem er beim Aufwachen nicht mehr herauskam; es war nicht wie ein Albtraum, bei dem man wusste, dass man aufwachen würde. Hier war das Aufwachen schrecklich.

Missmutig griff er nach den kleinen Flaschen und schlich zur Kasse, wo er sich einbildete, dass ihm die Kassiererin beim Zahlen auf die Finger starrte. Er hatte geschrubbt wie wahnsinnig, aber die Farbe vom Abnehmen der Fingerabdrücke blieb haften. Hielt die Brünette in dem Kittel ihn jetzt für einen Kriminellen, den man drüben hatte laufen lassen? Schleunigst verließ er das Einkaufsparadies, klemmte eine Wasserflasche an den Rahmen, eine trank er in einem Zug aus, und die dritte kam in die Umhängetasche.

Die Polizei-Direktion gegenüber zog seinen Blick magnetisch an, und er sah den Verhörraum vor sich. Erstaunlich, wie gut die Vermieter ihres Apartments aufgepasst hatten. Sie wussten, wann er oder Johanna weggefahren und wiedergekommen waren, sie hatten ihren Streit fast wortwörtlich mitbekommen und kannten die Gründe dafür. Und mittlerweile wurde, was sich in Bezug auf Maria lediglich in seiner Fantasie abgespielt hatte, zur handfesten Liebesaffäre aufgebauscht. Hatte Johanna gequatscht?

Nein, sie hatte Erfahrung mit der »Staatsmacht«, wie sie es früher genannt hatte. »Da kommt das Volk«, hatten sie skandiert, wenn die Polizei anrückte, denn »alle Gewalt ging bekanntlich vom Volke aus«. Und das mit Brüssel – was war über ihn gespeichert? In gewisser Weise war er Geheimnisträger gewesen. Hatte er die falschen Bücher übersetzt, irgendeine Petition unterschrieben und einen oppositionellen Schriftsteller getroffen, der unter Beobachtung gestanden hatte? Als Student in Portugal hatte er beim Prozess gegen Otelo de Carvalho zugehört, einen der militärischen Führer der Nelkenrevolution. Mit ihm und seinen sozialistischen Experimenten hatte die neue Regierung damals abgerechnet. Und in London hatte er mit Tausenden gegen die Apartheid demonstriert. Somit war man verdächtig. Nur der linientreue Konsument und vertrottelte Steuerzahler, der jedes Schlupfloch übersah, blieben unverdächtig.

Carl fuhr in einem kleinen Gang, das war bei der drückenden Hitze weniger anstrengend. An der Ampel zur Schnellstraße, die um Eisenstadt herumführte, wandte er sich nach der Festung um. Das war nicht sein letzter Besuch gewesen, so viel war sicher. Der Inspektor brauchte einen Täter. Jedes Wort, jede Aussage hatte der Mann so hingedreht, dass es gegen ihn sprach. Es war ein Fehler gewesen, den Fall des Internatsschülers zu erwähnen, der vom Gerüst gestürzt war.

»Ach, Sie wissen davon!?«, hatte Herrndorff süffisant gesagt. »Gut vorbereitet, Respekt. Seit wann sind Sie im Burgenland? Soweit ich im Bilde bin, erst vier oder fünf Tage. Aber Frau Sandhofer ist nicht ohne Obduktion eingeäschert worden. Sie wurde genauestens untersucht …«

»… auf meine Veranlassung hin!«, hatte Carl ihn unterbrochen. »Ich habe die Polizei auf ein Gewaltverbrechen aufmerksam gemacht, ich!«

Herrndorff hatte nur gelangweilt das Gesicht verzogen. »Eben, Herr Breitenbach, sehr geschickt«, hatte er anzüglich bemerkt. »War doch klar, dass wir früher oder später darauf kommen. Sie müssen sich intelligentere Finten ausdenken, um mich in die Irre zu führen.«

Hatte der Inspektor an der Wand tatsächlich flehend die Augen zur Decke erhoben, oder war das Einbildung gewesen? Er hatte weiter gekippelt und geschwiegen.

Dem Autopsiebericht und der Spurensicherung nach war Maria mit einem Stück Holz erschlagen worden, dann hatte man sie rückwärts von der Empore geworfen, damit es nach einem Unfall aussah, und sie entsprechend hingelegt. Grausam und dilettantisch. Die Polizei hatte das Grundstück noch einmal abgesucht, die Tatwaffe blieb verschwunden. Hatte der Cousin Maria erschlagen, wie es die Winzerinnen vermuteten? Wenn man davon ausging, wem der Mord nutzte … Richard war jetzt der Boss auf dem Weingut.

Im Vorbeifahren leuchteten zwischen den Weingärten zu seiner Rechten die großen Sonnenblumenfelder. So strahlend und schön der Anblick war, ihn berührte er kaum. Vor wenigen Tagen hatte er sich vor dem Fernseher über die Fahrer der Tour de France gewundert, die genauso teilnahmslos durch die Landschaft gesaust waren wie jetzt er, nur ihr Ziel im Sinn, den Etappensieg. Musste man das Ziel aus den Augen lassen, um zu verstehen, wo man sich gerade befand? Wo befand er sich denn gerade?

Er hielt, nahm den Helm ab, hängte ihn an den Lenker und schüttete die nächste Flasche Wasser in sich hinein. Waren sie alle gedopt? Der Chefinspektor hatte einen schwarzen Kaffee nach dem anderen in sich hineingeschüttet. Er selbst trank neuerdings eine ganze Flasche Wein, um schlafen zu können. Johanna dopte sich mit Geschwindigkeit beim Autofahren und Surfen und nahm irgendwelche Pillen oder Pülverchen zum Muskelaufbau, und im Winter quälte sie sich in einer Muckibude. Er wusste, dass viele Werke der Literatur unter dem Einfluss von Koks und Marihuana zustande gekommen waren. Und Flaubert, einer seiner Lieblinge, hatte der nicht mit dem Roman ›Salambo‹ seinem bürgerlichen Publikum eine »gehörige Dosis historischen Haschischs« verabreichen wollen? Er wird die Wirkung gekannt haben, genau wie die Kollegen Baudelaire und Rimbaud. Man tat es, aber sprach nicht darüber, höchstens mit Eingeweihten. Gestern erst, mit diesem Frank Gatow beim Heurigen oder Buschenschank, hatte er die Wirkung des Alkohols erlebt. Je mehr getrunken wurde, desto lauter war es geworden, bis auch sie sich schreiend hatten verständigen müssen. Dabei waren Österreicher lange nicht so impulsiv wie Gatows Italiener.

Wie waren die Österreicher wirklich? Carl hatte nicht den geringsten Schimmer. Außerdem waren Burgenländer sicher anders als die Steyrer oder Wiener, wie der Ekel-Inspektor. Carl kam sich vor, als tastete er sich wie ein Blinder durch den Nebel. Was verstand er von dem, was gesagt wurde? Man saß als Deutscher dem Trugschluss auf, eine gemeinsame Sprache zu sprechen. Jedes Wort hatte im jeweiligen Land seine eigene Bedeutung, jedes einen anderen Sinn, die Betonung gab ihm das Gewicht. Auf den Kontext kam es an, auf den Zusammenhang, in dem das Wort gesagt wurde, was davor ausgesprochen worden war und was folgen würde. War denn Sprache nicht der Ausdruck eines gemeinsamen Lebens, kollektiver Erfahrung?

Das hatte er in Portugal begriffen. Zu Beginn seines Studiums war die Palme für ihn sehr exotisch gewesen, der Traum vom Süden. Nach zwei Semestern in Coimbra war sie lediglich ein Baum. Schade eigentlich. Der Park in Deutschland

180

war ein Areal, wo Kinderwagen herumgeschoben wurden, aber in London lebte man im Sommer dort. Da hatten er und seine Kommilitonen die wenigen sonnigen Tage verbracht. Wenn er seine eigenen Übersetzungen zur Hand nahm, fragte er sich, ob ein Leser überhaupt verstehen konnte, was der Autor gemeint hatte. Das war oft nicht einmal ihm klar. Er übersetzte nicht, er interpretierte ...

Carl stieg wieder auf, fuhr freihändig, nur kam er aus dem Gleichgewicht, als er sich erinnerte, wie er London mit dem Rad erkundet hatte. Ein Jahr lang. Er hatte studiert und wie ein Wilder gelesen, alles, was ihm in die Hände gefallen war, von Gebrauchsanweisungen bis zu Kritiken durchgefallener Theaterstücke (›Ulysses‹ allerdings nur bis Seite 207). Nach zwei Monaten hatte er eine Freundin, *very british*, mehr um sich an Alice' lupenreinem Oxford English zu ergötzen, als ihr am Samstagmorgen im zerwühlten Bett seiner ärmlichen Bude einen mit dem Tauchsieder zubereiteten Tee zu bringen. Von da an hatte er die Menschen und ihre Sprache studiert, hatte sich im Radio sogar langweilige Fußballspiele angehört, um die Sprache der Kommentatoren zu verstehen. Bis zur Sperrstunde blieb er im Pub und schaute den Leuten aufs Maul, denen aus Bristol genauso wie den Rastafaris oder National-Front-Mitgliedern, die sich alle ein eigenes Idiom geschaffen hatten.

In einem dieser Pubs hatte er mit Bob Freundschaft geschlossen. Sie hielt bis heute. Der angehende Anwalt aus Bristol hatte darauf bestanden, Waliser zu sein. »Wir hätten uns mit den Iren und den Schotten verbünden sollen, gegen die Briten.« Ansonsten war er glühender Europäer, damals mit einer immensen Abneigung gegen Maggie Thatcher, heute gegen Tony Blair (»Bushs grinsender Pudel«) und dessen kriegerische Abenteuer. Immer, wenn Carl etwas sagte, das Bob als zu deutsch empfand, stand er auf und grüßte militärisch: »Jawohl, mein General«, oder »Fritz – Donner und Blitz«. Zu viel Comics, klarer Fall. Bob – er sollte Bob anrufen und ihn dringend um Rat bitten. Carl nahm es sich für den Nachmittag vor. Er würde es von der Post aus tun, da würde niemand mithören.

Auch die Portugiesen hatten ihn weicher geklopft, zu vieles lief im äußersten Westen Europas nicht geradlinig, als dass man sich jedes Mal ärgern durfte. Der *jeito* war in sein Verhaltensrepertoire übergegangen. Keineswegs ein fauler Kompromiss, aber in diese Richtung gedacht. *Dar um jeito* hieß es, etwas zurechtrücken, besser: eine Lösung finden, von der jeder etwas hatte, sodass man am nächsten Tag wieder einen Wein miteinander trinken konnte.

Dem *jeito* war er bereits in der ersten Woche begegnet. Ein Formular für die Immatrikulation fehlte, also füllte man das entsprechende Dokument aus und vermerkte, dass die Unterschrift der deutschen Universität fehlte, und damit war das Dokument vorhanden. So einfach. Ein wenig waren die Österreicher auch so, denn »hinter Wien begann bekanntlich der Balkan«. Davon hatte dieser Wiener Inspektor anscheinend nichts gehört . . . und der Mörder wohl auch nicht.

Carl war so in Gedanken versunken, dass er gar nicht gemerkt hatte, dass er Schützen bereits hinter sich gelassen hatte, nicht einmal die vorbeidonnernden Schwertransporte hatten ihn abgelenkt. Er fuhr bereits wieder auf einem Wirtschaftsweg, als vor ihm ein Wagen von der Landstraße abbog und sich, statt dem Weg in die Weingärten zu folgen, querstellte.

Scheiß Autofahrer, dachte Carl und bremste scharf. Kann der Knallkopf sich nicht vernünftig hinstellen? Versperrt mir da jemand absichtlich den Weg? Erschrocken sah er sich um und dachte an die Männer, die ihn beim Heurigen beobachtet hatten. Hinter ihm war alles frei, er konnte abhauen. Als er den Wagen erreichte, hatte er sich entschlossen, den *jeito* im Gedächtnis, einfach abzusteigen, das Rad durchs Gras zu schieben und nach einem freundlichen Gruß weiterzufahren. Da stieg der Fahrer aus.

»Ja servus, so ein Zufall«, sagte Inspektor Fechter und hatte den Überraschungsmoment vollkommen auf seiner Seite. »Schnell wie der Wind, na, heute haben wir keinen, dafür die Hitze, aber trotzdem. Profi? Darf ich sehen?«, fragte er und meinte das Rennrad.

»Werde ich jetzt von Ihnen verfolgt? Gestern Abend hat man mich auch beobachtet, beim Heurigen ...«

»Buschenschank, in Donnerskirchen ...« Der Inspektor nickte grinsend, wartete, bis Carl ihm das Rad gab, und hob es mit einer Hand an. »Ziemlich leicht, keine zehn Kilo? Bestimmt nicht billig.«

»Sieben Kilo. Karbon, die Bremsen, die Gabel, Hohlfelgen, Tausendfünfhundert ... aber Sie haben mir nicht den Weg verstellt, um mein Rad zu bewundern.«

»Ich wollte mich allein mit Ihnen unterhalten – ich meine tatsächlich unterhalten, nicht verhören«, schob er nach, als Carl ihm das Rad wegnahm und wie eine Barriere zwischen sie stellte. »Ich halte Sie nicht für verdächtig. Wenn Sie es wären, hätten Sie nicht das Vertrauen der SIEBEN!«

»Davon wissen Sie ...?«

»Die Mordkommission ermittelt«, sagte er gequält. »Sie haben uns darauf hingewiesen, dass Fremdeinwirkung vorliegen kann. Wir haben es geprüft, Sie hatten Recht, also suchen wir. Ich glaube, der Täter kommt aus dem Umfeld. Einige Kilometer weiter ist eine Tankstelle, Sie sind in zwei Minuten da, gleich nach dem Supermarkt. In der Tankstelle ist ein Café, eine Bar. Bitte, ich brauche Ihre Hilfe.«

»Ob Sie mich bitten oder nicht, was bleibt mir übrig? Oder ist das ein Schachzug Ihres Vorgesetzten?«

Der Inspektor zündete sich eine Zigarette an. »Herrndorff ist kein Vorgesetzter; er tut nur so, weil er eine Besoldungsgruppe höher ist. Er ersetzt meinen Kollegen, das war der, den Sie beim *Soundcheck* durch die Kellerei gehetzt haben. Der hat sich beim Fußball den Fuß gebrochen. Deshalb hat man Kollegen Herrndorff aus Wien hierher beordert. Meine

Schachzüge allerdings pflege ich so zu planen, dass sie kaum als solche durchschaut werden.« Fechter grinste.

»Dieser hier ist aber ziemlich durchsichtig.«

»Wenn Sie es so sehen! Also – in zehn Minuten?«

Carls sah zum Himmel hinauf, die Wolken hatten sich gefährlich zusammengezogen, ein Gewitter baute sich auf, vielleicht war es ganz gut, den bevorstehenden Guss im Café abzuwarten.

Fünf Minuten später tauchte der Supermarkt auf, das Aquarium auf der grünen Wiese, bunte Packungen darin wie tropische Zierfische. Genau so beziehungslos zur Landschaft stand dahinter die Tankstelle. Der Inspektor wartete an der Bar, bis auf einen Fernfahrer waren sie allein. Die Bedienung kam, Carl bestellte frischen Orangensaft und wandte sich an den Inspektor:

»Eine simple Frage an den Fachmann: Welche Konflikte können nur durch Mord gelöst werden?«

»Mag sein, dass ein Konflikt durch Mord gelöst wird, allerdings nur aus der Sicht des Täters.« Der Inspektor zündete sich eine Zigarette an. »Nicht aus unserer Sicht, denn es entsteht ein neuer Konflikt, bedeutend schwerwiegender für uns, vielleicht nicht aus seiner Sicht. Letzten Endes doch. Es kostet das Leben oder lebenslänglich. Es gibt nur zwei Motive für Mord: Das eine ist Liebe oder verschmähte Liebe, was Kollege Herrndorff annimmt, das andere ist Geld. Geld, hinter dem Einer her ist, oder Rache dafür, dass man es nicht bekommen hat – es kann aber auch eine Drohung sein, es rauszurücken. Ihr müsst zahlen, sonst geht es euch genauso! Das wäre bei Schutzgeld der Fall, und davon wüsste ich. Könnte auch bei der illegalen Vermietung von Arbeitskräften vorkommen, Schleuser, Illegale, die Grenze, wissen Sie? Aber nach allem, was wir über Sandhofer wissen, sind die korrekt, wie die meisten Familienbetriebe.«

»Sie haben vermutet, dass die mit Illegalen aus der Slowakei oder Kroatien ...?

»Ist doch nahe liegend.« Die Überlegung war für den Inspektor anscheinend normal. »Die ungarische Grenze ist gleich da drüben.« Er wies in die entsprechende Richtung, was die Bedienung als Zeichen auffasste, ihm noch einen Braunen zu bringen. Fechter nickte. »Aber nur drei Tropfen Milch, bittschön!«

»Die andere Grenze, Tschechien, ist etwas weiter weg, knappe 50 Kilometer. Dann grenzt Kärnten an Slowenien. Und an der schmalsten Stelle sind es nur 40 Kilometer nach Kroatien. Was glauben Sie, was da auf uns zurollt. Bulgaren, Rumänen ...«

Carl hatte bislang keine Veranlassung gehabt, darüber nachzudenken, wichtiger war ihm sein Orangensaft, er stürzte ihn in einem Zug hinunter, jetzt lief ihm der Schweiß erst recht über Gesicht und Hals, er griff nach den Papierservietten. Der Inspektor sah amüsiert zu.

»Wenn es ein Unwetter gibt, werden Sie ziemlich nass, oder Sie bleiben so lange hier. Ihre Frau hat Ihnen das Fahrrad gelassen, nicht wahr?«

»Was Sie alles wissen.«

»Sie hat nichts gesagt, was Sie kompromittieren könnte. Sie hat zu wenig gesagt. Das macht hellhörig. Nur ... um Ihre Ehe ist es wirklich nicht gut bestellt.« Er hob die Hand. »Wir sind diskret. Ihre Frau hat ein Alibi, aber Sie gehören zum Kreis der Verdächtigen, den bestimme nicht ich allein. Also gehen Sie davon aus, dass ...«

»... ich überwacht werde?«, vollendete Carl den Satz.

Statt einer Antwort nickte der Inspektor, als wäre es ihm peinlich.

»Die Frauen, die SIEBEN, mit denen Maria ...«

»Ich weiß«, unterbrach ihn der Inspektor, »sie verdächtigen Richard, den Neffen von Bruno Sandhofer, weil er das Gut übernehmen will.«

»Wo war der eigentlich zur Zeit des Mordes?«, fragte Carl.

»Schauen 'S, Herr Breitenbach«, der Inspektor wand sich

185

gequält, »ich treffe mich mit Ihnen, damit Sie wissen, dass wir auch in anderen Richtungen ermitteln. Interpretieren Sie das, wie Sie wollen. Halten Sie die Augen offen, im eigenen Interesse. Sie kommen viel rum, gestern in Mörbisch, heute sind Sie in Purbach bei Rita Hecht ... Hatte Maria Sandhofer eigentlich einen Freund, einen Geliebten?«

»Mir hat sie nichts dergleichen gesagt.«

»Das muss nichts heißen. Hätte sie es Ihnen gesagt?«

»So wie wir miteinander standen – ja. Ich habe ihr auch gesagt, dass ich verheiratet bin.«

»Wie soll ich das verstehen? Demnach hatten Sie doch was mit ihr?«

»Wir haben über vieles geredet, so in Andeutungen, wissen Sie? Gerade so viel, wie soll ich sagen, dass man nicht zu viel preisgibt, und wenn der andere nicht einwilligt, kann man sich immer noch unbeschadet zurückziehen.«

»Vorhin sagten Sie, dass Sie nichts weiter als Sympathie für sie empfunden hätten, jetzt stellen Sie es anders dar.«

»Das war vorhin.«

»Eben so und jetzt anders?«

»Kapieren Sie denn nicht, Mann?!« Das Gespräch war bislang im Flüsterton geführt worden, doch jetzt wurde Carl laut. »Vorhin – das war kein Verhör, das waren Anschuldigungen, haltlos, aus der Luft gegriffen. Mit Ihnen kann man reden, aber nicht mit diesem Idioten von ...«

»Beleidigen sollten Sie niemanden, das hilft keinem!«, sagte der Inspektor scharf. »Ich glaube Ihnen, deshalb bin ich hier. Aber sollten Sie mich in die Irre führen, bin ich härter als dieser, äh, Kollege. Das verspreche ich Ihnen.« Der Inspektor wirkte jetzt gar nicht mehr einfältig. Er senkte die Stimme, da die Bedienung herüberschaute, und auch der Fernfahrer am anderen Ende der Bar machte große Ohren.

»Sie haben meine Frage nach dem Freund nicht beantwortet.«

»Doch, habe ich«, sagte Carl unwillig. »Nein, sie hatte keinen, ich weiß von keinem. Auch ihr Vater hat nichts davon erwähnt.« Der Ton zwischen den beiden Männern war rauer geworden, Carl fragte sich, was tatsächlich zwischen den Kriminalbeamten ablief, ob er nicht doch lediglich das Korn zwischen zwei Mühlsteinen war.

»Hat Maria Sandhofer irgendwann Ihnen oder anderen gegenüber von finanziellen Schwierigkeiten gesprochen?«

Carl schüttelte den Kopf. »So gut kannten wir uns nicht. Nur dass man mit Wein nicht reich wird; man könne davon leben, aber sonst sei es nur Arbeit und Roulette ...«

Fechter runzelte unwillig die Stirn.

»... wegen des Wetters«, schob Carl nach, und der Inspektor entspannte sich.

»Hat sie mal von irgendeiner Bedrohung gesprochen?«

Carl meinte sich dunkel daran zu erinnern, Ärger wegen einer öffentlichen Sache, das hatte mit Rechten an Weinbergen zu tun, und dass man nie klein beigeben dürfe. Das sagte er dem Inspektor. Ihren Nachsatz jedoch, »wenn man einmal richtig damit angefangen hat, hört man nie mehr auf«, den hatte er noch im Ohr, aber er behielt ihn für sich. Ob ihre Aversion gegen die Landeshauptfrau irgendetwas mit diesen Weinbergrechten zu tun hatte?

Ihn interessierte im Moment jedoch etwas ganz anderes. »Suchen sich Mörder die Orte für ihre Taten eigentlich genau aus?«

»Ja und nein, es kommt darauf an, was sie vorhaben. Es gibt den lange geplanten Mord, oder es ergibt sich plötzlich eine Gelegenheit dazu, es gibt den Affekt. Ein Mörder will, dass die Leiche gefunden wird, um andere zu belasten, falsche Spuren zu legen oder abzuschrecken, das ist mehr Stil der Russen-Mafia. Andere lassen das Opfer verschwinden oder verstecken es weit weg vom Tatort.«

»Und in diesem Fall? Haben Sie eine Theorie?«

Fechter rümpfte widerwillig die Nase. »Ich versteife mich

nie auf etwas, es vernebelt mir die Sinne für anderes und legt mich frühzeitig fest. Ich mache mir lieber ein umfassendes Bild, ich lasse die Dinge geschehen. Vorausgesetzt, Ihre Beobachtung des flüchtigen Täters trifft zu – dann war da jemand unfähig, einen Konflikt anders als mit Gewalt zu lösen. Nehmen wir an, der Konflikt ist in der Kellerei eskaliert, aber sicher sind ihm über einen langen Zeitraum Auseinandersetzungen vorausgegangen, ein Affektstau sozusagen.«

»Dann gab es hier kein anderes Mittel als ...«

»Manchem Täter scheint Mord zum Erreichen seines Ziels durchaus logisch, er will jemanden im wahrsten Sinne des Wortes aus dem Weg räumen«, erklärte der Inspektor nachdenklich. »Aber nur, wenn man als Täter nicht direkt in Betracht kommt. Die meisten Mörder leben in einem Umkreis von 20 Kilometern um ihr Opfer.«

»Sie meinen, so ein Konflikt liegt hier vor?«

»Herr Breitenbach. Für Inspektor Herrndorff sind Sie der Hauptverdächtige.«

»Geht er überhaupt anderen Spuren nach?«

Fechter hatte die Frage nicht mehr beantwortet. Nur die Vermutung der Sieben, dass Richard der Mörder sei, hielt ihm den Rücken frei. Zumindest war bewiesen, dass es Mord gewesen war, blitzschnell arrangiert, in den fünfzehn Minuten seiner Abwesenheit. Der Täter musste die Örtlichkeiten gekannt haben. Wem außer Richard nutzte Marias Tod? Es musste sich für den Mörder um eine existenzielle Frage handeln, dass er ein derartiges Risiko eingegangen war. Marias Frauen boten eine Lösung an, aber sie irrten. Es waren nicht Richards Schritte gewesen, die er gehört hatte. Doch er hatte lediglich die Rückenansicht eines Unbekannten zu bieten.

Was hatte Inspektor Fechter am Schluss des Gesprächs gemeint? »Vielleicht sollten Sie sich auch mal um Ihre Frau kümmern! Haben Sie es mal mit Surfen versucht?« Es waren dieselben Worte wie die von Karola. Der scheinheilige Lump wusste doch was, so unbedarft, wie der tat ... und in dem Moment sah Carl diesen braun gebrannten Schönling vor sich.

Ein Stück von der Tankstelle entfernt hielt Carl an und schaute zurück. Der Inspektor folgte ihm nicht. Dafür stach Carl das hässliche Ensemble geradezu ins Auge: Tankstelle, Supermarkt und Hotel, Schuhkartons, der absolute Kontrast zu allem, was er bislang im Burgenland gesehen hatte – gerade erst fertig gestellte Bauruinen. Oder sollte drum herum noch mehr gebaut werden? Gehörte dieser ominöse Nachtclub auch zum Komplex, der besser in die Wüste Nevada passte als zwischen Schützen und Donnerskirchen?

Wieder quälte ihn der neue Sattel, dabei hatte er den Rennsattel längst gegen eine weichere Tourenversion ausgetauscht. Wie hielten es Rennfahrer stundenlang auf diesen entsetzlichen Dingern aus? Er stellte sich in die Pedale. Donnerskirchen war schnell erreicht, hinter dem Ort stand leuchtend gelb die Wehrkirche St. Martin vor dem satten Grün des Leithagebirges, und darüber standen aufgeblähte Gewittertürme. Heute machte die Hitze Carl sehr zu schaffen, schwüle 35 Grad waren auch ihm zu viel. Endlich kam Purbach in Sicht, wo er wieder zwischen die Lastwagen musste.

Ein alter roter Passat überholte ihn langsam, ein H für Ungarn auf der Heckklappe. Der Wagen hielt in einer Einfahrt und schnitt ihm den Weg ab. Schon wieder Polizei? Der Fahrer stieg aus, ein dunkelhaariger Typ, und breitete entschuldigend die Arme aus. In miserablem Deutsch stammelte er etwas von »der Autobahn nach Wien«, dabei fuchtelte er mit einer Straßenkarte herum.

Eine Autobahn gebe es erst hinter Jois, erklärte Carl, auf dem Weg nach Parndorf, die A 4. Aber der Ungar tippte immer wieder auf die Karte. Nach einem Moment hatte Carl begriffen. Neben dem See war tatsächlich eine gestrichelte

Linie eingezeichnet, das bedeutete Autobahn im Bau. Die Straßenkarte stammte von 1998, und jetzt verstand er die Aufregung des Ungarn, der meinte, sich verfahren zu haben.

»Hier gibt's nur die B 50, die Landstraße«, sagte Carl und fuhr mit dem Finger daran entlang. »Fahren Sie geradeaus, dann kreuzen Sie die Autobahn, links geht's nach Wien und rechts nach Ungarn.«

Johanna und er waren anders gefahren, sie hatten hinter Wien die A 3 nach Eisenstadt genommen, waren hinter der Stadt auf die S 31 abgebogen und bei der Polizeidirektion, wie er jetzt wusste, auf die B 50 gestoßen.

Der Ungar bedankte sich überschwänglich, Frau und Kinder winkten aus dem Auto, und Carl schob das Rad bis zur Ampel am Türkentor, einer Wehranlage aus der Zeit der Türkenkriege, die dem Ort damals nichts genutzt hatte. Gegenüber lag das Restaurant ›Pauli's Stuben‹, da musste er links hinauf, so hatte ihm Karola den Weg zur Kellerei von Rita Hecht beschrieben. Er selbst wohnte weiter unten, kurz vor der Eisenbahn, die den See begleitete – und wo man, laut Karte des Ungarn, eine Autobahn hatte bauen wollen.

Wie konnte jemand annehmen, mit einem Mord davonzukommen, welcher Vorteil erwuchs dem Täter aus Marias Tod? Was nutzte es Herrndorff, ihn als Täter hinzustellen? Wenn man den Verdacht auf die Spitze trieb und Egoismus als alleinige Triebkraft des Menschen begriff, dann schob dieser Inspektor Carl womöglich vor, um den wirklichen Täter zu decken. Wenn sich mittlerweile sogar Gewerkschafter in Brasilien verwöhnen ließen, wieso sollte dann die Polizei nicht genauso korrupt sein? Macht korrumpierte letztendlich jeden! Die Erkenntnis, dass er ein lebendes Beispiel für die Theorie bei sich zu Hause hatte, traf ihn hart.

Weshalb hatte Fechter ihn abgepasst, was waren seine Beweggründe? Neid? Kompetenzgerangel oder Wut darüber, dass man ihm als Burgenländer jemanden aus Wien vor die Nase gesetzt hatte, der ihm den Fall wegnahm? Und er spann den Faden weiter: Was hatte Maria getan – oder unterlassen, dass nur Mord als letzte Möglichkeit geblieben war?

»Wollen Sie nicht gehen? Grüner wird's nicht!«

Carl schrak auf, nickte der Frau entschuldigend zu und überquerte die Straße, froh, dem Verkehr entgangen zu sein, und sah den Friedhof von Purbach vor sich, der ihn auf drastische Art in die Wirklichkeit zurückholte. Er fragte eine Dame nach dem Weg, und sie antwortete in breitestem rheinischem Dialekt, »dat se dat nit wisse«. Die alten Männer an der nächsten Ecke waren von hier, aber sie erklärten den Weg so umständlich. Carl fand die Kellerei schließlich trotzdem.

Rita Hecht war in heller Aufregung. Besorgt blickte sie zum Himmel und raufte sich die kurzen Kringellocken, als könne es gegen Gewitter und Hagel helfen, nahm die Brille ab und rieb sich nervös die Augen. »Ich habe für so was keine Nerven.«

Die Wetterwand hatte sich über den Bergrücken geschoben, das Licht war fahl geworden, beinahe gelb, kein Hauch ging. »Heute sind Wetterphänomene kaum noch zu begreifen. Wenn es jetzt hagelt, ist alles hin, die gesamte Lese, das zerschlägt uns die Trauben, die Blätter ...«

Carl hatte bisher lediglich befürchtet, nass zu werden; an die Konsequenzen für die Winzer hatte er nicht gedacht.

»Es kann uns die Arbeit eines Jahres kosten «, stöhnte Rita. Die kleine Frau zappelte vor Nervosität. »Wir sind ruiniert. Wir hatten bereits im vergangenen Jahr Pech, eine Woche vor der Lese heftiger Regen. Die Trauben haben so vollgesogen, dass die Beeren geplatzt sind. Und dann die Fäulnis, besonders die dichtbeerigen Sorten wie Sauvignon blanc, St. Laurent und unser Blaufränkischer sind anfällig dafür. Wegen des Rausschneidens der schlechten Trauben hatten wir die doppelte Arbeit – und den halben Ertrag.« Wieder sah sie zum Himmel, als schickte sie ein Stoßgebet zu St. Urban, und bekreuzigte sich. Ob der Heilige des Weinbaus sie erhörte?

Zumindest erschien ihr Mann in der Kellertür. »Schau, die Wolken sind sehr hoch«, sagte er, »bis in die Stratosphäre. Weißt du, was das bedeutet?«

Carl hatte keine Ahnung, aber Ritas Gesichtsausdruck nach zu urteilen, musste es etwas Fürchterliches sein. »Hagel zerschlägt uns nicht nur die Trauben, er zerschlägt auch die Laubwand«, erklärte sie. »Was an Trauben übrig bleibt, reift nicht mehr. Ohne Blätter keine Photosynthese und ohne Photosynthese kein Zucker in den Beeren …«

»… und ohne Zucker kein Alkohol«, vervollständigte Carl den Satz.

»Sie wissen ja doch Bescheid. Maria hat gesagt, Sie hätten keine Ahnung.«

»Wozu gibt es Bücher?«, meinte Carl nur.

»Wieso kommt Ihre Frau nicht mit?«, fragte Ritas Mann.

»Sie surft lieber, sie verbringt die Tage am See.«

»… so wie mein Mann im Weinberg«, sagte Rita. »Ich bin die Kellerkatze, die liegt immer auf dem Fass mit dem besten Wein. Außerdem habe ich nicht die Nerven, das Gewitter hier oben durchzustehen.« In der Ferne grollte Donner. »Gehen wir in den Keller!«

Es ging über eine Metalltreppe abwärts. Diese Kellerei war in Bezug auf die Gebäude und ihre Anordnung sehr modern. Die Gewölbe waren nicht aus fünfhundert Jahre alten Steinen gefügt, sondern aus Schüttbeton. Hier war Platz, die Architektur war den Erfordernissen der Weinbereitung gefolgt. In Bezug auf die technische Ausstattung wie Gärtanks, pneumatische Presse und Kühltechnik glichen sich die Keller jedoch mehr oder weniger.

»Wir standen vor der Wahl«, erzählte Rita Hecht, als sie nach dem unterirdischen Rundgang vor einem Eichenholzfass im Barriquekeller stehen blieb, auf dem die Skulptur einer schwarzen Katze lag. »Entweder verkaufen, da der Betrieb von der Größe her unrentabel war, denn meine Eltern hatten Weinbau nur als Nebenerwerb betrieben, oder modernisieren und verschulden. Wir haben uns für Letzteres entschieden und für die Spezialisierung. Das ist heutzutage notwendig, jedenfalls habe ich damit Erfolg. Ich habe mich auf den Ausbau im Barrique konzentriert. Viele arbeiten so, das ist modern, ein Wein mit Lignin-Aroma, das ist dieser Zimt- oder Nelkenduft. Der Wein wirkt hochwertiger, er muss es aber nicht sein. Da sind wir gleich bei der Moral: Will ich einen runden, vollen Weintyp, haltbar und mit Gesicht, dann brauche ich das Barrique. Wenn ich die Weine lediglich aromatisieren will, schmeiße ich Eichenchips rein, sogenannte *oak beans*.«

In diesem wenig romantischen Keller lagen drei unterschiedliche Typen von Holzfässern. »Die Hellen sind neu, französische Eiche aus Allier, feinporig. Dann sehen Sie hier«, Rita zeigte auf die Reihe gegenüber, »die fleckigen Fässer sind zwei oder drei Jahre alt, die geben kaum noch Geschmack ab. Und weiter rechts, die mit dem Brandstempel, Eiche von der Schwäbischen Alb, das ist ein Versuch, das Holz von dort ist kaum bekannt, es ist gut und teuer.«

Carl beobachtete die phosphorisierenden Augen der Kellerkatze. Hatte sie nicht eben auf einem anderen Fass gelegen? Wieso machte sie jetzt einen Buckel?

Rita folgte Carls Blick und schmunzelte. »Die lebt, glauben Sie mir. Mal liegt sie auf diesem Fass, dann ist es das beste, eine Woche später auf einem anderen. Keiner weiß, wie sie da hinkommt.«

Sie lauschte, ließ Carl einen Moment allein und kam dann beschwingt die Treppe wieder herunter. »Ich glaube, St. Urban erhört uns. Dafür wird er die andere Seite des Sees heimsuchen, Illmitz, ziemlich heftig sogar. Ich werde gleich mal bei Ellen anrufen. Bei der waren Sie noch nicht?«

Carl nickte abwesend, er wollte den Faden nicht verlieren; die Technik des Barriqueausbaus war Neuland, er würde den Wein gern probieren, um sich die Erläuterungen zu merken.

Rita holte einen Weinheber und Gläser und begann die

Probe bei den am längsten gelagerten Weinen. »Wer glaubt, dass sich im Barrique aus schlechtem Rohstoff ein großer Wein machen lässt, irrt. Solche Weine wirken parfümiert, sie kippen bald um, sind nicht haltbar. Man darf das Holz nicht merken. Dieser Blaufränkische hier ist nicht fertig, aber er ist schon gut«, sagte sie und hielt das Glas gegen das Licht.

»Bei dieser Beleuchtung sieht man schlecht, zumal für mich die Farbe wichtig ist. Der eine Wein ist dunkel wie Tinte, der andere purpurrot. Es gibt die Granatroten und Kirschfarbenen, wieder andere haben Töne von Kupfer oder Ziegeln. Dann die ganze Palette der Roséweine – und die Weißen erst, da muss man ganz genau hinschauen. Wissen Sie, die Farbe ist für mich fast das Wesentliche. Die Schattierungen des Bodens, ich sehe den Kalk, den Lehm, das Eisen, je nach Feuchtigkeit sieht es anders aus. Den Trauben kann man ansehen, wie sie reifen, manchmal von einem Tag auf den anderen, und die Kerne wechseln ebenfalls die Farbe vom Grün zum Braun ...«

Der Wein in Carls Glas wirkte blau, dunkel, undurchsichtig, am Rand ein lila Schimmer. Er probierte und war sich nicht sicher, wie er ihn fand.

»Noch ein Jahr auf der Flasche – mindestens«, meinte Rita. »Wie lange solche Rotweine im Fass bleiben, hängt davon ab, wie hoch der Anteil an Geschmacksstoffen im Traubenextrakt ist, je höher, desto länger bleiben sie.«

Danach probierten sie einen Rotwein, der erst seit Anfang des Jahres im Fass war, er hatte wenig Ähnlichkeit mit Wein, war spröde und aufdringlich. Carl verzog angewidert das Gesicht.

»Das ist die normale Reaktion«, sagte Rita amüsiert. »Früher dachte ich, dass ich was verdorben hätte, aber mit der Zeit ändert sich der Geschmack, die sogenannte Oxidation mindert den phenolischen Eindruck. Es bilden sich neue Aromastoffe, die Aromen des Weins, der Hefen und des Holzes verbinden sich, das braucht Zeit. Mein Blaufränkischer bleibt 18 Monate im Fass, dann noch einmal so lange in der Flasche ...«

»Dann kriegen Sie erst drei Jahre später Ihr Geld?«

»Leider. Viele Winzer verkaufen gleich und sagen dem Kunden, er solle ihn lagern. Wenn er später überaltert ist, fällt das auf uns zurück. Wie geht's übrigens bei Sandhofer weiter, zukünftig, meine ich?«, fragte Rita übergangslos. »Soweit ich weiß, hat Richard bereits das Regime übernommen. Weiß man schon mehr über die Hintergründe, über ...?«

Es war unvermeidlich, dass irgendwann das Gespräch darauf kam.

»Sie mögen nicht gern darüber sprechen«, sagte Rita verständnisvoll, »doch es interessiert uns brennend. Gehen wir nach oben, probieren wir die reifen Weine, und Sie erzählen. Einverstanden?«

Carl erwähnte Johanna mit keinem Wort, sondern berichtete nur das Wesentliche. Er probierte dabei die fertigen Weine, zu seiner Überraschung war nicht einer darunter, der genauso schmeckte wie die aus den Fässern. Die fertigen Weine waren weicher, runder, voller im Duft, weniger Holztöne, und das Tannin war nicht so rau und hart, stattdessen war die Säure geschmeidiger. Unkonzentriert, zwischen der Verkostung und seinem Bericht vom Verhör hin- und hergerissen, berichtete Carl von dem Inspektor aus Wien, der ihm den Mord anhängen wollte.

»Was denken die sich, so einen mit dem Fall zu betrauen?«, schimpfte die Winzerin. »Für die sind wir halt Krautwächter ... Hinterwäldler eben. Außerdem muss man die Menschen kennen und die Beziehungen untereinander, man muss wissen, dass über nichts laut gesprochen wird. Wir sind zurückhaltend, nicht so gerade heraus wie ihr Deutschen, dafür zerschlagen wir auch nicht so viel Porzellan. Dieser Inspektor weiß gar nicht, wer mit wem hier Wickeln hat, und dem sagt auch keiner was. Außerdem will er nirgends anstrafen, sich mit niemandem anlegen. Da kommt ihm ein Ausländer wie Sie gerade recht. Das Böse kommt immer von außen. Dabei steckt der Teufel in uns, in jedem, na, a bisserl zumindest«, sagte sie und wurde verlegen.

»Hatte Maria einen Freund oder einen ...?«

Rita winkte ab. »Vor zwei Jahren hat ihr jemand ziemlich auf die Füße getreten, das war ein Schock, der war nur hinter ihren Weinbergen her. Das hat sie fürchterlich misstrauisch gemacht. Wir Frauen kennen uns ja alle ziemlich gut.«

»Und wer war dieser Mann?«

»Himmel, Herr ... Carl, Sie sind ja neugierig, wie die Kibara. Aber na ... über so was redet man nicht, das ist Privatsache.«

»Ich frage nicht aus Neugier, ich frage nach den Gründen, die jemanden dazu bringen können ...«

»Hält die Polizei es für möglich, dass Richard ... ich frage mich, ob sie diese Spur verfolgt? Ein schlechter Mensch wie er kommt in vielen Familien vor.«

Carl hielt es für zwecklos, ihr Richard als Täter auszureden. Zu 99 Prozent war er es nicht gewesen. Der Täter hatte einen anderen Schritt und einen anderen Körperbau. »Hatte Maria denn sonst noch Ärger, mit anderen Leuten, andere Probleme, Sorgen?«

»Nein. Nie. Sie war ein friedfertiger Mensch, aber eigensinnig. Wenn sie sich was in den Kopf gesetzt hatte ...«

»Ja, was dann«, unterbrach Carl.

»Dann konnte sie hart werden, unzugänglich, völlig undiplomatisch.«

»Denken Sie an etwas Bestimmtes?« Carl spürte instinktiv, dass er auf etwas gestoßen war.

»Mir fällt dieses Autobahnprojekt ein, diese Umfahrungen an der B 50 und die Schnellstraße. Da hat sie sich quergelegt, und noch einige andere, bedeutend radikaler als diese depperte Bürgerinitiative, die sich angeblich um den Erhalt des Burgenlandes kümmert. Sie wissen nichts davon? Wir Sieben sind zwar alle dagegen, aber nicht aktiv, und beileibe nicht so entschieden wie Maria. Ich glaube, das hatte was mit dem Verschwinden ihres Bruders zu tun. Seitdem hat sie sich überall eingemischt.«

Rita blickte auf Carls Armbanduhr. »Sie müssen mich entschuldigen. Aber wenn Sie Lust haben, kommen Sie heute Abend zum Essen, dann erzähle ich Ihnen mehr. Und bringen Sie Ihre Frau mit.«

Die Einladung war Carl sehr recht, aber er würde ohne Johanna kommen. Gleich würde er bei der Surfschule in Donnerskirchen vorbeischauen, dort sollte jedenfalls eine sein, und durch die Einladung vermied er abends das Zusammentreffen mit Johanna, das Warten, das Grübeln, seine innere Unruhe und sein Schuldgefühl ihr gegenüber. Er hatte Angst – weniger vor dem albernen Mordvorwurf, der würde sich als unhaltbar herausstellen –, mehr Angst hatte er vor Johannas Kälte und der Frage, wie es weitergehen sollte. Die musste er selbst beantworten.

Und erst jetzt machte er sich bewusst, was es bedeuten würde, wenn Herrndorff der Presse mitteilte, wie Maria umgekommen war und dass es einen Zeugen gäbe. Dieser glitschige Inspektor würde bestimmt quatschen, allein um sich wichtig zu machen. Carl konnte nur hoffen, dass sein Name unerwähnt blieb. Wenn der Täter erfuhr, wer ihn gesehen hatte, konnte es gefährlich werden. Der Mörder würde ihn kennen, er aber nicht den Mörder ...

10

Sie erkannte ihn von weitem, obwohl es in der schmalen Straße ziemlich dunkel war, sie hätte ihn wahrscheinlich auch bei absoluter Dunkelheit erkannt. Es war die Haltung, seine schmale Figur, und sie wusste genau, wie Carl das Rennrad schob oder sein Mountainbike, das er diesmal zu Hause gelassen hatte. Das Rennrad fasste er am Sattel an und dirigierte es mit den Fingern, das Mountainbike hielt er am Lenker.

Es ging Johanna zutiefst gegen den Strich, dass sie gleichzeitig nach Hause kamen. Sie hatte gehofft, dass er bereits schlief. Ob er nur so tat, sollte ihr egal sein, es wäre ihr sogar lieber, es ersparte unangenehme Fragen, das sich Belauern oder etwas, das weitaus schlimmer war, nämlich das Schweigen. Es stand mittlerweile so bedrohlich zwischen ihnen wie die Gewitterwolken, die sich leider woanders entladen hatten, was sie um einen berauschenden Flug gebracht hatte. Dafür war der andere nicht weniger berauschend gewesen, und jetzt zerstörte Carl die Erinnerung daran. Stattdessen stand das Schweigen vor ihr, es ballte sich zusammen.

Von Carls Weingeschichten und Radtouren wollte sie nichts hören, es interessierte sie nicht. Punktum. Sie wollte das Gefühl auskosten, das sie seit dem Flug mit Hans für ihn empfand. Carl würde es unweigerlich zerschlagen, wenn er wieder von dieser Maria anfing. Auch tot stand sie zwischen ihnen, und der Mordverdacht hing wie ein Gewitter ohne Wind über Carl. Es bewegte sich nicht von der Stelle.

Hatte Carl sie erkannt? Außer ihr war niemand auf der Straße, und sie gingen aufeinander zu. Er wird das Auto gesehen haben, dachte sie, und wenn nicht, wird er in der Stille dieser verschlafenen Straße den Audi am Motorengeräusch erkannt haben. Sein verfluchtes Gehör. Er hörte das Gras wachsen, manchmal hatte sie das Gefühl, er hörte in Menschen hinein, hörte, was sie dachten, hörte, was nicht einmal ihr selbst bewusst war, wovor sie sich insgeheim fürchtete, weil sich etwas in ihr nicht beschwichtigen ließ. Aber sie wollte es nicht wissen, es vor allem von niemandem gesagt bekommen, und erst recht nicht von ihm.

Ihre Gedanken überschlugen sich, sie wollte für sich sein. Schlimm genug, dass sie nicht bei Hansi geblieben war, aber er hatte sie sanft gedrängt, den Konflikt nicht auf die Spitze zu treiben und zurück nach Purbach zu fahren. Außerdem hatte er einen Termin. »Wir haben viel Zeit«, hatte er sie beruhigt. Hatten sie die wirklich? Woher dann ihre Unruhe?

Zu allem Unglück hatte auch noch Carl angerufen und sie zu dieser Winzerin zum Essen eingeladen, allerdings hatte seine Einladung wenig glaubhaft geklungen. Nein, sie sei mit einer Clique von Surfern verabredet, nach einem ganzen Tag auf dem Wasser wolle man den beim Heurigen ausklingen lassen. Klang plausibel, oder? Hatte er einen Grund, an ihren Worten zu zweifeln? Er wusste nichts. Irgendwann würde sie ihn vor vollendete Tatsachen stellen. Nur vor welche?

»Hallo.« Er lächelte befangen.

»Hallo.« Sie versuchte, das Lächeln zu erwidern, und merkte, dass es ihr misslang.

»Hattest du einen schönen Abend mit deinen Surfern?«

War da ein provokanter Unterton? »Ja, sehr schön, tolle Leute«, sagte sie mit fremder Stimme. »Interessant und offen. Wenn man den ganzen Tag auf dem See zusammen ist und trainiert, hat man eine Menge zu erzählen.«

»Bei der Flaute heute …?« Carl schloss die Tür auf und ließ ihr den Vortritt.

Wie war das gemeint? Sie betraten den Hof, die Laternen, vom Bewegungsmelder gesteuert, flammten auf. »Und dein Tag?«, fragte sie, während sie nebeneinander hergingen und ihr von dem zähen Rosenduft fast übel wurde.

»Du hattest Recht, der Inspektor ist ein aufgeblasener Schleimer. Er braucht ein Opfer ...«

»Sag ich doch, aber lass mich damit bitte jetzt in Ruhe, Carl. Ich bin müde, das verdirbt mir nur die Laune, und es wäre schade drum.«

»... der andere, den ich meinte, hat sich den Fuß gebrochen, dafür haben sie den aus Wien geholt. Da war er Chefinspektor. Das Ganze hat eine interessante Wendung bekommen, aber wie du willst, es ist spät. Ich werde dich morgen früh allerdings mit einigen Fragen belästigen müssen. Es geht um Autobahnen – und Emissionen, also Schadstoffe von Autos.«

»Ich bin im Urlaub«, sagte sie abwehrend, und ihr Widerwille wuchs. Obwohl sie einiges dazu sagen könnte, wollte sie weder damit noch mit seinen Polizeigeschichten etwas zu tun haben. Doch als das Badezimmer besetzt war und sie mit einer Flasche Rotwein auf der Terrasse saß und sich an Hansi erinnern wollte, ging ihr Carls Ankündigung nicht aus dem Sinn. Autobahnen und Schadstoffemissionen gehörten nicht zu seinen Themen.

Im Apartment wurde es still, Carl hatte sich auf der Couch eingerichtet, aber sie blieb sitzen, trank einen Wein, der sehr gut schmeckte, und ärgerte sich. Es war genau das eingetreten, was sie befürchtet hatte. Er hatte ihr mit seiner Andeutung den Rest dieser Nacht verdorben. Sie nahm die Flasche zur Hand, und als sie las, dass es einer von Maria Sandhofer war, von dem sie bereits die Hälfte genossen hatte, fühlte sie sich betrogen.

Ich lasse mir etwas einfallen, um mit Hansi den Sonnenuntergang und den Sonnenaufgang zu erleben, und die Zeit dazwischen, dachte sie, damit das Gefühl wachsen kann. Es muss göttlich sein, dort auf einem Pfahlbau, Hansi, seine Nähe, der Blick über den See und die Sterne ... sie wusste auch schon, was sie Carl erzählen würde. Er hatte sie gerade eben auf die Idee gebracht.

In Gedanken füllte sie ihr Glas. Sie füllte es weiter, als Carl gelten ließ. Sein imaginärer Eichstrich war die weiteste Stelle des Glases, wo am meisten verdunsten konnte, wo der Wein die meisten Aromastoffe freisetzte. Physikalisch durchaus richtig, aber seit er sich mit Wein beschäftigte, war er zum Klugscheißer avanciert. Sie roch an dem Wein und fand, dass er roch, wie Wein riechen sollte, und nach Brombeere, aber was die Leute da immer hineininterpretierten, erschloss sich ihr nicht. Schwätzer. Jeder meinte, dass er besser sei als der andere. Hansi verstand anscheinend auch was davon, und er hatte was für Winzer übrig, was sie ärgerte und was sie ihm missgönnte. Ihr war das Theater um die Winzer zuwider, wieso genossen sie so viel Wertschätzung? Die Anerkennung, die ihr zuteil wurde, beschränkte sich auf den kleinen Kreis Eingeweihter. Das musste so sein, ihre Erfolge machte sie besser nicht publik, ihre Befriedigung genoss sie im Verborgenen. Wenn man wirklich etwas erreichen wollte, verhielt man sich unauffällig.

Sie hörte die Couch knarren. Carls Nähe machte sie kribbelig wie ein Pullover aus zu harter Wolle. Den Pullover konnte man ausziehen, die eigene Haut nicht. Wieso hat er sich mit meiner Erklärung zufrieden gegeben? Kann er was von uns wissen, von mir und ...? So ein Patzer wie mit der Flaute darf nicht noch mal passieren. Sie griff wieder nach dem Wein und trank. So blöd ist Carl auch nicht, dass er nicht weiß, dass man bei Flaute nicht trainiert. Auf seinem Rad ist er mit dem Wind genauso konfrontiert wie ich.

Es machte sie ärgerlich, dass sie darüber nachdachte. Und dann die Frage wegen der Autobahn. Was gingen ihn Schadstoffemissionen an? Wozu mischte er sich in ihr Metier ein? Sie nahm wieder einen großen Schluck.

Ihr wurde warm, ihr wurde schwindelig, es war, als säße sie einen Zentimeter neben sich. Hansi – was weiß ich eigentlich von ihm? Dass ich mit ihm geschlafen habe, es war wunderbar, schade, dass ich nicht bleiben konnte. Aber nicht in diesem schrottigen Wohnwagen mit dem Modergeruch; dann lieber in seiner Wohnung. Er wohnt in Eisenstadt, und wie? Viel verdient er mit seiner Schule nicht. Hat er die gepachtet oder ist es Eigentum? Ich frage ihn. Die größte Leuchte ist er auf keinen Fall, aber dafür hat er mich. Er ist ein richtiger Mann, leidenschaftlich, einer, der mich in die Arme nimmt und mir Sicherheit gibt. Und Carl? Der hat das nie gekonnt. Dazu war unsere Ehe immer viel zu – gleichberechtigt.

Konnte sie sich auf Hansi verlassen? Hatte sie irgendeine Erfahrung gemacht, die das bestätigte? Bevor ihr noch mehr Zweifel kamen und sie selbst ihre Erinnerung zertrümmerte, trank sie lieber noch ein Glas ... Wenn seine Pläne mit Surfen & Siegen nicht aufgingen? Sie musste sich Klarheit verschaffen, sie musste das selbst in die Hand nehmen.

Das Glas war leer, die Flasche auch. Zeit zum Schlafen. Sie stand auf, kam nicht gleich hoch, stützte sich auf die Armlehne, der Korbstuhl kippte zur Seite, sie taumelte, knickte um, landete der Länge nach in den Rabatten und stieß sich den Kopf an einem Blumenkübel. Sie schrie mehr vor Schreck als vor Schmerz.

Als sie sich mühsam aufgerappelt hatte, sich den schmerzenden Kopf und die Hüfte rieb, die tiefen Kratzer der Dornen sah und sich umwandte, stand Carl im Türrahmen.

»Was glotzt du so blöde?«, fuhr sie ihn wütend an und fühlte sich ertappt. »Ich bin gestolpert.«

»Dann ist es ja gut ...«

Aufreizend ruhig bestrich Carl eine Semmel mit Orangenkonfitüre und schenkte sich Kaffee nach. »Zurück zu meiner Frage von gestern.«

Johanna ärgerte sich bereits, dass sie sich mit an den

Frühstückstisch gesetzt hatte, aber er hatte für zwei gedeckt.

»Wie findet man heraus, welche Folgen der Straßenverkehr für den Weinbau hat? Verbrennungsmotoren stoßen Abgase aus, die fliegen in der Luft rum und kommen irgendwann runter.«

»Das ist richtig«, bestätigte Johanna, »Kohlenmonoxid, verschiedene Kohlenwasserstoffe und Ruß. Da hängen sich Schadstoffe in großer Menge dran an und besonders fest. Darunter sind so genannte polyzyklische aromatische Kohlenwasserstoffe, viele ihrer Verbindungen gelten als krebserregend. Die Debatte über Feinstaub und Smog ... aber was soll das?«

»Das alles setzt sich ab, nicht wahr?«, unterbrach Carl, »auf den Weintrauben, auf den Weinblättern und auf der Erde, denke ich, und da reichert es sich mit der Zeit an, oder?«

». . . stimmt, aber . . .«

»Der Weinstock nimmt die Schadstoffe auf und bringt sie in die Trauben. Auf den Beeren sitzt das Zeug auch, Wein wächst ja am Straßenrand. Erinnerst du dich, als wir nach Koblenz gefahren sind? Bei Worms und Speyer, nichts als Weinberge neben der Autobahn. Was passiert bei der Gärung mit den Schadstoffen? Wo bleibt der Autodreck? Du hast immer gepredigt, nichts würde verloren gehen, höchstens umgewandelt. Waschen darf man Trauben nicht, denn dann spült man die Hefen ab, und die sind nötig, damit der Traubenzucker sich in Alkohol verwandelt ... Es soll allerdings Zuchthefe geben, mit der man die Naturhefe ersetzen kann.«

Johanna starrte ihn mit offenem Munde an und schüttelte überrascht den Kopf. »Das sind ja ganz neue Töne.« Sie war sprachlos. Das hatte sie von ihm noch nie gehört. Unglaublich, wofür er sich interessierte, und alles wegen dieser verdammten Maria, dieses Aas ... sie hatte ihm den Kopf verdreht. Johanna verspürte nicht die geringste Lust, ihm irgendeine Frage zu beantworten. Sollte er sich die Antworten sonst wo beschaffen.

Alles was er sagte oder tat, ging ihr sowieso gegen den Strich. Und auch seine Gegenwart, seine Orangenmarmelade und diese idiotischen Fragen. Da hatte sie sich was Feines herangezüchtet. Jahrelang hatte sie ihm mit Umweltproblemen in den Ohren gelegen, und nun, wo sie das Thema begraben hatte, fing er damit an.

»Wozu der Unsinn?«, antwortete Johanna ungehalten. Sie gab sich keine Mühe, ihre Ablehnung zu verbergen. Dazu hatte er sie zu sehr gedemütigt; sie hatte schlecht geschlafen, hatte zwar keine Kopfschmerzen, aber ein dumpfes Gefühl und eine unbekannte Schwere im Körper. »Was hast du damit zu schaffen?«

»Das ist meine Sache«, antwortete Carl, erschrocken über die heftige Reaktion. »Ich habe dich lediglich gefragt, wie man herausfinden kann ...«

»Ich habe keine Ahnung«, sagte Johanna schroff, »basta. Ich will es auch nicht wissen. Was geht es dich an? Kümmere dich um deine eigenen Angelegenheiten.«

»Das mache ich gerade. Und meine Angelegenheiten bestimme immer noch ich selbst.«

»So wie deine Eskapaden mit dieser Winzerin!«

»Es hat nie Eskapaden gegeben.«

»Ach nein? Und weshalb nicht? Hat sie dich nicht rangelassen, die schöne Maria?«

Carl tat, als widme er sich mit Inbrunst der unteren Hälfte seiner Semmel. Überlegt er, was er mir jetzt auftischen soll, oder bedauert er, dass es zu nichts gekommen ist?, fragte Johanna sich. Oder wird er endlich Farbe bekennen? Und wenn er damit rausrückt, dass sie doch was miteinander gehabt haben? Vor dieser Antwort fürchtete sie sich am meisten, und dieser Umstand erboste sie zutiefst. Weil es ihren Stolz verletzt hätte, ihre Intimität, die sie mit Carl geteilt hatte? Weil sie sich dann vorstellen würde, wie er mit dieser Maria ... dass er mit dieser Frau das gemacht hätte, was ihr vorbehalten war? Oder bestand die Katastrophe darin, zu begreifen, dass das Intimste, was es zwischen einer Frau und einem Mann geben konnte, gar nicht so exklusiv war? Sie, Johanna, würde den Zeitpunkt der Trennung bestimmen, und nicht er! Sie würde sich von ihm trennen, nicht umgekehrt.

Ihr Mund war trocken. Wusste er von Hansi? Früher oder später würde er es erfahren, aber sie würde ihn vor vollendete Tatsachen stellen, und dazu musste sie sich bei Hansi sicher sein, absolut sicher, bei ihm und bei seinem Projekt.

»Meine Frage nach der Autobahn hat mit dem Mord zu tun. Es war Mord! Zumindest das ist klar. Sie ist erschlagen worden, und dann hat jemand sie so hingelegt, als ob sie von der Empore gestürzt wäre. Dieser Inspektor will mir das anhängen.«

»Na, vielleicht warst du es ja?«

Carl ging nicht auf die Provokation ein, er sah Johanna kopfschüttelnd an, als hätte er eine Schwachsinnige vor sich. »Der Inspektor – er braucht einen Täter, möglichst schnell. Also muss ich mich wehren. Und ich glaube ...«

»Was du glaubst, ist unwichtig«, zischte Johanna. »Das ist so egal wie nur irgendetwas. Nimm dir einen guten Rechtsanwalt, einen sehr guten! Möglichst schnell.«

»Hör mir zu, verdammt ...«, Carl wurde laut, »ich muss den Täter finden. Nur so komme ich da raus. Der hiesige Inspektor steht auf meiner Seite, der ermittelt weiter.«

Als Johanna sah, mit welch boshaftem Blick Carl auf ihr Lachen reagierte, wurde sie höhnisch. »Die tricksen dich aus, Carl. Die spielen mit dir, der Dumme bist du. Jeder spielt eine Rolle. Du bist Ausländer, du hast keine Chance. Noch dazu als Deutscher. Glaubst du, die mögen uns wirklich?«

»Nicht alle, aber mich schon. Für viele Österreicher hat die Nazigeschichte keine Bedeutung mehr, außerdem haben sie bei der Schweinerei mitgemacht.«

»Wer's glaubt, wird selig.«

»Das KZ Mauthausen ist nicht weit von hier ... ansonsten treffe ich die Entscheidungen über meine nächsten Schritte selbst. Auf deinen Rat schei ...«

»Das habe ich gemerkt«, unterbrach ihn Johanna, sie kochte. »Um mich zu hintergehen.« Die Situation war ihr zuwider, der Aufenthalt hier, dieser spießige Hof mit seinem Rosenduft. Sie musste weg, nichts davon sehen und nichts mehr von dem Mord hören. »Dann finde selbst raus, was mit den Schadstoffen passiert. Rückstandsforschung heißt das Schlagwort. Ich helfe dir nicht. Du hast dir das eingebrockt, also löffle die Suppe gefälligst alleine aus. Ich habe wegen meiner Haltung genug Schwierigkeiten gehabt. Das ist vorbei. Ich mische mich nicht mehr ein. Und was die Umwelt angeht, die ist sowieso nicht zu retten. Zu keiner Zeit bestand irgendeine Gefahr für die Bevölkerung. Das haben sie nach Tschernobyl gesagt, und das sagen sie nach der nächsten Katastrophe auch.« Johanna stand so abrupt auf, dass der Stuhl umkippte, und räumte das Frühstücksgeschirr in einen Korb.

»Und alles, was du früher gesagt hast, gilt nicht mehr? Weil du für deine früheren Gegner arbeitest?«

Der Mann war hartnäckig wie nie zuvor, diese Seite kannte sie nicht von ihm. Johanna wollte nichts mehr hören, wollte auf den See, die Baumspitzen schwankten, also gab es Wind. Das würde ihrem Kopf gut tun. In der Tür zum Apartment drehte sie sich um. »Was hat Straßenverkehr mit deiner Maria zu tun?«

»Erstens ist es nicht meine Maria, und zweitens interessiert es dich nicht.«

Sie sah Carl ins Gesicht, sah seine Augen und erschrak, sah die Wut darin, er war so wütend, dass er hässlich und gehetzt wirkte. Und das war er ja wohl auch. Sie musste sich beruhigen, deshalb wusch sie das Geschirr ab, dabei hätte sie es lieber an die Wand geworfen. Stattdessen wischte sie auch noch die Küche und packte ergrimmt ihre Tasche. Carl war anders als sonst, er war hart, kurz angebunden und – unabhängig?

»Das mit dem Auto regeln wir wie üblich! Ich nehme den Wagen. Und bevor ich gehe, wollte ich noch fragen, was du in den nächsten Tagen beabsichtigst zu tun.«

»Was geht dich das an?«

Johanna traute ihren Ohren nicht, so hatte er noch nie mit ihr geredet. »Ich wüsste schon gern, was du machst«, sagte sie und bemühte sich um eine Spur Verbindlichkeit.

»Du erfährst es, wenn sie mich einlochen.«

»Es ist wegen des Autos«, sagte sie fast entschuldigend. »Brauchst du den Wagen?«

»Kaum. Ich werde mich nach Norden bewegen. In Mörbisch war ich bereits.«

Ob er mich gesehen hat?, durchfuhr es Johanna, aber sie beruhigte sich, Carl kann nichts wissen. Weshalb erwähnt er dann Mörbisch? Um mich nervös zu machen? Das mit Hansi kann ihm doch nicht egal sein.

Fast beiläufig erwähnte er, dass er auf der anderen Seite des Sees seine Besichtigungstour fortsetzen wollte. »Es geht eine Fähre auf die andere Seeseite nach Podersdorf. Ich brauche deine Scheißkiste nicht, die ist mir auch zu protzig.«

Das saß. Johanna schluckte. Wie plötzlich man doch erfuhr, was der andere dachte. Andererseits lief sie keine Gefahr, dass er unerwartet auftauchte.

»Ich werde für einen oder zwei Tage verreisen.«

Als Carl schwieg, fühlte sie sich bemüßigt, ihm eine Erklärung zu geben. »Ich will mir bei Graz den Plabutschtunnel ansehen. Er ist nach neuesten Sicherheitsrichtlinien gebaut. Die Fahrbahn ist als Betondecke ausgeführt, es gibt befahrbare Querschläge, das sind die Verbindungen von einer Röhre zur anderen, zusätzlich noch begehbare Querschläge als Fluchtwege. Notausfahrten sind da, alle 106 Meter eine

Feuerlöschnische und alle 212 Meter eine Nische für Notruf ...«

»Willst du dir anschauen, wie man Sicherheitsauflagen umgeht, damit es für deine Kunden billiger wird? Oder um die Öffentlichkeit noch besser zu bescheißen?«

Zuletzt hatte er ihr höhnisch eine gute Reise gewünscht. Oder hatte es verzweifelt geklungen? Sie war in den Wagen gestiegen, hatte gewendet und war losgefahren. Nach fünf Minuten fiel ihr ein, dass sie in der Aufregung die Handtasche mit Fahrzeugpapieren und Geld vergessen hatte, und sie fuhr zurück. Ein silbergrauer Kombi mit italienischem Kennzeichen hatte ihr inzwischen den Parkplatz weggeschnappt. Ein Mann in Carls Alter stieg aus, mittelgroß, braunes, lockiges Haar und Brille. Johanna fand weiter oberhalb eine Parklücke. Beim Aussteigen bemerkte sie, dass die zwei Männer im Wagen vor ihr ebenfalls den silbernen Wagen anstarrten. Sie setzte sich wieder.

Einen Augenblick später begrüßte Carl den Unbekannten im Tor, sie lachten, Carl zerlegte sein Rad und schob die Einzelteile auf die Ladefläche des Kombi. Beide stiegen ein und fuhren los. Jetzt wurden die Männer im Wagen vor ihr hektisch, der Fahrer kurbelte wie wild, kam nicht aus der engen Parklücke. Als er es dann doch geschafft hatte, raste er dem Kombi hinterher.

Also war Carl nicht nur mit dem Rad unterwegs. Bislang hatte sie sich sicher gefühlt, doch nun würde sie aufpassen müssen, dass er nicht plötzlich vor ihr stand. Und, was viel schlimmer war, man beobachtete ihn. Ob auch ihr jemand folgen würde? Im Rückspiegel war nichts zu sehen.

Sicherlich wusste die Polizei längst, wo sie ihre Tage verbrachte und auch wie. Dann war es lediglich eine Frage der Zeit, bis sie Carl damit konfrontierten – und er sie.

»Die Öffentlichkeit bescheißen ...«, so hatte er es genannt, so sah er ihre Arbeit. Bei seiner Weltfremdheit ein verständlicher Standpunkt. Besser er hielt sich daran fest. Und bohrte bei ihrer Tunnelausrede nicht nach. Dabei hatte sie sich extra die Daten über den Tunnel aus dem Internet geholt, um ihm was Glaubhaftes aufzutischen. Das hätte sie sich sparen können. Vielleicht sollte sie im Auge behalten, was er tagsüber tat und wo er sich rumtrieb. So wie sie ihn momentan abblockte, schloss sie sich von allen Informationen aus. Dieser Fall Sandhofer konnte auch für sie unangenehm werden.

Der Wagen vor ihr nervte. Die Rostschleuder aus Regensburg fuhr langsam, zum Überholen herrschte zu viel Gegenverkehr, der Motor qualmte, aber auf dem Dachgepäckträger waren mehrere Surfbretter festgezurrt, und das brachte sie wieder auf vernünftige Gedanken. Es war später Vormittag, der Wind ideal, er würde weiter auffrischen. Eventuell kam sie heute zu ihrem Flug übers Wasser, vielleicht auch noch zu einem anderen, mit Hansi – sie lächelte still vor sich hin.

Die endlose Schlange vor der Schranke zum Parkplatz dämpfte ihr Hochgefühl. Hansis kühle Begrüßung ernüchterte sie vollends. Ein flüchtiger Kuss, dann wuselte er zum Schuppen, wich ihr aus, kümmerte sich um Kunden, hörte sich unter den Bäumen den Theoriekurs eines neuen Hilfslehrers an, als Nächstes musste er seine Segel inspizieren.

Hatte sie ihn zu sehr bedrängt? War ihm ihr gestriges Zusammensein zu eng gewesen? Nein, er hatte sie vom Brett gezogen – und selbstquälerische Fragen waren ihr zu dumm, das Warten ebenfalls. Sie zog sich um, schnappte sich Brett und Segel und fuhr raus. Es war richtig, dass sie das große Segel genommen hatte, es wehte dafür fast zu viel Wind. Nach einer Stunde war der Kopf klar, und es wurde höchste Zeit, das Segel zu wechseln. Doch der Wunsch nach einer Melange und einer »Mehlspeise« überwog.

Hansi brachte ihr beides an den Tisch im Pavillon, die Melange und den Milchrahmstrudel. Sie hielt sich zurück, wegen der Kalorien zu protestieren, vielmehr lobte sie seine

Fürsorglichkeit und fragte ihn ganz direkt, weshalb er so zerknirscht sei.

Er betrachtete sie, als sähe er sie auf einmal in einem anderen Licht, zurückhaltender, aber auch, als nähme er sie ernster als bisher. »Du bist der Grund. Du und dein Mann«, sagte er leise und bekam schmale Augen. »Du heißt doch Breitenbach, nicht wahr? Hier ist von einem Carl B. die Rede, das ist er, oder?« Hansi zog die Kronenzeitung hinter dem Rücken hervor. »Deutscher Tourist, augenblicklich am Neusiedler See und Weinliebhaber. Um den Tod an der Maria Sandhofer geht's. Es war Mord. Deshalb also hast du mich neulich ausgequetscht, hast die Depperte gespielt – und mich als Trottel behandelt.«

Johanna beschlich ein ungutes Gefühl, sie kannte es von Sitzungen her, wenn ein Gegner plötzlich Argumente vorbrachte, von denen nie die Rede gewesen war. Heute verlor sie nicht mehr den Boden unter den Füßen, damit hatte sie umzugehen gelernt. Aber Hansi gegenüber fühlte sie sich unsicher, sie hatte ihn unterschätzt. Das durfte nicht passieren. Außerdem war es ein Irrtum zu glauben, der Tod der Winzerin würde sie nichts angehen. Wieder war es Carl, der ihr etwas verdarb. Er war an allem schuld. Eine Mordswut packte sie.

»Ich werde es dir erklären, Hansi«, sagte sie, ihre Unruhe überspielend. »Ich möchte nicht, dass ein falscher Eindruck entsteht.«

»Das hoffe ich«, entgegnete Hansi unwirsch. Lag da eine Drohung in seiner Stimme? Bei aller Zuneigung – hatte er das Recht, irgendetwas zu verlangen oder zu fordern? Er konnte Offenheit von ihr verlangen, wenn sie Partner werden würden. Also musste sie klarstellen, worum es ging.

Doch sie musste sich ausschließlich an ihren Interessen orientieren, und so stellte sie Carl als weltfremden Träumer und spinnerten Intellektuellen dar, der aus seiner Bücherwelt hervorgekrochen war, den Kopf staunend in die Welt gesteckt hatte und gleich auf diese Winzerin hereingefallen war, die erstbeste Frau, die ihm den Kopf verdreht hatte. Mit dem Mord hätte er nichts zu tun, kein Gedanke daran, aber das Durcheinander sei ihr sehr recht, wie sie jetzt begreife, sie habe sich verändert, und mit so einem Mann könne sie nicht weiter zusammenleben. Die Scheidung sei lediglich eine Frage der Zeit. Und jetzt, wo sie ihn, Hansi, getroffen hatte und sich sowohl eine Romanze ergebe wie auch eine berufliche Perspektive, die sie faszinierte, in die sie auch bereitwillig Wissen und Geld investieren würde, sei dieser Zustand für sie nicht länger haltbar.

Sie hörte sich reden, lauschte ihren eigenen Argumenten und Schlussfolgerungen. Alles klang völlig logisch und klar, was sie da so gefühllos von ihrem Ehemann erzählte. Sie breitete Carls Charakter vor Hansi aus wie den eines Fremden, mit dem sie längst fertig war. Sie sei immer die treibende Kraft gewesen. Carl sei antriebslos und entscheidungsschwach, unsportlich, geradezu wasserscheu, was Hansi schmunzeln ließ, und beruflich habe er jede Herausforderung gemieden. Bezüglich seines Interesses am Wein stehe sie vor einem Rätsel. Alles in allem sei er ein ziemlich lebensunfähiger Typ. Unbegreiflich, dass sie es so lange mit ihm ausgehalten habe, »... denn im Bett, ... na ja, schmutzige Wäsche sollte man nicht waschen.«

Eine Andeutung reichte, besser hier abbrechen, es gab einen Punkt, an dem Männer sich plötzlich solidarisierten oder hellhörig wurden. Sie musste von dem Thema wegkommen, aber Hansi ließ nicht locker.

»Ganz deppert kann er nicht sein, wenn er dich wegen dieser Winzerin hierhergebracht hat. Und seine Kontakte zu den anderen Winzerinnen, wie in der Zeitung steht – die geben sich auch nicht mit jedem Stiesel ab, da kann nicht jeder kommen, dafür sind sie zu gut. Hat er nun was mit dieser Maria gehabt?«

Johanna durfte nicht zeigen, wie sehr sie die Angelegenheit wirklich belastete und auf welches Durcheinander sie zusteuerte. Wie würde Hansi auf ein *Ja* reagieren, was würde das *Nein* für ihn bedeuten? Bei welcher der beiden Antworten stünde sie besser da?

»Hirngespinste, sage ich, pure Einbildung. Ich glaube, sie war nur nett zu ihm. Er ist jemand, dem man nicht wehtun möchte, er tut einem leid, weißt du? Aber das ist keine Basis, weder für eine Ehe noch eine Affäre. Das Leben verlangt was anderes von mir.« Es verlangt so jemanden wie dich, wollte sie mit ihrem Blick sagen, doch der aufkommende Zweifel ließ sie in eine andere Richtung schauen.

In diesem Moment kam ein Mann auf den Pavillon zu, wie ausgeschnitten aus einem Katalog für Herrenmode.

Hansi erkannte ihn. »Oh, mein Herr Rechtsanwalt!«, rief er erfreut aus. »Siehst du? Es geht voran. Wir gehen am besten rüber in den Wohnwagen. Ich möchte nicht, dass uns jemand zusammen sieht oder hört, was wir zu besprechen haben.« Hansi ging dem Anwalt entgegen.

Die Männer begrüßten sich vertraulich mit »Servus Hansi« und »Servus Günther«, umarmten sich, klopften sich auf die Schultern, und Johanna bemerkte, wie der Anwalt dem Surflehrer einen Blick zuwarf, als würde er fragen: »Ist sie das?« Hansi nickte, und der Anwalt machte große Augen.

Also hatte Hansi ihm bereits von ihr erzählt, oder bildete sie sich das lediglich ein? Nahm sie sich zu wichtig? Die Haltung des Anwalts, das Blasierte, Abschätzende und Überlegene kannte sie zur Genüge. Keine Besprechung und keine Konferenz, bei der ihr die anwesenden Männer nicht auf die Beine oder den Busen schauen. Damit musste man leben, es ließ sich einsetzen, aber sich daran gewöhnen? Kaum …

Der Anwalt mit dem markigen Gesicht ergriff Johannas Hand, beugte sich darüber und führte sie fast bis an die Lippen. »Gnädige Frau! Küss die Hand!«

Bei anderen Frauen mochte das funktionieren, nicht bei ihr. Johanna kannte diesen Typ: der Erfolgsorientierte, immer präsent, potent, den richtigen Spruch auf den Lippen, der einen ins allgemeine Lachen einstimmen ließ. Bis zu einem gewissen Grad verstand sie diese Männer, sie begegnete ihnen auf den Chefetagen, es waren Führungskader der Konzerne, keine kleinen Söldner, eher schon Offiziere und als solche zu akzeptieren: Jeder gegen jeden! Andererseits waren es ihre härtesten Widersacher, meist ein wenig schlüpfrig und stets mit der Vorstellung behaftet, dass sie nach 23 Uhr, wenn sie noch arbeiten mussten, zur Stärkung einen Imbiss mit Schampus und Austern brauchten. Die einen bestellten sich ein schnelles Mädchen, die anderen gaben am Wochenende den Marathon-Mann. Welcher von beiden war dieser hier? Nein, kein Marathon …

Kurzes schwarzes Haar, leicht abfallende Mundwinkel, zynisch, allwissend, eher sinnlich als brutal, und dazu ein Sind-wir-nicht-alle-toll-Lächeln. Dunkelblauer Nadelstreifen, und die Rolex, thailändisches Imitat oder nicht, schaute aus der Manschette. Er trug den Aktenkoffer, als wären hunderttausend Dollar drin.

»Günther Wollknecht, Rechtsberatung, Kapital, Industrie und Immobilien, immer für Sie da.«

Johanna schenkte ihm jenes Lächeln, das so viel bedeuten konnte wie … du mich auch, oder … wieso haben wir uns nicht längst kennen gelernt? Damit hatten sie eine Ebene gefunden.

Er tat, als müsse er vermitteln, müsse er Hansi und Johanna zusammenbringen. Er stand mit ausgebreiteten Händen zwischen ihnen und schaute von einem zum anderen.

»Hans«, er machte ein Kunstpause, um dem Namen mehr Gewicht zu geben, »Hans Petkovic hat mir von Ihrem Interesse erzählt, bei unserem …«, wieder sah er zu Hansi hin, als hole er sich sein Einverständnis, »… bei unserem Projekt mitzumachen, ja sogar richtig einzusteigen. Mit Ihrem Know-how und auch finanziell. Eine glänzende Idee. Hans sprach von Ihren Fähigkeiten, Sie prüfen Projekte auf ihre

Realisierbarkeit hin und nehmen notwendige Änderungen – Anpassungen vor? Habe ich dich richtig verstanden, Hans?«

Der stand lauernd in der Tür des Pavillons und starb vor Eifersucht, da er auch sah, wie der Anwalt Johanna mit den Augen verschlang. Sie genoss das Spiel, aber dann wurden ihr die unverfrorenen Blicke lästig, mit denen Günther Wollknecht ihr das wenige, was sie trug, noch auszog. Sie entschuldigte sich, um sich umzuziehen.

Hansi atmete auf. »Wir gehen in den Hänger!«, rief er ihr nach. »Du kommst auch?«

Er wird diesen Knecht sicherlich instruieren, wie er mit mir umzugehen hat, vermutete Johanna, wenn er es nicht längst getan hatte. Hansis T-Shirt überzuziehen dauerte eine Minute, doch für Haar und Gesicht brauchte sie eine Viertelstunde, und als sie den Wohnwagen betrat, hatten die Männer die Köpfe über der Blaupause zusammengesteckt, daneben lag ein Stapel Mappen. Der Anwalt hielt die Hand darauf.

Er spielte den Überraschten. »Super, super sehen Sie aus. Mit Hansis Shirt gehören Sie ja quasi zur Familie. Also kommen wir zur Sache.«

Er füllte ein Glas mit einem Sauvignon blanc und reichte es Johanna. »Er ist super. Von einer unserer Besten, Rosi Schuster. Obwohl hier Hannes Schuster auf dem Etikett steht, schmeißt sie den Laden. Sie trinken gern Wein?«

Johanna verkniff sich die Frage, ob diese Rosi auch zu den Sieben gehörte. Winzerin war mittlerweile ein Reizwort für sie. »Ich verstehe nichts davon, ich weiß lediglich, was mir schmeckt.« Und sie dachte an die Jungs, die in teuren Klamotten cool in teuren Bars herumstanden, unbezahlbare Weine tranken und mit Fachbegriffen aus Weinführern um sich warfen.

»Das ist gut«, sagte der Anwalt, »das ist super, Geschmack ist eine wichtige Voraussetzung. Wenn Sie bleiben, was in der EU gar kein Problem mehr ist, und Sie bei ›Surfen &

Siegen‹ mit uns siegen, dann sollten Sie einiges darüber wissen. Hier am See geht nichts ohne Wein. Dieser Sauvignon blanc kommt aus St. Margarethen, ein bisschen südlich, von hier aus hinter dem Römer-Steinbruch, sicher sind Sie dort vorbeigekommen? Auch der Stephansdom in Wien wurde mit Steinen von dort . . .«

Johanna erinnerte sich, sie hatte an der Landstraße von Eisenstadt kommend auf der Spitze eines Hügels entsprechende Hinweise gesehen. Aber da sich auf der Kuppe der Blick über das Seepanorama öffnete, hatte sie Gas gegeben, um aufs Wasser zu kommen.

Günther Wollknecht hielt das Glas ins Licht. »Blassgold, sehr frisch, sehr spritzig, eine lebhafte Säure, trotz der Reife, und schöne Aromen, finden Sie nicht? Maracuja, Johannisbeere . . .«

Der Wein interessierte Johanna genauso wenig wie der Steinbruch. Interessanter war, was der Anwalt für Unterlagen mitgebracht hatte.

»Was können Sie mir zeigen, damit ich ein genaues Bild von der Surfschule bekomme?« Es fiel ihr auf, wie wenig Hansi sagte, seit der Knecht aufgetaucht war. So hatte er sich in ihrem Kopf festgesetzt – als Woll-Knecht. Er war nicht der König, und er war kein Bauer. Er war ein Turm, ein Läufer, aber wer war der Chef?

»Wir sollten sie zum Thomas mitnehmen, Hansi«, meinte der Anwalt und fuhr dann, an Johanna gewandt, fort: »Thomas Thurn ist einer der ganz Großen hier.«

»Auch Mitglied in einer dieser Winzervereinigungen?«, fragte Johanna dazwischen.

»Nein.« Der Anwalt machte eine theatralische Geste. »Der Starke ist am mächtigsten allein. Friedrich Schiller!« Selbstgefällig schauten er und Hansi sich an. »Thomas Thurn ist ein Trendsetter, ein Newcomer zwar, aber ein rasanter, obwohl sein Vater auch Winzer war. Thomas hat aus der maroden Kellerei diesen Vorzeigebetrieb gemacht, die Arbeit im Weinberg revolutioniert, neue Verfahren, Sie verstehen? Der Glykol-Skandal, der Österreich erschütterte und viele Winzer in den Ruin trieb, war ein heilsamer Schock. Der Quasi-Zusammenbruch unserer Weinwirtschaft hat den Aufstieg unserer Weine in die Weltspitze erst ermöglicht. Haben Sie von dem Skandal gehört?«

»Lange her, nicht wahr?«, sagte Johanna ausweichend, obwohl sie sich erinnerte, »Konkret weiß ich nichts. Glykol soll ein Frostschutzmittel sein, wenn ich nicht irre ...«

»Ich war damals sehr jung«, erklärte Wollknecht, nach Gemeinsamkeiten suchend. »Man hat es verwendet, um Weißweine und Süßweine gefälliger zu machen. Harmlos, gestorben ist niemand daran. Glykol gibt dem Weißwein eine schöne goldgelbe Farbe ...«

Harmlos war das Zeug überhaupt nicht, erinnerte sich Johanna. Glykol verursachte Durchfall, Übelkeit und Krämpfe und wirkte von einer bestimmten Konzentration an sogar tödlich. Aber die Wirkung auf den Wein kannte sie nicht. Sie könnte Carl ... auf was für idiotische Ideen sie kam? Der »Knecht« war nicht gekommen, um alte Kamellen aufzuwärmen.

»Wann ist das gewesen?«, fragte sie.

»Bekannt wurde es im Sommer 1985 ...«

Johanna war damals gerade mal zwanzig gewesen. In jenem Sommer hatte der französische Geheimdienst das Schiff von Greenpeace, die Rainbow Warrior, in einem australischen Hafen mit einer Bombe versenkt, während sie in Stuttgart voller Wut gegen französische Atomversuche in der Südsee protestierte. Lange her.

»Damit so was sich nicht wiederholt, haben wir unsere Bürgerinitiative gegründet«, warf Hansi ein, und Johanna brauchte eine Sekunde, um zu begreifen, dass nicht der Bombenanschlag gemeint war, sondern der Schwindel mit Glykol. »Auch das ist Umweltschutz. Wenn so was passiert, kommen die Leute nicht mehr zu uns an den See und ins

Burgenland. Das wäre das Schlimmste. Sie sollen kommen ...«

»... wie zu den *World Sailing Games* im Mai«, unterbrach Günther Wollknecht, »ein Riesenevent, auf einem der besten Segelreviere. Täglich im TV, in der Presse, großartig, auch das Rahmenprogramm, wenn wir da schon unsere Schule gehabt hätten. Nicht wahr, Hans?«

»Dann schießen Sie los«, sagte Johanna ungeduldig. »Wie stellen Sie sich meine Mitarbeit, meine eventuelle Beteiligung vor?«

Der Anwalt erklärte das Vorhaben besser, als Hansi es getan hatte. Er teilte das Projekt in die Phasen Planung, Genehmigung, Bau und Betrieb, nannte beteiligte Firmen sowie Sponsoren, und anscheinend war alles viel weiter gediehen, als Hansi es dargestellt hatte. Sogar Absichtserklärungen und Verträge lagen vor, Fördermittel stünden bereit, er selbst führe die Gespräche mit den Kapitalgebern der Bank und der EU. »Anteilsscheine für private Anleger, solche wie Sie – oder sollen wir nicht besser zum Du übergehen? – gibt es ab 20 000 Euro. Die bieten wir den Erstzeichnern zu Vorzugskonditionen an. Sie zeichnen für 40 000 Euro, zahlen aber nur 37 000 – bei voller Verzinsung.« Erwartungsvoll hielt er inne.

»Und was ist mit Sicherheiten, Eigenkapital, Renditeerwartung und Haftung der Anleger?«

»Alles, alles vertraglich geregelt. Sie sind ja nicht die Erste, die einsteigt. Uns fehlen noch zwei Anleger für den von der Bank geforderten Mindestbetrag. Unternehmerisches Risiko ist allerdings dabei. Deshalb wäre uns ja auch Ihre, deine Mitarbeit sehr lieb.«

Das klang gut. Johanna fand bisher nichts Störendes an dem Projekt. Sie würde allerdings erst Erkundigungen über diesen Anwalt und Hansi einholen, und dann lag da noch dieser Stapel auf dem Tisch. Der Anwalt schob ihn ihr zu.

»Das wäre Ihr Part. So wie Carl mir Ihre Arbeit geschildert

hat, formulieren Sie Anträge für Industrieprojekte in sensiblen Gebieten.«

»Nicht nur, sondern auch«, sagte Johanna entschieden. »Ich arbeite auf der Grundlage von Gesetzen. Dazu muss ich die Zielsetzung kennen. Sollten Sie mir irgendetwas verheimlichen, bewusst oder unbewusst, sollte irgendein Umstand erst später klar werden, sollten Gegner der Surfschule mit Gesetzen oder Vorschriften und Erlassen kommen, was ich mir hier am See gut vorstellen kann, sowohl von Seiten der Umweltschützer als auch möglicher Konkurrenten, die das ausnutzen, so ist ein Scheitern nicht auszuschließen. Und dafür lehne ich jede Verantwortung ab. Habe ich mich deutlich ausgedrückt?« Die Ferienpersönlichkeit war von ihr abgefallen, sie war nicht mehr die Surferin im bunten T-Shirt, sie war Verhandlungspartner. »Wenn ich mich entschließe, die Schule zu fördern, wird sie auch gebaut!«

Der Anwalt sah sich zum Widerspruch genötigt. »Erwarten Sie nicht, dass wir Ihnen alles auf dem silbernen Tablett präsentieren, wenn Sie aktiver Teilhaber werden. Einfach wird es nicht. Wir sind sowohl in Bezug auf Natur- und Landschaftsschutz ein sensibles Gebiet. Und wir haben den UNESCO-Status eines Kulturerbegebietes. Der Raum Neusiedler See ist seit dreitausend Jahren bewohnt, er gehört zu den bedeutendsten Landschaftsräumen Europas.«

»Ich liebe solche Herausforderungen.«

»Wenn wir die Autobahn bauen, was ich hoffe, da sie uns die Kunden aus Wien direkt vor die Haustür bringt, kann es sein, dass die UNESCO uns den Status aberkennt.«

»Eine Autobahn?«, fragte Johanna und zog die Brauen zusammen. »Was hat die damit zu tun?« Vorhin hatte Carl darüber gesprochen – und jetzt diese beiden. Er würde ihr doch nicht schon wieder dazwischenfunken?

11

»Bei mir lag der Fall anders.« Der Fotograf starrte über die Gäste des Straßencafés hinweg ins Leere. »Im Gegensatz zu dir kannte ich niemanden, als ich in die Toskana kam, und ich hatte keine Ahnung von Wein. Es fing damit an, dass mich zwei Männer niederschlugen. Dann verschwanden ein Winzer und dessen Sohn – an einem wunderschönen Tag, an einem wunderschönen Ort ...« Gatow hielt inne und sah Carl an, als fiele ihm die Erinnerung schwer. »Niemand blickte durch, keiner wusste, worum es ging, und die Polizei wollte mich zum Täter machen. Du hast einen großen Vorteil, du hast Verbündete hier, die Freundinnen von dieser ...?«

»... Maria«, ergänzte Carl.

»... ja, und ihr Vater. Auf die musst du bauen. Sie hätte ich auch fotografieren sollen. Das hat sich ja nun erledigt.« Der Fotograf zog eine Grimasse. »Ich habe die Redaktion informiert, und die haben sofort protestiert, weil sie dachten, ich spiele wieder Detektiv, ›Leichen pflastern seinen Weg‹. Die kennen meine Geschichte.« Gatow war das Drama, das sich vor zwei Jahren ereignet hatte, immer noch nah. In groben Zügen hatte er auf der Fahrt nach Neusiedl davon berichtet, und Carl war die gute Laune vergangen.

Er hatte sich gefreut, als Frank Gatow heute vor der Tür gestanden hatte, endlich jemand, der ihm zuhörte und zu dem er Vertrauen schöpfte, obwohl sie sich kaum kannten. Unterwegs hatte Carl die unzähligen Windräder betrachtet, die oben auf der Parndorfer Platte den Wind in Strom verwandelten. Alle Rotoren hatten sich unterschiedlich schnell gedreht, nicht einer war im Gleichklang mit dem anderen. Nicht anders sah es in seinem Kopf aus.

»Zieh mich nicht mit rein«, Gatow sagte das eindringlich. »Ich frage mich allerdings, weshalb erschlägt jemand eine Frau? Der Täter muss ein Mann gewesen sein, wie du sagst. Andererseits sind Winzerinnen auch nicht von Pappe. Die haben Kraft, die schleppen locker Zwanzig-Kilo-Kisten mit Trauben und hantieren den ganzen Tag mit schweren Maschinen. Meine Frau fährt Traktor, dabei ist sie zart, aber ziemlich zäh, körperlich. Seelisch ist sie ganz anders. Sie hat ja auch so eine Katastrophenehe hinter sich ...«

Da sah sich Carl zum Widerspruch genötigt. »Das war sie nicht immer«, verteidigte er sich, »nur seit Johanna für diese angebliche Umwelt-Firma arbeitet, ist sie wie ausgewechselt. Ich glaube, zuerst war es Angst, daraus wurde Gefallsucht, dann kam die Gier – nie genug Geld – und der Erfolg. Früher war das nicht so.«

»Der Teufel hat Zeit, Carl, unendlich viel«, sagte Gatow vor sich hinstarrend und wiederholte die letzten beiden Worte langsam: »Unendlich viel. Und Geduld hat er. Klar, bei der Hitze in der Hölle ist er einiges gewohnt. Der geht neben uns her, weißt du? Der sitzt hier irgendwo auf einem der freien Stühle ...«

»... hier ist nichts frei«, sagte Carl mit Blick auf die Touristen, die neben dem Café auf der Hauptstraße von Neusiedl auf einen freien Platz warteten.

»Wenn's mehr nicht ist – dann steht er eben mitten unter den Leuten da, neben der da, mit der goldgefassten Sonnenbrille und den Klunkern, macht ihm nichts. Du hast diese Maria in Stuttgart getroffen, wie du sagtest? Da war er, hat dir was eingeredet, und du hast dich an Maria rangemacht, statt deiner Frau die Meinung zu flöten – oder die Konsequenzen zu ziehen.«

Carl verzog das Gesicht. »Das ist mir zu moralisch!«

»Moralisch?« Frank Gatow neigte sich zu ihm. »Nein, amico mio, feige. Und hinterhältig. Entschuldige, das ist sehr persönlich, wir kennen uns kaum, aber ich finde dich in Ordnung, und du steckst in der Scheiße, bis zum Hals. Ich kenne das. Mir ging es ähnlich. Vorhin hast du gefragt, was ich von der Sache halte. Also beschwere dich nicht über die Antwort. Oder frage nicht. Nenne es Teufel, nenne es sonst wie, das Wort Moral ist antiquiert, ich weiß, in einer unmoralischen Welt ist das verpönt. Trotzdem. Er hat dich erwischt, amico, er erwischt einen immer an der schwächsten Stelle. Deine Frau hat er bei ihrem mangelnden Vertrauen gepackt, bei ihrer Angst, wenn sie so ist, wie du sie schilderst. Und dich bei deiner Zauderei. Wenn du nicht weißt, ob du sie noch willst, wer dann?«

Carl kratzte sich verlegen. Er sah Johanna auf der Terrasse im Kies liegen, gestern, erinnerte sich an das Gespräch vom Morgen und stöhnte gequält. Verdammt, irgendwie hatte dieser Fotograf Recht, die Situation war beschissen. Wieder entschieden andere, er ließ sie entscheiden, wieder kam er nicht hinter seinen Büchern hervor. Seine? Nein, andere hatten sie geschrieben! Und er stand wieder in der zweiten Reihe, hatte sich daran gewöhnt, er diente, war anpassungsfähig, er war ein Genie an Geduld. Was für eine Scheiße.

Gatow lehnte sich zurück und streckte die Beine unter dem Tisch aus. »Nun werd nicht schwermütig. Klär das mit deiner Frau; wenn du sie noch willst – gut. Wenn du sie nicht mehr willst – auch gut. Und klär das mit der Polizei. Anscheinend verfolgen beide Inspektoren unterschiedliche Interessen. Wenn sie sich nicht riechen können, umso besser für dich. Nutze die Widersprüche. Polizisten sind wie alle anderen. Sie machen ihre Arbeit, der eine gut, der andere schlecht, einer will aufsteigen, einer ist ein Lügner, einer ein Angeber, einer selbst ein Gauner oder Schläger. An so jemanden bin ich geraten. Es geht immer um sie selbst, um ihren

Posten, um die Karriere. Der Staat sorgt sich nur um seinen Erhalt, das ist ein Tier, das leben will – von unserem Geld, da liegt das Problem. Je fetter er wird, desto mehr frisst er, um sein Gewicht zu halten. Berlusconi haben wir hinter uns, aber ändern wird sich nichts.«

»Pessimist?«

»Nein, ich mache die Augen auf. Du musst hier mit jedem reden, alle Leute fragen, die Maria kannten. Nichts ist unwichtig. Aber frage nie direkt und wiederhol morgen die Frage, dann wirst du sehen, was passiert, ob die Antwort gleich ist. Kleine Leute blasen sich gern auf, weil sie lieber größer wären. Bitte andere um Hilfe, klar und direkt, das können die wenigsten abschlagen. Du musst da sein, wo dich niemand vermutet, und mach immer das Gegenteil von dem, was du angekündigt hast …«

Auf dem Weg zu Hermine Reinschitz nach Frauenkirchen dachte Carl über die Worte des Fotografen nach. Gatow war in Neusiedl geblieben, um dort zu fotografieren. Am Nachmittag wollten sie gemeinsam zu Thomas Thurn, einem so genannten Starwinzer mit Weingut bei Mönchhof. Auch über Marias Protest gegen den Bau der Autobahn hatten sie ausführlich gesprochen. Carl hatte eine Liste aufgestellt, die er schleunigst abarbeiten musste: Umweltamt, Weinbauinstitut, Verkehrsministerium, Presse – ob man ihm Auskunft erteilte, stand auf einem anderen Blatt. Er brauchte ein Büro samt Telefon und Computer mit Internetanschluss.

»Sie schickt der Himmel.«

Das hatte Carl lange nicht mehr gehört, und bevor er noch nach dem Grund für die freundliche Begrüßung fragen konnte, zog ihn die resolute Hermine in den Hof ihrer Kellerei und blieb vor einer grünen Tür stehen.

»Zwei Engländer sind zu Besuch, ich habe vergessen, dass sie heute kommen wollten. Es könnten wichtige Kunden werden, und ich kann kein Englisch. Aber Sie sprechen das!

Sagen Sie nicht nein.« Sie drohte mit erhobenem Zeigefinger.
»Wir Sieben wissen alles über Sie.«

Carl wandte ein, dass er mit der Weinsprache nicht vertraut sei, dass er lange nicht gedolmetscht habe – Hermine
ließ kein Argument gelten. »Muss ja nicht simultan sein. Sie
helfen mir, ich helfe Ihnen. So schwer kann es nicht sein.«

Es passierte genau das, was Carl nicht wollte. Wieder trat
er in die zweite Reihe. Aber wenn Hermine ihn darum bat?
Er wollte ja auch was von ihr, sie sollte ihm ihr Weingut
zeigen, also musste er etwas geben.

Die Weinflaschen waren aufgereiht, jeder der beiden Engländer hatte mehrere Gläser vor sich, auch am Kopfende des
Tisches, wo Hermine saß, standen Gläser. »Und ich?«, fragte
Carl, »wie soll ich übersetzen, ohne den Wein zu kennen? Ich
muss doch wissen, worüber ihr redet.« Diese Beherztheit
war neu, er staunte über sich selbst.

Während die Winzerin Gläser holte, machten sich die
Männer untereinander bekannt. Die beiden Briten vertraten
eine Fachhandelskette. Der Größere, ein Bulle mit Bürsten-
schnitt, war der Verkoster, der Gaumen des Unternehmens,
der Kleinere, ein blässliches Kerlchen, den Carl im Londoner
Nebel glatt übersehen würde, war fürs Geschäft zuständig.
Er erinnerte Carl stark an Bob aus Bristol. Mit ihm zusammen wäre es ein Leichtes, den Fall Sandhofer aufzurollen. Er
sollte ihm den Flug nach Wien bezahlen – ach, Unsinn, Bob
hatte genug Geld. Wieso rief er nicht zurück?

Die Briten am Tisch erkundigten sich höflich nach Carls
Zeit in England, er fragte sie aus, und Hermine saß dabei –
und verstand nichts.

»Könnten wir bitte anfangen?«, nörgelte sie nach einer
Weile und schenkte einen Weißburgunder ein. »Der ist von
einer guten, warmen Lage, von einem mittelschweren Boden.« Damit ging es los. Wie sollte er Lage übersetzen? Er
wusste sich mit *terroir* zu helfen. Seine Gesprächspartner
lieferten ihm die Worte, die er brauchte, und er sortierte sie

unbewusst sofort in seinen Fundus ein. Zuerst ging es schleppend, er konnte nicht geradlinig übersetzen, weil er nachdenken und verstehen wollte, was gemeint war. Bei der Farbe des Weins fing es an. War der nun goldgelb oder blassgolden? Er fand, dass der Weißburgunder einen leichten Grünton hatte. Dann der Geschmack. Vielleicht hätte er nicht probieren dürfen, denn die Meinung des Verkosters teilte er nicht. Birne – da kam er noch mit, aber Haselnuss? Auch Hermine teilte diese Ansicht. Für ihn standen eindeutig exotische Früchte im Vordergrund, aber kaum hatte er es ausgesprochen, versuchte er sich an Ananas, Passionsfrucht oder Maracuja zu erinnern. Unmöglich, und er hatte schon wieder den letzten Satz des Einkäufers verpasst.

Dann kam ein Chardonnay an die Reihe, dem fühlte er sich bereits gewachsen. Er wusste, dass bei Weißwein ausschließlich der Most vergoren wurde, bei Rotwein waren es die ganzen Beeren. Was er nicht wusste, war, wie die Winzer damit spielten, wie lange sie den Wein auf der Maische ließen (*mash* kannte er nur als Bezeichnung für Kartoffelbrei und Mischmasch). Farbe und Tannin, also Gerbsäure, war in den Beerentrauben, und je länger der Wein mit den Schalen Kontakt hatte, desto mehr davon ging in den Wein über. Kurze Maischezeit ergab hellen Wein, lange Zeit ein dunkles, tiefes Rot, fast ein Schwarz, jedenfalls eine undurchsichtige Färbung. Genau so war Hermines St. Laurent. Mit Maria hatte er diese Rebsorte nicht verkostet. Der Gedanke kam blitzschnell hoch, war aber genauso schnell wieder weg. Er musste übersetzen. Die Farbe, *ruby red*. Der St. Laurent war dunkler als der Zweigelt (tintenfarben?), mit dem sie die Rotweinrunde eröffnet hatten.

Nach einer Weile genoss Carl das Gespräch, er hörte sich ein, die Anspannung ließ nach, man zog ihn ins Gespräch, seine Zurückhaltung wegen seines mangelhaften Wissens erübrigte sich. Wieder sah er Maria vor sich, im Haydn-Saal. Um sie herum die Pracht, das Licht, die Farbe, klirrende

Gläser, die vielen Menschen, angeregte Gespräche, ein vom Alkohol enthemmtes Völkchen: Österreicher, Schweizer, Holländer, Deutsche, Italiener – Carl sah die Briten vor sich, ja, so und nicht anders stellte er sich das vereinte Europa vor. Der Umgang mit dem Wein färbte auf die Menschen ab, die mit ihm arbeiteten.

Wie peinlich, er hatte den Faden verloren und musste nachfragen.

Die Experten erörterten, ob der Wein mehr zur wärme-geprägten Seite tendiere oder stärker gewürzorientiert sei. O Schande. Bei den Fruchtaromen meinte der Kleine, dass Trockenobst im Vordergrund stünde, sein Kollege nahm Rote Beeren wahr, Hermine hielt sich raus. Sie erläuterte, weshalb sie diese oder jene Entscheidung getroffen hatte, überließ die Bewertung jedoch den Kunden. »Das sähe zu sehr nach Beeinflussung aus«, meinte sie nebenbei. Ein Prospekt über Prämierungen und gewonnene Medaillen lag auf dem Tisch. Aber den besaßen die Verkoster längst, Hermines Ruf hatte sie hierhergeführt.

Bekannte Begriffe flogen durch den Raum, doch im Zusammenhang mit Wein konnte Carl mit vielen nichts anfangen. Es war nicht leicht, den entsprechenden englischen Ausdruck zu finden: kubanischer Tabak, Röstaromen, Beerenkonfitüre, gegerbtes Leder – das ging ja noch, aber betörend vielschichtig, kantiges Tannin, animalische Noten, am Gaumen gut gebaut (?), ausgewogene Textur, ein kompakter Ansatz, solide Struktur und schließlich nach der »morbiden Süße« ein »reifes, gebündeltes Finale«. Puh – war das alles Blödsinn, oder konnte man sich so weit in den Wein hineinschmecken?

Irgendwann hörte Carl auf zu übersetzen und sagte, was er empfand, wobei ihm die Verkoster merkwürdigerweise zustimmten. Das verblüffte ihn vollends. Den Geschmack erschloss man sich über die Nase, auch das Alkoholische der Rotweine, die meist bei 13,5 oder 14 Prozent lagen, nahm er über den Duft wahr, obwohl der Alkohol den Geschmack hob oder dämpfte. Ja, er fand, dass die besonders alkoholischen Weine länger dekantiert werden mussten.

Nach der Verkostung kam der übliche Rundgang durch den Keller, der Carl viel zu schnell »durchgezogen« wurde, aber die Gäste von der Insel hatten schon an die fünfhundert Keller auf der ganzen Welt gesehen, deshalb gingen sie rasch wieder ans Tageslicht. Auch für die Preisverhandlungen wurde Carl gebraucht, man diskutierte Lieferbedingungen und Transportformalitäten. Die Briten hatten bislang mit keiner Miene erkennen lassen, ob ihnen die Weine nun gefielen. Deshalb war Hermine genauso überrascht wie Carl, als ohne großes Feilschen drei gemischte Paletten bestellt wurden.

Kaum waren die Engländer in ihren Wagen gestiegen, fiel Hermine Carl um den Hals. »Großartig, Carl, ich darf dich doch duzen, oder?«. Sie hob drohend den Zeigefinger. »Aber du hast nicht immer genau übersetzt, das habe ich gemerkt.«

Es stimmte, er hatte nicht nur übersetzt, sondern mitgeredet und sich verdammt gut dabei gefühlt, besser und freier als nach den sonstigen Besprechungen.

»Einfach super hast du das gemacht«, sagte Hermine begeistert, »du hast dir eine große Kiste Wein verdient. Ich habe ein paar ganz besondere Flaschen . . .«

Bald darauf kam sie mit einer 12er-Kiste wieder. Sie stellte sie auf den Tisch, als wäre sie federleicht. »Eine Auswahl meiner besten Jahrgänge!« Was sie geradezu euphorisierte, war der erste Kontakt auf der Britischen Insel. Die internationalen Kontakte begeisterten sie, die Zusammenarbeit über Ländergrenzen hinweg und dass völlig unbekannte Menschen in einem anderen Land ihre Weine tranken und genossen. Ihre Firma wuchs, das war faszinierend, sie entwickelte sich, Hermine machte gern Geschäfte. Es war nicht das Geld, es war das Ganze, die Idee, die dahinterstand. Auch vom Wein hatte sie eine Idee, zuerst nur eine vage Vorstellung, sie erdachte sich einen Geschmack. »Ich kann ihn anfangs nicht einmal beschreiben – und den dann hinzukriegen, zu wissen, was fehlt, was anders gemacht werden muss.« Als Tochter eines Winzers, die auf diesem Weingut aufgewachsen war, und als Ehefrau eines Kellermeisters hatte sie allerdings das nötige Wissen und verfügte über die entsprechende Erfahrung.

Den Wein lehnte Carl ab, was Hermine nicht akzeptierte – »... ich bringe ihn dir nach Purbach ...« – stattdessen sollte sie ihm alles sagen, was sie über den Bau der Autobahn und Marias Rolle dabei wusste.

»Das eine schließt das andere nicht aus«, antwortete sie beim Aufräumen. »Uns hier, auf dieser Seite des Sees, geht das genauso an, wir sind zwar nicht in unmittelbarer Nähe der geplanten Trassen, aber der Wind weht den Dreck her, die Abgase sowie den Lärm.«

»Wollen sie mehrere Autobahnen bauen?«, fragte Carl ungläubig.

»Schau nicht so entsetzt, nein, es sind allerdings drei Trassen im Gespräch. Es geht um die Verbindung von Bratislava nach ...« Hermine dachte einen Augenblick nach. »Warte, ich komme gleich wieder. Ich glaube ...«

Fünf Minuten später kam sie mit einer Karte vom Weinwerk Burgenland zurück, Carl erinnerte sich an die Vinothek auf der Hauptstraße in Neusiedl, eine Art Kulturwerkstatt, die alle wichtigen Weine führte, Frank Gatow und er waren dort auf der Suche nach dem Café vorbeigekommen.

»Sie ist bereits eingezeichnet, und gebaut wird auch schon, erst einmal an dem Teil, der Bratislava, also die Slowakei, mit Parndorf verbindet.«

Wenn Carl sich jetzt noch den Teil dazudachte, den er auf der Karte der Ungarn gesehen hatte, dann würde die Autobahn von der Slowakei über Parndorf am Neusiedler See entlang bis nach Eisenstadt führen.

Hermine bestätigte seine Annahme: »... und noch weiter

bis nach Wiener Neustadt und runter nach Süden, nach Ungarn und Slowenien. Wer davon profitiert, ist dafür, wer dagegen ist, protestiert. Und die sich nicht für betroffen halten, schweigen, wie immer. Nur nicht anstrafen, heißt es bei uns, nirgends anecken, würdet ihr sagen, und hoffen, dass man ungeschoren durchkommt. Wir am See haben nichts davon, im Gegenteil, wir müssen zahlen. Wer hier wohnt und nach Eisenstadt zur Arbeit muss, hat Maria ausgerechnet, zahlt im Jahr dann 1200 Euro Maut. Ein toller Vorteil. Da bleib ich lieber gleich auf der B 50.«

»Und was hatte Maria damit zu tun?«

»Sie war dagegen, beinhart, die Gute. Es schadet unserem Wein, es schadet der Landschaft, der Luft, dem Wasser. »Sie pflastern uns mit Beton und Asphalt zu, bis wir nicht mehr atmen können«, das hat sie immer gesagt, »jede neue Straße zieht Verkehr an«, und sie hat versucht, die Winzer zum Protest zu bewegen. Selbst hat sie oben am Wald einen Weinberg ...«

»Ich glaube, da sind wir gewesen«, warf Carl ein, »am Nachmittag vor ihrem ...«

»Na, dann weißt du ja, worum es geht«, sagte Hermine, wich Carls Blick aus und suchte nach einem Taschentuch, mit dem sie sich über die Augen wischte.

Carl schwieg und erinnerte sich, wie es damals gewesen war, wenn man ihn wegen des Todes seiner Eltern bedauert hatte. Jede Berührung, jedes Wort darüber war ihm zuwider gewesen. Und heute steckte er im Chaos, wusste nicht mehr, ob er um Maria trauerte, ob alles zum Albtraum wurde, und als er an Johanna dachte, wurde ihm schlecht.

Er griff nach einem Glas mit Wasser. »Du sagtest, unten am See wird die Autobahn gebaut, aber Marias Weinberge sind oben ...«

»Es gibt drei Varianten. Eine Strecke am See, eine am Hang des Leithagebirges durch die Weinberge und eine oben durch den Wald. Die wird es wohl werden.«

»Mittendurch? Sind die wahnsinnig?«

»Weil man sie nicht sieht; und was man nicht sieht, ist ungefährlich, wie bei Kleinkindern, sie halten sich die Augen zu. Du sagst es – wahnsinnig. Maria hatte dort einige Reblagen, genau am Waldrand. Sie hat sich immer über den Wildverbiss aufgeregt. Rehe lieben junge Weintriebe, die Wildschweine haben mehr für reife Trauben übrig.«

Carl erinnerte sich an die Elektrozäune dort oben.

»... sie hat das Land trotzdem behalten, sie sah es als Sperrgrundstück gegen die Autobahn. Und jetzt ist unser lieber Cousin Richard am Zug, der wird nicht lange zaudern, da wird verkauft.«

»Und wer ist der Käufer?«

»Der Staat, die Asfinag, eine Aktiengesellschaft, die bei uns den Autobahnbau finanziert, irgendeine Scheinfirma, Strohmänner ... was weiß ich. Frag Bruno, ihren Vater. Für Politiker und Manager ist das hier keine Heimat und auch keine Erde. Der Neusiedler See ist lediglich ein Argument, wenn es um Wahlen geht, oder ein Marketingpickerl, ein Aufkleber fürs Auto. Für die so genannte Wirtschaftselite sind wir nichts als ein Wirtschaftsraum, eine Anlagesphäre, wir Winzer mit unseren Familienbetrieben sind so was wie Rehe im Tierpark, den man nutzen muss, um Geld zu machen. Und wenn es denen hier zu laut werden sollte, kaufen sie sich woanders eine Villa, wo es keine Autobahn gibt, und wir zahlen auch noch den Umzug. Richard war es, Carl, glaub mir, erinnere dich an meine Worte.«

»Lass mich damit in Ruhe«, sagte Frank Gatow, als Carl ihm von dem Gehörten berichten wollte. Der Fotograf hob panisch die Hände. »Ich will nichts wissen. Nichts!«, stieß er hervor. »Außerdem bin ich in zwei Tagen weg. Ruf mich an, meinetwegen auch in Italien. Wenn du mal eine Auszeit brauchst, komm zu uns, wir freuen uns über liebe Gäste, bring deine Übersetzungsarbeit mit, oder 'ne Freundin, kannst gern einen Monat bleiben oder zwei, Antonia kocht fantastisch, aber verschone mich mit Polizeigeschichten!«

Frank Gatow hatte mit seinem Wagen vor einem Hotel an der Hauptstraße von Gols gewartet. Es war unmöglich, sich in dem Straßendorf mit nur einigen Querstraßen zu verfehlen. Die Kellerei von Thomas Thurn allerdings befand sich weit außerhalb, vom See entfernt. Der runde Neubau lag an einem flach ansteigenden Hang und erinnerte mit seiner hölzernen Verblendung an ein vergrabenes Barrique, nur das obere Drittel schaute heraus, darüber war ein flaches Dach. Sogar die Fassreifen fanden sich als dunkel abgesetzte Elemente in der Fassade wieder. Rechts war ein großer Parkplatz, dahinter die Einfahrt zum Hof und den Kellern.

Gatow ärgerte sich über die beiden Reisebusse. »Die müssen weg, so kann ich nicht fotografieren, Busse will keiner auf den Fotos, und bei dem Massenandrang frage ich mich, wie der Wein sein wird. Aber an Thurn kommt angeblich keiner vorbei.«

»Bei seinem Renommee kann der Wein nicht allzu schlecht sein«, meinte Carl, verwundert über Gatows plötzlichen Stimmungswandel. Er fand das Gebäude interessant, die Lage oberhalb von Gols und die südliche Ausrichtung des Weingartens ideal, und bisher hatte er nur freundliche Winzer getroffen, beziehungsweise Winzerinnen.

»In der Szene erlebst du dein blaues Wunder. Überall wird gebluft. Du glaubst nicht, was alles machbar ist! Stell dir vor, alle würden die Wahrheit sagen, gnadenlos. Es wäre die Hölle. Wir würden verzweifeln – denk mal dran, was du mir über deine Frau und dich erzählt hast.«

Carl schwieg peinlich berührt. Er ging durch einen Torbogen voraus, gebildet von zwei überdimensionalen, sich überlappenden Buchstaben, eine Art doppeltem T, es stand für Thomas Thurn. Ein bisschen affig, fand Carl und beobachtete Gatow, um dessen Reaktion zu beobachten, aber der Fotograf drängte an ihm vorbei in den dunklen Gang, der in den Hügel mit dem Fass führte. Licht fiel aus den Schaukästen mit den Weinflaschen des Winzers, auf den Etiketten wiederholte sich das doppelte T. »Corporate Design«, murmelte Gatow, »du kommst nicht daran vorbei.«

Sie gelangten zu einer hölzernen Treppe, auf ihr hinauf ging es ins Licht und in die Mitte des kreisrunden Verkostungssaals.

»Architektur als Teil des postkapitalistischen Unterhaltungsprogramms«, knurrte Gatow mit einem bösen Blick in die Runde. »Ich kann's bald nicht mehr sehen.«

»Schlecht für Puristen, nicht wahr?«, meinte Carl.

»Die sollen vernünftige Weine machen«, erwiderte Gatow, »das ist alles.«

»Und was würdest du dann fotografieren?«

Gegenüber der großen geschwungenen Fensterfront standen Stehtische, an der Wand zog sich ein Tresen, sämtliche Barhocker, gestützt auf eine Art T-Träger, waren besetzt. Carl schaute durch die Fenster auf ein nahe liegendes Weingut, dessen Betreiber weniger gut mit EG-Millionen hatte umgehen können. Er fand die neue Anlage sehr interessant, harmonisch und geschmackvoll, nur eines störte ihn, es störte ihn von Minute zu Minute mehr – es war die Akustik, je länger er sich hier aufhielt, desto unangenehmer wurde sie. Die Worte wurden einem förmlich aus dem Mund genommen, noch bevor man sie gesagt hatte, und an einen unbekannten Ort abgeladen, gab es einen Friedhof der Worte?

Gatow empfand das nicht als so störend, er ging zur Bar und sprach eine der jungen Hostessen hinter dem Tresen an, die für Carls Geschmack zu stark geschminkt war und in deren Ausschnitt ein Knopf zu viel offen stand. Die Blicke der anwesenden Männer galten den Frauen und nicht dem Wein. Diese Kellerei war einzigartig, und Gatow drückte seinen Widerwillen dadurch aus, dass er mit dem Kamerakoffer fast die Weingläser vom Tresen fegte, als er seine Karte daneben legte. Als Carl seinen Namen nennen wollte, fuhr ihm der Fotograf über den Mund: »Ein Kollege von mir, Weinexperte, Klaus ... Stuttgarter, vom Übersetzer-Weinclub. Wir arbeiten zusammen.« Er erwiderte Carls erstaunten Blick, als wollte er sagen: Ich weiß, was ich tue!

Carl schluckte. Bevor er Gatow fragen konnte, was er damit beabsichtigte, fragte der nach dem Winzer Thomas Thurn. »Ich soll ihn fotografieren.«

»In solchen Läden muss man so arrogant tun, sonst nehmen sie dich gar nicht wahr«, flüsterte er, als das Mädchen eingeschüchtert (oder beeindruckt?) verschwand, um den Chef zu holen. »Alles Effekthascherei. Ich sehe mir den Laden an, und du kümmerst dich um die Weine, *va bene?*«

Da kam Thomas Thurn, der einzige Winzer, den Carl bisher im Anzug gesehen hatte, eilig, wichtig, das Mobiltelefon am Ohr. Groß und schlank, hellgrauer Flanell und schwarzes Hemd. Ein markiges Gesicht, ein hartes Lächeln, kurz geschnittener Bart, blendend weiße Zähne. Das Mädchen flüsterte mit ihm, sah zu den beiden neuen Besuchern hin, Thomas Thurn wandte sich Frank Gatow zu, aus dem Erstaunen wurde etwas, das ein Theaterbesucher als freudige Überraschung interpretiert hätte, und der Star-Winzer begrüßte ihn wie einen alten Bekannten. Auch Carl bekam ein zähnefletschendes Jacketkronen-Lächeln ab, ihm wurde eine der Hostessen zugewiesen, der Thurn das Wort »wichtig« zuraunte, während der Winzer mit Gatow im Arm plaudernd die Treppe hinunterstieg.

Hoffentlich sind die Weine besser als der Auftritt, dachte Carl. Gatow würde für die Aufnahmen mindestens so lange brauchen wie bei Karola in Mörbisch, wo er Frank kennen gelernt hatte. Oder die beiden kriegten sich in die Wolle, bei Gatow durchaus vorstellbar. Carl konnte sich Zeit zum Probieren nehmen und musste für niemanden übersetzen. Trotzdem, die Akustik, er mochte in diesem Raum nicht sprechen, das Mädchen konnte ihn kaum dazu bewegen zu sagen, was er zuerst probieren wollte.

»Der Grüne Veltliner wird am meisten gekauft«, sagte das Filmsternchen und gewährte neue Einblicke.

Mit dem ersten Satz hatte sie bereits alles vergeigt. Meistgekauft war eines der dümmsten Argumente überhaupt. »Österreichs wichtigste Traubensorte, ertragreich, spät reifend, trotzdem trocken, ein harmonischer Wein, mit feiner Säure und zartem Aroma. Sehr süffig. Man trinkt ihn gern beim Heurigen. Er passt zu Fleisch und Geflügel, auch zu Fisch und Krustentieren, Gemüseauflaufen.« Also zu allem? Da begegnete sie Carls Blick und schwieg.

Der Kommentar ist so vielsagend wie die Rückenetiketten der Flaschen im Supermarkt, dachte er, und wenn der Grüne Veltliner zu allem passt, dann ist es auch egal, ob man ihn trinkt. Er schob das Glas weg. Ein Anpasser, der allen gefallen will. Das geht nicht, ohne die eigene Art aufzugeben.

Der Nächste war ein Sauvignon blanc vom letzten Jahr. Carl steckte die Nase ins Glas und roch nichts, zumindest nichts, das für ihn definierbar war. Ihm war der Wein zu fruchtig, die Aromen waren zu konzentriert, exotisch, etwa Paprika? Wie sollte Paprika in den Wein kommen? Etwas Grasiges meinte er herauszuriechen und notierte es, auch Kräuter hätten es sein können. Er hätte gern Maria dazu gehört.

Er steckte die Nase noch tiefer ins Glas. Der Duft erinnerte Carl daran, wie Johanna gestern gerochen hatte. Sie roch gewöhnlich nach Haarfestiger, nach Shampoo, Seife, ihr Haar nach Zigarettenqualm, wenn sie von einem Geschäftsessen kam und in letzter Zeit immer weniger nach sich selbst, dafür nach Parfüm und teuer. Aber gestern – das war ein anderer Geruch gewesen. Es war nicht der Wein, den sie getrunken hatte, das hätte er gemerkt. Es musste etwas anderes gewesen sein.

Sauvignon blanc. »Es ist ein reifer Wein, goldgelb, wir lesen spät, Stachelbeere, gelber Paprika, äußerst reintönig, komplex, lebhaft und frisch in der Säure ...« Die Hostess sprach nicht, der Raum zog ihr die Worte aus dem Mund und ließ sie verschwinden.

Hatte Johanna nach Salz gerochen? Kann man nach Salz riechen? Nein. Man roch auch das Meer, es roch nach Tang und ... Fisch? Nach Treibholz und Seesternen, nach angetriebenen Muscheln und dem Schaum auf den Wellen.

War Johanna auf ihrem Surfbrett? Was waren das für Leute – ihre Surferclique, von der er bislang keinen einzigen zu Gesicht bekommen hatte? Ich werde hinfahren und mir die *coolen* Freaks in *Neos* und *Boardshorts* geben, affengeile Kids in Neopren-Anzügen und knielangen Schlabberhosen, die sie darüber zogen. Für die bin ich sicherlich ein hilfloser Alter, der dumm im Wege steht. »Ob sie jetzt schon zum Sterben herkommen?«, hatte einer von ihnen mal bei seinem Auftauchen gefragt. Dann war Johanna für sie auch nur eine alte Kuh! Aber so hatte der Blonde sie neulich am Hafen nicht begrüßt.

Er würde heute noch zu der Surfschule fahren. An der Kreuzung in Breitenbrunn, neben dem wuchtigen Kirchturm, hatte er einen Wegweiser gesehen. Das Rumstehen auf dem Brett und sich an einer Stange festzuhalten sah nicht schwierig aus, aber er war unbegabt, hatte es nach zwei Stunden linkischer Versuche aufgegeben. Am Gleichgewichtssinn mangelte es keineswegs, mit dem Rad nahm er jede Ecke und jeden Bordstein freihändig. Aber Johanna hatte der Nerv gefehlt, ihm das Surfen in Ruhe zu zeigen. Mit aufkommendem Wind war sie auf ihr Brett gestiegen und verschwunden. *A Santa da casa nao faz milagre.* Dieser portugiesische Satz war auf Deutsch genauso wahr: Die Hausheilige vollbringt keine Wunder.

Achtlos schüttete Carl den Rest des Sauvignon blanc in den metallischen Restweinbehälter. Auch der war, wie jedes andere Einrichtungsstück, äußerst edel. Alles harmonierte, die Wandverkleidung mit den mannsgroßen Spiegeln und den bequemen Sesseln. Die Bilderrahmen und Kerzenstän-

der passten zu den übrigen Accessoires, und das Treppenge-
länder entsprach in Design und Material dem Handlauf vor
dem Tresen. Die Kellerei musste ein Vermögen gekostet haben. Alles war neu, hier baute nichts auf Vorhandenem auf,
weder auf einer zum Teil fünfhundertjährigen Bausubstanz
noch auf barocken Stilelementen. Thomas Thurn hatte total
mit der Vergangenheit gebrochen.

Die Hostess, die so aussah, als träumte sie von besseren
Zeiten, füllte sein Glas, ohne es auszuspülen.

»Da vermischt sich Sauvignon blanc mit dem neuen Wein,
junge Frau«, sagte Carl freundlich, schwenkte den Wein,
benetzte dabei die gesamte Innenfläche des Glases, schüttete
ihn unter ihrem entsetzten Blick aus und hielt ihr das Glas
am ausgestreckten Arm hin. »Jetzt hätte ich gern diesen
Wein wieder.«

»Sie müssen jede Probe bezahlen.«

»Das kann ich mir gerade noch leisten.« Carl senkte das
Glas und sah den Chardonnay sonnengelb hineinfließen.
Fast automatisch schwenkte er das Glas und führte es zur
Nase. Ein süßlicher und fruchtiger Duft kam auf ihn zu,
ziemlich opulent, viel zu wuchtig für einen Weißwein, dafür
blieb die Säure mehr im Hintergrund.

»Den verkaufen wir am meisten ...«

Er senkte den Kopf erneut über das Glas: Tropische Früchte? Ja. Birne? Schon möglich, und Honigmelone, und sogar
etwas Zimt? Auch, aber alles so deutlich, dass es aufdringlich
wirkte. Dieser Wein überdeckte etwas, er war in eine bestimmte Richtung gezogen, wirkte fast parfümiert und bom-
bastisch, aber dann blieb er weg ...

»Einen Moment bitte –«

Carl setzte das Glas ab, starrte es an, versuchte sich zu
erinnern und nahm es wieder auf. Er schnupperte erneut.
Den Duft kannte er, er roch wieder, erst durchs linke, dann
durchs rechte Nasenloch. Natürlich konnte man sich an
Gerüche erinnern. Dann fiel der Groschen.

».. . er will was sein, was er nicht ist, verstehen Sie? Er
vergeht schnell und macht – wie soll ich sagen – einer
gewissen Leere Platz.«

Diese Worte klangen wieder in seinem Kopf, der Unbekannte hatte sie ausgesprochen, inzwischen als Frank Gatow
bekannt, bei jener denkwürdigen Verkostung im Schloss
Esterházy.

Das war der Blender. Kein Zweifel! Noch nie war er sich
bei einem Wein so sicher gewesen wie bei diesem, er hatte
sich allerdings auch noch nie so ausführlich mit einem Wein
beschäftigt. Er nahm die Nase vom Glas, stierte die schnu-
ckelige Hostess an, die von dem komplizierten Gast auf Abstand gegangen war, und nickte. »Das ist er!«

Das Mädchen verstand nichts und lächelte.

Der Blender. Welch merkwürdiger Zufall, dass er gerade
hier mit Frank Gatow aufgekreuzt war. Thomas Thurns
Kellerei stand nicht auf seinem Plan. Er sah sich um, sah die
Umgebung unter ganz anderen Gesichtspunkten, erinnerte
sich an den Auftritt des Winzers. Alles passte: der Mann, die
Architektur, die Inneneinrichtung und der Wein. Ein har-
monisches Blendwerk, gekonnt arrangiert. Thomas Thurn
war kein Winzer, er war ein Imagebastler. Und Carl dachte
daran, was Marias Freundin Karola gesagt hatte: »Es will
gekonnt sein, einen Blender zu machen!«

Die Rotweine interessierten Carl nicht mehr. Als er seiner
Unaufmerksamkeit gewahr wurde, konzentrierte er sich wieder, er musste Frank davon berichten, jedoch nachdem er
probiert hatte. Bei den Rotweinen roch Carl das Barrique,
aber nicht die Frucht. Kaum dass er den Blauburgunder
vom Blaufränkischen unterscheiden konnte, das Aroma vom
Eichenholz kleisterte alles zu. Beide Weine wirkten opulent
und mächtig, der eine etwas marmeladiger, erdiger, er vermutete einen intensiven Extrakt, aber nach dem Schlück-
chen, das er sich genehmigte, war der Geschmack sofort weg.
Kein langer Abgang, fast wie abgerissen. Jetzt begann es Carl

Freude zu machen, die Nuancen festzustellen. Er bestellte einen dritten Roten, eine Cuvée aus Blaufränkisch und Cabernet Sauvignon, und ließ die Gläser vor sich aufgereiht stehen. Dieser Wein war der angenehmste von allen, denn danach kam ein mager gearteter Pinot Noir, der mit seinem hohen Alkoholgehalt von 14,5 Volumenprozent ein Gewicht vortäuschte, das er nicht besaß.

Als wäre er bei etwas Verbotenem ertappt worden, zuckte Carl, als Gatow ihm die Hand auf die Schulter legte. »Angst vor Mördern?«, fragte der Fotograf leise, »oder hast du die junge Dame zu gierig angestarrt? Die ist dafür da, fürs Hinsehen.« Er schwang sich neben Carl auf den Barhocker. »Mir auch ein Glas«, sagte er laut.

»Der Herr möchte als Erstes Ihren Chardonnay probieren«, fügte Carl hinzu und grinste. »Du wirst was erleben.«

»Das habe ich schon. Wir sollten bald verschwinden. Der Mann geht mir auf den Geist. Er quatscht, als hätte er das Weinmachen erfunden. Ein totaler Egomane. Außerdem viel zu fotogen. Aber solche Typen gibt's bei uns auch, zuhauf.« Frank Gatow griff nach seinem Glas.

Carl belauerte ihn, blickte ihm vom Glas ins Gesicht und wieder aufs Glas.

»He, was starrst du mich an?«, fragte Gatow verunsichert. »Ist was mit dem Wein?« Er sah hinein, schnüffelte, hob den Kopf, roch erneut, stutzte, runzelte die Stirn, sah Carl an, roch wieder, dieses Mal länger und intensiver, schloss dabei die Augen, und als er sie öffnete, lachte er gehässig. »Ha, ha, also deshalb. Gutes Riechorgan, Carl. Meinen Glückwunsch! Haben wir ihn schließlich wieder gefunden, den Guten.«

Beim nächsten Schluck zog der Fotograf ein Gesicht, als hätte er den Wein am liebsten in hohem Bogen in den Edelstahlbehälter gespuckt. »Wenn du vorher, wie du sagtest, nichts von Wein verstanden hast, dann lernst du schnell. Ich habe es auch nur durch Systematik begriffen. Antonia hat es mir beigebracht, sie hat mich zu jeder Verkostung mit-geschleppt, alle zwei Wochen haben wir in ihrem Keller bei Fassproben den Reifezustand getestet, und wenn Kunden zum Verkosten kamen, war ich dabei. So habe ich die Ent-wicklung auf der Flasche mitbekommen. Die Cuvées hat Antonia mit mir zusammengestellt, das Mischungsverhältnis unserer Reben festgelegt, dabei habe ich es gelernt. Also ist er unser Blender.« Triumphierend hob er das Glas. »Wun-derbar.«

Das Mädchen mit der strahlenden Zukunft lachte ihn an. »Das freut mich sehr.«

Die beiden Männer blickten sich im selben Moment um, denn Thomas Thurn drängte sich viel zu vertraulich zwi-schen sie.

»Ich habe Sie leider vernachlässigt«, sagte er zu Carl und lächelte in seiner zuvorkommenden Art.

»Daraus wird im Augenblick leider nichts«, unterbrach ihn Gatow und führte einen dringenden Termin in Jois an, den man unmöglich verschieben könne, unterstrich das Ge-sagte mit einem Blick auf die Armbanduhr und dem Griff nach dem Kamerakoffer.

Das war falsch. Carl wollte widersprechen, er ärgerte sich im Stillen über Gatows Vorgriff, denn er war höchst neugie-rig auf den Mann. Wie sollten sie sonst erfahren, ob ihre Theorie über Wein und Winzer der Wirklichkeit entsprach, ob auch der Mann ein Blender war? Sein Auftreten und die Kellerei jedenfalls bestätigten die These, aber er wollte Gatow nicht in den Rücken fallen. »Ich bedauere, doch ich bleibe länger im Burgenland, ich komme auf jeden Fall wieder zu Ihnen, Herr Thurn, dazu ist alles viel zu – interessant.«

Der Winzer suchte in seiner Brieftasche nach einer Visi-tenkarte. »Rufen Sie mich an, wir machen dann einen Ter-min, Herr ...?

»Breiten ... äh, Stuttgarter«, korrigierte sich Carl rasch.

Thomas Thurn steckte die Brieftasche weg. »Sind aus-

238

gegangen. Moment bitte, bin gleich wieder da.« Damit drehte er sich um und verschwand in der Tür neben der Theke.

Carl blickte ihm nach, sah, wie er sich durch die Tür zwängte – und wurde bleich, er erstarrte, das Kinn fiel ihm herunter, und um ihn herum versank der Raum. Er war auf dem Hof ... links hinter ihm die dunkle Halle, ein Mann rannte weg ... er verschwand durch die Tür ... sie fiel zu ...

»He, was hast du?« Gatow rüttelte ihn erschrocken. »Carl! Was ist los? Hast du ein Gespenst gesehen ...«

»Kein Gespenst.« Carl schüttelte fassungslos den Kopf, ein wenig wie von Sinnen, und senkte die Stimme. »Nein, kein Gespenst, sondern einen Mörder!«

Es kostete Carl unendlich viel Überwindung, sich normal zu verhalten, die Visitenkarte einzustecken, dem Winzer, der mit der Vorstellung seiner Weine in Hongkong angab, die Hand zu schütteln, die Hand, die Maria erschlagen hatte, und ein paar belanglose Floskeln auszutauschen. Dabei fühlte er Gatows ungläubigen und unsicheren Blick auf sich lasten. Der Saal war überfüllt, die Bustouristen hatten den Rundgang beendet, ihre Stimmen verwirrten Carl, und er glaubte, dass jeder ihm seine Gedanken ansah. Der Schweiß brach ihm aus, und es war eine geradezu übermenschliche Anstrengung, den Raum ruhig zu verlassen und Marias Mörder in seinem Rücken zu wissen.

Es dauerte lange, bis Carl sich von dem Schrecken einigermaßen erholt hatte. Dabei stand ihm der Moment, wie er Maria gefunden hatte, klar vor Augen. *Saudade.* Es war das Wort, das sie noch immer verband. Eine tiefe Sehnsucht – aber unstillbar, wie er es im Fado gefühlt hatte. *Saudade,* dafür gab es keine Übersetzung. Sehnsucht war zu simpel, Verlangen zu direkt, es war beides, durch Melancholie oder Weltschmerz verbunden sein, ein trauriges Glücksgefühl, in dem man sich suhlen konnte und das man nicht abstellen wollte, auch wenn es schmerzte. Aussichtslosigkeit traf es genauso wenig. *Saudade* war etwas, um sich in ihr und mit ihr zu betrinken, und danach war ihm heute.

Später, später würde er es tun. Vorerst war die Surfschule angesagt. Und mit Gatow, der übermorgen abreisen würde, hatte er überlegt, was als Nächstes zu tun wäre und wie er am besten aus der Sache herauskäme.

Er hatte gewollt, dass der Mörder gefunden würde, aber nicht damit gerechnet, dass er derjenige war, der …, das hatte ihn aus der Fassung gebracht. Er hatte sich lange an der nächsten Tankstelle die Hände gewaschen.

»Halt bloß den Mund! Zu keinem Menschen ein Wort«, hatte ihn der Fotograf beschworen, hatte ihn geradezu zum Schweigen verdonnert, »solange du nicht mehr weißt. Keiner wird dir glauben. Der Kerl ist berühmt. *Du* machst dich lächerlich.«

Das war kaum von der Hand zu weisen. Kein Richter und erst recht nicht die Polizei würde was darauf geben, dass er jemanden als Täter identifizierte, den er lediglich von hinten gesehen hatte. Frank glaubte ihm, aber sein einziger Rat war zu schweigen! Wie sollte es weitergehen? Er konnte den Verdacht nicht auf sich sitzen lassen, auch nicht Johanna gegenüber. Ja, den Täter kannte er, aber nicht das Motiv.

Wie benebelt fuhr Carl mit dem Rad von Breitenbrunn hinunter zum See. Schilf rechts oder Schilf links? Eine Weide rechts und nur links das Schilf oder umgekehrt? Bevor er an den See gelangte, hatte er es vergessen, dafür erwartete ihn ein Campingplatz. Rechts jedenfalls zog sich ein Zaun an der Straße entlang, dahinter Zelte, Campingwagen, Kindergeschrei, eine zeternde Frau, bunte Wimpel flatterten im Rauch grillender Familienväter. Würstchen, Speck und Fleisch, und er ekelte sich vor der gewürzten Komplettpackung, was ihm jeden Appetit verdarb. Alufolie mit Plastiküberzug – die Entsorgung von Gammelfleisch? Nicht zu vergessen der Aufdruck mit dem Haltbarkeitsdatum.

Links wuchsen Weiden am Ufer, dahinter glänzte matt das

Wasser. Bootshäuser standen dort umgeben von Schilf, die Pfahlbauten lagen weiter abseits. Mit Maria hätte er gern einige Tage dort verbracht, auf der Veranda im Sonnenaufgang oder Sonnenuntergang, egal, einen ihrer Weine trinken, die Beine baumeln lassen, die Seele ... Er starrte verloren aufs Wasser.

Weshalb hatte Thomas Thurn Maria erschlagen? Weshalb hatte er sie so gehasst, dass er sie töten musste? Man musste jemanden hassen, um ihn erschlagen zu können, noch dazu eine Frau. Kaltblütig und gnadenlos und hinterrücks. Oder hatte sie dem Winzer was angetan?

Fritz, der Surflehrer in Breitenbrunn, war groß und dünn, die Sonne hatte seine Haut gegerbt, der Wind tobte sich in seinem langen, spiddeligen Haar aus, und seinen freundlichen Augen war anzusehen, dass sie meistens übers Wasser schauten. Der Surflehrer war offenbar Anhänger antiautoritärer Erziehung. Das Gezappel seiner Kinder, neun der Junge, elf das Mädchen, berührte ihn nicht im Mindesten. Zumindest drängte sich Carl dieser Eindruck auf. Die beiden quakten dazwischen, kamen alle zwei Minuten mit irgendetwas Neuem, schließlich griff Fritz ein, da das Mädchen den Fußball des Jungen absichtlich weit ins Wasser geschossen hatte und sich weigerte, ihn wiederzuholen. Im Schneidersitz saß sie am Ufer, die Arme vor der Brust verschränkt und redete mit niemandem. Gegenüber auf der Wiese wurden Gleitschirme entfaltet, Steuerleinen entwirrt, Männer ließen sich vom Kite im Krebsgang ans Ufer zerren, um sich dann durchs Wasser reißen zu lassen.

»Surfen ist schöner, ist auch ganz einfach. Du lernst es in zwei Tagen, bist ja ziemlich sportlich«, sagte Fritz und begutachtete das Rennrad, das Carl an die verwitterte Bude des Surflehrers gelehnt hatte, sein »Büro«. »Was du brauchst, kriegst du bei mir, Neo und so weiter. Breite Anfängerboards habe ich auch. Bei mir lernst du richtig Windsurfen, das Coolsein woanders.« Er grinste.

»In Mörbisch gibt es auch eine Schule ...«

»Nicht nur da«, meinte Fritz lakonisch. »Auch gegenüber, auf der anderen Seite, in Podersdorf – siehst du den Leuchtturm? – da sind mehrere, aber natürlich Mörbisch, der berühmte Hansi. Wenn der so surfen könnte wie schwätzen ... komm, ich zeig's dir im Internet. Alle haben ihre Website.«

»Kennst du ihn«, fragte Carl, als er das Foto auf dem Bildschirm sah und in ihm den Mann wiedererkannte, der Johanna an jenem Morgen geküsst hatte.

»Den Wiener? Ich hatte bislang nicht das Vergnügen.« Fritz verzog das Gesicht und ließ die Unterlippe hängen. »Mir reicht seine Frau, die kenne ich. Sie ist Krankenschwester, arbeitet drüben in Sopron, in Ungarn ... Setz dich her, ich habe einen schönen Welschriesling im Kühlschrank wenn es recht ist.«

Carl war es sehr recht.

12

Es war eine Farce, das reinste Affentheater, lächerlich. Aber wieso fuhr sie dann um den Block, bevor sie das Ferienapartment betrat – ihr Apartment? War es ihr derart unangenehm, hier auf Carl zu treffen? Was sie tat, ging ihn absolut nichts an. Trotzdem war sie erleichtert, sein Fahrrad nicht im Hof stehen zu sehen. Dann ertappte sie sich dabei, wie sie sich eine Ausrede zurechtlegte, weshalb sie im Urlaub ihr Laptop holte. Eine Schande, was ging in ihr vor? Weshalb diese Unsicherheit? Sie würden sich trennen und sich daran gewöhnen, das war ihre Zukunft. Und dann würde sie mit Hansi die Surfschule aufbauen, mit ihm, der sie im Wasser trug, das war Carl in fünfzehn Jahren nicht eingefallen.

Während sie die Wohnung aufschloss, bemerkte sie, wie die Wirtin den Kopf aus dem Fenster des Obergeschosses streckte. Beim Betreten der Wohnung stutzte Johanna, denn in der Küche stand ihr benutztes Frühstücksgeschirr, Carl hatte es nicht einmal weggeräumt. Das war neu, es ärgerte sie, und sie ärgerte sich, dass es sie ärgerte. Wieso war es ihr nicht gleichgültig? Carl war unwichtig geworden, Hansi zählte jetzt. Er war der Mann, den sie sich wünschte, nicht erst seit gestern, wenn sie ehrlich war, seit längerem schon, eigentlich seit sie sich für Environment Consult entschieden hatte. Einen Mann, der dazu passte, der nicht gleich umfiel, vielleicht auch einen Macho, gemäßigt zwar, aber einen, der seinen Weg sah und wusste, was eine Frau sich wünschte, es ihr von den Augen ablas, der aber auch merkte, wann er beiseite zu treten hatte. Nämlich dann, wenn *sie* es wollte. Er brauchte ihr nichts abzunehmen, sie konnte alles allein, darin war sie sich sicher, aber einiges würde sie Hansi überlassen müssen, um ihm das Gefühl von Wichtigkeit zu geben.

Sie öffnete den Kleiderschrank und griff nach ihrem Laptop. Sie hatte es unbenutzt lassen wollen, aber die Umstände erforderten Flexibilität. Ohne Computer konnte sie schlecht recherchieren. Sie musste das Umfeld für ihr erstes eigenes Projekt unauffällig erkunden, bevor jemand davon Wind bekam. Mit telefonischen Nachforschungen und persönlichen Gesprächen würde sie Konkurrenten und Gegner auf den Plan rufen. Sie hatte von Anfang an das Gefühl gehabt, dass diese Aufgabe ein gewisses Fingerspitzengefühl erforderte.

Sie nahm das Laptop, warf einen wütenden Blick auf den Abwasch und verließ eilig das Apartment. Fast hätte sie der Frau, die noch immer aus dem Fenster schaute, die Zunge rausgestreckt. Wahrscheinlich rief sie jetzt bei der Polizei an. »... Herr Inspektor, eben hat diese Deutsche, Sie wissen schon, die Frau von dem Verdächtigen ...« Spießer!

Hoffentlich hielt Hansi die Klappe, der Rechtsanwalt brauchte nichts von dem Verdacht gegen Carl zu wissen. Es würde *ihr* schaden, *ihre* Reputation stand auf dem Spiel.

Hansi hatte ihr zwar einen Tisch in sein Büro bringen lassen, aber Wollknecht hatte angerufen: Er hielt es für sinnvoller, in seiner Kanzlei in Eisenstadt zu arbeiten. Dabei war der Wind gut, drei Windstärken, zwar nichts zum Abheben, doch bestens geeignet, um Halsen zu trainieren. Sie beobachtete, wie die Surfer fast auf Kiellinie den Hafen verließen, Hansi führte – und was tat sie?

Für eine Sekunde sah sie das Absurde ihres Verhaltens, sie hatte plötzlich eine Ahnung, wie ein Lufthauch auf der Wange, der erste Hauch des Sturms, eine innere Unruhe, die sich legte, aber nicht rückgängig zu machen war. War eine Beziehung mit Hansi aussichtslos? Zehn Jahre Altersunterschied, und in spätestens sechs Monaten werde ich ihn langweilen – oder er mich? Fünf Jahre ist er hier, und was hat er geschaffen? Ihm fehlen die Umgangsformen für den Aufstieg, und wer über Einfluss verfügt, wird ihn nicht ernst nehmen. Es fällt auf mich zurück. Aber ich will es so, dachte sie und glaubte daran.

Sie wollte nichts von Zweifeln wissen, sie wollte geradeaus sehen. Wenn sie ihre Rolle bei Environment Consult betrachtete, war sie dort nichts weiter als ein nützlicher Idiot, ein Werkzeug, aber auch diese Erkenntnis ließ sich mit einem Räuspern wegpusten. Schluss, aus, Ende!

Mit einem Gefühl von Befriedigung unterdrückte sie den Wunsch nach ihrem Surfbrett, ging zum Wagen zurück und redete sich ein, dass sie es freiwillig tat, und doch fühlte sie sich gedrängt. Sie musste sich zusammenreißen, um ihren Frust nicht am Gaspedal auszulassen, dabei wären ihr jetzt 230 Stundenkilometer mehr als lieb gewesen. Totale Konzentration, ein Rausch, wie bei sechs Windstärken.

Wieder kam sie am Römersteinbruch vorbei, dieses Mal sah sie hin. »Aida« stand auf dem Spielplan, wahrscheinlich brachten sie als Riesengag einen Elefanten auf die Freilichtbühne. Aida für Arme, dachte sie gehässig und erinnerte sich an die Aida-Aufführung vor den Pyramiden von Gizeh. Environment Consult hatte es bezahlt, dreitausend Dollar, sozusagen als Belohnung. Carl hatte sich geweigert, sie zu der »Mickey-Maus-Vorstellung«, wie er es genannt hatte, zu begleiten. Aber in die Arena von Verona wäre er mitgekommen. Wer sollte diesen Mann und seine Beweggründe verstehen?

Sie fuhr langsam durch St. Margarethen, sah links den Pranger und guckte sofort wieder weg, er war ihr unheimlich, und auf der Landstraße gab sie richtig Gas, bis der Traktor eines blöden Bauern sie zur Vollbremsung zwang. Am liebsten hätte sie sich in ein Gartenlokal zurückgezogen, zum Nachdenken, zum Ruhe finden, aber der Anwalt hatte auf ihrem sofortigen Kommen bestanden. Dann begann die Schnellstraße, die um Eisenstadt herumführte und die, wie Hansi gesagt hatte, durchs Leithagebirge weitergeführt werden sollte.

Mit Vernunft betrachtet brauchte man diese Autobahn gar nicht. Bei der Ankunft von Wien aus hatten sie die A3 genommen und waren blitzschnell am See gewesen. So würden auch ihre zukünftigen Kunden in Nullkommanichts zur Surfschule hierher kommen.

Günther Wollknechts Kanzlei sollte in Eisenstadt oben auf der Hügelkuppe liegen, kurz hinter dem Esterházy-Schloss. Als Johanna die breite Fensterfront sah, erinnerte sie sich an jenen Abend, als sie Carl abgeholt hatte, da hatte er neben dieser Winzerin gestanden.

Was war so faszinierend an dieser Frau, dass er sie, Johanna, dafür aufs Spiel setzte? So war es, sagte sie sich. So muss ich es leider sehen, da komme ich nicht umhin. Wer ist diese Maria Sandhofer gewesen, was hatte sie, was ich nicht ... Nein! Johanna, unproduktives Denken bringt dich nicht weiter.

Doch Fragen besaßen ihr Eigenleben. Was gab es für Gemeinsamkeiten zwischen den beiden, wenn es überhaupt welche gegeben hatte? Johanna wusste noch immer nicht, wie gut sie sich gekannt hatten. Maria war zehn Jahre jünger gewesen – das war viel, viel an Lebenserfahrung. Wie war ich vor zehn Jahren?, fragte sie sich und versuchte, sich zu erinnern. Noch voller Schwung, voller Elan und Hoffnung, etwas ändern zu können, voller Glauben an die Fähigkeit des Menschen, ein Einsehen mit sich selbst, den anderen und der Welt zu haben. Und was war davon übrig? O Gott, nein! Besser nicht daran denken.

Oder lag die Faszination, die von dieser Maria ausging, im Wein? Was war das für Zeug? Eine Droge, die betrunken machte. Ein Getränk, mit dem man Geld verdiente! Das konnte es kaum sein, was Carl daran gereizt hatte. Geld faszinierte ihn nicht. Da schon eher die soziale Komponente, die Freundschaft, der Geschmack, Vielfalt, Anerkennung. Die Welt des Weins: Das bedeutete, man lernte fremde Menschen und Kulturen kennen. Die Arbeit wurde geprägt von der Natur, der Landschaft, dem Wetter, dem Boden und dem Zyklus der Jahreszeiten. Vielleicht war es das, was ihn anzog, in seiner Einsamkeit inmitten der Bücher. Wer träumte nicht vom Zurück aufs Land? Oder war es – die Familie? War er auf der Suche nach den verlorenen Eltern, nach einer Frau, um mit ihr Kinder zu haben?

Jemand hupte hinter ihr, Johanna schrak auf, glücklicherweise bevor sie in sich auf etwas stieß, das sie an Carl liebte, nein, verdammt, geliebt hatte. Jetzt bemerkte sie, dass sie vor der Zufahrt zum Schloss stand und die Tiefgarage versperrte. Mit quietschenden Reifen sprang ihr Wagen nach vorn und riss sie aus den Grübeleien.

»Gnädige Frau.« Eine Verbeugung und der Handkuss.

Günther Wollknecht strahlte sie an und schaute ein wenig zu direkt an ihr herab. Also war sie doch attraktiv, auch in Jeans und T-Shirt, mit einer saloppen Jacke darüber, und nicht nur im grauen Geschäftskostüm oder Hosenanzug. Man musste nicht unbedingt dreißig sein. Aber etwas störte Johanna an dem Blick des Advokaten. Eine Dame betrachtete man anders. Sein Blick war herablassend, zeugte von mangelndem Respekt. War sie überempfindlich? Was war heute mit ihr los?

»Es freut mich außerordentlich, dass wir Sie für unser Anliegen gewinnen konnten, dass Hans Petkovic Sie gewinnen konnte. Menschen – Frauen mit Ihren Fähigkeiten sind selten. Seriosität und Kompetenz, Professionalität und Sachverstand, das ist es, was wir brauchen. Natürlich gepaart mit Ihrem Charme, gnädige Frau. (Du Schleimer!) Es wird mir ein Vergnügen sein, mit Ihnen zu arbeiten. Es kommt eine anregende Zeit auf uns zu. Ich werde Ihnen hier interessante

Kontakte vermitteln, zu Persönlichkeiten des öffentlichen Lebens, Entscheidungsträgern aus Wirtschaft und Politik – wie Sie die nutzen, liegt an Ihnen. Das Entree kann ich Ihnen verschaffen, der Rest liegt bei Ihnen – wie gesagt, ein Vergnügen. Wie wünschen Sie den Kaffee?«

Damit bugsierte er sie am Oberarm in einer Art aus seinem Büro in den Flur, die sie hasste, und sie entzog sich ihm. Wollknechts Griff hatte mehr von »Abführen« als von Begleiten, das Dummchen kann nicht auf sich selbst Acht geben. Sie betrat nach ihm einen Raum, in dem eine Schreibkraft mit Kopfhörern Schriftsätze tippte.

»Sie wird von Ihren Telefonaten nichts mitbekommen und Sie nicht stören, wir sind diskret. Hier, Ihr Rechner, Internetzugang, das Telefon steht Ihnen zur Verfügung.«

Würde er mithören oder die Tippse nachher ausfragen? Die elektronischen Spuren auf dem Computer zu verwischen, war sie gewohnt. Er sollte das ruhig merken, dann würde er wissen, mit wem er's zu tun hatte. Sie würde alles auf ihr Laptop kopieren. Die Unterlagen, die er gestern mit in die Surfschule gebracht hatte, lagen auf einem leeren Schreibtisch bereit. Ihr schauderte beim Anblick des Aktenbergs. Sie hatte Urlaub machen wollen.

»Für heute Mittag habe ich einen Tisch in einem Restaurant in der Nähe reservieren lassen, und am späten Nachmittag machen wir einen Ausflug.«

Wurde da über ihren Kopf hinweg entschieden, das fing ja gut an, oder wollte der Anwalt sie anmachen?

Sein Lächeln erstickte ihren Protest im Ansatz. »Hansi kommt selbstverständlich mit. Wir werden einen Freund besuchen, einen Winzer in Gols, einen guten Freund, er ist einer unserer Besten, ein Wegweiser, ein Vordenker oder eine Art Wein-Guru. Verkauft bis nach Japan. Modernste Kellerei, architektonisch einmalig. Wir ziehen auch in der Bürgerinitiative am selben Strang.« Der Anwalt verbeugte sich. »Ich bin bis um dreizehn Uhr bei Gericht ...«

248

Ein junges Mädchen brachte Kaffee, dann ließ auch die Stenotypistin Johanna allein. Verwirrt trat sie ans Fenster.

Unten links ein Rasenplatz mit Blumen, besonders die Gladiolen gefielen ihr, darin eine Stele, wie sie in jedem Dorf oder auch inmitten der Weinberge stand, oben darauf die Mutter Gottes frisch gesandstrahlt. Gegenüber die barocke Bergkirche, Engelsstatuen auf dem Geländer der Freitreppe und an den Aufgängen neben dem in Gelb und Weiß gehaltenen Kuppelbau. Er erinnerte Johanna wegen der ineinandergreifenden Rundungen an russisch-orthodoxe Kirchen. In der Gruft war das Grab Joseph Haydns, das Mausoleum hatte ihm Paul V. Esterházy posthum errichten lassen. Das Schloss und den Haydn-Saal sollte sie sich ansehen, egal mit welchen Frauen Carl da seine Verkostungen oder sonst was zelebriert hatte.

Die strahlende Kirche, das Sonnenlicht auf dem Hügel, eingefasst von kleinen bunten Häusern, ihre beruhigenden Farben sowie die Beschaulichkeit des Ortes besänftigten Johanna nach einer Weile. Sie ging zum Schreibtisch, schenkte sich Kaffee ein und begann zu arbeiten.

Zuerst musste sie das Umfeld für das Bauvorhaben erkunden. Inwieweit kamen hier Gesetze für den Naturschutz zum Tragen, und wie ließen sie sich aushebeln? Das Trainingszentrum war nicht nur ein gewöhnlicher Bau, sondern ein Wasserbau in einem sensiblen Gebiet, direkt in der Uferzone, was die Sache verkomplizierte. Was bedeutete die Anerkennung der Region Neusiedler See als Weltkulturerbe, und welche Auflagen mussten erfüllt werden, damit dieser Status erhalten bliebe? Welche Fördermittel waren damit verbunden, auf die kein Politiker verzichten würde? Sie erinnerte sich an einen ähnlichen Fall in Dresden. Das Elbtal galt wegen des einzigartigen Ensembles aus Barock- und Landschaftsarchitektur in dieser Flusslandschaft als besonders bewahrenswert. Die Bürger wollten eine Brücke, was den Status gefährdete. Der stand auch bei der Wartburg in Eisenach durch den Bau eines

Windparks auf der Kippe. Zerstörung der Aussicht – so lautete der Vorwurf. Dagegen war ihr zweistöckiges Trainingszentrum gar nichts. Die Tribünen und die vier Türme der Freilichtbühne in Mörbisch überragten sie ums Doppelte, und die hatte der »Europäische Fonds für Regionale Entwicklung« mitfinanziert. Im Vergleich dazu war das Surfcenter ein Klacks. Diesen Fonds würden sie anzapfen. In der Behörde müsste jemand zu finden sein, der die damaligen Anträge beschaffen könnte, wenn nicht mit guten Worten, dann mit Geld. Man müsste die neuen wortgleich formulieren, dann hätte sie für den Fall der Ablehnung einen Präzedenzfall und einen Klagegrund. Und mit Rückendeckung der Behörden ... es müsste mit dem Teufel zugehen, wenn Wollknecht das nicht hinbiegen würde ...

Mit dem Nationalpark gegenüber am Ostufer des Sees hatten sie nichts zu schaffen. Stattdessen warf sich die Frage auf, wie belastbar der See war, wie viele Sportboote er vertrug, wie viele Wind- und Kitesurfer. Die Ausflugsboote kamen hinzu, die Fähren, aber das interessierte sie nicht. Die Ökologie des Sees jedoch nahm ihre Aufmerksamkeit in Anspruch. Sie fand Unterlagen zu einem Forschungsprojekt, in dem geklärt werden sollte, wie man den Wasserstand regulieren könne, um den Wassersport zu erhalten. Hansi hatte es erwähnt.

Seit 1967 hatte das Seevolumen durch Verschlammung um zehn Prozent abgenommen, der Pegelstand war gleich geblieben, aber auch der Schilfgürtel dehnte sich weiter aus. Grund dafür war der Abfluss des sodahaltigen Wassers und die weitere Verdünnung durch Zuflüsse. Soda verhinderte die Bildung von Biomasse und damit die Ausbreitung des Schilfes. Bei fortschreitendem Prozess säßen sie mit ihrem Zentrum eines Tages auf dem Trockenen.

Es war notwendig, dieser Frage selbst nachzugehen. Es gab zu viele widersprüchliche Gutachten. Johanna wusste natürlich, wie sie ein Projekt durchbekam: mit Halbwahrheiten, ungestützten Annahmen, Verdrehungen und sogar mit handfesten Lügen. Man konnte die Entsalzung als langfristig unbedeutend darstellen, als unter ständiger Kontrolle stehend, Annahmen als Tatsachen hinstellen, und Gegengutachten fanden sich immer; es war eine Frage des Preises, zur Not schrieb man sie selbst. War der Auftrag lukrativ genug, gründete man ein eigenes Institut und brachte entsprechende Informationen in Umlauf. Environment Consult kannte genug »kooperationswillige« Journalisten. Was wurde schon richtig nachgeprüft? Wenn die Umweltbehörden jedoch so hartnäckig wären wie Finanzämter, sähe das alles etwas anders aus.

Doch dieser Fall lag anders, hier würde es sich um ihr Geld drehen – und auch um ihren lange gehegten Wunsch, Beruf und Hobby in Einklang zu bringen. Das hatte sie eigentlich nie zu denken gewagt. Aber wenn sie sich tatsächlich um Umweltprobleme kümmerte, war sie dann nicht wieder genau da, wo sie vor zwei Jahren aufgehört hatte? Scheibenkleister, Mist verd ...

Sie markierte die Seiten und suchte im Internet weiter. Die *World Sailing Games* hatten vor kurzem stattgefunden. Noch eine Hiobsbotschaft. Die Veranstaltungen waren auf 100 000 Besucher ausgelegt worden, aber nur 4000 waren gekommen. Kein Wunder, Segeln war nichts für Zuschauer am Ufer. Den Fotos nach war es das reine Sportmarketing gewesen, so wie die Boote mit Firmenlogos vollgekleistert waren, und die Segler hatten sich mit Firmennamen drapiert wie Radrennfahrer bei der Tour de France. Carl gondelte glücklicherweise nicht in diesem Plastikzeug herum, dachte Johanna und fragte sich, warum er ihr immer mehr in den Sinn kam.

Später stieß sie auf einen Namen, den sie in Zusammenhang mit dem Surfcenter gehört hatte: Bank Burgenland. Sie sollte die Finanzierung übernehmen. Sollte, würde oder könnte? In welchem Stadium der Verhandlungen war man, und wer führte die Verhandlungen? Wollknecht? Er müsste jeden Augenblick kommen. Beim Essen sollte sie über die Bank informiert sein, es machte Eindruck.

Folgenden Hinweis fand sie auf der Eröffnungsseite der Bank: »*Mit Auslaufen der zweiten Ziel-I-Periode zum Jahresende 2006 verlieren sämtliche derzeit bestehenden Richtlinien der Wirtschaftsförderung ihre Gültigkeit, Anträge müssen mit allen Unterlagen bis Ende Oktober eingereicht sein.*«

Schau an, dachte Johanna, sie würden sich beeilen müssen, doch dann stutzte sie beim weiteren Blättern in der Suchmaschine. Da war von Skandalen wegen fahrlässiger Kreditvergabe die Rede. Und wie bei Banken üblich, die mit dem Geld der Steuerzahler ›hantierten‹, »wirtschaften« wäre zu positiv gewesen, hatte üblicherweise nur der Steuerzahler Konsequenzen tragen müssen. Johanna fand auch den Bericht des Rechnungshofes:

»*Das Land Burgenland wird ... eine Gesamtbelastung von rd. 658 Mill. EUR in den Jahren 2004 bis 2025 zu tragen haben. Diese könnte unter für das Land ungünstigen Zinsentwicklungen auf insgesamt rd. 728 Mill. EUR ansteigen.*« Und noch eine Meldung kam hinzu: »*Die vom Land am 16. Dezember 2004 beschlossenen Strukturmaßnahmen waren für die Fortführung der Bank notwendig und werden zu einer voraussichtlichen Belastung des Landes von rd. 86 Mill. EUR führen.*«

Da hatten Manager wieder einmal mit öffentlichen Geldern gezockt – einige hatten gewonnen, die Steuerzahler in jedem Fall verloren. Johanna lehnte sich zurück und starrte aus dem Fenster. Sie musste ernsthaft prüfen, ob sie mit diesem Anwalt gut beraten waren und sich auf ihn einlassen sollten. Das Internet war eine Fundgrube: Der frühere Bankdirektor, verantwortlich für gescheiterte Geschäfte, wurde keineswegs zur Wiedergutmachung des Schadens herangezogen, sondern erhielt sogar noch 400 000 Euro Abfindung und war prompt zur Wiener Sparkasse gewechselt.

Wurde Österreich deshalb als »die Insel der Seligen« bezeichnet? Jetzt sollte die Bank verkauft werden – sicher zu besonders günstigen Konditionen an Politikerfreunde. Das muss kein Hinderungsgrund für uns sein, dachte Johanna, solange auch wir zu den Freunden gehören. Soll sich Wollknecht drum kümmern, aber kontrollieren müssen wir ihn auf jeden Fall. Nur was lief zwischen Hansi und Wollknecht? Wem würde Hansi mehr vertrauen – ihr oder dem Anwalt?

Sicher war es Neugier gewesen, die Johanna den Namen Maria Sandhofer hatte eingeben lassen. Als sie die Homepage der Kellerei vor sich sah, konnte sie nicht mehr zurück. Sollte sie mal vorbeifahren und sich den Schauplatz selbst ansehen? Als Touristin konnte sie um eine Führung bitten – »Besichtigung und Weinprobe nach Anmeldung« stand da.

Der Internetauftritt war übersichtlich und informativ ohne unnötige Spielereien. Es gab Bilder der Kellerei, der Familie und ihrer Geschichte, man gewann eine Vorstellung; die Arbeitsabläufe im Weinberg waren geschildert wie auch die Tätigkeit der Winzerin im Weinkeller. Das Ganze war eindeutig auf ihre Person hin orientiert, der Vater blieb schemenhaft. Diese Maria musste erfolgreich gewesen sein, viele Weine waren ausgezeichnet worden. Unter der Rubrik Freundinnen und Freunde fand Johanna Fotos und Pressemeldungen über DIE SIEBEN. Das waren also die Weiber, mit denen Carl sich die Zeit vertrieb, dachte sie eifersüchtig und fühlte sich mal wieder ausgeschlossen.

Freundinnen – seit Environment Consult war alles in die Brüche gegangen, zu viel Arbeit ... keine Zeit ... Geschäftsreisen ... nicht zuletzt die borniertenMeinungsverschiedenheiten. So sah es Johanna. Es gab Fotos von Maria Sandhofer mit Kollegen vor Kellereien, beim Verkosten und bei Empfängen. Ein Bild in der Rubrik »Freunde« fiel ihr auf: Maria mit einem blendend aussehenden Mann vor einer Baustelle. Der Rohbau ragte mit seinen gerippehaften Dauben aus dem Erdreich, die alles zusammenhaltenden Fassreifen fehlten noch.

»So vertieft?«

Johanna fuhr herum, der Anwalt war lautlos eingetreten.

»Zeit für eine Pause.« Er wollte mit einem raschen, aber unauffälligen Blick über Johannas Schulter sehen, was ihre Aufmerksamkeit fesselte, aber Johanna drückte gekonnt beiläufig auf die Exit-Taste. Das allerdings entging dem Anwalt nicht.

»Ich möchte mich noch frisch machen«, sagte Johanna und stand auf. Während ihr der Anwalt den Weg zur Toilette zeigte, dachte sie daran, ihr Passwort zu ändern, damit niemand ihr Laptop benutzte. Carl kannte das Wort. Sie schloss die Tür und trat vor den Spiegel. Mehr nachdenklich als kritisch betrachtete sie ihr Gesicht, strich sich über die Stirnfalten, zog die Augenbrauen hoch, presste die Lippen aufeinander, streckte den Hals und frisierte sich. Erst nachdem sie die Lippen kräftiger nachgezogen hatte, gefiel sie sich.

Diese Maria ... was hatte Carl an ihr gefallen? Sie sah gut aus, sympathisch, das musste Johanna ihr lassen, so sehr sie sich dagegen wehrte, und sie erschien ihr so nachdenklich wie lebenslustig. War es das? Die Lebenslust? Die war ihr beim Kampf ums Wattenmeer vergangen, bei der Auseinandersetzung um alternative Energien abhanden gekommen, die unbedarfte Freude hatte sie mit dem Waldsterben eingebüßt und den Glauben an die Menschen endgültig verloren, als viele ihrer ehemaligen Weggefährten sich von den Grünen als Abgeordnete hatten einkaufen lassen. Der ehemalige Außenminister war für sie der weltweit größte Opportunist überhaupt: vom Frankfurter Häuserkampf zum Gala-Dinner ins Weiße Haus! Was für ein bewunderungswürdiger Weg. Charakter oder Berechnung, oder beides zusammen? Johanna ärgerte sich über solche Gedanken. Sie musste mehr arbeiten, mehr surfen, mehr mit Hansi ... Es war nie gut, zu lange vor dem Spiegel zu stehen.

Bis zum Schloss waren es wenige Schritte. Im Restaurant gegenüber, den ehemaligen Stallungen, trafen sich die Geschäftswelt aus Eisenstadt und die Touristen der Premium-Klasse, die ein Hirschragout mit einem Blaufränkischen dem

Tafelspitz mit Pils vorzogen. Die aus der Fußgängerzone der Hauptstraße, die mit dem Big Mac und der Cola, waren bereits vor dem Schloss abgebogen. Zog sie die Blicke der Gäste an, oder war es der Anwalt, den sicher viele kannten? Von der Terrasse grüßten drei Herren, die Krawatte gelöst, das blaue Oberhemd offen, das Sakko über die Lehne gehängt, dort nickte jovial ein einsamer, grau melierter Herr, an einem anderen Tisch machte man sich gegenseitig auf das Paar aufmerksam. Johanna und der Anwalt traten zwischen wuchtigen Säulen ins dunkle Gebäude und wandten sich nach links. Der Saal mit Tischen und spanischen Wänden war kühl und angenehm im Vergleich zur Hitze draußen. Da winkte jemand aus einer Gruppe, Johanna kannte diesen Typus Ministerialbeamter. Eine Damengruppe scharte sich um einen langen Tisch und erfüllte den Raum mit hellen Stimmen. Viel Schmuck, Glitzerkram, jene Frauen, um die ihr Kollege Beinhäuser sich kümmerte, wenn Geschäftspartner ihre Ehegesponse mit nach Stuttgart brachten. Die Herren in der dunkelsten Ecke, beim Essen Schriftstücke auf dem Tisch, fühlten sich durch den Gruß des Anwalts eher gestört. Er ließ sich zum reservierten Platz führen und schob Johanna höflich den Stuhl unter. »Gnädige Frau«. Das musste sie sich nach jedem dritten Satz anhören.

Wollknecht redete ohne Pause. Dabei war es gleichgültig, ob er Johannas Weingeschmack eruierte, ihr zum Hirschrücken den Tesoro von 2004 vorschlug, »… wohl der beste Wein des Hauses Esterházy, eine Assemblage aus Merlot, Cabernet Sauvignon und Pinot Noir. Wundervolles Rubingranat, reichhaltige und reife Aromenstruktur, Johannisbeere und Vanille … gepaart mit Mokka-Nuancen. Am Gaumen voluminös«, er rollte mit den Augen. Demnach ein Kenner. Johanna nickte bewundernd. Wenn er das nötig hatte.

Als Nächstes empfahl er ihr das Weinmuseum im Weinkeller unter dem Schloss; er würde es ihr liebend gern persönlich zeigen. »Ein Gewölbe, tausend Quadratmeter, 700 Objekte, die unsere Weinbaugeschichte präsentieren. Das müssen Sie sehen.«

Was sie »musste«, war glücklicherweise noch immer ihre Sache. Johanna hatten sich an diesem Vormittag ganz andere Fragen eröffnet. Auf die Antworten war sie gespannt, aber sie kam nicht zu Wort. Als sie den Anwalt schließlich energisch unterbrach und auf den Bankenskandal zu sprechen kam, wich er aus: Man müsse abwarten, alles genau prüfen, die Hintergründe betrachten, sich nicht von Interessengruppen beirren lassen, vor allem die Politik raushalten, jetzt stünde der Verkauf an, und er schwenkte zu einem Skandal weit größeren Ausmaßes ab: die gewerkschaftseigene BAWAG, Bank für Arbeit und Wirtschaft, die 1,3 Milliarden Euro bei Spekulationsgeschäften in der Karibik verjubelt hatte.

»Der Staat haftet mit 900 Millionen, die Banken liefern eine Kapitalspritze von 450 Millionen. Das sind Größenordnungen.« Die Augen des Anwalts leuchteten, seine Begeisterung konnte er kaum verbergen. Da hätte er sicher gern mitgespielt. Korruption, Geldanlage und -wäsche gehörten jedoch nicht zu Johannas Fachgebiet. Zu viel Aufmerksamkeit brachte ihre Projekte in Gefahr, und sie war immer darauf bedacht, wenn man sich schon in Grauzonen bewegte, in finanzieller Hinsicht möglichst korrekt zu agieren.

Der Anwalt zählte auf, welche Mitspieler dieser internationalen Pokerpartie er kannte. Er redete so viel, dass der Genuss des Hirschrückens (»oben im Leithagebirge geschossen«) und des auch für Johanna außergewöhnlichen Weins in den Hintergrund rückte. Dann lehnte er sich vertraulich über den Tisch. »Wie haben Sie denn unseren Hansi kennen gelernt?«

Johanna erzählte es ihm kurz und knapp.

»Hansi Petkovic mag ein guter Lehrer sein, ein ausgezeichneter Surfer, da hat er uns vieles voraus. Auch hat er sich bestens in die hiesige Gemeinschaft eingefügt. Aber ich glaube, er verfügt noch nicht über das entsprechende Auftreten und die richtigen Kontakte, die er Ihnen zugänglich machen könnte. Schön, er ist anpassungsfähig – das kommt mit der Zeit, aber halten Sie ihn nicht auch für ein wenig zu jung und unerfahren für ... äh – unser Projekt? Sie werden wissen, dass man Sie verständlicherweise auch nach Ihrem Umgang beurteilen wird.« Wichtigtuerisch stützte er den Kopf auf drei Finger. »Hansi Petkovic als Geschäftsführer? Da habe ich Zweifel. Was ist Ihr Eindruck? Jemand wie Sie hat Lebenserfahrung und sicher einen guten Blick für Menschen.« Er streckte seine Hand nach der ihren aus, wobei Johanna wie unbeabsichtigt zur Gabel griff.

Für dich allemal, dachte sie bei dem fadenscheinigen Manöver. Es war die erste Anspielung auf ihr Alter und ihren Umgang. Wollte ihr Gegenüber mit diesen Vertraulichkeiten neue Allianzen schaffen? Gleichzeitig wies er ihr eine gewisse Kompetenz zu und hob sie damit in den Stand des Gleichberechtigten. Johanna nahm ihn wörtlich.

»Sie haben Recht. Hans Petkovic ist jung und kein geborener Geschäftsführer. Bei den Finanzen werden wir beide, Sie und ich, eng zusammenarbeiten. Das ist nicht seine Aufgabe. Aber – können *Sie* surfen?«

Der Anwalt verneinte. Dann der nächste Vorstoß: »In Fragen der Repräsentanz müsste man auch eine Lösung finden, wenn wir die großen Events haben wollen.«

»Zweifellos.« Also hielt er Hansi für ungeeignet. Das sah sie selbst ähnlich, aber sie erkannte, dass man, wer immer »man« war, es darauf anlegte, Hansis Rolle auf die des Surflehrers zu beschränken.

Nach längerem Räsonieren über österreichische »Freundlwirtschaft«, wo es Geld »bar aufs Handerl« gab, und die korrupten Manager aller Orten, wobei der Anwalt sich so unklar ausdrückte, dass seine Einstellung dazu nicht deutlich wurde, suchte Wollknecht wieder nach Gemeinsamkeiten. Er wollte Johanna die Zusammenarbeit schmackhaft machen, lobte deutsche Gründlichkeit, Konsequenz und die Sachlichkeit – »wir hingegen leben ja an der Grenze zum Balkan«, – stellte sich als jemand dar, der ihre Ansichten teilte, und bot ihr auf Dauer einen Raum in seiner Kanzlei als gute Adresse sowie Hilfe bei der Wohnungssuche an, »falls Sie sich zum Bleiben entscheiden.« Übergangslos fragte er plötzlich: »Was macht eigentlich Ihr Mann den ganzen Tag? Carl Breitenbach, das ist doch Ihr Mann? Soweit ich weiß, ist er in den Fall Sandhofer verstrickt, sogar als Verdächtiger.«

Johanna wurde innerlich kalt, äußerlich hingegen verzog sie keine Miene. »Ein lächerlicher und haltloser Verdacht der Presse. Carl unterstützt die Polizei bei ihren Ermittlungen, sie stützt sich auf seine Aussagen.« Sie atmete auf.

»Sind Sie da sicher? Und – wird sich das ausgehen?«

»Bitte was?«

»Ob es ihm gelingen wird, ob er aus der Sache rauskommt.«

Johanna zögerte zu lange mit der Entgegnung, was ihre Zweifel leider deutlich genug zum Ausdruck brachte.

»Ich kann nur hoffen, dass dieser Umstand nicht zu einem Risikofaktor wird«, schob Wollknecht nach.

»Meinen Sie mit Risikofaktor etwa meinen Mann?«

»Nein, wie könnte ich . . .«

»Fände ich auch nicht angebracht«, entgegnete Johanna scharf.

»Es könnte jedoch sein, wenn er, wie soll ich es ausdrücken, das Geschäftliche mit dem Privaten und diesen Ermittlungen durcheinanderbringt.«

»Das lassen Sie mal meine Sorge sein. Und auch mein Mann weiß normalerweise, was er tut.«

»Gut zu wissen«, sagte der Anwalt distanziert und bestellte Sachertorte als Nachtisch und Espresso. Später verließen sie unter wiederholtem Grüßen das Restaurant.

Die Hitze draußen war wie eine Wand. Beim Anblick des Schlosses erzählte der Anwalt vom Fürsten Paul Esterházy, der nach dem Einmarsch der Roten Armee in Ungarn verhaftet und in einem Schauprozess zu lebenslänglicher Haft verurteilt worden war, zusammen mit dem Kardinal Mindszenty. Beiden wurden Devisenvergehen zusammen mit der Katholischen Kirche zur Last gelegt, ein Vorwurf, den der Anwalt, sonst den Kommunisten gegenüber ablehnend, durchaus für möglich hielt. Fürst Pauls Landbesitz in Ungarn war sowieso enteignet worden. Dann, in den Wirren des Aufstandes von 1956, sei der kranke Fürst, dessen Familie sich vier Jahrhunderte lang bedingungslos in den Dienst Österreichs gestellt habe, in einem Rot-Kreuz-Wagen über die Grenze nach Österreich geschafft worden.

»Bis heute geht hier im Burgenland ohne die Esterházys, heute eine Stiftung, leider überhaupt nichts. Wir haben sie bei einer anderen Sache als Gegner. Wer zu lange an der Macht partizipiert, missdeutet oft die Zeichen der Zeit. Aber wer tritt gern freiwillig ab?« Zu konkreteren Äußerungen war Wollknecht nicht zu bewegen.

Zurück im Büro arbeitete Johanna ohne Pause weiter, bis der Anwalt sie gegen fünf Uhr mit dem Satz aufschreckte, dass es Zeit für ihren Ausflug nach Gols sei.

»Thomas Thurn ist ein Shootingstar, ein Winzer der neuen Generation, absolut virtuos. Er verbindet neue Methoden im Weinbau mit modernem Marketing und avantgardistischer Architektur sowie Kunst.«

Johanna, der die Präpotenz des Anwalts lästig wurde, und die sich über seine abfällige Äußerung über Hansi geärgert hatte, wurde provokant, »Genie und Wahnsinn«.

Der Anwalt beschränkte sich auf ein gekränktes »Sie werden es sehen«, und wechselte das Thema. »Wollen Sie Hansi abholen oder soll ich es tun?«

Sie wollte Wollknecht nicht die Chance geben, Hansi vor ihr zu informieren, denn was die beiden miteinander auskungelten, war ihr nicht geheuer. Waren sich die beiden nicht besonders grün, oder hatte der Anwalt ihr gegenüber diesen

Eindruck erwecken wollen? Vielleicht stellte er auch nur ihre Loyalität gegenüber Hansi auf die Probe? Vermintes Gebiet, Ausland, nicht dass es ihr so erginge wie Carl. Jetzt stand sie genauso allein da wie er.

Eine knappe Stunde später erreichte sie Purbach, wo sie Hansi im Auto warten ließ, während sie sich rasch umzog und sich zurechtmachte. Sie freute sich auf ihn, wollte ihm gefallen, wollte nach dem Winzerbesuch, eigentlich Zeitverschwendung, mit ihm Essen gehen und danach vielleicht in seine Wohnung nach Eisenstadt, der Wohnwagen war ihr zuwider. Zum Hafen müsste sie ihn auf jeden Fall bringen, denn er hatte sein Auto dort stehen lassen. Was Carl davon hielt, wenn sie ausblieb, sollte ihr völlig egal sein (war es zu ihrem heimlichen Ärger aber nicht). Nur so würde er begreifen, dass es aus war.

Hansi, der ihr den Arm um die Schultern gelegt hatte, dirigierte sie durch die endlos lange und mit Touristen verstopfte Hauptstraße von Neusiedl und weiter nach Gols. Dieser Teil des Burgenlandes war ihr bisher entgangen. Dann sah sie vor sich das Gebäude, das sie von Maria Sandhofers Homepage kannte. Als fertiggestellte Kellerei gefiel ihr das umgestülpte Weinfass noch weniger als das Walgerippe auf dem Bildschirm. Albern, gewollt und zu teuer für den Zweck, dachte sie, Aufmerksamkeit konnte man billiger kriegen. Der Anwalt wartete bereits auf dem Parkplatz. Für Johannas Geschmack begrüßte er sie etwas zu herzlich, als er beim Küsschen auf die Wangen mit der Hand ihren Rücken streichelte. Was nahm er sich heraus, hielt er sich für unwiderstehlich? Als Hansi abgelenkt war, steckte er ihr eine CD zu. »Alles über unser gemeinsames Projekt«, raunte er, »Surfen und Siegen?«

Der Eingang unter dem doppelten T, dem Markenzeichen dieses Thomas Thurn, war für sie beängstigend, Johanna zog den Kopf ein. Dass sich das Doppel-T auf den Etiketten der Flaschen wiederfand, wie Hansi bewundernd bemerkte, war ihr egal, sie wollte möglichst schnell ans Licht und stürmte über die Holztreppe mitten in einen kreisrunden Saal. Oben erwartete sie der Winzer bereits.

»Aus der Erde kommt der Wein und führt uns in die Höhe, gnädige Frau, von der Dunkelheit ins Licht«, schwadronierte er und erinnerte Johanna an Wollknecht. Sie waren vom selben Schlag, diese Art Männer kannte sie, normalerweise standen sie in der zweiten Reihe, es waren nicht die, mit denen sie sonst zu tun hatte.

»Aus der einsamen Tiefe mitten hinein ins Leben, in die Gemeinschaft der Genießer.« Weit ausholend umriss er das große Rund des Verkostungsraums, wies auf die besetzten Tische und die umlagerte Bar. Die Stimmen summten wie bei einem großen Empfang, aber sie wirkten gedämpft. Johanna schnappte nach Luft, fühlte sich beengt.

Sofort wurde ein Tisch geräumt, und während man sich setzte, kamen Gläser und Flaschenkühler auf den Tisch. Der Anwalt erklärte Johanna, dass auch Thomas Thurn sich finanziell und ideell am Trainingszentrum beteiligen wolle und dass der Entwurf dazu vom Architekten stamme, der auch die Kellerei entworfen habe. Derweil warf ihr Hansi immer wieder Besitzerblicke zu, als müsse er den Tischgenossen signalisieren, dass sie seine Eroberung sei.

Es perlte an Johanna ab, ihr war etwas anderes wichtig. Der Winzer war nicht der Mann, für den er sich ausgab, das erkannte sie schnell. In ihrem Geschäft, wo es um dauernde Gratwanderungen ging, brauchte sie diese Fähigkeit. Nicht dass er unsympathisch gewesen wäre, durchaus nicht. Gekonnt spielte er den charmanten Gastgeber und den leicht versnobten Winzer. »Erfolg verdirbt, gnädige Frau, und wir Österreicher träumen davon, verdorben zu werden.«

Zum Unterhalter wurde er erst, als der Anwalt ihn zu Wort kommen ließ. Und mit wenigen Fragen zum Projekt des Trainingszentrums präsentierte er sich als Geschäftsmann mit Weitblick. Etwas in Johanna sträubte sich trotzdem gegen ihn, und ihm schien es mit ihr ähnlich zu gehen. Die Spannung zwischen beiden wuchs, jeder würde den anderen irgendwann, nicht jetzt und auch nicht bald, aus der Reserve locken, um zu sehen, was tatsächlich hinter der Fassade lauerte. Irrte Johanna oder hatten sie sich gegenseitig durchschaut? Da saß sie zu ihrem Erstaunen jemandem gegenüber, der von Genuss sprach, von der Schönheit der Landschaft, dem Hang des Menschen, sich auch im Weinbau zu vollenden, und dachte im Grunde nur an Macht. Der Mann konnte ihr gefährlich werden, sie fühlte sich durchschaut und erinnerte sich auf einmal an das Foto von Maria Sandhofer mit ihm an der Seite. In welcher Beziehung hatten die beiden zueinander gestanden? Falls jemand das Thema ansprechen würde, konnte sie ihn fragen.

Thomas Thurn saß mit dem Rücken zum Licht, sein Gesicht blieb im Dunkeln, aber er konnte seine drei Gäste gut sehen, hinter ihm loderte der Sonnenuntergang in verschwenderischem Rot und verschwommenem Violett. Darunter war ein Zipfel des Sees in grauem Rosa zu sehen, und mit einem Mal ging Johanna das Geseire der Männer entsetzlich auf die Nerven. Auch der Arbeit ihres gesamten Tages gegenüber empfand sie Abscheu. Am liebsten hätte sie Hansi bei der Hand genommen, wäre mit ihm zum See gefahren, hätte aufgeriggt und wäre neben, vor oder hinter ihm, ganz egal, rausgefahren, um das alles zu vergessen. Sie war nicht bei sich, ließ sich von ihrem Vorhaben abbringen, andere bestimmten, das Ziel verschwamm vor ihren Augen. Welches Vorhaben und welches Ziel? Wenn sie das nicht einmal wusste, dann war Zeit zum Aufbruch.

Aber die Männer tranken, sie redeten sich stark, und je mehr sie tranken, desto stärker wurden sie. Thomas Thurn berichtete von einem deutschen Fotografen aus Italien, der ihn zwecks Aufnahmen für ein bekanntes Weinmagazin aufgesucht und das Weingut fotografiert hatte. Besonders hatte ihn der schöne silbergraue Lancia beeindruckt.

Johanna erinnerte sich an den Wagen mit dem I auf der Heckklappe. »War der Fotograf allein?«

»Nein, ein Deutscher war dabei, ein ...«

»Und wie hieß der?«, unterbrach Johanna rasch. »Wissen Sie das noch?«

»Ein Herr Stuttgarten oder so ähnlich, von irgendeinem Weinclub.«

Das konnte nur Carl gewesen sein. »Nein, der Italiener, meine ich«, sagte sie, um Hansis Misstrauen vorzubeugen.

Thomas Thurn holte eine Visitenkarte aus der Tasche. »Gatow, Frank, Tenuta Vanzetti, Toskana. Kennen Sie ihn?«

»Nein«, und damit gab sie die Karte zurück, das Thema war beendet, Johanna wollte gehen. Aber die Männer tranken, waren eben erst beim Rotwein angekommen und redeten über seine Fülle, seine Einzigartigkeit und darüber, wie großartig er gemacht sei, besonders die Cuvée, und wie ausdrucksvoll Merlot in diesem *terroir* ausfalle. Beeindruckend, wie TT das alles gelinge, was er aus dem Betrieb gemacht habe, seit er ihn vom Vater – wie es dem überhaupt ginge – übernommen habe und so weiter und so weiter.

Johanna langweilte sich. Die Unterschiede zwischen Blaufränkisch und Zweigelt interessierten sie nicht, ob die Zugabe von Merlot einen Wein früher trinkreif machte, war ihr egal, und wie sich zwanzig Prozent Cabernet Sauvignon bei einer Assemblage mit St. Laurent auf seine Tanninstruktur auswirkte, war ihr schnuppe. Außerdem ekelte es sie, wie die Männer den Wein, nachdem sie ihn im Mund gehabt hatten, in den Sektkühler spuckten. Diesen Ekel hatte sie auch bei der Verkostung empfunden, zu der Carl sie mitgeschleift hatte. Genau wie heute hatte sie geärgert, dass sie es sich hatte gefallen lassen. Thomas Thurn wollte ihr Zusammenhänge erklären, die sie nicht im Mindesten interessierten. Hansi nannte Namen, die ihr nichts sagten, und der Anwalt sprach über die Lese des vergangenen Sommers. In Carl hätten sie sicherlich einen Zuhörer gefunden.

Sie aber war außerhalb des Gesprächs, und nach einer Weile nahm niemand mehr Notiz von ihr, was sie ewig nicht mehr erlebt hatte. Als sie aufbrachen, dunkelte es bereits. Sie waren die letzten im Raum, die beiden Hostessen hinter der Bar gähnten herzzerreißend. Thomas Thurn geleitete sie die Treppe hinunter. »Nun hat eure charmante Begleitung gar nicht die Kellerei besichtigt. Das holen wir ein andermal nach.«

Bloß das nicht, dachte Johanna, aber es konnte vielleicht nicht schaden, obwohl ihr die Nähe dieses Mannes alles andere als angenehm war, und er, als Einziger im Anzug, während die anderen salopp gekleidet waren, legte ihr den Arm um die Schulter. »Was haltet ihr davon – wir fahren zum Lensch nach Podersdorf. Sein ›Wirtshaus zur Dankbarkeit‹ ist eins der traditionellsten, einfach super. Das haben wir verdient.«

»Lass uns verschwinden«, flüsterte Johanna in einem unbeobachteten Moment Hansi zu. Bei dem Gedanken, mit ihm allein zu sein, bekam sie Herzklopfen. »Ich möchte dich nur für mich.«

»Sei kein Spielverderber, es ist ein so vergnügter Abend. Später«, sagte er nachsichtig und strich mit der Nase an ihrem Ohr entlang, »später sind wir allein. Aber Essen muss man. Du, der Thomas ist wichtig. Er ist mit im Boot.«

»Das habe ich befürchtet«, murmelte Johanna entnervt und sah ihre Felle davonschwimmen. Mit diesen Männern auf Dauer zusammenarbeiten? Mit Hansi ja, aber nicht mit den beiden anderen.

In diesem Eindruck wurde sie durch das Benehmen von Thomas Thurn noch bestätigt. Hatte er vorher großspurig verkündet, sie alle einzuladen, so hörte sie ihn in der »Dankbarkeit« nach dem Essen mit dem Wirt über die Rechnung und seine Prozente streiten ». . . bei den vielen Gästen, die ich dir schicke, müssten wir eigentlich alles umsonst kriegen.« Und seine Weine waren nicht auf der Weinkarte zu finden, wo sie doch alle so »klass« sein sollten!

264

Die Antwort des Wirts verstand Johanna nicht mehr, sie musste ihren Horchposten aufgeben, um nicht aufzufallen.

Wäre es nach Hansi gegangen, wären sie länger geblieben, aber Johanna drohte, allein zu fahren, und der Anwalt hatte keine Lust, den Surflehrer nach Mörbisch zu bringen, damit er sein Auto holen konnte. Frustriert endete Johanna wieder neben ihm im Wohnwagen.

»Meine Wohnung wird gerade renoviert, die Fenster sind rausgerissen, ich bekomme diese Woche neue.« Die nächsten Nächte würden sie in seinem Pfahlbau verbringen.

13

Dass Johanna nicht da war, als er ins Apartment zurück-
kehrte, erstaunte Carl nicht weiter. Sie betrachtete das Ur-
laubsdomizil anscheinend lediglich als Schlaf- und Umklei-
destation. Nach der Flasche Wein mit seinem zukünftigen
Surflehrer und dessen streitsüchtigen Kindern, die alle zwei
Minuten auf die gerade mal stuhlbreite Veranda gestürmt
waren, hatte er im Supermarkt und in der für ihre Würstel
berühmten Fleischhauerei Sandhofer in Purbach, deren Besitzer sicher um einige Ecken mit Marias Sippe verwandt
waren, das Nötigste fürs Abendessen besorgt. Als er das Fahrrad in den Hof schob, trat die Wirtin aus einer Tür, grüßte
knapp, überquerte geschäftig den Hof und verschwand in der
Tür gegenüber. »Alles unter Kontrolle, Frau Nachbarin?«
    Sie antwortete nicht. Wie gut doch mitmenschliche Teil-
nahme ist, dachte Carl sarkastisch. Hätten sie nicht bereits
die drei Wochen bezahlt, die Frau hätte sie wahrscheinlich
längst an die Luft gesetzt. Aber das Geld wieder rauszurücken, was sie einmal hatte, dazu war sie zu geizig. Neid
und Denunziantentum bewegten die Welt, Dummheit und
Hochmut gaben auch ein gutes Pärchen ab. Wahrscheinlich
bekam die arme Frau mit einem Mörder unter demselben
Dach nachts kein Auge zu.
    Nach einem entspannenden Glas auf der Türschwelle be-
gab sich Carl zwecks Zubereitung seines Nachtmahls in die
Küche, allerdings kam er vorher am Aufräumen nicht vor-

bei. Dass Johanna ihm großzügig den Abwasch hinterließ, ärgerte ihn nicht – es war mehr die Unverfrorenheit, mit der sie es tat.

Wie immer vergaß er beim Kochen alles andere, nur die wackelnden Töpfe mit schlecht passenden Deckeln verleideten ihm ein wenig den Spaß, dafür freute er sich über das neue Küchenmesser. Er zerlegte die Lammschulter und briet das mit Salz und Pfeffer gewürzte Fleisch an. Im Bratensatz röstete er Zwiebel und Knoblauch, gab Tomatenmark dazu, löschte mit Rotwein ab, reduzierte etwas und verlängerte mit Lammfond. Er gab die Soße mit dem Fleisch in einen Bräter und ließ alles im Backofen schmoren. Hoffentlich stimmten die Hitzeangaben. Später kam das Gemüse hinzu: Karotte und Sellerie. Er würzte mit Rosmarin, Salbei und Thymian und fügte erst jetzt den gehackten Paprika hinzu. Der Duft des Bratens, wie es im Rezept hieß, überlagerte den Rosenduft, sodass er sich zum Essen auf die Veranda setzen konnte.

Dass er allein war, hatte die aufmerksame Nachbarin sicher längst an entsprechende Stellen weitergegeben. »Sachdienliche Hinweise« hieß das im Polizeijargon. In Österreich auch? Das Kochen hatte seine Wirkung nicht verfehlt, und der volle Magen tat ein Übriges, dass er sich heute zum ersten Mal seit Marias Tod erleichtert fühlte. Der Knoten löste sich. Der Kontakt mit den Winzerinnen machte ihm Freude, er fühlte sich akzeptiert und lernte. Schade, dass Frank Gatow nicht länger blieb. Hatte er die Einladung in die Toskana ernst gemeint? Carl dachte an die Zukunft, eine für sich allein, solo. Fühlte er sich so frei, weil der unhaltbare Zustand mit Johanna auf ein Ende zusteuerte? War das die kurze Euphorie – vor dem Absturz, wenn die Unausweichlichkeit der Einsamkeit mit eisigen Wellen auf ihn zurollte? In einer bescheidenen Wohnung, halb so groß wie die bisherige? Sie müssten den Haushalt aufteilen, die Bettwäsche, die Handtücher, die Bilder, die Stühle. Und er müsste sich wieder für die Industrie schinden. Sie würden ihn nehmen, klar, sofort, unbequem würde die Zukunft werden, aber zumindest reell. Hoffentlich blieb nicht so viel Sand in den Ohren, wenn er den Kopf da rauszog.

Oder bin ich so aufgekratzt, weil ich weiß, wer Maria von der Empore geworfen hat? Nein, nicht geworfen – dieser Großsprecher hatte sie erschlagen, mit dem Holzscheit, mit dem man die untere Klappe der Gärtanks aufsperrte, um die Maische rauszuholen und die Tanks zu säubern. Und dann hat er sie runtergeworfen, die Leiche zurechtgelegt – so ein durchtriebenes Schwein, unfassbar, denn wie ein Mörder sieht er nicht aus. Weshalb eine lebenslange Strafe riskieren? Hielt er sich wie alle Mörder für schlauer als andere? Sicher, sonst hätte er es nicht getan. Oder hatte Maria etwas über ihn gewusst, was keinesfalls ans Licht kommen durfte? Wenn er meinte, kaltblütig gehandelt zu haben, hatte er sich geirrt. Carl war ihm in die Quere gekommen. Thomas Thurn hatte gerade noch die Kurve gekriegt und war durch die Tür geschlüpft. Aber Carl hatte ihn gesehen ... doch wie wenig Beweiskraft seine Aussage hatte, wusste er auch. Von hinten gesehen, ein Witz geradezu. Wie kann ich den Inspektor dazu bewegen, Thurns Alibi zu überprüfen? Nur wenn ich sein Motiv herausfinde ...

Erst als die Flasche leer war, räumte Carl den Tisch ab, stellte das Radio an, betrat das Schlafzimmer und setzte sich auf Johannas Bett. Auf dem Sofa hatte er schlecht geschlafen. Sollte sie sich damit arrangieren, wenn ihr danach war. Er betrachtete das Bettzeug, roch an Johannas Kopfkissen und hatte das ungute Gefühl, dass er sich was vormachte. Ihre guten Jahre waren vorbei, die schlechten hatten längst begonnen, in jenem unbedachten Moment von Schwäche und Schweigen. Sie würde ihm trotzdem fehlen. Nicht die Johanna von heute, nein, die von damals, die Johanna, die es nicht mehr gab. Doch ein Zurück war unmöglich.

Spät in der Nacht kam er zu sich. Er war angezogen auf

dem Bett eingeschlafen. Es war zwei Uhr, ein Hund bellte in der Ferne. Sie war nicht gekommen. Hatte sie einen Unfall gehabt oder war sie bei ... bei diesem Surflehrer? Die coole Managerin und ihr Tier, dachte er böse. Die reiche Witwe und der Tennislehrer, wie primitiv und abgeschmackt. Er empfand weder für die Managerin noch die Witwe irgendeine Form von Respekt. Wenn sie ihn mit jemandem betrügen würde, der sie verdient hätte – ach, trotzdem zum Kotzen. Aber betrog sie ihn? Fühlte sich denn überhaupt noch einer von beiden an irgendein Versprechen gebunden? Hatte er sie betrogen? Nicht wirklich, aber zählte das deshalb weniger? Und die Verachtung, mit der sie ihre Vorwürfe vorbrachte, die Art, wie sie ihn stehen ließ, mit diesem Mord am Hals, sogar voller Schadenfreude. Hatte er das verdient? Es ging ihm viel näher, als er sich eingestand.

Er erwachte am helllichten Tag. Er hatte das Gefühl, die ganze Nacht Steine geschleppt zu haben. Am Wein konnte es nicht gelegen haben, der war aus bestem Hause gewesen. Auch hatte er geträumt, mit dem Rad im Schlamm des Sees stecken geblieben zu sein. Ja, zäh wie Schlamm fühlte manches sich an. Und glitschig. Johanna war nicht gekommen. Nach zehn Minuten unter der Dusche fiel ihm ein, dass er dem Kommissar von seiner Entdeckung berichten sollte. Carl holte sich beim Bäcker frische Semmeln und ließ sich einen Cappuccino geben. Auf dem Rückweg kam er an der Post vorbei, wo er telefonieren konnte. Alles, was die Polizei wissen durfte, sollte er auf offiziellem Wege erledigen. Für andere Telefonate hatte er das neue Handy, das auf seinen Namen registriert war. Wenn er unentdeckt bleiben wollte, müsste er das von Maria benutzen, um sich weder abhören noch lokalisieren zu lassen. Herrndorff wollte nicht den wirklichen Täter, er wollte ihn. Weshalb eigentlich? War er zu faul zum Suchen, hatte er Vorurteile – oder wollte er jemanden decken?

269

»Fechter, Alois, Ermittlungsgruppe«, meldete sich der Inspektor. »Ah, Herr Breitenbach, servus, wie steht's? Bestens?«

»Ich habe den Mörder – na, haben wäre zu viel gesagt, ich weiß, wer es war.« Gespannt wartete Carl auf die Reaktion.

Am anderen Ende der Leitung herrschte Schweigen.

»Noch da, Herr Inspektor?«

»Ja, ja, sicherlich. Das, das kommt recht überraschend und klingt ziemlich befremdlich. Und – wer ist der Ärmste?« Abwehr und Skepsis blieben.

»Das sage ich nur Ihnen persönlich.« Herrndorff durfte es keinesfalls erfahren, zumal alle Gespräche sicher mitgeschnitten wurden. »Wann sind Sie hier? Es gibt in Purbach ein Restaurant, gegenüber vom Türkentor, Pauli's Stuben. In einer Stunde? Ich warte. Kommen Sie bloß allein.«

»Von wo aus telefonieren Sie?«, fragte Fechter.

»Raten Sie mal, Herr Inspektor.«

Der Inspektor war bereits nach einer halben Stunde da, Carl beobachtete aus dem Schatten des Türkentors, ob er ein Gefolge mitgebracht hatte, dann würde er sich verdrücken, aber soweit er es beurteilen konnte, wurde er nicht beschattet, und Fechter war allein, er saß am Fenster, als Carl kurz nach ihm das Restaurant betrat.

»Konnten Sie sich nicht einen anderen aussuchen?«, fragte der Inspektor, als Carl seinen Bericht beendet hatte. »Das ist eine ziemlich illustre Persönlichkeit, bekannt, sehr umtriebig, auch ziemlich umstritten, aber auf jeden Fall ein Aushängeschild für unsere Region. Von seinen Weinen kann man denken, was man will ...«

»Finden Sie auch? Blender, alles Blender, Effekthascherei, nichts dahinter, so wie bei ihm.«

»Wie kommen Sie zu derart gewagten Schlüssen? Ich denke, Sie haben keine Ahnung?«

»Man lernt, jetzt kenne ich seine Weine. Ich habe es neulich schon geahnt, beim Esterházy, da lebte Maria noch.«

»Mit ihrem Tod haben Sie sich noch immer nicht abge-
funden?«

»Kann man sich mit dem Tod abfinden? Man muss mit
ihm leben, Herr Inspektor. Das tun Sie auch.«

»Es gibt bedeutend mehr Verkehrstote als Mordopfer. Wir
Österreicher sind nicht so gewalttätig, besonders nicht hier,
in Wien schon eher. Aber zu unserem Fall: Weshalb sollte
dieser Thomas Thurn Maria Sandhofer ermorden?

»Ist es nicht Ihr Beruf, das Motiv zu finden? Überprüfen
Sie sein Alibi. Wo war er zur fraglichen Zeit, um 19 Uhr?«

Fechter schüttelte den Kopf. »Sie sind ein Kauz. Wie
stellen Sie sich das vor? Erst einmal soll ich Ihnen glauben,
als Hauptverdächtigem, dann setzen Sie mich ohne Beweise
auf eine Spur und geben mir gute Ratschläge? Dann verlangen Sie, dass ich schweige. Gegenüber der Presse verständlich, aber gegenüber Vorgesetzten? Niemals. Und wenn
ich mich nach seinem Alibi erkundige, ist er gewarnt ...«

»Wozu sind Sie Inspektor? Ihnen wird was einfallen.« Carl
war sich sicher, dass Fechter angebissen hatte, doch die
Situation erforderte weitere Worte. »Sie sollen mir nicht
glauben, sondern ermitteln, lieber Herr Inspektor.« Das »lieber« schob er nach, da er wusste, dass er zu weit gegangen
war. »Herr Herrndorff ist kein Vorgesetzter. Er braucht es
nicht zu wissen. Lassen Sie ihn bei seinem Verdacht, dann
lässt er uns in Ruhe.«

»Uns? Sind Sie nicht ein bisschen unverschämt, Herr Breitenbach? Sind Sie eigentlich naiv oder gerissen?«

Carl sah dem Inspektor an, dass ihm das Bündnis nicht
behagte. »Ja, genau. *Uns* meine ich. Ich weiß, dass ich es
nicht war, Sie wissen es auch. Sie können Herrndorff nicht
leiden, er Sie auch nicht. Mich will er faschiert, wie man bei
euch sagt, gehackt, und weder Sie noch ich wissen, weshalb.
Er sucht nicht weiter, aber Sie tun es.«

»Was ist mit diesem Italiener, mit dem Sie sich rumtrei-
ben? Der war in Florenz in einen riesigen Fall verwickelt.«

271

»Sie haben Interpol doch längst bemüht. Wieso soll ich Ihnen dann noch was sagen? Die Geschichte vor zwei Jahren hat er aufgeklärt. Ein angenehmer Zeitgenosse übrigens, ein guter Beobachter. Er hat mich darauf gebracht, dass Sie mich beschatten lassen.«

Der Inspektor spielte mit einem Zuckertütchen. »Wissen Sie, woher Thomas Thurn Maria Sandhofer kannte?«

»Keine Ahnung. Fragen Sie die Winzerinnen, mit denen Maria zusammengearbeitet hat. Die wissen alles voneinander. Die haben Sie doch längst vernommen.«

Der Kommissar blieb die Antwort schuldig und zuckte hilflos mit den Achseln.

»Eine ganz andere Frage, sozusagen an den Experten: Gibt es Ihrer Meinung nach eigentlich den perfekten Mord?«

Fechter zögerte keine Sekunde. »Sicher, klar gibt es den.«

Erstaunt nahm Carl die Antwort zur Kenntnis. »Wie stellt man das an? Ich meine, wie ... mit welcher Methode muss man vorgehen? Was muss man machen, damit es so aussieht? Wie täuscht man ...«

»Denken Sie an jemand Bestimmtes?«, fragte Fechter belustigt. »Brauchen Sie Hilfe?«

»Sollte ich mich Ihnen anvertrauen? Sie haben mir nicht geantwortet. Was ist der perfekte Mord?«

»Einer, der nicht so aussieht, ein Tod, der natürlich erscheint oder dafür durchgeht, ein Fall, der keinen Verdacht erregt und vom Arzt abgehakt wird. In dem Augenblick, in dem wir ermitteln, ist es für den Mörder bereits zu spät.«

»Demnach auch in unserem Fall. Das beruhigt mich.«

»Sicher. Hätten Sie uns nicht Ihre Beobachtungen mitgeteilt, wäre die Sache möglicherweise längst abgeschlossen. Deshalb bin ich auch anderer Meinung als Kollege Herrndorff. Der wollte Ihre Hände auch auf Holzpartikel untersuchen lassen.«

»Weshalb will er mich eigentlich braten?«

»Auch wenn ich es wissen sollte, würde ich es Ihnen nicht sagen. Und falls es so ist, finde ich es heraus.«

»Sollte ich so viel Vertrauen in die Polizei haben? Ich habe da gerade einiges über Skandale bei der Wiener Polizei gelesen. Geschenkannahme, Warnung vor Razzien, freier Bordellbesuch ... Wieso ist Ihr Kollege eigentlich hier? Strafversetzt, aus Wien?«

»Seien Sie nicht zu verschwenderisch mit Ihren Andeutungen. Was werden Sie als Nächstes tun?«

»Ich gehe surfen, der Unterricht beginnt um 11 Uhr 30. Wollen Sie selbst zusehen oder schicken Sie Ihre Leute?«

»Weder noch, aber gut zu wissen, dass Sie meinen Rat beherzigen.«

»Darf ich Ihnen auch einen geben?« So leutselig, wie Carl den Inspektor anschaute, konnte der nur entnervt zustimmen.

»Stellen Sie doch mal fest, ob Thomas Thurn in seinem Haus einen Kamin hat, vielleicht finden Sie dort die Asche der Mordwaffe. Das Holzscheit, mit dem er Maria erschlagen hat, diente dazu, die Klappe unten am Gärtank aufzusperren oder ...«

»Wieso sagen Sie das jetzt erst?«, brauste Fechter auf, wurde dann aber schnell wieder leise und meinte kopfschüttelnd: »Dafür kriege ich niemals einen Hausdurchsuchungsbefehl ...«

Carl stand auf dem Simulator, einen Fuß vor dem Mast, einen dahinter, ging in die Knie und zog an einer Strippe, wie er es nannte, Fritz nannte sie die Startschot – der Mast kam aus der Horizontalen in die Senkrechte, das Segel flatterte, das Brett drehte sich weg. Mühsam ums Gleichgewicht kämpfend, balancierte Carl das Ding aus, es drehte sich weiter, er sprang ab ... Das Ganze von vorn, diesmal klappte es, er verlagerte sein Gewicht zum Heck. Das auf einem drehbaren Fuß installierte Surfbrett mit Segel war ideal zum

Üben, obwohl er sich darauf vorkam wie seinerzeit auf dem künstlichen Bullen im Westernsaloon von Llaredo/Texas. Carl neigte den Mast nach vorn, und das Brett fiel ab, drehte weg vom Wind. Er neigte ihn nach hinten, und das Board luvte an. Zumindest kannte er die richtigen Begriffe, und er war stolz auf sich. Fritz ließ ihn in Ruhe üben, es war kein weiterer Anfänger da, und nach einer Weile hatte Carl den Bogen raus.

Im Wasser sah die Sache wieder anders aus. Er brauchte etwa zwanzig Versuche, bis er mit zittrigen Beinen einigermaßen im Gleichgewicht war und das Brett eine leichte Bewegung vorwärts machte. Aber kaum zog er am Gabelbaum, fiel er rückwärts ins Wasser. Es war nicht tief, aber die Schienbeine waren trotz des Neopren-Anzugs voller blauer Flecken, so oft war er ausgerutscht. Er probierte es wieder und wieder. Wenn Johanna das konnte, wieso nicht er? Überall flitzten sie über den See, bestiegen lässig ihr Board, zogen das Segel hoch und sausten los. Weg waren sie. Und er hampelte hilflos im seichten Wasser herum. Peinlich.

»Ich lasse es lieber«, meinte er, als er nach drei Stunden den Lehrer bezahlen wollte. »Nicht mein Ding.«

»Wie lange hast du gebraucht, um Portugiesisch zu lernen?« Fritz winkte ab. »Du zahlst, wenn du es kannst. Ich arbeite in deinem Fall mit Erfolgsgarantie. Vielleicht macht dir das Mut.«

»Gut, wenn es so ist, komme ich morgen wieder«, meinte Carl zerknirscht, »einmal kann ich es ja noch versuchen«, und er sah voller Bewunderung den Kitesurfern nach, die ihre Schirme am Ufer aufpumpten, die Steuerleinen klarierten, sich einhakten und auf dem rechteckigen Brett davongetragen wurden.

»Morgen klappt es, nein, besser du kommst heute Abend noch mal vorbei, so gegen fünf, dann flaut es ab, der Wind wird schwächer. Wenigstens eine Stunde.«

Brummend stimmte Carl zu. Als er auf dem Rad saß,

fühlte er sich wohl. Das war sein Sport, und er konnte endlich wieder freihändig fahren.

Gemächlich ging es gegen den Wind nach Breitenbrunn, wo er direkt an der Bahnlinie den Radwanderweg fand, auf dem er nach Purbach gelangte. Keine Autos, also auch keine Verfolger. Die Polizei würde Fahrradstreifen einführen müssen. Vielleicht ein Job für gedopte Rad-Profis.

Johanna war in der Zwischenzeit im Apartment gewesen. Auf dem Tisch im Wohnraum lag ein Zettel: »Bin zum Tunnel, komme übermorgen zurück. Johanna.«

Nicht mal eine Anrede. Das war der Rest, mehr gab es nicht zu sagen. Er hatte sie um Hilfe gebeten, sie hatte sich ihm verweigert, hatte Urlaub vorgeschützt, und jetzt arbeitete sie selbst. Wieso stand dann ihr Laptop im Schrank? Merkwürdig ... sie hatte es auf Reisen immer dabei. Andererseits vielleicht ganz gut so, denn so brauchte er Hermine nicht zu bitten, ihr Büro für seine Nachforschungen benutzen zu dürfen. Mit Johannas Laptop kam man überall ins Internet, und da musste er sich wegen der Autobahngeschichte dringend umsehen. Beim Telefonieren war Vorsicht angesagt. Wenn er jemanden anrief, erschien im Display des Angerufenen wahrscheinlich Marias Name.

Beim Eintippen von Bruno Sandhofers Nummer zögerte er. Wie würde Marias Vater reagieren, wenn auf dem Display der Name seiner Tochter erschien? Der Mann war herzkrank.

»Ich habe mich sofort erinnert«, meinte Bruno Sandhofer zu Carls Erleichterung, »sind Sie vorangekommen?«

Carl bejahte, erklärte dann aber, dass er lieber persönlich mit Sandhofer sprechen wollte, und fragte nach Informationen zur Autobahn.

»Maria hat den ganzen Schrank voll. Sind Sie immer noch mit dem Rad unterwegs? Dann bringen'S einen großen Rucksack mit und nehmen'S alles mit.«

Zwanzig Minuten später rollte Carl auf den Hof.

»Der hat hier nichts zu suchen«, polterte Cousin Richard, als Sandhofer mit Carl das Büro betrat. »Alles Firmenunterlagen, die gehen den nix an. Wer weiß, was der angestellt hat, und so jemandem vertraust du.«

»Dir ja auch, und noch hab ich hier das Sagen«, meinte Sandhofer. »Und so wird es auch bleiben.« Er zwinkerte Carl zu, als sie außer Hörweite waren. »Richard wird sich wundern. Er hat sich verrechnet.« Wieso und weshalb behielt er für sich.

»Und halt mir das Mädchen vom Leib!«, rief Richard dem Alten nach. »Überall rennt sie mir hinterher. Sie steht nur im Weg, sie stört die Arbeit, sie hält mich auf. Vielleicht spioniert sie mir auch noch auf der Toilette nach.«

Marias Vater zog die Bürotür zu und holte oben aus einem Regal einige Ordner herunter, blätterte sie durch. Sein graues Gesicht hatte etwas Farbe zurückgewonnen. »Mein Enkelkind, die Katharina, die Tochter von meinem Sohn. Die beiden sind vorgestern gekommen, und Katharina sieht Richard seitdem auf die Finger. Sie interessiert sich für alles, sie fragt von morgens bis abends, und sie greift mit an, ist selten bei jungen Leuten, ihn macht das wahnsinnig. Für mich ist das Mädel ein Geschenk, ich würde mir wünschen, die Sieben würden sie adoptieren ... ach, lassen wir das – die Träume eines alten Mannes.« Sandhofers Gesicht nahm wieder den Ausdruck von Trauer an. »Hier, packen Sie ein! Das ist alles, glaube ich.« Damit wies er auf die Ordner, die Carl nur mit Mühe im Rucksack unterbrachte.

Sandhofer begleitete ihn zum Fahrrad. Carl griff in die Tasche, nahm Marias Mobiltelefon in die Hand und »blätterte« im »Telefonbuch«. »Halten Sie mich bitte nicht für indiskret, einige Namen kenne ich zwar, die der Frauen natürlich auch und solche wie Braunstein, Kracher und Heidi Schröck, aber ...« Carl blätterte, bis »Thomas Thurn« auf dem Display erschien, »... den hier habe ich erst gestern kennen gelernt.« Er hielt Sandhofer das Handy hin. »Thomas Thurn, ein Winzer aus Gols. Was hatte der mit Maria zu tun?« Carl bemühte sich um einen möglichst gleichgültigen Ausdruck. Marias Vater durfte um Himmels willen keinen Verdacht schöpfen. So ein Gerücht würde sofort die Runde machen.

»Ach, auf meinem sind auch viele Nummern gespeichert. Man löscht sie nicht, ich tue es auch nicht. Thomas Thurn, das Kaschperl? Jeder kennt ihn hier, diesen unmöglichen Bau. Ja, Maria und er hatten mal eine Zeit lang engeren Kontakt, er war öfter hier, hat ihr den Hof gemacht, aber nichts Ernsthaftes, das wüsste ich.«

Der Ansicht waren viele Eltern, dachte Carl, und nachher wunderten sie sich. »Eine Frage habe ich noch. War Maria eigentlich politisch, also politisch interessiert oder aktiv?«

Sandhofer seufzte. »Kommt darauf an, was Sie meinen. Nicht mehr oder nicht weniger als andere. Als das mit meinem Sohn passierte, hat sie alles gelesen, was sie in die Finger kriegen konnte, über Kolonialismus und Befreiungskriege, besonders die Apartheid hat sie beschäftigt.«

»Ich meine was anderes«, sagte Carl und blickte auf die Ordner. »Hat sie sich hier – eingemischt, irgendwie protestiert ...«

»Wenn es um Wein ging, dann ja, sonst war Politik für sie nur ein schmutziges Geschäft. Ach so, ich verstehe, wegen der Autobahn? Ja, wenn Sie das meinen, Carl, da war sie mehr als politisch, da nahm sie alles persönlich, viel zu persönlich, wie ich fand.« Sandhofer schwieg wieder, starrte vor sich hin, leer, verloren. Seufzend drückte er sich gegen die Schläfen, er litt unter Kopfschmerzen. »Sie wissen, dass morgen die Beerdigung ist? Die Polizei hat Maria ... freigegeben.« Der alte Mann stöhnte und rieb sich die Augen. »Wir haben darauf verzichtet, sie nach der ... Obduktion ... noch mal zu sehen. Wer weiß, was sie mit ihr gemacht haben.« Abrupt wandte Marias Vater sich ab und ging zum Haus. Auf halben Wege kehrte er um. »Sie suchen nach dem Mörder?«

Carl schüttelte verwirrt den Kopf. Hatte er sich verplappert?

»Ich bin sicher, Sie werden ihn finden – weil Sie ihn finden müssen, Herr Breitenbach! Einer muss ihn finden. Aber das bringt mir Maria auch nicht wieder. Ach, ich sage Carl zu Ihnen.« Er reichte ihm die Hand. »Sie, äh, du bist hier immer gern gesehen. Wenn du Fragen hast ...«

Carl hatte keine, aber Marias Bruder hatte sie, nicht nur eine, sondern hundert. Minuziös ließ er sich vom Ablauf des Mordtages berichten, vom Fund der Toten, dem Verschwinden des »Täters« und den Maßnahmen der Mordkommission, und auch seine Tochter Katharina, Marias Nichte, hörte mehr entsetzt als gespannt zu. Der Anlass mochte grauenhaft sein, aber hier erlebte Carl die gute Seite eines Familienbetriebs. Es gab Menschen, die sich sorgten, sich kümmerten, mal abgesehen von dem, der auf die Erbschaft spekulierte. Die meinte Cousin Richard bereits in der Tasche zu haben.

Als Carl sich im Eingang zur Gärhalle an die Wand lehnte und die Stelle betrachtete, an der Maria gelegen hatte, kamen auch ihm die Tränen, und bevor es jemand bemerkte, schwang er sich aufs Rad. Bob blieb unerreichbar und Johanna weiter weg als jemals zuvor. Sie hatten sich verlaufen, sich aus den Augen verloren und waren dabei, sich zu vergessen. Jetzt, wo ich sie am dringendsten brauche, ist sie nicht da, ist zu diesem Tunnel – oder ist sie woanders? Wo war ich, als sie mich gebraucht hat in dem Jahr, bevor sie zu Environment wechselte? Wieso hat sie mich nicht um Hilfe gebeten? Habe ich es nicht gehört oder sie nicht verstanden, nicht verstehen wollen? Scheiße, alles nur Selbstmitleid – er war an allem selber schuld. An seinem ganzen beschissenen Leben war er selbst schuld.

Der Rucksack mit den Unterlagen verrutschte ständig, es war eine Tortur, damit zu fahren. Die sieben Kilometer bis Purbach, in Gedanken versunken hatte er wieder den Weg entlang der B 50 mit den qualmenden Lastern genommen, kamen ihm wie eine Ewigkeit vor. Schweißüberströmt betrat er das Apartment, ging schnurstracks unter die Dusche, kochte eine Kanne Kaffee und machte sich an die Arbeit. Als Erstes verschaffte er sich auf den Landkarten einen Überblick.

Von Wien kam die Autobahn 3 herunter und endete in Eisenstadt. Von hier führte eine Schnellstraße, die S 31, im Süden am See vorbei bis kurz vor die ungarische Grenze. Nördlich von Wien kam eine weitere Autobahn herunter, die A 6. Sie passierte Bruck, dann Parndorf und führte an der nördlichen Seespitze vorbei. Es ging um die Verbindung von Eisenstadt nach Bruck parallel zum See. An der Verlängerung nach Bratislava für den zunehmenden Verkehr aus Osteuropa an die Adria wurde bereits gebaut.

Das Wichtigste, was ihm unter den akribisch gesammelten Dokumenten in die Hände fiel, war eine Variantenstudie zum Ersatz der Bundesstraße 50 durch eine Autobahn aus dem Jahr 2000. Wenn er sich recht erinnerte, stammte die Autokarte der Ungarn, die ihn nach dem Weg gefragt hatten, von 1998. Dann war das alles von langer Hand geplant.

Variante 1 war die Seetrasse, der er bereits auf der Karte der Ungarn begegnet war. Sie sollte auf Grund von Verkehrsprognosen vierspurig ausgebaut werden. Das wäre das Ende des Neusiedler Sees als Sportrevier und Naturschutzgebiet. Binnen kurzem wären die Vögel aus dem Schilfgürtel verschwunden, der Wildbestand auf Mücken reduziert, die Abgase würden auf den See getrieben, und der Lärm wäre unbeschreiblich. So lauteten Marias Anmerkungen auf dem Blatt.

Variante 2 stellte die Leithagebirgstrasse dar: Sie sollte zwischen den Ortschaften am See und dem Leithagebirge verlaufen, mitten durch Wiesen und Weingärten. »Der Wind trägt Abgase und Lärm in die Orte«, hatte Maria vermerkt, »jede neue Autobahn zieht Verkehr an, Vernichtung des Weins durch Abgase (Rückstände im Wein?/Boden?) und Versiegelung der Erde durch Straße, Zufahrten und Baustellen. Umfährt den Esterházy-Tiergarten.«

Letzteres sagte Carl nichts. Er wusste zwar, dass die Esterházys zu den größten Landbesitzern im Burgenland gehörten, ihr Besitz entsprach mit 44 000 Hektar Land fast der gesamten burgenländischen Weinbaufläche von 51 000 Hektar, auch ein Teil des Sees war ihr Eigentum, aber von einem Tiergarten hatte er bislang nichts gehört. Wer hatte erwähnt, dass ohne die Esterházys nichts lief? Wahrscheinlich hatten die Planer deshalb das Gelände ausgespart.

Und dann gab es noch die dritte Variante, die sogenannte Kammtrasse. Sie umfuhr den Tiergarten großräumig, allerdings im Norden und sollte im Wald abwechselnd durch Tunnel und über Brücken parallel zur Landesgrenze Burgenland-Niederösterreich führen und bei Bruck an die A 4 anschließen. Sie war wegen der notwendigen Bauten die teuerste Option.

Hierzu hatte Maria »Waldvernichtung« an den Rand geschrieben und »das gleiche Schadstoffaufkommen«: denn der Wind wehte meist aus Westen, desgleichen die Eingriffe in den Wasserhaushalt. Lediglich der Lärmpegel war niedriger, und die Scheinwerfer der Autos sah man nachts nicht. Marias Notiz lautete: »Aus den Augen, aus dem Sinn! – deshalb befürwortet die Bevölkerung diese Version« Dass der Wildbestand erheblich verringert würde und damit der Verbiss an jungen Trieben im Frühjahr und an Trauben vor der Lese, würde Winzern eher willkommen sein.

»Rückstände prüfen!« und »Klimaveränderung Statistik!« stand da in Marias mädchenhafter Handschrift.

Die »kleinräumigen Umfahrungen«, mit denen die Orte am See vom Schwerverkehr entlastet werden sollten, hatte Carl übersehen. Sie sollten mal auf der dem Gebirge zugewandten Seite, mal am See, teils als offene Straße, mal als Unterflurtrasse in einer Betonröhre geführt werden.

Aus Marias Bemerkungen und ihren wenigen Kommentaren ließ sich ihre klare Gegnerschaft zu allen Varianten entnehmen. Schade, jetzt fehlte ihm Johanna. Sie hätte die

Problematik in kürzester Zeit begriffen und sagen können, ob oder wo hier der Schlüssel zu dem Mord lag. Er würde Tage benötigen, um sich durch das Material zu graben. Ob er dann die Zusammenhänge begreifen würde? Allem Anschein nach bestand keine Verbindung zu Thomas Thurn.

Hatte er sich zu viel vorgenommen, und zog er voreilige Schlüsse? Aufmerksam durchblätterte Carl den Ordner – bis er das Flugblatt der »Bürgerinitiative Pro Burgenland« fand. Auch sie befasste sich mit dem Autobahnbau – im Sinne eines Miteinanders von »Umwelt und Entwicklung«. Carl erinnerte sich an Johannas Worte: »Damit ist grundsätzlich die Aufhebung der Baubeschränkungen durch Maßnahmen zum Umweltschutz gemeint.« Inzwischen interpretierte sie das anders.

Er sollte versuchen, die Mitglieder der Bürgerinitiative ausfindig zu machen, sie würden Bescheid wissen, sie könnten ihm weiterhelfen. Zwei Telefonnummern waren angegeben.

Unter der ersten Nummer meldete sich eine Anwaltskanzlei. Carl meinte, sich verwählt zu haben, und beendete das Gespräch. Anwälte in Bürgerinitiativen? Meistens standen sie auf der Gegenseite. Aber es gab auch welche auf Seiten der Betroffenen, um sie vor Gericht zu vertreten. »Die Scheißkerle, die mir das Leben versauern«, wie Johanna kürzlich geflucht hatte. Wie sich die Zeiten änderten – oder die Menschen? Er versuchte es ein zweites Mal, wieder die Anwaltskanzlei, und er bat um Auskunft, wurde aber auf den nächsten Tag vertröstet, Dr. Wollknecht sei nicht im Hause. Bei der zweiten Nummer erreichte Carl nur den Anrufbeantworter eines Privatmannes in Schützen. Erschrocken drückte er auf AUS, er benutzte Marias Handy! Hoffentlich war jetzt die Nummer nicht gespeichert. Er durfte nur von Hermines Büro aus telefonieren. Aber nach Frauenkirchen war es zu weit, er sollte zur Post fahren.

Bis zur nächsten Surfrunde war es noch eine Stunde hin, Carl ging mit Johannas Laptop ins Internet. Ihr Passwort *hartamwind* hatte sie noch nicht geändert. Fritz hatte das Wort heute benutzt, allerdings in der Version »hart am Wind«, wenn man das Segel nach hinten kippte und anluvte. Bei der Eingabe öffnete sich in der Bildschirmmaske der sogenannte »Verlauf«, und er staunte: Die erste Homepage, auf die er ihn führte, war die vom Weingut Sandhofer. Das also hatte Johanna interessiert? Klar, dass sie sich Maria hatte ansehen wollen. Merkwürdig unbeteiligt betrachtete er das Bild, Maria im Vordergrund, der Vater im Hintergrund, bereits zurückgetreten. Maria. Mit ihr hatte alles begonnen, Hoffnung und Enttäuschung. Trauer, Abstand – und auf jeden Fall Veränderung. Maria als Katalysator, als Stoff, der in kleinster Menge bereits die Geschwindigkeit einer chemischen Reaktion beschleunigt, und er verbraucht sich dabei nicht. Nein, der Vergleich war dumm. Maria hatte zwar das Zusammenbrechen seiner Ehe beschleunigt, aber sie war total verbraucht worden. Allerdings hatte sie dafür ihr Leben nicht lassen müssen. Wofür dann?

Carl hielt es nicht mehr aus, ging in den Hof, betrachtete die üppig blühenden Rosen und hätte gern eine verschenkt, aber in seinem Leben gab es keine Frau mehr für rote Rosen.

Er erinnerte sich an den Surfunterricht und ging zurück; bevor er das Laptop abschaltete, gab er rein aus Neugier den Namen des Mörders ein: Thomas Thurn. Sofort war er auf der Website des Winzers und ... da war er, freundlich, selbstbewusst, überzeugend, fast roch Carl sein Rasierwasser, ein Mann, der etwas wagte, ein Händchen für Wein und Architektur hatte, der Tradition verpflichtet und dem Neuen zugewandt war, dem offenen pannonischen Horizont, einem vereinten Europa, wie es auf der Homepage hieß. Stechend die blauen Augen, locker die Rolex am Handgelenk. Ein Mörder? Nachdenklich schüttelte Carl den Kopf: Kein Mensch würde ihm das glauben.

Was sonst noch im Verlauf auftauchte, war nicht interessant, nur die Begriffe »Surfen« und »Siegen« erregten Carls

Aufmerksamkeit. Wieder eine der lächerlichen Parolen, mit denen die coolen Typen sich motivierten, dachte er und verließ das Internet. Da sah er auf dem Desktop eine Datei mit demselben Namen: Surfen & Siegen. Als er sie anklickte, sprang das CD-Laufwerk an, und er sah, dass es sich um eine Surfschule in Mörbisch mit diesem Namen handelte. Bauplan, Zahlen, Namen und Adressen, Firmen … Rasch nahm er die CD aus dem Laufwerk und steckte sie in die Tagliatelle-Packung im Küchenschrank. Falls Johanna das Laptop doch noch holen würde.

Der warme Wind trieb ihn vorwärts, er hörte die Wellen, sie pladderten gegen den stumpfen Bug des Anfänger-Surfbrettes. Ein wenig verkrampft klammerte sich Carl an den Gabelbaum, doch es klappte. Das verdammte Surfbrett bewegte sich vorwärts. Wer hätte das gedacht. Fritz begleitete ihn und gab Anweisungen, wie er sich stellen sollte, wann er wo anzufassen hatte, wie er die Balance halten konnte, entsetzlich, nichts machte er richtig, dabei bewegte sich das Ding, und er fiel erstaunlicherweise nicht ins Wasser. Er hatte den Gedanken kaum zu Ende gedacht, als er drinlag. Aber das Wasser war flach, er kroch zurück aufs Brett, ergriff die Strippe, nein, die Schot, und zog das Segel hoch.

Fritz beglückwünschte ihn recht pädagogisch, ein bisschen schal für Carls Empfinden. Er wollte sich für gestern mit einem Zweigelt revanchieren, aber Fritz, heute von streitenden Kindern verschont, winkte ab. »Ich würde einen mit dir trinken, leider muss ich nach Mörbisch, ich brauche eine bestimmte Sorte Polyester, die kriege ich nur da.«

Carl wollte es sich eigentlich nicht antun, denn er ahnte, was ihn erwartete, fragte aber dennoch: »Bei der dortigen Surfschule?«

»Woher weißt du denn das?«

»Nimmst du mich mit? Ein Ausflug, um die Gegend kennen zu lernen«, fügte Carl ausweichend hinzu.

»Ich kann dir nur einen Eimer voll verkaufen«, sagte ein junger Mann, der mit Ohrring und um den Kopf gewickeltem Tuch eher dem Piratennachwuchs glich, als cool zu wirken. »Musst aber gleich zahlen, bar.«

»Ist Hansi nicht da? Wann kommt er wieder?«

»Heute nicht. Er ist mit dem Boot los, Proviant, Dröhnung, alles dabei. Er bleibt heute auf seinem Pfahlbau, mit seiner neuen deutschen Tussi, gut erhaltenes Gerät (Carl hatte ihren dunkelblauen Audi längst auf dem Parkplatz entdeckt). Die ist mit ihrem Board hin.« Der Junge lachte gehässig, vielleicht träumte er davon, sich eines Tages auch als Witwentröster zu bewähren.

»Was ist los mit dir?«, fragte Fritz auf dem Rückweg, denn Carl schwieg verbissen, seit sie das Hafengebiet verlassen hatten. Etwas zu ahnen, war eine Sache, etwas zu wissen, direkt damit konfrontiert zu werden, eine andere. Er selber soff also, wie der Pirat noch gesagt hatte, und sie amüsierte sich! Es setzte ihm zu, es zog ihn runter, es machte ihn fassungslos. Mit ihrem Surflehrer, wie primitiv. Groß, blond und schön, Hansi auf dem Foto an der Wand des Büros mit Siegerpokal in einem Arm, mit dem Surfbrett im anderen. Was Interessanteres hätte es nicht sein können? Und auch noch verheiratet. Carl fühlte sich total abgewertet. Wenn es einer ihrer Geschäftsleute gewesen wäre, einer dieser Topmanager, ein Vorstand, Unternehmenssprecher oder Anwalt, das hätte er verstehen können, damit hatte er fast gerechnet – aber ein Surflehrer? Geschmacklos, weit unter ihrem Niveau, er schämte sich für sie, es war ihm peinlich. Man würde sie belächeln, Männer würden das tun und gleichzeitig neidisch sein, genauso wie Frauen, die sich diesen Lover nicht gestatteten oder leisten konnten. War das seine Frau Johanna? Kannte er sie so wenig, oder war es die Quittung? Fritz war auch Surflehrer, und der war ein grandioser Typ, ein angenehmer, witziger Zeitgenosse, nur mit seinen Kindern haperte es. Aber er liebte sie und seine Frau, das war die Hauptsache.

»Wie kommt man von hier aus am besten nach Wien?«, fragte Carl, statt Fritz eine Antwort zu geben.

Um kurz nach sieben am nächsten Morgen bestieg Carl in Purbach den roten Triebwagen, der ihn nach Neusiedl brachte, wo er umstieg, sodass er eine Stunde später in Wien Südbahnhof ankam. Das Fahrrad hatte er dabei. Im Zug hatte er sich die weiteren Schritte überlegt und sich erinnert, wie Johanna früher gearbeitet hatte, vor Environment Consult. So würde er es machen, und nicht anders.

Zuerst kaufte er einen Stadtplan, die entsprechenden Adressen hatte er gestern bereits herausgefunden. Um neun Uhr war er im Verkehrsministerium, kurz vor der Mittagspause bei der staatlichen Aktiengesellschaft, die das Autobahnnetz plante, finanzierte und bauen ließ und die Mautgebühren eintrieb. Im Umweltministerium wartete er, bis die Mittagspause vorüber war, sprach dann mit einigen Mitarbeitern, und gegen 17 Uhr fand er mit Hilfe eines befreundeten Stuttgarter Journalisten bei der Wirtschaftszeitung einen Fachmann für Verkehrsfragen, Lobo Jammer, den Jammernden Wolf, wie ihn die Kollegen zum einen wegen seines Faibles für nordamerikanische Indianer nannten, zum anderen wegen dauernder Klagen über Korruption im Lande.

Lobo Jammer machte ihm jede Menge Material über Autobahnen, Korruptionsfälle und die jeweiligen Baugesellschaften sowie »galante Persönlichkeiten aus Politik und Wirtschaft« zugänglich. Er würde ihm auch weiterhin helfen, wenn er alles, was Carl aufdecken würde, exklusiv zur Veröffentlichung bekäme. Carl willigte ein. Er hatte mehr erreicht, als er zu hoffen gewagt hatte.

Kurz vor 21 Uhr war er zurück, den Rucksack vollgepackt mit Arbeit für mindestens zwei Tage und Nächte. Johanna war nicht da. Statt zu kochen gönnte er sich ein opulentes Menü in »Pauli's Stuben«. Als Vorspeise bestellte er eine Eierschwammerlterrine mit Cumberlandsoße, danach ein gebra-

tenes Welsfilet auf Kürbisgemüse, und den Abschluss –
kaum noch zu schaffen – bildete der Traubenstrudel mit
Sturmschaum. Göttlich. Er trank Wasser und einen Sauvignon blanc zum Fisch, obwohl er lieber den roten Oxhoft
von 2002 probiert hätte, eine Cuvée aus Cabernet Sauvignon, Blaufränkisch und Zweigelt und im Barrique gereift,
ein berühmter Wein, wie ihm Pauli erklärte. Aber Rotwein
zum Fisch? Da war er konservativ – und immer, wenn er das
Wort Zweigelt las oder hörte, versetzte es ihm einen Stich.

Der große Mocca nach dem Essen war notwendig, damit
er nicht bereits auf dem Nachhauseweg einschlief.

Ich werde mich kurz hinlegen und dann arbeiten, sagte
sich Carl, aber die innere Uhr, die ihn sonst verlässlich
weckte, versagte, und er erwachte vor dem Morgengrauen.
In der Stille der ausklingenden Nacht konnte er sich wunderbar konzentrieren, eine ganz neue Erfahrung für ihn. Was er
an Wut und Verzweiflung empfand, setzte er in Arbeit um.

Zwischen Marias Akten, den Fotokopien von Lobo Jammer und dem Internet pendelnd fand Carl eine Homepage
aus Deutschland mit dem Titel: »Nein zur B 50 und zum
Hochmoselübergang.« Demnach war auch dort eine Autobahn geplant und eine Hochbrücke wie bei Koblenz. Einer
der Bauunternehmer, namentlich aufgeführt, sollte Abge-
ordneter des Bundestags sein.

Bestätigte das nicht im Grunde Johannas These, dass
Lobbyisten überflüssig wurden? Berlusconi hatte es allen
vorgemacht. Die Demokratie war am Ende. Lagen hier die
Gründe für Johannas Verzweiflung? »Wenn du deine Feinde
nicht besiegen kannst, dann verbünde dich mit ihnen ...«
Wo hatte sie das her?

Noch ein Fall, ähnlich gelagert, in Bordeaux. Als Entlas-
tung für den Schwerverkehr nach Spanien sollte eine Autobahn quer durch die Prestige-Appellationen Margaux und
Haut-Médoc gebaut werden. Aber nach Protesten wich man
nach Norden aus, und die neue Trasse »betrifft lediglich ein

paar hundert Hektar am rechten Gironde-Ufer«, so der Präfekt der Region Aquitaine. Dort sollten in den nächsten drei Jahren ohnehin zehntausend Hektar Wein gerodet werden. Experten vermuteten allerdings ein abgekartetes Spiel: Die Margaux-Trasse habe als Bauernopfer gedient, um den Autobahnbau an anderer Stelle durchsetzen zu können.

Später fragte Carl bei Hermine Reinschitz in Frauenkirchen an, ob er ihr Büro benutzen könnte. Sie war einverstanden. »Falls du wieder mit dem Radl kommst, beeil dich, dann kriegst du die erste Fähre von Breitenbrunn nach Podersdorf«, sagte sie lachend, »bis zu uns sind es dann noch sieben oder acht Kilometer, die schaffst du locker.«

Mit Fritz vereinbarte er für den Abend eine Unterrichtsstunde, falls der Wind noch nicht eingeschlafen wäre. Seit dem gestrigen Tag, seit er den Dreh raushatte, machte es Carl sogar Spaß, auf dem Brett über den See zu schippern, eklig war nur der Gummianzug.

Er schob sein Rad auf die Fähre, nahm den mit Dokumenten gefüllten Rucksack ab und fand einen Platz direkt an der Reling. Fast lautlos, lediglich leicht vibrierend, verließ das Schiff den Hafen und drehte auf das Ostufer zu, ein grauer Streifen im rötlichen Dunst. Carl spürte den kühlen Wind im Gesicht, die wärmenden Strahlen der Sonne, man konnte fast sehen, wie sie stieg. Er fühlte sich frei und unabhängig, fast eine Art Neuanfang, niemandem verpflichtet, und auch nicht mehr von der Polizei und diesem Wiener Inspektor bedroht, seit er den Mörder kannte und die Radwege benutzte, auf denen Autos ihm nicht folgen konnten. Auf der Fähre war niemand, der ihm verdächtig vorkam, die beiden vom Heurigen, die ihn auch in Begleitung von Frank Gatow verfolgt hatten, waren sicher von Fechter abgezogen worden. Er sah die Bewegung des Schilfs im Wind, ein Segelboot wich aus, ein Schwarm Gänse flog in Formation flach übers Wasser, irgendwohin Richtung Horizont.

Er drehte sich nach dem Leithagebirge um, grün und

friedlich lag es im Morgendunst. Das wollten sie durch eine Autobahn verschandeln? Ein brachialer Eingriff. Wo gebaut wurde, musste zerstört werden. Würde die Menschheit zufrieden sein, wenn endlich alle Bäume abgehackt, kein Laub mehr zu kehren war und keine Wespen um die Marmelade schwirrten? Wunderbar, zwischen allen Häusern nur Beton und täglich Tierfilme im TV. Dafür lohnte es sich zu leben. Carl schüttelte sich und sah den Störchen nach. Da saß ein Kind an Deck und spielte selbstvergessen mit einer Papiertüte, setzte sie sich auf den Kopf und lachte.

Das Schiff machte leichte Fahrt, ließ die frühen Windsurfer hinter sich, die bei dem schwachen Wind nicht mithalten konnten oder wollten. Drüben meinte er, den Leuchtturm von Podersdorf zu sehen, dann war die Fahrt vorbei – leider. Er schob sein Rad an Land, niemand folgte ihm, nach einer halben Stunde kam er an der Wallfahrtskirche von Frauenkirchen vorbei, folgte der Hauptstraße und bog schließlich links ab.

Hermine hatte ein kleines Frühstück vorbereitet, und bereits bei der ersten Semmel kam Carl auf sein Thema zu sprechen: »Kennst du einen Winzer namens Thurn, Thomas Thurn?«

Sie lachte, fast ein wenig von oben herab. »Den guten Thomas? Immer dabei, aller Orten, und stets bester Laune. Erst neulich habe ich ihn in der ›Dankbarkeit‹ getroffen.«

»In der Dankbarkeit?«

»Ein Restaurant, in Podersdorf, pannonische Küche. Er hat wie üblich angegeben, ein Aufschneider, mehr noch als dieser Rechtsanwalt an seinem Tisch. Soweit ich weiß, spielt der auch in der Bürgerinitiative mit, von der ich dir erzählt habe; ein nutzloser Verein. Einen Surflehrer hatten sie auch dabei, Typ Beach Boy, du weißt schon, Kalifornien auf Österreichisch, das zieht bei deutschen Damen. Dass Frauen immer noch auf so was reinfallen ...«

Carl ahnte, wer gemeint war, ihm wurde heiß, er fühlte

das Blut in den Kopf steigen. Wer konnte es schon ertragen, wenn er Hörner aufgesetzt bekam? Er stand da wie der Depp, ein Trottel. Johanna führte ihn vor, und er war ihr hilflos ausgeliefert. Was gab es ihr, ihn vor allen zu blamieren? Er schämte sich, Hermine nach weiteren Einzelheiten zu fragen, und überspielte seine Beschämung mit einer Frage: »In welcher Verbindung stand Maria zu diesem Thurn?«

Hermine blickte auf den Tisch, als suche sie nach den richtigen Worten, die aber lagen nicht dort. Ihr Gesicht schien dunkler zu werden, es dauerte eine Weile, bis sie sich zu einer Antwort durchrang. »Du fragst sicher nicht ohne Grund. Darüber redet man besser nicht, besonders wenn es um Verstorbene geht – aber wenn es dir hilft – sie waren mal eine Zeit lang – sozusagen befreundet.«

»Mit dem? Fest – oder nur ... nur so?«

»Keine Ahnung, wir kannten uns damals nicht so gut.«

»Damals? Wie lange ist es her?«

»Zwei Jahre, drei? Man hakt vieles unter der Rubrik Jugendsünde ab. Das passiert jedem. Aber irgendetwas an der Geschichte war anders, ich weiß nicht, ob er ihr was versprochen oder ob er sie betrogen hat, jedenfalls muss er sie ziemlich mies behandelt haben.«

14

»Wieso steht mein Rechner auf dem Tisch?« Johanna sah sich kurz im Wohnraum um, riss die Tür zum Schlafzimmer auf und warf ihre Reisetasche aufs Bett. Verblüfft bemerkte sie, dass die Bettwäsche gewechselt worden war. »Hast du in meinem Bett geschlafen?«

»Dein Bett? Oh, das muss mir entgangen sein«, murmelte Carl abwesend. Ärgerlich über die Störung sah er von einem Brief auf und legte den Füllhalter beiseite. »*Du* kannst im Wohnzimmer schlafen, wenn du überhaupt noch hier übernachtest. Bezahlt ist ja alles«, fügte er hinzu und senkte den Kopf wieder übers Papier.

Johanna starrte ihn an. Sie hatte sich ihre Rückkehr anders vorgestellt. Seine Zeilen interessierten ihn weit mehr als sie. Es musste wichtig sein, da er mit dem Füllhalter schrieb, da kamen nur enge Freunde wie dieser Bob in Bristol in Betracht, mit dem sie sich bei seinem letzten Besuch zerstritten hatte. Schade eigentlich.

Nein, sie hatte sich gar nichts vorgestellt, dafür war sie noch viel zu nah am See, Hansi zu gegenwärtig, in ihr, um sie herum, fast hautnah, aber gleichzeitig, und das verunsicherte sie, waren sie in den zwei Tagen und drei Nächten, die sie für sich gehabt hatten, auseinandergedriftet. Etwas stand zwischen ihnen, das sie auf Abstand hielt, und es ging nicht nur von ihm aus. Bereits gestern Abend war er merkwürdig zurückhaltend gewesen, sie hatte mit ihm auf der Veranda gesessen und die

Beine baumeln lassen, sich angelehnt und seine Zärtlichkeit genossen, bis er abgerückt war. Er hatte über Segel geredet, über die Entstehung von kurzen, harten Wellen in flachen Gewässern und darüber, dass der See den Esterházys gehörte, weshalb alle Besitzer von Pfahlbauten Pacht an deren Stiftung zahlen mussten, denn einen Fürsten, der die Geschäfte führte, gab es nicht mehr. Das hatte Johanna insoweit interessiert, als diese Besitzverhältnisse auch für das Surfcenter von Bedeutung waren, außerdem stand noch das Angebot des Anwalts, sie durch das Weinbaumuseum des Schlosses zu führen.

Hansi hatte bei Sonnenuntergang herumgewerkelt, statt sich ihr zu widmen, er musste ein Fenster reparieren, eine morsche Latte auswechseln und hatte sich ereifert, wie leicht man durch die Bodenklappe von unten in den Pfahlbau eindringen könne, weil die Beschläge verrostet und das Holz drumherum völlig verrottet waren. Sie hatte gesehen, wie er eine Schraube fast mit den Fingern herausgezogen hatte. Jedes Wort über ihre Zukunft hatte er vermieden, nichts angesprochen, was sie beide betraf, sich immer mehr abgeschottet. Danach hatten sie miteinander geschlafen, aber sie zumindest hatte die Lust nur vorgetäuscht, und der Grobian hatte es nicht einmal gemerkt. Wollte sie zu schnell zu viel? Sicherlich kam er mit ihrer dominanten Art nicht klar, oder war er in Bezug auf ihre Mitarbeit oder Teilhaberschaft unsicher geworden? In dem Maß, wie sie auf ihn zuging, zog er sich zurück, dann war auch sie auf Abstand gegangen. Das hatte ihn aber nicht davon abgehalten, sie wenig später um Geld zu bitten.

Viertausend Euro. »Ich muss die Rechnung für eine neue Partie Segel bezahlen. Möglichst sofort. Sonst liefern sie nicht. Ich habe das Geld im Moment nicht flüssig. Der neue Kurs beginnt erst nächste Woche. Wenn die Teilnehmer zahlen, kriegst du dein Geld sofort zurück.« Das war seine Erklärung in den für ihn typisch kurzen Sätzen.

Viertausend Euro war für sie nicht viel, das konnte er heute kriegen. Trotzdem war er distanziert geblieben, hatte

Sorgen vorgeschützt, mit denen er sie nicht behelligen wolle, und außerdem ließ er die Surfschule nicht gern so lange in der Hand seiner Junglehrer. Er war tagsüber dort geblieben und hatte *sie* auf dem Pfahlbau allein gelassen.

Später war das Thema Eltern dran gewesen, ihr Unverständnis gegenüber seiner Sportbegeisterung, die Enge einer Wiener Vorstadtfamilie, ein übel gelaunter Vater, der sich in alles eingemischt und ihm die Sporthochschule verweigert hatte, eine Mutter, die Essen kochte, und langweilige Geschwister. »Gerade wenn man zur Ruhe kommt, so wie jetzt«, hatte Hansi gesagt, »kommen die unangenehmen Erinnerungen hoch – wenn man sich so entspannt fühlt wie mit dir.« Es wäre ihr lieber gewesen, er hätte es in seinem Verhalten gezeigt.

Dass Carl sie mit offenen Armen empfangen würde, hatte sie nicht erwartet – aber so gleichgültig? Er schien ihre Abwesenheit mit einer ihr neuen Gelassenheit akzeptiert zu haben, absolut desinteressiert geradezu, unverständlich. Dass er bezüglich dieser Winzerin nichts beschönigte, sich nicht verteidigte, aber auch nichts erklärte, verunsicherte sie. Dabei hatte er sie hintergangen, sie geradezu vorgeführt, sie der Lächerlichkeit preisgegeben, sich weder entschuldigt noch versucht, sich rauszureden. Und auf die Frage, die wesentliche, ob sie was miteinander gehabt hatten, schwieg er beharrlich, und das setzte sie unter Druck. Besetzte der Mord inzwischen sein ganzes Denken und Fühlen? Nahmen ihn der Wein und seine Winzerinnen so in Anspruch, dass er für nichts anderes offen war? Seine Gleichgültigkeit jedenfalls, aufgesetzt oder nicht, beunruhigte sie, vor allem, da er längst nicht alles wusste.

Er tat ihr leid, wie er da saß, scheinbar unbeteiligt, ganz auf den Brief konzentriert, und gleichzeitig ärgerte sie seine Schönschrift, die akkuraten Buchstaben, als ginge ihn das tatsächlich nichts an. Diese Teilnahmslosigkeit machte sie rasend, sie hätte auf ihn losgehen können. »Wieso hast du meinen Rechner aus dem Schrank geholt?«, fauchte sie.

»Weil ich ihn gebraucht habe.« Lakonischer ging's nicht. »Ich musste ins Internet, einige E-Mails schreiben, ich habe meinen nicht mitgenommen, wozu auch – in den Ferien?«

Also kannte er ihr Passwort. Wie dumm von ihr, das Gerät stehen zu lassen. Hoffentlich hatte er nicht geschnüffelt, sie brauchte dringend ein neues Passwort. Und obwohl sie es nicht wollte, reagierte sie noch weniger angemessen. »Eine Frechheit, ohne zu fragen meine Sachen zu benutzen. Du wirst immer unverschämter.«

»Es ist das erste Mal, seit wir uns kennen, dass du dich darüber beschwerst. Ich brauchte das Ding, fertig, du hilfst mir ja nicht – allem Anschein nach war der Rechner bei deinem Tunnelbesuch nicht von Nöten.«

»Dein Vertrauensbruch stellt alles auf den Kopf, du hast jede Basis für uns zerstört.«

»Interessiert dich das noch? Ich glaube, wir haben uns nichts vorzuwerfen. Keiner ist besser, keiner ist schlechter ... lassen wir es dabei bewenden. Dann brauchen wir nicht zu diskutieren. Wieso kommst du eigentlich tagsüber? Ich denke, du bist zum Surfen hier?«

Der Kerl blickte nicht ein einziges Mal auf, er schrieb weiter, in seiner weichen, offenen Handschrift, die ihr immer gefallen hatte. Heute kotzte sie seine Ruhe an. »Nichts vorzuwerfen! Du besitzt die Unverschämtheit, mit dieser Maria Sandhofer rumzumachen ...«

Carl drehte sich um und sah sie an. »Vorbei, Johanna! Es ist vorbei, sie ist tot, begreifst du das nicht? Ermordet. Es hat nie angefangen. Außerdem habe ich ganz andere Sorgen«, schob er seufzend nach und suchte anscheinend den Anschluss an den zuletzt geschriebenen Satz.

»Du bedauerst es also? Da hast du dich selbst reingeritten, dann ...«

»... sieh zu, wie du da wieder rauskommst – das willst du sagen, nicht wahr? Glücklicherweise gibt es ein paar Österreicher, die das anders sehen.«

»Du meinst ...«

»... Österreicherinnen«, kam er Johanna zuvor, »ja, sehr richtig, die Freundinnen der Toten, ganz recht. Maria hatte welche, im Gegensatz zu dir. Deine hast du ja vergrault, die waren dir nicht mehr gut genug. Spießig fandest du sie, im Vergleich zu deinen neuen – Partnern. Macht es euch so viel Freude, euch gegenseitig das Fell über die Ohren zu ziehen ...?«

Johanna wandte den Blick ab und sah draußen auf der Leine karierte Boardshorts über einer Stuhllehne. Als sie den Hof betreten hatte, waren sie ihr entgangen. »Wem gehören die?«, unterbrach sie.

»Mir«, sagte Carl und ging nicht weiter darauf ein. »Ist dir mal aufgefallen«, er legte jetzt den Füllhalter zur Seite, »dass du uns systematisch isoliert hast, dass uns niemand mehr besucht, wenn du da bist? Weder Freunde noch Gäste. Allen zeigst du, dass sie dich ...,« er schien nach den passenden Worten zu suchen, »dir egal sind, weil sie deine großartigen Geschäfte nicht bewundern. Gehören neuerdings auch Skandalfirmen wie STRABAG und unseriöse Staats- und Gewerkschaftsbanken zu deinen Kunden?«

»Also hast du doch auf meinem Laptop geschnüffelt! Damit habe ich nichts zu tun.«

»Hier, ein neuer Trick für dich, kannst ihn ja mal in Deutschland ausprobieren, oder weißt du das längst?« Er wühlte in einem seiner Papierstapel und zog ein Blatt hervor. »Um kritische Umweltgutachten zu vermeiden, werden in Österreich Straßen neuerdings in Abschnitte unter zehn Kilometer geteilt, dann ist keine Umweltverträglichkeitsprüfung mehr nötig. Hinterher setzt man das Ganze wieder zusammen.«

»Vielen Dank, ich werd's mir merken, doch leider befasse ich mich nicht mit Straßenbau.«

»Aber mit Surfen und Siegen ... so ein Quatsch. Reichen dir deine Siege über Menschen, die sich für die Umwelt einsetzen, noch immer nicht? Surfen und Siegen – SS – löst das bei dir keine unguten Gefühle mehr aus? Wenn einem mal die Puste ausgeht, muss man ja nicht gleich zur Gegenseite überlaufen. Du hast nie gesagt, dass es einfach ist, was in Bewegung zu setzen.«

Johanna war blass geworden, ihre Augen wurden schmal, SS war zu viel, ihr wurde heiß vor Zorn – oder Scham? Sie hatte geglaubt, die Augen verschließen zu können, vor allem anderen und sich selbst, doch sie hatte nicht geahnt, wie viel Kraft es kostete und wie weh es tat. Carl nahm sie beim Wort, denn sie hatte stets behauptet, dass jeder genau wusste, was er tat. Und wer es nicht wusste, ahnte es zumindest.

»Das musst ausgerechnet du sagen?«, konterte sie scharf. »Du hast dich unter mein Dach verzogen und mich im Regen stehen lassen!« Mit vorgerecktem Kopf stand sie vor Carl und schrie ihn an. Mochte die Nachbarin ihre Freude daran haben. »Deine Scheißliteratur war dir immer wichtiger als Luft und saubere Erde. Erinnerst du dich an deinen idiotischen Spruch, dass Schriftsteller die Welt nicht ändern? Wer hat dafür gesorgt, dass Jahrzehnte lang keine neuen Atomkraftwerke gebaut wurden?«

»Für die Baugenehmigungen wirst du wahrscheinlich jetzt sorgen«, sagte Carl völlig ruhig. »Angeblich fehlen 150 in Europa. Die Zeiten sind ideal, die Leute lassen sich inzwischen alles bieten … Frag mal deinen Anwalt, den Knecht, diesen Wollknecht, was der mit dieser Bürgerinitiative zu tun hat. Bürgerinitiative Pro Burgenland, BiPB, bei dem Namen läuten die Glocken: Das klingt mir eher nach British Petroleum.«

»In deiner Rebenwelt ist alles korrekt, alles blitzblank, alles frei von Schadstoffen? Und Frostschutzmittel im österreichischen Wein?«

»Das haben nur die Behörden bestritten, mit denen du heute bestens zusammenarbeitest; trotz Lebensgefahr haben sie monatelang das Maul gehalten, wie bei jedem Skandal.«

Johanna ging nicht darauf ein. »Ach, ihr feiert euch doch nur selbst, das ganze Theater, alles Selbstinszenierung, Showbusiness wie überall. Was ist denn dran am Wein? Farbe und Alkohol. Ihr redet euch besoffen.« Johanna schnappte nach Luft, sie zitterte – vor allem deshalb, weil dieser Mann sie mehr als jeder andere in Rage bringen konnte, was sie sich nicht eingestehen durfte. Sie hatte es nicht nötig, sich zu verteidigen. Sie sollte verschwinden, sofort. Es ärgerte sie besonders, dass Carl auf ihrem Rechner spioniert hatte, weil sie ihn stehen gelassen hatte. »Dass du mich so hintergehst, hätte ich nicht erwartet.«

»Es war das erste Mal, dass du ihn auf eine Geschäftsreise nicht mitgenommen hast. Und da ich ... ach ...« Er zuckte mit den Achseln.

»Mir nachzuspionieren – wie billig.«

»Wenn man fündig wird? Allerdings nicht nur virtuell, sondern zufällig auch auf dem Parkplatz in Mörbisch ...«

»Holst du mir mein Brett und das Segel? Ich muss raus, und gib mir Wind, viel Wind, am besten Sturm. Und du kommst mit!« Johanna setzte ihre kleine Reisetasche ab und fiel Hansi um den Hals.

»Bitte Johanna, nicht vor all den Leuten hier.« Sanft, aber doch energisch schob er sie von sich.

Verdutzt ließ sie es geschehen, obwohl kaum jemand in der Nähe war, Lehrer wie Schüler vergnügten sich draußen. Für Anfänger war es fast zu viel Wind, für die Cracks gerade annehmbar. »Dein Geld habe ich dabei.«

»Wunderbar, großartig, dann kann ich gleich zur Bank damit.« Er umarmte sie. »Nächste Woche kriegst du es wieder. Wie viel? Viertausend?«

Johanna nickte. »Den Schuldschein tippe ich auf deinem Rechner, du kannst ihn dann gleich unterschreiben.«

»Einen Schuldschein?« Hansi sah sie ungläubig an. »Für gerade mal eine Woche?«

»Und noch eine gute Nachricht. Ich bin raus aus Purbach, es geht nicht mehr, Carl ist unerträglich. Ich wohne bis zur Abreise bei dir, dann sind wir auch häufiger zusammen.«

Er zog ein süßsaures Gesicht, was Johanna nicht entging, fasste sich aber rasch. »Du, Schätzchen, das wird ... äh, schwierig ... momentan jedenfalls«, stammelte er und bemühte sich um Fassung. »Nächste Woche, da geht es wieder, sie, äh, renovieren immer noch, die Handwerker meine ich, die Fenster, die haben Lieferschwierigkeiten, weißt du? Und überall Dreck. Ich würde doch sonst nicht im Wohnwagen schlafen. Das mache ich nicht freiwillig.«

Johannas Lächeln gefror nicht nur äußerlich. »Dann besorge mir bitte in Mörbisch ein Quartier, eines ohne neugierige Nachbarn. Du kennst genug Leute.« Damit drehte sie sich um und verschwand in der Umkleidekabine.

Alles geht schief, aber auch alles, dachte sie, als sie sich in den Neopren-Anzug quälte. Carl wusste von ihr und Hansi. Hatte sie jemand verraten, oder war er wirklich in Mörbisch gewesen und hatte ihren Wagen gesehen? Außerdem wusste er von ihren Recherchen, er kannte das Projekt »Surfen & Siegen«. Wieso habe ich die CD im Rechner gelassen? Wo ist die überhaupt? Was ist mit mir los? Normalerweise hinterlasse ich keine Spuren. Sie lief zum Wagen und griff hastig nach dem Laptop. Die CD war nicht mehr da! Dann konnte sie nur Carl haben ...

Sie riss Hansi das Surfbrett fast aus den Händen, hatte mit wenigen Griffen das Segel ausgerollt, die Latten hineingesteckt und den Mast durch die Masttasche geschoben. Sie schleppte alles unter seinem verständnislosen Blick ans Ufer, wo sie den Mast in den Mastfuß setzte und das Vorliek spannte. Auch die weiteren Handgriffe saßen perfekt, sie schob das Board ins Wasser, band ihr Haar im Nacken zusammen und setzte das Basecap auf. Im Nu stand sie auf dem Brett und war mit dem ersten Schlag aus dem Hafen – um Haaresbreite fuhr sie am Bug der Fähre vorbei. Das Signal und der gestikulierende Kapitän interessierten nicht, sie wollte raus, weg, sich austoben, abhauen. Sie war nicht bei sich – und wenn sie nicht bei sich war, wo war sie dann? Es wurde ein so langer Törn, dass sie unterwegs im Hafen von Breitenbrunn eine Pause einlegen musste.

Als sie zurückfuhr, sah sie von weitem jemanden auf dem Surfbrett, ein Anfänger, unschwer zu erkennen, dessen Figur sie an Carl erinnerte. Der Gedanke, dass er es sein könnte, war so absurd, dass sie laut auflachte, und sie fand es nicht der Mühe wert, den Kurs zu ändern, um sich zu vergewissern. Erst drei Stunden später kehrte sie zurück, völlig ausgepumpt, aber befreit – doch zufrieden? Nein. Und da erst erinnerte sie sich an die Boardshorts auf der Stuhllehne.

Sie wurde erwartet, Hansi winkte sie zum Wohnwagen, Wollknecht war bereits da. Kein Handkuss, kein »gnädige Frau ...«, stattdessen ein grimmiges, verschlossenes Gesicht, kein verständnisvoller, charmanter Anwalt, vielmehr ein eiskalter Ankläger, und sofort begann er mit den Vorhaltungen.

Zuerst glaubte sie, es handele sich um ein Missverständnis. Ungläubig hörte Johanna zu, dann erstaunten sie Wollknechts Worte, Empörung machte sich in ihr breit, Entsetzen, und daraus wurde schließlich Wut. »Ich habe mit all dem nichts zu tun.« Erbost fuhr sie von der Sitzbank auf und starrte Hansi böse an, obwohl der geschwiegen hatte. »Gar nichts, und du weißt das!«

»Aber er ist dein Mann«, wandte er hilflos ein, »und dann hast du ...«

»Was geht mich das an«, fuhr sie auf, »wir sind lediglich noch auf dem Papier verheiratet. Ich habe dir erklärt, wie es in unserer Ehe aussieht. Und was er macht ...,« Johanna zog ihre Worte in die Länge, um ihnen mehr Gewicht zu verleihen, »... das ist allein seine Sache, klar?! Ich bin nicht für ihn verantwortlich. Bin ich sein Kindermädchen?« Sie sah die beiden Männer geradeheraus an, so wie sie es bei ihren

Konferenzen praktizierte. »Wo er hingeht, mit wem er redet und worüber er spricht, darauf habe ich keinen Einfluss. Und dass er sich bemüht, den Mordverdacht von sich zu weisen, dass er dabei um sich schlägt, finde ich verständlich. Das würdet ihr genauso machen.«

»Das mit dem Mord haben Sie auch mir verschwiegen«, blaffte der Anwalt zurück.

»Sie haben mich nicht gefragt!« Sie hatte es geahnt, irgendwann würde es auf sie zurückfallen, es war eine Scheiße mit Carl. Aber das andere war schlimmer.

Hansi blickte zwischen den verblichenen Vorhängen aus dem Fenster, dann hilflos zu Wollknecht, als wollte er sagen, du hast angefangen, also mach gefälligst weiter. Doch dann wurde er mutig. »Ich habe mich gleich gewundert, als du neulich gefragt hast. Dann hat mir Günther vorhin alles andere erzählt. Also alles Tarnung, Johanna?«

Auf dem Surfbrett macht er eine bessere Figur, und sonst auch, dachte Johanna enttäuscht. Mir gegenüber tut er ergeben, doch wo dieser Wollknecht auftaucht, hält er sich raus, aber nur so weit, dass er sich gleich wieder auf meine Seite oder auf die des Anwalts stellen kann.

»Allerdings – in wessen Interesse Ihr Mann handelt«, sagte Wollknecht, »wissen wir noch nicht. Aber wir werden es herausfinden.«

Es würde sich zeigen, wer der Stärkere war, sie oder Wollknecht, und da Hansi jemand war, der Gelegenheiten zu nutzen wusste, wenn es um Geschäfte ging, zählte Freundschaft meist einen Dreck. Er würde sich neben Wollknecht stellen. Bei dem Gedanken wurde ihr übel. Irgendwo hatte sie einen Fehler gemacht.

»Ich weiß nicht, ob das so stimmt, wie Sie es darstellen, Frau Breitenbach. Ihr Mann ... man könnte ...«

»Ich stelle gar nichts dar, Sie stellen Behauptungen auf«, unterbrach Johanna den Anwalt, der seine Aggressivität hinter Floskeln verbarg.

»... man könnte den Eindruck gewinnen, Sie hätten alles von langer Hand geplant. Stellen uns Ihre Ehe als gescheitert dar, Ihren Mann als Schwächling, gewinnen Hansis Vertrauen, surfen ganz unschuldig auf unserem See, geben Interesse an unserem Projekt vor, und dann, was allem die Krone aufsetzt, schleichen Sie sich bei mir ein. Währenddessen macht Ihr Mann heimlich die Arbeit, die Sie jahrelang gemacht haben. Wir haben unsere Quellen ... Ein reines Ablenkungsmanöver. Wenn ich Ihnen etwas unterstellen wollte ...«

»... das tun Sie bereits«, unterbrach ihn Johanna laut und aggressiv, »Sie stellen unverschämte Behauptungen auf ...«

»... als schweren Vertrauensmissbrauch bezeichne ich das. Ich habe selbst mit ihm gesprochen, zweimal hat er angerufen. Woher weiß er von der Bürgerinitiative? Er recherchiert in Wien, macht die Behörden rebellisch, was meine und damit die Interessen meiner Klienten ernstlich tangiert. Man ist äußerst ungehalten darüber.«

Hansi tat beleidigt. »Du hast ihn mir gegenüber als Schreibtischhocker beschrieben«, nörgelte er im Schulterschluss mit dem Anwalt. »Und in Wirklichkeit ist er undercover ...«

Weil ich zu dir wollte, Hansi, dachte Johanna, deshalb habe ich das verdammte Laptop vergessen, weil ich an dich gedacht habe, ist mir entgangen, auf welchem Weg Carl inzwischen war. Den Gedanken, dass es an der Wahl der falschen Partner lag, verwarf sie wie üblich. Sie würde sich vorsehen, Hansi würde sich immer auf die Seite des Stärkeren stellen. Nur wer war stärker – sie oder der Anwalt?

»Von den Dingen des Lebens und Geschäften keine Ahnung, hat Hansi mir gesagt – ich meine, das stellt allerdings auch Ihre Tätigkeit bei ECP in einem ganz anderen Licht dar ...«, selbstgefällig lehnte Wollknecht sich zurück. »Man könnte meinen, dass Sie noch immer für diese Umweltspinner tätig sind ... sind Sie das?«

Als Hansi den vernichtenden Blick auffing, der für den Anwalt bestimmt war, machte er einen Rückzieher. »Johan-

na, man könnte auf die Idee kommen, man könnte, theoretisch, meint Günther, nur als Möglichkeit sozusagen.«

Die Übelkeit nahm zu, Johanna holte sich ein Glas und
eine Flasche Wasser aus dem Kühlschrank. Was wussten die
beiden von ihrer Vergangenheit? Wie hatten sie das raus-
gekriegt – und vor allem so schnell? Carl war schuld, er war
der Auslöser, er hatte sich in Dinge eingemischt, von denen
er keine Ahnung hatte, geschweige denn dass er wusste, wie
man sich in einem solchen Fall verhielt. Eventuell war es
ganz sinnvoll, sich mal bei dieser Sandhofer umzusehen.

Sie musste Wollknecht aus der Reserve locken, um zu
erfahren, was er konkret wusste. »Was werfen Sie mir vor,
was geht Sie meine Vergangenheit an?« Sie gab sich möglichst unschuldig, doch ihre Stimme klang heiser.

»Sie wissen das besser als jeder andere, und ich weiß es
auch, glauben Sie mir.«

Jetzt blickte Hansi nicht mehr durch. »Und – was hast du
gemacht?«

Der Anwalt antwortete an ihrer Stelle: »Man hat mir
berichtet, gnädige Frau, dass Sie für die Gegenseite aktiv
waren, militant, radikal, es hat Festnahmen gegeben, Verfahren vor Gericht ...«

Hansi verstand nichts. »Für welche Gegenseite? Wer will
hier sonst bauen? Ich habe einen Vertrag bis ...«

»Es geht um viel mehr, Hansi, glaub mir. Sie hier ...«
Wollknecht tat, als hätte er eine Angeklagte vor sich, »Sie,
Frau Breitenbach, haben uns beide hintergangen.«

Hansi versuchte, sich den Anschein zu geben, dem Gespräch folgen zu können, dabei hatte Johanna den Eindruck,
dass er überhaupt nichts mehr verstand. Er wusste kaum
mehr, als Wollknecht gesagt hatte, doch was den Anwalt
wirklich auf den Plan gerufen hatte, entzog sich Hansis
Kenntnis, Johanna hingegen konnte es sich denken.

Sie fühlte sich gefordert, den Bruch zu vermeiden und eine
Basis zu schaffen, auf der man weitermachen konnte. Das

Surfcenter und die Perspektive mit Hansi waren zu wichtig, als dass sie sie durch ein Missverständnis gefährden durfte. Allerdings war es mit »vertrauensvoller Zusammenarbeit« vorerst vorbei. Der Anwalt wusste tatsächlich von ihrem früheren Leben – oder bluffte er? Jedenfalls zierte er sich, seine Quellen preiszugeben.

Hatten sich nicht erste Zweifel bereits neulich in seiner Kanzlei eingestellt, und jetzt spielte er den Sachwalter von Hansis Interessen und hätte sie am liebsten rumgekriegt. Hansi war verunsichert, und der Abstand, den Johanna an den letzten beiden Tagen gespürt hatte, wuchs. Eine verfahrene Situation. Nein, sie war es nur dann, wenn man sie so nannte. Johanna trat die Flucht nach vorn an.

»Ich bin in meiner Jugend sehr engagiert für Umweltbelange eingetreten. Wir waren Zigtausende damals, und als junger Mensch, das geht den meisten so, will man die Welt retten und so weiter. Mit dem Alter sieht man klarer, erkennt Zusammenhänge und begreift, dass man sich um seine eigenen Angelegenheiten kümmern sollte, nicht wahr?« Sie suchte Zustimmung in Wollknechts Augen, doch die blieben ausdruckslos, keine Regung war im Gesicht des Anwalts zu erkennen, sie konnte sich ihn gut als jemanden vorstellen, der während einer Konferenz daran dachte, mit welchen Nutten man sich abends vergnügen würde. Und je länger sie debattierten, desto mehr verstärkte sich der Eindruck.

Hansi sah zu Wollknecht auf wie zu einem großen Bruder, von ihm hatte sie keine Rückendeckung zu erwarten. Er schlug in dieselbe Kerbe: »Unsportlich soll er sein, hast du gesagt? Dabei klappert er mit seinem Scheißfahrrad in Wien die Behörden ab, macht alle rebellisch und tritt auf wie der Piefke persönlich, als hätte ein Ausländer was zu melden.«

In einem verzweifelten Versuch, den Sachverhalt zu verstehen, hob Johanna beide Hände. »Könnt ihr mal bitte sagen, worum es wirklich geht?!«

»Ich dachte, das wüssten Sie«, sagte der Anwalt hinterhältig. »Es geht um den Bau der Leitha-Autobahn ... also bringen Sie Ihren Mann davon ab, seine Nase in Angelegenheiten zu stecken, die ihn nichts angehen und nicht nur für ihn eine Nummer zu groß sind. Es könnte ernste Folgen für ihn haben. Und ob ich unter diesen Umständen noch mit Ihnen arbeiten werde ... Bringen Sie ihn davon ab, und dann sehen wir weiter ...«

Mit dieser Drohung endete die Unterredung. Sie sollte also nach Purbach fahren und Carl zur Rede stellen. Sie würde es tun, würde notfalls mit Engelszungen auf ihn einreden oder toben, doch es würde nichts nutzen. Er war unendlich stur, sie würde nicht zu ihm durchdringen, besonders nicht nach der vorherigen Debatte, sie kannte ihn. Kannte sie ihn wirklich noch? Er würde keinen Zentimeter von seinem Weg abweichen, wenn die Sache mit der Autobahn mit dem Mord an Maria Sandhofer in Verbindung stand. Er würde seine Haut retten müssen, auch wenn er damit ihre Karriere zerstörte. Er zerstörte sowieso alles: ihre Ehe, den Urlaub, das neue Projekt und jetzt auch noch die Beziehung mit Hansi.

Insgeheim jedoch kam sie nicht umhin, ihn zu bewundern, und sie war sogar ein wenig stolz auf ihn. Carl tat genau das, was sie ihm jahrelang vorgeführt hatte. Wenn der Anwalt sich derart ereiferte, wenn von Wien aus bis hierher die Sturmglocken läuteten, wenn Wirtschaftsbeziehungen darunter litten, dann musste Carl in ein Wespennest gestochen haben. Vorsicht vor den Wespen, Carl, es sind Hornissen, dachte sie. Aber sie musste ihn davon abbringen. Nur wie ging man eine Sache an, von deren Sinnlosigkeit man überzeugt war?

»Glaube daran, dass du die Welt ändern kannst.« Das war eine ihrer Regeln. »Radikale Ideen sind keine schlechten Ideen«, war eine andere. »Gemeinsam kann man alles schaffen«, die dritte.

»Grüß Gott, gnädige Frau!«

Johanna fuhr herum, als hätte sie ein elektrischer Schlag getroffen, so war sie in ihre Gedanken versunken.

Der Inspektor, es war dieses Würstchen und nicht der Chef, wich erschrocken einen Schritt zurück. »Ich wollte Ihnen nicht zu nahe ... es tut mir schrecklich leid. Wirklich.« Er machte eine Bewegung auf sie zu, als wolle er sie stützen. »Begleiten Sie mich zu der Bank dort, setzen wir uns einen Moment? Sie sehen blass aus.« Es waren nur wenige Schritte, und sie gingen zum Anleger.

»Woher wissen Sie, dass ich hier bin? Hat mein ...«

»Ihr Mann hat nichts, nein. Aber wir wären nicht die Polizei, wenn wir das nicht wüssten, gnädige Frau.«

Johanna war in der letzten Stunde jeglicher Sinn für Humor abhanden gekommen. »Reden Sie nicht herum, Herr ...?«

»Fechter, Alois, wir hatten bereits in Eisenstadt das Vergnügen, gnädige Frau.« Der Inspektor hob abwehrend die Hand. »Kurzum, ich weiß nicht, ob Sie noch Einfluss auf Ihren ... äh, Mann besitzen, aber es wäre schön, wenn Sie ihn zu mehr Zurückhaltung anhalten könnten. Oder legen Sie ihm nahe, diskreter vorzugehen. Er – wie sagen Sie? – wirbelt Staub auf, und darin sieht man kaum, wer sich alles bewegt. Wenn Sie mich verstehen.«

Der Nächste, der von ihr verlangte, mäßigend auf Carl einzuwirken. Sie behielt mühsam ihre Fassung, doch die Antwort klang scharf: »Ich weiß nicht, was mein Mann macht, und das interessiert mich auch nicht. Seine Sache. Ich mache hier Urlaub.«

»So nennen Sie das?« Der Inspektor drehte den Kopf in Richtung Surfschule und grinste ironisch.

Johanna reagierte empört. »Vergreifen Sie sich nicht etwas im Ton, Herr ...«

»Fechter, Alois, Inspektor. Nennen Sie mich Inspektor, das reicht. Persönlicher möchte ich nicht werden«, sagte er herablassend.

Johanna schluckte. So ein Würstchen, dabei war es der pure Neid, der Neid eines zu klein geratenen Mannes, er war ein mickriger Beamter, der sich aufspielte.

»Halten Sie meinen Mann noch immer für den Mörder?« Sie fragte es, nur um etwas zu sagen, ihre Stimme signalisierte dem Inspektor Gleichgültigkeit.

»Fragen Sie ihn. Ich bin der Ansicht, er weiß recht gut, was wir glauben und was nicht. Was wissen Sie von seinen augenblicklichen Aktivitäten?«

»Er treibt sich ... er besucht die Winzerinnen, diese Frauengruppe von Maria Sandhofer, sonst weiß ich nichts.«

»Sie sind nicht aufrichtig. Nun gut, Sie als Ehefrau eines Verdächtigen ... Wenn Sie uns nicht helfen, ziehen wir auch daraus Schlüsse. Haben Sie mit Ihrem Mann über Thomas Thurn gesprochen?«

»Wer ist das?«, fragte Johanna unwillig.

Der Inspektor stöhnte. »Wozu komplizieren Sie die Sache? Sie waren dort und haben mit ihm in der ›Dankbarkeit‹ gegessen, vorher haben Sie sein Weingut besichtigt.«

»Weshalb fragen Sie mich, wenn Sie bereits alles wissen? Außerdem ...« Johanna atmete tief durch und sah den Familien nach, die jetzt zur Mittagszeit, kaum dass sie die Fähre betreten hatten, Stullenpakete und Saftflaschen auspackten. Sie bekam Appetit, das Hungern verdarb ihr die Laune. Wieso musste sie diesem Inspektor ausgerechnet jetzt in die Arme laufen? »... außerdem reden mein Mann und ich nicht mehr über solche Sachen«, beendete sie den Satz.

»Stimmt, Sie hatten dazu in den letzten Tagen wenig Gelegenheit. Dann geben Sie mir bitte seine Telefonnummer.«

»Wozu? Sie haben ihm doch das Handy abgenommen.«

»Aber er telefoniert weiter ...«

»Womit denn?« Johanna erinnerte sich zwar, auf dem Tisch ein Mobiltelefon gesehen zu haben, aber den Polizisten darüber zu informieren, kam für sie nicht in Frage.

»Schade, ich dachte, Sie würden die Situation begreifen. Ich habe mich wohl getäuscht.« Der Inspektor stand auf und deutete eine Verbeugung an. »Kooperation, gnädige Frau, hätte für beide Seiten Vorteile. Es sieht aus, als hätten Sie mehr Probleme mit sich selbst als mit Ihrem Mann.« Abrupt drehte er sich um und ging.

Was maßte sich dieser armselige Hobbypsychologe an? Johanna starrte Fechter ratlos nach. Was begriff sie nicht? Er wusste anscheinend mehr über sie, als ihr lieb sein konnte. Auch der Anwalt war im Bilde, Carl wusste mehr, alle wussten Bescheid – nur sie nicht. Dann war es an der Zeit, der Suche auf den Grund zu gehen. Wo hatte alles angefangen? Auf dem Weingut Sandhofer in Breitenbrunn.

Ein hübsches Mädchen, das sie an Maria Sandhofers Foto auf der Homepage erinnerte, lief ihr auf dem Hof über den Weg, kurz darauf kam ein älterer Herr dazu. Johanna sprach sie auf eine Kellereibesichtigung an. Mangels einer Telefonnummer sei sie persönlich vorbeigekommen.

Der ältere Herr, der sich mit Bruno Sandhofer vorgestellt hatte, vertröstete sie, in einer halbe Stunde würden einige Schweizer Händler kommen, der Gruppe könne sie sich anschließen. Wenn sie wolle, dürfe sie einstweilen gern überall herumgehen oder im Verkostungsraum warten. Johanna entschied sich für Letzteres, folgte dem Winzer, setzte sich an einen großen Tisch und bekam von seiner Enkelin mit einem Lächeln ein Glas Wein vorgesetzt. Erst jetzt fiel ihr der Trauerflor an seinem Revers auf. »Hatten Sie einen Todesfall?«, fragte Johanna mit gespielter Anteilnahme.

»Ja, ziemlich schrecklich.« Das Mädchen setzt sich unbefangen zu ihr. »Meine Tante hatte einen Unfall ...«

»Keine Ausflüchte, Anneliese, es steht in allen Zeitungen, Sag ruhig, wie es war!« Ernst und hoch aufgerichtet, sich am Türrahmen festhaltend, stand der Winzer, blass und gefasst. »Meine Tochter Maria wurde erschlagen.«

Die Worte kamen langsam, abgehackt, aber mit einer solchen Wucht, dass Johanna verstand, weshalb sich der Winzer festhielt. Was bis vor einer Minute eine Sache zwischen ihr und Carl gewesen war, nichts weiter als ein »Fall«, eine der tagtäglichen Geschichten aus der Presse, gewann eine Form und wurde lebendig. Mit einem Mal gehörten Gesichter dazu, Trauer und Verzweiflung in den grauen Augen des Mannes, die fast wegschwammen und die des Mädchens suchten, als könnten sie darin Halt finden. Johanna spürte, wie sich diese Gefühle auf sie übertrugen, als bestünde zwischen ihr und diesen Menschen eine Verbindung.

O Gott, dachte sie, nicht schwach werden, keine Sentimentalitäten, das ist nicht meine Sache, und doch ließ sie die Beklemmung heftig atmen. Wo war sie hineingeraten?

Dann sprach Bruno Sandhofer zu Johannas Schrecken von Carl. Es war fürchterlich, sie hatte nicht geahnt, wie nah sie dem Geschehen die ganze Zeit über gewesen war, denn er sprach von Carl mit Wärme, mit einem seltenen Gefühl von Wärme in der Stimme, ». . . und dabei kennen wir uns kaum«, sagte er leise. »Er ist der Einzige außerhalb der Familie und den Sieben, ihren Freundinnen, der sich wirklich für Maria interessierte, auch jetzt noch, wo sie . . . nicht mehr da ist. Ich bin sicher, er wird den Mörder finden, ich weiß das. Er will es. Und er wird sich nicht aufhalten lassen. Er ist ein stiller Mensch, einer, der nicht auffallen muss, aber der zu dem steht, was er tut, wie Maria. Die beiden hätten gut zusammengepasst.«

Der Kloß in Johannas Hals wurde dicker, die Brust schmerzte. Aus gekränkter Eitelkeit wurde Angst, aus Eifersucht Schmerz, die Ablehnung verwandelte sich in Anteilnahme . . . ihr Stolz bröckelte und wurde zu einer Sehnsucht nach etwas, das sie längst verloren hatte. Sie verbiss es sich mit aller Kraft, sie knirschte mit den Zähnen.

»Was ist mit Ihnen?«, fragte das Mädchen besorgt und legte ihr mitfühlend die warme Hand auf den Arm. »Haben Sie auch jemanden verloren?«

Das war zu viel, es reichte, Johanna meinte zu ersticken und stemmte sich hoch. »Wo bitte sind die Toiletten?«

Die Ankunft der Schweizer Weinhändler verhinderte, dass ihr der Kopf platzte. Aber wieso ging sie nicht, wieso griff sie nicht zum Surfbrett? Was berührten diese Sandhofers in ihr? War diese Maria genauso gewesen? War es das, was Carl an der Frau derart fasziniert hatte, dass er dafür bereit war, seine Ehe zu opfern? Aber hatte sie ihn nicht längst geopfert – und sich selbst?

Jemanden wie mich opfert man nicht, niemals! Der Gedanke ergrimmte sie, holte sie in die Wirklichkeit zurück. Der Schwächeanfall war vorüber, der Kopf wieder frei. Sie konnte sich der Kellerei widmen.

Sie begannen den Rundgang in jener Halle, in der Maria Sandhofer umgekommen sein musste. Aber niemand verlor ein Wort darüber. Im Barrique-Keller lauschte sie interessiert den Ausführungen des Winzers, das Mädchen neben ihr übersetzte flüsternd die den Händlern bekannten Fachbegriffe. Wo die großen Holzfässer standen, die Fuder mit ins Holz eingearbeiteten Verzierungen, sprach man über die Methode des Assemblierens, die Mischung einzelner Rebsorten, und zum ersten Mal hörte Johanna richtig hin. War es ihr wachsendes Interesse, war es die Ausstrahlung dieses Mädchens, das sie ohne Argwohn anlächelte und ihr so offene Antworten auf jede Frage gab, was Johanna schmerzlich an sich selbst erinnerte? Auch der Großvater hatte diese Art, während ein geschäftig tuender Verwalter deutlich machte, dass er sich wohl von den Schweizern, nicht aber von der Besucherin, nützliche Verbindungen versprach.

»Sie verstehen nicht so viel von Wein, nein?«, fragte Anneliese mit entwaffnendem Lächeln.

Hilflos schüttelte Johanna den Kopf, sie wunderte sich, dass sie nicht einmal nach einer Ausrede oder Begründung dafür suchte. »Ich habe geschäftlich viel mit Männern zu tun, die sich damit brüsten und damit angeben, welche Weine aus dem Napa Valley sie probiert haben oder wie ein ... wie war das Wort? – ein australischer Multi District Blend schmeckt. Was ist das, ein Multi District Blend? Ich weiß gar nicht, wieso ich mir das gemerkt habe.« Jemand anderem als diesem Mädchen hätte sie die Frage nie gestellt.

»Das ist auch ein Verschnitt, eine Assemblage oder Cuvée«, flüsterte Anneliese, »der gleichen Rebsorte, jedoch von Trauben aus verschiedenen Gegenden. Die Trauben sind immer anders, je nach Lage des Weinbergs zur Sonne, der Höhe und des Klimas, natürlich auch der Bodenbeschaffenheit. Ach – und die Klone der Weinstöcke sind verschieden. Da lassen sich dann nach der Gärung, wenn man den fertigen Wein hat, je nach Wunsch die verschiedenen Eigenschaften derselben Rebsorte kombinieren. Aber ... hier stören wir nur.« Anneliese trat beiseite und bedeutete Johanna, ihr nach nebenan zu folgen, wo sie sich mit Gläsern bewaffnet auf Kisten niederließen.

»Woher wissen Sie das alles?«, fragte Johanna. »Ihr Großvater meinte, Sie gingen noch zur Schule.«

»Nicht mehr lange, aber das soll besser keiner wissen.« Das Mädchen legte den Finger auf die Lippen. »Mein Vater ist hier weggezogen, ich bin aber immer in den Ferien hergekommen, und da war Maria, meine Tante. Wir waren vom Alter nicht so weit auseinander und mehr wie Freundinnen. Ich habe sie begleitet, ich wollte das, ich musste nicht! Ich habe sie geliebt und bewundert, wie sie das alles gemacht hat, meinen Großvater natürlich auch. Und jetzt, wo er nicht mehr kann ...«, sie beugte sich zu Johanna und flüsterte fast, »da würde ich die Kellerei übernehmen. Aber kein Wort zu niemandem, versprochen?«

Notgedrungen nickte Johanna, sie wollte das Mädchen nicht verprellen und letztlich auch nicht enttäuschen. Aber es könnte sein, dass ihr diese Informationen nützlich waren. Und kaum hatte sie das gedacht, verachtete sie sich. Sie war hier nicht bei Environment Consult, hier herrschten andere

Regeln. »Und was machen Sie weiter mit der Schule? Sie stehen kurz vor dem Abitur?«

Anneliese winkte ab. »Die Matura kann mich mal ... sie brauchen mich hier, oder sie müssen Richard nehmen. Aber der will nur Geld, der Wein interessiert ihn nicht. Der Weinstock ist ihm egal, der Berg, das Wetter, der Himmel, die Menschen, die uns helfen, das ist ihm schnurz. Maria hat mit mir zwischen den Weinstöcken mit einer Lupe auf der Erde gelegen und mir die winzigen Käfer gezeigt und später die verschiedenen Weinstöcke, die waren damals viel größer als ich. Richard will nur wichtig sein, wie der Thurn. Das ist sein großes Vorbild, der Angeber, und sein Freund. Gestern war er hier und will, dass wir Land verkaufen, für diese Autobahn, oben im Wald, damit es noch mehr stinkt. Extra deswegen hat Maria unser Land nicht verkauft, verstehen Sie? Ein Sperrgrundstück ist zum Sperren da, hat sie immer gesagt und gelacht.« Unbändiger Stolz schwang in der Stimme der jungen Frau mit – und der Elan der Jugend, wie Johanna fröstelnd bemerkte.

Dann jagte Carl also Informationen über einen geplanten Autobahnbau nach! Langsam dämmerte es Johanna, und sie erinnerte sich an die Warnung des Anwalts: »... bringen Sie Ihren Mann davon ab, es schadet ihm, es schadet uns und Ihnen ...« Das hatte nach einer Drohung geklungen, und Drohungen mochte sie gar nicht, die hatten schon immer ihren Widerspruch herausgefordert. Sie hätte niemals herkommen dürfen, sie verlor sich selbst aus den Augen, sagte sie sich. Diese Anneliese besaß eine Art, der sie nichts entgegensetzen konnte. So war sie selbst früher gewesen, als sie Carl getroffen hatte. Nein, Schluss, Ende. Sie verstrickte sich in fremde Angelegenheiten, statt sich um ihr eigenes Projekt zu kümmern.

»Dabei kommt das Geld von allein, hat Maria immer gesagt, wenn du super Weine machst. Du musst nur dafür sorgen, dass die Kunden es auch wissen. Was sind Sie von Beruf?«

310

Es war das erste Mal, dass Johanna nicht wusste, wie sie es erklären sollte, und dass es ihr peinlich war. Panik kam auf, sie zögerte, die Offenheit des Mädchens beschämte sie, seine Direktheit machte sie unsicher, und die Hymnen auf die ermordete Tante rechtfertigten in gewisser Weise Carls niederträchtiges Verhalten. Wenn sie sagen würde, was sie wirklich tat, würde dieses Mädchen sie verachten. War es nicht belanglos, mit welchen Augen dieses junge Ding sie sah? Sie, Johanna, lebte auf einer ganz anderen Ebene. Was gingen sie diese Scheißwinzer an, was hatte sie mit dem verfluchten Mord zu tun? Was verband sie eigentlich noch mit ihrem Mann? Nichts, nichts, gar nichts ...

»Warum sagen Sie nichts?«

Die großen Augen und die Arglosigkeit der Frage vergrößerten Johannas Dilemma, sie staunte, dass es solche Menschen überhaupt noch gab; in ihrer Welt jedenfalls nicht, da bastelte sich sogar der Bürobote seine Erfolgsstrategie. Johanna wurde heiß, Anneliese sah sie an, und die Frage schwebte wie ein Stein über ihr.

»Ich berate Firmen beim Umweltschutz.« Puh, geschafft, Johanna atmete auf, die Formulierung war nichtssagend genug, damit sie fürs Erste von weiteren Fragen verschont blieb.

»Super, das finde ich klasse von Ihnen.« Anneliese strahlte sie an. »Maria hat sich auch für Umweltschutz eingesetzt. Sie müssen sich ziemlich ähnlich sein, Sie hätten sich mit ihr bestimmt gut verstanden, und auch mit ihren Freundinnen, den Sieben. Kennen Sie die?«

Tretminen, Fettnäpfchen, Fußangeln und Selbstschussanlagen, wohin sie blickte. Johannas Bewegungsspielraum wurde enger. Wie kann jemand nur alles, was ich sage, so völlig anders interpretieren? Es tat sogar weh, wie dieses Mädchen ihren Panzer anbohrte, und das gleich an mehreren Stellen. Entweder musste sie einen radikalen Themenwechsel vornehmen oder gehen. Sie entschied sich für Ersteres.

»Was ist am Wein so besonderes, dass sich so viele Leute damit beschäftigen?«

»Das erklärt Ihnen besser mein Großvater«, Anneliese schielte zur Besuchergruppe, aber dort redete man sich die Köpfe über Lieferbedingungen heiß. Seit Richard dazugekommen war, hatte sich die Atmosphäre verschlechtert.

»Dann müssen Sie mit mir vorliebnehmen«, sagte Anneliese und zog sich auf Zehenspitzen zurück. »Das Besondere am Wein? Dass er so alt ist, nach Wasser und vielleicht Milch das älteste Getränk. Die Georgier und die Ägypter streiten, wer von ihnen zuerst Wein angebaut hat. Dann die vielen Geschichten, die man darüber erzählen kann. Und dass es ewig dauert, bis ein guter Wein reif ist. Vielleicht ist es auch das Ungewisse, die Abhängigkeit vom Wetter, was den Wein besonders macht, dass man ein Jahr arbeitet, bis man ernten kann. Ach, die Vielfalt habe ich vergessen und internationale Kontakte. Wir probieren am besten alle durch, dann merken Sie es, in der Nase, auf der Zunge, am Gaumen …«

Anneliese holte drei gekühlte Flaschen Weißwein und stellte die Gläser auf die Kisten, sie rannte in die Küche und kam mit Brot und Käse zurück, »… damit wir nicht so betrunken werden«, kicherte sie vertraulich, und Johanna gab ihren Widerstand auf, ängstlich zuerst, als könne sie sich verbrennen oder einbrechen, überrascht von ihrem Entschluss, aber doch endlos erleichtert.

15

Ob er zufällig darauf gestoßen war oder zwangsläufig darauf kommen musste, wusste er später nicht mehr zu sagen. War letzten Endes nicht allein das Ergebnis entscheidend? Wenn ihn nicht alles täuschte, hatte er entdeckt, wie Politiker in Verbindung mit der Bauindustrie den Bürger, Steuerzahler oder Wähler vorsätzlich, systematisch und wissentlich betrogen – oder den Betrug zuließen. Carl fragte sich, ob er den Beteiligten nicht mit zu viel Misstrauen begegnete, aber bei Millionenbeträgen, von der Allgemeinheit aufgebracht, war nicht Ruhe, sondern Misstrauen erste Bürgerpflicht.

Von wem dieser Betrug ausging, von Beamten, von entscheidungs- oder weisungsbefugten Politikern oder von einzelnen Unternehmern und deren Beratern, er hatte da den Anwalt der Bürgerinitiative plastisch vor Augen, war schwer zu sagen – und würde noch schwerer zu beweisen sein. Die sprichwörtliche Weisheit, dass eine Krähe der anderen kein Auge aushackt, galt wohl auch hier: Niemals würde jemand den Mund aufmachen.

Die Art des Vorgehens hätte er ohne weiteres Johanna zugetraut, es gehörte sicherlich zu ihrem Repertoire der Vernebelung, der Ablenkungsmanöver und Irreführung. Man brauchte dazu eine gehörige Portion Skrupellosigkeit, um nicht zu sagen kriminelle Energie und Menschenverachtung, und dass sie darüber verfügte, hatte sie bei Environment Consult leider bewiesen. Doch an dieser Sache waren anscheinend nicht sie, sondern ihre neuen »Partner« beteiligt.

Ein Moselwinzer hatte ihn bei einem Telefonat darauf gebracht. Dort sollte ein neuer Autobahnabschnitt unterhalb von Trier privat finanziert werden. Die Politiker priesen das als Fortschritt, da es den Steuerzahler entlastete und die Schulden des Bundes nicht erhöhte – als wenn das je von Interesse gewesen wäre. Wahrscheinlich ging es vordergründig um die Einhaltung europäischer Stabilitätskriterien. Die Finanzierung durch mehrere Beteiligte war jedoch so angesetzt, dass die Geldmittel bald aufgebraucht sein würden und die Gesellschaft Konkurs anmelden musste. Dann käme das bekannte Lamento über gestiegene Preise (als ob die von alleine stiegen), unvorhergesehene technische Widrigkeiten und besondere Umstände, die bei der Planung noch nicht abzusehen gewesen waren. Jetzt haftete der Staat und bezahlte den Rest. Nur auf diesem Hintergrund kam der Deal zustande, und die Autobahnbauer bekamen Geld.

Wenn in Deutschland so verfahren wurde, wieso nicht auch in Österreich oder beim Bau der Margaux-Autobahn? Globalisierung auf allen Ebenen. Die Bestätigung dafür fand Carl wenig später: Ein Abschnitt der neuen A 5 zwischen Wien und der tschechischen Grenze sollte ebenfalls öffentlich und privat finanziert werden.

Für die Leitha-Autobahn war die Finanzierung nicht klar, da stritt man noch. Dem Verkehrsplan nach sollte es eine Autobahn oder vierspurige Schnellstraße werden, die müsste der Bund zahlen. Bei kleinräumigen Umfahrungen, wie von den Betroffenen gefordert, zahlte das Land, und dann hatte Lobo Jammer beigesteuert, dass der Ehemann der Landeshauptfrau an einer Holding beteiligt sei, zu der die ABBAG gehörte, die Autobahnbau Aktiengesellschaft. Ob jetzt die ABBAG an die Landesregierung herangetreten war, um in den Genuss von Staatsaufträgen zu kommen oder die Politik das

Projekt realisieren wollte, um Staatsgelder solchen Firmen zuzuschieben, an denen sie selbst beteiligt war, wer konnte das sagen? Im Deutschen Bundestag weigerte man sich vehement, über Nebeneinkünfte Auskunft zu geben, Wortführer war der Bundestagspräsident. Wie es konkret in Österreich aussah, würde Carl auch noch herausfinden. Oder standen lokale Unternehmer aus dem Transportgewerbe als treibende Kräfte dahinter?

Johanna hat ihre Sache bestens gemacht, dachte er in einem Anfall von Zynismus. Sie hatte seit dem Einstieg bei Environment Consult selten über ihre Arbeit gesprochen, doch wenn, dann hatte Carl fein zugehört – und übersetzt. Er hatte es aufgenommen, mit Haut und Haar, wie er jetzt merkte, und jetzt war seine »Übersetzung« gefordert. Es wurde Zeit, es öffnete Horizonte, er hatte sich hellwach dabei gefühlt, wacher als jemals zuvor. Jede Entdeckung hatte mit einem erneuten Adrenalinausstoß geendet. Und als der Anruf des Anwalts gekommen war, waren seine Sinne bis zum Äußersten gespannt gewesen. Er hatte Spuren hinterlassen, absichtlich, es hatte funktioniert. Nur so konnte er sie kennen lernen. War er wahnsinnig? Es gab bereits eine Tote ...

Bei der Suche nach ihrem Mörder hingegen durfte er keine Spuren hinterlassen. Er hatte befürchtet, falls die Polizei verlauten ließe, dass er den Mörder gesehen habe, dass genau dieser ihn angreifen würde. Insofern hatten Herrndorffs Verdächtigungen ihm Zeit verschafft. Fechter hatte sich nicht wieder gemeldet, sicher schnüffelte er längst um Thomas Thurns Kellerei herum, durchforstete sein Leben nach Motiven und war sicher darauf gekommen, dass er und Maria mal liiert gewesen waren. Jedoch für einen Mord war kein Motiv in Sicht. Sandhofer hatte erwähnt, mehr beiläufig, dass Thomas Thurn und Richard sich getroffen hatten. Wozu? Sandhofer konnte es nicht sagen, und Carl hatte nicht weiter gebohrt, er musste ihn schonen.

Wie wollte er weiter vorgehen? Auf jeden Fall allein, es war seine Angelegenheit. Der Ehrgeiz, mit dem ihn die Natur bislang verschont hatte, entwickelte sich, vielleicht von Johannas unsäglichen Demütigungen geweckt. Wollte er ihr was beweisen, ihr und diesem Schönling?

Dann war sie gekommen, gestern Abend, merkwürdig ruhig, allem Anschein nach verändert, in sich gekehrt und keineswegs aggressiv wie sonst, stattdessen hatten Fragen in ihren Augen gestanden. Er hatte es tunlichst vermieden, darauf einzugehen. So war es auch mit den Boardshorts, die auf der Leine hingen, neben der Badehose. Nach dem kurzen Blick darauf hatte sie ihn wieder irritiert angesehen. Sie hatte sogar von seinem Essen gekostet, und sie hatten den einen oder anderen mehr oder minder belanglosen Satz miteinander gewechselt. Ein Fortschritt, doch ein Schritt voneinander fort, im Grunde unerträglich. Sie sollten sich darüber klarwerden, wie die Trennung am besten zu vollziehen wäre, und das möglichst rasch.

Aber so einfach war das nicht. Noch bestanden Verbindungen, es gab eine gemeinsame Geschichte, durchstandene Schwierigkeiten und die Erinnerung an glückliche Zeiten, in denen sie die Hände nicht voneinander hatten lassen können. Da war die Familie, ihre Familie, mit der er gut zurechtgekommen war und die unter Johannas Veränderung genauso litt. Nein, er selber litt nicht mehr darunter, sagte er sich und wusste, dass er sich belog. Ob er sie begehrte oder ob der Gedanke daran so weit weg war, dass er nicht zählte, darüber war er sich nicht im Klaren.

Johanna sah gut aus, besonders mit ihrer leichten Bräune. Dabei spürte er ihre wachsende Spannung, fühlte ihre Traurigkeit. Unter anderen Umständen hätte er sie darauf angesprochen, momentan jedoch konnte jedes Wort, selbst ein gut gemeintes, zu einer neuen Entladung führen. Mit einer gewissen Häme fragte er sich, ob mit ihrem Surflehrer nicht alles zum Besten stand.

»An Sie kommt man ja schwerer ran als an den Bundeskanzler!«

Carl fuhr auf. »Meinen Sie den deutschen oder den österreichischen?«

In der Tür zum Hof standen zwei Herren – Geschäftsleute,
Männer von Welt –, die sich anschickten, das Apartment zu
betreten, aber Carl vertrat ihnen den Weg. »Wer mich finden
will, der findet mich auch.«

»Ohne Telefon ist das schwierig, deshalb sind wir persönlich gekommen«, sagte der Mann mit dem glänzenden, on-
dulierten Haar, blickte Carl über die Schulter und sah das
Handy auf dem Tisch. »Sie haben ja doch Telefon. Man sagte
mir, Sie wären nur über Frau Reinschütz in Frauenkirchen
zu erreichen. Wir hatten bereits das Vergnügen – telefonisch,
meine ich, Wollknecht ist mein Name, Anwalt der Bürgerinitiative Pro Burgenland.«

Sie kamen, nein, sie waren bereits da, die Wölfe. Carl
begriff, sie hatten die Fährte aufgenommen.

»Magister Reuschler«, der Anwalt wies auf seinen Begleiter, »vom hiesigen Wirtschaftsverband.«

Man schüttelte sich die Hände, Carl bat die Herren, draußen Platz zu nehmen (da konnte seine Stasi mithören), bot
Kaffee an, der dankend abgelehnt wurde. Man wolle keine
Mühe machen, außerdem sei ihre Besprechung nur kurz,
denn man wolle Carl, der ja sein Interesse am Burgenland
deutlich gemacht hatte, gern zu einem Treffen beim Heurigen einladen, an dem weitere Honoratioren teilnehmen würden. (Er kannte diese Honoratioren, genau ihretwegen hatte
er das Dolmetschen drangegeben.) Es sei interessant, fuhr
der Anwalt fort, einen renommierten Übersetzer interna-
tionaler Literatur bei sich zu haben.

»Ich bin ein besonderer Freund der Übersetzer und ihres
bedeutenden Beitrags zur Literatur«, meinte Magister
Reuschler und rieb sich die Hände wie ein eifriger Laden-
besitzer, der eine gute Kundin bedient.

»Und was, meine Herren, wird das Thema des Treffens, dieser Zusammenkunft, sein?«

»Was Sie möglicherweise dazu beisteuern könnten«, sagte Magister Reuschler, »ein Mann mit Ihren Fähigkeiten. Ich habe mir die von Ihnen übersetzten Bücher beschafft, und da dachte ich, äh, wir ... wir dachten da an eine Art Literatur- und Übersetzerforum im nächsten Sommer, auf europäischer Ebene, England, Portugal und der deutschsprachige Raum, Ihr Fachgebiet, Herr Breitenbach!«

Der Speck riecht gut, dachte die Maus mit Blick auf die Falle, die Hintergedanken standen förmlich im Raum. So ein Treffen bot Carl die Chance, mehr über die Leute zu erfahren, die er hinter dem Mord vermutete. Es wäre dumm, nicht darauf einzugehen. Er musste seine Gegner kennenlernen, musste erfahren, was sie von ihm wollten und was sie von ihm wussten. Ihre wahren Ziele würde er aus dem Wortgeklingel heraushören. Ein Netzwerk zeigte sich bereits im Ansatz: Autobahnbauer, Politiker, Anwalt, lokaler Wirtschaftsverband – fehlten noch die Winzer und die Wassersportler. Carl dachte an Hansi und Thomas Thurn. Er bemerkte, dass er unaufmerksam war.

Das Treffen war für den nächsten Tag anberaumt. Da man in der Nähe zu tun hatte, sei man persönlich vorbeigekommen und hoffe auf Carls Zusage. Man würde ihn auch abholen lassen.

Kein Mensch rennt grundlos hinter anderen her. Weshalb war er ihnen wichtig? Was hat Johanna mit diesem Anwalt zu tun, dem er am Telefon und in Lobo Jammers Unterlagen begegnet war. Auch der Magister, der Titel besagte nichts weiter, als dass der Mann ein Hochschulstudium abgeschlossen hatte, gehörte zu den Menschen, mit denen Carl lieber nicht verkehrte. Und Anwälte ähnelten den Zahnärzten, beide schienen die Schmerzen ihrer Patienten gut aushalten zu können und verdienten daran.

Es war ihm nicht wohl bei der Aussicht auf diese Begegnung. Wie viele hatte er gegen sich? Zur Not konnte er immer noch aussteigen, sagte er sich. Nein, da stand der Mord im Raum ...

Erst als Carl auf dem Weg zum See auf dem Radweg den Fahrtwind genoss, und sich darauf freute, dass er sich wenig später kopfüber vom Surfbrett ins Wasser stürzen würde, erst da fühlte er sich für das Treffen gewappnet.

Viel schlimmer als das Treffen beim Heurigen zehrte nachmittags die Beerdigung an seinen Nerven. Der Friedhof lag ein Stück von der B 50 entfernt, von wo aus sich die Wagen stauten. Die Halle, in der die Trauerfeier stattfand, war überfüllt, vor den weit offenen Flügeltüren drängte sich die Menge, und es kamen immer mehr Menschen. Es war nicht nur Anteilnahme, das auch, aber die Begräbnisfeier war ein gesellschaftliches Ereignis. Man sah sich bei Hochzeiten und Beerdigungen, begrüßte sich dem Anlass entsprechend ernst, kommentierte, stellte Vermutungen an, Carl hörte mit, niemand beachtete ihn. Als ihn dann doch jemand erkannte und getuschelt wurde, spürte er die feindlichen Blicke. »Ist das nicht der Deutsche, der Maria ...?«

Er floh, suchte die Sieben, aber Marias Freundinnen saßen drinnen, doch dorthin wagte er sich nicht. Karola entdeckte ihn, als er sich zurückziehen wollte, und bedeutete ihm irgendetwas durch ein Handzeichen. Gut, er würde warten.

Unter den meist dunkel gekleideten Trauergästen war hier und da ein heller bunter Fleck zu sehen, eine Frau war sogar im Tigershirt erschienen, andere in Jeans. Es waren so viele Kränze, dass viele vor der Halle abgelegt wurden. Von der Trauerrede drinnen bekam er genauso wenig mit wie alle andern hier auf dem Kiesweg und dem Rasen. Eine Gruppe alter Männer schnatterte vor der kleinen Barockkapelle, die dem Anlass wesentlich angemessener gewesen wäre. Und immer neue Trauergäste trafen ein, auch die Mordkommission.

Inspektor Herrndorff äugte von rechts kurzsichtig herüber, von den Grabsteinen schlenderte Fechter unauffällig zu Carl herüber und forderte ihn zum Mitkommen auf. Vor einem Stein mit eingemeißeltem und golden hinterlegtem Palmzweig blieb er stehen. »Schlechte Nachrichten: Ihr Mörder hat ein Alibi.«

Äußerlich zeigte Carl keine Reaktion, und der Schreck währte auch nur kurz. »Unmöglich.«

»Ich sage Ihnen das lediglich, damit Sie sich darauf einstellen. Sie sind auf dem falschen Weg.«

Carl war anderer Ansicht. »Sie auch. Wer hat ihm das Alibi verschafft? Eine seiner süßen Hostessen?«

»Der Umstand, dass der Winzer Ihnen unsympathisch ist, macht ihn nicht verdächtig. Sie müssen sich ein anderes Opfer suchen. Wenn wir so arbeiten würden wie Sie, dann wären die Gefängnisse überfüllt.«

Carl überging den Einwand. »Und wo war er zur fraglichen Zeit?«

Fechter schüttelte den Kopf. »Herr Breitenbach, verlangen Sie nicht ein wenig viel? Mich jedenfalls hat sein Alibi überzeugt.«

»Glaube ich nicht, Sie würden das anders sagen, so gut kenne ich Sie bereits. Geben Sie mir einen Tipp, in welcher Richtung ich weiter denken muss! Sie tun es auch. Und Sie wissen, dass ich nicht der Täter bin.«

Der Inspektor lachte lautlos. »Beweisen lässt sich das nur, wenn der wirkliche Täter gefunden wird.« Er blickte zur Straße hinüber, wo sich Feriengäste über den Andrang erregten. »Das ist mein Ernst.«

»Lächerlich. Hört sich ja fast wie ein Schuldeingeständnis an, wenn ich sage, dass ich nur deshalb frei bin, weil die Polizei mir nichts beweisen kann«, sagte Carl ärgerlich. »Ich hätte keinen Grund gehabt ...«

»Verschmähte Liebe ...«

»Das hat Ihnen Herrndorff eingeredet. Richard hält es nicht aus, dass ich mich mit Marias Vater gut verstehe, und er steht in Verbindung mit Thomas Thurn. Erst gestern ist er in der Kellerei aufgekreuzt.« Carl schaute über die reglos verharrende Menge hinweg. »Kennen Sie einen Anwalt namens Wollknecht, Günther?«

Inspektor Fechter lächelte nachsichtig und bedeutete Carl, näher zu kommen. »Machen Sie nicht so viel Wind, oder nutzen Sie ihn zum Surfen, besuchen Sie Ihre Winzerinnen, aber lassen Sie alles andere; mancher zertritt bei der Suche mehr Spuren, als er findet. Überlassen Sie das Suchen denen, die dafür ausgebildet wurden.«

»Ihm?« Carl sah in Richtung Herrndorff. »Ich wurde hervorragend ausgebildet, Herr Inspektor, fünfzehn Jahre lang, ich hatte die beste Lehrerin, die man sich vorstellen kann.«

Der Inspektor begriff Carls Anspielung nicht, und der verzog sich, denn Herrndorff rückte näher.

Die Stadtkapelle spielte, der Chor stellte sich auf und sang mit der Trauergemeinde. »... *die Toten werden erweckt werden ... und wir werden verwandelt werden ...*«

Niemand wird uns wecken, dachte Carl, wir werden dahin verschwinden, wo wir hergekommen sind, es gibt uns nur für einen unvorstellbar kurzen Augenblick. Wir dürfen die Augen öffnen und schauen, was auf dem Planeten los ist, und machen uns dummerweise diese Zeit gegenseitig zur Hölle. Er musste an den Ehekrieg mit Johanna denken und an das, was zwischen ihm und Maria hätte sein können. Diese Fantasien verloren sich im Abstrakten, Carls Unterbewusstsein hatte es längst begriffen, das Bewusstsein nicht, wie immer.

»... *der Herr sei mit Euch ...*« – »... *und mit deinem Geiste*«, antwortete die Gemeinde.

Einige hundert Personen waren hier, und Carl fragte sich, wie sie zueinanderstanden, was sie von den anderen wussten. Es gab Freundschaften, Feindschaften, jahrzehntelangen Auseinandersetzungen über den Gartenzaun hinweg, Rivalitäten aus der Schulzeit, die von den Eltern angestachelt und über Generationen weitergetragen wurden. Ob ihm jemand seine Gedanken ansah? Er meinte Gesichter zu sehen, die er von der Verkostung im Schloss her kannte. Klar, dass Winzerkollegen kamen. Wer profitierte von Marias Tod? Vielleicht war Sandhofers Kellerei längst aufgeteilt, und Richard war ein Strohmann? Links war ein frisches Grab, die Blumen darauf waren nicht einmal verblüht, schon kam der Nächste unter die Erde.

»... *die Gerechten* ...«

Wer bitte? Gab es überhaupt einen? Einen einzigen? Ich bin es nicht, dachte Carl und grübelte über seinem Fast-Verrat an Johanna. Marias Tod hatte ihn davor bewahrt. Wieso hatte er Johanna nicht klar gesagt, dass er wollte, dass ihre Wege sich trennten?

»... *wie auch wir vergeben unseren Schuldigern* ...«

Wer vergab dem anderen wirklich? Konnte man das? Es war vermessen, jemandem zu vergeben, man stellte sich damit über ihn – oder nicht?

»... *der Herr führe uns nicht in Versuchung* ...«

Unsinn, der HERR verführte nicht, Menschen taten das, ließen sich von den eigenen Wünschen verführen, wenn es denn eigene waren. Wäre es nicht sinnvoller, darum zu bitten, der Versuchung widerstehen zu können oder sie zu erkennen? Verfluchte Moral, der ganze abendländische Scheißdreck von Schuld. Konnten Gedanken verletzen? Konnte man etwas denken und anderen damit Schaden zufügen? War der einmal gedachte Gedanke nicht mehr zurückzunehmen und forderte seine Umsetzung?

Jetzt lachten die Männer rechts von ihm. Carl hörte Vogelgezwitscher, er empfand die Nachmittagssonne im Gesicht als angenehm. Die Trauergemeinde formierte sich, der Zug rückte unter Glockengeläut vor, ein Messdiener voran, das Kruzifix mit Trauerflor umwickelt. So möchte ich nicht bestattet werden, dachte Carl, ich möchte keinen Gekreuzigten vorweg getragen wissen, auch wenn sie mich demnächst kreuzigen werden. Vor dem Sarg vier kleine Mädchen, die Engelchen, schauderhaft für die Kinder, den Tod im Nacken – und er erinnerte sich an die Beerdigung seiner Eltern, sie waren im selben Augenblick gestorben. Keiner hatte auf den anderen warten müssen.

Die Sonne ging noch lange nicht unter. Die Kapelle spielte wieder, zu viel Blasmusik, der Zug kroch außen um den Friedhof herum und kam durch den Mittelgang wieder herein, die Trauergemeinde verteilte sich zwischen den Gräbern, das nächste Vaterunser.

Fast als Letzter warf Carl eine Hand voll Erde und eine rote Rose ins Grab. Unendlich erleichtert und befreit wandte er sich ab. Ihm war, als hätte er mit der Rose auch seine Liebe für Maria ins Grab geworfen – und seine Illusionen.

Aufatmend, fast beschwingt schritt er durch die Gräberreihen. Er gehörte wieder sich selbst. Die Zukunft war klar – und leer. Es war Zeit für die nächste Stunde bei Fritz im Wasser. Er hatte große Fortschritte gemacht und verbrachte die Zeit oben auf dem Brett und nicht mehr hauptsächlich unter Wasser. Er ging zum Rad und öffnete das Schloss. Als er aufsah, brauchte er einen Moment, um sich zu erinnern. Es gab zu viele neue Gesichter, doch dieses kannte er. Es war Karola, Marias beste Freundin.

»Ich hasse solche Veranstaltungen. Man heult sich die Augen aus, dabei kommen wir alle dahin.« Sie nickte mit dem Kopf in Richtung von Marias Grab. »Begreifen werden wir das sowieso nie. Ich habe dich gesucht, ich hatte vergessen, dass man dich über Hermine erreicht. Ich wollte dir nur von Marias Vater ausrichten, dass du besser dem Leichenschmaus fern bleibst. Die Leute sind aufgebracht, manche halten dich für den Täter, zumindest für verdächtig, es wäre unklug ...«

Carl hatte verstanden, er sollte sich verziehen, möglichst unauffällig. Dabei waren er und Fechter die Einzigen, die wirklich nach dem Täter suchten.

Karola war noch nicht fertig. »Ganz was anderes, und möglicherweise wichtiger. Ich habe etwas erfahren, vielmehr erlebt, was dich interessieren könnte. Du hast nach dieser Bürgerinitiative gefragt ...«

Carl nickte, auch alle anderen Winzerinnen hatte er danach gefragt, die Antworten waren nebulös geblieben.

»Ich war vorhin in Eisenstadt in einer Druckerei«, fuhr Karola fort. »Da hat jemand von dieser Bürgerinitiative Flugblätter abgeholt. Der Angestellte gab ihm die Rechnung und fragte, ob es richtig sei, dass sie auf die ABBAG ausgestellt sei, wie üblich. Ich dachte, ich höre nicht recht, das ist die Autobahnbau AG, wenn ich nicht irre ...«

»He, das ist spannend. Dann wird die Bürgerinitiative gegen die Autobahn von den Autobahnbauern finanziert?«

Bevor Carl Gelegenheit fand, mit Karola über die Auswirkungen dieser Entdeckung zu sprechen, eilte sie den Trauergästen nach. Drüben, unter der Ulme, stand ein Wagen, aus dem heraus ihn zwei Männer unauffällig beobachteten. Es waren jedoch nicht die beiden Inspektoren, außerdem hatte der graue Passat keine österreichische Nummer.

Ich zeige euch den Mittelfinger, dachte Carl, fuhr gegen die Einbahnstraße zurück zum Apartment und holte Badezeug und Handtuch für die Surfstunde. Als er vors Haus trat, stand der Passat wieder da. Carl fuhr hinunter zum Radwanderweg, da konnten sie ihm nicht folgen, und er fuhr so lange weiter, bis er den Wagen aus den Augen verlor; sie hatten sicher gewendet und erwarteten ihn in Donnerskirchen. Er aber fuhr zurück und stieg eine halbe Stunde später vor Fritz' Surfschule vom Rad. Als er sich aufrichtete, meinte er, hinter einer Hecke einen grauen Passat gesehen zu haben. Er ging hin, um sich zu überzeugen. Sein Eindruck war richtig. Aber niemand saß im Auto.

»Wie kann jemand wissen, dass ich zu dir zum Unterricht komme?«, fragte er, als Fritz auf ihn zukam.

Der wand sich gerade wie eine sich häutende Schlange aus seinem Neo und drehte sich dann eine Zigarette. »Gestern wollte dich hier jemand sprechen. Ich habe ihm gesagt, dass du heute wiederkommst, die Uhrzeit auch. Hätte ich mir was dabei denken sollen? Fehler? Scheint so, oder? Kommt nicht wieder vor.« Glücklicherweise hatte Fritz eine rasche Auffassungsgabe. »Mach dich fertig, in einer Viertelstunde sind wir draußen, ich begleite dich.«

»Kennst du einen Anwalt mit Namen Günther Wollknecht?«, fragte Carl und wunderte sich, dass Johanna überhaupt noch etwas aß, das er gekocht hatte. »Oder einen Magister Reuschler, vom Wirtschaftsverband?« Er war auf ihre Antwort gespannt. Was würde sie preisgeben? Glaubte sie immer noch, dass er ihr nachspionierte, oder hatte sie begriffen, dass es um was ganz anderes ging?

»Hat das mit deinem Mord zu tun?« Johanna hob den Kopf, sie war neuerdings auch vor Carl auf der Hut.

»Dieser Anwalt soll früher in der Rechtsabteilung eines Baukonzerns gearbeitet haben, heute betreibt er eine Kanzlei in Eisenstadt und regelt komplizierte Fälle für die Landesregierung, ein Kollege von dir, für die ... schmierigen, äh, schwierigen Fälle.«

Die Spaghetti mit den Steinpilzen fielen Johanna von der Gabel, kurz bevor sie den Mund erreicht hatten. Der blieb offen, sie brauchte einen Moment, um sich von der Überraschung zu erholen. Sie holte Luft, sicher für eine Schimpfkanonade, dachte Carl – aber sie beherrschte sich und schloss den Mund. Dann sortierte sie Nudeln und Pilze auf dem Teller. »Kochst du lediglich, um mir hinterher den Appetit zu verderben?«

»Dafür sind weniger die Zutaten als die Umstände verantwortlich.«

»Ohne dich wäre ich hier niemals hergekommen. Maria Sandhofer – das waren ja wohl deine Eskapaden!«

»Ich finde es hier wunderbar, besonders die Weine. Der See ist toll, der Wind ist gut ...«

»Was geht dich der Wind an? Als Mordverdächtiger wird man kaum strahlender Laune sein.«

»Du glaubst den Quatsch doch nicht wirklich? Übrigens – dieser Weiße Burgunder hier passt hervorragend zu Steinpilzen.« Carl stutzte, nahm die Flasche, betrachtete das Etikett, während Johanna ihn belauerte. »Sandhofer?« Er sah sie an. »Warst du ...«

»Interessehalber«, sagte Johanna so gleichgültig wie möglich und bemühte sich weiter um ihre Trennkost.

»Kennst du die beiden Männer nun, oder nicht?«

»Wieso sollte ich dir gegenüber geschäftliche Kontakte offen legen? Was bildest du dir ein?«

»Deine Stimme ist kalt geworden, hart und gefühllos.« Carl stützte sich auf den Tisch, starrte vor sich hin und fühlte eine unbändige Wut in sich aufsteigen. Johanna war wie alle – wenn sie mal an der Macht geschnuppert hatten, meinten sie, sie hätten welche. Macht zerstörte nicht nur die Opfer, sondern auch die, die sie ausübten. »Früher warst du anders.«

»Menschen verändern sich eben.«

»Äußerlich vielleicht, aber innerlich nicht«, zischte er böse.

»Dann hast du jahrelang was übersehen. Und wen interessiert das schon, das Innerliche?«, fragte Johanna hämisch, »das gibt's höchstens in deinen Übersetzungen.«

Das klang für Carl nach Selbstverachtung und auch Resignation. »Mich interessiert es, das Innerliche.«

»Was dich interessiert, ist genauso bedeutungslos.«

»Gut zu wissen, wie du denkst, Johanna.«

Sie versuchte einzulenken: »Es ist nur für einige wenige wichtig ...«

»Hab verstanden. Ein gesprochenes Wort lässt sich genauso wenig ungeschehen machen wie eine Tat.«

»Du und deine blöde Spitzfindigkeit.«

»So ist es immer«, brauste er unvermittelt auf. »Was ich tue, ist spitzfindig, was du machst, das zählt. In deinen Augen hantiere ich mit nutzlosen Wörtern, du dafür stehst im wirklichen Leben.«

»So ist es. Wen interessieren Bücher? Das bisschen Geld, das damit verdient wird. In Konzernen werden Entscheidungen getroffen, in der Politik ...«

»Und da bist du dabei, mittendrin«, sagte er böse. »Früher hast du dich quergelegt, hast blockiert, heute redest du ihnen dieselbe Scheiße gut, würde mich nicht wundern, wenn du eines Tages als Sprecherin der Chemieindustrie enden würdest. Was sagst du dann, wenn ein Lager abbrennt? *Eine Gefährdung der Bevölkerung war zu keiner Zeit gegeben.* Feige bist du geworden. Aufgegeben hast du! Alles! Dich, deine Freunde, deine Ziele, deine Träume – und den Frust, den surfst du dir weg, tierisch geil, und der blonde Surflehrer für die Intimmassage. Geschmacklos. Und feige.«

Johanna war blass geworden, die Gabel fiel ihr aus der Hand. »Ist eine Winzerin was Besseres? Das muss ich mir nicht anhören«, sagte sie, aber sie stand nicht auf, sondern sah ihn entsetzt an. »Verachtest du mich, oder bist du eifersüchtig, weil er besser ist als du?«

»Besser? Wobei? Ein Lump ist das, ein Ganove, du hast ja keine Ahnung. Du weißt gar nicht, wer das ist, und diese anderen, deine neuen *Partner,* sind auch nicht besser. Müllsäcke sind das. Pass auf, bald bist du so wie sie.«

»Du wirst sie nicht aufhalten! Sie haben längst gewonnen.«

»Bei dir, in deinem Kopf. Wenn sie da gewonnen haben, dann auch in der Wirklichkeit.« Schade um die Nudeln und die guten Pilze, schoss Carl durch den Kopf.

Jetzt wurde Johanna laut. »Was haben wir erreicht? Nichts. Die Emissionen werden mehr statt weniger, also geht das Waldsterben weiter, wir haben doppelt so viele Autos seit Einführung des Katalysators. Die Meere erwärmen sich, die Fische werden weggefangen, der Treibhauseffekt nimmt zu, und immer mehr Chemie steckt im Essen, besonders Schwer-metalle in ... in diesen Scheißpilzen.« Angeekelt schob sie das Häufchen vom Tellerrand aufs Tischtuch.

Es schien Carl, als hätte sie gerade ihn entsorgt.

»Die EU-Kommission lässt so lange abstimmen, bis ihr das Ergebnis passt – und dein Wein? Voller Spritzmittel, ohne geht es gar nicht. Alles beruht auf Wachstum, da gibt es keine Bremse.«

»Bis zur Vernichtung?«

»Ja, Carl, bis zur Vernichtung.«

»Und du bist dabei?«

»Besser Hammer als Amboss. Da hat man vorher wenigs-tens was davon.«

»Es gab eine Zeit, da haben wir die Frauen für die besseren Menschen gehalten, inzwischen geht ihr genauso krumm wie die Männer.«

»Emanzipation eben. Ihr habt uns Frauen noch nie ver-standen.«

»Aber dich verstehe ich bestens. Willst du dich an der Allgemeinheit rächen, weil sie dir nicht zugehört hat?«

»Die Allgemeinheit ist mir sowas von egal, mein lieber Carl. Ich halte mich an Gesetze, die von gewählten Politikern gemacht werden.«

»Nein! Du suchst die Lücken, und deine *Partner* erweitern sie zu Breschen. Pass auf, dass du nicht an deiner Kohle erstickst. Von dir kann man nur noch lernen, wie man Leute bescheißt.«

Lass es sein, Carl, sagte er sich. Weshalb führe ich idio-tische Gespräche? Beleidigend ist es auch. Wieso stehe ich nicht auf und gehe? Was hält mich fest? Ich habe geglaubt, Johanna sei mir egal. Aber jemandem, der einem gleichgültig ist, dem sagt man nicht die Meinung – den bekämpft man höchstens. Doch das konnte er nicht.

Johanna lachte schrill. »Und deine Winzer? Leben von der Selbstausbeutung, Vater, Mutter und die Kinder! Und dann

328

stehen sie hinter Tischen und schenken Wein aus, immer lächeln, und acht Stunden auf dem Trecker. Ha. Aber die tun wenigstens was, im Gegensatz zu dir. Du machst, was andere vordenken, dir vorschreiben … und dein Anteil? Nachplappern … nur auf Deutsch!«

»Langsam glaube ich, die haben dich bereits vor Environment Consult umgedreht. Karriere, Johanna? Die hättest du auch beim Bund für Naturschutz oder bei den *Friends of the Earth* machen können, da wärst du längst unter den Global Players. Aber die waren dir ja nie radikal genug. Du hast dich gedreht, Johanna, wie der Frankfurter Taxifahrer, den du angeblich verachtet hast, Wendehälse sind keine Erfindung des Ostens. Geht es dir um irgend so eine beschissene Handtasche oder ein Designer-Surfbrett? Du willst deinem Surflehrer eine Marina bauen? Oder willst du Macht?«

Carls Handy klingelte, er tastete seine Taschen ab.

»Ich dachte, die Polizei hat es …«

Carl trat vors Haus. Es war Hermine aus Frauenkirchen: ein Lobo Jammer hätte angerufen, besagter Anwalt sei früher für die ABBAG tätig gewesen, und der Ehemann der Landeshauptfrau, Florian Treiber, sei über Strohmänner Teilhaber einer weit verzweigten Holding, zu der auch die ABBAG gehöre.

»Dann hängt die mit drin?«, fragte Hermine, als wundere sie sich gar nicht darüber.

»Hast du was anderes erwartet?«, antwortete Carl und sah, wie Johanna das Haus verließ, Tränen in den Augen. Das hatte er lange nicht mehr gesehen, meistens fletschte sie die Zähne.

»Hallo, Carl? Hallo! Hat das mit dem Mord an Maria zu tun?«

Er sah Johanna nach, es nahm ihn mehr mit, als er sich eingestehen wollte, und es dauerte, bis er antworten konnte: »Wenn ich das wüsste, wäre ich ein Stück weiter. Wie kommt man am besten nach Illmitz?«

Das Tor zur Kellerei von Ellen Karcher, der Süßweinspezialistin, war nur angelehnt. Carl drückte die Tür unter dem Rundbogen auf und stand in einem weiten Garten zwischen Rosen und einigen Reihen von Weinstöcken. An jedem hingen nur eine oder zwei Trauben. Bewässerungsschläuche führten am Kopfende der Rebzeilen entlang, und jede Rebzeile wurde von einem unterirdisch verlegten Schlauch mit Wasser versorgt. Obstbäume standen an der hinteren Mauer, links lag ein zweistöckiger Gebäudetrakt mit Wohnhaus, Büro- und Kellerräumen. Auch die Grundmauern dieser Kellerei waren recht alt, die neuen Teile waren aufgesetzt und erst kürzlich renoviert oder restauriert worden. Carl wurde gebeten, auf der Terrasse unter dem Sonnenschirm zu warten.

»Wo kann ich mich umziehen?«, fragte er verschwitzt, und als die Winzerin ihn begrüßte, war er längst aus dem Waschraum zurück.

Er hatte Ellen Karcher vom ersten Treffen her in Erinnerung, als ihr und den anderen Winzerinnen noch das Entsetzen über Marias Tod ins Gesicht geschrieben stand. Heute lächelte Ellen eher angestrengt, strich sich das schwarze Haar aus dem Gesicht und zupfte an ihrer Jacke. Carl war diese Angewohnheit bereits bei Karola aufgefallen.

»Sie hätten gestern zur Trauerfeier kommen sollen.«

»Die Gemüter sind erhitzt«, antwortete Carl.

»Immerhin haben Sie das Verbrechen entdeckt. Womöglich wäre keiner auf den Gedanken gekommen, eine Autopsie zu machen. Ein Unfall wäre zwar genauso unfassbar gewesen, aber leichter zu akzeptieren. Dass man Sie verdächtig ist absurd, lächerlich ... Hermine hat mir erzählt, Sie hätten was gefunden.«

Carl entschied, kein Wort über Thomas Thurn zu sagen. Die SIEBEN würden sich darüber am Telefon austauschen, und falls die Mordkommission ihre Gespräche abhörte – gerade Hermines Leitung –, würde Herrndorff mithören. Mit Fechter würde er verfahren wie bisher, immer nur so viel preisgeben, dass dieser seinem Kollegen einen Schritt voraus war.

»Was wissen Sie über dieses Autobahnprojekt?«

»Hier am Ostufer brennt das keinem unter den Nägeln. Dabei trägt der Wind die Abgase und den Feinstaub inklusive Rückstände natürlich herüber. Das Wetter verändert sich sowieso, es wird von Jahr zu Jahr wärmer. Wenn die Theorie stimmt, dass alles extremer werden soll, dann haben wir mehr Hitze zu erwarten, und Sie können irgendwann im Saale-Unstrut-Gebiet Rotwein anbauen. Unsere Weine erzielen zum Teil bereits bessere Bewertungen als mancher Spitzenwein aus Bordeaux. Mit dem Wetter, das macht mir Angst. Nicht, dass die Erwärmung den Weinbau in kältere Regionen verschiebt, für uns ist wichtig, in welcher Wachstumsphase des Weins die Hitze ansteigt. Trauben müssen gleichmäßig reifen, und die Wärme wirkt sich auf die Säure und andere Inhaltsstoffe aus. Nur wie? Hier, unser Seewinkel, ist der wärmste Teil Österreichs. Wir bewässern momentan nur selten; hoffentlich wird das nicht zur Regel.«

»Sind dazu die Schläuche da? Woanders führen sie oben an den Weinstöcken entlang.«

»Bei Bewässerung von unten wurzeln die Stöcke tiefer, dort sind die Nährstoffe, die der Weinstock braucht. Anderenfalls würden sich die Wurzeln an der Oberfläche ausbreiten und schneller wieder austrocknen und absterben. Das hier«, sie zeigte auf den Garten vor der Kellerei, »ist meine Versuchsanlage. Lassen Sie uns zu den Lacken fahren, da kommen die Trauben für meine Süßweine her. Ich muss sowieso bei einem Kollegen vorbei und ihm eine Pumpe bringen.«

Ein Arbeiter koppelte einen kleinen Hänger an Ellens Wagen, Carl fasste mit an.

»Sie sind hier überall mit dem Fahrrad unterwegs?«, bemerkte Ellen erstaunt. »Das hat mir Karola neulich bereits gesagt. Das ist gut, dann dürfen Sie nachher nicht nur probieren. Ist es nicht ein bisschen weit, von Purbach?«

»Alles Training, außerdem genieße ich die Fahrt mit der Fähre, es kommt mir vor, als könnte ich einiges drüben am anderen Ufer lassen.«

»Ist das nicht bitter für Sie? Da fährt man in Urlaub, und dann ... ein Mord. Ihre Frau begleitet Sie nie?«

Diese Frage musste kommen, irgendwann ließ sich das Thema nicht länger umgehen, und Carl machte einige nichtssagende Andeutungen, die aber durchaus verstanden wurden.

»Alles hat seine Zeit«, meinte Ellen vieldeutig. »Wenn man mit der Natur arbeitet, gewinnt man auch in anderen Lebensbereichen eine gewisse Ruhe; Fatalismus will ich es nicht nennen, es ist eher ... Demut. Sagt Ihnen der Begriff noch was?«

Carl nickte, für ihn bedeutete es, sich in Zusammenhängen zu begreifen, sich nicht als das Zentrum der Welt zu betrachten und anderes geschehen zu lassen, was möglicherweise sogar den eigenen Interessen zuwiderlief. Nur ... wie passte Johanna da rein?

»Ich bin dem Wein dankbar, dass es ihn gibt«, sagte Ellen, »dass es ihn gibt, dass er ist, was er ist. Er lässt meine Familie leben, er wächst für uns. Mit Maria habe ich oft über derartige Fragen gesprochen, sie sah das ähnlich.«

Kurz darauf hatten sie Illmitz hinter sich gelassen, bei einem Winzer am Ortsrand die Pumpe abgeladen und bewegten sich auf schmalen Straßen auf den See zu, erst auf Asphalt, dann Schotter, schließlich Sand. Um sie herum standen Gräser, Schilf und Binsen, mal eine Reihe Kirschbäume, dazwischen Weingärten, dann wieder Störche und Reiher. Kleine, Carl unbekannte Vögel stoben auf, und Ziehbrunnen inmitten von Weiden schufen Pusztastimmung. Eine Familie von Graugänsen tummelte sich an einem Weiher. »Keine zwanzig Zentimeter tief, das Wasser«, bemerkte Ellen. »Das war hier früher See, er hat sich zurückgezogen, in den Mulden die Lacken zurückgelassen, sie schaffen unser Klima, die Feuchtigkeit, die wir für unsere edelsüßen Weine brauchen. Die Feuchtigkeit des Sees lässt im Herbst die Morgennebel entstehen. Am Vormittag wird es wieder warm, ja heiß. Das ist die wichtigste Voraussetzung für die Entstehung von *Botrytis cinerea,* der sogenannten Edelfäule: Wärme und Feuchtigkeit. Die Pilze durchbohren die Haut der Beeren, das Wasser darin verdunstet, und zurück bleiben grauslich verschrumpelte Trauben, blau, lila und graubraun, mit Schimmel. Die ganze Kraft, der Zucker und der Extrakt an Geschmacksstoffen wird konzentriert. Wir lesen natürlich viel weniger, vom Gewicht her.«

Deshalb sind die Flaschen auch kleiner, dachte Carl, der Süßweinen bislang keine Aufmerksamkeit geschenkt hatte. Er wusste vom Eiswein an der Mosel, vom Sauternes, der am Ufer des Ciron entstand, aber die burgenländischen Edelsüßen waren ihm unbekannt.

»Natürlich spielt auch der Boden eine entscheidende Rolle«, fuhr die Winzerin fort. »Hier am See haben wir Schwemmsand und feinste Kiesel, gut für meinen Welschriesling, unsere sogenannte k. u. k. Traube, sie bekommt nur hier ihre filigrane Struktur und wird fruchtiger als weiter im Osten. Andere Rebsorten entwickeln auf diesem Boden zu wenig Säure. Ohne sie wäre ein Süßwein viel zu plump und mächtig. Erst Säure macht ihn leicht und genießbar.«

Nach der Rundfahrt durch die Lacken und Weingärten, auf der Ellen mehrmals hielt und erklärte, gelangten sie vor Illmitz wieder auf dunklere, mineralischere Böden aus Lehm, Kalk und Schotter. Diese Bodenbeschaffenheit machte die Weine säurehaltiger, verlieh ihnen Aromen und einen stärkeren Ausdruck. Carl, ein Anhänger von feinen und leichten Weinen, war gespannt auf die Probe. Ob er die Unterschiede auch beim Süßwein schmecken würde? Wenn er sie direkt nacheinander probieren würde und sie vergleichen könnte, die Gläser vor sich, dann ja.

Ellen tat ihm den Gefallen. Links stand als Erstes eine Cuvée, es war eine Beerenauslese, in der Welschriesling mit

333

Chardonnay verbunden war: sehr fein und sehr fruchtig. Bei der Beerenauslese des Sämlings, einem eher frischen Wein, schmeckte er deutlich das Aroma von Mirabelle. Dann kam ein Eiswein, wieder Welschriesling, grandios geradezu in der Fülle seiner Aromen. Bei minus zehn Grad waren die Trauben gelesen und in gefrorenem Zustand sofort gepresst worden. Hundert Jahre hielt sich ein derartiger Wein. Die Trockenbeerenauslese von 1998 hatte die Farbe von schwarzem Tee angenommen, war durch den Zucker leicht karamellisiert und floss wie Öl ins Glas.

Wenn er sonst probierte, spuckte Carl aus, doch hier trank er und merkte, wie ihm der Wein sofort zu Kopfe stieg. Er hörte kaum noch Ellens Erklärungen über Mostgewichte zu, die Unterschiede zwischen Öchslegraden und Klosterneuburger Mostwaage rauschten an ihm vorbei. Dass Süßweine entsprechend ihres Zuckergehalts in Beerenauslese, Ruster Ausbruch und Trockenbeerenauslese eingeteilt wurden, ging zu einem Ohr rein und zum anderen wieder raus. Je mehr er trank, desto mehr schweiften seine Gedanken ab, er dachte an Johannas Ekel vor dem Verkosten und dem Ausspucken – wo hatte sie Marias Weißen Burgunder gekauft? Es gab ihn entweder in der Weinakademie in Neusiedel oder direkt ab Hof. War sie da gewesen? Um ihm zu schaden? Gleich würde Ellen auf Marias Mörder zu sprechen kommen. Doch sie sprach von der Alterung im klassischen 300-Liter-Fass aus Akazie, von der Bestockungsdichte und der Konkurrenz zwischen Rebstöcken, bis sie seine Unaufmerksamkeit bemerkte. Sofort wechselte sie das Thema und erkundigte sich nach dem Stand seiner Nachforschungen. Er antwortete schleppend, deprimiert, der Alkohol zog ihn runter und löste ihm gleichzeitig die Zunge. Er musste das alles hier hinter sich bringen, eine Woche blieb ihm noch dafür.

Er erzählte vom Besuch bei Thomas Turn, wie unsympathisch der Mann gewesen sei, und etwas musste in Carls Stimme gewesen sein, was Ellen hellhörig machte. Der Verdacht gegen ihn, nein, nicht gegen Thomas Thurn, sei nicht beseitigt, obwohl er meinte, den Täter gesehen zu haben, was die Winzerin mit Entsetzen vernahm. Nicht, dass er einen bestimmten Verdacht habe, »denn ich will ja niemanden ungerechtfertig beschuldigen«, doch er wird seine Pläne verwirklichen, der Mord wird sich auszahlen, und Robert ...«

»... Richard«, korrigierte Ellen, »war er es ...«

»... nein, er übernimmt das Weingut!«

»Dann war es nicht Richard?«

»Nein, nur der bringt höchstwahrscheinlich das Weingut um, und Bruno Sandhofer stirbt an Kummer, meine Ehe ist auch so gut wie tot, und die Autobahn wird gebaut.« Letzteres sagte er wieder mit lauter Stimme.

»Ich wusste gar nicht, dass es darum geht«, meinte Ellen nachdenklich. »Maria hatte da oberhalb von Jois, wo die Autobahn gebaut werden soll, einen Weingarten direkt am Waldrand, sie klagte immer über Wildschäden, eine tolle Lage, Cabernet Sauvignon ...«

Carl erinnerte sich, sie waren zusammen dort gewesen, und später hatte jemand was von einem Sperrgrundstück erzählt. »Ich weiß nicht, ob ich da wieder hinfinde ...«

Er hatte sich verfahren, obwohl er wusste, dass Marias Sperrgrundstück nur am Südhang liegen konnte, und war im Begriff, die Suche aufzugeben, als die beiden Hirsche seinen Weg kreuzten. Sie waren ebenso erschrocken über die Begegnung wie Carl und blieben stehen: ein großer Hirschbulle mit riesigem Geweih und ein etwas kleinerer Begleiter. Ihr Anblick würde unvergesslich sein. So schöne und majestätische Tiere hatte er nie zuvor gesehen, und er war derart fasziniert, dass er das Zählen der Geweihenden vergaß. Carl starrte gebannt hinüber, die Tiere schauten zurück, sie stoben nicht etwa davon, sondern zogen sich, von ihm belästigt, ins Dickicht zurück. Wie kamen sie mit so mächtigen Geweihen überhaupt durch den dichten Wald? Und hier sollte eine Autobahn gebaut werden?

Kurz darauf hörte Carl weiter unterhalb einen Motor aufheulen, dann sah er etwas Silbernes zwischen den Bäumen am Hang unter sich blitzen. Carl ließ das Mountainbike fallen und lief zwischen den Bäumen bergab, da erstarb der Motor, stattdessen hörte er mehrere Stimmen und stutzte.

Ein Wagen hing mit dem linken Hinterrad in der Luft. Er konnte jeden Moment abrutschen. Drei Männer standen daneben, zwei von ihnen kannte er. Sie riefen dem Fahrer Befehle zu, am aufgeregtesten Cousin Richard, der sich zusätzlich über die Fahrkünste des Chauffeurs mokierte. Neben ihm stand Wollknecht, auch hier im Anzug, genau wie sein unbekannter Begleiter, ein dürrer, blasser Mann. Keiner machte Anstalten, dem Fahrer zu helfen, der, um einem umgestürzten Baum auszuweichen, anscheinend zu weit nach links gekommen war – und unter dem Gewicht des Wagens war anscheinend die Böschung abgerutscht, der Wagen hatte aufgesetzt. Jetzt wand der Fahrer das Drahtseil der vorn am Wagen angebrachten Winde um einen Baum, um sich selbst aus dem Dreck zu ziehen.

»Der Trottel ruiniert das schöne Auto«, lamentierte Richard wieder und regte sich über den Zeitverlust auf. »Wir gehen besser zu Fuß weiter, wer weiß, wann der fertig ist, es sind nur wenige hundert Meter. Das Grundstück liegt direkt neben dem von Thomas.«

»Wir fahren besser«, widersprach der Anwalt und betrachtete seine Schuhe. »Der Weg ist ziemlich schlecht.«

Das Jaulen der Winde übertönte die Unterhaltung, Carl hätte sich näher herantrauen können, aber womöglich hatte er bereits genug gehört. Ellen hatte zwar von dem Weinberg hier gesprochen, nicht aber davon, dass Thomas Thurn das Nachbargrundstück besaß. Also hatten sich Richards Worte, dass er den Alten zum Verkauf bewegen wollte, auf dieses Grundstück bezogen. War Thomas Thurn deshalb bei ihm gewesen? Maria hatte sich geweigert, zu verkaufen, und Richard, kaum am Drücker, wollte es tun. Bruno Sandhofer konnte sich nicht mehr wehren. Hatten die Sieben doch Recht mit ihrem Verdacht? Aber Thomas Thurn war weggerannt, und nicht Richard! Wer war der dritte Mann da unten, der Dünne?

Der Wagen kam frei, die Männer stiegen ein, und Carl lief zu seinem Rad. Jetzt nur nicht den Anschluss verpassen, die Lösung des Falles rückte näher, gut, dass er im Training war. Der Wagen fuhr nicht schnell, Carl folgte ihm auf dem höher gelegenen Weg ohne große Mühe, doch als er abbog, blieb Carl nichts anderes übrig, als zwischen den Bäumen bergab zu jagen. Das war nach seinem Geschmack, ein Querfeldeinrennen, wie er sie früher als Mountainbiker gefahren war – unter ihm krachten die Äste, Blätter stoben auf, er hoffte nur, nicht irgendwo an einem verdeckten Baumstumpf oder einem Fuchsbau zu scheitern.

Gerade rechtzeitig bemerkte er, wie der Geländewagen hielt. Carl riss den Lenker herum, kam in einer Art Powerslide quer zum Hang zum Stehen. Er starrte nach unten – nein, man hatte ihn nicht bemerkt, die Männer waren mit sich beschäftigt. Er näherte sich ihnen im Unterholz einer Schonung bis auf wenige Meter.

»... die rechtliche Lage dann klar ist«, sagte der Anwalt. »Wann glauben Sie, wird Ihr Onkel zustimmen, damit wir den Vertrag machen.«

»Wir bieten natürlich auch eine Option«, warf der Blasse ein, »0,5 Prozent vom Kaufpreis, der später angerechnet wird. Falls unser Konsortium vom Kauf zurücktritt, verfällt sie, für Sie also kein Verlust, aber vertraglich abgesichert, und noch gehört das hier dem alten Sandhofer und nicht Ihnen. Ich meine, der Tod Ihrer Cousine hat uns ein Stück weitergebracht. Jetzt stimmen alle zu und bekommen Geld!«

»Und ich meine Provision«, warf Richard ein.

Die Männer schritten an den Rebzeilen bergab, ihre Stimmen wurden leiser. Carl stand auf, er wusste jetzt mehr als genug. Niemandem außer Marias Vater würde er davon berichten, und für das Treffen heute Abend beim Heurigen war er vorbereitet. Wer war der Dürre?

Es war unvermeidlich, dass Johanna irgendwann von seinen Surfversuchen erfuhr. Ihren Zynismus hätte Carl sich gern erspart und besonders den Eindruck vermieden, er täte es ihretwegen. Sie saß zu seiner Überraschung vor dem Apartment, als er vom See kam, und sah zu, wie er die nassen Boardshorts auf die Leine neben der Stechpalme hängte.

»Es sind also doch deine. Wieso hast du nichts gesagt?«

»Ich glaube nicht, dass es dich interessiert«, meinte er abweisend.

»Natürlich tut es das.«

Carl war nicht nach Vorwürfen und Anfeindungen. Er brauchte Ruhe. Das Treffen mit Wollknecht und seinen Partnern würde hart genug werden, er hatte Angst. Er bewegte sich auf feindlichem Gelände. Hier waren andere zu Hause: Anwälte, Politiker, Manager und Polizisten, die weder so naiv waren wie er, noch mit seinen Skrupeln behaftet. Sie waren ihm weit überlegen. Er warf Johanna einen Seitenblick zu, das war was für sie, ihm hingegen fehlte für derartige Spielchen die Erfahrung. Frank Gatow wäre eine Hilfe gewesen, oder Bob, aber warum meldete der sich nicht? Wahrscheinlich wanderte er und wollte allein sein.

»Ich habe Unterricht genommen, musste das ausprobieren«, antwortete Carl, es klang wie eine Entschuldigung.

»Und? Hat's dir gefallen?«

Carl wurde hellhörig. Wo war der aggressive Unterton? Er hatte sich daran gewöhnt, gleich würde sie lospoltern, seine Nervosität wuchs. Aber nichts. Unbegreiflich – so eine Johanna hatte ihm vor diesem entscheidenden Abend noch gefehlt. Er musste seine Sinne beieinander halten, er konnte sich keine Unaufmerksamkeit leisten. »Worauf willst du mit deiner Frage hinaus?«

»Warum soll ich auf irgendetwas hinauswollen? Ich wundere mich, ich möchte lediglich wissen, ob es Spaß macht. Jahrelanger Widerstand, und jetzt, wo . . .«, sie suchte nach Worten . . .

». . . wo alles vorbei ist, meinst du . . .«

». . . ja, wo wir in einer fürchterlichen Situation sind«, sagte sie, »da tust du das, worum ich dich bestimmt hundert Mal gebeten habe.«

Was war mit Johanna los? »Alles zu seiner Zeit«, sagte er ausweichend und verschwand auf der Toilette. In seinem Inneren rumorte es grässlich.

Wie angekündigt stand der Wagen um 19 Uhr 30 vor der Tür, um ihn abzuholen. Johanna war dummerweise noch da. Wieso traf sie heute nicht ihren schönen Hansi? Sollte er den Audi nehmen und jeglichen Alkoholgenuss mit dem Hinweis auf eine Beeinträchtigung seiner Fahrtüchtigkeit verweigern? Aber wenn er mit Johannas Wagen aufgekreuzt wäre, hätte man womöglich eine noch bestehende Verbindung zwischen ihnen vermutet, und diesen Eindruck musste er vermeiden. Dass es bei dem Treffen nicht um die Vorbereitung eines Übersetzerkongresses ging, war klar.

Johanna bemerkte verblüfft, dass Carl sich eine Krawatte band und ein Sakko anzog. Sie sah ihn an, als gefiele es ihr, als wäre da nicht die Mauer, die sie weiter hochgezogen und mit Stacheldraht armiert hatten. Ihre Augen wirkten geradezu – mild, bei ihr inzwischen eine fremdartige Anmutung, es verwirrte ihn, und diese Verwirrtheit konnte er gerade überhaupt nicht gebrauchen.

»Muss man sich Sorgen machen?«

»Höchstens um dich«, sagte Carl abwesend. Mit einem kurzen »Ciao« verließ er den Hof. Er ärgerte sich darüber, dass sie noch am Nachmittag versucht hatte, ihn von seinen Recherchen abzubringen. Jetzt war sie mit einem Mal besorgt. Es war ihr doch scheißegal. Ein handfester Krach, an dem die Vermieter ihre Freude gehabt hätten, wäre ihm lieber gewesen.

Beim Heurigen in Kaltenbrunn wurde Carl vom Fahrer des Wagens in den Innenhof geführt, den er vom Treffen mit Frank Gatow her kannte. Jeder Platz an den langen Tischen war besetzt, die Stimmung laut und ausgelassen, der Wein und die Sommerhitze taten ihre Wirkung. Nicht ein bekanntes Gesicht, diese Art von Veranstaltung lag Carl nicht so sehr. Zu seiner Erleichterung wurde er zu einem von Weinlaub überwucherten Durchgang im hinteren Teil des Hofes dirigiert. Ein Schild – Geschlossene Gesellschaft –, aber der Gorilla am Eingang winkte Carl weiter, sein Fahrer blieb zurück. Das Separee, ein eigens abgeteilter Innenhof, war illustren Gästen vorbehalten.

Links hatte man ein umfangreiches Büfett aufgebaut, rechts standen Tische mit Bänken, an denen sowohl leger wie formell gekleidete Herren sich angeregt unterhielten, aßen und tranken. Es herrschte die Atmosphäre eines Clubs, einer verschworenen Gemeinschaft. Marias Mörder war nicht darunter, was für ein Lichtblick, Carl hätte nicht gewusst, wie er sich Thomas Thurn gegenüber verhalten sollte. Auch Richard war nicht eingeladen, oder kam er noch? Johannas Surflehrer gehörte anscheinend auch nicht zur »regionalen Elite«. Die drei spielten also keine Rolle.

Der Anwalt der Bürgerinitiative begrüßte ihn jovial wie einen alten Bekannten, führte ihn zu einem Abgeordneten der Landesregierung, danach stellte er ihm den Bürgermeister einer der Seegemeinden vor. Der hatte, wie Carl herausgefunden hatte, der Autobahn zugestimmt und würde nach Lobo Jammers Vermutung dafür sicherlich mit einem Abgeordnetenmandat belohnt werden. Da war ein Treuhänder, ein Wirtschaftsprüfer, das lokale Transportgewerbe, und den Blassen aus dem Wald erkannte er sofort wieder; er vertrat das Konsortium der Autobahninvestoren und unterhielt sich mit einem Bankdirektor. Alle da, dachte Carl, und Wollknecht zerrte ihn weiter zu einem Architekten, der einen Industriepark (mit Autobahnanschluss) plante, und dann zu Magister Reuschler vom Wirtschaftsverband, der angeregt mit dem Chef einer Event-Agentur plauderte. Diese Männer gehörten nicht zu den »Helden der Gegenwart«, zu den Ackermanns und Piëchs, und Wollknecht wurde kaum zu solchen Prozessen bemüht wie der berühmte Strafrechtler Klaus Volk, der sicher auch seine Freude am Al-Capone-Prozess gehabt hätte. Die Männer hier, das war zweite Garnitur, die mussten noch selbst mit anfassen.

Der Magister erhob sich mit den Worten: »Das ist der bekannte Übersetzer, Carl Breitenbach aus Stuttgart – wie Sie sehen, Herr Breitenbach, wir sprachen gerade von Ihnen.« Er nötigte Carl an seinen Tisch, und Wollknecht war entlassen.

Sofort stand ein Glas vor Carl. »Sie sind ja viel rumgekommen«, meinte der Magister voller gespielter Achtung, »und verfügen über internationale Erfahrungen, ja sogar Kontakte nach Brüssel, wie man mir berichtet hat, dann zu englischen und portugiesischen Autoren«, meinte er vielsagend in Richtung des Eventmanagers. Danach wollte er wissen, wie sich die Beziehungen zu Verlagen gestalteten, mit welchen er gute Erfahrungen gemacht hatte, denn wegen der geringen Auflagen in Österreich griff man immer auf deutsche Verlage und Übersetzungen zurück. Aber das wisse er sicherlich viel besser.

Der Eventmanager entwarf ein grobes Konzept zu einer Art Literaturforum im nächsten Sommer, auf europäischer Ebene, »wir wollen nicht alles Wien überlassen oder dem Steirischen Herbst, unserem Grazer Kulturfestival.« Besucher aus Deutschland, der Schweiz und Österreich und ein gewaltiges Medienecho hatte man im Sinn, Sponsoren wie Zeitungsverlage, die Landesregierung, die Landesbank kämen sicherlich ins Boot, und auch von Seiten der ABBAG, die hier wichtige Infrastrukturprojekte durchführe, sei mit Spenden zu rechnen. Dafür müsse man einiges bieten – Carl verstand den Wink – und auf einiges müsse man sicher verzichten.

Er wurde zum Büfett gedrängt. Die Krensuppe mit gebratenen Blunzenscheiben sei vorzüglich, das Krautfleisch mit Serviettenknödel auch, oder lieber Topfennudeln mit gebratenem Speck? Auch das gekochte Rindfleisch mit Rösti und Kohlrabi könne ein Gourmet, der Carl als Hobbykoch zweifellos sei, kaum verachten. Ein Wiener Schnitzel, den Teller überlappend, durfte nicht fehlen. Und während Carl langsam und bedächtig aß, um nichts sagen zu müssen und dafür seinen Gastgebern umso besser zuhören zu können, entfernte man sich langsam vom Thema Kulturfestival. Auch wechselten seine Gesprächspartner, einer stand auf, ein anderer kam hinzu.

Es wurde in vielerlei Hinsicht erwähnt, niemals jedoch direkt in Zusammenhang mit dem Bau der Autobahn, dass die Welt besser wäre, wenn jeder sich auf seine Fachkompetenz konzentrieren würde. *»Sie, Herr Breitenbach, wollen ja auch keine stümperhaften Übersetzungen«*, wenn jeder vor seiner eigenen Türe kehre. Es sei wichtig, andere nicht zu behindern. *»Wie würden Sie es aufnehmen, wenn man Ihnen den erteilten Auftrag wegnehmen würde?«* Ein derartiges Verhalten könne man nicht honorieren, das Gegenteil sehr wohl ... Außerdem verstünden Experten jedweder Wissenschaft von der jeweiligen Materie mehr als jeder noch so engagierte und gebildete Laie, *»nicht wahr?«* Bei komplexen Zusammenhängen bedürfe es eingespielter Teams, *»nicht einzelner Personen«*, die ihre Kompetenz in der Praxis erworben hätten. Natürlich sei auch die Wahl der Quellen, aus denen man sein Wissen schöpfe, von entscheidender Bedeutung. *»Sie haben das Ihre ja auch vor Ort erworben.«* Fehler seien daher oft nicht wieder gutzumachen. Die Verantwortung sei immens, und wirkliche Professionalität zeige sich in der Fähigkeit, die eigenen Grenzen zu erkennen. *»Würden Sie sich an einen französischen Text setzen? Wohl kaum.«* Schließlich ergäben sich doch aus vielem oft unvorhersehbare Konsequenzen, mit bedauerlichen Resultaten, auch für Unbeteiligte ...

Obwohl die Gesichter lächelten, die Stimmen freundlich blieben und die Worte höflich waren, ließ sich die Drohung nicht überhören. Carls Nachforschungen wurden mit keinem Wort erwähnt, niemand sprach über seinen Abstecher nach Wien oder gar über die Autobahn. Den Namen Lobo Jammer nannte niemand, aber die Botschaft war klar: Halt dich raus oder du kriegst was aufs Maul! Wenn du allerdings mitmachst, kriegst du was ab! Aber nicht zu viel.

Die Gesetze dieser Welt, dachte Carl. Er stand zwischen ihnen, zwischen den Stühlen, er hatte sich selbst dazwischengestellt, noch nicht gesetzt. Alles hatte an jenem Abend in Stuttgart begonnen, mit dem Blick in Marias Augen —

Als später der Vorschlag aufkam, den Abend im Prestige Night Club ausklingen zu lassen, diesem pinkfarbenen Etablissement hinter der Tankstelle und dem Supermarkt, war es für Carl an der Zeit, der Herrenrunde den Rücken zu kehren, obwohl »*Sie selbstverständlich unser Gast sind*«, wie es hieß. Nein, seine Welt war das nicht. Er verabschiedete sich so rasch, dass Protest nicht aufkommen konnte, man war sicher froh, wieder unter sich zu sein, und er hinterließ den Eindruck, die »Ratschläge« verstanden zu haben und sie zu befolgen.

»Nehmen Sie ein Taxi, den Fahrer habe ich nach Hause geschickt«, sagte Wollknecht. Carl war entlassen.

Die Menge im Hof des Heurigen hatte sich gelichtet, Carl steuerte auf den Ausgang zu, müde, abgespannt, angewidert und vom Alkohol benommen. Da winkte jemand, eine Hand in der Menge, ein Zottelkopf, Fritz, sein Surflehrer. Carl setzte sich dazu und feierte mit ihm und seinen Surfern den Abschluss ihres Kurses.

Der nächste Bekannte tauchte auf. Carl würde das Gesicht niemals vergessen, er würde ihn überall wiedererkennen, besonders an der Kopfhaltung. Herrndorff hatte die Angewohnheit, ihn zurückzubeugen, als würde er vor etwas Unangenehmem ausweichen. Carl musste an ein Kleinkind denken, das beim Füttern den Kopf wegdrehte, weil es genug hatte oder den Brei nicht mochte.

Der Inspektor steuerte geradewegs auf das Separee zu. Also gehörte er mit zur Verschwörung. So jemand hatte Zugang zu sämtlichen Polizeidatenbanken, er wusste von Johannas Vergangenheit und Carls Recherchen. Damit war sie für die ehrenwerten Herren (und auch diesen Hansi?) unglaubwürdig. Pech für sie. Rührte daher ihr Sinneswandel?

Am folgenden Tag setzte Carl seine Recherchen fort. Er erfuhr von einer Bürgerbefragung, bei der sich die Bevölkerung eines Ortes für eine kleinräumige Umfahrungen entschieden hatte, andere Bürgermeister hatten jedes darüber hinausgehende Projekt abgelehnt. Sie forderten eine Verkehrsberuhigung und die Umleitung des Schwerlastverkehrs auf die jüngst fertiggestellte südliche Umfahrung Wiens. Der damit verbundene Umweg von 30 Kilometern war vertretbar. Der Besuch bei Bruno Sandhofer bestätigte Ellen Karchers Aussage über das Grundstück oben am Waldrand. Maria hatte damit die Planung blockiert – bis zur möglichen Enteignung »fürs Gemeinwohl« – und mit ihrem Protest Mut gemacht. Cousin Richard bearbeitete Marias Vater jetzt mit Hochdruck, es schleunigst zu verkaufen. Und das hing irgendwie mit dem Nachbargrundstück von Thomas Thurn zusammen.

Die Unterlagen von Lobo Jammer gaben Carl Einblick in etliche Korruptionsskandale. Hunderte Millionen Schilling waren beim Bau von Autobahnen in der Steiermark verschleudert worden. Beim Bau der Wiener U-Bahn lauteten die Anklagen schwerer Betrug, Untreue, Bestechung, Urkundenfälschung und Anstiftung zur Verletzung von Amtsgeheimnissen. Aufträge waren ohne Ausschreibung vergeben, Provisionen an Politiker ohne Gegenleistungen gezahlt worden, die Kinder von Gewerkschaftsbossen logierten zu Sozialmieten in teuren Penthäusern, Finanzbeamte nahmen Geld für unterlassene Betriebsprüfungen – und das alles, ohne dass die Schuldigen bestraft wurden. Am interessantesten jedoch war Lobo Jammers Aufstellung über die Geschäfte des Ehemannes der Landeshauptfrau, Teilhaber dieser Holding mit wesentlichen Anteilen an der ABBAG, verteilt auf bevollmächtigte Wirtschaftsprüfer, Strohmänner und sonstige Treuhänder.

»Sie gehen arbeitsteilig vor«, erklärte Jammer über ein sicheres Telefon, nachdem Carl ihn über die Verstrickung des Kommissars ins Bild gesetzt hatte. »Sie setzt die Projekte in Gang, schafft die politischen Voraussetzungen, und der Ehemann und die »Freindl« kassieren. Aber sie ist nirgends direkt beteiligt. Es gibt keinerlei geschäftliche Verbindung zwischen den beiden, nicht einmal ein gemeinsames Konto oder eine Vollmacht, jedenfalls habe ich nichts gefunden. Alles läuft über Bevollmächtigte und zehn Ecken, Liechtenstein, Vaduz, Bahamas – sie wird sich damit herausreden, dass sie keine Ahnung hat. Und so lange niemand das Gegenteil beweist ... Es wird ausgehen wie immer, felix Austria – wir leben halt auf der Insel der Seligen. Aber ich will Ihnen nicht den Mut nehmen.« Um die Namen, die Carl beim Heurigen aufgeschnappt hatte, wollte er sich kümmern. »Erwarten Sie nicht zu viel. Wenn alle Dreck am Stecken haben, macht keiner den Mund auf. Passen Sie gut auf sich auf!«

Schräg gegenüber vom Apartment stand er wieder, der graue Passat, besetzt mit zwei Köpfen, die Körper blieben verborgen. Carl fingerte an der Gangschaltung herum und prägte sich die Gesichter der Insassen ein, die von den Lichtreflexen auf der Windschutzscheibe verzerrt waren. Beide waren jünger als er, der Fahrer trug einen Schnurrbart und hatte kurzes, dunkles Haar, schmale Augen und ein breites Kinn mit einem Grübchen. Der Mann auf dem Beifahrersitz schien farblos, ein Eierkopf mit Glatze; die Sonnenbrille verdeckte die Augen wie der

Balken auf einem Zeitungsfoto die unkenntlich gemachte Person. Die Autonummer war Carl fremd. Das war nicht die Polizei. Wer dann? Sie beobachteten ihn so offen, dass er bemerken sollte, dass er beschattet wurde.

Er radelte durch Purbach in Richtung Bahn, bog wieder auf den Radwanderweg ab und entzog sich der Verfolgung. Nachher wollte er Fechter anrufen und ihm die Autonummer durchgeben. Das war was für ihn, der Inspektor brauchte »Futter«, und dass Sandhofer und Thurn benachbarte Grundstücke besaßen, sollte er wissen.

Auf dem Campingplatz waren sie nicht, also waren sie ihm nicht gefolgt. Erleichtert begrüßte er Fritz, drückte den Kindern die mitgebrachte Süßigkeit in die Hand, worüber sie für eine Weile das Streiten vergaßen. Das Wetter war wunderbar, es war fast ein bisschen viel Wind für ihn und für Johanna zu wenig. Johanna? Jagte sie vor Mörbisch mit ihrem Surflehrer über die Wellen? Es versetzte ihm einen Stich. Was versprach sie sich von so einem Mann? Er war jünger, sicher, das Neue reizte, das war bei Maria nicht anders gewesen, auch sie war jünger. Hansi sah gut aus, muskulös, durchtrainiert, besser als er, aber er war ein Schwindler, und sein Surfcenter unrealistisch. Wenn es sich so verhielt, wie Carl vermutete, würde es damit bald vorbei sein, was ihn mit Genugtuung erfüllte. Aber alles würde bald vorbei sein, seine Geschichte mit Maria, mit Johanna, der Urlaub ... und dann? Eine neue Wohnung, andere Bücher zum Übersetzen, ein neues Leben, oder weiter das alte, nur in einsamen Bahnen?

Er schob die Gedanken beiseite und zog sich um, schob eine kleine Flasche Wasser unter den Neopren-Anzug, richtete Surfbrett und Segel und probierte Fritz zuliebe die Gummischuhe an. Damit hatte er tatsächlich besseren Stand und fühlte nicht den Schlamm zwischen den Zehen aufquellen, was ihn ekelte. Er legte das Brett quer zum Wind, richtete die Spitze nach Südwesten, steckte das Schwert in den Schwertkasten, hockte sich aufs Brett und zog das Segel hoch. Zuerst stand er ein bisschen wackelig, aber das ließ nach, sobald er Fahrt aufnahm. So leicht wie heute war er noch nie gestartet, und sein Lehrer schien zufrieden zu sein.

Er blickte am Segel hinauf und weiter in den Himmel, über sich Schönwetterwolken, die Wind mitbrachten – oder war es umgekehrt? Sah hoch oben winzige Flugzeuge beim Anflug auf Wiens Flughafen Schwechat einen Bogen nach Westen einschlagen, und ließ sich vom Wind forttragen. Allmählich verstand er Johannas Begeisterung fürs Surfen, nein, er fühlte ihr nach, es war eine Ahnung dessen, was es ihr bedeutete: Vergessen, Leichtigkeit und Hingabe an die Wellen, an den Wind und Anpassung an die vorgegebene Richtung. Er fühlte sich mit den Elementen Wind und Wasser verbunden, musste auf sie reagieren, sich zu ihnen stellen, einen Fuß vor dem Mast, beide Hände am Gabelbaum, das Gewicht nach hinten verlagert. Heute genoss er das Surfen zum ersten Mal richtig, sah nicht eines dieser großartigen Fotos von Surfern in den Brandungswellen von Hawaii als Vorbild. Er musste nicht siegen, jedenfalls nicht auf dem Wasser. »Surfen & Siegen« – SS, einerseits lächerlich, andererseits grauenvoll. Aber wahrscheinlich war er wieder der Einzige, der das so sah.

Das Surfbrett bewegte sich mal glucksend, mal rauschend, es wurde schneller, der Wind war ablandig, kam vom Leithagebirge herunter und gewann an Kraft. Er blies stetig, mehr von hinten als von der Seite, und machte Carl das Steuern leicht. Heute erinnerte er sich an fast alles, was er bislang gelernt hatte, und vergaß die Zeit. Als er sich endlich darauf besann, dass er viel zu weit nach Osten gelangt war, luvte er an, was seine Geschwindigkeit beträchtlich erhöhte. So leicht und so schnell war er bislang noch nie vorangekommen. Es ging alles von alleine, er musste sich nur festhalten. Und ehe er sich versah, lag Podersdorf weit achteraus. Was zog ihn nach Norden, war es Mörbisch, war es Johanna?

Er wollte noch ein wenig weiter. Drehte der Wind mehr nach Süden oder irrte er sich? Jedenfalls musste er höher an den Wind, es wurde rauer, schwieriger, die Balance zu halten, er fuhr nicht mehr quer zu den Wellen, sondern nahm sie in einem spitzeren Winkel. Das Brett schwankte, entwickelte ein schwer kontrollierbares Eigenleben, und mit einem Mal lag er im Wasser. Wie würde das werden, wenn er zurückkreuzte? Er hätte sich nicht so weit vom Hafen entfernen dürfen, aber er würde es schaffen, und er kletterte wieder aufs Brett. Er ging härter an den Wind, nahm ihn in einem zu spitzen Winkel, was ihn wieder kentern und unter das Segel geraten ließ. Glücklicherweise konnte er stehen und kam leicht wieder aufs Brett. Er wendete, sofort verlor er das Gleichgewicht, und er klatschte erneut ins Wasser, stemmte sich wieder aufs Brett und versuchte es von neuem. Nach drei Versuchen gab er es auf und drehte das Brett in die entgegengesetzte Richtung. Wieder hatte er das Gefühl, dass der Wind drehte, wieder musste er gegenan. Er merkte, wie er nach Südosten abgetrieben wurde, und hatte das verdammte Gefühl, nichts dagegen tun zu können. Wäre er bloß vor dem Hafen geblieben!

Er trieb langsam auf den Schilfgürtel zu, eine dichte, undurchdringliche Wand. Er rief und winkte weit entfernten Surfern zu, die ignorierten seine kindischen Signale oder winkten freundlich zurück. In seiner Verzweiflung verkrampfte er sich, kenterte immer wieder, und seine gute Laune verflüchtigte sich in gleichem Maß, wie sein Mut sank. Der Schilfgürtel sah wenig ermutigend aus, denn soweit er wusste, begann hier der Nationalpark. Im Schilf sollte es Wild geben; an der Grenze zwischen Schilf und Wasser weideten Wasserbüffel, um die man besser einen Bogen machte. Und dahinter waren die Ungarischen Steppenrinder mit weit ausladenden Hörnern ... von Schlangen hatte er gehört, Wasserschlangen.

Gott sei Dank, ein Motorboot näherte sich, lauter und schneller als die üblichen Elektroboote. Das musste ein Behördenfahrzeug sein. Lediglich Polizei, Feuerwehr und der Grenzschutz verfügten über schnelle Außenborder. Carl ließ das Segel los, es klatschte ins Wasser, und er hatte Mühe, auf

dem Brett stehen zu bleiben. Er hob und senkte die ausgestreckten Arme, wie Fritz es ihm gezeigt hatte, und das
Boot hielt auf ihn zu, es kam näher, ohne die Geschwindigkeit zu drosseln, er sah zwei Männer – immer näher kommen, viel zu nah. Carl schrie, pfiff, das Motorboot blieb auf
Kurs, auf Kollisionskurs, gleich würden sie ihn erreichen …

Panisch griff Carl nach der Schot, um das Segel aufzurich-
ten, es kam viel zu langsam aus dem Wasser, er spürte den
Stoß, es krachte, der Gabelbaum wurde ihm aus den Händen
gerissen, und er klatschte auf den Rücken. Diese Idioten
hatten ihn gesehen und ihn trotzdem gerammt. Volltrottel.
Rasch war Carl wieder oben, schnappte nach Luft. Wo war
das Boot? Sie wendeten und kamen zurück, sie mussten ihn
rausfischen. Er hielt sich am Surfbrett fest und sah die tiefe
Schramme, die das Motorboot hinterlassen hatte, oder war
es die Schraube gewesen? Er fand keinen Boden unter den
Füßen, paddelte mit den Beinen, sah das Boot wieder kommen, einer der Männer stand auf und nahm eine Stange in
die Hand, einen Bootshaken. Aber statt ihn Carl hinzuhal-
ten, um ihn heranzuziehen, holte der Mann aus.

Carl reagierte spät, war viel zu überrascht über den An-
griff. Er wollte sich ducken, kam nicht vom Brett weg und
spürte einen Schlag und den rasenden Schmerz in der linken
Schulter. Dann tauchte er unter das Brett. Die wollten nicht
helfen, die wollten ihm ans Leder. Der Lärm des Motors
unter Wasser dröhnte entsetzlich, dann wurde es leiser, und
Carl tauchte prustend auf. Hoffentlich war das Schlüsselbein
heilgeblieben, ja, der Arm ließ sich bewegen. Da lag das
Boot, sie hielten nach ihm Ausschau, sie wollten ihn umbringen, und kaum hatte er den Kopf über Wasser, raste das
Boot wieder auf ihn zu, den Bug hochgereckt, der zweite
Mann hatte den Bootshaken schlagbereit. Carl wartete, bis er
niedersauste, wollte ihn packen, doch als es soweit war,
versagte der Arm, der Schmerz war zu heftig, aber er konnte
den Schlag in letzter Sekunde ablenken.

Das Boot war wendig, der Fahrer konnte damit umgehen, er kam sofort zurück, und Carl tauchte wieder. Es krachte, als hätten sie das Surfbrett erneut gerammt. Wer war das? Wer wollte ihn umbringen? Da war der Glatzkopf, der aus dem Auto ...

Er musste weg, musste ans Ufer, ins Schilf konnten sie nicht folgen. Aber als hätten sie das vorausgesehen, schnitten sie ihm den Weg ab. Die paar Meter bis dorthin erschienen ihm wie ein Ozean. So weit konnte er unmöglich tauchen, der schmerzende Arm ließ sich kaum bewegen. Er versuchte, mit dem Brett und dem Segel seine Gegner auf Abstand zu halten, aber sie drängten beides mit dem Boot zur Seite. Die Männer riefen sich etwas zu, das Carl nicht verstand, nun griff auch der Bootsführer nach einem Paddel und trat an die Bordwand. Er erwischte Carl mit der harten Kante am Rücken. Eine Hitzewelle raste durch seinen Körper. Verdammt, was hatte er getan, dass sie ihn totschlagen wollten? Sah denn niemand, was geschah? Das waren Auftragskiller. Er sah Segel in der Ferne, aber viel zu fern ... Panik kam auf, er durfte nicht unter ihr Boot kommen, sie würden mit der Schraube Hackfleisch aus ihm machen.

Das Surfbrett und das Segel waren seine Rettung. Er hielt sie damit auf Abstand, hatte einen Moment Ruhe. Es war der Mann aus dem Auto, der ohne Gesicht, der Eierkopf. Carls Hilferufe verwehte der Wind. Der hatte ihn auf den Schilfgürtel zugetrieben, das konnte seine Rettung sein, das Boot fuhr rückwärts, dann um das Segel herum, Carl zog die Luft in die Lunge und tauchte, schloss die Augen, vergaß den Schmerz. Doch an den Geschmack des brackigen Wassers würde er sich ein Leben lang erinnern. Er hörte das Boot kommen, der Lärm des Motors war ohrenbetäubend, das Rotieren der Schraube unter Wasser – mit den Fingern am Grund tastete er sich weiter. Es zerriss ihn fast, er erstickte, brauchte Luft, kam mit dem Kopf hoch. Er sah sie wenden und Fahrt aufnehmen, er tauchte wieder, schwamm zur Seite statt aufs Schilf zu, da traf ihn etwas im Rücken. Sie stocherten mit dem Bootshaken, schlugen mit dem Paddel ins Wasser. Der nächste Treffer war leichter, Carl konnte das Paddel packen, riss es dem Mann – der dabei über Bord ging – aus der Hand, was ihm eine Pause verschaffte. Die Schulter brannte wie Feuer. Als er sich umsah, war er fast am Schilfgürtel. Er stieß sich ab, der Schlamm hielt ihn fest, er schlug um sich, paddelte wie ein Hund, bekam die ersten Binsen zu fassen, zog sich weiter, versuchte es zumindest, das Schilf schnitt ihm in die Hände, egal, das Boot fuhr auf ihn zu, der Bug war über ihm und drückte ihn unter Wasser gegen die Binsen. Er hörte einen Mann schreien, griff nach den Halmen, ein neuer Schlag mit dem Bootshaken, glücklicherweise nicht mit der Eisenspitze, der Neopren-Anzug bewahrte ihn vor größerem Schaden.

Carl kämpfte sich ins Schilf vor, vergaß die Hände, hierher konnten sie nicht folgen. Sie wussten, wohin er wollte, nahmen wieder Fahrt auf, suchten einen Durchlass, rasten heran, brachen durch und blieben stecken, riefen sich was zu … er kroch weiter, packte die Halme, schnitt sich wieder, auch im Gesicht, er sank ein, Panik, dass er versinken könnte, ergriff ihn, er spürte unter den Füßen das abgebrochene Rohr, und wie eine Kröte kroch er zwischen die Halme, nur den Mund über Wasser. Luft, endlich atmen, Luft war das Wichtigste zum Leben …

Das Boot lag vor dem Schilf wie ein sprungbereites Raubtier. Der Weg über den See war abgeschnitten. Blieb nur noch der Weg durchs Schilf, bis er festen Boden erreichte. Fünf Kilometer – das war unmöglich. Und die Schlangen, die Wasserbüffel? Niemals, nicht einen Kilometer, mit all den Wasserlachen und Kanälen dazwischen. Doch da konnte er wenigsten schwimmen, doch – bis zum Ufer würde er's nicht schaffen. Aber hier ersaufen? So ist das mit diesem beschissenen Leben, dachte er, irgendwann hört es einfach auf …

16

Die viel zu blonde Anwaltsgehilfin öffnete die Tür der Kanzlei Wollknecht.

Johanna grüßte, drängte an dem Mädchen vorbei, das in der Tür stehen geblieben war, und ging auf den Raum zu, in dem sie in den vergangenen Tagen gearbeitet hatte.

»Da können Sie nicht rein, das Büro ist leider besetzt.«

Johanna starrte sie an. »Und wo soll ich arbeiten?«

»Heute passt es dem Herrn Dr. Wollknecht nicht, lässt er ausrichten«, sagte die Anwaltsgehilfin von oben herab.

»Dann nehme ich die Unterlagen mit und arbeite zu Hause.« Sie hatte gar nicht gewusst, dass er einen Doktortitel hatte.

»Der Herr Dr. Wollknecht hat sie an sich genommen, sicherheitshalber. Sie möchten sich bitte mit ihm in Verbindung setzen, lässt er der gnädigen Frau ausrichten. Mehr kann ich Ihnen nicht sagen.«

Das »gnädige Frau« klang mehr wie »alte Schabracke«, aber das war es nicht, was Johanna hellhörig werden ließ. Es war das »sicherheitshalber«. Also vertraute er ihr nicht mehr – und daran war allein Carl mit seiner dilettantischen Schnüffelei schuld.

»Der Herr Dr. Wollknecht hat in Wien zu tun, Sie werden ihn auch per Mobiltelefon nicht erreichen, wichtige Besprechungen im Ministerium. Gedulden Sie sich bitte bis morgen. Auf Wiederschauen!« Das junge, viel zu blonde Mädchen hielt die Tür zum Treppenhaus auf, und ehe Johanna sich versah, stand sie draußen. Schöne Bescherung. Sie ahnte, dass es das Aus für das Projekt mit Hansi war. Wieso hatte man sie kaltgestellt? Dabei hatte sie weder indiskrete Fragen gestellt noch war sie jemandem auf die Füße getreten. Sollten ihre Vergangenheit und Carls Aktivitäten reichen, ihr das Vertrauen zu entziehen? Worauf war Carl gestoßen, wem war er zu nahe gekommen? Dass die Polizei bei Terrorverdacht Lebensläufe an ausländische Behörden weitergab, leuchtete ihr ein, aber doch nicht bei ihr. Dann musste es inoffizielle Verbindungen geben. Ach, wie naiv war sie eigentlich geworden? Wenn auch sie überprüft wurde, musste Carl etwas gefunden haben, und nicht nur Lappalien. Zuzutrauen war es ihm, dumm war er nicht. Oder war es wegen des Mordes? Vielleicht hatte er tatsächlich was von ihr gelernt. Wenn er wirklich etwas wollte, kam er sogar hinter seinen Büchern hervor. Sie lächelte. Als es ihr bewusst wurde, wehrte sie sich dagegen, und doch war da ein leiser Anflug von Genugtuung. Nein, er dankte es ihr, indem er ihre Zukunft und ihren Ruf zerstörte. Warum war nur alles so schwer?

Johanna trat vors Haus. Da hatte man sie also vor die Tür gesetzt. Orientierungslos schaute sie sich um und betrachtete die Kirche gegenüber. Haydn da unten in seinem Grab hatte Ruhe, ein berühmter Mann, dessen Werk heute noch auf der ganzen Welt geschätzt wurde. Esterházy, sein Geldgeber, hatte ihn nicht loslassen wollen. Erst nach dem Tod des Fürsten war Haydn frei gewesen.

Johanna ließ ihr Laptop im Wagen und ging zum Schloss, wo sie sich einer Führung anschloss, von der sie nicht viel mitbekam, denn ihre Gedanken waren weit weg: bei Hansi, bei Carl, der auf so blöde Ideen kam, wie zu Surfen, was ihm überhaupt nicht zu Gesicht stand. Sie sah den See vor sich, Carl auf dem Board im Neoprenanzug, einfach lächerlich. Aber wieso eigentlich? Sie hatte ihn oft genug darum gebeten und hätte sich gefreut, wenn sie es gemeinsam getan hätten.

Er war mal mitgekommen und hatte sich zu dusselig dabei angestellt. Und jetzt, auf einmal – und was tat sie? Freiwillig hatte sie ein Weingut besichtigt, hatte an der Nichte dieser ermordeten Maria Gefallen gefunden, besonders an Annelieses vertrauensvoller Art, die sie geradezu beschämte. Eine Maus, die zur Schlange Zutrauen fasste. Wenn sie erfährt, womit ich mein Geld verdiene, dachte Johanna, wird sie mich verachten. Das wird die Enttäuschung ihres Lebens. Na ja, man kann nie früh genug anfangen, sich daran zu gewöhnen. Aber es war doch entsetzlich.

War es die Musik, die sie bewegte? Waren es diese Gedanken? Noch während des Stücks, das zum Abschluss der Führung im Haydn-Saal gespielt wurde, fühlte Johanna diesen Kloß im Hals, wie gestern. Sie musste an die frische Luft, sonst würde sie losheulen, sie musste auf den See, sie brauchte den Wind, sie brauchte dringend Urlaub.

In der Surfschule herrschte Hochbetrieb, doch leider war Hansi nicht da. Sie hätte ihn gebraucht, nicht um den Rausschmiss aus der Kanzlei Wollknecht zu klären, sondern um sich bei ihm anzulehnen. Wie üblich ging sie zur Espressomaschine und schaltete sie ein. Hinter Hansis Schreibtisch saß ein junger Bursche, der erst seit kurzem mitarbeitete. Er erhob sich, als ein anderer Junglehrer den Pavillon betrat. Den hatte sie noch nie anders als mit einer um den Kopf gebundenen Piratenflagge gesehen. Einen Ohrring trug er auch, eine Kreole; wenn er jetzt noch ein Messer zwischen die Zähne genommen hätte – er trug die Kopfbedeckung, wenn er morgens kam, er trug sie beim Surfen und hatte sie auf, wenn er sich abends auf seinen Roller schwang.

»He, Alter, hier ist 'ne Notiz von seiner Frau«, sagte der Junge am Schreibtisch. »Hansi soll sie dringend anrufen, wenn er kommt. Ich muss jetzt los, hab da 'ne coole Braut kennen gelernt, muss ihr 'n paar Tricks vorführen.«

Sein Kumpel grinste. »Zeig ihr nicht zu viel. Es könnte auf

mich zurückfallen ...« Dann bemerkte er Johanna, die stocksteif und aschfahl neben der Espressomaschine stand.

»Was hat er gesagt? Eine Notiz von seiner Frau?« Johanna fühlte sich wie auf einem schwankenden Surfbrett, kein Gabelbaum zum Festhalten, die Knie wurden weich.

»He, ist dir nicht gut?« Der Pirat merkte, dass etwas ganz fürchterlich schieflief und dass es mit der Nachricht zusammenhing. »Setz dich lieber, soll ich dir 'n Wasser holen? Vielleicht die Sonne, ist tierisch heiß heute ... sagt man so, seine Frau, ja, was weiß ich, wer da angerufen hat, kann ja jede sein, uh, auch falsch? Also, willste nun 'n Wasser? Ich geh eins holen. Ich mach's gern. Kalt?«

Ich hatte keine Ahnung, dachte Johanna, hatte ihn nicht gefragt. Weshalb hätte er es mir dann sagen sollen? So ein Schwein, trotzdem. So ein mieser Lump, so primitiv, und ich falle darauf rein. Deshalb sind wir in dem stinkenden Wohnwagen geblieben, er hat sich da genommen, was er wollte.

Johanna starrte vor sich hin, die Gedanken überschlugen sich, und ihr war kalt. Lässt mich ins offene Messer laufen, der Schuft, gaukelt mir was von Zukunft vor, Surfen und Siegen, Schwachsinn, nutzt mich aus, lässt mich die Arbeit machen, leiht sich auch noch Geld von mir, viertausend ... Aber ich bin selbst schuld, ich habe das Verleihen nicht an Bedingungen geknüpft. Ob er mir das Geld wiedergibt? Ich habe keinen Beleg, nichts. Was kann man von so einem Mann erwarten? Oder sind alle Männer so? Nein, Carl nicht. Zehn Jahre jünger, wie kann ich mir einbilden, dass ihm das gefallen könnte? Man soll in seiner Klasse bleiben, sich höchstens nach oben orientieren – wer hatte das gesagt? Wie blauäugig war sie eigentlich, wie dämlich? Sie hatte sich allen Ernstes gefragt, ob sie sich operieren lassen sollte, hatte zwei Wochen gehungert. Tat man das immer, wenn man verliebt war? War sie verliebt oder – blind? Ach, sie hatte ihm gefallen wollen, wollte seine Anerkennung, seine Zärtlichkeit. Wo war ihr Verstand geblieben, ihr gesundes Misstrauen?

Sie kam erst wieder zu sich, als der Pirat ihr das Glas hinhielt. »Geht's besser?«

Sie nickte wortlos und in sich gekehrt. Nach einer Weile – es war nur das Rascheln der Zeitung zu hören, die der Pirat las – stand sie auf und zog sich um. Beim Aufriggen saß jeder Griff wie hundertmal geübt, mechanisch, leer, betäubt ... Sie schob das Surfbrett ins Wasser. Der einzige klare Gedanke war, ob sie Carl unterwegs treffen würde. Wo mochte er sein? Bei der herrschenden Windrichtung käme sie mit halbem Wind ohne Anstrengung nach Breitenbrunn. Außer ihm gab es niemanden, mit dem sie über alles würde sprechen können. Ach, Unsinn, das war vorbei. Unglaublich, welchen Quatsch man sich zusammenreimen konnte.

Als sie zurückkam, wartete Hansi Petkovic am Ufer. Er spielte den Schuldbewussten, raufte sich das blonde Haar und stützte verzweifelt den Kopf in die Hände. »Ich weiß, es ist mein Fehler, Johanna, ich hätte mit dir darüber sprechen müssen«, murmelte er fahrig, »aber ich wollte dich nicht gleich verschrecken. Du bist eine so faszinierende Frau ... ich kann dich beruhigen, wir sind auseinander, sind getrennt, da ist nichts mehr, wir sind nur gute Freunde.«

Johanna sah ihn entsetzt an.

»Nein, ich meine natürlich meine Frau und ich, meine Ehefrau«, schob er sofort entschuldigend nach. »Bitte, versteh mich richtig. Wir haben zwar eine gemeinsame Adresse, doch die meiste Zeit arbeitet sie sowieso in Sopron, drüben in Ungarn, aber die Liebe ist längst vorbei, das schwöre ich dir, lange vorbei, Ehrenwort. Wir haben uns längst nichts mehr zu sagen. Du weißt, wie das ist: nicht anders als bei dir und deinem Mann.«

Johanna hätte ihm liebend gern geglaubt, aber ihr Gefühl trog sie diesmal nicht – Hansi log ihr geradewegs ins Gesicht, und dann griff er sogar nach ihrer Hand.

»Man lebt noch zusammen, du und dein Mann, weil man sich nicht trennen kann, obwohl das längst überfällig ist.

Man schiebt es vor sich her. Ich lasse mich scheiden, bestimmt.«

Jämmerlich, diese Suche nach Gemeinsamkeiten. Worauf hatte sie sich eingelassen? Auf ihre fadenscheinigen Ausreden? Was wusste sie von ihm? Nichts als das, was er ihr erzählt hatte. Was sie aus eigener Anschauung kannte, waren die Surfschule, der muffige Wohnwagen (wie hatte sie es darin überhaupt ausgehalten?), das ramponierte Auto und seine obskuren Beziehungen zu Wollknecht und diesem Angeber Thurn. Es war nicht viel, und wenn sie es kühl analysierte, wenn sie sich von Hansis Augen löste, von seiner kraftvollen Gestalt und seinem Lachen. Wenn sie . . . ja, wie war eigentlich ihr erster Eindruck von ihm gewesen? Sie erinnerte sich, mit welcher Leichtigkeit er ihr die Ausrede geliefert hatte, damit sie eine Nacht mit ihm draußen auf dem Pfahlbau verbringen und den Sonnenaufgang gemeinsam erleben konnte. Und wie er sich gestern sofort mit dem vermeintlich Stärkeren arrangiert und mit dem Anwalt auf ihr rumgetrampelt hatte.

»Du darfst mich nicht verurteilen«, bettelte Hansi weiter. »Du hast das in den falschen Hals bekommen. Du überblickst die Hintergründe gar nicht. Es ist viel komplizierter.«

Wie wahr, dachte Johanna und sah seine fleckigen Augen vor sich. Jämmerlich – was war er für ein miserabler Schauspieler.

»Du musst mir vertrauen, du musst mir eine Chance geben, wir haben gemeinsame Pläne, wir wollen surfen . . .«

»Und die Siege gehören Wollknecht? Nein danke. Weshalb setzt er mich vor die Tür?«, fragte sie böse, es klang wie eine Drohung, und da ging Hansi merklich auf Distanz.

»Du kannst mir daraus keinen Vorwurf machen. Ich rufe Günther sofort an, das geht natürlich nicht. Ein Unding, eine Unverschämtheit. So kann man mit Menschen nicht umspringen.« Entschieden griff er nach dem Telefon. »Ich bringe das in Ordnung. Verlass dich darauf. Es ist schließlich unser Projekt.«

»Wenn es was hilft«, sagte Johanna, aber sie hielt es für ein Ablenkungsmanöver. Der Fall war klar, der Anwalt kannte ihre Vergangenheit und war zu dumm, die Vorteile, die sich daraus ergaben, zu sehen. »Ich wüsste zu gern, was dahintersteckt.«

Sie beobachtete Hansi beim Wählen, hörte das Rufzeichen, dann sprach er mit der Sekretärin, dabei wusste er bestimmt längst, dass Wollknecht nicht zu erreichen war. Wozu die Farce? Ob das, was hier geschah, ihrer Karriere schadete? Wenn Environment Consult davon Wind bekam – eine Katastrophe. Dann konnte sie da weitermachen, wo sie vor zwei Jahren aufgehört hatte. Inzwischen wusste sie besser, wie der Hase lief. Allerdings würde man ihr in ihrer alten Welt den Ausflug in die schöne neue der Konzerne kaum verzeihen. Sie konnte nur hoffen, dass sie sich nicht zu viele Feinde gemacht hatte. Auch da bestanden Netzwerke, auch da wurde getratscht, auch da ging es um Geld ...

»Spar dir deine Bemühungen, Hansi!« Sie stand auf. »Wollknecht ist in Wien. Der Staub, den mein Mann aufgewirbelt hat, wird sich legen, so wie alles.« Sie würde packen und ihr Surfbrett und das Segel gleich mitnehmen. Es gab noch andere Strände am Neusiedler See. »Ich habe dringend was zu erledigen«, sagte sie süßlich, »wir sehen uns morgen. Irgendwie muss es ja weitergehen.« Von jetzt an würde sie ihn an der Nase herumführen. Nur wohin?

Heute nahm Johanna den Anblick der Weinberge zum ersten Mal bewusst in sich auf. Der frühe Abend war warm, die Sonne ging unter und tauchte die Rebzeilen in ein weiches, schmeichelndes Licht: gelb, rosa, orange und violett, fließende Übergänge, darüber im Osten ein tiefes Blau, bald würde der erste Stern erscheinen ... auch der leichte Wind stimmte sie versöhnlich. Es hätte ein wunderbarer Tag sein können ... Wir werden geboren, dachte Johanna, um uns die Welt anzusehen, und dann sterben wir wieder. Und die Zeit dazwischen – sie dachte an Carl und das kurze Leben der Maria Sandhofer – weshalb machen wir sie uns zur Hölle? Das Leben geht nicht schlecht mit uns um: Wir gehen schlecht mit uns um – und mit den anderen. Jeder gegen jeden, totale Konkurrenz als Prinzip unserer Tage? Sie erinnerte sich an eine Untersuchung über kooperative Modelle: Je besser die Zusammenarbeit, desto größer der Nutzen für alle. Stattdessen der immerwährende Kampf darum, wer im Supermarkt als Erster an der Kasse war.

Sie parkte an einem Wirtschaftsweg und ging ein Stück hinab zwischen die Rebzeilen, strich in einer freundlichen Geste mit der Hand über die Blätter. Was für ein wunderbares Gefühl, es kitzelte an ihrer Handfläche, die Blätter wichen federnd zurück und nahmen ihre ursprüngliche Form wieder an. Die Trauben waren prall, aber noch grün, oder handelte es sich hier um Weißwein? Die Laubwand, gestützt durch Ständer und Drähte, war so hoch, dass sie nicht mehr drüberschauen konnte, Gräser wuchsen zwischen den Reihen, hinten am Ende stand ein Baum, eingehüllt in einen leichten Dunst, der vom See heraufzog und die Farben der untergehenden Sonne annahm. Der Wind schlief ein. Ruhe herrschte nach einem von der Sonne gequälten Tag, der Flügelschlag eines Vogels war über ihr zu hören, und im Schneckentempo bewegten sich Segelboote auf die Häfen von Rust und Mörbisch zu. Am jenseitigen Horizont funkelten erste Lichter.

Ein Polizeiboot hielt von Rust aufs jenseitige Ufer zu, erst jetzt bemerkte sie das Blaulicht, dort war ein Hubschrauber in der Luft, geräuschlos wie ein hingemalter Punkt. Aber er bewegte sich. Ein Unfall, dachte sie, schrecklich an einem so wunderschönen Abend, dabei war ihr zum Heulen zumute. Mein Leben rinnt mir durch die Finger wie der Sand einer Düne. Die Zeit wartet auf niemanden.

Sie fuhr weiter, bog in Rust rechts ab, wollte sich eigentlich am Rathausplatz auf die Terrasse eines Restaurants setzen, etwas essen, vor sich die Architektur des Barockstädtchens, an nichts denken, aber alles war besetzt, überall waren lärmende Menschen, unter denen sie sich total verlassen vorkam. Sie fuhr die Dammstraße zum Hafen hinunter, als ihr Telefon klingelte. Es war der mickrige Inspektor.

»Hallo? Wo sind Sie, wo befinden Sie sich gerade?«, fragte er nach knapper Begrüßung.

»Was geht Sie das an«, sagte Johanna, erbost darüber, dass ihr der Polizist den Abend zusätzlich vergällte, wo sie mühsam um ihr Gleichgewicht kämpfte.

»Es ist wegen Ihres Mannes ...«

»Dass Sie nicht meinetwegen anrufen, ist mir klar«, unterbrach Johanna ihn unwirsch.

»... er wird vermisst. Man hat sein Surfbrett gefunden, es wurde angetrieben, sein Surflehrer hatte uns verständigt. Wir haben eine Suchaktion eingeleitet.«

»Ach, der findet sich wieder. Der lernt gerade surfen, der ist höchstens vom Brett gefallen. Außerdem kann man im See überall stehen ...«

»Ich glaube nicht, dass es sich um eine Lappalie handelt, Frau Breitenbach! Er ist seit mehreren Stunden überfällig, immerhin geht es um Ihren Mann – auch wenn Ihnen Ihr Surflehrer im Moment wichtiger ist.«

Das war unter der Gürtellinie. Johanna wollte sich gerade derartige Unverschämtheiten verbitten, da sprach Fechter bereits weiter:

»Sie unterschätzen mal wieder den Ernst der Situation, Frau Breitenbach. Das Surfbrett wurde gerammt, es weist Spuren einer Schraube auf, da ist jemand mit einem Außenbordmotor drübergefahren und nicht mit dem Elektroboot. Auch das Segel ist zerfetzt. Wir ...«, er machte betont eine Pause, »... wir zumindest rechnen mit dem Schlimmsten. Also, noch einmal: Wann können Sie hier sein?«

»Wo sind Sie, Herr Fechter?«

»Im Hafen von Rust, bei der Einsatzleitung ...«

Sie konnte nichts tun – wenn man das Warten nicht als Tätigkeit betrachtete. Radio Burgenland hatte Carls Verschwinden in den Abendnachrichten gebracht, und so beteiligten sich auch viele freiwillige Helfer an der Suche. Der Hubschrauber würde erst bei Tagesanbruch wieder starten, dann sollten auch die Kanäle im Schilf abgesucht werden. Dort, wo man das Surfbrett gefunden hatte, musste der Unfall nicht geschehen sein, der Wind konnte es abgetrieben haben. Johanna hatte das Surfbrett gesehen, »als wäre ein Hai darüber hergefallen«, hatte Fechter in seiner sarkastischen Art bemerkt und sich gleich für den makabren Scherz entschuldigt. Es war grauenhaft mit diesem Mann, Johanna wusste nie, ob er es ernst meinte.

Die Kommentare des Chefinspektors waren widerlich. Für Herrndorff war alles klar. »Der Verdächtige hat seinen Abgang inszeniert, um die Behörden in die Irre zu führen und unterzutauchen. Wahrscheinlich hat er den Unfall vorgetäuscht und sich von besagtem Boot nach Ungarn bringen lassen. Schlepperbanden funktionieren auch in entgegengesetzter Richtung. Aber wir führen die Ermittlungen gegen ihn weiter!« Daraufhin hatte er Johanna über die letzten beiden Tage ausgefragt und versucht, die Zeit, die sie heute selbst auf dem See gewesen war, mit Carls Verschwinden in Verbindung zu bringen. »Sie haben ihn auf dem See getroffen!« So ein Spinner. Als ein zusätzliches Boot mit einem großen Scheinwerfer losgeschickt wurde, sprang er als Letzter auf und zeterte an Bord weiter.

»Das glaube ich auch nicht«, war Fechters Kommentar, als er sich zu Johanna auf die Bank am Ufer setzte und ihr einen Becher mit Kaffee in die Hand drückte. »Aber jetzt sind Sie dran. Packen Sie endlich aus. Alles. Bitte keine dummen Fragen und Ausflüchte mehr.«

»Wo soll ich anfangen?«, fragte Johanna und merkte, wie ihre Standfestigkeit immer weiter abnahm.

»Am Anfang, am Anfang fängt alles an.«

Aber wo war der? War Maria Sandhofer der Anfang, war es ihr Wechsel zu Environment Consult? Oder die Begegnung mit Hansi Petkovic? Gab es überhaupt so etwas wie einen Anfang?

»Ich werde es versuchen, Herr Inspektor ...«

Sie erzählte Fechter, was sie wusste. Sie saß vornübergebeugt, das Gesicht in den Händen verborgen, und redete, wie sie es seit Jahren nicht getan hatte, konzentriert und verzweifelt gleichermaßen. Sie sprach von ihrer Angst und auch von der gegenüber der Polizei, wie junge Polizisten auf sie eingeschlagen und sie getreten hatten, über ihre Festnahmen bei Sitzblockaden, sie sprach über Carl, seine Lethargie, über Geld und ihre Verzweiflung, das Überlaufen zu Environment Consult, weil ihr die Kraft und der Glaube zum Weitermachen gefehlt hatten. Auch aus ihrer Arbeit für Hansi, für sein Surfcenter und für Rechtsanwalt Wollknecht machte sie keinen Hehl. Der Inspektor wurde hellhörig.

»Mich hat das sehr erstaunt«, sagte Johanna. »Er weiß anscheinend vieles, was nur die deutsche Polizei wissen kann. Und er gibt es weiter. Sicher hat er Zugang zu Polizeidaten.«

Fechter zuckte hilflos mit den Achseln.

»... oder jemand verschafft sie ihm. Wer könnte das sein, Herr Inspektor?« Mittlerweile hielt sie Fechter für gar nicht mehr so einfältig.

»Die Schlussfolgerungen kann ich Ihnen nicht abnehmen. Ich habe einen Mord aufzuklären.«

»Wissen Sie denn nun endlich, wer es war?«, fragte Johanna, fast am Ende ihrer Kräfte.

»Ihr Mann meinte, den Täter gefunden zu haben. Hat er Ihnen nichts gesagt?«

»Wir sprechen kaum miteinander. Und – hat er Recht?«

»Sein Verdächtiger hat ein Alibi. Ich bin dem nachgegangen. Vermutungen helfen bei der Suche, aber ohne stichhal-

tige Beweise stellt kein Untersuchungsrichter einen Haftbe-
fehl aus. Wir wollen keinen Unschuldigen einsperren.«

»Carl ist unschuldig!«

»Wir haben ihn ja auch nicht eingesperrt, obwohl Sie vor
einigen Tagen ganz anderer Ansicht waren«, bemerkte Fechter. »Sie lieben ihn noch immer?«

Johanna blieb ihm die Antwort schuldig, Fechter stand
auf, reckte sich und schüttelte die Hände aus. Er trat an die
Kaimauer, die letzten Schaulustigen hatten sich verzogen, es
gab nichts zu sehen außer einem zurückkehrenden Polizeiboot. Fechter drehte sich lächelnd um. »Was hat Sie zu dem
Einstellungswandel bewogen? Etwa die Lebensumstände von
Herrn Petkovic?«

»Sie sind verletzend, Herr Fechter«, antwortete Johanna
und erhob sich ebenfalls, denn das Boot war herangekom-
men, ein Polizist am Ufer nahm die Festmacherleine an.
»Haben Sie in Ihrem Leben nie Fehler gemacht? Ich möchte
Ihnen einen Hinweis geben. Carl hat an einer heiklen Sache
gearbeitet, hat in den letzten Tagen in Wien recherchiert, es
geht um den Bau der Autobahn durchs Leithagebirge und
um die Rücksichtslosigkeit der Planer den Winzern und der
Umwelt gegenüber.«

»Dass Leute sich so maßlos überschätzen«, meinte Fechter
kopfschüttelnd. »Ich habe ihn gewarnt. Und wir schlagen
uns die Nacht um die Ohren und holen ihn aus der Scheiße.
Hätten Sie das nicht viel besser gekonnt, nach allem, was ich
von Ihnen weiß? Ihr Mann hat Sie um Hilfe gebeten. Wieso
haben Sie ihn nicht unterstützt? Sie haben ihn ins Messer
laufen lassen.«

»Er mich auch«, sagte Johanna und fühlte sich kläglich.

»Rache? Sie haben auch Ihr Vergnügen gehabt. Wo sind
seine Unterlagen jetzt?«

»Im Apartment.«

»Dann lassen Sie uns sofort hinfahren«, sagte Fechter und
folgte Johanna zu ihrem Wagen.

Die Tür war aufgebrochen, die Räume waren durchsucht worden, weder von den Unterlagen noch von Carls Aufzeichnungen eine Spur. »Dann dürfen wir nicht länger von einem Unfall ausgehen«, meinte Inspektor Fechter, »es handelt sich wohl eher um ein Kapitalverbrechen, so leid es mir tut.« Er rief die Abteilung für Eigentumsdelikte an. »Und schickt den Notarzt mit«, fügte er mit Blick auf Johanna hinzu, die im Türrahmen zusammengesunken war.

Gegen elf Uhr des nächsten Tages erhielt Johanna den Anruf, dass man Carl gefunden hatte. Der Direktor des National-parks habe bei seiner morgendlichen Inspektionsfahrt die Wasserbüffel beobachtet, wie Fechter erklärte, dabei sei ihm das ungewöhnliche Verhalten der Tiere aufgefallen. Daraufhin hatte er die Polizei verständigt, und die wiederum hatte die Hubschrauberbesatzung an der besagten Stelle suchen lassen. Unglaublich, dass ein Mensch so weit ins Schilf hatte vordringen können wie Carl, meinte der Inspektor. Mit einem Boot hatte man ihn nicht erreichen können, ». . . des-halb hat sich ein Besatzungsmitglied des Hubschraubers zu ihm abgeseilt und ihn mit der Rettungsschlinge nach oben gezogen. Er ist jetzt im Hospital in Eisenstadt.«

Johanna und Inspektor Fechter, beide gleichermaßen übernächtigt, waren als Erste bei Carl eingetroffen. Man hatte ihn aus dem Neopren-Anzug herausschneiden müssen. Das Gesicht war von Mückenstichen und Schnitten so ver-schwollen wie das eines zusammengeschlagenen Boxers, die Gelsen mussten in einem wahren Blutrausch über ihn herge-fallen sein, bis er sich das Gesicht mit Schlamm beschmiert hatte, wie er später erzählte, sodass sie sich auf Augenlider, Lippen und Hände gestürzt hatten. Das Schultergelenk war schwer geprellt, zwei Rippen angebrochen, er hatte mehrere Blutergüsse auf dem Rücken durch die Schläge mit dem Bootshaken davongetragen, aber die Gummihaut hatte ihn vor offenen Wunden sowie Unterkühlung bewahrt. Blieben noch die vom Schilf aufgeschnittenen geschwollenen Hände. Die Füße waren dank der Schuhe unverletzt geblieben, aber die Knöchel und Waden sahen schlimm aus, abgebrochene Halme unter Wasser hatten an vielen Stellen die Haut durchbohrt.

Johanna saß an seinem Bett. Sie wagten es lange nicht, sich anzusehen, und wenn sich ihre Augen trafen, schauten beide verlegen weg.

»Es ist mir peinlich«, sagte Carl nach einer Weile des Schweigens, »dass ich euch so viel Mühe mache. Morgen bin ich weg hier. Ich war leichtsinnig, ich hätte nicht so weit rausfahren dürfen, aber es ging so gut, hat richtig Spaß gemacht. Der Wind war zu stark, und als ich abgetrieben wurde, haben sie ihre Chance genutzt.«

»Unsinn, Herr Breitenbach«, meinte Inspektor Fechter, der an der Fensterbank lehnte. »Mitten im See wäre es schlimmer gekommen. So sind Sie am Leben geblieben. Würden Sie die beiden wiedererkennen? Wieso kommen Sie darauf, dass es Ungarn waren?«

»Das hört man, Herr Fechter. Ich war mal in Prag, Tschechisch klingt anders. Die Drecksau mit dem Bootshaken werde ich nie vergessen. Das war der Eierkopf, der auch im Wagen vor dem Apartment war. Der Zweite trug eine Schirmmütze, das Gesicht lag im Schatten, und ich musste aufs Boot achten, damit sie mich nicht überfahren ... aber die beiden sind unwichtig. Wichtig sind die Herren, mit denen ich vor zwei Tagen beim Heurigen war, beim Buschenschank, wie ihr sagt ...«

Johanna fürchtete, dass er Namen nennen würde, die auch ihr bekannt waren, als Inspektor Herrndorff hereinstürzte, gefolgt von einem älteren Mann, der als Untersuchungsrichter vorgestellt wurde. Herrndorff bedeutete Johanna barsch, den Raum zu verlassen, von »gnädiger Frau« kein Wort mehr. Der Wichtigtuer führt sich auf, als würde Carl jeden Moment eine Maschinenpistole unter der Bettdecke hervorholen, dachte Johanna, als sie sich in der Tür noch einmal umdrehte. Dabei waren seine Hände dick verbunden. Sie bemerkte ein stilles Einverständnis zwischen Carl und Inspektor Fechter, was sie etwas beruhigte. Die Fragen, die er ihr gestern im Hafen gestellt hatte, konnten nur auf dem Hintergrund entstanden sein, dass Carl ihm einiges anvertraut hatte. Anscheinend hatten sie die ganze Zeit über Kontakt gehalten.

Sie setzte sich im Aufenthaltsraum ans Fenster und schaute über Eisenstadt hinweg. Dort am Horizont lag das Rosaliengebirge, die Burg Forchtenstein mit den Kunstschätzen der Familie Esterházy; liebend gern wäre sie hingefahren, etwas für ihre Augen und Nerven tun, schöne Dinge betrachten. Ins ungarische Sopron hatte sie auch gewollt, aber da arbeitete Hansis Ehefrau. Dann gab es den Nationalpark drüben auf der anderen Seeseite; da konnte sie hin, wenn sie sich beim Direktor für Carls Rettung bedankte, und sie musste die Winzerin in Frauenkirchen besuchen, die für Carl als Kontaktstelle fungiert hatte. Es gab auf einmal so vieles, was sie gern noch getan hätte, aber ihre Zeit lief ab – und nicht nur dort. Wie sollte es weitergehen – mit ihr und Carl? Keiner von beiden konnte weitermachen, als wäre nichts geschehen. Seinen Traum hatte man zerstört, und ihrer war geplatzt. Hatten die Männer, die um ein Haar ihre Geschäftspartner geworden wären, den Auftrag gegeben, Carl zu ertränken? – weil er sich endlich richtig verhalten hatte. »Richtig« in ihrem Sinn, so wie sie es sich immer gewünscht hatte? Er war hinter seinen Büchern hervorgekommen und hatte sich eingemischt, er hatte Surfen gelernt, und das Fazit waren Prügel. Sah er sie weiter in Verbindung zu diesen Verbrechern? Es war ihr peinlich, nicht nur vor Carl, auch vor Fechter. Mit Hansi hatte sie sich lächerlich gemacht.

Von irgendwem informiert tauchte ein Reporter auf und stellte nicht nur dumme Fragen. Johanna nutzte die Chance, Carl als Opfer eines brutalen Überfalles darzustellen, die

Mörder von Maria Sandhofer hätten ihn ausschalten wollen, weil er zu viel wusste. Damit sei der Verdacht gegen ihn hinfällig. Fechters Andeutungen hatte sie entnommen, dass Carl den Mörder kannte, aber die Beweise fehlten, doch das behielt sie für sich.

Als der Reporter noch neben ihr saß, brach im Krankenzimmer ein Tumult los, Stimmen wurden laut, eine Krankenschwester riss die Tür auf, ein Arzt kam gerannt.

»Ich lasse Sie festnehmen, Sie kommen ins Gefängnishospital!«, schrie Herrndorff. »Nach dem gescheiterten Versuch, sich abzusetzen, ist der nächste Fluchtversuch abzusehen!«

Fechter stellte sich vor Carls Bett, denn Carl verweigerte in Anwesenheit von Inspektor Herrndorff dem Untersuchungsrichter gegenüber jede Aussage – ohne die Gründe zu nennen. Herrndorff musste das Krankenzimmer verlassen, und wutschnaubend eilte er durch den Flur zum Treppenhaus. »Ich gehe bis zum Innenminister!«

»Da lässt er sich besser nicht blicken«, sagte Fechter vieldeutig zu Johanna, die wieder ins Krankenzimmer gekommen war, und schloss die Zimmertür, die Befragung wurde ohne Herrndorff fortgesetzt.

»Wirst du mir helfen?«, fragte Carl zaghaft, als Fechter gegangen war, »trotz allem, was passiert ist?«

»Wer sollte mich davon abhalten?«, antwortete Johanna ausweichend, dabei hatte sie sich längst entschieden. »Hast du ihnen alles gesagt?«

»Fast alles, Johanna, fast alles. Aber wenn du mir hilfst, tue es nicht aus Rache, Johanna ...«

»Du wusstest, dass ... er verheiratet ist?«, sagte sie entsetzt. »Wieso hast du mir nichts gesagt? Hast mich wieder ins Messer laufen lassen. War das deine Rache? Kriege ich denn nur Schläge?«

»Nein. Du hättest geglaubt, ich hätte dir was wegnehmen wollen. Du warst nicht ansprechbar. Du warst auch vorher nicht ansprechbar, du bist es seit Jahren nicht.«

Johanna starrte an die Decke. »Ich weiß, was du meinst. Environment Consult, die scheinen bereits informiert zu sein. War das Herrndorff?«

»Ich glaube, es war dieser Wollknecht oder die von der Autobahn – von gleich zu gleich ...«

»Wahrscheinlich kostet es mich den Job. Gut, ich werde dir helfen. Ob du mir vertraust, ist deine Sache. Hier, das habe ich unter deinen Sachen gefunden, die mir dieser Fritz gegeben hat, dein Surflehrer.« Damit reichte sie ihm ein Mobiltelefon. »Ich habe mich sowieso gewundert, wie du telefonieren konntest.«

»Es gehörte Maria ... ihr Vater hat es mir geliehen.«

»Davon hast du dem Inspektor nichts gesagt? Aber sonst eine ganze Menge. Darf ich das auch erfahren?«

Und Carl erzählte.

»Der Inspektor glaubt dir?«

»Fechter ist in Ordnung, ich habe ihn längst eingeweiht. Er ist meine Rettung, ein ehrlicher Bulle. Herrndorff ist ein Schwein. Fechter isoliert ihn, und er weiß was von ihm, keine Ahnung, was es ist.«

»Hat man dir von dem Einbruch ins Apartment berichtet?«

Ob es Schmerzen waren oder ein verunglücktes Grinsen, Carl verzog das Gesicht zu einer Grimasse. »Nicht so schlimm, habe ich mit gerechnet. Die wichtigsten Unterlagen, besonders über die Geschäfte vom Ehemann dieser Landeshauptfrau mit den Autobahnbetreibern, hat Marias Vater. Das hast du mir beigebracht: Unterlagen kopieren und an mehreren Orten deponieren. Dieser Fotograf aus der Toskana, Frank Gatow, hat sie per Post bekommen. So hast du das früher gemacht. Sprich mit Marias Vater, wenn du es dir zutraust, er weiß alles – er gibt dir die Dokumente. Sei vorsichtig, es geht um verflucht viel Geld, das verteilt werden soll, mehr als fünf Milliarden wird die Autobahn kosten.«

»Ich war neulich da«, sagte Johanna ganz nebenbei, »ich kenne die Kellerei.«

Sie machte sich auf den Weg, als Carl erschöpft während ihres Berichts vom Besuch bei Sandhofer eingeschlafen war. Kurz hinter Eisenstadt bog sie von der Hauptstraße ab, da ihr ein Wagen folgte. Ihr Gefühl trog nicht, der Wagen klebte einige Kilometer an ihr. Erst auf dem Weg nach Schützen gab sie Gas und brachte einen größeren Abstand zwischen sich und den Verfolger, und als sie vor dem Dorf erneut rechts abbog, konnte sie ihn mit halsbrecherischem Tempo abhängen. Es machte ihr sogar Freude. Sie fuhr nach Oggau hinein, bog in eine Seitenstraße, wartete, bis der Verfolger vorbei war, und fuhr in aller Ruhe nach Breitenbrunn.

Anneliese freute sich über den Besuch und war umso erstaunter, mit welcher Schroffheit ihr Großvater Johanna gegenübertrat.

»Sie haben uns neulich belogen, Sie haben sich unter falschem Namen hier eingeschlichen, und jetzt soll ich Ihnen die Dokumente aushändigen? Was erlauben Sie sich?«

Das war es, wovor Johanna sich gefürchtet hatte. Dabei war doch sie die Betrogene. Sie zwang sich zur Ruhe. »Carl hat mich gebeten, Sie aufzusuchen.«

»Wo ist er jetzt?«

»Im Krankenhaus, Sie können ihn anrufen. Die Rufnummer würden Sie kennen, meinte er. Er hat das Handy Ihrer verstorbenen Tochter ...«

Bruno Sandhofer stand auf. »Genau das werde ich tun.«

Anneliese starrte Johanna in einer Mischung aus Misstrauen und Neugier an. »Jetzt verstehe ich endlich, was los ist. Er hat seit gestern immer wieder am Radio gesessen und ewig telefoniert, er war total nervös, ich dachte, es hätte was mit meinem Onkel zu tun.«

»Mit Richard, der euer Weingut übernehmen will?«

»Ja, leider. Er will einen Weinberg verkaufen, wir bräuchten das Geld zum Modernisieren. Wenn es an einen Winzer wäre, dann vielleicht, aber an eine Immobilienfirma? Wer weiß, was die mit dem Weinberg machen? Der Thomas Thurn hat ihn darum gebeten. Kennen Sie den?«

»Flüchtig«, murmelte Johanna und wurde rot, ihre erprobte Mimik versagte. Ihr war, als säße sie sich selbst gegenüber und würde sich ins Gesicht lügen. Thomas Thurn – Carl hielt ihn für den Mörder, und sie hatte sich von ihm zum Essen einladen lassen.

»Da oben sind gute Lagen, viel Geröll, Muschelkalk im Boden«, fuhr Anneliese fort, »das gibt feine Weine, und durch die Ausrichtung der Rebzeilen haben sie von morgens bis nachmittags Sonne.«

»Hast du das alles in den paar Tagen hier gelernt?«

»Das hat mir Maria beigebracht, und wenn ich hier bleibe und weitermache, wollen mir die SIEBEN helfen, so wie sie Maria geholfen haben.«

Bruno Sandhofer kam mit einem Ordner zurück. »Entschuldigen Sie, aber das musste sein. Carl hat alles bestätigt. Hier ...«

Johanna blätterte die Seiten durch. Eine Karte, Notizen, Namen und Telefonnummern – und ein Organigramm.

»Sie sollen sich an einen Lobo Jammer wenden, einen Wirtschaftsjournalisten in Wien, aber diskret, nur aus der Telefonzelle, der will seinen Namen nicht genannt wissen, andernfalls würde er seine Informanten verprellen. Kann man Carl besuchen?«

»Er würde sich freuen, so wie er von Ihnen gesprochen hat. Aber wie ich ihn kenne, bleibt er nicht lange im Krankenhaus ...«

17

Die Morgenvisite war vorüber, der Schwarm Ärzte mit wehenden Kitteln ins Nebenzimmer geflogen, als der Anruf kam. Mit den verpflasterten Händen hatte Carl Mühe, das Mobiltelefon zu halten und die Antworttaste zu drücken.

Ellen Karcher war atemlos. »Carl? Wie geht es dir? Ich habe alles im Radio gehört.«

Noch bevor er antworten konnte, redete die Winzerin weiter: »Alles Unsinn, was da erzählt wird. Aber viel wichtiger ... ich bin hier in Neusiedl vor der Bank an der Hauptstraße. Ich musste was ...« Sie sprach so leise, dass Carl sie kaum verstehen konnte. »Hör zu: Der Thurn ist auch hier, er ist noch drinnen, beim Filialleiter. Ich habe eben einen riesigen Krach mitbekommen. Der Thurn macht einen Aufstand, du glaubst es nicht. Er hat irrsinnige Schulden, wegen des Umbaus ... Soweit ich das mitbekommen habe – ich saß im Nebenraum, du kennst die dünnen Wände? – hat er ein Grundstück verpfändet, am Truppenübungsplatz. Sein Notar war da, hier. Aber die Bank nimmt sein Grundstück nicht, weil das Nachbargrundstück nicht verkauft wird. Es gehört Bruno Sandhofer, und der stellt sich quer. Thomas wollte eine Absichtserklärung vorlegen, und die hat er nicht, seine Kredite platzen und Wechsel ...«

Carl schnappte nach Luft. »Großartig, Ellen!« Das war die Information, nach der er seit einer Woche suchte, und seine Stimme überschlug sich. »Das ist es, Ellen, das ist es! Das

371

Motiv, das Motiv für den Mord an Maria! Was sagst du dazu? – Hallo … hallo Ellen …«

Sie antwortete nicht. Carl hörte undeutliche Stimmen, einen dumpfen Laut, Stimmen, etwas schepperte, ein kratzender Ton – dann brach die Verbindung ab. Erschrocken blieb Carl stehen, nachdem er im Zimmer auf und ab gelaufen war, und starrte das Handy an. Er riss sich den Verband von der rechten Hand, um die Finger frei zu haben, und tippte Ellens Nummer, sie war auf Marias Handy gespeichert.

Der Ruf ging zwar raus, aber es meldete sich nur die Ansage, der Teilnehmer sei vorübergehend nicht erreichbar.

War der Winzerin das Handy aus der Hand gefallen, war sie gegen eine Taste gekommen? Wieso rief sie nicht zurück? Carl wurde unruhig, er wartete … oder war sie überrascht worden und hatte die Verbindung unterbrechen müssen? In dem Fall sah es vielleicht nicht so gut aus.

Thomas Thurn, also doch! Er hatte Maria erschlagen, wegen des Grundstücks. Sie hatte nicht verkauft, um die Autobahn so lange wie möglich zu blockieren, Cousin Richard hätte sicherlich verkauft, vielleicht hatte er es Thurn sogar versprochen, der Star-Winzer war sein Vorbild. Und dann war Anneliese gekommen und hatte Bruno Mut gemacht.

Es befriedigte Carl, dass er sich nicht getäuscht hatte. Es war Thomas Thurn gewesen. Der Moment, in dem er durch die Tür der Kellerei verschwunden war, hatte sich auf immer und ewig in seiner Netzhaut eingebrannt. Jetzt erinnerte er sich sogar an die Kleidung des Nobelwinzers: Jeans, ein hellgraues, in sich gemustertes Sakko, Pfeffer und Salz, aufgenähte Lederecken an den Ellenbogen. Wenn er Ellens Telefonat mitgehört hatte! Thurn war zu allem fähig, das hatte er auf grauenvolle Art bewiesen. Steckte er hinter der Attacke mit dem Motorboot? Wohl kaum, denn Thurn wusste nichts von ihm, außer Herrndorff hätte geplaudert. Wahrscheinlich hatte er dem Anwalt die internen Informationen über Johanna zugespielt. Von wegen »zuspielen« – der drückte sie ihm einfach in die Hand. Es waren halt Freunderl. Hatte es nicht geradezu etwas zutiefst Menschliches, Sympathisches, der kalten, gnadenlosen Marktwirtschaft eine warmherzige Freunderl-Wirtschaft entgegenzusetzen? Und willst du nicht mein Freunderl sein, dann schlag ich dir den Schädel ein! Die Verschwörer vom Heurigen wussten alles, Herrndorff gehörte dazu.

Wenn sie so viel wussten, wenn sie Johannas Vergangenheit kannten und sogar ihren Arbeitgeber informiert hatten, dann wussten sie auch, dass Hermine ihm ihr Büro zur Verfügung gestellt hatte. Herrndorff konnte bei Mordverdacht jede Telefonüberwachung rechtfertigen. Aber der Untersuchungsrichter war kein Idiot, und Fechter auch nicht. Wenn dessen Kollege sich nicht das Bein gebrochen hätte, wäre vermutlich alles anders gelaufen. Wenn ...

Carls Gedanken überschlugen sich: Was war mit Ellen? Es wäre entsetzlich, wenn jetzt die nächste der SIEBEN in die Sache hineingezogen werden würde. Sie wusste von Thurns Schulden, und damit geriet sie in die Schusslinie. Ob die Freunderl auch davon wussten? Die hatten nichts mit dem Mord an Maria zu tun, die hatten andere Methoden. Den Autobahn-Freunderln hatte er, Carl, die Organisation durcheinandergebracht. Ihnen lief die Sache jetzt aus dem Ruder, wenn bekannt würde, dass der Ehemann der Landeshauptfrau mit im Geschäft war ... oder überschätzte er seine Ermittlungen maßlos? Carl sah seine Hände zittern, er hatte es im Schilf bemerkt, nachts, als das Wasser ihm bis zum Hals stand, die Füße im Morast, als er Angst vor dem Einschlafen hatte, dem Ertrinken und noch viel mehr vor diesen Schlangen, von denen er nicht eine zu Gesicht bekommen hatte ...

Er probierte es mit zittrigen Fingern unter Ellens Festnetznummer, ihr Onkel meldete sich. »Sie ist nach Neusiedl, zur Bank.«

Carl sagte nichts von ihrem Anruf, um ihn nicht nervös zu machen. Johanna! Johanna konnte er anrufen. Mit ihr hatte er nicht mehr gerechnet, sie war fast aus seinem Kopf verschwunden, nicht einmal mehr als Möglichkeit vorhanden gewesen. Seit gestern jedoch, so schien es ihm, war sie wieder greifbar. Allerdings hatte er kaum gewagt, sie darum zu bitten, ihm frische Kleidung zu bringen und bei Fritz das Rennrad, die Klamotten und seine Brieftasche zu holen. O Schande, er musste Fritz das Surfbrett und das Segel ersetzen.

»Du hast Glück, dass du mich erwischst«, sagte Johanna zu Carls Überraschung am Telefon. »Ich wollte noch ein wenig raus, den See genießen, bevor ich die Zelte abbreche. Aber ich komme. Nur musst du dich etwas gedulden, ich muss mich umziehen. Wohin fahren wir? Von wo aus hat die Winzerin angerufen?«

»Neusiedl, am nördlichsten Zipfel vom See. Wir könnten es in einer halben Stunde schaffen.«

»Die wollen dich wirklich entlassen? Carl! Nicht einfach abhauen ...«

»Keine Sorge, der Arzt ist einverstanden.«

»Wirklich? Bei dir muss man neuerdings vorsichtig sein, dich kennt man ja gar nicht mehr.«

»Bring mir bitte Handschuhe mit, Surferhandschuhe, die größten, die es gibt. Dein ... der Hansi hat so was bestimmt« – neben all den anderen Dingen, die er sonst noch zu bieten hat, dachte Carl, aber er verbiss sich die bösen Worte, obwohl er sich gefreut hätte, wenn Hansi ein Mast auf den Kopf gefallen wäre.

Carl bewegte sich im Schneckentempo, jede Bewegung tat weh. Er räumte sein Krankenzimmer, sah im Bad nach, ob was liegen geblieben war, und überlegte, wie er Fechter, Alois dazu bringen konnte, Thomas Thurn weiter auf die Finger zu klopfen – nein, ihn in die Mangel zu nehmen, am besten seine Finger in die Mangel zu stecken, damit ... Die Stationsschwester gab ihm Gummihandschuhe, um seine Verbände zu schützen, und Schmerzmittel wegen der Schulter und der Rippen. Als er die Eingangshalle betrat, klingelte das Handy erneut. Es war Johanna.

»Hier ist was im Gange«, flüsterte sie, »hier in Mörbisch. Ich habe diesen Mann gesehen, einen Glatzkopf mit Sonnenbrille, der passt auf deine Beschreibung. Der war schon mal hier, in den ersten Tagen, hat mit Hansi geredet, sie waren zu zweit. Eben ist er mit ihm zum Parkplatz gegangen. Hansi kam allein zurück und hat ein Boot geholt, so ein Elektroding – warte – sie kommen wieder – jetzt gehen sie zu dem Boot – sie haben – sie sind zu viert – da ist eine Frau dabei – was hat deine Winzerin aus Illmitz für Haare?«

»Schwarz, ganz glatt, schulterlang ...«

»Und wie alt?«

»Um die Vierzig ...«

»Das kann sie sein, du! – sie helfen ..., nein sie ziehen sie mit aufs Boot. Sieht nicht aus, als ginge sie freiwillig – sie wird gestoßen ...« Johannas Stimme zitterte.

»Wo wollen sie hin?«

»Warte – ja, das ist die Frau, jetzt fahren sie los ... durch den kleinen Kanal in die Bucht ... ich fahre hinterher, mein Board liegt noch im Wasser, ich melde mich ...«

Bevor Carl protestieren konnte, hatte sie die Verbindung unterbrochen. War Johanna verrückt? Das waren Verbrecher, Mörder. Wieso mischte sie sich ein? Woher der Gesinnungswandel? Sie hatte doch mitbekommen, was sie mit ihm gemacht hatten. Das sah nicht gut aus, das konnte nicht gut gehen, drei Männer gegen zwei Frauen. Dann war dieser Hansi also auch dabei; so ein Dreck. Und er saß hier hilflos herum ... Carl starrte auf seine Hände.

Er sollte Fechter verständigen. Und wenn sich das Ganze als falscher Alarm herausstellte? Was würde die Polizei machen? Großalarm? Herrndorff durfte auf keinen Fall davon wissen.

Er könnte die Männer warnen, wenn er dazugehörte – was hätte er sonst beim Heurigen zu suchen gehabt? Oder hing er mit Thomas Thurn zusammen?

Unschlüssig rief er Karola in Mörbisch an, die Bio-Winzerin. Sie musste helfen, allein wollte er die Verantwortung für das, was weiter zu tun war, nicht übernehmen. Gott sei Dank war sie in der Kellerei, und er erklärte ihr kurz den Sachverhalt. Sie war einverstanden, dass man erst einmal beratschlagte, was zu tun sei, »... aber komm sofort!«

Die Schwester in der Anmeldung bestellte Carl ein Taxi. Es war fünf Minuten später da, fast genauso lange dauerte es, bis er mit seinen schmerzenden Knochen eingestiegen war, und zwanzig Minuten später erreichten sie Mörbisch.

»Ich habe Hermine und Rita benachrichtigt, Rita müsste jeden Moment eintreffen. Sie haben Ellen auch nicht erreicht. Hermine fährt zur Bank und erkundigt sich, ob dort jemand was weiß. Für sie ist es von Frauenkirchen aus am kürzesten. Mein Gott, wie haben sie dich zugerichtet«, sagte Karola mit Blick auf Carls verschwollenes Gesicht und die bandagierten Hände.

»Das waren nicht sie, das waren die Gelsen und das Schilf. Johanna ist mit dem Surfbrett hinter dem Boot her. Wir müssen wissen, wo sie die Frau hinbringen, sie hat eine Vermutung. Dieser Hansi hat einen Pfahlbau, und Johanna weiß wo. Als Surferin fällt sie nicht auf.«

»Aber im Segel steht eine Nummer, die wird dieser Surflehrer kennen ...«

»Egal, Johanna weiß, was sie tut.«

»Meinst du wirklich?« Karolas Blick ließ ihn an seinen Worten zweifeln.

»Trotzdem, wir sollten abwarten, wir fahren zum Hafen, dann sind wir in der Nähe. Wenn sie Ellen tatsächlich haben, rufe ich den Inspektor an. Soll der entscheiden, was wir machen!«

»Ruf ihn sofort an, wir treffen ihn im Hafen.« Karola pfiff

nach ihren Hunden. »Die kommen mit! Zumindest machen sie Eindruck.«

Unterwegs informierte Carl den Inspektor, auch auf die Gefahr hin, dass Herrndorff davon erfuhr, und jetzt war es auch egal, welches Mobiltelefon er benutzte. Fechter war wie immer skeptisch, besonders in Bezug auf Thomas Thurn.

»Er ist ein Blender, ein reiner Blender«, beschwor Carl den Inspektor erregt. »Das ist sein Beruf, nicht Winzer. Blenden ist das, was er kann, beim Wein, in seiner Kellerei, mit seinem Marketing. Und er blendet auch Sie, in Bezug auf sein Alibi.«

Fechter sah das Ganze nicht so dramatisch, versprach aber, so bald wie möglich vorbeizukommen. »Klären Sie erst, wer da in dem Boot war. Wir werden nicht gleich alle Sondereinheiten in Bewegung setzen ...«

Die Schmerztabletten, die Carl jetzt einwarf, halfen gegen seine Wut und die Schmerzen gleichermaßen. Sie stellten den Wagen ab und suchten links der Seebühne einen Platz, von dem aus sie den Kanal und Hansis Surfschule überblicken konnten. Per Handy lotsten sie Rita her. Carl versuchte, ihr die Hintergründe der Affäre in Stichworten zu erläutern. Es fiel der Winzerin schwer, sich von Richard als Täter zu verabschieden, denn sie wusste von den ständigen Querelen zwischen ihm und Maria. Hingegen war Thomas Thurn in ihren Augen relativ bedeutungslos, einer der vielen Winzer des Burgenlandes, ein Schaumschläger zwar, ein kurzes Gspusi von Maria, lange her, aber sie stand ihm gleichgültig gegenüber. Wenn es allerdings stimmte, dann ...

»Warum macht deine ... deine Frau auf einmal mit?«, fragte Karola unvermittelt.

Die Frage war zu erwarten gewesen. Carl stöhnte. »Warum? Keine Ahnung, es kann viele Gründe haben. Vielleicht hat sie die Vergangenheit eingeholt, vielleicht ist nicht alles so gelaufen, wie sie es sich vorgestellt hat? Sie war bei Bruno Sandhofer, jedenfalls brachte sie vorgestern Marias Weine

mit. An ihrer Nichte hat sie anscheinend einen Narren ge-
fressen. Dann hat sie erfahren, dass ihr lieber Surflehrer
verheiratet ist ...«

»... hast du ihr das etwa gesagt?«, fragte Rita.

»Es ist zufällig rausgekommen, sie hat ihm sogar Geld
geliehen, so viel, dass sie es mir nicht sagen will. Wofür – das
weiß ich nicht.«

»Mein Gott, wie dämlich Frauen sein können«, meinte
Rita kopfschüttelnd.

»Aber angefangen hat es damit, dass dieser Kompagnon
von Hansi, Anwalt Wollknecht, die Zusammenarbeit mit ihr
aufgekündigt hat, nachdem er erfahren hatte, dass sie früher
eine ziemlich radikale Umweltaktivistin war. Und als ich
wegen der Autobahn in Wien recherchiert habe, werden sie
geglaubt haben, dass wir zusammenarbeiten. Sie wussten,
wo sie arbeitet, und haben ihren Arbeitgeber informiert,
und ob Environment Consult nun wieder angenommen hat,
dass Johanna sozusagen Trojanisches Pferd gespielt hat, werden wir kaum erfahren. Dieser Wollknecht – der steckt bis
zum Hals in der Geschichte mit der Autobahn. Ich habe
Johanna informiert, dass die Landesregierung den Bau betreibt, weil die Landeshauptfrau beziehungsweise ihr Mann
und seine Freunderl ...«, Carl zog das Wort genüsslich in
die Länge, »... von der ABBAG daran verdienen, so wie lokale
Unternehmer und Konsorten. Na, und du, du hast ja mitbekommen, dass die ABBAG sogar die Flugblätter der Bürgerinitiative bezahlt. Alle machen mit, der totale Freunderl-Ver-
ein.«

Als Carl von der Verschwörung beim Heurigen erzählen
wollte, streckte Karola den Arm aus. »Da kommt er ... allein.«

Hansi steuerte das Elektroboot an der Surfschule vorbei,
und Carl lief, so schnell es ihm seine diversen Handicaps
gestatteten, zum Strand, um den Surflehrer nicht aus den
Augen zu verlieren. Der machte inzwischen das Boot am
Steg der Bootsverleiher fest.

»Dann sind die anderen auf dem Pfahlbau geblieben«, meinte Karola entsetzt, als Carl zurückkam. »Das heißt, sie haben Ellen verschleppt. Hoffentlich nicht nach Ungarn.«

»Wir wissen gar nicht, ob es wirklich Ellen war«, wiegelte Rita ab. »Wir werden es wissen, wenn Carls Frau wiederkommt. Wie heißt sie? Hanne?« Carl korrigierte sie und schämte sich, weil sich das Drama seiner Ehe offenbar unter den Frauen herumgesprochen hatte.

Kurz darauf kam eine schlanke Gestalt in einem Neopren-Anzug auf sie zu, den Schirm des Basecaps tief im Gesicht. Carl erkannte sie sofort und war zum ersten Mal seit Wochen, wenn nicht gar seit Monaten, nicht auf drohende Konflikte, kaltherzige Missachtung oder Abwehr eingestellt. Er war erleichtert, geradezu froh, sie unversehrt zu sehen. Und heute kam ihm bei ihrem Anblick im Neopren-Anzug nicht der Gedanke an Gummifetischisten, für die er alle Surfer insgeheim hielt. Lag es daran, dass er inzwischen selbst zuweilen einen dieser Anzüge trug, dass der ihn vor noch größerem Schaden bewahrt hatte, oder dass ihm Johanna darin gefiel?

Die Begrüßung blieb allerdings verhalten, alle waren befangen, am schlimmsten ging es Johanna, Carl sah es ihr an, sie glaubte sich der geballten Macht einer verschworenen Gemeinschaft gegenüber, die sicher von Carl entsprechend instruiert worden war. Wenn sie Angst hatte, so wie jetzt, das wusste Carl, dann wurden ihre Lippen hart. Einem Fremden mochte das entgehen, er sah es, und es tat ihm leid.

»Es war leicht«, berichtete sie eilig. Sie war den Entführern in mäßigem Abstand gefolgt, das Elektroboot war langsam, der Wind hatte sie hingegen schnell gemacht, sie hatte sich sogar einige Ablenkungsmanöver erlauben können, um nicht aufzufallen. Sie hoffte nur, dass Hansi nicht die Nummer im Segel erkannt hatte. »Die Frau, auf die eure Beschreibung zutrifft, haben sie in das Haus gebracht, in dem ich auch gewesen bin …«

Das war wohl die angebliche Reise zum Plabuschtunnel gewesen, dachte Carl, ».. und vor dem Pfahlbau, den ich sofort wiedererkenne, da rechts davon eine Regenbogenfahne gehisst ist, liegt ein Motorboot.«

»Ein weißes Boot mit rotem Deck und weit nach hinten gezogener Frontscheibe?«, fragte Carl erregt, »blauer Yamaha-Außenborder?«

»Kann sein, blau war er«, antwortete Johanna. »Das Boot aber habe ich nicht sehen können, da war eine Persenning drüber. Der Rumpf war weiß, das stimmt.«

Karola packte Carl an der Schulter. »Ruf sofort deinen Inspektor an! Sie müssen Ellen da rausholen.« Erschrocken wich sie zurück, als Carl nach Luft schnappend in die Knie ging.

Johanna machte sich klein, denn Hansi kam hinter ihnen vom Parkplatz und schlenderte zum Pavillon. »Er wird sich mit seinen Chefs beraten, was zu tun ist. Er und seine Freunde auf dem Pfahlbau sind lediglich Handlanger, die werden nichts selbst entscheiden. Wenn Fechter einen Großeinsatz anordnet, was ich nicht glaube, und wenn die mit einer Sondereinheit anrücken, dann gnade uns Gott – beziehungsweise uns und eurer Ellen. Bei den Typen, so wie Carl sie geschildert hat, gibt's entweder 'ne Schießerei, oder sie flüchten und schleppen eure Freundin mit oder tun ihr was an. Außerdem dauert das viel zu lange, bis die hier sind. Ich an deren Stelle würde ganz schnell mit dem Boot abhauen ...«, sie blickte Carl auffordernd an. »Zu zweit würde es gehen. Du kannst surfen, meinst du, dass du es schaffst?«

Er wusste, was sie meinte. »Nur mit Handschuhen, dann ja.« Sie sah ihn an, mit dem Blick, den er viele Jahre vermisst hatte; es gab ihn noch, und er bedeutete dasselbe wie damals: Ich verlasse mich auf dich.

»Ihr seid lebensmüde«, sagte Rita und auch Karola protestierte. »Das ist zu gefährlich! In deinem Zustand, Carl.«

380

»Ich bin nicht schwanger«, witzelte er. Er hatte sich ent-schieden. Allein für diesen Blick Johannas hätte er es getan, es war einer von denen »ohne Wenn und Aber«. Wie tief hatte der Schmerz gehen müssen, um an dieses Gefühl wieder heranzukommen? Es gab keine Träume mehr, es gab nur noch sie beide. Und entsetzlich viel zu reparieren. Nach-kriegszeit eben. Den Zustand »ohne Wenn und Aber« würde es nicht mehr geben, man könnte höchstens lernen, mit dem »Trotzdem« zu leben.

»Die Handschuhe habe ich bereits organisiert«, sagte Jo-hanna und war begeistert. »Ich lege dir einen Anzug hinter die Hütte«, und an die Frauen gewandt sagte sie: »Keine Sorge, bevor die Bullen, äh, die Polizei kommt, haben wir sie rausgeholt. Ich weiß auch wie. Ich muss nur noch Hansi ausschalten, aber das lässt sich machen.«

Carl hörte sich Johannas Plan an und stimmte zu, und während sie zur Umkleidekabine huschte, ging er zu den Waschräumen des Strandbades, warf vier Schmerztabletten ein, die doppelte Tagesdosis, und trank so viel Wasser, wie er nur konnte. Karola half ihm beim Umziehen. Am schwie-rigsten war es, die Hände durch die Ärmel zu stecken. Dann rief er Fechter an. Der war schon unterwegs, wollte sich, be-vor er den Polizeiapparat mobilisierte, vor Ort einen Über-blick verschaffen. Carl versprach zu warten. Doch um ihn von seinem Entschluss abzubringen, hätte man ihn in Ketten legen müssen. Worum ging es ihm eigentlich? Wollte er Ellen da herausholen, weil er sie in die Sache reingezogen hatte? Wollte er Marias Mörder hinter Gittern wissen oder Johanna zurückgewinnen?

»Fass den Gabelbaum weiter hinten an ... bleib mit dem Fuß vor dem Mast ... geh etwas höher an den Wind ... nein, nicht abfallen ... ja, den Mast leicht nach hinten ... so ist es gut.« Die Kommandos kamen eines nach dem anderen, klar und fordernd, aber freundlich. Johanna blieb kurz hinter ihm in Luv, so konnte sie ihn beobachten und korrigieren. Als Trainer war sie entschiedener als Fritz, aber hier ging es auch um mehr. »Es sind keine fünfhundert Meter mehr. Das Haus kann man von hier aus nicht sehen, es liegt etwas zurück im Schilf«, rief sie. Der Wind frischte auf, er wehte ihr fast die Worte aus dem Mund.

Carl fühlte keine Schmerzen, die Pillen wirkten phänomenal, stattdessen fühlte er sich wie in Dämmwolle verpackt, das Gehirn leider auch. Carl glaubte zu lächeln, blickte sich nach Johanna um, die in seinem Kielwasser fuhr, und lachte.

»Schau geradeaus ...«

Sie hatte wieder alles unter Kontrolle, aber es störte ihn nicht. Es war gut so; allein hätte er das nie gewagt. Auch hätte er nicht gewusst, wie er ins Haus kommen sollte, doch Johanna hatte ihn am Strand eingewiesen, nachdem sie Hansi ins Magazin gelockt und eingesperrt hatte. Sein Pech, dass er die Fenster hatte vergittern und die Wände mauern lassen, und sie hatte sowohl die Schlüssel als auch sein Handy. Außerdem war Fechter im Anmarsch und Karola entsprechend instruiert. Soweit Johanna wusste, hatte Hansi die Bodenklappe im Pfahlbau nicht repariert, und ein Schraubenzieher reichte ihrer Ansicht nach, um von unten reinzukommen. Sie hatten mehr als das, sie hatten ein Messer, zwei Schraubenzieher und eine Zange. Carl trug einen dämlichen runden Hut mit einer Strippe zum Zubinden und eine Sonnenbrille, nicht einmal Johanna hätte ihn erkannt, und sie hatten die Entführer im Gegensatz zu ihm nie gesehen. Sie musste so nah wie möglich an den Pfahlbau heran und die Männer ablenken, damit Carl von unten ins Haus käme, Ellen rausholen und mit ihr im Schilf verschwinden konnte. Das Letztere war ihm am unangenehmsten, doch nur das Unmögliche hatte Aussicht auf Erfolg. Auch ein Effekt der Pillen?

Carl ließ sich treiben, während Johanna vorausfuhr, um die Lage zu peilen. »Bestens!«, rief sie, als sie dicht an ihm vorbeirauschte, »keiner auf der Terrasse. Neben dem Haus führt ein Kanal ins Schilf, den nimmst du. Zuerst anluven, dann eine Wende nach rechts und eine nach links, dann bist du hinter dem Haus. Geht das – mit den Händen?«

»Ich nehme die Füße«, sagte Carl, dem mittlerweile alles egal war, er wäre auch barfuß über Rasierklingen gelaufen. Er fühlte sich so wach wie nie und war noch nie so entrückt gewesen. Er hatte das Gefühl, in einem Buch zu leben, nichts war wirklich, alles waren nur Worte, die in seinem Kopf zu Bildern wurden. Das Haus, auf das sie zusteuerten, war nicht aus braun gestrichenem Holz, es war ein Foto, und er selbst war Teil der Aufnahme. Das Motorboot, das da vor der Veranda dümpelte, war es das, mit dem man ihn hatte umbringen wollen? Verdammt, wo war die Wirklichkeit, war sie das, was er vor sich sah?

Er schaffte es in den Kanal, wendete wie vorgeschrieben, gelangte hinter den Pfahlbau und ließ das Segel ins Wasser. Jetzt musste er in die graue Flüssigkeit hineinsteigen, die letzten Meter unter die Plattform schwimmen oder waten. Vor dem Schlamm graute ihm, die Erinnerung an die schlimmste Nacht seines Lebens war fürchterlich. Wenn er sich vorstellte, dass er Teil einer Geschichte war und alles nur übersetzte, ging es, und er watete, bis der Schatten des Hauses ihn verschluckte. Über sich hörte er Stimmen und Schritte, jetzt kam Johanna vorn heran und rief nach Rita Hecht und fragte anschließend, ob dieses Haus Karola Angermann gehöre, sie müsse hier gewesen sein. Das würde Ellen sicher verstehen, Carl kletterte an den verfaulten Sprossen einer glitschigen Leiter zur Bodenklappe. Als beide Entführer auf der Plattform standen, rief er leise nach Ellen und kratzte. Er fand einen Spalt, schob den kleinen Schraubenzieher durch, der oben angenommen wurde. Ellen war Winzerin, sie konnte mit Werkzeugen umgehen und wusste, was zu tun war. Der Beschlag für den Riegel war fast durchgerostet, das Holz um die Schrauben verrottet, und den Schraubenzieher wie ein Stemmeisen nutzend ließen sie sich aus dem Holz reißen.

Johanna ging den Männern vorne mächtig auf den Wecker. Sie war ins Englisch übergegangen und wiederholte ihre Fragen, lamentierte, schrie mehr, als dass sie redete, Carl sah zwischen Wasser und Plattform nur das Surfbrett und ihre Beine und dass sie anlegte. Mist verdammter, irgendwas ging immer schief, sie hatten vergessen, ein Zeichen für den Rückzug zu vereinbaren. Wie konnte er ihr signalisieren, wenn Ellen draußen war? Der Riegel plumpste ins Wasser, Carl hielt die Luft an – nichts geschah, Johanna nervte weiter, lautstark und penetrant, sie war großartig. Die Klappe löste sich, sie wackelte, Carl drückte von unten dagegen, damit sie nicht ins Wasser platschte. Er versuchte sie zu halten, aber seine Hände machten nicht mit, sie entglitt ihm und fiel mit lautem Platschen ins Wasser.

Carl schrie auf, ließ sich fallen, hörte oben rasche Schritte, einer der Ungarn musste bemerkt haben, was los war, und ein Körper fiel durch das Viereck zu ihm herunter, klammerte sich an ihn und riss ihn wieder unter Wasser. Es war Ellen, er zog sie von der Luke weg zwischen die Pfähle. Ellen tauchte auf, erkannte ihn, begriff, dass er ins Schilf wollte. Vor dem Haus wurde ein Motor angeworfen, nein, es war nicht einer, es waren mehrere, das typische Floppen eines Hubschraubers kam hinzu. Der Bootsmotor heulte auf, Carl sah das Boot der Entführer auf Johannas Surfbrett zurasen, sie hechtete kopfüber ins Wasser, dann ein Krachen. Wieder ein Surfbrett vernichtet, dachte Carl und lachte blödsinnig. Der Trip war wirklich scheiße, diese Pillen taugten überhaupt nichts. Das Boot riss die Nase hoch, Wellen klatschten laut gegen die Pfähle und versetzten das Schilf hinter ihm in heftige Bewegungen.

»Halt dich an meinem Surfbrett fest«, keuchte Carl und hangelte sich zwischen den Pfählen unter dem Haus durch zu Johanna. Sie war längst aufgetaucht, ihr war nichts passiert.

»Haben Sie immer noch nicht genug«?, fragte der Notarzt, der ihm im Hafen die Handschuhe mit den durchweichten Verbänden von den zitternden Fingern schnitt, und beklagte die Unvernunft des Menschen an und für sich. Es war derselbe, der zwei Tage zuvor im Hubschrauber mitgeflogen war.

Es sah schlimmer aus, als es war, durch das Aufweichen wirkten die Wundauflagen blutgetränkt. Schmerzen verspürte Carl noch immer nicht, was ihn am meisten verwirrte. Auch die riesige Beule schmerzte kaum. Schmerzen sagten einem doch, was man falsch machte, und wenn man keine hatte – machte man dann alles richtig? Diesen Film würde er sich nicht wieder ansehen ...

»Meine Güte, ist mir schwindlig«, sagte er und ging taumelnd zu einem Baum.

Ellen hatte sich tapfer gehalten, bis sie an Land gebracht worden war. Erst da geriet sie in einen gefährlichen Schockzustand. Johanna war die Coolste von allen, Carl beobachtete, wie sie, als wäre nichts geschehen und als würde sie in der Surfschule weiterhin aus- und eingehen, sich eine Flasche Wein aus Hansis Kühlschrank holte; in seiner Schreibtischschublade lag der Korkenzieher, und die Gläser waren im Schrank dahinter. Nur dass sie den Wein wie Wasser trank und danach unsichere Schritte machte, ließ Carl ihre Anspannung erkennen.

»Was ist das für ein Wein?«, fragte er.

»Pinot irgendwas, blanc wahrscheinlich, also ein Weißer, ein Bio-Wein, vom Weingut Angermann, Mörbisch. Das ist doch hier?« Sie betrachtete das Etikett und hielt die Flasche wie eine Trophäe. »Willst du auch?«

»Sind Sie wahnsinnig? Auf keinen Fall Alkohol. Der ist total im Öl, bis zum Rand abgefüllt – mit Medikamenten«, fuhr der Arzt dazwischen.

»Da drüben steht die Frau«, Carl wies auf Karola, »die den gemacht hat, die mit den beiden Hunden.«

Johanna stöhnte. »Du und deine Frauen. Sind die eigentlich überall?«

»Deine Männer haben nicht so viel Glück«, frotzelte Carl, »und Hansilein ist fertig, ein für alle mal.« Fechter hatte ihm Handschellen anlegen lassen, Entführung war ein Kapitalverbrechen. Der Surflehrer stand mit gesenktem Kopf unter einem Baum wie ein Hund, den man ins Wasser geworfen und der vergessen hatte, sich beim Rauskommen zu schütteln. Seine Hilfslehrer debattierten vor dem Pavillon, Ratlosigkeit in den Gesichtern. Wie sollte es ohne ihn weitergehen? Und die ersten Schüler murrten, sie wollten ihren Kurs fortsetzen, schließlich hätten sie bezahlt.

»Mir tut seine Frau leid – mit so einem verheiratet zu sein, muss schrecklich sein. Und dann ist es nicht Hansilein, sondern Hans Petkovic, merk dir das, okay?« Mühsam hielt Johanna die Tränen zurück.

Für Carl war es zu früh, sie in den Arm zu nehmen und zu trösten. Es ging ihm alles zu schnell, er kam nicht mehr mit, das Tempo war zu hoch und er zu langsam, der Fall zu kompliziert, es gab zu viele Beteiligte und zu viele Pillen, ihm war mordsmäßig schlecht. Aber einer fehlte ihm, der Schmierenkomödiant, Inspektor Herrndorff. Weshalb war der nicht hier? Carl stand auf und ging zu Fechter.

»Ja, Himmel Herrgott noch mal«, fluchte der Notarzt hinter ihm her, »können Sie nicht eine Sekunde stillsitzen?«

Der Inspektor wusste auch nichts von Herrndorffs Verbleib. Oder verheimlichte er ihm etwas?

»Und der Mörder läuft weiter frei herum, Herr Polizeiinspektor. Wann holen wir uns den?«

»Wir? Wen meinen Sie bitte mit wir?«

»Sie und mich, Herr Inspektor. Wenn wir nicht bald was tun, ist er weg. Eben ist mir eingefallen, dass der übermorgen nach Fernost oder Japan reist, zu einer Weinpräsentation. Der setzt sich ab, wo alles hier in die Hose geht. Der ist mit Petkovic und dem Wollknecht befreundet, Johanna war mit allen zusammen essen, und ich glaube ...«

»Das weiß ich längst, Herr Breitenbach«, unterbrach ihn Fechter. »Und was Sie glauben – das interessiert unseren Untersuchungsrichter wenig, er ist katholisch, und sonst will er Fakten.«

»Kriegt man die nicht nur, wenn man danach sucht?«

»Sie sind penetrant, Herr Breitenbach. Es ist absolut normal, dass unsere Winzer ihre Weine im Ausland vorstellen, Maria Sandhofer genau wie Thomas Thurn. Er kann es nicht gewesen sein.«

»Nein?«

»Nein! Sein Wagen stand den ganzen Nachmittag über vor der Kellerei. Die Mitarbeiter haben das einhellig bestätigt. Er selbst sagt, er sei zur fraglichen Zeit im Weinberg gewesen. Und er wird ja wohl kaum zu Fuß gegangen sein, um Maria Sandhofer zu erschlagen.«

Wieso dachte keiner an das Naheliegende? »Hat er kein Fahrrad, Herr Fechter? Vielleicht ist er damit zum Mord gefahren.« Carl merkte, wie der Inspektor aufhorchte.

»Lächerlich, einfach absurd«, meinte er abwehrend. »Von der Entfernung her ist es in der Zeit nicht zu schaffen.«

»Sie werden sicher die Mitarbeiter der Bank in Neusiedl vernehmen. Vielleicht hat ihn jemand mit den Entführern gesehen? Man kann genau feststellen, wann Ellen Karcher telefoniert hat und wann das Gespräch beendet wurde. Wenn Thurn zu diesem Zeitpunkt die Bank verlassen hat, dann hat er den Ungarn den Auftrag gegeben ...«

»Sie geben wohl nie auf, was? Jetzt aber mal zu Ihrer Frau. Wir brauchen ihre Aussage, und wir brauchen ihre Fingerabdrücke. Sicher sind welche von ihr auch auf dem Pfahlbau. Wann wollen Sie abreisen?«

Den Vormittag hatten Johanna und Carl in der Polizeidirektion von Eisenstadt verbracht. Beide waren stundenlang befragt worden, hatten Verbrecherkarteien durchgesehen, Johanna musste die Prozedur des Fingerabdrückeabnehmens über sich ergehen lassen, nicht zum ersten Mal, und Carl war froh, dass er Herrndorff nicht über den Weg laufen konnte. Kaum zu glauben, dass er gerade jetzt wegen irgendeiner Angelegenheit nach Wien hatte fahren müssen.

Fechter bemerkte einmal mehr, dass Carl mit seiner Vermutung auf dem Holzweg sei. »Die Bank hat sich wegen des Gesprächs mit Thomas Thurn aufs Bankgeheimnis berufen. Und wohin oder mit wem er gegangen ist, hat niemand gesehen. Und zur Beschlagnahme seines Mobiltelefons sieht der Untersuchungsrichter keine Veranlassung.« Danach bat der Inspektor ihn darum, wegen der Ermittlungen noch einen oder zwei Tage länger zu bleiben. Johanna wollte darüber mit ihrem Arbeitgeber sprechen. Carl fühlte sich am Ende seiner Kräfte. Alles war umsonst gewesen.

Am Nachmittag fuhren sie an der Kellerei von Thomas Thurn vorbei, um eine Winzerin zu besuchen, die mit ihrer Tochter in der Nähe ein Weingut betrieb, das Carl von Rita Hecht empfohlen worden war. Die Winzerin bemühte sich seit langem darum, in den Kreis der SIEBEN aufgenommen zu werden.

Eine Kellerei war für Johanna Neuland, Carl hingegen fühlte sich zwischen Gärtanks, Holzfässern und Abfüllanlagen fast heimisch. Die Führung wurde wie üblich mit der Verkostung beendet, und sie gingen gerade vom Weißwein zum Rotwein über, als eine Frau einen vielleicht zehnjährigen Jungen in den Verkostungsraum zerrte, anders konnte man das Verhalten kaum deuten. Der Junge starrte zu Boden, schaute die Flaschen an, blickte an den Wänden hoch und bemühte sich, möglichst niemanden anzusehen.

»Sind Sie Frau Meixner?«, fragte die Frau und hielt den Jungen energisch an der Hand fest. »Der Peter ist mein Sohn, und er möchte sich bei Ihnen entschuldigen«, sagte sie. »Der Bub hat was ausgefressen, und das will er beichten. Los, Peter, nun sag's schon. Stell dich nicht so an«, insistierte sie. »Es ist lange genug her.«

Carl fand die Szene amüsant und dachte an zerdepperte Fensterscheiben, als der Junge etwas von seinem Fahrrad stammelte, das umgefallen sei und am Auto der Frau einen Kratzer hinterlassen habe.

»Das ist drei Wochen her«, sagte die Mutter, »wir haben uns erinnert, weil am selben Tag die Maria Sandhofer ermordet worden ist. Und wir haben so lange gebraucht, um rauszukriegen, wem das Auto gehört. Ich habe dem Peter gesagt, wenn du was anstellst, musst du dafür geradestehen. Und er hat sein Taschengeld mitgebracht, weil er den Schaden ...«

»Ich habe gar nichts bemerkt«, sagte die Winzerin, und alle gingen auf den Hof, um nach dem Wagen zu sehen. Da war tatsächlich ein dicker Kratzer am vorderen rechten Kotflügel. Die Winzerin schüttelte den Kopf. »Ach, es gibt noch andere Kratzer, der Wagen ist alt, das lohnt sich nicht, den zu reparieren.«

»An dem Tag, als Maria ermordet wurde, sagst du?« Carl blickte Johanna an, doch die begriff nicht.

Der Junge wagte nicht, aufzusehen, und nickte schuldbewusst. Carl war hellwach, und ihm sträubten sich die Haare.

»Da war ich nicht in Breitenbrunn, nein«, sagte die Winzerin. »Da bin ich nicht gefahren. Nachmittags, da ... da habe ich den Wagen verliehen ...«

Wie elektrisiert sprang Carl auf. »An wen«, schrie er, »an wen?« und verzog das Gesicht vor Schmerz.

Erschrocken trat die Winzerin zurück. »An den Thomas natürlich, Thomas Thurn, das ist mein Nachbar.«

»Und wieso?«

»Der kam mit dem Fahrrad, sein Wagen sei kaputt, ob ich ihm mein Auto leihen könnte, er hätte was zu besorgen. Ich habe mich gewundert, dass er seine Angestellten nicht gefragt hat. Sagen Sie mal, sind Sie nicht der Mann, der die Maria gefunden hat?«

Mit Mühe beugte Carl sich ein wenig zu dem Jungen runter. »Und wie spät war es, um wie viel Uhr war das, wann ist dir das Rad umgefallen?«

»Schrei nicht so«, Johanna hielt Carl beschwichtigend zurück, »du machst ihm Angst.«

Peter war zurückgewichen und starrte Carl aus großen Augen an. »Das, das war bevor, bevor das losging, auf dem Hof, mit der Rettung und den Gendarmen. Als ich mit der Mama dann wiederkam, da war das Auto weg.«

»Das kann ich mir nicht entgehen lassen«, sagte Carl höhnisch, nachdem Fechter eingetroffen war und den Jungen befragt hatte. »Die Verhaftung muss ich sehen, das Gesicht von diesem Lackaffen. Dafür habe ich drei Wochen lang was auf die Fresse gekriegt.«

»Da gehst du nicht alleine hin«, meinte Johanna, setzte sich hinters Steuer und ließ Carl einsteigen.

Sie hielt gleich neben dem Eingang der Kellerei und stieg erst aus, als sie Fechter und sein Kommando kommen sahen.

»Ah, die gnädige Frau«, meinte der Winzer mit aalglattem Lächeln. »Meine liebe Johanna, welche Freude, welche Ehre. Also kommen wir doch noch zur Führung. Und der Herr?« Thomas Thurn stutzte, als er Carls verbundene Hände sah. »Sie armer Mensch, können ja kaum ein Glas halten.«

»Oh, das geht, machen Sie sich darum keine Sorgen.«

Thomas Thurn sah aus, als wollte er gerade fragen »worum denn?«, als er den Inspektor auf sich zukommen sah, während ein Kriminalbeamter sich rechts von der Bar aufbaute, der andere links den Ausgang blockierte, eine Hand unter der Jacke. Der Edel-Winzer begriff sofort, dass etwas faul war.

»Herr Thomas Thurn?«, fragte Fechter.

Der Angesprochene nickte und wurde blass.

»Ich wollte Ihnen mitteilen, dass für die B 50 ein Fahrverbot für Lkw mit mehr als sieben Tonnen eingeführt wird. Nur Quell- und Zielverkehr ist weiterhin genehmigt. Der Bau der Leitha-Autobahn allerdings wird mindestens bis ins Jahr 2009 verschoben. Und ob sie dann noch gebaut wird ... Sie haben Maria Sandhofer vergeblich erschlagen. Sie sind festgenommen ...«

»Bitte nicht so laut, Herr Inspektor. Ich möchte nicht, dass meine Gäste was davon mitbekommen«, flüsterte der Winzer. »Darf ich mir mein Sakko holen?«

Es war das Graue, Pfeffer und Salz – oder Asche? Ein Häufchen Asche im Wind, dieser Mann, dachte Carl, und auch Johanna verzog gequält das Gesicht.

Epilog

»Den Anblick werde ich nie vergessen.« Fechter schüttelte sich geradezu vor Schadenfreude. »Er hat geschaut und geschaut, da sind ihm beinahe die Augen aus dem Kopf gefallen.«

»Tun Sie nicht, als hätten Sie das nicht vorausgesehen«, entgegnete Johanna, »Sie haben die Pressekonferenz möglich gemacht.« Sie haderte noch immer mit ihm oder eigentlich mehr mit sich selbst, denn es ärgerte sie, wie sehr sie sich in dem unscheinbaren Kerlchen getäuscht hatte. Fechter hatte zwar viel über Herrndorffs zwielichtige Geschäfte in Wien herausgefunden, seine Warnungen vor Razzien, Vorteilsnahme und Hehlerei, aber erst durch Carl war er auf den Kreis der hiesigen Freunderl und die Weitergabe polizeiinterner Daten aufmerksam geworden. Herrndorff hatte den Polizeiapparat für persönliche Spitzeldienste benutzt.

Fechter wiegelte ab. »Sie können es mir glauben oder nicht, ich habe nichts geahnt. Ich dachte, Sie seien auf die Landeshauptfrau und ihre Verbindungen zur ABBAG aus. Aber das haben Sie niemals alles allein hingekriegt.«

»Wenn Sie es besser wissen«, sagte Carl, »weshalb fragen Sie dann? Sie kennen mich, glauben Sie, ich würde Informanten verraten? Die würden mich umbringen.«

»Jetzt übertreiben Sie wohl etwas ...«

Johanna jedoch setzte Carls Verwirrspiel fort. »So weit würden die gehen?«, fragte sie erschocken.

Der Inspektor ahnte, dass man ihn zum Besten hielt. Er griff in die Jackentasche und legte ein Mobiltelefon auf den Tisch zwischen die Weingläser. »Ihr Handy, Herr Breitenbach. Unterschreiben Sie die Quittung. Wenn Sie sonst schon nichts verraten, würden Sie mir dann wenigstens sagen, wie Sie die ganze Zeit über telefoniert haben? Sie haben zwar ein neues Telefon gekauft, aber damit ausschließlich mich angerufen. Sie haben drüben von Frauenkirchen aus telefoniert, dann waren Sie bei der Post. Sie müssen noch eins gehabt haben. Es ist eigentlich mehr der Stil der Russen-Mafia oder kolumbianischer Kokainhändler, ständig ihre SIM-Karten zu wechseln. Hat Ihnen jemand eins geliehen?«

»Die Kombinationsgabe unserer Polizei ist erstaunlich«, frotzelte Karola Angermann, »das erfüllt jeden aufrechten Bürger mit Stolz.«

»Bruno, der Sandhofer, hat's mir gegeben. Es gehörte Maria. In ihrer Telefonliste habe ich den Namen Thurn entdeckt. Dann sein Wein, der Blender, so nehmen die Dinge ihren Lauf. Und die Entführer? Über alle Berge und Seen?«

Die Miene des Inspektors wirkte ziemlich kläglich.

»Wofür bezahlen wir eure Hubschrauber und Satelliten und Interpol und was weiß ich?«

»Wir haben das Boot verfolgt, aber die beiden haben sich vermutlich rausfallen lassen und sind an Land geschwommen.«

»So wie ich?« Carl bekam einen Lachanfall, was Fechter sichtlich ärgerte, doch als er Carls schmerzverzerrtes Gesicht sah, tat es ihm offenbar leid.

»Die kriegen wir«, sagte er, »das verspreche ich Ihnen.«

»Glauben Sie wirklich? Der Balkan ist riesig.«

Johanna winkte dem Kellner des Heurigen. »Bitte ein Viertel von dem Wein, den dieser Herr trinkt.« Sie zeigte auf Fechter und sah ihn fragend an: »Ein Viertel, das geht doch, oder?«

Fechter zuckte mit den Achseln. »Bin ich die Verkehrspolizei? Aber zurück zu Herrndorff. Es hat ihn maßlos geärgert, dass Sie die Rede über seine großartigen Ermittlungen unterbrochen und diese Flugblätter verteilt haben. Die Zeitungsleute wussten ja, wer Sie sind. Als Unruhe aufkam ...«

»Abgebrüht ist er, das muss man ihm lassen. Wie kommt jemand auf solche Ideen?«

»Jeder Fall, auch der Ihre, Frau Breitenbach, zeigt doch viel von menschlichen Schwächen, von Angst, von Gier, eigentlich zeigt er nichts anderes.«

»Er glaubt an das Verbrechen«, meinte Carl, dem die Wendung des Gesprächs gar nicht behagte, »der Kommissar glaubt an den perfekten Mord.«

Fechter verstand und ging darauf ein. »Ja, gewiss. Ein Verbrechen ist nur eins, wenn es als solches erkannt wird. Fast alle Österreicher sterben eines natürlichen Todes, von Rauchern, Selbstmördern und Verkehrsopfern mal abgesehen. Herrndorff glaubte, alle Informationen zu kontrollieren. Nur dass Ihr Mann sich in die Ermittlungen einmischt, war nicht vorgesehen. Und ob Thomas Thurn die Maria Sandhofer vorsätzlich erschlagen hat, wissen wir noch nicht. Er streitet alles ab, sein Anwalt wird auf Totschlag im Affekt plädieren. Dem widerspricht, dass er sich das Auto der Nachbarin geliehen hat, also sollte niemand wissen, wo er hinwollte. Der Tathergang und das Tatwerkzeug hingegen ... Das werden wir klären. Und Ihre Landeshauptfrau ...«

»... Ihre, Herr Fechter«, unterbrach ihn Carl.

»Gut, also unsere, unsere Landeshauptfrau – sie muss von allem nichts gewusst haben. Sie hat nichts getan ...«

»Das tun Politiker nie, Herr Kommissar«, warf Johanna lachend ein.

»... und ihr Ehemann ist auch unschuldig, solange keine Geldwäsche in Spiel kommt. Aber bei uns in Österreich wird so viel gewaschen«, fuhr er fort. »Politisch hingegen wird es ihr das Genick brechen, zumal ihre Fürsprache für die Autobahn mit Mord in Verbindung gebracht wird. Das ist zu viel. Jeder wird mehr dahinter vermuten, viel mehr, gerade bei dem hohen Entwicklungsstand unserer Wirtschaft . . .«

». . . Freunderl-Wirtschaft«, meinte Carl lakonisch.

»Müsst ihr Deutschen immer so direkt sein? Gut, die Partei wird sich von ihr trennen, sie abstoßen, ein Opfer bringen, damit es die politischen Gegner nicht für ihre Zwecke ausnutzen.«

Johanna war anderer Ansicht. »Sie werden schweigen, weil alle verstrickt sind. Wer weiß, was sie von den anderen weiß. Man wird sie nach Brüssel abschieben, da sind noch mehr von der Sorte, die man zu Hause nicht gebrauchen kann . . .«

»Es ist immer gut, die Experten zu hören«, sagte der Inspektor, er mochte sich mit Johannas Sinneswandel nicht anfreunden und wandte sich an die Winzerin. »Ihr Verdacht, Frau Angermann, hat sich allerdings nicht bestätigt. Traurig darüber, enttäuscht?«

Karola schüttelte den Kopf. »Richard ist erledigt, er verkraftet es nicht, dass man sein Idol vom Sockel gestürzt hat. Dafür geht es Marias Vater besser. Seine Enkeltochter wird langfristig das Weingut übernehmen, der Großvater hilft vorerst – und wir nehmen sie unter unsere Fittiche – bis sie alleine fliegt.«

»Also wird es die SIEBEN wieder geben«, bemerkte Johanna, die dabei an ihre eigenen ehemaligen Freundinnen dachte. Sie müsste die alten Freundschaften wieder beleben.

»Selbstverständlich. Aber bei dir hat sich auch einiges getan, oder?«

Johanna machte kein glückliches Gesicht. »Ja, alles im Eimer. Mir wurde gekündigt, ich darf die Firma nicht mehr betreten. Aber sie müssen mich ein halbes Jahr lang weiter bezahlen, das macht die Entscheidung leicht.«

»Und was kommt dann?« Auch Karola war die Skepsis Johanna gegenüber anzumerken.

»Wir waren drüben im Nationalpark; Carl wollte sich für die Rettung bedanken, und ich habe lange mit dem Direktor gesprochen, er hat eine Menge Verbindungen ... und mit meinen Erfahrungen ...«

»Du musst nach rechts, Johanna!«

»Da geht's nicht zur Autobahn«, sagte sie, als sie vor der Ampel beim Türkentor warteten.

»Egal, wir müssen bei Fritz was abholen.«

»Dann hätte ich auch noch was zu besorgen«, meinte Johanna versonnen. Als sie eine Stunde später wieder durch Purbach kamen, waren neben Carls Rennrad zwei Surfbretter auf dem Wagendach festgezurrt. Und im Kofferraum lagen jetzt neben den Weinkisten aus Illmitz, Frauenkirchen und Purbach auch die vom Weingut Sandhofer.

»Fritz meint, beim Surfen, da ließe sich einiges zurechtrücken. Bei ihm und seiner Frau hätte es funktioniert ...«

»... das sollte er seinen Kindern mal empfehlen«, brummte Carl.

»Meinst du, wir kriegen das hin, vielleicht, wir beide?«, fragte Johanna nach einer Weile zaghaft und blickte auf Carls verpflasterte Hände, dann sah sie ihn an.

Er schaute auf die Landstraße, sah die Weingärten vorbeihuschen – nur noch wenige Tage bis zur Lese, eigentlich könnte man noch bleiben, er wäre gern dabei, doch mit diesen Händen? Sie fuhren auf Eisenstadt zu, und dahinter, am fernen Horizont stand der gewaltige Schneeberg mit weißer Kappe, und Carl kam ein Lied in den Sinn, eines von Bob Dylan, von seiner neuesten CD, das ihm sehr gut gefiel, und er sang es leise vor sich hin:

»Beyond the horizon / at the end of the game / Every step you will take / I'm walking the same ...«

Ob sie es verstehen würde? Woher sollte er das wissen – er verstand es ja selbst nicht einmal. Man musste mit dem Zweifel leben ...

Danksagung

War es Zufall, dass ich Birgit Braunstein, Österreichs Winzerin des Jahres 2004, kennen lernte? In erster Linie war sie es, die mich mit dem Weinbau am Neusiedler See vertraut und mit den dort lebenden Winzerinnen und Winzern bekannt machte. Mein besonderer Dank gebührt auch ihrer Familie, die meine Recherchen auf liebenswürdigste Weise unterstützte.

Heidi Schröck aus Rust, Rosi Schuster aus St. Margarethen und Silvia Priehler aus Schützen gehören zu den Winzerinnen, deren Weine mich auf die richtige Fährte brachten. Martin Pasler förderte die önologischen Ermittlungen nach besten Kräften und half bei der Spurensuche im Weinberg, flankiert von den Winzern Rudi Beilschmidt, Kurt Feiler-Artinger, Andi Kollwentz, Helmut Lang und Alois Kracher.

Die Hintergründe erhellen halfen Bibi Watzek, Stefan Ottrubay und Edeltraud Werschlein von der Esterházy-Stiftung – und noch einige, die lieber nicht genannt werden wollen ... Zur Aufklärung trug auch Inspektor Bachkönig bei, doch wäre eine Ähnlichkeit mit literarischen Figuren rein zufällig und ist auf keinen Fall beabsichtigt.

Ums Wetter sorgten sich Kurt Kirchberger vom Nationalpark, Hermann Frühstück vom Umweltamt und Energieexperte Günter Wind. Den Umgang mit dem heftigen Westwind hingegen lernte ich von Christoph Pressler, einem Profi unter den vielen coolen Surfern vom Neusiedler See.

Es hat Spaß gemacht, mit ihnen zu arbeiten, und deshalb allen meinen besten Dank.

Paul Grote